FOLIO SCIENCE-FICTION

Philip Pullman

Le Miroir d'Ambre

À la croisée des mondes, III

Traduit de l'anglais par Jean Esch

Gallimard Jeunesse

Cet ouvrage a été précédemment publié aux Éditions Gallimard Jeunesse.

Titre original :

THE AMBER SPYGLASS

Les extraits du Paradis perdu, *de John Milton, sont cités dans la traduction de Chateaubriand.*

Conteur exceptionnel, créateur d'univers au talent incomparable, Philip Pullman est né en 1946 en Angleterre. Il a vécu durant son enfance en Australie et au Zimbabwe, où il a effectué une partie de sa scolarité. Diplômé de l'université d'Oxford, il partage aujourd'hui son existence entre l'enseignement et l'écriture. Auteur d'une douzaine de romans, il est parvenu, avec sa série *À la croisée des mondes*, récompensée à de nombreuses reprises, à franchir la frontière séparant les littératures jeunesse et adulte, pour signer un pur chef-d'œuvre de *fantasy*.

Évoque sa puissance, chante sa grâce
Dont la lumière est la robe, et la voûte céleste l'espace
Les nuages de tonnerre naissent de ses chariots de rage
Sombre est le chemin sur les ailes de l'orage.

Robert Grant,
Cantiques anciens et modernes

Ô étoiles,
N'est-ce pas de vous que surgit le désir de l'amant
pour le visage de sa bien-aimée ? Son regard secret
qui sonde ses traits purs ne vient-il pas des pures constel-
[lations ?

Rainer Maria Rilke,
Troisième Élégie de Duino

D'exquises vapeurs s'échappent de ce qui fait la vie.
La nuit est froide, fragile et remplie d'anges
Qui écrasent les vivants. Les usines sont toutes éclairées,
Le carillon sonne sans qu'on l'entende.
Nous sommes enfin réunis, bien que séparés.

John Ashbery, *L'Ecclésiaste*,
tiré de *Rivières et Montagnes*

1
La dormeuse envoûtée

... Alors que les bêtes de proie, venues de profondes cavernes, observaient la jeune fille endormie...

William Blake

Dans une vallée à l'ombre des rhododendrons, non loin de la limite des neiges éternelles, là où coulait un petit torrent nacré par l'eau de fonte, où des colombes et des linottes voletaient au milieu des sapins gigantesques, se trouvait une grotte, en partie dissimulée par le rocher escarpé qui la surplombait et le feuillage dense qui s'étendait au-dessous.

Les bois étaient remplis de mille bruits : le torrent qui grondait entre les rochers, le vent dans les branches des sapins, le bourdonnement des insectes et les cris des petits mammifères arboricoles, sans oublier le chant des oiseaux. Et, de temps en temps, sous l'effet d'une rafale de vent plus forte, une branche de cèdre ou de sapin frottait contre une autre en vibrant comme une corde de violoncelle.

Le sol était moucheté par le soleil éclatant ; des faisceaux dorés aux reflets jaune citron s'enfonçaient entre les flaques d'ombre brun-vert, et la lumière n'était jamais immobile, jamais constante, car souvent des nappes de brume dérivaient entre les cimes des arbres, filtrant et transformant les rayons du soleil en un lustre perlé, aspergeant les conifères d'embruns qui scintillaient dès que la brume se dissipait. Parfois, l'humidité des nuages se condensait sous forme de gouttelettes, mi-brume mi-pluie, qui flottaient jusqu'au sol plus qu'elles ne tombaient, avec un petit crépitement, parmi les aiguilles de pin.

Le long du torrent serpentait un petit chemin qui partait d'un village (si on pouvait appeler ainsi ce rassemblement de maisons de bergers) niché au fond de la vallée et conduisait à un lieu saint a moitié en ruine, près de l'embouchure du glacier, où des petits drapeaux de soie aux couleurs délavées claquaient dans le vent qui descendait des hauts sommets, et où des villageois pieux venaient déposer des gâteaux d'orge et du thé séché en guise d'offrandes. Par un étrange effet d'optique conjuguant la lumière, la glace et la vapeur, le haut de la vallée était en permanence auréolé d'arcs-en-ciel.

La grotte se trouvait quelque part au-dessus du chemin. Bien des années plus tôt, un saint homme y avait vécu, méditant, jeûnant et priant et, depuis, pour honorer sa mémoire, cet endroit était vénéré. Elle s'enfonçait sur une dizaine de mètres dans la roche ; le sol était sec : une tanière idéale pour un ours ou un loup, mais les seules créatures qui y vivaient depuis des années étaient les oiseaux et les chauves-souris.

Pourtant, la silhouette tapie à l'entrée de la grotte, dont les yeux noirs scrutaient les environs et qui dressait les oreilles, n'était ni un oiseau ni une chauve-souris. Le soleil faisait chatoyer son épais pelage doré et ses mains de singe manipulaient une pomme de pin dont elles arrachaient les écailles pour extraire les pignons.

Derrière lui, au-delà de la limite tracée par le soleil, Mme Coulter faisait chauffer de l'eau dans une petite casserole, au-dessus d'un réchaud à naphte. Son dæmon émit soudain un murmure d'avertissement et elle leva la tête.

Une fillette du village gravissait le chemin de la forêt. Mme Coulter la connaissait : Ama lui apportait à manger depuis plusieurs jours déjà. Lors de son arrivée en ce lieu, Mme Coulter avait fait savoir qu'elle était une sainte femme qui se consacrait entièrement à la méditation et à la prière, liée par son serment de n'adresser la parole à aucun homme. Ama était la seule personne dont elle acceptait les visites.

Mais aujourd'hui, la fillette n'était pas seule. Son père l'avait accompagnée et, tandis qu'elle grimpait jusqu'à la grotte, il l'attendait un peu plus bas.

Arrivée à l'entrée de la grotte, Ama s'inclina.

— Mon père m'envoie avec des prières en gage d'amitié, déclara-t-elle.

— Sois la bienvenue, mon enfant.

La fillette portait un paquet enveloppé d'une étoffe de coton délavé qu'elle déposa aux pieds de Mme Coulter. Puis elle lui tendit un petit bouquet de fleurs, une douzaine d'anémones attachées par un fil, et elle se mit à parler, d'une voix précipitée, nerveuse. Mme Coulter maîtrisait relativement bien le langage de ces montagnards, mais elle se gardait bien de le montrer. Alors, elle sourit et fit signe à la fillette de se taire et de regarder leurs deux dæmons. Le singe au pelage doré tendait sa petite main noire et le dæmon-papillon d'Ama s'en approchait peu à peu en battant des ailes, pour finalement se poser sur l'index calleux.

Le singe approcha lentement le papillon de son oreille et Mme Coulter sentit couler dans son esprit un petit ruisseau de compréhension qui clarifiait les paroles de la fillette. Les villageois se réjouissaient qu'une sainte femme comme elle ait trouvé refuge dans la grotte, disait Ama, mais on racontait qu'elle était accompagnée d'une autre femme, dangereuse et puissante.

Voilà ce qui provoquait la crainte des villageois. Cette autre personne était-elle le maître de Mme Coulter ou au contraire son serviteur ? Ses intentions étaient-elles belliqueuses ? Et d'abord, que faisait-elle ici ? Avaient-elles l'intention de rester longtemps ?... Ama transmettait ces questions avec mille appréhensions.

Une nouvelle réponse traversa l'esprit de Mme Coulter, alors que se déversait en elle le raisonnement de son dæmon. Elle pouvait dire la vérité. Pas toute la vérité, naturellement, mais une partie. Cette idée déclencha en elle un petit rire, mais c'est d'une voix parfaitement maîtrisée qu'elle expliqua :

— C'est juste, il y a quelqu'un avec moi. Mais vous ne devez pas avoir peur. C'est ma fille : elle a été victime d'un sort qui l'a plongée dans le sommeil. Nous sommes venues ici pour nous cacher de l'enchanteur qui lui a jeté ce sort, le temps que je trouve le moyen de la guérir et de la protéger. Tu peux venir la voir, si tu veux.

Ama se sentait partiellement rassurée par la voix douce de Mme Coulter, mais sa peur ne s'était pas totalement dissipée. Cette histoire d'enchanteur et de sort ne faisait qu'accroître son inquiétude teintée de respect. Mais le singe au pelage doré tenait son dæmon-papillon délicatement dans sa main, et elle était intriguée, alors elle la suivit à l'intérieur de la grotte.

En la voyant disparaître, son père, resté sur le chemin en contrebas, avança d'un pas et son dæmon-corbeau battit des ailes une ou deux fois, mais il n'alla pas plus loin.

Mme Coulter alluma une bougie, car la lumière déclinait rapidement et elle entraîna Ama vers le fond de la grotte. Les yeux écarquillés de la fillette scintillaient dans la pénombre et elle ne cessait de frotter son index contre son pouce, afin de repousser le danger en déroutant les mauvais esprits avec ce geste.

— Tu vois ? dit Mme Coulter. Elle ne peut faire de mal à personne. Il n'y a pas de quoi avoir peur.

Ama observa la silhouette allongée dans le sac de couchage. C'était une fillette plus âgée qu'elle, de trois ou quatre ans son aînée peut-être, avec des cheveux comme elle n'en avait jamais vu : une sorte de crinière blonde, semblable à celle d'un lion. Ses lèvres étaient pincées et elle dormait à poings fermés, cela ne faisait aucun doute, car son dæmon était roulé en boule dans son cou, inconscient. Il avait l'apparence d'une mangouste, en plus petit, mais de couleur roux et or. Le singe doré caressait tendrement le dæmon endormi, entre les oreilles, et sous les yeux d'Ama, la créature s'agita nerveusement et émit un petit miaulement rauque. Le dæmon d'Ama, transformé en souris, se réfugia dans son cou et observa la scène en tremblant, à travers ses cheveux.

— Tu pourras dire à ton père ce que tu as vu, reprit Mme Coulter. Il n'y a ici aucun esprit mauvais. Uniquement ma fille, endormie par un sort, et sur laquelle je veille. Mais je t'en supplie, Ama, dis bien à ton père que cela doit rester un secret. Personne à part vous deux ne doit savoir que Lyra est ici. Si jamais l'enchanteur apprenait où elle se cache, il viendrait jusqu'ici pour la détruire, et moi avec, et tout ce qui nous entoure. Alors, pas un mot ! Parles-en à ton père, mais à personne d'autre.

Elle s'agenouilla auprès de Lyra et repoussa ses cheveux collés sur son visage par la sueur, avant de se pencher en avant pour déposer un baiser sur la joue de sa fille. Puis elle releva la tête, avec dans le regard tant de tristesse et d'amour, elle regarda Ama avec tant de courage et de compassion, que la fillette sentit ses yeux s'embuer de larmes.

Mme Coulter prit la main d'Ama tandis qu'elles revenaient vers l'entrée de la grotte ; le père de la fillette les observait avec inquiétude. Elle joignit les mains et s'inclina pour le saluer. L'homme répondit de la même manière, sans cacher son soulagement de voir sa fille faire demi-tour, après avoir salué Mme Coulter et la dormeuse envoûtée, et dévaler la pente dans l'obscurité naissante. Le père et la fille s'inclinèrent une dernière fois en direction de la grotte, avant de repartir et de disparaître dans la pénombre de l'épais feuillage des rhododendrons.

Mme Coulter reporta son attention sur la casserole, dans laquelle l'eau était sur le point de bouillir.

Accroupie devant le réchaud, elle émietta quelques feuilles séchées dans l'eau, ajouta deux pincées de poudre provenant du sachet, une pincée d'un autre sachet, puis trois gouttes d'une huile jaune pâle. Elle remua vivement le tout, en comptant cinq minutes dans sa tête. Puis elle ôta la casserole du feu et attendit que le mélange refroidisse.

Autour d'elle était disposée une partie du matériel provenant du campement au bord du lac bleu, où Sir Charles Latrom était mort : un sac de couchage, un sac à dos contenant des vêtements de rechange, un nécessaire de toilette... Il y avait également une caisse en toile renforcée par un solide cadre en bois, doublée de kapok, et renfermant divers instruments, ainsi qu'un pistolet dans un étui.

La décoction refroidit rapidement dans l'air raréfié de la grotte et, dès qu'elle fut à la température du corps humain, Mme Coulter la versa avec précaution dans un gobelet métallique, qu'elle emporta vers le fond de la grotte. Le dæmon-singe lâcha sa pomme de pin et lui emboîta le pas.

Mme Coulter déposa délicatement le gobelet sur une pierre basse, avant de s'agenouiller à côté de Lyra endormie. Le singe au pelage doré s'accroupit de l'autre côté, prêt à s'emparer de Pantalaimon si jamais il se réveillait.

Les cheveux de Lyra étaient humides et ses yeux bougeaient derrière ses paupières closes. Elle commençait à s'agiter dans son sommeil : Mme Coulter avait senti papilloter ses cils quand elle s'était penchée pour l'embrasser, et elle avait deviné que Lyra n'allait pas tarder à se réveiller.

Elle glissa une main sous la tête de la fillette et, de l'autre, elle repoussa les mèches de cheveux plaquées sur son front. Les lèvres de Lyra s'entrouvrirent et elle laissa échapper un petit gémissement ; Pantalaimon se rapprocha de sa poitrine. Les yeux du singe ne quittaient pas le dæmon de Lyra et ses petits doigts noirs tritu raient le bord du sac de couchage.

Un simple regard de Mme Coulter et il lâcha prise pour reculer d'un pas. La femme souleva la fillette en douceur, jusqu'à ce que ses épaules décollent du sol et que sa tête bascule sur le côté. Lyra émit un petit hoquet et ouvrit à demi les yeux, en battant des paupières.

— Roger..., marmonna-t-elle. Roger.. où es-tu ?... Je ne vois rien...

— Chut, murmura sa mère. Chut, ma chérie. Bois ça.

Approchant le gobelet de la bouche de Lyra, elle l'inclina pour faire tomber une goutte sur ses lèvres. Instinctivement, Lyra la lécha et Mme Coulter fit couler un peu de liquide dans sa bouche, très lentement, pour lui laisser le temps de déglutir entre chaque gorgée.

L'opération prit plusieurs minutes mais, enfin, le gobelet fut vide et elle recoucha sa fille. Dès que la tête de Lyra se retrouva en contact avec le sol, Pantalaimon revint se blottir dans son cou. Sa fourrure roux et or était aussi humide que les cheveux de la fillette. L'un et l'autre replongèrent dans un profond sommeil.

Le singe doré retourna d'un pas léger vers l'entrée de la grotte pour reprendre son poste d'observation. Pendant ce temps, Mme Coulter plongea un gant de toilette dans une bassine d'eau froide, afin d'éponger le visage de Lyra, puis elle ouvrit le sac de couchage et lui lava les bras, le cou et les épaules, car elle avait chaud. Après cela, elle prit un peigne et démêla en douceur les cheveux de la fillette, et les peigna en arrière en traçant une raie bien nette.

Elle laissa le sac de couchage ouvert pour donner un peu d'air à Lyra et défit le baluchon apporté par la petite Ama. Il contenait des miches de pain plates, un gâteau de feuilles de thé compressées et du riz gluant enveloppé dans une grande feuille d'arbre. Il était temps d'allumer un feu. Avec la nuit, le froid vif descendait de la montagne. Méthodiquement, elle effeuilla quelques branches de bois sec, qu'elle rassembla et enflamma à l'aide d'une allumette. « Encore un motif de préoccupation », pensa-t-elle. Sa provision d'allumettes diminuait, tout comme le naphte pour le réchaud ; à partir de maintenant, elle devrait entretenir le feu jour et nuit.

Son dæmon était mécontent. Il n'aimait pas ce qu'elle faisait et, quand il essaya d'exprimer son inquiétude, elle le rabroua. Il lui tourna le dos et, tandis qu'il lançait dans l'obscurité les écailles de sa pomme de pin, tout dans sa posture indiquait le mépris. Sans y prêter attention, Mme Coulter s'occupait du feu, avec des gestes posés et habiles, après quoi, elle fit chauffer de l'eau dans la casserole pour le thé.

Mais le scepticisme du singe l'affectait malgré elle. Pendant qu'elle émiettait au-dessus de l'eau la brique de thé gris foncé, elle se demandait ce qu'elle était en train de faire, si elle n'était pas devenue folle et, surtout, elle se demandait ce qui arriverait lorsque l'Église découvrirait ce qu'elle avait fait. Le singe doré avait raison. Elle ne cachait pas seulement Lyra ; elle se cachait également la réalité.

Le petit garçon jaillit de l'obscurité, à la fois rempli d'espoir et effrayé, en murmurant :

— Lyra... Lyra... Lyra...

Derrière lui, il y avait d'autres silhouettes, encore plus indistinctes, encore plus silencieuses. Elles semblaient appartenir au même groupe, à la même espèce, mais leurs visages demeuraient invisibles, leurs voix étaient muettes ; et celle du garçon n'était qu'un murmure, son visage était obscur et flou, comme une chose à moitié oubliée.

— Lyra... Lyra...

Où étaient-ils ?

Dans une vaste plaine, sous un ciel de plomb où ne brillait aucune lumière, enveloppés d'un brouillard qui masquait l'horizon de tous les côtés. La terre avait été piétinée et aplatie par des millions de pieds, bien que ces pieds soient plus légers que des plumes ; c'était donc le temps qui l'avait écrasée ainsi, bien que le temps fût immobile en ce lieu ; c'était donc que les choses étaient ainsi. C'était la fin de toutes choses et le dernier des mondes.

— Lyra...

Que faisaient-ils ici ?

Ils étaient prisonniers. Quelqu'un avait commis un crime, mais nul ne savait lequel exactement, ni qui l'avait commis, ni quelle autorité avait le pouvoir de juger.

Pourquoi ce garçon ne cessait-il d'appeler Lyra ?

L'espoir.

Qui étaient-ils ?

Des fantômes.

Et malgré tous ses efforts, Lyra ne pouvait pas les toucher. Ses mains impuissantes s'agitaient dans le vide, et pourtant, le garçon la suppliait toujours.

— Roger, dit-elle, mais sa voix n'était qu'un murmure. Roger, où es-tu ? Quel est donc cet endroit ?

Il répondit :

— C'est le monde des morts, Lyra... Je ne sais pas quoi faire... je ne sais pas si je vais rester ici pour toujours, je ne sais pas si j'ai fait quelque chose de mal ou non, car j'ai essayé d'être sage, mais je n'aime pas cet endroit, et j'ai peur. Je déteste cet endroit...

Et Lyra dit :

— Je

2
Balthamos et Baruch

> C'est alors qu'un esprit passa devant mon visage...
>
> Le livre de Job

Taisez-vous, ordonna Will. Taisez-vous. Ne me dérangez pas. C'était juste après l'enlèvement de Lyra, juste après que Will était descendu du haut de la montagne, juste après que la sorcière avait tué son père. Il alluma la petite lanterne en fer-blanc qu'il avait prise dans les affaires de son père, en se servant des allumettes qui se trouvaient avec et, accroupi à l'abri du rocher, il ouvrit le sac à dos de Lyra.

Avec sa main valide, il fouilla à l'intérieur et découvrit le lourd aléthiomètre, enveloppé dans du velours. L'instrument scintillait à la lueur de la lanterne et Will le brandit devant les deux silhouettes dressées à ses côtés, ces formes qui se faisaient appeler des anges.

— Vous savez déchiffrer ce machin ? leur demanda-t-il.

— Non, répondit une voix. Viens avec nous. Tu dois nous accompagner. Tu dois voir Lord Asriel.

— Qui vous a ordonné de suivre mon père ? Vous disiez qu'il ignorait que vous le suiviez. Mais il savait ! s'exclama Will avec fougue. Il m'avait averti de votre arrivée. Il en savait plus que vous ne l'imaginiez. Qui vous envoie ?

— Personne ne nous envoie. Nous agissons de notre propre chef, dit la voix. Notre but est de servir Lord Asriel. Cet homme qui est mort, que voulait-il que tu fasses avec le couteau ?

Will hésita :

— Il m'a demandé de l'apporter à Lord Asriel.

— Alors, suis-nous.

— Non. Pas avant d'avoir retrouvé Lyra.

Il enveloppa l'aléthiomètre dans l'étoffe de velours et le remit dans le sac à dos. Après l'avoir refermé, il s'emmitoufla dans l'épais manteau de son père pour se protéger de la pluie et resta accroupi, regardant fixement les deux ombres.

— Vous dites la vérité ? demanda-t-il.

— Oui.

— Alors, êtes-vous plus forts que les êtres humains, ou plus faibles ?

— Plus faibles. Vous autres, vous possédez une véritable enveloppe charnelle, pas nous. Malgré tout, tu dois venir avec nous.

— Non. Si je suis plus fort que vous, vous

devez m'obéir. En outre, j'ai le poignard. Je peux donc vous donner des ordres : aidez-moi à retrouver Lyra. Peu importe le temps que cela prendra, je la retrouverai et *ensuite* j'irai voir Lord Asriel.

Les deux silhouettes restèrent muettes pendant plusieurs secondes. Puis elles s'éloignèrent de quelques mètres pour converser, et Will ne put entendre ce qu'elles se disaient.

Finalement, elles revinrent vers lui pour déclarer :

— Très bien. Tu commets une erreur, mais tu ne nous laisses pas le choix. Nous t'aiderons à retrouver cette enfant.

Will essayait de percer l'obscurité pour les apercevoir plus distinctement, mais la pluie brouillait sa vue.

— Approchez, que je vous voie, dit-il.

Les formes avancèrent et, curieusement, elles semblèrent encore plus floues.

— Vous verrai-je mieux à la lumière du jour ?

— Non, encore moins bien. Nous n'appartenons pas à un ordre très élevé chez les anges.

— Si je ne vous vois pas, personne d'autre ne peut vous voir. Vous pouvez demeurer invisibles. Essayez de découvrir où se trouve Lyra. Elle ne peut pas être très loin. Elle est certainement avec une femme, c'est elle qui l'a enlevée. Partez à sa recherche et revenez me dire ce que vous avez vu.

Les anges s'élevèrent dans l'atmosphère orageuse, puis disparurent. Will sentit alors une terrible pesanteur s'abattre sur lui. Il lui restait peu de forces, déjà, avant le combat avec son père ; maintenant, il était mort de fatigue et n'avait qu'une seule envie : fermer ses yeux, lourds et douloureux à force de pleurer.

Il rabattit le manteau sur sa tête, serra le sac à dos contre sa poitrine et s'endormit presque immédiatement.

— Introuvables, déclara une voix.

Will l'entendit dans les profondeurs de son sommeil et lutta pour se réveiller. Enfin (il lui fallut presque une minute, car il devait revenir, de très loin, à la conscience), il parvint à ouvrir les yeux, pour découvrir le soleil éclatant du matin.

— Où êtes-vous ? demanda-t-il.

— À côté de toi, répondit l'ange. Par ici.

Autour de lui, les rochers, le lichen et la mousse brillaient d'un éclat vif dans le soleil matinal, mais Will n'apercevait aucune silhouette.

— Je t'ai dit qu'il n'était pas facile de nous voir en plein jour, ajouta la voix. Tu nous verras mieux dans la pénombre, au crépuscule ou à l'aube, et encore mieux dans l'obscurité. Mais en plein soleil, nous sommes presque invisibles. Mon compagnon et moi avons inspecté les environs, mais nous n'avons aperçu ni femme ni enfant. Peut-être, cependant, ont-elles campé au bord d'un lac d'eau bleue. Il y a là-bas un homme mort et une sorcière dévorée par un Spectre.

— Un mort, dites-vous ? De quoi a-t-il l'air ?

— C'était un homme d'une soixantaine d'années. Bien en chair, avec une peau douce. Des cheveux gris. Richement vêtu et enveloppé d'un parfum capiteux.

— C'est Sir Charles, dit Will. Ça ne peut être que lui. Mme Coulter l'a sans doute tué. Enfin une bonne nouvelle.

— Cette femme a laissé des traces. Mon compagnon les a suivies. Il nous rejoindra quand il aura découvert où elle est allée. En attendant, je reste près de toi.

Will se leva et regarda autour de lui. L'orage avait purifié l'atmosphère ; l'air du matin était frais et propre, et dans cet air pur le spectacle qui les entourait paraissait encore plus pénible, car non loin de là gisaient les dépouilles de plusieurs sorcières qui les avaient escortés, Lyra et lui, jusqu'au rendez-vous avec son père. Déjà, une corneille noire déchiquetait à coups de bec le visage de l'une d'elles, et il voyait un gros rapace tournoyer dans le ciel au-dessus de leurs têtes, comme s'il cherchait le plus riche festin.

Will examina les corps l'un après l'autre : aucun n'était celui de Serafina Pekkala, la reine du clan des sorcières et l'amie de Lyra. Et soudain, il se souvint : n'était-elle pas partie brusquement, juste avant la tombée du soir, appelée par une autre tâche ?

Cela voulait dire qu'elle était peut-être toujours en vie. Ragaillardi par cette pensée, il scruta l'horizon dans l'espoir d'apercevoir la sorcière, mais où qu'il regardât, il ne voyait que le ciel bleu et les rochers aux angles tranchants.

— Où êtes-vous ? répéta-t-il.

— À côté de toi, répondit l'ange, comme toujours.

Will se tourna sur sa gauche, d'où venait la voix, mais il ne voyait rien.

— Personne ne peut vous voir, donc. Est-ce que quelqu'un d'autre pourrait vous entendre aussi bien que moi ?

— Pas si je murmure, répondit l'ange d'un ton acerbe.

— Comment vous appelez-vous ? Vous avez des noms ?

— Bien sûr. Je m'appelle Balthamos. Mon compagnon se nomme Baruch.

Will réfléchissait à ce qu'il allait faire maintenant. Quand vous choisissez un chemin parmi beaucoup d'autres, tous ceux que vous laissez de côté disparaissent comme des bougies qu'on souffle, et c'est comme s'ils n'avaient jamais existé. Pour le moment, tous les choix qui lui étaient offerts existaient simultanément. Mais les maintenir en vie ainsi signifiait ne pas agir. Il devait prendre une décision.

— Nous allons descendre de la montagne, déclara-t-il. Jusqu'au lac. J'y trouverai peut-être quelque chose d'intéressant et d'utile. De toute façon, j'ai soif. Je suivrai le chemin qui me semble le meilleur et, si je me trompe, vous pourrez me guider sur la bonne voie.

C'est seulement après plusieurs minutes de marche sur les pentes raides et rocailleuses que Will s'aperçut que sa main ne le faisait plus souffrir. À vrai dire, il avait totalement oublié sa blessure depuis qu'il s'était réveillé.

Il s'arrêta pour regarder le morceau d'étoffe grossière que son père avait attaché autour de sa main après leur combat. L'onguent dont il l'avait badigeonnée formait une pellicule grasse, mais il n'y avait aucune trace de sang, et cette constatation était pour lui un tel soulagement qu'il sentit son cœur s'emplir de joie.

Il essaya de remuer ses doigts. Certes, la blessure lui faisait encore mal, mais c'était une douleur différente ; ce n'était plus l'intense et épuisante douleur de la veille, mais une sensation plus sourde, plus diffuse. Comme si sa main était en train de guérir. Grâce à son père. Le sortilège des sorcières avait échoué, mais son père avait réussi à le soigner.

Réconforté, il poursuivit sa descente. Sans se préoccuper de l'ange.

Il lui fallut, malgré tout, trois heures et plusieurs interventions de Balthamos pour atteindre le petit lac bleu. Il avait la gorge desséchée par la soif et, sous le soleil torride, le manteau était devenu pesant et étouffant mais, quand il l'ôta, il regretta sa protection, car le soleil lui brûlait le cou et les bras. Abandonnant le manteau et le sac à dos, il parcourut en courant les derniers mètres qui le séparaient du lac et se coucha à plat ventre pour avaler goulûment des gorgées et des gorgées d'eau glacée. Elle était si froide qu'elle lui faisait mal aux dents et à la tête.

Ayant étanché sa soif, il s'assit par terre et regarda autour de lui. La veille, il n'était pas en état de faire attention au décor, mais maintenant, il découvrait la couleur intense de l'eau, il entendait les bruits stridents des insectes autour de lui.

— Balthamos ?

— Je suis toujours là.

— Où est le corps de l'homme ?

— Derrière le gros rocher, sur ta droite.

— Y a-t-il des Spectres dans les parages ?

— Non, aucun.

Après avoir récupéré ses affaires, Will longea le lac et remonta vers le rocher que lui avait indiqué Balthamos.

Juste derrière, on avait dressé un petit campement de cinq ou six tentes et allumé plusieurs feux pour cuisiner. Will avançait en restant sur ses gardes, au cas où quelqu'un se cacherait là.

Mais le silence était profond ; seuls les insectes tentaient de le briser. Les tentes étaient immobiles, l'eau du lac paisible, à peine troublée par quelques rides qu'il avait provoquées en s'y abreuvant. Soudain, un éclair vert près de ses pieds le fit sursauter, mais ce n'était qu'un lézard.

Les tentes étaient en toile de camouflage et,

paradoxalement, elles ressortaient de manière encore plus flagrante au milieu des roches ocre. Il jeta un coup d'œil à l'intérieur de la première : elle était vide. Tout comme la deuxième mais, dans la troisième, il trouva des objets intéressants : une gamelle et une boîte d'allumettes. Il y avait également une sorte de matière noire, sous forme de lanière, aussi longue et épaisse que son avant-bras. D'abord, il crut que c'était du cuir mais, à la lumière du soleil, il découvrit que c'était en réalité de la viande séchée.

Il avait un couteau, après tout. Il découpa une fine tranche de viande qu'il trouva un peu caoutchouteuse et légèrement salée, mais pleine de saveur. Il rangea la viande dans son sac à dos, avec la gamelle et les allumettes, et entreprit d'inspecter les autres tentes. Elles étaient toutes vides.

Il avait gardé la plus grande pour la fin.

— C'est là que se trouve le mort ? demanda-t-il en s'adressant au vide.

— Oui, répondit Balthamos. Il a été empoisonné.

Will contourna prudemment la tente pour accéder à l'entrée qui faisait face au lac. En effet, à côté d'un siège en toile renversé gisait le corps de l'homme connu sous le nom de Sir Charles Latrom dans le monde de Will, et de Lord Boreal dans celui de Lyra, l'homme qui avait volé l'aléthiomètre à Lyra, un vol qui avait conduit Will jusqu'au poignard subtil. Sir Charles avait été un homme hypocrite, malhonnête et puissant ; maintenant, il était mort. Son visage était déformé par un horrible rictus et Will n'avait pas envie de le regarder, mais un simple coup d'œil à l'intérieur de la tente lui apprit qu'il y avait là beaucoup de choses utiles, aussi enjamba-t-il le corps pour y voir de plus près.

Son père, le soldat, l'explorateur, aurait su exactement ce qu'il fallait emporter. Will, lui, devait deviner. Il prit une petite loupe protégée par un étui en acier, car il pourrait s'en servir pour allumer du feu et économiser ainsi ses allumettes ; une bobine de grosse ficelle ; une gourde métallique beaucoup plus légère que celle en peau de chèvre qu'il transportait, et un gobelet en fer-blanc ; une petite paire de jumelles, un rouleau de pièces d'or de la taille d'un pouce d'homme, enveloppées dans du papier ; une trousse de premiers secours ; des comprimés pour désinfecter l'eau ; un paquet de café ; trois sachets de fruits séchés ; un paquet de biscuits aux céréales ; six tablettes de chocolat à la menthe, un sachet d'hameçons pour la pêche et du fil de Nylon ; et, pour finir, un carnet et deux crayons, ainsi qu'une petite lampe électrique.

Il fourra le tout dans son sac à dos, se coupa encore une fine tranche de viande, retourna au bord du lac pour boire et remplir sa gourde. Puis il demanda à Balthamos :

— Vous croyez qu'on a besoin d'autre chose ?

— Un peu de bon sens ne te ferait pas de mal,

lui répondit-on. La faculté de savoir reconnaître la sagesse et de s'y soumettre.

— Vous possédez la sagesse ?

— Beaucoup plus que toi.

— Ça, je n'en sais rien. Êtes-vous un homme ? Vous avez une voix d'homme.

— Baruch était un homme. Pas moi. Maintenant, c'est un ange.

— Donc...

Will interrompit ce qu'il était en train de faire, à savoir disposer au fond de son sac à dos les objets les plus lourds, et essaya encore une fois d'apercevoir l'ange. En vain.

— Donc, Baruch était un homme autrefois, reprit-il. Mais ensuite... Est-ce que les gens deviennent des anges quand ils meurent ?

— Non, pas toujours. Rarement, même... Très rarement.

— Quand a-t-il vécu ?

— Il y a quatre mille ans, environ. Je suis beaucoup plus âgé.

— Il vivait dans mon monde ? Ou dans celui de Lyra ? Ou dans celui-ci ?

— Dans le tien. Mais il existe des myriades de mondes. Tu le sais.

— Comment les gens deviennent-ils des anges ?

— À quoi bon toutes ces questions métaphysiques ?

— C'est juste pour savoir.

— Tu ferais mieux de te concentrer sur ta

tâche. Tu as pillé les biens de ce défunt, tu as maintenant tout ce qu'il te faut pour survivre. Peut-on enfin se mettre en route ?

— Quand je saurai où aller.

— Où qu'on aille, Baruch nous retrouvera.

— Dans ce cas, il nous trouvera également si on reste ici. J'ai encore deux ou trois choses à faire.

Will s'assit à un endroit d'où il ne voyait pas le corps de Sir Charles et commença par manger trois carrés de chocolat à la menthe. Puis, revigoré et repu, il reporta son attention sur l'aléthiomètre. Les trente-six petits dessins peints sur l'ivoire étaient tous parfaitement clairs : on reconnaissait sans le moindre doute un bébé, une marionnette, une miche de pain... C'était leur signification qui demeurait obscure.

— Comment Lyra faisait-elle pour déchiffrer ce truc ? demanda-t-il à Balthamos.

— Il est fort possible qu'elle ait tout inventé. Ceux qui utilisent ces instruments ont étudié pendant des années, et malgré cela, ils ne les décryptent qu'avec l'aide de nombreux ouvrages de référence.

— Non, elle n'a rien inventé. Elle savait le déchiffrer pour de bon. Elle m'a dit des choses qu'elle n'aurait jamais pu deviner autrement.

— Dans ce cas, c'est également un mystère pour moi, tu peux me croire, dit l'ange.

En observant l'aléthiomètre, Will se souvint tout à coup d'une chose que lui avait révélée

Lyra concernant le moyen de déchiffrer les données de cet instrument : il fallait qu'elle se trouve dans un certain état d'esprit pour que ça fonctionne. Cette remarque l'avait d'ailleurs aidé, par la suite, à saisir les subtilités du poignard.

Intrigué, il prit le poignard et découpa une petite fenêtre en face de l'endroit où il était assis. Par l'ouverture, il ne vit que du ciel bleu mais, en bas, tout en bas, on apercevait un vaste paysage d'arbres et de champs : c'était son propre monde, assurément.

Ainsi, les montagnes dans ce monde-ci ne correspondaient pas aux montagnes de son monde. Il referma soigneusement la fenêtre, en utilisant sa main gauche pour la première fois. Quel bonheur de pouvoir s'en servir à nouveau !

C'est alors qu'une idée lui vint, si brutalement que ce fut comme une décharge électrique.

S'il existait des myriades de mondes, pourquoi le poignard n'ouvrait-il des fenêtres qu'entre ce monde-ci et le sien ?

Il devait forcément permettre de passer dans n'importe quel monde.

Will brandit le poignard en laissant son esprit glisser jusqu'à la pointe de la lame, comme le lui avait enseigné Giacomo Paradisi, jusqu'à ce que sa conscience vienne se nicher au milieu des atomes eux-mêmes, et qu'il sente chaque aspérité, chaque ondulation de l'air.

Au lieu de couper dès qu'il sentit la première petite résistance, comme il le faisait habituellement, il laissa le poignard avancer jusqu'à l'aspérité suivante et encore la suivante. C'était comme s'il suivait une couture en appuyant si délicatement qu'il n'arrachait aucun point.

— Que fais-tu ? demanda la voix qui flottait dans le vide, le ramenant à la réalité

— J'explore, répondit Will. Ne dites rien et mettez-vous sur le côté. Si jamais vous approchez trop près du poignard, il va vous couper et, étant donné que je ne vous vois pas, je ne peux pas vous éviter.

Balthamos émit un petit grognement pour exprimer son mécontentement. Will tendit de nouveau le poignard devant lui pour sentir ces infimes hésitations, ces interruptions dans la trame de l'atmosphère. Elles étaient beaucoup plus nombreuses qu'il ne l'imaginait. Et maintenant qu'il se contentait de les effleurer, sans éprouver le besoin de les transpercer immédiatement, il découvrait que chacune possédait une texture différente : celle-ci était dure et nettement délimitée, celle-là était plus nébuleuse, une autre était glissante, une autre fragile et cassante...

Mais parmi toutes ces aspérités, certaines étaient plus faciles à sentir que d'autres et, tout en connaissant déjà la réponse, il tailla dans l'une d'elles pour avoir confirmation : il était tombé sur son monde, encore une fois.

Il referma la fenêtre et chercha avec la pointe du poignard une aspérité au toucher différent. Il en trouva une qui était à la fois élastique et résistante et il laissa la lame s'y enfoncer.

Gagné ! Le monde qu'il découvrit par cette ouverture n'était pas le sien : le sol était plus proche, et le paysage n'était pas composé de champs et de pâturages verdoyants, mais de dunes désertiques.

Il la referma et en ouvrit une autre : une épaisse fumée grise flottait au-dessus d'une ville industrielle et des ouvriers aux visages mornes entraient dans une usine à la queue leu leu, en traînant les pieds.

Will referma cette fenêtre. Il avait un peu la tête qui tournait. Pour la première fois, il prenait conscience du véritable pouvoir du poignard subtil, et il le déposa avec d'infinies précautions sur la pierre devant lui.

— Tu as l'intention de rester ici toute la journée ? demanda Balthamos.

— Je réfléchis. On peut passer aisément d'un monde à l'autre, mais seulement si le sol est au même niveau. Peut-être y a-t-il des endroits où c'est le cas, et c'est peut-être là que se font tous les passages... Et il faut savoir reconnaître son monde avec la pointe de la lame ou sinon, vous risquez de ne jamais pouvoir revenir. Vous êtes perdu à tout jamais.

— Exact. Mais pourrions-nous...

— Et il faut savoir quel monde se situe au même niveau que celui où vous êtes, ou sinon ça ne sert à rien d'ouvrir un passage, dit Will, comme s'il se parlait à lui-même. Ce n'est donc pas aussi facile que je le croyais. Peut-être qu'on a simplement eu de la chance à Oxford et à Cittàgazze. Mais je vais...

Il reprit le poignard. À côté de cette sensation nette et évidente qu'il éprouvait quand il effleurait un point qui s'ouvrait sur son propre monde, il avait ressenti à plusieurs reprises une autre sensation : une sorte de résonance, comme si on frappait sur un gros tam-tam, sauf que, bien évidemment, cela se traduisait par d'infimes mouvements dans le vide.

Là, par exemple... Il déplaça sa main pour sonder le vide à un autre endroit... Là, encore !

Il enfonça la lame et constata qu'il avait deviné juste. La vibration signifiait que le sol du monde dans lequel il ouvrait une fenêtre se trouvait au même niveau que celui dans lequel il était. C'est ainsi que Will se retrouva en train de contempler une grande prairie verte sous un ciel plombé, où un troupeau de bêtes paissait paisiblement. Il n'avait encore jamais vu de tels animaux : de la taille d'un bison, ces étranges créatures avaient de longues cornes, une fourrure bleue hirsute et une crête de poils raides sur le dos.

Il franchit l'ouverture. L'animal le plus proche leva la tête avec indifférence, avant de se remettre à brouter. Laissant la fenêtre ouverte, Will, qui se trouvait maintenant dans la prairie de cet autre monde, chercha avec la pointe du poignard les accrocs familiers dans le vide et les testa l'un après l'autre.

Oui, il pouvait créer une ouverture sur son monde à partir de celui-ci, il surplombait toujours les fermes et les champs. Et il pouvait localiser aisément cette vibration caractéristique du monde de Cittàgazze qu'il venait de quitter.

Envahi par un soulagement intense, Will regagna le campement au bord du lac, en refermant toutes les fenêtres derrière lui. Désormais, il pouvait retrouver son chemin, il ne se perdrait plus. Désormais il pouvait se cacher en cas de nécessité, et se déplacer sans risque.

Ses forces semblaient s'accroître en même temps que ses connaissances. Il rangea le poignard dans la gaine fixée à sa taille et balança le sac à dos sur son épaule.

— Alors, tu es prêt maintenant ? demanda la voix, d'un ton sarcastique.

— Oui. Je peux vous expliquer si vous le souhaitez, mais ça ne semble pas vous intéresser.

— Oh, tout ce que tu fais est pour moi une source de fascination perpétuelle. Mais ne t'occupe pas de moi. Pense plutôt à ce que tu vas dire à ces gens qui approchent.

Surpris, Will balaya du regard les environs. Sur le chemin, au loin, un groupe de voyageurs, accompagnés de chevaux de bât, avançait en file indienne vers le lac, d'un pas lent et régulier. Ils n'avaient pas encore vu le garçon mais, s'il restait où il était, cela n'allait pas tarder.

Will récupéra le manteau de son père qu'il avait étendu au soleil sur une pierre. Sec, il pesait beaucoup moins lourd. Il regarda autour de lui : il n'y avait rien d'autre à emporter.

— Allons-nous-en, dit-il.

Il aurait aimé refaire son pansement avant de se mettre en route, mais cela pouvait attendre. Il partit en longeant le lac, pour s'éloigner des voyageurs, et l'ange lui emboîta le pas, invisible dans l'air éclatant de lumière.

Bien plus tard dans la journée, ils descendirent des montagnes pelées pour atteindre un éperon rocheux couvert d'herbe et de rhododendrons nains. Will mourait d'envie de se reposer, et il se promit de s'arrêter bientôt.

L'ange parlait peu. De temps à autre, Balthamos disait : « Non, pas par là », ou bien : « Il y a un passage plus facile à gauche », et le garçon suivait ses conseils mais, en vérité, il continuait d'avancer uniquement pour avancer, et pour rester à bonne distance du groupe de nomades car, tant que le deuxième ange ne les avait pas rejoints pour leur apporter des nouvelles, ils auraient pu tout aussi bien rester où ils étaient.

Maintenant que le soleil commençait à décliner, Will avait l'impression qu'il distinguait mieux son étrange compagnon. Les contours de sa silhouette semblaient vibrer dans la lumière et, à l'intérieur de cette forme, l'air paraissait plus dense.

— Balthamos ? J'aimerais trouver un ruisseau. Y en a-t-il un, par ici ?

— Il y a une source au milieu de cette pente, répondit-il, juste au-dessus de ces arbres.

— Merci.

Will trouva sans peine la source, s'y abreuva et remplit sa gourde. Mais alors qu'il s'apprêtait à descendre vers le petit bois, Balthamos poussa une exclamation, et le garçon se retourna juste à temps pour voir la silhouette de l'ange dévaler la pente vers... vers quoi, au juste ? Il n'était visible que durant une fraction de seconde, et Will s'aperçut qu'il le voyait mieux quand il ne le regardait pas directement. Soudain, Balthamos sembla s'immobiliser et tendre l'oreille, avant de s'élancer dans les airs pour revenir à toute allure vers lui.

— Par ici ! dit-il d'une voix dépourvue de désapprobation et de sarcasme pour une fois. Baruch est passé par ici ! Il y a une fenêtre, presque invisible. Viens ! Allez, viens.

Will le suivit de bon cœur, oubliant sa lassitude. Cette fenêtre, constata-t-il quand ils s'en approchèrent, s'ouvrait sur un paysage sombre de toundra, plus plat que les montagnes du monde de Cittàgazze, et plus froid également, coiffé d'un ciel de plomb. Il franchit l'ouverture, suivi immédiatement par Balthamos.

— Quel est ce monde ? interrogea Will.

— C'est celui de la fillette. C'est par ici qu'ils

sont passés. Baruch les a suivis. Ils font route vers le sud, très loin vers le sud.

— Comment le savez-vous ? Vous lisez dans ses pensées ?

— Évidemment que je lis dans ses pensées. Partout où il va, mon cœur l'accompagne. Nous ne faisons qu'un, bien que nous soyons deux.

Will regarda autour de lui. Il n'y avait aucun signe de vie dans ce paysage et l'air ambiant devenait de plus en plus froid à mesure que la lumière déclinait.

— Je n'ai pas envie de dormir ici, déclara-t-il. On va passer la nuit dans le monde de Ci'gazze et on reviendra demain matin. Au moins, il y a du bois là-bas, je pourrai faire du feu. Et maintenant que je sais à quoi ressemble son monde, je peux le retrouver avec l'aide du poignard... Au fait, Balthamos, pouvez-vous prendre d'autres formes ?

— Pourquoi ferais-je une chose pareille ?

— Dans ce monde, chaque être humain possède un dæmon, et si je m'y promène sans en avoir un, les gens vont se méfier. La première fois que j'ai vu Lyra, elle a eu peur de moi à cause de ça. Si on veut voyager dans son monde, vous devrez faire semblant d'être mon dæmon et prendre l'apparence d'un animal. Un oiseau, par exemple. Comme ça, vous pourrez voler.

— Oh, quel ennui.

— En êtes-vous capable, oui ou non ?

— Je *pourrais*...

— Alors, montrez-moi. Maintenant.

La silhouette de l'ange sembla se condenser et tourbillonner comme un petit vortex dans les airs, puis un merle vint se poser en douceur aux pieds de Will.

— Posez-vous sur mon épaule, dit-il.

L'oiseau s'exécuta et dit, avec la voix acerbe de l'ange :

— Je me transformerai uniquement si c'est nécessaire. Je trouve cela affreusement humiliant.

— Tant pis. Chaque fois que nous croiserons des gens dans ce monde, vous deviendrez un oiseau. Ça ne sert à rien de protester ou d'en faire tout un plat. Faites ce qu'on vous demande.

Le merle quitta son épaule et disparut dans le ciel, puis l'ange réapparut dans la pénombre, l'air boudeur. Avant qu'ils franchissent la fenêtre en sens inverse, Will regarda encore une fois autour de lui et renifla l'air pour s'imprégner du monde dans lequel Lyra était retenue prisonnière.

— Où est votre compagnon ? demanda-t-il.

— Il suit la femme vers le sud.

— Dans ce cas, nous suivrons cette direction, nous aussi. Demain matin.

Le lendemain, Will marcha pendant des heures sans voir personne. C'était une région de collines basses tapissées d'une herbe rase et, dès qu'il se trouvait sur le moindre monticule, il cherchait à percevoir autour de lui des traces d'habitations humaines, mais en vain. L'unique variation dans tout ce vide brunâtre et poussiéreux était une tache vert foncé au loin, vers laquelle il se dirigea, car Balthamos lui indiqua qu'il s'agissait d'une forêt, et qu'il y avait là-bas une rivière qui descendait vers le sud. Quand le soleil atteignit son zénith, Will essaya vainement de dormir à l'ombre des buissons et, à l'approche du soir, il avait mal aux pieds et il tombait de fatigue.

— On n'avance pas vite, commenta Balthamos d'un ton acerbe.

— Je n'y peux rien. Si vous n'avez rien d'utile à dire, taisez-vous.

Quand il atteignit l'orée de la forêt, le soleil était bas à l'horizon et l'air chargé de pollen, à tel point qu'il éternua plusieurs fois, effrayant un oiseau qui s'envola d'un fourré tout proche en poussant des cris aigus.

— C'est la première créature vivante que je vois aujourd'hui, fit remarquer Will.

— Où as-tu l'intention de camper ? demanda Balthamos.

L'ange apparaissait par moments dans les ombres étirées des arbres. Le peu que le garçon distinguait de son expression trahissait son irritation.

— Je vais devoir m'arrêter par ici. Vous pourriez m'aider à choisir un bon endroit. J'entends un ruisseau, essayez donc de le localiser.

L'ange disparut. Will continua d'avancer en traînant les pieds, parmi les racines de bruyère et de myrte, déplorant l'absence de chemin et regardant décliner la lumière avec appréhension. Il devait choisir rapidement un endroit pour s'arrêter, sinon l'obscurité ferait ce choix à sa place.

— À gauche, lui souffla Balthamos, tout près de lui. Il y a un ruisseau et un arbre mort pour faire du feu. Par ici...

Il se laissa guider par la voix de l'ange et, en effet, il découvrit bientôt l'endroit en question. Un ruisseau coulait bruyamment entre des pierres recouvertes de mousse, pour disparaître ensuite dans un étroit goulet, presque noir à l'ombre des arbres qui le surplombaient. Au bord du ruisseau, une pente herbeuse s'élevait vers les buissons.

Avant de s'autoriser à se reposer, Will entreprit de ramasser du bois, et c'est ainsi qu'il découvrit un cercle de pierres calcinées, dans l'herbe, là où quelqu'un avait fait du feu, il y a bien longtemps. Il rassembla une brassée de branches et, à l'aide de son poignard, les tailla à la bonne longueur, avant d'essayer de les enflammer. Il ignorait comment s'y prendre et il gâcha plusieurs allumettes avant de réussir à allumer un feu.

L'ange l'observait avec un mélange de patience et de lassitude.

Quand le feu eut pris, Will mangea deux biscuits aux céréales, un morceau de viande séchée et un peu de chocolat à la menthe. Il fit passer le tout avec quelques gorgées d'eau fraîche. Balthamos était assis à ses côtés, silencieux et, au bout d'un moment, Will demanda :

— Vous allez me regarder comme ça pendant longtemps ? Je ne vais pas m'enfuir.

— J'attends Baruch. Il va bientôt revenir. Alors je ne ferai plus attention à toi, si ça te fait plaisir.

— Voulez-vous manger quelque chose ?

Balthamos se rapprocha légèrement ; il paraissait tenté.

— Je ne sais même pas si vous avez besoin de manger, ajouta-t-il, mais si vous voulez quelque chose, n'hésitez pas.

— Qu'est-ce donc que ça ?... demanda l'ange, circonspect, en désignant la tablette de chocolat à la menthe.

— Du sucre, essentiellement, je suppose. Et de la menthe. Tenez.

Il brisa un carré de chocolat et le tendit à Balthamos. Celui-ci pencha la tête sur le côté et renifla. Finalement, il le prit ; Will sentit le contact léger et frais de ses doigts dans sa paume.

— Voilà qui va me nourrir, dit l'ange. Un carré suffira, je te remercie.

Pendant qu'il grignotait lentement le morceau de chocolat, le garçon s'aperçut qu'en regardant le feu, tout en gardant l'ange dans l'angle de son champ de vision, il le voyait beaucoup mieux.

— Où est Baruch ? demanda-t-il. Peut-il communiquer avec vous ?

— Je sens qu'il est proche. Il sera bientôt là. Quand il reviendra, nous parlerons. C'est ce qu'il y a de mieux.

Une dizaine de minutes plus tard, un bruit de battements d'ailes vint caresser leurs oreilles, et Balthamos se leva prestement. Quelques secondes plus tard, les deux anges s'étreignaient, et Will, en plongeant son regard dans les flammes, put assister à ces démonstrations d'affection mutuelle. C'était même plus que de l'affection : les deux anges s'aimaient d'un amour passionné.

Finalement, Baruch s'assit à côté de son compagnon, pendant que Will attisait le feu, faisant s'élever un nuage de fumée qui passa devant les deux anges et souligna brièvement les contours de leurs corps. Il eut ainsi l'occasion, pour la première fois, de les voir presque clairement. Balthamos était mince, ses ailes étroites étaient repliées de manière élégante entre ses épaules et son visage affichait une expression où le mépris hautain le disputait à une profonde et tendre compassion, comme s'il était disposé à aimer toutes les choses, si seulement sa nature lui permettait d'oublier leurs défauts. Mais il ne voyait aucun défaut chez Baruch, c'était l'évidence même. Baruch paraissait plus jeune, comme l'avait indiqué Balthamos, et plus robuste ; ses ailes d'une blancheur immaculée étaient imposantes. Il possédait également une nature plus simple et regardait Balthamos comme s'il se trouvait devant la source de la connaissance et de la joie absolues. Will était à la fois intrigué et ému par l'amour qui unissait ces deux êtres.

— Alors, savez-vous où est Lyra ? demanda-t-il avec impatience.

— Oui, répondit Baruch. Dans une vallée de l'Himalaya, très haut, près d'un glacier dont le reflet transforme la lumière du soleil en arcs-en-ciel. Je vais te dessiner une carte dans la terre pour que tu reconnaisses ce lieu. La fille est retenue prisonnière dans une grotte dissimulée au milieu des arbres, avec une femme qui la maintient endormie.

— Endormie ? Cette femme est-elle seule ? Il n'y a pas de soldats avec elle ?

— Elle est seule, oui. Et elle se cache.

— Lyra n'est pas blessée ?

— Non. Seulement endormie. Et elle rêve. Je vais te montrer où elles sont.

De son doigt pâle, Baruch traça une carte dans la terre nue près du feu. Will prit son carnet pour la recopier de manière exacte. Le dessin représentait un glacier au cours sinueux, coulant entre trois sommets quasiment identiques.

— Rapprochons-nous maintenant, dit l'ange. La vallée où se trouve la grotte descend sur la gauche du glacier ; elle est traversée par un torrent de neige fondue. L'entrée de la vallée est ici...

Il traça une autre carte, que Will copia également ; puis une troisième, en se rapprochant chaque fois de la grotte, pour que Will puisse l'atteindre sans difficulté... à condition de parcourir les sept ou huit mille kilomètres qui le séparaient de ces montagnes. Le poignard était utile pour ouvrir des passages entre les mondes, mais il n'abolissait pas les distances.

— Il y a une sorte d'autel près du glacier, ajouta Baruch, orné de drapeaux de soie rouge effilochés par les vents. Une jeune fille apporte à manger aux deux réfugiées. Les gens du village pensent que la femme est une sainte qui les bénira s'ils subviennent à ses besoins.

— Sans blague ? dit Will. Et elle se *cache*... C'est ça que je ne comprends pas. Elle veut échapper à l'Église ?

— On dirait.

Il rangea soigneusement les cartes qu'il avait recopiées. Après avoir déposé le gobelet en fer-blanc près du feu pour faire chauffer de l'eau, il y versa un peu de café en poudre, qu'il remua avec une brindille, puis enveloppa sa main d'un mouchoir avant de prendre le gobelet pour boire.

Une branche enflammée tomba dans le feu ; un oiseau de nuit poussa un cri.

Soudain, sans aucune raison apparente (autant que Will pouvait en juger), les deux anges tournèrent la tête dans la même direction. Il suivit leurs regards, sans rien voir. Un jour, il avait vu son chat réagir ainsi : l'animal assoupi s'était redressé tout à coup et avait regardé une chose, ou une personne invisible entrer dans la pièce et la traverser. Will avait senti ses cheveux se dresser sur sa nuque, comme maintenant.

— Éteins le feu, murmura Balthamos.

Avec sa main valide, Will ramassa un peu de terre qu'il jeta sur les flammes pour les étouffer. Le froid l'assaillit immédiatement, en pénétrant jusqu'aux os, et il fut pris de frissons. Il s'emmitoufla dans son manteau et leva de nouveau la tête.

Il y avait quelque chose à voir, cette fois : une forme scintillait au-dessus des nuages, et ce n'était pas la lune.

Il entendit Baruch murmurer :

— Le Chariot ? Ce pourrait être lui ?

— Que se passe-t-il ? demanda le garçon à voix basse.

L'ange se pencha vers lui et murmura :

— Ils savent que nous sommes là. Ils nous ont retrouvés. Prends ton poignard, Will, et...

Avant qu'il puisse achever sa phrase, quelque chose jaillit de l'obscurité du ciel et vint percuter Balthamos de plein fouet. En une fraction de seconde, Baruch avait bondi sur la chose, et Balthamos se débattait pour tenter de libérer ses ailes. Les trois créatures luttaient furieusement dans la pénombre, telles d'énormes abeilles prisonnières d'une toile d'araignée gigantesque, sans faire le moindre bruit. Will n'entendait que les craquements des branches et les feuilles qui bruissaient.

Il ne pouvait pas se servir de son poignard :

les trois combattants se déplaçaient trop rapidement. Alors, il sortit la lampe électrique de son sac à dos et l'alluma.

Ils ne s'attendaient pas à cela. L'agresseur déploya ses ailes, Balthamos mit son bras devant ses yeux ; seul Baruch eut la présence d'esprit de poursuivre le combat. Will découvrait maintenant le visage de l'ennemi : c'était également un ange, mais bien plus grand et plus fort que les deux autres. Baruch plaquait sa main sur la bouche de l'agresseur.

— Will ! cria Balthamos. Le poignard... Ouvre une fenêtre, vite !...

Au même moment, l'agresseur parvint à se libérer de l'étau des mains de Baruch, et il hurla :

— *Lord Régent ! Je les tiens !*

Jamais Will n'avait entendu pareil cri. Une seconde plus tard, l'ange aurait bondi dans les airs, mais le garçon lâcha sa lampe et s'élança. Certes, il avait tué un monstre des falaises, mais se servir de son poignard contre une créature qui lui ressemblait, c'était beaucoup plus difficile. Malgré tout, il serra entre ses bras les grandes ailes et les larda de coups de poignard, jusqu'à ce que l'air soit envahi de flocons blancs tourbillonnants, et au milieu de ce déferlement de sensations violentes, il se souvint des paroles de Balthamos : « Vous êtes faits de chair, pas nous. » Les êtres humains étaient plus forts que les anges, effectivement : il était sur le point de terrasser l'agresseur.

Mais celui-ci continuait à hurler, de sa voix stridente qui perçait les tympans :

— *Seigneur ! À moi, à moi !*

Will parvint à lever les yeux vers le ciel et vit les nuages s'agiter, tourbillonner, et une lueur immense qui semblait de plus en plus intense, comme si les nuages eux-mêmes étaient illuminés par une énergie intérieure, semblable à du plasma.

Balthamos s'écria :

— Will ! Cours ouvrir un passage ! Avant qu'il n'arrive...

Mais l'ange se débattait ; il avait réussi à libérer une de ses ailes et essayait de se relever. Baruch vola au secours de Will, obligeant l'agresseur à renverser la tête en arrière.

— Non ! hurla Balthamos. Non ! Non !

Il se jeta sur Will, lui secoua le bras, l'épaule, les mains, pendant que leur adversaire essayait de pousser un nouveau cri, mais Baruch avait réussi à plaquer sa main sur sa bouche. Au-dessus de leurs têtes résonna un grondement terrible, semblable à une puissante dynamo, presque inaudible tant il était sourd, et qui pourtant ébranla tous les atomes de l'air et transperça les os de Will.

— Il arrive... dit Balthamos d'une voix blanche, et cette fois, le garçon sentit la peur qui l'habitait. Je t'en supplie, Will...

Il leva la tête.

Les nuages s'ouvraient et une silhouette dévalait le gouffre sombre ainsi dévoilé ; petite tout d'abord, elle devenait de plus en plus imposante à mesure qu'elle se rapprochait. La créature fonçait droit sur eux, visiblement animée de mauvaises intentions. Will était certain d'apercevoir ses yeux.

— Will, réagis ! lança Baruch d'un ton pressant.

Will se redressa, en s'apprêtant à dire : « Tenez-le bien » mais, alors même que ces mots lui venaient à l'esprit, l'ange s'écroula et sembla littéralement se dissoudre comme une nappe de brouillard. Will regarda autour de lui d'un air hébété ; il se sentait à la fois ridicule et écœuré.

— L'ai-je tué ? demanda-t-il d'une voix tremblante.

— Tu n'avais pas le choix, dit Baruch. Mais maintenant...

— Tout ça me dégoûte ! s'exclama Will avec fougue. Vraiment, je ne supporte plus cette tuerie ! Quand cela s'arrêtera-t-il ?

— Ne restons pas là, dit Balthamos d'une petite voix. Vite, Will... Vite, je t'en supplie...

Les deux anges étaient morts de peur.

Will sonda l'air avec la pointe de son poignard. N'importe quel monde, plutôt que celui-ci. D'un geste habile, il entailla le vide et leva la tête : l'autre ange descendu du ciel serait là dans quelques secondes, et son expression était terrifiante. Malgré la distance, durant ces quelques instants de panique, Will se sentit sondé et entièrement vidé par une forme d'intelligence infinie, brutale et sans pitié.

De plus, l'ange était armé d'une lance, et voilà qu'il la brandissait pour la lancer vers...

Durant les quelques secondes qu'il lui fallut pour contrôler sa descente, se redresser et armer son bras afin de décocher le trait, Will suivit Baruch et Balthamos dans l'autre monde et s'empressa de refermer la fenêtre derrière lui. Alors que ses doigts comprimaient le dernier centimètre de vide, un grand choc ébranla l'atmosphère. Mais il ne craignait plus rien, il était à l'abri : c'était la lance qui l'aurait transpercé s'il était resté un instant de plus dans cet autre monde.

Ils se retrouvèrent sur une plage de sable, sous une lune éclatante. Des arbres semblables à des fougères géantes poussaient à l'intérieur des terres, un peu plus loin et des dunes basses s'étendaient sur des kilomètres le long du rivage. Le climat était chaud et humide.

— Qui était-ce ? demanda Will, tremblant, face aux deux anges.

— C'était Métatron, dit Balthamos. Tu aurais dû...

— Métatron ? Qui est-ce ? Pourquoi nous a-t-il attaqués ? Ne me mentez pas.

— Nous devons lui dire, déclara Baruch en se tournant vers son compagnon. Tu aurais déjà dû le faire.

— Oui, c'est exact, concéda Balthamos, mais j'étais en colère contre lui et inquiet pour toi.

— Dites-moi tout maintenant, exigea Will. Et souvenez-vous : cela ne sert à rien de me dire ce que je dois faire, cela ne m'intéresse pas. Je m'en moque. Il n'y a que Lyra qui m'intéresse, et ma mère. C'est *ça*, ajouta-t-il à l'attention de Balthamos, le but de toutes ces spéculations métaphysiques, comme vous dites.

Baruch intervint :

— Je pense que nous devons te confier ce que nous savons, Will. C'est pour cela que nous t'avons cherché, et c'est pour cela que nous devons te conduire auprès de Lord Asriel. Nous avons découvert un secret du Royaume — le monde de l'Autorité — et nous devons le partager avec lui. Sommes-nous en sécurité ici ? demanda-t-il en regardant autour de lui. Il n'y a pas d'autre passage ?

— C'est un monde différent. Dans un univers différent.

Le sable sur lequel ils se trouvaient était doux et la pente de la dune voisine accueillante. Grâce au clair de lune, ils voyaient à des kilomètres : ils étaient totalement seuls.

— Dites-moi tout, alors, demanda Will. Parlez-moi de Métatron, et dites-moi quel est ce secret. Pourquoi cet ange l'a-t-il appelé Régent ? Quelle est cette Autorité dont vous parlez ? Dieu ?

Il s'assit sur le sable, et les deux anges, dont

les silhouettes semblaient plus nettes que jamais au clair de lune, l'imitèrent.

Ce fut Balthamos qui parla le premier :

— L'Autorité, Dieu, le Créateur, le Seigneur, Yahvé, El, Adonaï, le Roi, le Père, le Tout-Puissant... tels sont les noms qu'il s'est donnés. Mais il n'a jamais été le Créateur. C'était un ange, comme nous ; le premier ange, certes, le plus puissant, mais formé de Poussière comme nous, et le terme Poussière n'est qu'un mot pour désigner ce qui se produit quand la matière commence à comprendre ce qu'elle est. La matière aime la matière. Elle cherche à en savoir plus sur elle-même, et c'est ainsi que la Poussière se forme. Les premiers anges sont nés d'un condensé de Poussière, et l'Autorité fut le premier de tous. À ceux qui sont venus ensuite, il a dit qu'il les avait créés, mais c'était un mensonge. Parmi eux se trouvait une créature plus intelligente que lui et elle a compris la vérité, alors il l'a bannie. Nous continuons à la servir. Et l'Autorité continue à régner sur le Royaume. Métatron est son Régent.

— Mais au sujet de ce que nous avons découvert à l'intérieur de la Montagne Nébuleuse, nous ne pouvons pas tout te dire. Nous nous sommes juré l'un à l'autre que le premier à être mis au courant serait Lord Asriel.

— Dites-moi tout ce que vous pouvez. Ne me laissez pas dans l'ignorance.

— Nous avons réussi à pénétrer dans la Montagne Nébuleuse, expliqua Baruch, et il ajouta aussitôt : pardonne-nous, nous utilisons ces termes un peu trop facilement. On l'appelle parfois le Chariot également. Ce n'est pas un endroit fixe, vois-tu ; il se déplace d'un point à un autre. Où qu'il aille, c'est là que se trouve le cœur du Royaume, sa citadelle, son palais. Dans sa jeunesse, l'Autorité n'était pas entourée de nuages mais, avec le temps, ils se sont accumulés tout autour, de plus en plus épais. Nul n'a vu le sommet depuis des milliers d'années. Voilà pourquoi on a surnommé sa citadelle la Montagne Nébuleuse.

— Et qu'avez-vous découvert là-bas ?

— L'Autorité elle-même réside dans une pièce située au cœur de la montagne. Nous n'avons pas pu nous en approcher, mais nous l'avons vue. Son pouvoir...

— Il a délégué une grande partie de son pouvoir à Métatron, déclara Balthamos, comme je le disais. Tu as vu à quoi il ressemble. Nous lui avons déjà échappé une fois, et il nous a revus aujourd'hui. Mais surtout, il t'a vu toi aussi, et il a vu le poignard. Je pense que...

— Allons, Balthamos, dit Baruch sans élever le ton, ne gronde pas Will. On a besoin de son aide, et on ne peut pas lui reprocher d'ignorer ce que *nous* avons mis si longtemps à découvrir.

Balthamos détourna le regard.

— Si je comprends bien, demanda Will, vous ne voulez pas me dire quel est ce secret ? Très bien. Répondez à cette question, alors : que se passe-t-il quand on meurt ?

Balthamos se retourna vers lui, surpris.

Baruch dit :

— Il existe un monde pour les morts. Où il se trouve et ce qui s'y passe, personne ne le sait. Grâce à Balthamos, mon fantôme n'y est jamais allé. Je suis ce qui était autrefois le fantôme de Baruch. Le monde des morts est un mystère pour nous.

— C'est un camp de prisonniers, dit Balthamos. L'Autorité l'a installé au tout début. Mais pourquoi veux-tu en savoir plus ? Tu le découvriras le moment venu.

– Mon père vient d'y aller, voilà pourquoi. Il m'aurait raconté tout ce qu'il savait, si on ne l'avait pas tué. Vous dites que c'est un monde... Vous voulez parler d'un monde comme celui-ci, un autre univers ?

Balthamos se tourna vers son compagnon, qui haussa les épaules.

— Et que se passe-t-il dans ce monde des morts ? demanda Will.

— Impossible à dire, répondit Baruch. Tout ce qui le concerne est secret. Les Églises elles-mêmes ne savent pas. Elles racontent à leurs fidèles qu'ils vivront éternellement au paradis, mais c'est un mensonge. Si les gens savaient réellement...

— C'est là que se trouve maintenant le fantôme de mon père ?

— Sans aucun doute, comme ces millions et millions de personnes qui sont mortes avant lui.

— Pourquoi n'êtes-vous pas allés voir directement Lord Asriel avec votre secret, quel qu'il soit ? Au lieu d'essayer de me retrouver ?

— Nous n'étions pas sûrs qu'il nous croirait, dit Balthamos, à moins qu'on ne lui apporte la preuve de nos bonnes intentions. Deux misérables anges sans grade, au milieu de toutes les forces qu'il côtoie ! Pourquoi nous prendrait-il au sérieux ? Par contre, si nous pouvions lui apporter le poignard, et celui qui le possède, il nous écouterait certainement. Le poignard est une arme puissante, et Lord Asriel serait ravi de t'avoir à ses côtés.

— Je regrette, dit Will, mais ça me paraît un peu faible comme explication. Si vous aviez vraiment confiance dans votre secret, vous n'auriez pas besoin d'une excuse pour voir Lord Asriel.

— Il y a une autre raison, avoua Baruch. Nous savions que Métatron nous pourchasserait, et nous voulions nous assurer que le poignard ne tomberait pas entre ses mains. Si nous pouvions te convaincre de rencontrer d'abord Lord Asriel, ensuite tu...

— Oh, non, pas question, déclara Will. Au lieu de m'aider à retrouver Lyra, vous me compliquez la tâche. Elle compte plus que tout pour moi, et vous la négligez complètement. Eh bien, pas moi. Allez donc voir Lord Asriel et fichez-moi la paix. Obligez-le à vous écouter. Vous pouvez arriver jusqu'à lui bien plus vite que moi, en volant. Et je veux d'abord retrouver Lyra, quoi qu'il advienne. Faites ce que je vous dis. Partez. Laissez-moi.

— Mais tu as besoin de moi, dit Balthamos avec froideur, car je peux faire semblant d'être ton dæmon et, sans moi, tu te feras remarquer dans le monde de Lyra.

La colère empêchait Will de répondre. Il se leva et s'éloigna d'une vingtaine de pas sur le sable doux et profond, puis s'arrêta, assommé par la chaleur et l'humidité.

Quand il se retourna, il vit les deux anges qui se parlaient à l'oreille. Finalement, ils le rejoignirent, humbles et maladroits, mais fiers malgré tout.

Baruch dit :

— Nous sommes désolés. Je vais me rendre auprès de Lord Asriel, seul, pour lui transmettre notre secret, et je lui demanderai d'envoyer des renforts pour t'aider à retrouver sa fille. J'en ai pour deux jours de vol, si je voyage sans me ménager.

— Et moi, je resterai auprès de toi, déclara Balthamos.

— Très bien. Merci, dit Will.

Les deux anges s'étreignirent. Puis Baruch enlaça Will et l'embrassa sur les joues. Son baiser était léger et frais, comme les mains de Balthamos.

— Si on continue à marcher en direction de Lyra, dit Will, est-ce que vous nous retrouverez ?

— Jamais je ne perdrai Balthamos, répondit-il en reculant d'un pas.

Puis il décolla du sol, s'éleva à toute vitesse dans le ciel et s'évanouit au milieu des étoiles éparpillées. Balthamos le regarda disparaître avec tristesse et envie.

— Va-t-on dormir ici, ou est-il préférable de continuer ? demanda-t-il en se tournant vers Will.

— Nous allons dormir ici.

— Dors, dans ce cas, pendant que je monte la garde. J'ai été brutal avec toi, Will, j'ai eu tort. Tu portes un très lourd fardeau, et je devrais t'aider au lieu de te morigéner. Désormais, j'essaierai d'être plus charitable.

Will s'allongea sur le sable chaud, en sachant que, quelque part, tout près de là, l'ange montait la garde. Mais cette pensée était un maigre réconfort.

nous ferai sortir d'ici, Roger, je te le promets. Will va arriver, j'en suis sûre.

Il ne comprenait pas. Il écarta ses mains blanches et secoua la tête.

— Je sais pas qui c'est, et il viendra jamais jusqu'ici, dit-il. Et même s'il vient saura pas qui je suis.

— Il viendra pour moi, dit-elle. Et Will et moi... je ne sais pas comment, Roger, mais je te jure qu'on t'aidera. Et n'oublie pas tous ceux qui sont de notre côté. Il y a Serafina, il y a Iorek et

3

Les charognards

> Les os du chevalier sont retournés à la poussière, et sa brave épée rouille ; son âme est avec les saints, j'en suis sûr.
>
> S.T. Coleridge

Serafina Pekkala, la reine des sorcières du lac Enara, pleurait en traversant les cieux tourmentés de l'Arctique. Elle pleurait de rage, de peur et de remords : de rage envers cette femme Coulter qu'elle s'était juré de tuer ; de peur en voyant ce qui arrivait à sa terre adorée, et de remords... Elle affronterait les remords plus tard.

En attendant, elle regardait fondre la calotte glaciaire, elle regardait les forêts submergées, la mer en crue, et son cœur se brisait.

Mais elle ne s'arrêta pas pour visiter sa terre natale, ni même pour réconforter et encourager ses sœurs. Au lieu de cela, elle continua à voler vers le nord, toujours plus loin, au milieu du brouillard et des bourrasques qui enveloppaient

Svalbard, le royaume de Iorek Byrnison, l'ours en armure.

Elle avait du mal à reconnaître l'île principale. Les montagnes étaient nues et noires ; seules quelques vallées protégées du soleil avaient conservé un peu de neige dans leurs plis ombragés. Mais que venait donc faire le soleil dans cette région, à cette époque de l'année ? Toute la nature était chamboulée.

Il fallut presque toute une journée à Serafina Pekkala pour trouver l'ours-roi. Elle le découvrit enfin au milieu des rochers, au nord de l'île, en train de poursuivre un morse à la nage. Les ours avaient plus de mal à chasser dans l'eau : quand la terre était recouverte de glace et que les gros mammifères marins étaient obligés de remonter à la surface pour respirer, les ours avaient l'avantage du camouflage et leurs proies se trouvaient hors de leur élément. C'était l'ordre naturel des choses.

Mais Iorek Byrnison avait faim, et même les défenses pointues des puissants morses ne pouvaient le décourager. Serafina regardait les deux créatures se livrer un combat sans merci et rougir l'écume blanche de la mer. Finalement, Iorek sortit de l'eau la carcasse de son adversaire et la lança sur une large avancée rocheuse, sous le regard de trois renards au pelage miteux, qui observaient la scène à distance respectueuse et attendaient leur tour pour profiter du festin.

Quand l'ours-roi eut fini de manger, Serafina

descendit pour lui parler. Le moment était venu pour elle d'affronter ses remords.

— Roi Iorek Byrnison, dit-elle, puis-je te parler ? Je dépose mes armes à tes pieds.

Joignant le geste à la parole, elle posa son arc et ses flèches sur le rocher mouillé entre eux. Iorek les regarda brièvement et Serafina se dit que si le visage de l'ours avait pu trahir une émotion, elle y aurait vu de la surprise.

— Parle, Serafina Pekkala, grogna-t-il. Nous ne nous sommes jamais affrontés, il me semble ?

— Roi Iorek, j'ai abandonné ton camarade Lee Scoresby.

Les petits yeux noirs de l'ours et son museau ensanglanté étaient immobiles. La sorcière voyait le vent agiter l'extrémité de ses poils beiges sur son dos. Il ne dit rien.

— M. Scoresby est mort, ajouta-t-elle. Avant de le quitter, je lui avais remis une fleur pour qu'il puisse faire appel à moi en cas de besoin. J'ai entendu son appel et j'ai volé jusqu'à lui, malheureusement je suis arrivée trop tard. Il est mort en combattant une horde de Moscovites, mais j'ignore ce qui les avait attirés là-bas, ni pourquoi il a tenté de les maintenir en respect, alors qu'il aurait pu aisément s'enfuir. Roi Iorek, je suis accablée de remords.

— Où cela s'est-il produit ?

— Dans un autre monde. C'est une très longue histoire.

— Dans ce cas, parle sans tarder.

Serafina Pekkala lui fit part du projet de Lee Scoresby : retrouver l'homme connu sous le nom de Stanislaus Grumman. Elle lui raconta ensuite comment Lord Asriel avait abattu la barrière entre les mondes, et elle évoqua les conséquences de ce geste : la fonte des glaces, par exemple. Elle lui raconta comment la sorcière Ruta Skadi avait suivi les anges, et elle essaya de décrire à l'ours-roi ces êtres volants, comme Ruta les lui avait décrits : la lumière qui les éclairait, la clarté cristalline de leur aspect, la profondeur de leur sagesse.

Pour finir, elle lui décrivit ce qu'elle avait découvert en répondant à l'appel de Lee Scoresby.

— J'ai enveloppé son corps d'un sortilège pour le préserver du pourrissement, précisa-t-elle. Il durera jusqu'à ce que tu voies sa dépouille, si tu le souhaites. Mais cette mort me préoccupe, roi Iorek. Toutes ces choses me préoccupent, mais surtout cela.

— Où est l'enfant ?

— Je l'ai confiée à mes sœurs, car je devais répondre à l'appel de Lee.

— Dans ce même monde ?

— Oui.

— Comment puis-je m'y rendre ?

Elle le lui expliqua. Iorek Byrnison l'écouta d'un air impassible, puis il déclara :

— J'irai voir Lee Scoresby. Ensuite, je me rendrai dans le Sud.

— Dans le Sud ?

— La glace a abandonné cette région. J'ai longuement réfléchi, Serafina Pekkala. J'ai affrété un bateau.

Les trois petits renards attendaient patiemment. Deux d'entre eux étaient allongés, la tête posée sur leurs pattes, et ils guettaient ; le troisième, toujours assis, suivait la conversation. En charognards qu'ils étaient, les renards de l'Arctique avaient assimilé des bribes de langage, mais leur cerveau était constitué de telle façon qu'ils comprenaient uniquement les phrases formulées au présent. Par conséquent, la majeure partie de ce que racontaient Iorek et Serafina n'étaient pour eux que des sons sans signification. En outre, quand ils parlaient, ils ne disaient généralement que des mensonges, et peu importe s'ils répétaient ce qu'ils avaient entendu : nul ne pouvait deviner ce qui était vrai ou non, même si les monstres des falaises, très crédules, gobaient tout ce qu'on leur racontait sans jamais tirer les leçons de leurs déconvenues. Les sorcières et les ours étaient habitués à voir les renards se nourrir de leurs conversations, comme ils le faisaient avec les vestiges de leurs repas.

— Et toi, Serafina Pekkala, demanda Iorek, que vas-tu faire maintenant ?

— Je vais partir à la recherche des gitans, dit-elle. Je crois qu'on va avoir besoin d'eux.

— Lord Faa, dit l'ours. Ce sont de grands guerriers. Bon voyage.

Sur ce, il se détourna, se glissa dans l'eau sans une éclaboussure et se mit à nager, à sa manière régulière et inépuisable, en direction du nouveau monde.

Quelque temps plus tard, Iorek Byrnison traversa les fourrés noircis et les rochers fendus par la chaleur à la lisière d'une forêt calcinée. Le soleil brillait à travers le brouillard et la fumée, mais l'ours-roi ignorait la canicule, comme il ignorait la poussière de charbon de bois qui salissait sa fourrure blanche et les moustiques qui cherchaient vainement un morceau de peau à piquer.

Il avait parcouru un long chemin et, au cours de son périple, il avait senti à un moment donné qu'il s'enfonçait dans cet autre monde. Il perçut le changement dans le goût de l'eau et la température, mais l'air restait respirable et l'eau continuait à porter sa lourde carcasse, alors il nagea sans s'arrêter et, après avoir laissé la mer derrière lui, il avait presque atteint à présent l'endroit que lui avait décrit Serafina Pekkala. Il regarda autour de lui et ses yeux noirs s'attardèrent sur une paroi de roche calcaire escarpée qui scintillait sous le soleil, au-dessus de sa tête.

Entre la lisière de la forêt calcinée et les montagnes, une pente rocailleuse faite d'éboulis et de pierraille était jonchée de débris de métal tordu et brûlé : des poutrelles et des traverses provenant de quelque machine complexe. Iorek

Byrnison les examina avec l'œil exercé du forgeron et du guerrier, mais il n'y avait rien de récupérable parmi ces débris. De sa griffe puissante, il creusa un sillon dans une traverse qui paraissait moins abîmée que les autres et sentit le manque de résistance du métal. Il s'en désintéressa aussitôt et se remit à scruter la paroi de la montagne.

C'est alors qu'il découvrit ce qu'il cherchait : un ravin étroit qui s'enfonçait entre les parois déchiquetées, et dont l'entrée était condamnée par un gros rocher.

Il s'en approcha d'un pas décidé. Sous ses pattes énormes, des os se brisaient avec des craquements secs dans le silence, car un grand nombre d'hommes étaient morts ici, et leurs corps avaient été nettoyés par les coyotes, les vautours et d'autres créatures plus petites. Ignorant ces craquements sinistres, le grand ours continuait d'avancer, prudemment, vers le rocher. Mais le sol était instable et il était très lourd ; plus d'une fois la pierraille le trahit et le força à redescendre, dans un éboulis de poussière et de graviers. Mais, chaque fois, l'ours repartait à l'assaut de la pente, inlassablement, patiemment, jusqu'à ce qu'il atteigne le rocher, où le sol était plus ferme.

Les pierres étaient criblées d'impacts de balles. Tout ce que lui avait raconté la sorcière était vrai. En guise de confirmation, une petite fleur de l'Arctique, une saxifrage mauve, poussait de manière improbable à l'endroit où la sorcière l'avait plantée, comme un signal, dans une fissure du rocher.

Iorek Byrnison le contourna. Ce rocher offrait un bon bouclier contre des ennemis placés en contrebas, mais ce n'était pas suffisant car, parmi la grêle de balles qui avait arraché des éclats de pierre, certaines avaient réussi à atteindre leur cible et elles étaient demeurées là : dans le corps de l'homme qui gisait dans l'ombre, raide.

Mais c'était toujours un corps, pas un squelette, grâce au sort jeté par la sorcière qui l'avait protégé de la décomposition. Iorek découvrit ainsi le visage intact de son vieux camarade, crispé par la douleur de ses blessures, et il voyait distinctement les trous irréguliers dans ses vêtements, là où les balles étaient entrées. Le sort protecteur jeté par la sorcière ne s'appliquait pas au sang qui avait dû couler en abondance, mais les insectes, le soleil et le vent en avaient effacé toute trace. Pour autant, Lee Scoresby ne paraissait pas endormi, ni en paix : il ressemblait à quelqu'un qui est mort au combat et qui sait que cette bataille a été une victoire.

Et parce que l'aéronaute texan était un des rares êtres humains que Iorek estimait, il accepta le dernier cadeau que lui faisait cet homme. Avec ses griffes habiles, il déchira les vêtements du mort, éventra le corps d'un seul coup de patte et commença à se régaler de la chair et du sang de son vieil ami. C'était son premier repas depuis plusieurs jours et il avait faim.

Mais une toile de pensées complexes se tissait dans l'esprit de l'ours-roi, qui allaient bien au-delà de la faim et du contentement. Il songeait à la petite Lyra, qu'il avait surnommée Parle-d'Or, et qu'il avait vue pour la dernière fois alors qu'elle traversait un pont de neige fragile au-dessus d'une crevasse, sur son île de Svalbard. Il pensait également à toute cette agitation parmi les sorcières, les rumeurs de pactes, d'alliances et de guerre. Et puis, bien entendu, la chose la plus étrange de toutes : l'existence de ce nouveau monde, et les affirmations de la sorcière selon lesquelles existaient bien d'autres mondes semblables, dont le sort commun était lié, d'une certaine façon, au destin de cette fillette.

Pour finir, Iorek pensait à la fonte des glaces. Son peuple et lui vivaient sur la glace ; la glace était leur maison, leur citadelle. Depuis les importantes perturbations survenues dans l'Arctique, elle avait commencé à disparaître, et Iorek savait qu'il devait découvrir un autre repaire pour ses semblables, faute de quoi ils périraient. Lee lui avait dit qu'il existait au sud des montagnes si hautes que même son ballon ne pouvait les survoler, et qu'elles étaient couronnées de neige et de glace d'un bout de l'année à l'autre. Sa prochaine tâche consisterait à explorer ces montagnes.

Mais, dans l'immédiat, une chose plus simple occupait tout son cœur, une chose éclatante, dure et inébranlable : la vengeance. Lee Scoresby, qui avait sauvé Iorek du danger avec son ballon et combattu à ses côtés dans l'Arctique, était mort. Iorek le vengerait. La chair et les os du brave homme le nourriraient et lui insuffleraient force et courage jusqu'à ce qu'il y ait suffisamment de sang versé pour apaiser son cœur.

Le soleil se couchait lorsque l'ours-roi acheva son repas et l'air fraîchissait. Après avoir rassemblé en un petit tas les restes de Lee Scoresby, Iorek ôta la fleur de sa bouche et la déposa au centre du monticule, comme le faisaient les humains. Le sort était brisé maintenant et les restes du corps de Scoresby appartenaient à tous ceux qui s'en approcheraient. Bientôt, il nourrirait une dizaine de formes de vie différentes.

Sur ce, Iorek redescendit la pente rocailleuse, vers la mer, vers le sud.

Les monstres des falaises raffolaient des renards, chaque fois qu'ils réussissaient à en attraper. Ces petites créatures étaient rusées et vives, mais leur chair était tendre et fétide.

Avant de tuer celui-ci, le monstre des falaises le laissa parler et se moqua de son bavardage idiot.

— Ours doit aller au sud ! Je jure ! Sorcière préoccupée ! Vrai ! Je jure ! Promis !

— Les ours ne vont pas vers le sud, saleté de menteur.

— Vrai ! ours-roi doit aller au sud ! Je te montre morse... bonne chaire grasse...

— L'ours-roi va vers le sud ?

— Et créatures volantes ont un trésor ! Créatures volantes... anges... trésor de cristal !

— Des créatures volantes... comme des monstres des falaises ? Un trésor ?

— Comme la lumière, pas comme monstre des falaises. Riche ! Cristal ! Et sorcière préoccupée... sorcière désolée... Scoresby mort...

— Mort ? L'homme au ballon est mort ?

Le rire du monstre des falaises résonna contre les parois arides.

— Sorcière le tue... Scoresby mort, ours-roi va vers le sud...

— Scoresby est mort ! Ha ! ha ! Scoresby est mort !

Le monstre des falaises arracha la tête du renard et se battit avec ses frères pour dévorer les entrailles.

ils viendront, ils viendront !

— Mais toi, où es-tu, Lyra ?

Elle ne pouvait pas répondre à cette question.

— Je crois que je rêve, Roger.

Ce fut tout ce qu'elle trouva à dire.

Derrière le petit garçon, elle apercevait d'autres fantômes, des dizaines, des centaines, leurs têtes collées les unes contre les autres, ils regardaient fixement et écoutaient chaque parole.

— Et cette femme ? demanda Roger. J'espère qu'elle est pas morte. J'espère qu'elle va rester en vie le plus longtemps possible. Parce que si elle vient ici, y aura plus d'endroit pour se cacher, et on lui appartiendra pour toujours. C'est le seul intérêt que je vois d'être mort, c'est qu'elle l'est pas. Mais je sais bien qu'elle mourra un jour...

Lyra était paniquée.

— Je crois que je suis en train de rêver, et je ne sais pas où elle est ! dit-elle. Elle est tout près et je ne peux pas

4
Ama et les chauves-souris

> Elle gisait là comme si elle jouait — sa vie d'un bond s'en était allée — avec l'intention de revenir — mais pas avant longtemps.
>
> Emily Dickinson

Ama, la fille du berger, conservait dans sa mémoire l'image de la fillette endormie : elle ne pouvait s'empêcher de penser à elle. Pas une seconde, elle ne douta de la véracité de ce que lui avait raconté Mme Coulter. Les sorcières existaient, cela ne faisait aucun doute, et il était fort probable qu'elles jetaient des sorts qui vous plongeaient dans le sommeil. Et il était normal qu'une mère s'occupe ainsi de sa fille, avec énergie et tendresse. Ama éprouvait une admiration proche de l'idolâtrie pour cette belle femme et sa fille envoûtée.

Dès que l'occasion se présentait, elle allait dans la petite vallée, pour rendre des services à la femme, ou simplement pour bavarder avec elle et l'écouter, car elle avait de merveilleuses histoires à raconter. À chacune de ses visites, Ama espérait entr'apercevoir la jeune dormeuse, mais cela n'était arrivé qu'une fois, et sans doute n'aurait-elle plus jamais ce privilège.

Et pendant qu'elle était occupée à traire les chèvres, à carder et à filer la laine, elle pensait en permanence à la fillette endormie, et elle se demandait pour quelle raison on lui avait jeté un pareil sort. Mme Coulter ne lui avait jamais expliqué ce qui s'était passé, laissant Ama libre de tout imaginer.

Un jour, elle prit un pain au miel et effectua les trois heures de marche qui conduisaient à Cho-Lung-Se, où se trouvait un monastère. À force de cajoleries et de patience et en soudoyant le gardien avec une part de ce pain, elle parvint à obtenir une audience avec le grand gué risseur Pagdzin *tulku*, qui avait soigné une épidémie de fièvre blanche l'année précédente, un être doté d'une infinie sagesse.

Ama pénétra dans la cellule du grand homme, en s'inclinant très bas et en lui offrant le reste de son pain au miel, avec toute l'humilité dont elle était capable. Le dæmon-chauve-souris du moine fondit sur elle pour l'observer, effrayant celui d'Ama, Kulang, qui se réfugia dans ses cheveux, mais elle s'efforça de demeurer immobile et muette jusqu'à ce que Pagdzin *tulku* parle.

— Eh bien, mon enfant ? Je t'écoute. Fais vite, dit-il

Sa longue barbe grise dansait à chacun de ses mots.

Dans la pénombre de la cellule, Ama distinguait principalement cette barbe et ces yeux brillants. Le dæmon-chauve-souris s'immobilisa enfin en allant se pendre à une poutre au-dessus de lui, alors elle dit :

— Je vous en supplie, Pagdzin *tulku*, j'ai besoin d'un peu de votre grande sagesse. J'aimerais savoir comment on confectionne des sorts et des enchantements. Pouvez-vous me l'enseigner ?

— Non.

Elle s'attendait à cette réponse.

— Pourriez-vous m'enseigner juste un remède, alors ? demanda-t-elle humblement.

— Peut-être. Mais je ne te dirai pas de quoi il se compose. Je peux te donner le remède, pas son secret.

— Très bien. Je vous remercie, c'est très généreux de votre part, dit-elle en s'inclinant plusieurs fois.

— Quelle est cette maladie, et qui en est atteint ? demanda le vieil homme.

— C'est la maladie du sommeil, expliqua Ama. Elle frappe le fils du cousin de mon père.

Elle se disait que c'était une excellente idée de changer le sexe du malade, au cas où le guérisseur aurait entendu parler de la femme dans la grotte.

— Et quel âge a ce garçon ?

— Deux ans de plus que moi, Pagdzin *tulku*, répondit-elle, un peu au hasard, il a donc douze ans. Il dort tout le temps, il n'arrive pas à se réveiller.

— Pourquoi ses parents ne viennent-ils pas me voir ? Pourquoi t'ont-ils envoyée ?

— Ils vivent à l'autre bout de mon village et ils sont très pauvres, Pagdzin *tulku*. Je n'ai appris la maladie de ce pauvre garçon qu'aujourd'hui, et je suis venue aussitôt réclamer vos conseils.

— Il faudrait que je voie le patient pour pouvoir l'examiner de manière approfondie, et que je calcule la position des planètes au moment où il s'est endormi. Toutes ces choses ne peuvent se faire dans la précipitation.

— N'avez-vous pas un remède à me donner ?

Le dæmon-chauve-souris quitta la poutre et virevolta un instant dans la cellule, tache noire dans la pénombre, avant de se poser sur le sol et de traverser la pièce à toute vitesse, plusieurs fois et dans tous les sens, si rapidement qu'Ama ne le voyait plus. Mais l'œil vif du guérisseur suivait exactement les déplacements de son dæmon et, quand celui-ci retourna s'accrocher à sa poutre, la tête en bas, enveloppé dans ses ailes noires, le vieil homme se leva et alla d'une étagère à l'autre, de pot en pot, de boîte en boîte, pour prendre ici une cuillerée de poudre et là une pincée d'herbe, dans l'ordre indiqué par le dæmon.

Il versa tous les ingrédients dans un mortier et les écrasa en marmonnant un sort. Puis il tapota le pilon sur le bord du mortier, fit glisser avec son doigt la poudre qui y était collée, et prit ensuite un pinceau et de l'encre pour tracer des caractères sur un bout de papier. Quand l'encre fut sèche, il versa délicatement la poudre sur les inscriptions et replia la feuille en un petit paquet carré.

— Qu'ils introduisent cette poudre dans les narines de l'enfant endormi, expliqua-t-il. Une petite dose à chaque inspiration, et il se réveillera. Il faut procéder avec énormément de précautions. Trop de poudre d'un seul coup et il s'étouffera. Utilisez un pinceau très doux.

— Merci, Pagdzin *tulku*, dit Ama en prenant le petit paquet et en le glissant dans la poche de sa chemise la plus proche de son corps. Je regrette de ne pas avoir un autre pain au miel à vous donner.

— Un pain suffit, dit le guérisseur. Pars maintenant et, la prochaine fois que tu viendras me voir, dis-moi toute la vérité, pas juste une partie.

Penaude, la fillette s'inclina bien bas pour masquer sa honte. Elle espérait malgré tout qu'elle n'en avait pas trop dit.

Le soir suivant, dès que possible, elle s'empressa de se rendre dans la vallée, en emportant du riz enveloppé dans une feuille d'arbre. Elle brûlait d'envie de raconter à la femme ce qu'elle avait fait, et de lui donner le remède pour recevoir ses louanges et ses remerciements et, surtout, elle avait hâte que la dormeuse se réveille et lui parle. Peut-être pourraient-elles devenir amies !

Mais en débouchant au coin du chemin et en levant les yeux, Ama ne vit pas le singe au pelage doré, ni aucune femme assise à l'entrée de la grotte, attendant patiemment on ne savait quoi. L'endroit était désert. Ama parcourut les derniers mètres en courant, craignant qu'ils ne soient partis pour toujours, mais la chaise sur laquelle s'asseyait la femme était toujours là, ainsi que les ustensiles de cuisine et tout le reste de leurs affaires.

Le cœur battant à tout rompre, elle scruta les profondeurs obscures de la grotte. De toute évidence, la dormeuse ne s'était pas réveillée ; on apercevait la silhouette du sac de couchage dans la pénombre, la tache plus claire de la chevelure de la fillette et la forme blanche de son dæmon endormi.

Ama s'approcha à petits pas. Cela ne faisait aucun doute : la femme et le singe étaient partis en laissant seule la petite fille envoûtée.

Une pensée frappa alors Ama, comme une note de musique : et si elle la réveillait avant le retour de la femme...

Mais elle n'eut guère le temps de savourer le délicieux frisson que lui procurait cette idée car, soudain, elle entendit des bruits sur le chemin qui menait à la grotte et, traversée par un autre frisson, de peur cette fois, elle courut se réfugier avec son dæmon derrière une avancée rocheuse, sur le côté de la grotte. Elle n'avait pas le droit de se trouver ici. Elle était une intruse. C'était mal.

Le singe doré venait d'apparaître à l'entrée de la grotte. Accroupi, il reniflait l'air en tournant la tête dans tous les sens. Ama le vit retrousser ses babines sur ses longues dents pointues, et elle sentit son dæmon se réfugier à l'intérieur de ses vêtements, sous la forme d'une souris tremblante.

— Que se passe-t-il ? demanda la femme en s'adressant au singe, et la grotte s'assombrit lorsque sa silhouette se découpa dans l'ouverture.

— La fille est venue ? Oui... Je vois qu'elle a apporté de la nourriture. Il ne faut pas qu'elle entre ici. Nous devons convenir d'un endroit sur le chemin où elle laissera ce qu'elle nous apporte.

Sans même jeter un regard à l'enfant endormie, elle se pencha pour rallumer le feu et faire chauffer de l'eau dans une casserole, pendant que son dæmon, accroupi à ses côtés, observait le chemin. De temps à autre, il se levait pour faire le tour de la grotte, et Ama, recroquevillée dans son étroite cachette, regrettait amèrement de ne pas avoir attendu dehors. Combien de temps allait-elle rester ainsi prise au piège ?

La femme mélangeait des herbes et différentes poudres dans de l'eau chaude. Ama sentait les arômes astringents qui s'envolaient avec la vapeur. Soudain, un son venu du fond de la grotte attira son attention : la fillette marmonnait et s'agitait. Ama tourna la tête et vit la dormeuse qui remuait dans son sac de couchage, en cachant ses yeux avec son bras. Elle se réveillait !

Et la femme s'en moquait bien !

Elle l'avait entendue pourtant, car elle leva la tête, brièvement, et reporta aussitôt son attention sur son mélange d'herbes et de poudres. Elle versa ensuite la décoction dans un gobelet et la laissa reposer ; alors seulement, elle s'intéressa à la fillette qui se réveillait.

Ama ne comprenait pas ce qu'elle disait, mais elle écoutait ses paroles avec une stupéfaction et une méfiance grandissantes.

— Chut, ma chérie, disait la femme. Ne t'inquiète pas. Tu ne crains rien ici.

— Roger... murmura la fillette, encore à moitié endormie. Serafina ! Où est Roger... Où est-il ?

— Il n'y a que nous ici, répondit sa mère d'une voix douce et chantante. Redresse-toi un peu que maman puisse faire ta toilette... Debout, trésor...

Sous le regard d'Ama, la fillette luttait pour se réveiller en gémissant, et tentait de repousser sa mère. Mais celle-ci plongea une éponge dans la bassine remplie d'eau et tapota le visage et le corps de sa fille, avant de les essuyer.

Elle était presque réveillée désormais, et la femme devait agir vite.

— Où est Serafina ? Et Will ? Aidez-moi, aidez-moi ! Je ne veux pas dormir ! Non, non ! Je ne veux pas ! Non !

La femme tenait le gobelet d'une main ferme et, de l'autre, elle essayait de renverser la tête de Lyra.

— Reste calme, ma chérie... Du calme... Arrête de crier... Bois ta tisane...

Mais la fillette se débattait et faillit renverser le breuvage.

— Fichez-moi la paix ! hurla-t-elle. Je veux m'en aller d'ici ! Laissez-moi partir ! Will, Will, au secours !... À l'aide !

La femme l'avait saisie brutalement par les cheveux pour l'obliger à renverser la tête et plaquait le bord du gobelet contre ses lèvres.

— Je ne veux pas boire ça ! Si vous me touchez, Iorek vous arrachera la tête ! Oh, Iorek, où es-tu ? Iorek Byrnison ! Viens à mon secours, Iorek ! Je ne veux pas boire ça !

Il suffit d'un seul mot de la femme pour que le singe doré se jette sur le dæmon de Lyra et l'emprisonne avec ses gros doigts noirs et rugueux. Affolé, celui-ci passa d'une forme à une autre, avec une rapidité qui stupéfia Ama ; jamais elle n'avait vu un dæmon se métamorphoser aussi vite : chat-rat-renard-oiseau-loup-guépard-lézard-moufette...

Mais l'étau des doigts du singe ne se desserra pas. Jusqu'à ce que Pantalaimon devienne porc-épic.

Le singe poussa un grand cri de douleur et le lâcha. Trois longues épines étaient plantées dans sa paume. Mme Coulter grogna et, avec sa main libre, gifla violemment Lyra. Avant que la fillette ait pu reprendre ses esprits, le gobelet s'introduisit entre ses lèvres et elle fut obligée de déglutir pour ne pas s'étrangler.

Ama aurait voulu se boucher les oreilles : les bruits de déglutition, les pleurs, les toussotements, les sanglots, les supplications, les râles... tout cela était insupportable. Mais, peu à peu, la fillette se calma, et elle ne laissa plus échapper qu'un ou deux faibles sanglots, tandis qu'elle sombrait de nouveau dans le sommeil... Un sommeil artificiel, provoqué par une drogue ? Ama vit une forme blanche se matérialiser dans le cou de la fillette lorsque son dæmon, au prix d'un gros effort, prit l'apparence d'une créature de forme allongée, au pelage blanc comme neige, avec des petits yeux noirs brillants et une queue qui se terminait par une tache de la même couleur, pour se lover dans son cou.

La femme chantait des berceuses d'une voix douce en repoussant tendrement les mèches de cheveux sur le front de sa fille et en tamponnant son visage couvert de sueur ; elle chantonnait des chansons dont Ama elle-même devinait qu'elle ne connaissait pas les paroles, car elle faisait juste la-la-la, ba-ba-boo-boo... un véritable charabia débité d'une voix envoûtante.

Finalement, le chant cessa et la femme fit une

chose étrange : elle prit une paire de ciseaux et entreprit de couper les cheveux de la fillette endormie, en lui déplaçant la tête dans tous les sens pour rectifier la longueur. Elle prit une mèche de cheveux qu'elle plaça dans un petit médaillon qui pendait à son cou. Ama savait pourquoi elle faisait cela : elle allait s'en servir pour confectionner de nouveaux sorts. Mais la femme embrassa d'abord le pendentif... Oh, comme tout cela était étrange.

Pendant ce temps, le singe doré ôtait la dernière épine de porc-épic plantée dans sa paume, puis il dit quelque chose à la femme, qui tendit le bras pour s'emparer d'une chauve-souris accrochée à la voûte de la grotte. La petite créature noire battit furieusement des ailes et poussa des cris stridents. La femme tendit l'animal à son dæmon, et celui-ci tira sur une des ailes noires. Il tira avec acharnement... jusqu'à ce qu'elle se brise avec un craquement sec et se détache du corps de la chauve-souris, retenue seulement par les filaments blancs de quelques muscles, tandis que l'animal hurlait et que ses congénères paniquées virevoltaient dans la grotte. Les os continuaient à craquer de manière sinistre à mesure que le singe doré écartelait la pauvre créature, membre après membre, pendant que la femme, allongée sur son sac de couchage près du feu, grignotait d'un air morose une tablette de chocolat.

Le temps passa. Au-dehors, la lumière déclina,

la lune se leva, puis la femme et son dæmon s'endormirent.

Ama, les muscles ankylosés et endoloris, sortit prudemment de sa cachette et se dirigea vers la sortie en passant devant les dormeurs sur la pointe des pieds, sans faire le moindre bruit, jusqu'à ce qu'elle atteigne le milieu du chemin.

Poussée par la peur qui lui donnait des ailes, elle dévala le sentier étroit, suivie de son dæmon transformé en chouette, qui battait des ailes en silence. La fraîcheur de l'air pur, le balancement régulier des cimes des arbres, l'éclat des nuages baignés de lune et les millions d'étoiles dans le ciel noir, tout cela contribua à la calmer.

Elle s'arrêta en vue du petit groupe de maisons de pierre et son dæmon vint se percher sur son poing.

— Elle a menti ! dit Ama. Elle nous a *menti* ! Que peut-on faire, Kulang ? Doit-on le dire à papa ? Que peut-on *faire* ?

— Ne dis rien. Ça ne fera que compliquer les choses. N'oublie pas qu'on a le remède. On peut la réveiller. On retournera dans la grotte quand la femme n'y sera pas, on réveillera la fillette et on l'emmènera.

Cette perspective les emplissait de frayeur l'un et l'autre. Mais la décision était prise, le petit paquet de papier était à l'abri dans la poche d'Ama, et ils savaient comment l'utiliser.

me réveiller, je ne la vois pas... Je crois qu'elle est tout près... elle m'a fait du mal...

— Oh, Lyra, n'aie pas peur ! Si toi aussi tu as peur, je vais devenir fou...

Ils tentèrent de s'étreindre, mais leurs bras se refermèrent sur le vide. Lyra, dans un effort désespéré, chuchota tout près du petit visage pâle de Roger, dans l'obscurité :

— J'essaye de me réveiller... J'ai tellement peur de dormir toute ma vie, et de mourir ensuite... Je veux me réveiller avant ! Même si c'est juste pour une heure, je m'en fiche, du moment que je suis réveillée et vivante pour de bon... Je ne sais même pas si tout cela est réel ou non, mais je t'aiderai, Roger ! Je te le jure !

— Mais si tu rêves, Lyra, tu n'y croiras peut-être plus en te réveillant. Moi, c'est ce que je me dirais, je penserais que c'était juste un rêve.

— Non ! déclara-t-elle avec fougue, et

5

La tour inflexible

> Plein de cet ambitieux projet contre le trône et la monarchie de Dieu, il alluma au ciel une guerre impie et un combat téméraire dans une attente vaine...
>
> John Milton

Un lac de soufre en fusion couvrait toute l'étendue d'un immense canyon, libérant ses vapeurs pestilentielles par bouffées et rafales soudaines, et barrant le passage à la créature ailée solitaire qui se tenait au bord.

Si elle prenait le chemin des cieux, les éclaireurs ennemis qui l'avaient déjà repérée une fois, avant de la perdre de vue, l'apercevraient immédiatement ; mais si elle continuait à progresser au niveau du sol, il lui faudrait si longtemps pour franchir cette fosse toxique que son message arriverait sans doute trop tard.

Le messager devait courir le risque le plus grand. Il attendit qu'un nuage de fumée fétide monte de l'étendue jaune, et il s'élança vers le ciel, au cœur de la masse opaque.

Quatre paires d'yeux, dans différentes parties du ciel, captèrent ce bref mouvement et, aussitôt, quatre paires d'ailes fouettèrent l'air vicié.

Débuta alors une chasse où les poursuivants ne pouvaient distinguer leur proie, qui elle-même ne voyait pas où elle allait. Le premier qui émergerait du nuage opaque, à l'autre extrémité du lac, aurait l'avantage ; un avantage synonyme de survie... ou de mort.

Malheureusement pour le fugitif, il déboucha à l'air libre quelques secondes après l'un de ses poursuivants. Immédiatement, ils foncèrent l'un vers l'autre, laissant derrière eux un sillage de vapeur, grisés par les fumées toxiques et écœurantes. La proie eut d'abord l'avantage, mais un deuxième chasseur jaillit du nuage empoisonné et, dans un tourbillon furieux, ils livrèrent bataille tous les trois, tournoyant dans les airs tels des lambeaux de flammes ; ils s'élevèrent dans le ciel, replongèrent vers le sol, et s'élevèrent de nouveau, pour finalement dégringoler au milieu des rochers, sur l'autre rive. Les deux autres guetteurs n'émergèrent jamais du nuage fétide.

À l'extrémité ouest d'une chaîne de montagnes en dents de scie, au sommet d'un pic qui offrait une vue infinie sur la plaine et sur les vallées qui s'étendaient au-delà, une forteresse de basalte semblait jaillir de la montagne, comme née d'une éruption volcanique.

Dans de vastes cavernes situées sous les murs immenses étaient stockées et étiquetées des réserves de toutes sortes ; dans les dépôts d'armement, des engins de guerre étaient calibrés, chargés et testés ; dans les aciéries souterraines, des feux volcaniques alimentaient de puissantes forges où on faisait fondre du phosphore et du titane, afin de fabriquer des alliages inconnus.

Sur le flanc le plus exposé de la forteresse, dans les profondeurs sombres des contreforts où les murs infranchissables semblaient émerger des anciennes coulées de lave, se trouvait une petite porte, une poterne surveillée nuit et jour par une sentinelle qui se dressait devant tous ceux qui cherchaient à entrer.

Pendant que la relève de la garde s'effectuait sur les remparts, au-dessus, la sentinelle tapait du pied et se frictionnait les avant-bras avec ses mains gantées pour se réchauffer, car c'étaient les heures les plus froides de la nuit, et le petit feu de naphte qui se consumait à côté du soldat ne dégageait aucune chaleur. Le soulagement viendrait dans dix minutes, et il songeait déjà avec impatience à la tasse de chocolat, aux feuilles à fumer, et surtout à son lit, qui l'attendaient.

Aussi fut-il surpris en entendant frapper avec insistance à la petite porte.

Sur ses gardes, il ouvrit le judas d'un geste brusque, tout en tournant le robinet qui libéra un flot de naphte devant la veilleuse installée sur la paroi rocheuse. Dans la lumière qu'elle dispensait, il découvrit trois silhouettes encapuchonnées qui soutenaient une forme indistincte, qui semblait malade ou blessée.

Le premier des visiteurs abaissa sa capuche. Son visage n'était pas connu de la sentinelle, mais il récita le mot de passe et dit :

— Nous l'avons trouvé au bord du lac de soufre. Il prétend s'appeler Baruch. Il apporte un message urgent à Lord Asriel.

La sentinelle ôta la poutre qui bloquait la porte et son dæmon-terrier frémit en voyant les trois silhouettes franchir difficilement l'étroite entrée avec leur fardeau. Le dæmon laissa échapper malgré lui un grand cri, vite interrompu, lorsque la sentinelle découvrit que c'était un ange qu'ils transportaient ainsi. Un ange blessé, un ange sans grade et sans grands pouvoirs, mais un ange quand même.

— Allongez-le dans le corps de garde, dit la sentinelle, et tandis que les trois hommes s'exécutaient, il actionna la manivelle du téléphone pour avertir le responsable de la garde.

Sur le plus haut rempart de la forteresse se dressait une tour inflexible : une simple volée de marches conduisait à un ensemble de pièces dont les fenêtres donnaient au nord, au sud, à l'est et à l'ouest. La pièce la plus grande était meublée d'une table, de chaises et d'un coffre ; une autre pièce abritait un lit de camp. Une petite salle de bains complétait l'ensemble.

Lord Asriel était assis dans cette tour inflexible, face à son espion en chef, séparé de lui par une table recouverte d'un amas de documents éparpillés. Une lampe à naphte était suspendue au-dessus de la table, et un brasero contenait des braises incandescentes pour lutter contre le froid de la nuit. Derrière la porte, un petit faucon bleu était perché sur une équerre.

L'espion en chef se nommait Lord Roke. Il offrait un spectacle stupéfiant : il n'était pas plus grand que l'envergure de la main de Lord Asriel et aussi mince qu'une libellule, mais tous les capitaines de Lord Asriel le traitaient avec un profond respect, car il était armé d'un dard empoisonné fixé à ses talons.

Il avait pour habitude de s'asseoir sur la table et se distinguait par son extrême susceptibilité. À l'instar de ses semblables, les Gallivespiens, il ne possédait quasiment aucune des qualités qui font les bons espions sauf, évidemment l'exceptionnelle petitesse de sa taille : c'étaient des êtres si fiers et susceptibles que jamais ils ne seraient passés inaperçus s'ils avaient eu la taille d'un humain.

— Oui, dit-il d'une voix puissante et tranchante, les yeux brillants comme des gouttelettes d'encre, votre enfant, Lord Asriel. Je suis au courant. De toute évidence, j'en sais plus que vous.

Ce dernier le regarda droit dans les yeux et le

petit homme comprit aussitôt qu'il avait abusé de la courtoisie de son supérieur : la puissance du regard de Lord Asriel lui fit l'effet d'une chiquenaude et, déséquilibré, il dut se retenir au verre de vin qui se trouvait près de lui. En quelques secondes, Lord Asriel retrouva son expression neutre et vertueuse, comme pouvait l'être parfois celle de sa fille et, dès lors, l'espion se jura d'être plus prudent.

— Sans aucun doute, Lord Roke, répondit Lord Asriel. Mais pour des raisons qui m'échappent, l'Église s'intéresse beaucoup à cette fille, et je dois savoir pourquoi. Que disent-ils à son sujet ?

— Le Magisterium bourdonne de mille spéculations ; une branche dit une chose, une autre enquête sur quelque chose de différent, et chacune essaye de cacher ses découvertes aux autres. Les plus actives sont la Cour de Discipline Consistoriale et la Société du Travail du Saint-Esprit ; et, ajouta Lord Roke, j'ai placé des espions dans les deux.

— Dois-je comprendre que vous avez retourné un membre de la Société ? dit Lord Asriel. Je vous félicite. On les disait intouchables.

— Mon espion au sein de la Société est Lady Salmakia, répondit-il, un agent très doué. Elle a approché dans son sommeil un prêtre qui a pour dæmon une souris. Elle lui a suggéré d'exécuter un rituel interdit, destiné à invoquer la présence de la Sagesse. Au moment critique, Lady Salmakia est apparue devant lui. Le prêtre pense maintenant qu'il peut communiquer avec la Sagesse à sa guise, et que celle-ci possède l'apparence d'une Gallivespienne et vit dans sa bibliothèque.

Lord Asriel sourit et demanda :

— Et qu'a-t-elle appris ?

— La Société pense que votre fille est l'enfant la plus importante qui ait jamais vécu. Elle pense qu'une grave crise va survenir avant longtemps, et que le sort de toute chose dépendra de sa conduite à ce moment-là. Quant à la Cour de Discipline Consistoriale, elle mène actuellement une enquête en interrogeant des témoins venus de Bolvangar et d'ailleurs. Mon espion à l'intérieur du Consistoire, le chevalier Tialys, est en contact avec moi par le biais d'un résonateur à aimant, et il me tient au courant de leurs découvertes. Pour résumer, je dirai que la Société du Travail du Saint-Esprit va bientôt découvrir où est l'enfant, mais elle n'agira pas. La Cour de Discipline Consistoriale mettra un peu plus longtemps mais, une fois qu'ils l'auront découverte, ils agiront immédiatement, avec détermination.

— Tenez-moi au courant dès que vous aurez du nouveau.

Lord Roke s'inclina et fit claquer ses doigts. Le petit faucon bleu perché sur l'équerre à côté de la porte déploya ses ailes et vint se poser en douceur sur la table. Il était équipé d'une bride, d'une selle et d'étriers. L'espion sauta sur son dos et ils s'envolèrent aussitôt par la fenêtre que

Lord Asriel avait ouverte en grand à leur intention.

Malgré la fraîcheur de l'air, il la laissa ouverte encore une minute et s'appuya sur le rebord, en jouant avec les oreilles de son dæmon-léopard.

— Elle est venue me trouver à Svalbard et je l'ai ignorée, dit-il. Tu te souviens du choc que j'ai ressenti... Je devais accomplir un sacrifice, et le premier enfant qui s'est présenté était ma fille. Mais quand j'ai découvert qu'elle était accompagnée d'un autre enfant, et que donc elle ne craignait rien, j'ai retrouvé mon calme. Était-ce une erreur fatale ? Je n'ai plus guère pensé à elle par la suite, avant un certain temps en tout cas. Mais elle est très importante, Stelmaria !

— Réfléchissons clairement. Que peut-elle faire ?

— *Faire ?* Pas grand-chose. *Sait-elle* quelque chose ?

— Elle sait déchiffrer l'aléthiomètre ; elle a accès à la connaissance.

— Ce n'est pas exceptionnel. D'autres personnes sont dans ce cas. Et où diable peut-elle bien être ?

On frappa à la porte derrière lui, et Lord Asriel se retourna aussitôt.

— My Lord, dit l'officier en entrant, un ange vient de se présenter à la porte ouest ; il est blessé et insiste pour vous parler.

Une minute plus tard, Baruch était couché au centre de la pièce principale, sur le lit de camp qu'on avait déplacé. On avait fait venir un médecin, mais il était évident qu'il n'y avait plus beaucoup d'espoir : l'ange était gravement blessé, ses ailes étaient déchirées et son regard éteint.

Lord Asriel s'assit près de lui et jeta une poignée d'herbes sur les braises du brasero. Comme l'avait découvert Will avec la fumée du feu de camp, cela eut pour effet de faire apparaître plus clairement son corps.

— Eh bien, dit-il, qu'êtes-vous venu me dire ?

— Trois choses. Je vous en prie, laissez-moi aller jusqu'au bout sans m'interrompre. Je m'appelle Baruch. Mon compagnon Balthamos et moi appartenons au parti des rebelles, et nous nous sommes ralliés à votre étendard dès que vous l'avez brandi. Nous voulions vous apporter une chose de valeur, car notre pouvoir est limité et, il n'y a pas très longtemps, nous avons réussi à nous introduire au cœur de la Montagne Nébuleuse, la citadelle de l'Autorité dans le Royaume. Et là, nous avons appris...

Baruch dut s'interrompre un moment pour inhaler la fumée des herbes, ce qui sembla l'apaiser. Alors, il reprit son récit :

— Nous avons découvert la vérité au sujet de l'Autorité. Nous avons appris qu'il s'est retiré dans une pièce de cristal située dans les profondeurs de la Montagne Nébuleuse, et qu'il ne gère plus les affaires quotidiennes du Royaume. Il se consacre à l'étude de mystères plus profonds. C'est un ange nommé Métatron qui gouverne à sa place. J'ai des raisons de bien connaître cet ange, même si à l'époque où je l'ai connu...

La voix de Baruch faiblit. Les yeux de Lord Asriel flamboyaient, mais il tenait sa langue, attendant que l'ange continue.

— Métatron est fier, reprit Baruch quand il eut repris quelques forces, et ses ambitions sont sans bornes. L'Autorité l'a choisi il y a quatre cents ans pour être Régent et, ensemble, ils ont établi leurs plans. Ils nourrissent un nouveau projet, que mon compagnon et moi avons pu découvrir. L'Autorité considère que les êtres conscients de toutes les espèces sont devenus dangereusement indépendants, c'est pourquoi Métatron va intervenir plus activement dans les affaires humaines. Il a l'intention d'emmener l'Autorité loin de la Montagne Nébuleuse, en secret, pour l'installer dans une citadelle permanente, quelque part, et cela afin de transformer la montagne en machine de guerre. Les Églises du monde entier sont corrompues et faibles, pense-t-il ; elles se compromettent trop facilement... Son but est d'instaurer une inquisition permanente, dans tous les mondes, sous les ordres directs du Royaume. Et sa première action militaire visera à détruire votre république...

L'ange et l'homme tremblaient, mais l'un à cause de sa grande faiblesse, l'autre sous l'effet de l'excitation.

Baruch rassembla ses dernières forces pour continuer :

— Voici la deuxième chose. Il existe un poignard capable d'ouvrir des passages entre les mondes et de découper tout ce qu'ils contiennent. Ses pouvoirs sont illimités, mais uniquement entre les mains de celui qui sait l'utiliser. Et cette personne est un jeune garçon...

Une fois de plus, l'ange dut s'interrompre pour récupérer. Il avait peur ; il sentait son corps se désagréger. Lord Asriel voyait les efforts qu'il accomplissait pour ne pas se volatiliser et, assis sur son siège, près de lui, il agrippait les bras de son fauteuil en attendant que Baruch ait la force de continuer son récit.

— Mon compagnon est actuellement avec ce jeune garçon. Nous voulions vous l'amener, mais il a refusé, car... C'est la troisième chose que je voulais vous dire : ce garçon et votre fille sont amis. Et il refuse de venir vous voir tant qu'il ne l'aura pas retrouvée. Elle est...

— Qui est ce garçon ?

— Le fils du chaman. Le fils de Stanislaus Grumman.

La surprise de Lord Asriel fut telle qu'il se leva malgré lui, projetant des tourbillons de fumée autour de l'ange.

— Grumman avait un *fils* ? s'exclama-t-il.

— Grumman n'était pas né dans votre monde. Et son vrai nom n'était pas Grumman. C'est son désir de trouver le poignard qui nous a conduits jusqu'à lui, mon compagnon et moi. Nous l'avons suivi, en sachant qu'il nous mènerait jusqu'au poignard, et à celui qui le détenait, car nous avions l'intention de vous les ramener, l'un et l'autre. Mais le garçon a refusé de...

Une fois encore, Baruch dut s'interrompre. Lord Asriel se rassit, en maudissant son impatience, et il jeta une autre poignée d'herbes sur les braises. Son dæmon était couché près de lui ; sa queue balayait lentement le parquet de chêne et ses yeux dorés ne quittaient pas le visage de l'ange, creusé par la douleur. Baruch prit plusieurs inspirations faibles et Lord Asriel s'obligea à rester muet. On n'entendait que le claquement de la corde de la hampe sur le toit.

— Prenez votre temps, dit-il d'une voix douce. Savez-vous où est ma fille ?

— Dans l'Himalaya... dans son propre monde, murmura Baruch. De très hautes montagnes... Une grotte près d'une vallée remplie d'arcs-en-ciel...

— C'est très loin d'ici, dans un monde comme dans l'autre. Vous avez volé vite.

— C'est le seul don que je possède. À l'exception de l'amour de Balthamos que je ne reverrai plus.

— Si *vous* avez trouvé ma fille si aisément...

— N'importe quel ange pourra en faire autant.

Lord Asriel sortit du coffre un grand atlas, qu'il ouvrit d'un geste brusque, à la recherche des pages représentant l'Himalaya.

— Pouvez-vous être plus précis ? demanda-t-il. Pouvez-vous me montrer l'endroit exact ?

— Avec le poignard... dit Baruch d'une voix à peine audible, et Lord Asriel comprit que son esprit s'égarait. Avec le couteau, il peut entrer et quitter n'importe quel monde à sa guise... Il se prénomme Will. Mais ils sont en danger, Balthamos et lui... Métatron sait que nous connaissons son secret. Ils nous ont pourchassés... Ils m'ont rattrapé alors que j'étais seul, à la frontière de votre monde... J'étais son frère... C'est comme ça que nous avons réussi à l'atteindre à l'intérieur de la Montagne Nébuleuse. Jadis, Métatron se nommait Énoch, fils de Jared, fils de Mahalalel... Énoch avait de nombreuses épouses. C'était un grand amoureux de la chair... Mon frère Énoch m'a banni, car je... Oh, mon cher Balthamos...

— Où est ma fille ?

— Oui, oui... Une grotte... sa mère... une vallée balayée par les vents et inondée d'arcs-en-ciel... des drapeaux déchiquetés sur l'autel...

Il se redressa pour regarder l'atlas.

Au même moment, le dæmon-léopard se dressa sur ses pattes d'un mouvement rapide et bondit vers la porte, mais trop tard : l'officier d'ordonnance qui avait frappé à la porte était entré sans attendre. C'était la coutume en ce lieu, personne n'était fautif mais, en voyant l'expression de consternation sur le visage du soldat, Lord Asriel se retourna, et il vit Baruch trembler et contracter tous ses muscles pour maintenir la cohésion de son corps blessé. L'effort était trop intense. Un courant d'air provenant de la porte ouverte balaya le lit de camp et les particules du corps de l'ange, dissoutes par le déclin de ses forces, s'élevèrent dans un tourbillon et se volatilisèrent.

Un murmure traversa l'air :

— Balthamos !

Lord Asriel posa sa main sur le cou de son dæmon ; le léopard le sentit trembler et il l'apaisa. L'homme se tourna alors vers l'officier d'ordonnance.

— Monseigneur, je vous supplie de...

— Ce n'est pas ta faute. Transmets mes compliments au roi Ogunwe. Je serais ravi qu'il puisse, ainsi que tous mes autres commandants, venir ici sur-le-champ. J'aimerais également que M. Basilidès soit présent, avec l'aléthiomètre. Pour finir, je veux que l'Escadron de gyroptères nº 2 soit armé et ravitaillé en carburant, et qu'un zeppelin de transport décolle immédiatement en direction du sud-ouest. Il recevra d'autres ordres une fois en l'air.

L'officier d'ordonnance salua et, après avoir jeté un dernier regard gêné en direction du lit de camp, il sortit et referma la porte derrière lui.

Lord Asriel tapota sur son bureau avec un compas à pointe sèche en cuivre, puis traversa la pièce en direction de la fenêtre sud. Tout en bas, les feux immortels projetaient leur rougeoiement et leur fumée dans l'air qui s'assombrissait et, même à cette hauteur vertigineuse, on percevait le fracas des marteaux dans le vent mordant.

— Nous avons appris beaucoup de choses, Stelmaria, dit-il à voix basse.

— Mais pas suffisamment.

On frappa de nouveau à la porte. Cette fois, l'aléthiométriste entra. C'était un homme frêle au teint pâle, d'une petite cinquantaine d'années, nommé Teukros Basilidès, dont le dæmon était un rossignol.

— Monsieur Basilidès, je vous souhaite le bonsoir, dit Lord Asriel. Nous avons un problème, et j'aimerais que vous mettiez tout le reste de côté pour vous y atteler...

Il répéta à Basilidès ce que lui avait dit Baruch, et lui montra l'atlas.

— Localisez-moi cette grotte, ordonna-t-il. Calculez les coordonnées avec le maximum de précision. C'est la tâche la plus importante que vous ayez jamais entreprise. Commencez dès maintenant, je vous prie.

tapa du pied si fort qu'elle grimaça de douleur jusque dans son rêve.

— Tu ne me crois pas capable d'une chose pareille, Roger, alors ne dis pas ça. Je me réveillerai et je ne t'oublierai pas !

Elle regarda autour d'elle, mais elle ne vit que des yeux écarquillés et des visages désespérés, des visages blêmes, des visages sombres, de vieux visages, de jeunes visages, tous ces morts qui se massaient, se regroupaient, silencieux et affligés.

Celui de Roger ne ressemblait pas aux autres. Son expression était la seule qui reflétait un peu d'espoir.

Elle demanda :

— Pourquoi as-tu cette tête-là ? Pourquoi n'es-tu pas malheureux comme les autres ? Pourquoi n'as-tu pas renoncé à tout espoir ?

Et il répondit :

— Parce que

6
L'absolution préventive

> ... Reliques, chapelets, indulgences, dispenses, pardons, bulles, jouets des vents...
>
> John Milton

« Fra Pavel, dit l'Inquisiteur de la Cour de Discipline Consistoriale, je vous demande de vous souvenir très exactement des paroles prononcées par la sorcière sur le bateau. »

Les douze membres du Consistoire observaient fixement, dans la faible lumière de l'après-midi, l'ecclésiastique qui se tenait à la barre, leur dernier témoin. C'était un prêtre avec des airs de lettré, dont le dæmon avait l'apparence d'une grenouille. Voilà huit jours déjà que le Consistoire écoutait des témoignages liés à cette affaire, dans l'enceinte du vieux Collège Saint-Jérôme avec sa grande tour.

— Je ne peux me rappeler les paroles exactes de la sorcière, répondit-il d'une voix lasse. Je n'avais encore jamais assisté à la torture, comme je l'ai dit à la cour hier, et j'ai découvert que cela me plongeait dans un grand état de fatigue. C'est pourquoi je ne peux pas vous répéter *exactement* ce qu'elle a dit, mais je me souviens du sens de ses paroles. Elle a dit que les clans du Nord avaient reconnu dans la fillette le sujet d'une prophétie connue par elles, les sorcières, depuis longtemps. Elle avait le pouvoir de faire un choix décisif, dont dépendait l'avenir de tous les mondes. Par ailleurs, il existait un nom qui évoquerait une affaire semblable, et qui la ferait haïr et redouter de l'Église.

— La sorcière a-t-elle révélé ce nom ?

— Non. Car avant qu'elle puisse le prononcer, une autre sorcière, qui assistait à la scène grâce à un sort d'invisibilité, a réussi à la tuer et à s'enfuir.

— La femme Coulter n'a donc pas eu l'occasion d'entendre ce nom ?

— En effet.

— Et peu de temps après, Mme Coulter est partie ?

— Exact.

— Ou'avez-vous découvert ensuite ?

— J'ai découvert que l'enfant avait pénétré dans cet autre monde ouvert par Lord Asriel, dit Fra Pavel, et que là, elle avait bénéficié de l'aide d'un jeune garçon qui possède un poignard aux pouvoirs extraordinaires, ou qui en a l'usage. (Il se racla la gorge avec nervosité et enchaîna :)

Puis-je parler en toute liberté devant ce tribunal ?

— Avec la plus grande liberté, Fra Pavel, répondit le Président d'une voix puissante et brutale. Vous ne serez pas puni pour nous avoir répété ce que vous avez entendu. Je vous en prie, continuez.

Rassuré, l'ecclésiastique poursuivit son récit.

— Le poignard qui est en possession de ce garçon est capable d'ouvrir des passages entre les mondes. Mais il possède un pouvoir encore plus grand... Pardonnez-moi une fois de plus, mais j'ai peur de ce que j'ai à dire... Ce poignard est capable de tuer les anges les plus puissants, et même les forces qui leur sont supérieures. Il n'y a rien que ce poignard ne puisse détruire.

L'ecclésiastique transpirait et tremblait, et son dæmon-grenouille, en proie à une vive agitation, sauta de la barre des témoins. Fra Pavel laissa échapper un petit cri de douleur et s'empressa de le prendre dans ses bras pour le laisser boire l'eau contenue dans le verre qui se trouvait devant lui.

— Avez-vous posé d'autres questions concernant la fillette ? demanda l'Inquisiteur. Avez-vous appris quel était ce nom dont parlait la sorcière ?

— Oui. Mais, une fois de plus, je voudrais avoir l'assurance de ce tribunal...

— Vous l'avez, dit le Président d'un ton tranchant. N'ayez pas peur. Vous n'êtes pas un hérétique. Dites-nous ce que vous avez appris, et cessons de perdre du temps.

— Je vous demande pardon, très sincèrement. Concernant l'enfant, elle est dans la position d'Ève, l'épouse d'Adam, notre mère à tous, et la cause de tous les péchés.

Les sténographes qui notaient chaque mot étaient des nonnes de l'ordre de Sainte-Philomèle ayant fait vœu de silence mais, en entendant les paroles de Fra Pavel, l'une d'elles laissa échapper un petit cri de stupeur et, aussitôt, toutes les mains s'agitèrent comme des oiseaux affolés lorsque les religieuses se signèrent. Fra Pavel tressaillit, mais il poursuivit :

— Je vous en prie, souvenez-vous que l'aléthiomètre ne *prédit* pas l'avenir. Il dit : « *Si* certaines choses se produisent, *alors* voilà quelles seront les conséquences. » Et il dit que si jamais cette enfant était confrontée à la tentation, comme Ève, il est fort probable qu'elle succombe. Or, de son choix dépendra... tout. Si cette tentation se produit, si l'enfant y cède, alors la Poussière et le péché triompheront.

Le silence s'abattit dans la salle du tribunal. Le pâle soleil qui filtrait à travers les immenses vitraux emprisonnait dans ses rayons obliques un million de particules dorées, mais c'était de la poussière, pas *la* Poussière, bien que plus d'un membre de cette cour y ait vu une image de cette autre Poussière, invisible, qui se dépose sur tous les êtres humains, si respectueux des lois soient-ils.

— Pour finir, Fra Pavel, dit l'Inquisiteur, dites-nous si vous savez où se trouve à présent cette enfant ?

— Elle est entre les mains de Mme Coulter. Et toutes deux sont dans l'Himalaya. C'est tout ce que j'ai réussi à découvrir pour l'instant. Je vais aller réclamer immédiatement une localisation plus précise et, dès que je l'aurai obtenue, j'en avertirai cette cour, mais...

Il s'arrêta, pétrifié par la peur, et porta son verre d'eau à ses lèvres, d'une main tremblante.

— Eh bien, Fra Pavel ? demanda le père MacPhail. Parlez. Ne nous cachez rien.

— Je pense, père Président, que la Société du Travail du Saint-Esprit en sait plus que moi à ce sujet.

La voix de Fra Pavel n'était plus qu'un murmure.

— Vraiment ? dit le Président, avec dans les yeux une lueur enflammée qui trahissait sa passion.

Le dæmon de Fra Pavel émit un petit coassement. L'ecclésiastique connaissait la rivalité qui existait entre les différentes branches du Magisterium, et il savait combien il était dangereux de se retrouver pris entre deux feux. Mais cacher ce qu'il savait se révélerait plus dangereux encore.

— Je crois, reprit-il d'une voix tremblante, qu'ils sont sur le point de découvrir où se trouve exactement cette enfant. Ils possèdent des sources d'information qui me sont interdites.

— En effet, dit l'Inquisiteur. Et c'est l'aléthiomètre qui vous l'a dit ?

— Oui.

— Très bien. Fra Pavel, vous seriez bien avisé de poursuivre vos recherches sur cette voie Sachez que vous pouvez réclamer toute l'assistance administrative dont vous avez besoin. Veuillez vous retirer.

Fra Pavel s'inclina et, son dæmon-grenouille sur l'épaule, il rassembla ses notes et quitta la salle du tribunal. Les nonnes firent craquer leurs doigts engourdis.

Le père MacPhail tapota avec un crayon sur le banc en chêne devant lui.

— Sœur Agnès, sœur Monica, dit-il, vous pouvez nous laisser maintenant. Je vous prie de déposer la transcription de cette audience sur mon bureau avant la fin de la journée.

Les deux religieuses s'inclinèrent et sortirent à leur tour.

— *Gentlemen*, dit le Président, car c'était ainsi qu'on s'adressait aux membres de la Cour de Discipline Consistoriale, la séance est levée.

Les douze membres, du plus âgé (le père Makepwe, un vieil homme aux yeux chassieux) au plus jeune (le père Gomez, pâle et tremblant de fanatisme), rassemblèrent leurs notes et suivirent le Président jusque dans la salle du Conseil, où ils pouvaient s'asseoir face à face autour d'une grande table et parler dans le plus grand secret.

Le Président du Consistoire était actuellement un Écossais nommé Hugh MacPhail. Il avait été élu très jeune, et les Présidents exerçaient leurs fonctions à vie. Comme il n'avait que quarante ans, on estimait qu'il façonnerait la destinée du Consistoire, et donc de toute l'Église, durant de nombreuses années. C'était un homme aux traits sombres, grand et imposant, avec une crinière de longs cheveux blancs, et sans doute aurait-il été gros s'il n'avait imposé une discipline rigoureuse à son corps : il ne buvait que de l'eau, ne mangeait que du pain et des fruits et faisait une heure d'exercice chaque jour sous la surveillance d'un entraîneur. Résultat, il était émacié, ridé et perpétuellement agité. Son dæmon était un lézard.

Quand ils furent tous assis, le père MacPhail dit :

— Voilà donc quelle est la situation. Il y a plusieurs éléments à considérer, me semble-t-il.

— Premièrement, Lord Asriel. Une sorcière amie de l'Église nous a informés qu'il rassemblait une grande armée, incluant des forces qui pourraient être de nature céleste. Autant que puisse en juger cette sorcière, il nourrit des intentions malveillantes à l'égard de l'Église, et envers l'Autorité elle-même.

Deuxièmement, le Conseil d'Oblation. Sa participation au développement du programme de recherches de Bolvangar et au financement des activités de Mme Coulter indique qu'il espère remplacer la Cour de Discipline Consistoriale et devenir la branche la plus puissante et la plus efficace de la Sainte Église. Nous avons été devancés, messieurs. Ils ont agi sans pitié et avec habileté. Nous devrions être châtiés pour notre laxisme. Je reviendrai un peu plus tard sur les actions à entreprendre à ce sujet.

Troisièmement, le jeune garçon dont nous a parlé Fra Pavel, celui qui possède le poignard capable de tous ces prodiges. Il va de soi que nous devons le localiser et nous emparer de ce poignard le plus vite possible.

Quatrièmement, la Poussière. J'ai déjà pris des dispositions afin de savoir exactement ce que le Conseil d'Oblation a découvert à ce sujet. Un des chercheurs théologiens qui travaillent à Bolvangar s'est laissé convaincre de nous révéler la nature de leurs découvertes. Je dois m'entretenir avec lui cet après-midi même, en bas.

Un ou deux prêtres s'agitèrent nerveusement sur leur siège, car le terme « en bas » faisait référence aux caves situées sous le bâtiment : des salles entièrement carrelées de blanc, insonorisées et pourvues d'arrivées de courant ambarique.

— Mais quoi que nous apprenions sur la Poussière, reprit le Président, nous ne devons pas perdre de vue notre objectif. Le Conseil d'Oblation a cherché à comprendre les effets de la Poussière ; nous, nous devons la détruire totalement. Rien de moins. Et si pour ce faire nous devons également détruire le Conseil d'Oblation, le Collège des Évêques, et chacune des organisations à travers lesquelles la Sainte Église accomplit l'œuvre de l'Autorité... eh bien, nous le ferons. Il se peut, messieurs, que la Sainte Église elle-même ait été créée pour accomplir cette tâche et pour disparaître en l'accomplissant. Mais mieux vaut un monde sans Église et sans Poussière qu'un monde où chaque jour nous devons lutter sous le joug infâme du péché. Mieux vaut un monde débarrassé de tout cela !

Le père Gomez hocha frénétiquement la tête, le regard enflammé.

— Et pour finir, ajouta le père MacPhail, il y a la fillette. C'est encore une enfant, je suppose. Cette Ève, qui va connaître la tentation et qui, si elle suit l'exemple donné, succombera à son tour, nous entraînera tous avec elle dans sa chute. Messieurs, parmi tous les moyens possibles pour affronter le problème que nous pose cette fillette, je vais vous suggérer le plus radical, et je suis sûr que vous serez d'accord avec moi... Je propose d'envoyer quelqu'un à sa recherche, pour la tuer *avant* même qu'elle puisse être tentée.

— Père Président, s'exclama aussitôt le père Gomez, j'ai fait pénitence préventive chaque jour de ma vie d'adulte. J'ai étudié, je me suis préparé...

Le Président leva la main pour le faire taire. La pénitence et l'absolution préventives étaient des doctrines inventées et développées par le Consistoire, mais ignorées de l'Église en général. Il s'agissait de faire pénitence pour un péché qui n'avait pas encore été commis, une pénitence intense et fervente, accompagnée de flagellations, cela dans le but de constituer une réserve de crédits. Quand la pénitence avait atteint le niveau approprié à tel ou tel péché, le pénitent recevait l'absolution par avance, bien qu'il pût ne jamais être amené à commettre ce péché. Mais il était parfois nécessaire de tuer des gens, par exemple ; dans ces cas-là, l'assassin était beaucoup plus serein s'il pouvait agir en état de grâce.

— C'est à vous que je pensais justement, dit le père MacPhail d'un ton affectueux. Ai-je l'assentiment de la Cour ? Bien. Quand le père Gomez nous quittera, avec notre bénédiction, il se retrouvera seul. Impossible de le contacter ni de le rappeler. Quoi qu'il arrive ensuite, il suivra son chemin comme la flèche de Dieu, droit jusqu'à l'enfant pour la terrasser. Il sera invisible, il arrivera de nuit, tel l'ange qui anéantit les Assyriens ; il sera silencieux. Quel dommage pour nous tous qu'il n'y ait pas eu un père Gomez dans le jardin d'Éden ! Car jamais nous n'aurions quitté le paradis.

Le jeune prêtre se sentait si fier qu'il était au bord des larmes. La Cour lui accorda sa bénédiction.

Et pendant ce temps, dans le coin le plus sombre du plafond, caché entre les poutres de chêne, se cachait un homme pas plus grand qu'une main ouverte. Ses talons étaient armés d'éperons empoisonnés et il entendait chaque parole prononcée.

Dans les caves du collège, l'homme venu de Bolvangar, vêtu seulement d'une chemise blanche sale et d'un pantalon trop large, sans ceinture, était debout sous l'ampoule électrique nue qui pendait au plafond ; il tenait son pantalon d'une main, et de l'autre son dæmon-lapin. Devant lui, sur l'unique chaise, était assis le père MacPhail.

— Docteur Cooper, dit-il, asseyez-vous.

Il n'y avait aucun meuble, à l'exception de la chaise, du lit de camp en bois et d'un seau. La voix du Président résonnait de manière désagréable sur le carrelage blanc qui recouvrait les murs et le plafond.

Le Dr Cooper s'assit sur le lit de camp. Il ne parvenait pas à détacher son regard du Président au visage décharné et aux cheveux blancs. Il passa sa langue sur ses lèvres sèches et attendit de voir quel nouveau supplice l'attendait.

— Ainsi, vous avez failli réussir à séparer l'enfant de son dæmon ? dit le père MacPhail.

Le savant répondit d'une voix tremblante :

— Nous avons estimé qu'il ne servait à rien d'attendre plus longtemps, étant donné que l'opération devait avoir lieu de toute façon, et nous avons placé l'enfant dans la chambre expérimentale, mais Mme Coulter est intervenue en personne pour conduire l'enfant dans ses appartements.

Le dæmon-lapin ouvrit ses yeux ronds et observa le Président d'un air craintif, puis il les referma et cacha son museau.

— Ce devait être un travail pénible, dit le père MacPhail.

— Oui, l'ensemble du programme était d'une extrême difficulté, s'empressa de confirmer le Dr Cooper.

— Je m'étonne que vous n'ayez pas cherché à obtenir l'aide du Consistoire, car nous avons les nerfs solides.

— Nous... Je... nous avions cru comprendre que le programme avait reçu l'aval de... C'était une affaire qui concernait le Conseil d'Oblation, mais on nous avait dit qu'elle bénéficiait de l'approbation de la Cour de Discipline Consistoriale. Sinon, jamais nous n'y aurions participé. Jamais !

— Non, bien évidemment. Mais parlons d'autre chose. Savez-vous, demanda le père MacPhail en abordant la véritable raison de sa visite dans ces caves, quel était l'objet des recherches de Lord Asriel ? Et quelle était l'origine de cette énergie colossale qu'il a réussi à utiliser à Svalbard ?

Le Dr Cooper déglutit avec peine. Dans le silence profond qui suivit, une goutte de sueur se détacha de son menton et les deux hommes l'entendirent distinctement s'écraser sur le sol en béton.

— Eh bien... fit-il, une de nos équipes avait remarqué que le processus de séparation s'accompagnait d'une libération d'énergie. Il fallait des forces gigantesques pour la domestiquer mais, de même qu'on peut provoquer une explosion atomique avec de banals explosifs, on pouvait y parvenir en concentrant un fort courant ambarique. Mais nul ne prit cela au sérieux. Personnellement, s'empressa-t-il d'ajouter, je n'ai jamais prêté attention à ces idées, sachant que, sans approbation officielle, elles pouvaient être considérées comme hérétiques.

— Voilà qui est sage. Et ce collègue dont vous parlez, où est-il maintenant ?

— Il fait partie de ceux qui sont morts durant l'attaque.

Le Président sourit. Une expression si chaleureuse que le dæmon du Dr Cooper frissonna et se blottit contre sa poitrine.

— Courage, docteur Cooper, dit le père MacPhail. Il faut que vous soyez fort et courageux ! Il y a une tâche immense à accomplir, une grande bataille à livrer. Vous devez mériter le pardon de l'Autorité en coopérant pleinement avec nous, sans rien nous cacher, y compris les spéculations les plus folles ou les rumeurs. Je vous demande de vous concentrer pour vous souvenir des paroles de votre collègue. A-t-il fait des expériences ? A-t-il laissé des notes ? A-t-il mis quelqu'un dans la confidence ? Quel matériel utilisait-il ? Repensez à *tout*, docteur Cooper. Vous aurez du papier, un crayon et tout le temps dont vous avez besoin.

Cette pièce n'est pas très confortable. Nous allons vous installer dans un endroit mieux adapté. Y a-t-il une chose dont vous ayez besoin, au niveau de l'ameublement, par exemple ? Préférez-vous écrire sur une table ou sur un bureau ? Voulez-vous une machine à écrire ? Ou peut-être préférez-vous dicter à une sténographe ? Dites-le aux gardes ; vous aurez tout ce qu'il vous faut. Mais, cher docteur Cooper, je vous demande de concentrer toutes vos pensées sur votre collègue et sa théorie. Votre tâche consistera à vous rappeler, ou à redécouvrir en cas de besoin, ce qu'il avait découvert. Une fois que vous saurez quels instruments sont nécessaires, on vous les donnera. C'est une tâche immense, docteur Cooper ! Vous avez le privilège d'en être chargé ! Remerciez l'Autorité.

— Je la remercie, père Président. Du fond du cœur.

Serrant dans ses poings la taille de son pantalon trop large, le savant se leva et s'inclina, presque sans s'en apercevoir, plusieurs fois, tandis que le Président de la Cour de Discipline Consistoriale sortait de la cellule.

Ce soir-là, le chevalier Tialys, l'espion gallivespien, se faufila à travers les rues et les ruelles de Genève pour retrouver sa collègue, Lady Salmakia. C'était un trajet dangereux pour l'un et l'autre ; dangereux également pour quiconque essayait de les défier, mais particulièrement périlleux pour les petits Gallivespiens. Si plus d'un chat errant avait succombé à leurs éperons, le chevalier avait bien failli perdre un bras, une semaine plus tôt, entre les dents d'un chien famélique ; il n'avait dû son salut qu'à l'intervention rapide de Lady Salmakia.

Ils se retrouvèrent à un de leurs différents points de rendez-vous, le numéro sept très exactement, parmi les racines d'un platane dans un petit square lugubre et, là, ils échangèrent leurs informations. Le contact de Lady Salmakia au sein de la Société lui avait appris que, un peu plus tôt dans la soirée, ils avaient reçu un message amical de la part du Président du Consistoire qui les invitait à venir discuter de leurs intérêts communs.

— Il n'a pas perdu de temps, commenta le chevalier. Cent contre un qu'il ne leur parlera pas de son assassin.

À son tour, il évoqua le plan destiné à éliminer Lyra. Lady Salmakia ne semblait pas surprise.

— C'est une réaction logique, dit-elle. Et ces gens sont très logiques. Tialys, crois-tu que nous verrons un jour cette enfant ?

— Je l'ignore, mais j'aimerais bien. Bonne chance, Salmakia. Rendez-vous demain à la fontaine.

Derrière ce bref échange se cachait l'unique

chose dont ils ne parlaient jamais : la brièveté de leurs vies comparées à celles des êtres humains. Les Gallivespiens vivaient neuf ou dix ans, rarement plus, et Tialys et Salmakia étaient tous les deux dans leur septième année. Ils ne redoutaient pas la vieillesse ; leurs semblables mouraient de manière soudaine, sans rien perdre de la vigueur et de la force de la prime jeunesse, et leur enfance était très courte, mais par comparaison, la vie d'une enfant comme Lyra leur paraissait éternelle, comme l'existence des sorcières par rapport à la durée de vie de Lyra.

De retour au Collège Saint-Jérôme, le chevalier entreprit de rédiger le message qu'il expédierait à Lord Roke par le biais du résonateur à aimant.

Mais pendant que le chevalier discutait avec Salmakia, le Président envoya chercher le père Gomez. Dans son bureau, ils prièrent ensemble pendant une heure, après quoi le père MacPhail accorda au jeune prêtre l'absolution préventive grâce à laquelle le meurtre de Lyra n'en serait pas un. Le père Gomez semblait transfiguré : la foi qui coulait dans ses veines allumait une lueur incandescente dans ses yeux.

Ils évoquèrent ensuite les détails pratiques, concernant l'argent et le reste, puis le Président dit :

— Une fois que vous serez parti d'ici, père Gomez, vous serez totalement coupé, et pour toujours, de toute l'aide que nous pourrions vous apporter. Vous ne pourrez jamais revenir ; vous n'entendrez plus jamais parler de nous. Je ne peux offrir de meilleur conseil que celui-ci : ne cherchez *pas* cette enfant. Vous vous trahiriez. Cherchez plutôt la tentatrice. Suivez-la, elle vous conduira jusqu'à l'enfant.

— *Elle* ? fit le prêtre, abasourdi.

— Oui, *une femme*, dit le père MacPhail. Nous l'avons appris grâce à l'aléthiomètre. La tentatrice vient d'un monde très étrange. Vous verrez un tas de choses qui vous choqueront et vous stupéfieront, père Gomez. Mais ne laissez pas leur étrangeté vous distraire de votre tâche sacrée. J'ai foi, ajouta-t-il affectueusement, dans la force de *votre* foi. Cette femme, guidée par les forces du mal, voyage vers un lieu où elle a des chances de rencontrer l'enfant, à temps pour la soumettre à la tentation. Si nous ne parvenons pas, bien évidemment, à arracher la fillette de l'endroit où elle se trouve actuellement. Ce qui reste notre objectif principal. Mais si ce plan échoue, vous êtes notre assurance ultime que les forces infernales ne l'emporteront pas.

Le père Gomez hocha la tête. Son dæmon, un gros scarabée iridescent au dos vert, déplia ses élytres.

Le Président ouvrit un tiroir et lui tendit un paquet de feuilles plié.

— Voici tout ce que nous savons sur cette femme, dit-il, sur le monde d'où elle vient, et l'endroit où on l'a vue pour la dernière fois. Lisez bien ces renseignements, mon cher Luis, et que ma bénédiction vous accompagne.

Jamais jusqu'à ce jour le père MacPhail n'avait appelé le jeune prêtre par son prénom. Le père Gomez sentit des larmes de joie lui piquer les yeux, tandis qu'il embrassait le Président pour lui faire ses adieux.

Et le chevalier Tialys n'en savait rien.

tu es Lyra.

Elle comprit alors ce que ça signifiait. Elle se sentit prise de vertiges, même dans son sommeil ; elle sentit un poids énorme s'abattre sur ses épaules. Et, comme pour le rendre encore plus pesant, voilà que le sommeil se refermait de nouveau sur elle, et le visage de Roger s'enfonçait dans l'obscurité.

— Oui, je... Je sais... Il y a toutes sortes de gens de notre côté, comme le docteur Malone... Tu sais qu'il existe un autre Oxford, Roger, exactement comme le nôtre ? Eh bien, elle... Je l'ai trouvée dans... Elle nous aiderait... Mais il n'y a qu'une seule personne en réalité qui...

Le jeune garçon était devenu presque invisible, et les pensées de Lyra se dispersaient et vagabondaient comme des moutons dans un pré.

— Mais on peut lui faire confiance, Roger, je te le jure, dit-elle au prix d'un ultime effort,

7

Mary, seule

> Enfin s'élevèrent, comme en cadence, les arbres majestueux, et ils déployèrent leurs branches surchargées, enrichies de fruits...
>
> John Milton

Presque au même moment, la tentatrice que le père Gomez s'apprêtait à suivre était elle-même victime de la tentation.

— Merci, non, non, j'ai tout ce qu'il me faut. Sincèrement, je ne veux plus rien, disait le Dr Mary Malone au vieux couple qui voulait lui donner plus de vivres qu'elle ne pouvait en porter.

Ils vivaient ici, entourés d'oliviers, isolés et sans enfants, et ils avaient pris peur en voyant les Spectres se faufiler au milieu des arbres d'un gris argenté mais, quand Mary Malone avait surgi au bout du chemin avec son sac à dos, les Spectres s'étaient enfuis, apeurés. Le vieux couple avait accueilli chaleureusement la voyageuse dans sa petite ferme aux murs couverts de lierre ; ils lui avaient offert du vin, du fromage, du pain et des olives en abondance et, maintenant, ils ne voulaient plus la laisser partir.

— Je dois continuer mon chemin, répéta Mary. Merci pour tout, vous avez été très gentils. Je ne peux pas porter... Bon, d'accord, encore un peu de fromage, merci.

De toute évidence, le vieux couple voyait en elle un talisman contre les Spectres. Elle aurait aimé que ce fût vrai. Au cours de la semaine qu'elle avait passée dans le monde de Cittàgazze, elle avait vu suffisamment de scènes de dévastation — adultes dévorés par les Spectres et enfants vivant à l'état presque sauvage — pour éprouver une profonde aversion envers ces vampires éthérés. Une chose était sûre : ils s'enfuyaient dès qu'elle approchait ; malheureusement, elle ne pouvait pas rester auprès de toutes les personnes qui l'auraient souhaité. Il fallait qu'elle poursuive son chemin.

Elle trouva une place dans son sac pour un ultime petit fromage de chèvre enveloppé d'une feuille de vigne, sourit et s'inclina de nouveau, avant de boire une dernière gorgée d'eau au ruisseau qui bouillonnait entre les rochers gris. En signe d'adieu, imitant les deux vieillards, elle joignit délicatement les mains puis pivota sur elle-même avec détermination et s'en alla.

Elle paraissait plus sûre d'elle qu'elle ne l'était

réellement. Sa dernière « conversation » avec ces entités qu'elle appelait des particules d'Ombre, et que Lyra nommait Poussière, avait eu lieu sur l'écran de son ordinateur et, sur leur ordre, elle en avait détruit la transcription. Maintenant, elle se sentait perdue. Elles lui avaient dit de franchir l'ouverture qui se trouvait dans Oxford, là où elle avait vécu, l'Oxford du monde de Will. Ce qu'elle avait fait, pour se retrouver, étourdie et frémissante d'émerveillement, dans cet autre monde extraordinaire. Sa tâche consistait à retrouver le garçon et la fille, et à jouer le rôle du serpent... sans savoir ce que cela voulait dire.

Alors, elle avait marché, exploré, enquêté, sans rien trouver. Maintenant, se disait-elle, alors qu'elle suivait le petit chemin en tournant le dos au bosquet d'oliviers, elle allait devoir s'en remettre à un guide.

Quand elle fut sûre d'être suffisamment loin de la petite ferme pour ne pas être dérangée, elle s'assit à l'ombre des pins et ouvrit son sac à dos. Tout au fond, enveloppé dans un foulard de soie, se trouvait le livre qui était en sa possession depuis vingt ans : un ouvrage sur la méthode de divination chinoise baptisée I-Ching.

Elle l'avait emporté pour deux raisons. La première raison était d'ordre sentimental : c'était son grand-père qui lui avait donné ce livre et elle l'avait beaucoup utilisé quand elle était écolière. La deuxième raison était liée à la première question posée par Lyra quand elle avait pénétré par miracle dans le laboratoire de Mary : « C'est quoi, ça ? » avait-elle demandé en désignant l'affiche apposée sur la porte, représentant les symboles du I-Ching ; et, peu de temps après, en déchiffrant de manière spectaculaire les informations de l'ordinateur, Lyra avait appris (affirmait-elle) que la Poussière avait bien d'autres façons de s'adresser aux êtres humains, parmi lesquelles figurait la méthode venue de Chine qui utilisait ces symboles.

Voilà pourquoi, en préparant rapidement son bagage, Mary Malone avait placé dans le sac *Le Livre des Changements*, comme on l'appelait, et les petites baguettes avec lesquelles elle le lisait. Le moment était venu de les utiliser.

Mary étala le foulard de soie sur le sol et commença à diviser et compter les baguettes, en écartant certaines, comme elle avait fait si souvent quand elle était une adolescente curieuse et passionnée. Elle avait presque oublié comment on faisait mais, très vite, le rituel lui revint en mémoire, accompagné de cette sensation de calme et de profonde concentration qui jouait un rôle capital dans le dialogue avec les Ombres.

Finalement, elle obtint les nombres qui désignaient l'hexagramme, le groupe de six lignes brisées ou intactes, et elle chercha leur signification dans le manuel. C'était la partie la plus ardue, car le livre s'exprimait dans un style énigmatique.

Elle lut :

Tourner au sommet
Pour provision de nourriture
Apporte la chance.
Espionner avec un œil perçant
Comme un tigre à l'appétit insatiable.

Cela semblait encourageant. Elle continua à lire, en suivant les chemins labyrinthiques sur lesquels l'entraînait le commentaire, jusqu'à ce qu'elle arrive à :

Immobile est la montagne ;
C'est un chemin dérobé ;
Cela signifie petites pierres, portes et ouvertures.

À elle de deviner le sens de ce message. Le mot « ouvertures » évoquait assurément cette mystérieuse fenêtre dans le vide, par laquelle elle avait pénétré dans ce monde ; et les premiers mots semblaient indiquer qu'elle devait monter.

À la fois perplexe et réconfortée, elle rangea le livre et les baguettes dans son sac et se remit en marche.

Quatre heures plus tard, elle souffrait de la chaleur et de la fatigue. Le soleil était bas à l'horizon. Le chemin cahoteux qu'elle suivait depuis un long moment avait fini par s'estomper et elle éprouvait de plus en plus de difficultés à progresser au milieu des éboulis et des pierres.

Sur sa gauche, la pente plongeait vers un paysage d'oliviers, de citronniers et de vignes mal entretenues, constellé de moulins à l'abandon, enveloppé de brume dans la lumière déclinante du soir. Sur sa droite, un éboulis de petits rochers et de cailloux montait vers une falaise de calcaire.

Avec un soupir de lassitude, Mary remonta son sac à dos sur ses épaules et posa le pied sur une pierre plate pour continuer son chemin mais, avant même qu'elle ait fait basculer le poids de son corps sur son autre jambe, elle s'immobilisa. La lumière soulignait un curieux effet. La main en visière pour protéger ses yeux de la réverbération du soleil sur les pierres, elle essaya de retrouver l'éclat entr'aperçu.

Voilà, c'était là. Un peu à la manière de ces formes en trois dimensions qui émergent d'un agencement apparemment fortuit de taches de couleur, une forme se détachait à la surface de la falaise, au sommet de l'éboulis. Mary se souvint alors de ce qu'avait prédit le I-Ching : un chemin dérobé, de petites pierres, des portes et des ouvertures.

C'était une fenêtre, comme celle qui se trouvait dans Sunderland Avenue. Elle la voyait uniquement grâce à la lumière déclinante : si le soleil avait été plus haut dans le ciel, sans doute serait-elle passée à côté sans la remarquer.

Mary s'approcha de la petite tache de vide avec une vive curiosité, car elle n'avait pas eu le temps d'examiner la première ouverture, obligée qu'elle était de fuir le plus vite possible. Elle prit le temps d'observer celle-ci en détail : elle en palpa les contours, en fit le tour pour voir comment elle devenait invisible de l'autre côté. Son esprit menaçait d'exploser sous l'effet de l'excitation. Comment une telle chose était-elle possible ?

Le porteur de couteau qui avait ouvert ce passage, à peu près à l'époque de la Révolution américaine, n'avait pas pris la peine de le refermer, il était trop insouciant. Mais l'endroit qu'il avait choisi pour traverser était très semblable à celui qui se trouvait dans l'autre monde, à proximité d'une paroi rocheuse. Toutefois, la roche qui se trouvait de l'autre côté n'était pas du calcaire, mais du granite et, en passant dans ce nouveau monde, Mary se retrouva non pas au pied d'une haute falaise, mais presque au sommet d'un promontoire qui surplombait une vaste plaine.

C'était le soir, là aussi, et elle s'assit pour respirer l'air, reposer ses membres endoloris et savourer sans hâte l'émerveillement qu'elle ressentait.

Une lumière dorée inondait une sorte de savane infinie, comme Mary n'en avait jamais vu dans son monde. Presque entièrement recouverte d'une herbe rase où se mêlaient d'innombrables nuances de brun, d'ocre, de vert et de jaune, elle ondulait tout doucement dans la lumière du crépuscule. En outre, on aurait dit que la prairie était traversée en tous sens par des rivières de pierre d'un gris pâle.

Autre vision extraordinaire : la plaine était parsemée ici et là de bosquets d'arbres gigantesques, plus grands que tous ceux que Mary avait jamais vus. Pourtant, un jour où elle participait à une conférence de physique en Californie, elle avait profité d'un moment de loisir pour aller admirer les immenses séquoias, mais les arbres qu'elle découvrait dans cette savane auraient dépassé les séquoias géants d'au moins la moitié de leur longueur. Leur feuillage était épais, d'un vert très sombre, et leurs énormes troncs prenaient des reflets roux et dorés dans le coucher de soleil.

Dernier détail insolite : des troupeaux, trop lointains pour qu'elle identifie les animaux, paissaient dans la prairie. Il y avait dans leurs mouvements quelque chose d'étrange, sans que Mary puisse dire ce qui provoquait cette impression.

Elle était terriblement fatiguée ; elle avait soif et faim. Elle entendit le murmure réjouissant d'un ruisseau tout proche : un mince filet d'eau claire s'échappait d'une fissure bordée de mousse dans la roche et coulait vers le bas de la pente. Après s'être abreuvée avec délice, elle remplit ses gourdes et entreprit de s'installer confortablement car la nuit tombait vite.

Adossée contre la roche, emmitouflée dans son sac de couchage, elle mangea un peu de pain dur et de fromage de chèvre, puis sombra dans un profond sommeil.

Mary fut réveillée par les premiers rayons du soleil qui caressaient son visage. L'air était frais et la rosée s'était déposée en minuscules perles dans ses cheveux et sur son sac de couchage. Elle demeura immobile quelques minutes, enveloppée de fraîcheur, avec l'étrange sentiment d'être la première femme de l'humanité.

Enfin, elle se redressa, bâilla, s'étira et frissonna. Elle se lava dans l'eau glacée du petit ruisseau et mangea quelques figues séchées avant d'examiner les alentours.

Au-delà du promontoire sur lequel elle avait débouché, le paysage descendait en pente douce. Devant elle, la prairie s'étendait à perte de vue. Les grandes ombres des arbres s'allongeaient vers elle maintenant, et elle voyait tournoyer des nuées d'oiseaux, si minuscules devant la masse imposante du feuillage qu'ils ressemblaient à de vulgaires particules de poussière.

Reprenant son sac à dos, Mary descendit jusqu'aux premières touffes d'herbe rêche et mit le cap sur le groupe d'arbres le plus proche, qui devait se trouver, estima-t-elle, à six ou sept kilomètres de là.

L'herbe lui arrivait aux genoux ; çà et là poussaient des buissons bas, pas plus hauts que ses chevilles, ressemblant à des genévriers ; il y avait également des fleurs, semblables à des coquelicots, semblables à des boutons d'or, semblables à des bleuets, qui saupoudraient le paysage d'une brume multicolore. Soudain, Mary aperçut une grosse abeille, de la taille de la première phalange de son pouce, qui se posa sur la tête d'une fleur bleue pour la butiner et la fit ployer sous son poids. Mais, lorsqu'elle émergea des pétales pour reprendre son envol, elle s'aperçut qu'il ne s'agissait pas d'un insecte car, aussitôt, l'animal fonça vers elle et vint se poser sur son doigt, pour sonder sa peau avec son long bec fin comme une aiguille, très délicatement, avant de repartir, déçu sans doute par l'absence de nectar. C'était une sorte de minuscule colibri, mais ses ailes aux plumes couleur bronze s'agitaient trop vite pour qu'elle puisse le voir distinctement.

Tous les biologistes du monde l'envieraient, songea-t-elle, s'ils pouvaient voir ce qu'elle avait devant les yeux !

Elle continua d'avancer et s'aperçut qu'elle approchait d'un troupeau. Les animaux étaient de la taille d'un cerf ou d'une antilope, et à peu près de la même couleur mais, ce qui la fit s'arrêter en se frottant les yeux, c'était la disposition de leurs pattes. Elles formaient un losange : deux au milieu, une devant et une quatrième sous la queue, si bien que l'animal se déplaçait avec un étrange balancement. Mary avait hâte d'examiner le squelette d'une de ces bêtes pour voir comment fonctionnait cette structure.

Pour leur part, les bêtes la regardaient avec

une sorte d'indifférence et continuaient à paître sans montrer de signes d'inquiétude. Mary aurait aimé s'approcher davantage pour les observer, mais il commençait à faire chaud et l'ombre des arbres géants, un peu plus loin, l'attirait. Et après tout, elle avait tout son temps.

Bientôt, elle quitta l'épais tapis d'herbe pour prendre pied sur une de ces rivières de pierre qu'elle avait vues du promontoire : encore une source d'émerveillement.

Peut-être s'agissait-il d'une très ancienne coulée de lave, se dit-elle. La couleur sous-jacente était sombre, presque noire, mais la surface était plus pâle, comme si la roche avait été martelée ou usée par le frottement. Elle était aussi lisse qu'une belle route goudronnée dans le monde de Mary et la marche y était plus aisée que sur l'herbe.

Elle suivit donc la coulée sur laquelle elle se trouvait et qui décrivait un grand arc de cercle en direction des arbres. Plus elle s'en approchait, plus elle était abasourdie par le gigantisme des troncs, aussi larges que la maison où elle vivait et aussi hauts que... aussi hauts que... Elle n'avait même pas de point de comparaison.

Arrivée devant le premier tronc, elle posa ses mains à plat sur l'écorce rousse, creusée de profonds sillons. Le sol était jonché d'un épais tapis de feuilles brunes, aussi grandes que sa main, moelleuses et parfumées. Très vite, Mary se retrouva entourée par un nuage de créatures volantes semblables à des moucherons, par une nuée de ces minuscules colibris, un papillon aux ailes jaunes aussi larges que sa paume, et beaucoup trop de petites bêtes rampantes à son goût. L'air était rempli de bourdonnements, de vrombissements et de raclements.

Elle pénétra à l'intérieur du bosquet en ayant l'impression d'entrer dans une cathédrale : il y régnait la même immobilité, l'architecture végétale dégageait le même sentiment d'élévation, et elle éprouvait le même effroi mêlé de respect.

Il lui avait fallu plus longtemps que prévu pour atteindre cet endroit. Apparemment, on approchait de la mi-journée, car les rayons de soleil qui traversaient la voûte des arbres tombaient presque à la verticale. L'esprit somnolent, Mary se demanda pourquoi les bêtes qui broutaient l'herbe ne profitaient pas de l'ombre des arbres durant les heures les plus chaudes de la journée.

Elle ne tarda pas à avoir la réponse.

Comme elle avait trop chaud pour continuer à marcher, elle s'allongea entre les racines d'un des arbres géants, la tête appuyée sur son sac à dos et s'assoupit.

Elle avait fermé les yeux depuis quelques minutes et elle ne dormait pas tout à fait quand, soudain, tout près, un énorme fracas ébranla le sol.

Suivi d'un autre. Affolée, Mary se redressa et reprit ses esprits. Elle découvrit alors un mouvement flou qui prit ensuite l'apparence d'un objet rond, d'environ un mètre de diamètre, qui roulait sur le sol, puis s'arrêta et bascula sur le côté.

Un autre tomba un peu plus loin. Mary vit la chose chuter, s'écraser au milieu des racines du tronc le plus proche, semblables à des contreforts, puis rouler.

L'idée qu'une de ces choses puisse lui tomber dessus lui fit récupérer son sac à dos et quitter précipitamment le bosquet. Qu'était-ce donc ? Des sortes de cosses ?

En gardant les yeux levés par mesure de prudence, elle s'aventura de nouveau sous les arbres pour examiner la plus proche de ces choses mystérieuses. Elle la redressa et la fit rouler à l'extérieur du bosquet, puis la posa à plat dans l'herbe pour l'étudier plus attentivement.

De forme parfaitement circulaire, elle était épaisse comme la largeur de sa paume. Au milieu, il y avait un petit creux, à l'endroit, sans doute, où elle était attachée à l'arbre. Ce n'était pas lourd, mais excessivement dur, et couvert de poils fibreux plantés tout autour de la circonférence, qu'on pouvait aisément caresser dans un sens, mais pas dans l'autre. Mary essaya d'entailler la surface avec la pointe de son couteau, sans résultat.

Ses doigts lui semblaient plus doux tout à coup. Elle les sentit : il s'y attachait un léger parfum, sous l'odeur de poussière. Elle reprit l'examen de cette cosse. Au centre, elle remarqua un faible scintillement et, quand elle posa la main dessus, il s'enfonça légèrement sous la pression de ses doigts. La chose libérait une sorte d'huile.

Abandonnant un instant sa découverte, Mary songea à la manière dont ce monde avait évolué.

Si son hypothèse concernant ces univers était fondée, s'ils étaient les mondes multiples dont parlait la théorie quantique, alors certains d'entre eux s'étaient séparés du monde dans lequel elle vivait bien avant les autres. De toute évidence, dans ce monde-ci, l'évolution avait favorisé les arbres gigantesques et des animaux imposants dotés d'un squelette en losange.

Mary découvrait à quel point son horizon scientifique était limité. Elle ne connaissait rien en botanique, en géologie, ni en biologie. Bref, elle était aussi ignorante qu'un nouveau-né.

Elle entendit alors un grondement sourd, comme un roulement de tonnerre, difficile à localiser. Jusqu'à ce qu'elle voie un nuage de poussière se déplacer sur un des chemins de pierre ; il venait vers le bosquet d'arbres, il venait vers elle. Le nuage était à plus d'un kilomètre, mais il avançait vite et, soudain, elle prit peur.

Elle courut se réfugier au milieu des arbres. Avisant une crevasse entre deux énormes racines, elle s'y glissa.

Le nuage de poussière approchait et ce qu'elle découvrit lui donna le vertige. D'abord, on aurait dit un gang de motards. Puis elle crut apercevoir un troupeau d'animaux montés *sur roues*. Non, c'était impossible. Aucun animal n'avait de roues. Elle n'en croyait pas ses yeux. C'était pourtant la réalité.

Il y en avait une douzaine. Ils avaient à peu près la même taille que les bêtes qui broutaient, mais étaient plus frêles, avec une peau grise, des cornes sur la tête et une petite trompe, comme celle d'un éléphant. Ils avaient le même squelette en losange que les autres bêtes, à cette différence près que leur unique patte avant et leur unique patte arrière se terminaient... par une roue !

Allons, les roues n'existent pas dans la nature, disait l'esprit cartésien de Mary ; c'était impossible. Il fallait un axe totalement indépendant de la partie rotative, ça ne pouvait pas exister...

Mais, lorsque les créatures s'arrêtèrent, à moins de cinquante mètres, et quand la poussière retomba, Mary fit soudain le rapprochement et elle ne put s'empêcher d'éclater de rire, avec un petit hoquet de bonheur.

Ces roues étaient en fait des cosses ! Parfaitement rondes, terriblement dures et légères à la fois ; nul n'aurait pu concevoir un objet plus parfait. Ces créatures plantaient une griffe de leur patte avant et de leur patte arrière au centre de la cosse, et se servaient de leurs deux pattes latérales pour prendre de l'élan en poussant sur le sol. Tout en s'émerveillant de ce prodige, Mary était un peu inquiète également, car leurs cornes paraissaient excessivement pointues et, même à cette distance, elle percevait l'intelligence et la curiosité qui habitaient leur regard.

Et elles la regardaient.

L'une d'elles avait aperçu la cosse que Mary avait sortie du bosquet et elle s'en approcha en roulant lentement sur la route de pierre. Arrivée devant, elle la souleva sur la tranche avec sa trompe et la fit rouler vers ses congénères.

Ceux-ci se regroupèrent autour de la cosse et la manipulèrent délicatement avec leurs trompes puissantes et flexibles et, tandis qu'elle observait cette scène, Mary se surprit à interpréter les petits gazouillis, les claquements de langue et les sifflements comme des marques de désapprobation. Quelqu'un avait abîmé la cosse : c'était mal.

Puis elle se dit : « Tu es venue ici dans un but précis, même s'il t'échappe pour l'instant. Sois courageuse. Prends l'initiative. »

Alors elle sortit de sa cachette entre les racines et lança, d'une voix timide :

— Hé ! Je suis là. C'est moi qui ai touché la cosse, juste pour regarder. Je suis désolée. Je vous en prie, ne me faites pas de mal.

Aussitôt, toutes les têtes se tournèrent vers elle ; les trompes étaient tendues, les yeux brillants, les oreilles dressées.

Mary sortit de son abri pour leur faire face. Elle tendit les mains devant elle, en se disant que ce geste n'avait sans doute aucun sens pour des créatures qui n'avaient pas de mains. Mais elle ne pouvait rien faire d'autre. Elle ramassa son sac à dos, avança dans l'herbe et prit pied sur la route de pierre.

De près, à moins de cinq pas, elle distinguait mieux leur apparence, mais son attention était accaparée par une lueur vivace dans leur regard, qui trahissait une certaine forme d'intelligence. Ces créatures étaient aussi différentes des animaux qui broutaient non loin de là qu'un être humain était différent d'une vache.

Mary se montra du doigt en disant :

— Mary.

La créature la plus proche tendit sa trompe. Mary se rapprocha, et la trompe se posa sur sa poitrine, à l'endroit qu'elle avait indiqué, et elle entendit sa voix qui lui revenait en sortant de la gorge de la créature :

— *Merry.*

— Qu'êtes-vous donc ? demanda-t-elle.

— *Quêtvoudonc* ? répéta la créature.

Mary put seulement répondre :

— Je suis un être humain.

— *Jessuizun naitrumain*, dit la créature.

Et une chose encore plus incroyable se produisit alors : elles éclatèrent toutes de rire.

Leurs yeux se plissèrent, leurs trompes se balancèrent, elles rejetèrent la tête en arrière et, du fond de leur gorge, montèrent les sons caractéristiques de la joie. Mary ne put s'en empêcher : elle rit elle aussi.

Alors, une autre s'avança et lui caressa la main avec sa trompe. Mary présenta son autre main à cette caresse douce, velue et curieuse.

— Ah, dit-elle, vous sentez l'huile de la cosse...

— *Delacosse*, répéta la créature.

— Si vous arrivez à reproduire les sons de ma langue, on pourra peut-être communiquer, un jour. Dieu sait quand. Mary, dit-elle en se montrant du doigt.

Aucune réaction. Elles la regardaient. Elle recommença :

— Mary.

La créature la plus proche tapota sa poitrine avec sa trompe et parla. Avait-elle prononcé trois syllabes ou deux ? Elle répéta la même chose et, cette fois, Mary se concentra pour essayer de distinguer les sons.

— Mulefa, dit-elle, timidement.

Les autres répétèrent *Mulefa*, avec la même voix qu'elle, en riant. On aurait dit qu'elles se moquaient de leur congénère qui avait parlé.

— *Mulefa !* reprirent-elles en chœur, comme si c'était une bonne plaisanterie.

— Si vous riez, ça signifie que vous n'allez pas me manger, dit Mary.

Et à partir de cet instant, une ambiance détendue et amicale s'installa entre elle et ces créatures, et elle sentit se dissiper sa nervosité.

Le groupe se détendit lui aussi : il avait des choses à faire ; il ne se déplaçait pas au hasard. Mary remarqua qu'une d'elles avait une selle sur le dos, et deux de ses congénères y déposèrent la cosse, en la fixant à l'aide de sangles, avec des gestes habiles et complexes de leurs trompes. Quand elles étaient immobiles, elles se tenaient en équilibre sur leurs pattes latérales et, quand elles se déplaçaient, elles tournaient leurs pattes avant et arrière pour s'orienter. Curieusement leurs mouvements étaient à la fois pleins de grâce et de puissance.

L'une d'elles roula jusqu'au bord de la route et dressa sa trompe vers le ciel pour lancer un long barrissement. Tout le troupeau de ruminants leva la tête et les animaux approchèrent au trot. Arrivés au bord de la route, ils attendirent patiemment et laissèrent les créatures roulantes se déplacer lentement parmi eux, pour les examiner, les toucher, les compter.

Mary vit alors l'un des mulefas glisser sa trompe sous le ruminant pour le traire, puis il revint vers elle, toujours en roulant, et approcha doucement sa trompe de la bouche de la jeune femme.

Celle-ci eut un mouvement de recul instinctif, mais elle voyait l'attente dans les yeux de la créature, alors elle se rapprocha et écarta les lèvres. La créature fit couler un peu de lait fin et sucré dans sa bouche ; elle la regarda avaler, puis elle lui en donna encore un peu, et encore un peu. Ce geste était à la fois si habile et chaleureux que Mary, instinctivement, noua ses bras autour du cou du mulefa et l'embrassa ; elle sentait la peau chaude et poussiéreuse, elle sentait les os durs en dessous et la puissance musclée de la trompe.

Finalement, le chef du groupe émit un léger

barrissement et les ruminants s'éloignèrent. Les mulefas s'apprêtaient à repartir. Mary éprouvait à la fois de la joie, car ils l'avaient accueillie chaleureusement, et de la tristesse, car ils s'en allaient. Mais une surprise l'attendait.

Une des créatures s'était agenouillée sur la route et, avec sa trompe, elle faisait signe à Mary d'approcher. Toutes les autres l'encourageaient. Aucun doute : elles lui offraient de la transporter, de l'emmener avec elles.

Une autre ramassa son sac et l'attacha sur la selle d'une troisième. Alors, Mary monta sur le dos de la créature agenouillée, de manière pataude, en se demandant où mettre ses jambes : devant ou derrière ? Et à quoi pouvait-elle s'accrocher ?

Mais avant qu'elle trouve la réponse à ces questions, le mulefa s'était redressé et la petite troupe se remit en marche sur la route de pierre, avec Mary qui chevauchait au centre du groupe.

.. parce que c'est Will.

8
Vodka

Je suis étranger sur une terre étrange.

L'Exode

Balthamos ressentit la mort de Baruch à l'instant même où elle survint. Il éclata en sanglots et s'envola dans le ciel noir, au-dessus de la toundra, battant furieusement des ailes et déversant tout son désespoir dans les nuages. Il lui fallut un certain temps pour se ressaisir et redescendre auprès de Will, parfaitement réveillé, qui scrutait l'obscurité humide et glaciale, son poignard à la main.

— Qu'y a-t-il ? demanda le jeune garçon lorsque l'ange réapparut à ses côtés, tremblant. Un danger nous menace ? Mettez-vous derrière moi.

— Baruch est mort ! s'exclama Balthamos. Mon très cher Baruch est mort...

— Quand ? Où ?

Balthamos ne pouvait le dire ; il savait seulement que la moitié de son cœur venait de s'éteindre. Incapable de tenir en place, il s'envola de nouveau et sillonna le ciel, comme s'il cherchait Baruch dans tel ou tel nuage ; et il criait son nom, pleurait, criait son nom, pleurait... Finalement, submergé par un sentiment de culpabilité, il redescendit pour inciter Will à se cacher et à ne pas faire de bruit, et il promit de veiller sur lui sans trêve ni repos. Le poids de son chagrin le cloua au sol, et il repensa à toutes ces occasions où Baruch avait fait preuve de gentillesse et de courage, elles étaient innombrables, mais il n'en avait oublié aucune, et il pleurait à l'idée qu'une nature si bonne puisse s'éteindre pour toujours. Alors il s'éleva de nouveau dans le ciel et fila dans toutes les directions, affolé, imprudent et torturé, maudissant l'air, les nuages, les étoiles.

Au bout d'un moment, Will dit :

— Balthamos, revenez ici.

L'ange obéit à son ordre. Dans l'obscurité mordante et froide de la toundra, le garçon qui frissonnait dans son manteau lui dit :

— Essayez de vous calmer. Vous savez bien qu'il y a par ici des créatures qui vont nous attaquer si elles entendent un bruit. Je peux vous protéger avec le poignard si vous restez à proximité mais, si elles vous attaquent dans le ciel, je ne pourrai rien pour vous. Et si vous mourez vous aussi, c'en sera terminé de moi également.

Balthamos, j'ai besoin de vous pour m'aider à retrouver Lyra. Ne l'oubliez pas, je vous en prie. Baruch était courageux ; soyez comme lui. Soyez courageux, vous aussi, pour moi.

Balthamos ne répondit pas immédiatement, puis il dit :

— Bien. Tu as raison. Rendors-toi, Will. Je vais monter la garde. Tu peux compter sur moi.

Will décida de lui faire confiance, il n'avait pas le choix. Très vite, il se rendormit.

Quand il se réveilla, trempé par la rosée et glacé jusqu'aux os, l'ange se tenait à ses côtés. Le soleil se levait à peine ; les roseaux et les plantes des marais semblaient ourlés d'or.

Avant que Will fasse un seul geste, Balthamos déclara :

— Je sais ce que je dois faire. Je resterai près de toi nuit et jour, avec joie et de bon cœur, en mémoire de Baruch. Je te conduirai jusqu'à Lyra si je le peux et, ensuite, je vous escorterai tous les deux auprès de Lord Asriel. J'ai vécu des milliers d'années et, sauf si on me tue, j'en vivrai des milliers d'autres. Mais jamais je n'ai rencontré un être qui me donnait un tel désir de faire le bien, ou d'être aussi bon, que Baruch. Bien souvent j'ai échoué dans cette tâche mais, chaque fois, sa bonté était là pour me racheter. Aujourd'hui, elle n'est plus là, et je vais devoir essayer de m'en passer. Peut-être que j'échouerai encore de temps à autre, mais j'essaierai quand même.

— Baruch serait fier de vous, dit Will en frissonnant.

— Si je partais en éclaireur pour voir où nous sommes ?

— Bonne idée. Envolez-vous et dites-moi à quoi ressemble le paysage plus loin. Il nous faudra une éternité pour progresser dans ces marécages.

Balthamos s'envola. Il n'avait pas confié à Will toutes ses inquiétudes, car il s'efforçait de ne pas lui infliger le poids d'une angoisse excessive. Mais il savait que l'ange Métatron, le Régent, auquel ils avaient échappé de justesse, avait gravé dans son esprit le visage de Will. Pas uniquement son visage, mais tout ce que pouvaient voir les anges également, y compris des parties de lui-même dont Will n'avait pas conscience, comme cet aspect de sa personnalité que Lyra aurait appelé son dæmon. Métatron représentait une grande menace pour Will désormais et, tôt ou tard, Balthamos savait qu'il devrait le lui dire, mais pas maintenant. C'était trop difficile.

Songeant qu'il se réchaufferait plus rapidement en marchant qu'en ramassant du bois et en attendant que le feu prenne, Will balança son sac sur ses épaules, enfila son manteau par-dessus et repartit en direction du sud. Il y avait un chemin, boueux et creusé d'ornières, signe que des gens s'aventuraient parfois par ici, mais l'horizon plat était si étendu qu'il n'avait pas l'impression d'avancer.

Au bout d'un moment, alors que la lumière était devenue plus vive, la voix de Balthamos résonna à ses côtés :

— Droit devant, à environ une demi-journée de marche, il y a une grande rivière et une ville, avec un quai où sont amarrés des bateaux. J'ai volé suffisamment haut pour voir que la rivière se poursuivait très loin au sud et au nord. Si tu réussissais à t'embarquer sur un bateau, tu irais beaucoup plus vite.

— Parfait, dit Will avec enthousiasme. Ce chemin mène à la ville dont vous parlez ?

— Il traverse d'abord un village, avec une église, des fermes et des vergers, et il continue vers la ville.

— Je me demande quelle langue parlent les habitants. J'espère qu'ils ne me jetteront pas en prison parce que je ne sais pas me faire comprendre.

— Si je me fais passer pour ton dæmon, dit Balthamos, je traduirai à ta place. J'ai appris de nombreux langages humains ; je suis sûr de comprendre leur langue.

Will se remit en marche. Il avançait péniblement, de manière mécanique mais, au moins, il avançait, et il savait que chaque pas le rapprochait de Lyra.

Le village était un endroit misérable : un rassemblement de constructions en bois, avec des enclos renfermant des rennes, et des chiens qui aboyaient sur leur passage. La fumée qui s'échappait des cheminées en fer-blanc flottait au-dessus des toits de bardeaux. Le sol visqueux retenait ses pas. De toute évidence, une inondation s'était produite récemment : la boue avait laissé des traces sur les murs, à mi-hauteur, des poutres brisées et des plaques de tôle ondulée arrachées indiquaient que des appentis et des vérandas avaient été emportés.

Mais ce n'était pas la caractéristique la plus étrange de ce lieu. Will crut tout d'abord qu'il avait perdu le sens de l'équilibre, il trébucha même deux ou trois fois, car toutes les constructions penchaient de quelques degrés du même côté. Le dôme de la petite église était fendu. À la suite d'un tremblement de terre ?

Des chiens poussaient des aboiements furieux et hystériques, sans oser approcher toutefois. Transformé en dæmon, Balthamos avait pris l'apparence d'un gros chien blanc avec des yeux noirs, un poil épais et une queue recourbée. Il grognait de manière si féroce que les vrais chiens gardaient leurs distances. Ils semblaient faméliques, et les quelques rennes qu'il apercevait sur son chemin étaient galeux et apathiques.

Will s'arrêta au centre du petit village et regarda autour de lui, se demandant où aller. Alors qu'il s'interrogeait, un petit groupe d'hommes apparut devant lui ; ils le dévisagèrent avec insistance. C'étaient les premières personnes qu'il voyait dans le monde de Lyra. Ils portaient d'épais manteaux de feutre, des bottes boueuses, des toques en fourrure et, surtout, ils n'avaient pas l'air commode.

Le chien blanc se changea en moineau et vint se poser sur l'épaule de Will. Aucun des hommes ne sembla surpris : chacun d'eux possédait un dæmon, constata Will. Des chiens en majorité. Perché sur son épaule, Balthamos murmura :

— Continue à avancer. Ne les regarde pas, surtout. Garde la tête baissée. C'est une marque de respect.

Will se remit donc en marche. Il savait passer inaperçu, c'était même un de ses plus grands talents. Quand il arriva à leur hauteur, les hommes s'étaient déjà désintéressés de lui. Mais soudain, une porte s'ouvrit, dans la plus grande des maisons qui bordaient le chemin, et une voix puissante résonna :

— C'est le prêtre, murmura Balthamos. Tu dois être poli avec lui. Retourne-toi et salue-le.

Will s'exécuta. Le prêtre était un homme immense avec une barbe grise, vêtu d'une soutane noire. Son dæmon-corbeau était perché sur son épaule. Ses yeux sans cesse en mouvement balayèrent Will de haut en bas. Il lui adressa un petit signe de tête.

Will approcha de la maison et s'inclina de nouveau.

Le prêtre dit quelque chose et Balthamos murmura à l'oreille de Will :

— Il te demande d'où tu viens. Réponds ce que tu veux.

— Je parle anglais, dit Will, lentement et en détachant les syllabes. Je ne connais pas d'autre langue.

— Ah, l'anglais ! s'exclama gaiement le prêtre, dans cette langue. Mon très cher garçon ! Bienvenue dans notre petit village de Kholodnoye tout de travers ! Comment t'appelles-tu, et où vas-tu ?

— Je m'appelle Will et je vais vers le sud. J'ai perdu ma famille et j'essaye de les retrouver.

— Dans ce cas, entre pour te désaltérer.

En disant cela, le prêtre passa son bras épais autour des épaules de Will et l'entraîna à l'intérieur de la maison.

Le dæmon-corbeau semblait porter un vif intérêt à Balthamos. Mais l'ange ne se laissa pas impressionner : il se transforma en souris et se faufila à l'intérieur de la chemise du garçon, comme s'il était timide.

Le prêtre fit entrer Will dans le salon où flottait une épaisse fumée. Un samovar en fonte gargouillait discrètement sur une petite desserte.

— Comment t'appelles-tu, déjà ? demanda le prêtre. Répète-moi ton nom.

— Will Parry. Mais je ne sais pas comment vous appeler.

— Otyets Semyon, dit le prêtre en caressant le bras de Will pour le conduire jusqu'à une chaise. Otyets signifie « père ». Je suis un prêtre de la Sainte Église. Semyon, c'est mon prénom ; mon père s'appelait Boris, je m'appelle donc Semyon Borisovitch. Et toi, quel est le nom de ton père ?

— John Parry.

— John, c'est Ivan. Tu t'appelles donc Will Ivanovitch, et moi, je suis le père Semyon Borisovitch. D'où viens-tu, Will Ivanovitch ? Et où vas-tu ?

— Je suis perdu. Je voyageais vers le sud avec ma famille. Mon père est soldat, mais il explorait l'Arctique, quand quelque chose s'est produit et nous nous sommes perdus. Alors, je continue vers le sud, car c'est là que nous devions aller.

Le prêtre écarta les bras.

— Un soldat ? Un explorateur venu d'Angleterre ? Voilà des siècles qu'une personne aussi intéressante n'a pas parcouru les chemins boueux de Kholodnoye mais, en ces temps de grands bouleversements, qui nous dit qu'il ne va pas réapparaître demain ? En attendant, tu es le bienvenu parmi nous, Will Ivanovitch. Tu vas passer la nuit ici, sous mon toit ; nous pourrons bavarder et manger ensemble. Lydia Alexandrovna ! cria-t-il.

Une femme âgée fit son entrée dans la pièce. Le prêtre lui adressa quelques mots en russe, elle hocha la tête sans rien dire, prit un verre et le remplit de thé chaud provenant du samovar. Elle apporta le verre de thé à Will, avec une petite soucoupe contenant de la confiture, dans laquelle était enfoncée une cuillère en argent.

— Merci, dit poliment Will.

— La confiture, c'est pour sucrer le thé, expliqua le prêtre. Lydia Alexandrovna l'a faite avec des myrtilles.

Résultat, le thé n'était pas seulement amer, il était aussi écœurant, mais il le but à petites gorgées, sans faire de remarque. Le prêtre ne cessait de se pencher vers lui pour l'observer de plus près, il lui prenait les mains pour voir s'il avait froid, il lui caressait le genou. Afin de détourner son attention, Will lui demanda pourquoi toutes les maisons du village penchaient sur le côté.

— Une grande secousse a ébranlé la terre, expliqua le prêtre. Tout cela est prédit dans l'Apocalypse de saint Jean. « Les rivières couleront à l'envers... » Le fleuve qui est près d'ici coulait autrefois vers le nord pour se jeter dans l'océan Arctique. Prenant naissance dans les montagnes d'Asie centrale, il coulait vers le nord depuis des milliers et des milliers d'années, depuis que l'autorité de Dieu le Père tout-puissant a créé la Terre. Mais quand la terre a tremblé, quand le brouillard et les inondations sont apparus, tout a changé, et le fleuve a coulé vers le sud, pendant une semaine et même plus, avant de changer à nouveau de direction et de se remettre à couler vers le nord. Le monde a la tête à l'envers, je te le dis. Où étais-tu quand s'est produite la grande secousse ?

— Très loin d'ici, dit Will. J'ignorais ce qui se passait. Quand le brouillard s'est dissipé, ma famille avait disparu et, maintenant, je ne sais plus où je suis. Vous m'avez dit le nom de ce village, mais où est-il situé ? Où sommes-nous ?

— Apporte-moi ce gros livre qui est posé sur l'étagère du bas, dit Semyon Borisovitch. Je vais te montrer.

Le prêtre approcha sa chaise de la table et humecta ses doigts avant de tourner les pages du grand atlas.

— Voilà, dit-il en posant son ongle noir sur un endroit de Sibérie centrale, très loin à l'est des monts Oural.

Comme l'avait expliqué le prêtre, le fleuve qui passait à proximité partait des montagnes situées au nord du Tibet et coulait jusqu'à l'Arctique. Will observa attentivement la chaîne de l'Himalaya, mais ce qu'il voyait ne ressemblait en rien à la carte dessinée par Baruch.

Semyon Borisovitch parlait sans discontinuer, bombardant le garçon de questions sur sa vie, sa famille, sa maison, et Will, en dissimulateur aguerri, répondait volontiers. Au bout d'un moment, la maîtresse de maison apporta de la soupe de betterave et du pain noir et, quand le prêtre eut récité un long bénédicité, ils mangèrent.

— Eh bien, comment allons-nous occuper cette journée, Will Ivanovitch ? demanda Semyon Borisovitch. Veux-tu jouer aux cartes, ou préfères-tu bavarder ?

Il remplit un autre verre de thé avec le samovar et le tendit à Will qui le prit sans enthousiasme.

— Je ne sais pas jouer aux cartes, dit-il, et je suis impatient de poursuivre mon voyage. Si j'allais jusqu'au fleuve, par exemple, pensez-vous que je pourrais embarquer à bord d'un bateau à vapeur qui descend vers le sud ?

L'imposant visage du prêtre s'assombrit et il fit un signe de croix, d'un petit mouvement délicat du poignet.

— Il y a des problèmes en ville, dit-il. Lydia Alexandrovna a une sœur qui en revient et qui lui a parlé d'un bateau transportant des ours. Des ours en armure. Ils viennent de l'Arctique. As-tu vu des ours en armure quand tu étais dans le Nord ?

Le prêtre semblait soupçonneux, et Balthamos murmura quelque chose à l'oreille de Will, si bas qu'il entendit simplement : « Sois prudent. » Il comprit immédiatement pourquoi l'ange avait dit cela : son cœur s'était mis à battre plus fort quand Semyon Borisovitch avait parlé des ours, à cause de ce que Lyra lui avait raconté à leur sujet. Il devait essayer de masquer ses sentiments.

— Nous étions loin de Svalbard, répondit-il, et les ours étaient accaparés par leurs propres affaires.

— Oui, il paraît, dit le prêtre, au grand soulagement de Will. Mais maintenant, ils quittent tous leur terre natale pour émigrer vers le sud.

Ils ont un bateau et les habitants de la ville ne veulent pas les laisser se ravitailler en carburant. Ils ont peur des ours. À juste titre, je dois dire. Les ours sont les enfants du diable ! Toutes ces créatures venues du Nord sont diaboliques. Comme les sorcières... les filles du Mal ! L'Église aurait dû les tuer toutes il y a bien longtemps. Méfie-toi des sorcières, Will Ivanovitch ! Tu entends ? Sais-tu ce qu'elles te feront quand tu seras plus grand ? Elles essaieront de te séduire. Elles utiliseront toutes leurs ruses sournoises, leur peau douce, leur voix envoûtante, et elles te voleront ta semence — tu vois ce que je veux dire, hein ? —, elles te videront de toute ta substance ! Elles te voleront ton avenir et les enfants à naître, elles ne te laisseront plus rien. Il faudrait les tuer jusqu'à la dernière !

Le prêtre tendit la main vers une étagère près de sa chaise pour prendre une bouteille et deux verres.

— Je vais t'offrir un petit coup à boire, Will Ivanovitch. Pas trop, car tu es encore jeune. Mais tu grandis, et tu dois découvrir certaines choses, comme le goût de la vodka. Lydia Alexandrovna a ramassé le grain l'an dernier et j'ai distillé moi-même l'alcool, et le résultat est dans cette bouteille, le seul endroit où Otyets Semyon Borisovitch et Lydia Alexandrovna s'assemblent !

Il éclata de rire, déboucha la bouteille et remplit les deux verres à ras bord. Ce genre de propos mettait Will affreusement mal à l'aise. Mais que faire ? Comment refuser de boire sans paraître impoli ?

— Otyets Semyon, dit-il en se levant, vous avez été très aimable, et j'aurais aimé rester plus longtemps pour goûter votre boisson et vous écouter parler, car vous m'avez raconté des choses très intéressantes. Mais vous comprenez bien que je m'inquiète pour ma famille, et je suis impatient de la retrouver. Voilà pourquoi je dois m'en aller, même si j'aimerais rester.

Le prêtre retroussa les lèvres, au milieu de sa barbe broussailleuse, et fronça les sourcils. Finalement, il haussa les épaules et dit :

— Très bien, va-t'en, si tu dois partir. Mais avant, tu dois boire ta vodka. Fais comme moi. Tu prends ton verre et tu le vides d'un trait, comme ça !

Joignant le geste à la parole, il renversa la tête en arrière, en même temps que son verre, et le vida d'un seul coup, puis il leva son corps massif et s'approcha tout près de Will. Entre ses doigts épais et sales, le verre qu'il lui tendait ressemblait à un dé à coudre, mais il était rempli à ras bord de ce liquide transparent, et l'odeur entêtante de l'alcool se mêlait à celle de la sueur rance ; des taches de nourriture maculaient la soutane du prêtre. Will fut pris de nausée avant même de boire.

– Bois, Will Ivanovitch ! s'exclama le prêtre avec un enthousiasme menaçant.

Will porta le verre à sa bouche et avala sans

réfléchir le liquide brûlant et gras, d'un trait. Il eut un haut-le-cœur et dut se retenir pour ne pas vomir.

Mais une autre épreuve l'attendait. Semyon Borisovitch se pencha en avant, de toute sa hauteur, et prit Will par les épaules.

— Mon garçon...

Il ferma les yeux et entonna une prière, ou un cantique. De puissants effluves de tabac, d'alcool et de sueur émanaient de sa personne, et il était si près de Will que sa barbe épaisse frottait contre son visage. Celui-ci était obligé de retenir sa respiration.

Les mains du prêtre glissèrent dans le dos du jeune garçon et soudain, Semyon Borisovitch le plaqua contre lui, avec force, et l'embrassa sur les joues, la droite, la gauche et encore la droite. Will sentit que Balthamos plantait ses minuscules griffes dans son épaule, alors il ne dit rien. Il avait la tête qui tournait et l'estomac qui se soulevait, mais il resta immobile.

Enfin, l'étreinte s'acheva ; le prêtre recula d'un pas et le repoussa.

— Va, dit-il. Va vers le sud, Will Ivanovitch.

Will récupéra son manteau, son sac à dos et il quitta la maison du prêtre en essayant de marcher droit, puis il prit le chemin qui s'éloignait du village.

Il marcha pendant deux heures, sentant la nausée s'atténuer peu à peu, remplacée par une migraine qui lui martelait le crâne. Balthamos le fit s'arrêter au bout d'un moment ; il apposa ses mains fraîches dans le cou et sur le front de Will, et la douleur diminua légèrement. Malgré tout, il se jura de ne plus jamais boire une seule goutte de vodka.

Vers la fin de l'après-midi, le chemin s'élargit et émergea des roseaux. Will découvrit alors la ville au loin, droit devant et, au-delà, une étendue d'eau si vaste qu'on aurait dit la mer.

Même à cette distance, il voyait qu'il se passait des choses graves. Des nuages de fumée jaillirent derrière les toits, suivis quelques secondes plus tard par une détonation.

— Balthamos, dit-il, vous allez devoir vous transformer à nouveau en dæmon. Restez près de moi et faites bonne garde.

Il atteignit les abords de la petite ville délabrée où les constructions penchaient de manière encore plus inquiétante que dans le village qu'il venait de quitter. Là aussi, les inondations avaient laissé des traînées boueuses sur les façades des maisons, bien plus haut que la tête de Will. La périphérie de la ville était déserte mais, à mesure qu'il approchait du fleuve, les exclamations, les cris et les coups de feu s'amplifiaient.

Enfin, il aperçut des gens : certains étaient penchés à leurs fenêtres ; d'autres, embusqués au coin d'une maison, se dévissaient le cou pour jeter des regards inquiets en direction du quai, où les doigts d'acier des grues et des derricks, et les mâts des grands bateaux se dressaient au-dessus des toits.

Une explosion ébranla tout à coup les murs, et une fenêtre se brisa non loin de là. Les badauds se mirent à couvert, avant de redresser timidement la tête. Des cris s'élevèrent dans l'air enfumé.

Arrivé au coin de la rue, Will observa les quais. Quand la fumée et la poussière se dissipèrent, il découvrit, à quelques encablures du port, un vaisseau rouillé, qui semblait lutter contre le courant. Sur la jetée, une foule de gens armés de fusils et de pistolets entourait un gros canon qui, sous les yeux du garçon, tonna de nouveau. Un éclair de feu jaillit, le canon recula violemment, et près du bateau s'éleva une énorme gerbe d'eau.

Will mit sa main en visière. Il y avait des silhouettes sur le bateau, mais... Il se frotta les yeux, même s'il savait à quoi s'attendre : ce n'étaient pas des êtres humains. C'étaient de gigantesques créatures de métal ou, plutôt, des créatures vêtues d'une épaisse armure. Sur le pont avant du bateau on vit éclore une fleur de feu et, sur la jetée, les gens poussèrent des cris de panique. La flamme monta à toute allure dans le ciel, très haut, se rapprochant du quai, projetant sur son passage des étincelles et de la fumée, avant de retomber à côté du canon dans une gerbe de feu. Des hommes détalèrent en hurlant, tandis que d'autres, en proie aux flammes, se précipitaient vers la jetée pour sauter dans l'eau, avant d'être emportés et de disparaître dans le courant.

Will avisa près de lui un homme qui ressemblait à un professeur, et il lui demanda :

— Vous parlez anglais ?

— Oui, absolument.

— Que se passe-t-il ?

— Les ours, ils nous attaquent, et nous essayons de les repousser, mais ce n'est pas facile. Nous n'avons qu'un seul canon et...

Le lance-flammes installé sur le bateau cracha une autre boule de poix enflammée et, cette fois, elle tomba plus près du canon. Presque simultanément, trois énormes explosions indiquèrent que le projectile avait atterri sur le stock de munitions, et les canonniers abandonnèrent précipitamment leur poste.

— Ah, zut ! se lamenta le voisin de Will. Ils ne peuvent plus tirer...

Le capitaine donna l'ordre de virer de bord et le bateau avança vers le quai. À terre, des gens poussèrent des cris d'effroi et de désespoir, surtout quand une autre grosse boule de feu apparut sur le pont avant. Certains des hommes armés tirèrent une ou deux fois, avant de tourner les talons pour fuir mais, cette fois, les ours ne lancèrent pas leur projectile enflammé, et bientôt, le bateau vint se ranger le long du quai par le travers, ses moteurs s'époumonant pour lutter contre le courant.

Deux marins (des êtres humains, pas des ours)

sautèrent à terre pour attacher des cordes autour des bollards. Une vague de sifflets et de cris rageurs monta parmi les habitants à la vue de ces traîtres. Les deux marins semblaient ne pas s'en apercevoir, mais ils coururent malgré tout pour abaisser la passerelle.

Et soudain, au moment où ils se retournaient pour remonter à bord, un coup de feu claqua au milieu de la foule, près de Will, et un des marins s'effondra. Son dæmon — une mouette — se volatilisa, comme la flamme d'une bougie qu'on éteint entre ses doigts.

Les ours laissèrent éclater leur fureur. Le lance-flammes fut immédiatement rallumé et déplacé pour faire face au rivage. La boule enflammée s'éleva dans les airs et retomba en une cascade de milliers de gouttes de feu sur les toits. En haut de la passerelle apparut alors un ours plus imposant encore que tous les autres, bardé de fer, image même de la puissance. Les balles qui pleuvaient sur lui rebondissaient avec des tintements impuissants, incapables de faire la moindre entaille dans son armure.

Will demanda à son voisin :

— Pourquoi est-ce que les ours attaquent la ville ?

— Ils veulent du carburant. Mais nous refusons de traiter avec eux. Ils quittent leur royaume et remontent le fleuve. Qui sait ce qu'ils ont en tête ? Nous devons les combattre. Ce sont des pirates, des voleurs...

Le grand ours, pendant ce temps, descendait la passerelle. Plusieurs de ses congénères étaient massés derrière lui ; ils étaient si lourds que le bateau gîtait. Will constata que les hommes, sur la jetée, étaient retournés près du canon et qu'ils chargeaient un boulet dans sa gueule.

Une idée lui traversa l'esprit. Il se précipita sur le quai, au milieu de l'espace vide entre les canonniers et l'ours.

— Stop ! cria-t-il. Cessez de vous battre. Laissez-moi parler à l'ours.

Il y eut une soudaine accalmie et tout le monde s'immobilisa, stupéfait par le comportement insensé de ce jeune garçon. L'ours lui-même, qui avait rassemblé ses forces pour se jeter sur les canonniers, resta à sa place, même si la férocité faisait trembler chacun de ses membres. Ses grandes griffes s'enfonçaient dans le sol et ses yeux étincelaient de rage sous son casque de fer.

— Qui es-tu ? Et que veux-tu ? grogna-t-il dans la langue de Will.

Les témoins de la scène, estomaqués, regardaient alternativement l'ours et le jeune garçon, et ceux qui comprenaient leur dialogue traduisaient pour les autres.

— Je veux vous affronter loyalement, s'écria Will, et si j'ai le dessus, cette bataille devra prendre fin.

L'ours ne bougea pas. Quant aux habitants, dès qu'ils comprirent ce qu'il avait dit, ils répliquèrent par des quolibets et des rires moqueurs.

Mais pas longtemps, car il se retourna vers la foule et observa les gens d'un œil noir, le visage impassible et figé, jusqu'à ce que les railleries cessent. Il sentait Balthamos, transformé en merle, trembler sur son épaule.

Quand le silence fut revenu, il dit :

— Si je suis vainqueur, vous devez promettre de leur vendre du carburant. Ensuite, ils poursuivront leur route en vous laissant en paix. Si vous refusez cet arrangement, ils vont tous vous tuer.

Will savait que l'ours gigantesque était à quelques pas derrière lui, mais il ne se retourna pas ; il regardait les habitants discuter entre eux avec animation et, au bout d'une minute environ, une voix s'éleva :

— Mon garçon ! Demande à l'ours s'il est d'accord !

Will se retourna. Il déglutit avec peine, inspira à fond et dit :

— Vous devez accepter ! Si vous êtes vaincu, le combat cessera, vous pourrez acheter du carburant et poursuivre tranquillement votre voyage.

— Impossible, répondit l'ours de sa voix grave. J'aurais honte de me battre contre toi. Tu es aussi faible qu'une huître privée de sa coquille. Je ne peux pas te combattre.

— Vous avez raison, dit Will. (Toute son attention était maintenant concentrée sur cette gigantesque et féroce créature qui se tenait devant lui.) Le combat n'est pas équitable. Vous portez une armure et moi, je n'en ai pas. Vous pourriez m'arracher la tête d'un seul coup de patte. Équilibrons les chances. Donnez-moi une partie de votre armure, celle que vous voulez. Votre casque, par exemple. Nous lutterons alors à armes égales et vous n'aurez pas honte de vous battre contre moi.

Avec un grognement qui exprimait à la fois la haine, la rage et le mépris, l'ours leva sa grosse patte et détacha la chaîne qui maintenait son casque sur sa tête.

Un profond silence régnait maintenant sur le quai. Nul ne parlait, nul ne bougeait. Chacun avait le sentiment d'assister à une chose qu'il n'avait encore jamais vue, sans savoir exactement ce qui se passait. On n'entendait que le clapotis de l'eau contre les piliers en bois, le vrombissement des moteurs du bateau et les cris incessants des mouettes dans le ciel, puis un grand fracas métallique quand l'ours jeta son casque aux pieds de Will.

Celui-ci posa son sac à dos et ramassa le casque. Il avait du mal à le soulever. Fait d'une seule plaque de fer, noir et bosselé, avec deux trous pour les yeux et une grosse chaîne au-dessous, il était aussi grand que l'avant-bras de Will, et épais comme son pouce.

— Voilà donc votre armure, dit-il. Elle ne m'a pas l'air très solide. Je ne sais pas si je peux compter sur elle. Voyons voir...

Il sortit le poignard de son sac et appuya le tranchant de la lame contre le casque, et il en découpa un coin, comme s'il tranchait du beurre.

— C'est bien ce que je pensais, dit-il.

Et il coupa un autre bout, puis un autre et encore un autre, transformant le casque en un tas de petits cubes de métal, en moins d'une minute. Il se redressa en brandissant une poignée de morceaux de fer.

— Voilà votre armure, dit-il en laissant tomber bruyamment les débris à ses pieds. Et voici mon poignard. Puisque votre casque ne me sert à rien, je serai obligé de m'en passer. Êtes-vous prêt, ours ? Je crois que nous combattons à armes égales, finalement. Je pourrais vous trancher la tête d'un seul coup de couteau.

Nul ne bougeait. Les yeux noirs de l'ours rougeoyaient comme des braises et Will sentit une goutte de sueur couler dans son dos.

Finalement, l'ours remua la tête et avança d'un pas.

— Cette arme est trop puissante, déclara-t-il. Je ne peux pas l'affronter. Tu as gagné, mon garçon.

Will savait que dans une seconde, les habitants allaient pousser des cris de joie, des huées et des sifflements, c'est pourquoi, avant même que l'ours ait achevé sa phrase, il s'était retourné face à la foule pour les faire taire.

— Vous devez tenir parole maintenant, dit-il. Occupez-vous de vos blessés et commencez à réparer les maisons. Laissez les ours amarrer leur bateau et faire le plein.

Il faudrait une minute pour traduire ses paroles et les laisser se répandre parmi l'auditoire, et il savait que ce délai les empêcherait de laisser éclater leur soulagement et leur colère, comme des bancs de sable perturbent et brisent le cours d'une rivière. L'ours assistait à la scène et il comprenait, mieux que Will lui-même sans doute, ce que le jeune garçon avait réussi à faire.

Will rangea le poignard dans son sac. L'ours et lui échangèrent un nouveau regard, d'une nature différente cette fois. Ils marchèrent l'un vers l'autre pendant que, sur le bateau, les ours commençaient à démonter leur lance-flammes.

Sur le quai, quelques personnes entreprirent de remettre de l'ordre, mais d'autres habitants s'étaient joints à la foule pour observer Will de plus près, intrigués par ce garçon qui avait imposé sa loi à l'ours. Le moment était venu pour lui de redevenir invisible et il accomplit le tour de magie qui, pendant des années, avait détourné toutes les curiosités et les avait protégés, sa mère et lui. Évidemment, ce n'était pas réellement de la magie, mais plutôt une manière de se comporter. Il se fit silencieux, prit un air morne et, en moins d'une minute, il devint moins intéressant, moins attirant aux yeux des autres. Les gens se lassèrent de ce garçon terne et banal ; ils l'oublièrent et lui tournèrent le dos.

Mais l'attention de l'ours n'était pas celle d'un être humain : il voyait bien ce qui était en train de se passer, et il comprenait que c'était encore un des pouvoirs extraordinaires que possédait Will. Il s'approcha et lui parla tout doucement, d'une voix grave qui grondait comme les moteurs du bateau :

— Comment t'appelles-tu ?

— Will Parry. Pouvez-vous fabriquer un autre casque ?

— Oui. Que cherches-tu ?

— Vous remontez le fleuve. Je veux aller avec vous. Je dois me rendre dans les montagnes et c'est le chemin le plus rapide. Vous voulez bien m'emmener ?

— Oui. Mais je veux voir le poignard.

— Je ne le montrerai qu'à un ours en qui je puisse avoir toute confiance. J'ai entendu parler d'un seul ours digne de confiance. C'est le roi des ours, et l'ami de la fille que je pars rechercher dans les montagnes. Elle s'appelle Lyra Parle-d'Or. L'ours s'appelle Iorek Byrnison.

— Je suis Iorek Byrnison, déclara l'ours.

— Oui, je sais.

Le bateau avait commencé à faire le plein de carburant ; on avait arrêté les wagonnets le long de la coque et on les avait penchés sur le côté pour faire glisser bruyamment le charbon sur le toboggan, jusque dans la soute. Des nuages de poussière noire montaient dans le ciel. À l'insu des habitants, occupés à balayer les débris et à discuter du prix du charbon, Will gravit la passerelle à la suite de l'ours-roi et monta à bord du bateau.

9
En amont

> ... Passe une ombre sur l’esprit, comme quand à midi un nuage enveloppe le soleil qui luit...
>
> Emily Dickinson

Fais-moi voir ce poignard, demanda Iorek Byrnison. Le métal, ça me connaît. Rien de ce qui est en fer ou en acier n’est pour moi un mystère. Mais jamais je n’ai vu un couteau semblable au tien, et j’aimerais beaucoup l’examiner de près.

Will et l’ours-roi étaient sur le pont avant, baignés par les rayons encore chauds du soleil couchant, et le bateau à vapeur remontait le fleuve à bonne allure ; il y avait du carburant à profusion, et de la nourriture que Will pouvait manger lui aussi. Iorek Byrnison et le jeune garçon apprenaient à mieux se connaître, car l’un et l’autre s’étaient déjà fait une première opinion.

Will tendit le poignard à l’ours-roi, le manche en avant, et Iorek le prit délicatement. Son

« pouce » opposable à ses autres griffes lui permettait de saisir et de manipuler les objets avec la même habileté qu'un être humain, et il faisait tourner le couteau dans sa patte. Il l'approcha de ses yeux, il l'orienta dans la lumière, et il testa le tranchant de la lame sur un vieux morceau de ferraille.

— C'est avec ce côté-là que tu as découpé mon armure, dit-il. L'autre côté est très étrange. Je suis incapable de dire de quoi il est fait, et ce dont il est capable. Mais je veux comprendre. Comment ce poignard est-il arrivé en ta possession ?

Will lui raconta ce qui était s'était passé, laissant de côté les choses qui ne concernaient que lui : sa mère, l'homme qu'il avait tué, son père.

— Tu t'es battu pour avoir ce poignard et tu as perdu deux doigts ? dit l'ours. Montre-moi ta blessure.

Will tendit la main. Grâce à l'onguent de son père, les plaies avaient bien cicatrisé, mais elles demeuraient sensibles. L'ours renifla les doigts.

— De la mousse, dit-il. Et autre chose que je n'arrive pas à identifier. Qui t'a donné cet onguent ?

— Un homme qui m'a expliqué ce que je devais faire avec le poignard. Puis il est mort. Il avait cet onguent dans une boîte en corne, c'est ça qui a guéri mes blessures. Les sorcières avaient essayé, mais leur sort n'a pas fonctionné.

— Cet homme, que t'a-t-il dit au sujet du poignard ? demanda Iorek Byrnison en le rendant à Will avec précaution.

— Je dois m'en servir pour combattre aux côtés de Lord Asriel, dit Will. Mais avant cela, je dois porter secours à Lyra Parle-d'Or.

— Dans ce cas, nous t'aiderons, déclara l'ours et le garçon sentit son cœur déborder de joie.

Au cours des jours qui suivirent, Will apprit pourquoi les ours avaient entrepris ce long voyage en Asie centrale, si loin de leur terre natale.

Depuis la catastrophe qui avait fait éclater les frontières entre les mondes, la glace de l'Arctique avait commencé à fondre ; de nouveaux courants étranges étaient apparus dans l'eau. Étant donné que les ours dépendaient pour leur survie de la glace et des animaux qui évoluaient dans les eaux polaires, ils comprirent qu'ils ne tarderaient pas à périr s'ils restaient sur la banquise. Et comme ils étaient rationnels, ils décidèrent de réagir. Ils devaient émigrer là où il y avait de la neige et de la glace en abondance : ils se rendraient donc dans les plus hautes montagnes, là où les sommets frôlaient le ciel, dans un monde lointain, mais inébranlable, éternel et enfoui sous la neige. Ours de la mer, ils deviendraient des ours des montagnes, le temps que le monde retrouve un visage normal.

— Vous n'êtes donc pas en guerre ? demanda Will.

— Nos vieux ennemis ont disparu en même temps que les phoques et les morses. Mais si nous en rencontrons de nouveaux, nous saurons nous battre, sois-en sûr.

— J'ai cru comprendre qu'une grande guerre se préparait, dans laquelle tout le monde serait impliqué. Dans quel camp vous battrez-vous ?

— Le camp favorable aux ours. Évidemment. Mais j'ai de l'estime pour quelques êtres humains, parmi lesquels un homme qui pilotait une montgolfière. Il est mort aujourd'hui. Je pense également à la sorcière Serafina Pekkala. Et enfin, il y a la petite Lyra Parle-d'Or. D'abord, j'agirai dans l'intérêt des ours. Ensuite, je ferai tout ce qui peut aider cette enfant ou la sorcière ou me permettre de venger mon camarade mort, Lee Scoresby. Voilà pourquoi je veux t'aider à arracher Lyra Parle-d'Or aux griffes de l'abominable femme Coulter.

Iorek raconta ensuite à Will comment, avec quelques-uns de ses sujets, ils avaient nagé jusqu'à l'embouchure du fleuve et affrété ce bateau avec de l'or, et engagé l'équipage, et comment ils avaient tiré profit de la fonte des glaces de l'Arctique en se laissant emporter par le courant du fleuve, le plus loin possible vers l'intérieur des terres. Ce fleuve prenait sa source dans les contreforts de ces montagnes qu'ils recherchaient et, comme c'était également là que Lyra était retenue prisonnière, les choses s'étaient plutôt bien arrangées jusqu'à présent.

Le temps s'écoula ainsi.

Dans la journée, Will somnolait sur le pont ; il se reposait, il reprenait des forces, car chaque parcelle de son corps était épuisée. Il remarqua que le paysage commençait à changer : la steppe vallonnée céda la place à de petites collines herbeuses, puis à un relief plus accidenté, avec parfois une gorge ou une cataracte ; et le bateau poursuivait sa route vers le sud.

Il bavardait parfois avec le capitaine et les membres d'équipage, par politesse, mais il n'avait pas l'aisance naturelle de Lyra avec les étrangers et ne savait pas quoi dire ; de toute façon, ceux-ci ne s'intéressaient guère à lui. Pour eux, ce voyage n'était qu'un travail comme un autre et, quand il serait terminé, ils s'en iraient sans même un regard en arrière. De plus, ils n'aimaient pas beaucoup les ours, malgré leur or. Will, lui, était un étranger et, du moment qu'il payait pour sa nourriture, il pouvait faire ce qu'il voulait. Et puis, il y avait son étrange dæmon qui ressemblait à une sorcière : parfois il était là et, parfois, il semblait se volatiliser. Superstitieux, comme tous les marins, ils préféraient garder leurs distances avec Will.

Balthamos demeurait discret, lui aussi. Parfois, quand son chagrin devenait trop lourd à supporter, il quittait le bateau et s'envolait dans le ciel, très haut parmi les nuages, en quête d'un rayon de lumière, d'un parfum dans l'atmosphère, d'une étoile filante, qui pourraient lui rappeler les expériences qu'il avait partagées avec Baruch. Le soir, quand il parlait avec Will, dans l'obscurité de leur petite cabine, c'était uniquement pour l'informer de la distance parcourue et du trajet qui les séparait encore de la grotte et de la vallée. Peut-être pensait-il que Will n'avait aucune compassion à lui offrir. Pourtant, s'il l'avait sollicitée, il aurait découvert qu'il en possédait à profusion. Balthamos se montrait de plus en plus brutal et distant, mais jamais sarcastique : au moins, il tenait sa promesse.

Quant à Iorek, il était obsédé par le poignard. Il l'examinait pendant des heures, il testait les deux tranchants, il courbait la lame, il le levait dans la lumière, il le caressait avec sa langue, il le reniflait et allait même jusqu'à écouter le bruit de l'air qui glissait sur l'acier. Will n'était pas inquiet pour le poignard, car Iorek était visiblement un artisan de grand talent, et il ne s'inquiétait pas non plus pour lui, car les mouvements de ses pattes puissantes étaient pleins de délicatesse.

Finalement, l'ours-roi vint trouver Will et lui dit :

— Cet autre tranchant. Il peut faire des choses dont tu ne m'as pas parlé. De quoi s'agit-il, et comment ça marche ?

— Je ne peux pas vous le montrer ici, répondit-il, car le bateau bouge trop. Mais, dès que nous serons arrêtés, je le ferai.

— Je suis intrigué et perplexe, avoua l'ours.

C'est la chose la plus étrange que j'aie jamais vue.

Il rendit le poignard à Will avec, dans ses yeux noirs, un regard déconcertant et indéchiffrable.

Le fleuve avait changé de couleur, car il avait rejoint les restes boueux des premières inondations en provenance de l'Arctique. Les convulsions avaient affecté la terre de manière différente selon les endroits, constata Will : tous les villages qu'ils apercevaient dans cette région étaient engloutis jusqu'aux toits des maisons, et des centaines de personnes dépossédées de leurs biens se déplaçaient dans des barques et des canots pour essayer de sauver ce qui pouvait l'être. La terre avait dû s'affaisser à cet endroit, car le fleuve s'élargit et le courant ralentit tout à coup ; le pilote peinait à conserver le cap au milieu des tourbillons boueux. L'air était plus chaud, le soleil plus haut dans le ciel, et les ours avaient du mal à se rafraîchir ; certains nageaient en suivant le bateau, surpris et heureux de retrouver le goût de leurs eaux natales sur cette terre étrangère.

Mais au bout d'un moment, le fleuve redevint plus étroit et plus profond et bientôt, devant eux, apparurent les montagnes de l'immense plateau d'Asie centrale. Un jour, Will aperçut une forme blanche à l'horizon et, dès lors, il la regarda grossir et grossir, se diviser en sommets et en arêtes, séparés par des défilés, si hauts qu'ils paraissaient proches — à quelques kilomètres à peine —, alors qu'en réalité, ils étaient encore loin. Ces montagnes étaient immenses, et d'heure en heure, à mesure qu'elles se rapprochaient, leur hauteur paraissait encore plus inconcevable.

La plupart des ours n'avaient jamais vu de montagnes autres que les falaises de leur île de Svalbard et ils restaient muets devant le spectacle de ces gigantesques remparts si imposants et pourtant si lointains.

— Que va-t-on chasser ici, Iorek Byrnison ? demanda l'un d'eux. Y a-t-il des phoques dans les montagnes ? Comment allons-nous survivre ?

— Il y a de la neige et de la glace, répondit le roi. Nous y serons bien. Et les créatures sauvages ne manquent pas. Nous vivrons de manière différente pendant quelque temps. Mais nous survivrons, et quand tout rentrera dans l'ordre, quand il gèlera de nouveau dans l'Arctique, nous serons encore en vie et nous pourrons récupérer notre territoire. Si nous étions restés là-bas, nous serions morts de faim. Préparez-vous à découvrir une existence nouvelle et étrange, mes fidèles ours.

Finalement, le bateau à vapeur ne put continuer plus avant, car le lit du fleuve était devenu trop étroit et le tirant d'eau trop faible. Le pilote s'arrêta au cœur d'une vallée qui, en temps normal, aurait été tapissée d'herbe et de fleurs des montagnes, et où le fleuve serpentait sur un lit de graviers. Mais elle s'était transformée en lac, et le capitaine expliqua qu'il n'osait pas s'aventurer plus loin car, passé ce point, il n'y aurait plus assez de profondeur pour naviguer, malgré les inondations venues du nord.

Ils avancèrent donc prudemment jusqu'à l'extrémité de la vallée, là où un affleurement rocheux formait une sorte de jetée, et ils débarquèrent.

— Où sommes-nous ? demanda Will au capitaine, qui parlait un anglais très limité.

Celui-ci dénicha une vieille carte en lambeaux et tapota un point avec le tuyau de sa pipe, en disant :

— Cette vallée ici, nous maintenant. Tu prends carte, tiens.

— Merci beaucoup, dit Will, en se demandant s'il devait offrir de l'argent au capitaine, mais celui-ci était déjà reparti pour surveiller le débarquement.

Bientôt, la trentaine d'ours et toutes leurs armures se retrouvèrent sur la rive étroite. Le capitaine cria un ordre et le bateau effectua laborieusement une manœuvre contre le courant pour faire un demi-tour, accompagné d'un puissant coup de sifflet qui résonna longtemps dans la vallée.

Will s'assit sur un rocher pour consulter la carte. S'il ne s'était pas trompé, la vallée où Lyra était retenue captive, d'après le chaman, se trouvait quelque part au sud-est, et le chemin le plus rapide passait par un col baptisé Sungchen.

— Fidèles ours, repérez bien cet endroit, dit

Iorek Byrnison à ses sujets. Quand viendra le moment de rentrer chez nous dans l'Arctique, nous nous rassemblerons ici. Suivez votre chemin, chassez, nourrissez-vous et vivez. Ne faites pas la guerre. Nous ne sommes pas venus ici pour livrer combat. Si une guerre menace, je vous préviendrai.

Les ours étaient des créatures solitaires dans leur grande majorité ; ils ne se rassemblaient qu'en temps de guerre ou dans les cas d'urgence. Maintenant qu'ils se trouvaient à l'orée d'un territoire enneigé, ils avaient hâte de partir en exploration, chacun de leur côté.

— Viens avec moi, Will, dit Iorek Byrnison. Nous trouverons Lyra.

Will reprit son sac à dos et ils se mirent en route.

Durant la première partie du trajet, ils marchèrent avec plaisir. Le soleil était chaud, mais les pins et les rhododendrons les protégeaient de ses rayons brûlants, et à l'ombre, l'air était frais et clair. Le sol était rocailleux, mais les pierres étaient recouvertes de mousse et d'aiguilles de pins, et les pentes qu'ils gravissaient étaient douces. Will se surprit à apprécier cet effort. Toutes ces journées passées à bord du bateau, ce repos forcé, lui avaient redonné une nouvelle vigueur. Quand il avait rencontré Iorek, il était à bout de forces. Il l'ignorait, mais l'ours, lui, l'avait senti.

Dès qu'ils se retrouvèrent seuls, Will montra

à Iorek comment fonctionnait l'autre tranchant du poignard. Il découpa une ouverture dans un monde où une forêt tropicale dégoulinante d'eau de pluie dégageait des nuages de vapeur chargés d'odeurs puissantes qui s'élevaient dans l'air raréfié des montagnes. Iorek observa attentivement ce miracle puis, avec sa patte, il toucha le bord de l'ouverture et la renifla, avant de s'aventurer dans l'air chaud et moite pour regarder autour de lui, muet. Les cris perçants des singes, les chants des oiseaux, les bourdonnements des insectes et les coassements des batraciens, ainsi que le toc-toc-toc incessant des gouttes de condensation résonnaient bruyamment aux oreilles de Will resté au-dehors.

Iorek ressortit du monde tropical et regarda Will refermer la fenêtre, puis il demanda à voir le poignard encore une fois. Il examina de si près le fil étincelant de la lame que Will craignit qu'il ne se crève un œil. Finalement, il rendit le poignard à Will, avec pour seul commentaire :

— J'avais raison. Je n'aurais pas pu lutter contre cela.

Ils se remirent en route, en parlant peu, ce qui leur convenait à tous les deux. Iorek Byrnison captura une gazelle et en mangea la majeure partie, laissant les morceaux les plus tendres à Will qui les fit cuire. Ils arrivèrent près d'un village et, pendant que Iorek attendait dans la forêt, Will échangea une de ses pièces d'or contre une miche de pain plate, des fruits séchés, une paire de bottes en cuir de yak et un gilet taillé dans une sorte de peau de chèvre car, à la nuit tombée, il faisait froid.

Il parvint également à poser des questions concernant la vallée aux arcs-en-ciel. Balthamos l'aida en prenant l'aspect d'un corbeau, comme le dæmon de l'homme à qui s'adressait Will, ce qui facilita la compréhension entre eux, et leur permit de récolter des informations utiles et claires.

Ils avaient encore trois jours de marche devant eux. Mais au moins, ils approchaient du but.

Les autres aussi.

Les forces de Lord Asriel, l'escadron de gyroptères et le zeppelin-citerne, avaient atteint l'ouverture entre les mondes : la brèche dans le ciel au-dessus de Svalbard. Ils avaient encore un long chemin à parcourir, mais ils volaient sans s'arrêter, sauf pour exécuter les opérations de maintenance indispensables, et le commandant, le roi Afro Ogunwe, était en contact deux fois par jour avec la forteresse de basalte. Il avait à bord de son gyroptère un opérateur de résonateur gallivespien et, grâce à lui, il apprenait en même temps de Lord Asriel en personne ce qui se passait partout ailleurs.

Les nouvelles étaient décourageantes. La petite espionne, Lady Salmakia, était cachée dans l'ombre lorsque les deux bras les plus puissants de l'Église, la Cour de Discipline Consistoriale et la Société du Travail du Saint-Esprit, étaient tombés d'accord pour oublier momentanément leurs différends et mettre leurs informations en commun. La société possédait un aléthiomètriste plus rapide et plus doué que Fra Pavel et, grâce à lui, la Cour Consistoriale savait exactement où se trouvait Lyra et, surtout, elle savait que Lord Asriel avait envoyé une armée pour la secourir. Sans perdre une seconde, la Cour affréta une flotte de zeppelins et, le même jour, un bataillon de gardes suisses embarqua à bord des appareils qui attendaient dans les airs, près du lac de Genève.

Ainsi, chaque camp savait que l'autre faisait route vers la caverne dans les montagnes. Et les deux camps savaient que le premier arrivé sur place aurait l'avantage, mais rien n'était encore joué : les gyroptères de Lord Asriel étaient plus rapides que les zeppelins de la Cour Consistoriale, mais ils avaient une plus grande distance à parcourir, et ils étaient limités par la vitesse de leur propre zeppelin-citerne.

Un autre élément entrait en ligne de compte : celui qui serait le premier à récupérer Lyra devrait ensuite affronter le camp opposé. Pour les membres de la Cour Consistoriale, la tâche serait plus facile, car ils n'avaient pas à se soucier de la sécurité de Lyra. Ils allaient là-bas pour la tuer.

Le zeppelin qui transportait le Président de la Cour Consistoriale transportait également d'autres passagers, à l'insu du Président. Le chevalier Tialys avait reçu un message sur son résonateur à aimant lui ordonnant, ainsi qu'à Lady Salmakia, de s'introduire à bord de l'appareil. Quand les zeppelins arriveraient dans la vallée, ils devraient tous deux poursuivre le chemin par leurs propres moyens et atteindre avant tout le monde la caverne où Lyra était prisonnière, avec pour mission de la protéger jusqu'à ce que les troupes du roi Ogunwe arrivent à la rescousse. La sécurité de la fillette passait avant toute autre considération.

Monter clandestinement à bord du zeppelin se révéla une opération risquée pour les espions, en partie à cause du matériel qu'ils devaient emporter. Outre le résonateur à aimant, leur cargaison la plus précieuse était une paire de larves d'insectes, et de quoi les nourrir. Quand ces insectes parviendraient à l'âge adulte, ils ressembleraient à des libellules, mais des libellules fort éloignées de celles qu'on trouvait dans le monde de Will ou de Lyra. Pour commencer, elles étaient beaucoup plus grandes. Les Gallivespiens élevaient ces créatures avec énormément de soin, et les espèces de chaque clan étaient différentes. Ainsi, le clan du chevalier Tialys élevait de puissantes libellules rayées rouge et jaune, vigoureuses et dotées d'un appétit féroce, alors que celles du clan de Lady Salmakia étaient plus élancées et plus rapides, et leur corps bleu électrique luisait dans l'obscurité.

Chaque espion possédait un certain nombre de larves qu'il nourrissait soigneusement avec des quantités bien précises d'huile et de miel qui permettaient de suspendre leur développement ou au contraire de les amener rapidement à la taille adulte. Tialys et Salmakia disposaient de trente-six heures, grosso modo, en fonction des vents, pour faire éclore ces larves, car c'était à peu près le temps du voyage, et les insectes devaient atteindre leur maturité avant que les zeppelins se posent.

Le chevalier et sa collègue espionne dénichèrent un espace presque invisible derrière une cloison du zeppelin et ils s'y dissimulèrent le mieux possible pendant que s'effectuaient le chargement et le ravitaillement. Soudain, les moteurs rugirent, faisant vibrer tout l'appareil, du nez à la queue. Le personnel au sol évacua les lieux et les huit zeppelins s'élevèrent dans le ciel nocturne.

Leurs semblables auraient certainement considéré cette comparaison comme une insulte mortelle, mais les deux Gallivespiens réussirent à se cacher aussi bien que des rats. De là où ils étaient, ils entendaient une bonne partie des conversations et ils entraient régulièrement en contact avec Lord Roke, qui se trouvait à bord du gyroptère du roi Ogunwe.

Toutefois, il y avait un sujet sur lequel ils ne purent rien apprendre, car le Président n'en parlait jamais : il s'agissait de l'assassin, le père Gomez, absous par avance du péché qu'il allait commettre si la Cour Consistoriale échouait dans sa mission. Le père Gomez se trouvait quelque part et personne ne le suivait.

10
Les roues

> De la mer sort un petit nuage, semblable à la main d'un homme.
>
> Le Livre des Rois

Ouais, dit la petite rouquine dans le jardin du casino abandonné. On l'a vue. Paolo et moi, on l'a vue tous les deux. Elle est passée par ici l'aut'jour.

Le père Gomez demanda :

— Vous vous souvenez à quoi elle ressemblait ?

— Elle avait l'air d'avoir chaud, répondit le jeune garçon. Elle transpirait vachement.

— Quel âge avait-elle, à votre avis ?

— Oh... environ quarante ou cinquante ans, répondit la fille. On l'a pas bien vue, faut dire. P't-être qu'elle avait seulement trente ans. Mais elle avait chaud, comme a dit Paolo, et elle trimbalait un gros sac à dos, plus gros que le vôtre. Gros comme ça !

Paolo lui murmura quelque chose à l'oreille, tout en observant le prêtre à travers ses yeux plissés. Il avait le soleil en plein visage.

— Ouais, je sais, dit la fille d'un ton agacé. Les Spectres, dit-elle en s'adressant au père Gomez. Cette femme, elle avait pas peur du tout des Spectres. Elle a traversé la ville sans s'inquiéter. C'est la première fois que je vois ça chez un adulte. C'était carrément comme si elle se doutait de rien. Comme vous, d'ailleurs, ajouta-t-elle avec une lueur provocante dans le regard.

— Il y a un tas de choses que j'ignore, répondit le prêtre.

Le jeune garçon tira sur la manche de sa sœur et lui glissa encore quelques mots à l'oreille.

— Paolo pense que vous voulez récupérer le couteau, dit-elle.

Le père Gomez sentit les poils de ses bras se hérisser. Il se souvenait du témoignage de Fra Pavel lors de l'interrogatoire de la Cour Consistoriale : il devait s'agir de ce fameux poignard dont il avait parlé.

— Si je peux, je le récupérerai, dit-il. Ce poignard vient d'ici, n'est-ce pas ?

— Oui, de la tour des Anges, dit la fillette en désignant la tour de pierre carrée qui dominait les toits ocre et semblait briller dans la lumière vive de ce milieu de journée. Et le garçon qui l'a volé, il a tué notre frère Tullio. Et les Spectres l'ont pris Alors, si vous voulez tuer ce garçon, pas de problème. Et la fille... c'était une sacrée menteuse, elle valait pas mieux que lui.

— Il y avait une fille, aussi ? demanda le prêtre en s'efforçant de cacher son intérêt.

— Oui, une sale menteuse, cracha la rouquine. On a failli les tuer tous les deux, mais y a des femmes qu'ont rappliqué juste à ce moment-là, des femmes volantes...

— Des sorcières, précisa Paolo.

— Oui, des sorcières, trop fortes pour nous. Elles les ont emmenés, la fille et le garçon. On sait pas où ils sont allés. Mais la femme, elle est arrivée plus tard. On a cru qu'elle avait une sorte de couteau, elle aussi, pour repousser les Spectres, vous voyez. Et peut-être que vous aussi vous en avez un, ajouta-t-elle en dressant le menton et en regardant le prêtre d'un air effronté.

— Non, je n'ai pas de couteau, dit-il. Mais je suis investi d'une mission sacrée. C'est peut-être elle qui me protège de ces... Spectres.

— Oui, possible, dit la fille. En tout cas, si vous voulez la retrouver, elle est partie vers le sud, vers les montagnes. On sait pas où. Mais si vous demandez aux gens, ils vous diront si elle est passée, parce qu'on n'a jamais vu quelqu'un comme elle à Ci'gazze. Elle sera facile à retrouver.

— Merci, Angelica, dit le prêtre. Que Dieu te garde, mon enfant.

Il remit son sac sur son dos, quitta le jardin et s'éloigna dans les rues chaudes et silencieuses, satisfait.

Après trois jours passés en compagnie des créatures montées sur roues, Mary Malone les connaissait beaucoup mieux, et elles aussi savaient quantité de choses sur elle.

Le premier matin, elles la transportèrent pendant une heure environ sur la route de basalte, jusqu'à un petit village au bord d'une rivière. Le voyage fut très inconfortable : Mary n'avait rien à quoi s'accrocher et le dos de la créature sur laquelle elle trônait était dur comme une planche. Elles avançaient à une vitesse effrayante, mais le grondement des roues sur la pierre et le martèlement de leurs sabots l'emplissaient d'une vive exaltation qui lui faisait oublier son inconfort.

Durant ce trajet, elle eut le temps de se familiariser avec la physiologie des créatures. À l'instar des ruminants, leur squelette était en forme de losange, avec une patte à chaque angle. Dans un passé lointain, cette morphologie avait dû se développer chez une lignée de créatures ancestrales qui l'avaient jugée adaptée, tout comme, il y a bien des générations, les bêtes rampantes du monde de Mary s'étaient dotées d'une colonne vertébrale.

La route de basalte descendait peu à peu et, au bout d'un moment, la pente s'accentua, permettant aux créatures d'avancer en roue libre. Alors, elles replièrent leurs pattes latérales et se dirigèrent en se penchant d'un côté ou de l'autre, lancées à toute allure. Mary était terrorisée, même si elle devait reconnaître que le mulefa sur lequel elle était montée semblait parfaitement sûr de lui. Si Mary avait eu quelque chose pour se retenir, nul doute qu'elle aurait apprécié ce trajet.

Au pied de cette longue pente de plus d'un kilomètre se dressait un bosquet d'arbres gigantesques, non loin duquel serpentait une rivière, au milieu d'une étendue plate et herbeuse. Au loin, Mary apercevait un scintillement qui ressemblait à une vaste étendue d'eau, mais elle n'eut pas le temps de s'y attarder, car les créatures approchaient d'un village au bord de la rivière, et elle brûlait de curiosité.

Le campement se composait d'une trentaine de huttes, grossièrement disposées en cercle, faites de... (elle devait mettre sa main en visière devant ses yeux pour se protéger des rayons du soleil) rondins enduits de torchis. D'autres créatures montées sur roues s'affairaient à l'intérieur du village : certaines réparaient les toits, pendant que d'autres sortaient de la rivière un immense filet ou ramassaient du bois pour faire un feu.

Elles possédaient donc un langage et savaient faire du feu, et elles étaient organisées en société. En faisant ces constatations, Mary sentit un changement s'opérer en elle, au sujet de ces... Le mot « créatures » avait laissé place au mot « personnes » dans son esprit. Ce n'étaient pas des humains, mais des êtres malgré tout.

Ils approchaient du camp maintenant, et les voyant arriver, certains villageois levèrent la tête et s'interpellèrent. Le groupe de voyageurs ralentit l'allure, puis s'arrêta. Mary mit pied à terre avec raideur, en sachant déjà qu'elle aurait des courbatures.

— Merci, dit-elle à sa...

Sa quoi ? Sa monture ? Sa bicyclette ? Ces deux mots étaient totalement inadaptés et injurieux pour désigner cet être aimable, au regard vif, qui se tenait à ses côtés. Alors, elle opta pour le terme « ami ».

Celui-ci leva sa trompe et imita ses paroles :

— *Airsi*, dit-il, et tous ses congénères éclatèrent de rire une fois de plus.

Mary récupéra son sac sur le dos de l'autre créature (« *Airsi ! Airsi !* ») et quitta avec elle la route de basalte pour marcher sur la terre compacte, en direction du village.

C'est à ce moment-là que débuta réellement son assimilation.

Au cours des jours suivants, Mary apprit tellement de choses qu'elle eut l'impression d'être redevenue une enfant, émerveillée par l'école. Mais elle s'aperçut que les créatures étaient tout aussi émerveillées. En fait, elles étaient surtout subjuguées par ses mains. Elles ne se lassaient pas de les examiner ; leurs délicates trompes caressaient les pouces, les jointures, les ongles ; elles s'amusaient à replier ses doigts et d'un air abasourdi, elles regardaient Mary prendre son sac, porter la nourriture à sa bouche, se gratter, se brosser les cheveux, se laver.

En échange, elles l'autorisaient à toucher leurs trompes. Incroyablement flexibles et à peu près de la longueur de son bras, elles étaient plus épaisses au point de jonction avec la tête et apparemment assez puissantes pour lui broyer le crâne. Les deux appendices situés à l'extrémité, semblables à des doigts, étaient capables de déployer une force impressionnante ou au contraire une grande douceur. De même, les créatures avaient la capacité, semblait-il, de modifier la texture de leur peau à l'extrémité de ce qui leur servait de doigts : de la douceur du velours à la dureté du bois. De ce fait, elles pouvaient s'en servir pour accomplir des tâches délicates, par exemple traire un animal, ou des travaux plus rudes, comme arracher et tailler des branches.

Petit à petit, Mary découvrit que cette trompe jouait également un rôle dans leur manière de communiquer. Un mouvement de la trompe modifiait la signification d'un son ; ainsi, le mot *chuc* signifiait eau quand il s'accompagnait d'un balancement de la trompe de gauche à droite, pluie quand son extrémité se recourbait vers le haut, tristesse quand elle se recourbait vers l'intérieur, et jeunes pousses d'herbe quand elle décrivait un petit mouvement rapide sur la gauche. Ayant remarqué cela, Mary décida de les imiter et elle essaya de bouger son bras de la même manière. Quand les créatures comprirent qu'elle voulait leur parler, leur joie fut immense.

Une fois qu'elles eurent commencé à parler (dans leur langage essentiellement, même si Mary réussit à leur enseigner quelques mots d'anglais : elles savaient dire airsi, herbe, arbre, ciel et rivière, et prononçaient son nom, avec quelques difficultés), les progrès furent rapides. Le mot qui servait à les désigner en tant que race était mulefa mais, pour un individu, on disait zalif. Mary avait l'impression qu'il existait une différence de son entre le zalif masculin et le zalif féminin, mais c'était trop subtil. Elle entreprit de noter tous les mots qu'elle apprenait, afin de constituer un dictionnaire.

Mais avant de se laisser totalement assimiler, elle sortit de son sac son vieux livre corné et les baguettes, et elle interrogea le I-Ching : « Dois-je rester ici plus longtemps ou partir pour poursuivre ma quête ? »

La réponse fut :

Rester immobile, pour que l'agitation se dissipe, et qu'au-delà du tumulte, on puisse distinguer les grandes lois.

Elle se poursuivait ainsi :

De même qu'une montagne demeure immobile en elle, le sage ne laisse pas sa volonté vagabonder au-delà de sa situation.

La prédiction ne pouvait pas être plus claire. Mary rangea les baguettes et referma le livre ; elle s'aperçut alors qu'elle avait attiré autour d'elle un cercle de créatures intriguées.

L'une d'elles dit :

— *Question ? Permission ? Curiosité.*

Mary répondit :

— Je vous en prie, regardez.

Avec la plus grande délicatesse, leurs trompes manipulèrent les baguettes en imitant les mouvements qu'elles lui avaient vu faire et elles tournèrent les pages du livre. Ce qui les étonnait par-dessus tout, c'était la dualité des mains de Mary, le fait qu'elles puissent en même temps tenir le livre et tourner les pages. Les créatures adoraient la regarder entrelacer ses doigts ou bien faire ce mouvement de frottement avec le pouce et l'index, geste qu'esquissait Ama au même moment, dans le monde de Lyra, comme un sort pour chasser les mauvais esprits.

Après avoir examiné les baguettes et le livre, elles les enveloppèrent soigneusement dans l'étoffe et les rangèrent dans le sac. Mary était rassurée par le message de la Chine antique, et heureuse, car il signifiait que son désir le plus cher correspondait exactement à la mission qui était la sienne.

Aussi décida-t-elle, le cœur joyeux, d'en apprendre davantage sur les mulefas.

Elle apprit ainsi qu'il existait deux sexes différents et qu'ils vivaient en couples monogames.

Leur progéniture avait une longue période d'enfance : au moins dix ans. Ils grandissaient très lentement, si elle avait bien compris leurs explications. Il y avait cinq jeunes dans ce village : l'un d'eux était presque adulte, les autres n'avaient pas dépassé l'âge intermédiaire. Plus petits que les adultes, ils n'étaient pas encore capables d'utiliser les cosses servant de roues. Ils devaient se déplacer comme de simples ruminants, à quatre pattes, mais malgré toute leur énergie et leur caractère intrépide (ils approchaient de Mary en bondissant, puis s'enfuyaient avant qu'elle les touche, ils essayaient de grimper aux arbres, ils folâtraient dans l'eau de la rivière, etc.), ils paraissaient pataudS, comme s'ils n'étaient pas dans leur élément. En comparaison, la vitesse, la puissance et la grâce des adultes étaient stupéfiantes, et Mary devinait avec quelle impatience les jeunes attendaient le moment où ils pourraient enfin chausser des roues.

Un jour, elle vit le plus âgé des enfants se diriger discrètement vers la remise où étaient entreposées un certain nombre de cosses, et essayer d'introduire sa patte avant dans le trou central. Mais, quand il essaya de se relever, il tomba immédiatement et resta coincé dans la roue. Le bruit attira un adulte. L'enfant se débattait pour se libérer en poussant de petits cris de panique, mais Mary ne put s'empêcher de rire devant ce spectacle : l'adulte en colère et l'enfant honteux qui parvint à se dégager à la dernière minute et à détaler sans se faire prendre.

De toute évidence, ces cosses étaient d'une importance capitale, et Mary ne tarda pas à découvrir combien elles étaient précieuses.

Les mulefas passaient le plus clair de leur temps à entretenir leurs roues. En soulevant et en tournant habilement leur patte ils parvenaient à l'extraire du trou central, et ensuite, à l'aide de leur trompe, ils examinaient la roue sous toutes les coutures, nettoyaient la jante, vérifiaient qu'il n'y avait pas de fissure. Leur griffe possédait une force incroyable : c'était un éperon de corne ou d'os qui faisait saillie à angle droit sur leur patte, légèrement incurvée de façon à ce que la partie la plus haute, au milieu, supporte tout le poids du corps.

Un jour, Mary prit le temps d'observer un zalif qui examinait l'orifice de sa roue avant ; il la manipulait dans tous les sens et, régulièrement, il dressait sa trompe en l'air, comme s'il reniflait une odeur.

Mary se souvint alors de l'huile qui avait coulé sur ses doigts quand elle avait examiné la première cosse. Avec la permission du zalif, elle observa de plus près sa griffe et découvrit que la surface en était plus lisse et plus glissante que tout ce qu'elle avait pu toucher dans son monde. Ses doigts étaient tout bonnement incapables de s'en saisir.

Mais évidemment, un troisième élément capital entrait en ligne de compte, c'était la géologie. Ces créatures pouvaient utiliser leurs roues uniquement dans un monde qui leur offrait des routes naturelles. Il devait y avoir dans le composant minéral de ces coulées de lave un élément qui les faisait se répandre ainsi à travers l'immensité de la savane, tout en étant résistant aux intempéries et aux chocs.

Petit à petit, Mary découvrit de quelle manière toutes ces choses étaient liées et mises à profit par les mulefas. Ils savaient où se trouvait chaque troupeau de ruminants, chaque bosquet d'arbres à roue, chaque touffe d'herbe grasse, et ils connaissaient chaque animal du troupeau, chaque arbre du bosquet ; ils discutaient de leur état et de leur sort.

Un jour, elle vit les mulefas choisir un troupeau de ruminants, sélectionner quelques bêtes et les entraîner à l'écart de leurs congénères pour les tuer en leur brisant le cou à l'aide de leur puissante trompe. Rien n'était gaspillé. À l'aide de pierres aiguisées comme des rasoirs, les mulefas dépeçaient et vidaient les bêtes en quelques minutes seulement, avant de les débiter de manière habile ; ils séparaient les abats des bons morceaux, ils ôtaient le gras, les cornes et les sabots, tout cela avec une telle efficacité que, en les regardant s'activer, Mary ressentit le plaisir que procure le spectacle d'une chose bien faite.

Des morceaux de viande étaient ensuite mis à sécher au soleil, tandis que d'autres étaient saupoudrés de sel et roulés dans des feuilles ; les peaux étaient dégraissées (la graisse conservée pour un usage ultérieur), puis mises à tremper dans des trous remplis d'eau et d'écorce de chêne pour le tannage. Pendant ce temps, l'enfant le plus âgé jouait avec une paire de cornes, mimant un ruminant, ce qui faisait rire les autres enfants. Ce soir-là, il y eut de la viande fraîche, et Mary participa au festin.

De la même manière, les mulefas savaient où trouver les meilleurs poissons ; ils savaient exactement quand et où jeter leurs filets. Cherchant quelque chose à faire pour s'occuper, Mary alla trouver les mailleurs de filet et leur proposa son aide. En voyant de quelle façon ils travaillaient, deux par deux, en joignant leurs deux trompes pour faire un nœud, elle comprit pourquoi ils avaient été aussi stupéfaits en voyant ses mains, car bien évidemment, elle n'avait besoin de personne pour faire un nœud. Tout d'abord, elle sentit que cela lui donnait un formidable avantage, puis elle s'aperçut que cette particularité la mettait à l'écart des autres. Dès lors, elle se servit d'une seule main pour nouer les fibres, exécutant cette tâche avec une zalif qui était devenue son amie. Les mouvements des doigts se mêlaient à ceux de la trompe.

Mais c'étaient surtout les arbres à cosses qui monopolisaient la plus grande attention des mulefas.

Ce groupe s'occupait d'une douzaine de bosquets dans cette zone. Il y avait d'autres bosquets plus loin, mais ils étaient sous la responsabilité d'autres groupes. Chaque jour, une équipe partait vérifier l'état des arbres géants et ramasser les cosses tombées. Pour les mulefas, le gain était évident ; mais pour les arbres, quel était l'intérêt ? se demandait Mary. Un jour, elle eut la réponse à sa question. Alors qu'elle se déplaçait avec le groupe, il se produisit soudain un grand crac et tout le monde s'arrêta autour d'un zalif dont la roue s'était fendue. Chaque groupe transportait toujours une cosse ou deux de rechange, si bien que le problème technique fut vite réparé mais, curieusement, la roue brisée fut soigneusement enveloppée dans un linge et rapportée au village.

Là, les mulefas l'ouvrirent et en sortirent toutes les graines — de forme ovale, pâles et plates de la taille de l'ongle du petit doigt de Mary — pour les examiner attentivement l'une après l'autre. Ils lui expliquèrent que les cosses finissaient par se fendre à force de rebondir sur les routes de pierre, et qu'il était difficile de faire germer les graines. Sans l'intervention des mulefas, les arbres mourraient. Ainsi, chaque espèce dépendait de l'autre, et cela grâce à l'huile. C'était difficile à comprendre, mais ils semblaient dire que cette huile était au centre de leurs réflexions et de leurs sentiments, et les jeunes ne possédaient pas la sagesse de leurs aînés, car ils ne pouvaient pas se servir des roues, et donc, absorber l'huile à travers leurs griffes.

C'est à ce moment-là que Mary commença à percevoir le lien entre les mulefas et la question qui avait occupé toute sa vie ces dernières années.

Mais avant qu'elle puisse approfondir ce raisonnement (les conversations avec les mulefas étaient longues et complexes, car ils aimaient qualifier, expliquer et illustrer leurs arguments avec des dizaines d'exemples, comme s'ils n'oubliaient jamais rien et qu'ils avaient accès immédiatement à toutes leurs expériences), le village fut attaqué.

Mary fut la première à voir arriver les agresseurs, sans savoir qui ils étaient.

L'attaque se produisit en milieu d'après-midi, alors qu'elle aidait à réparer le toit d'une hutte. Les mulefas ne construisaient que des habitations de plain-pied, car ce n'étaient pas des grimpeurs, mais Mary était heureuse de pouvoir faire un peu d'escalade et, une fois qu'ils lui eurent enseigné la technique, elle put rafistoler la toiture de chaume bien plus vite que ses hôtes, grâce à ses deux mains.

Alors qu'elle était sur les chevrons de la charpente pour attraper les fagots de chaume qu'on lui lançait, heureuse de sentir sur sa peau la brise fraîche venue de l'eau, qui atténuait la brûlure du soleil, son regard capta soudain un éclair blanc.

Il provenait de cette étendue lointaine et scintillante qu'elle pensait être la mer. Mettant sa main en visière, elle vit une... deux... plusieurs... toute une flotte de voiles blanches qui émergeait de la brume de chaleur et se dirigeait avec une grâce silencieuse vers l'embouchure de la rivière.

— *Mary* ! s'écria le zalif qui se trouvait au-dessous. *Que vois-tu ?*

Elle ne connaissait pas le mot voile, ni le mot bateau, alors elle dit :

— *Grandes, blanches, beaucoup.*

Le zalif poussa aussitôt un cri de panique, et tous ses congénères qui se trouvaient à portée de voix abandonnèrent leur travail pour se précipiter vers le centre du village et rassembler les jeunes. En quelques minutes seulement, tous les mulefas étaient prêts à fuir.

Atal, son amie, s'écria :

— *Mary ! Mary ! Viens ! Tualapis ! Tualapis !*

Tout cela avait été si rapide qu'elle n'avait pas eu le temps de réagir. Les voiles blanches avaient pénétré dans le lit de la rivière et elles progressaient sans peine à contre-courant. Mary était impressionnée par la discipline des marins : ils louvoyaient avec habileté, toutes les voiles bougeaient en même temps, comme un vol d'étourneaux et elles changeaient de direction simultanément. Elles étaient si belles, ces fines voilures blanches comme neige qui se gonflaient, claquaient et...

Il y en avait une quarantaine, au moins, et elles

remontaient la rivière bien plus rapidement que Mary l'avait cru tout d'abord. Puis elle s'aperçut qu'il n'y avait pas d'équipage à bord de ces embarcations, et ensuite, elle découvrit que ce n'étaient pas des embarcations : il s'agissait en réalité d'oiseaux gigantesques ! Et ce qu'elle avait pris pour des voiles, c'étaient leurs ailes, une à l'avant et une à l'arrière, dressées, et mues par la force de leurs propres muscles.

Mais Mary n'eut pas le temps d'observer ces étranges spécimens, car déjà ils avaient atteint le rivage. Ils avaient des cous semblables à ceux des cygnes et des becs aussi longs que son avant-bras. Leurs ailes étaient deux fois plus grandes qu'elle et — elle s'en aperçut en jetant un regard par-dessus son épaule, tandis qu'elle s'enfuyait, paniquée elle aussi —, ils possédaient des pattes puissantes. « Pas étonnant, se dit-elle, qu'ils avancent si rapidement sur l'eau. »

Mary courait ventre à terre derrière les mulefas, qui criaient son nom tandis qu'ils abandonnaient leur village pour rejoindre la route. Elle les rattrapa juste à temps. Son amie Atal l'attendait et, dès que Mary eut grimpé sur son dos, elle s'élança sur la pente de la colline pour rejoindre ses compagnons.

Les oiseaux, qui n'avançaient pas aussi vite sur terre que sur l'eau, fort heureusement, abandonnèrent bientôt la poursuite et reportèrent leur attention sur le village.

Ils mirent à sac toutes les réserves, en poussant

des grognements sinistres et en dressant vers le ciel leurs longs becs cruels pour engloutir la viande séchée, les fruits et les graines. Tous les vivres furent dévorés en moins d'une minute.

Puis les tualapis (puisque tel était leur nom) découvrirent le stock de roues, et essayèrent de fracasser les grosses cosses, mais c'était pour eux une tâche impossible. Mary sentit l'angoisse s'emparer de ses amis autour d'elle, tandis qu'ils regardaient, du haut de la petite colline sur laquelle ils s'étaient réfugiés, les oiseaux jeter les cosses sur le sol et les griffer sauvagement, mais cela n'était pas suffisant pour endommager les épaisses enveloppes. Ce qui provoquait l'inquiétude des mulefas, c'était de voir les tualapis les lancer et les faire rouler en direction de la rivière, où elles flottaient, emportées par le courant vers le large.

Les grands oiseaux blancs entreprirent ensuite de démolir tout ce qu'ils trouvaient, à grands coups de patte rageurs, et en s'aidant de leurs becs monstrueux qui brisaient, arrachaient, lacéraient... Autour de Mary, les mulefas poussaient des gémissements de désespoir.

— *Je vous aiderai*, dit Mary. *On reconstruira.*

Mais les immondes créatures n'avaient pas terminé leur sale besogne. Levant leurs magnifiques ailes blanches, elles s'accroupirent au milieu de ce champ de débris pour vider leurs intestins. L'odeur fétide monta jusqu'au sommet de la colline, portée par le vent ; des tas d'excréments brunâtres et verdâtres jonchaient les poutres brisées et le chaume éparpillé. Puis les oiseaux retournèrent vers l'eau, avec ce dandinement maladroit qui leur donnait une démarche arrogante, et ils se laissèrent porter par le courant vers la mer.

Les mulefas attendirent que la dernière aile blanche ait disparu dans la brume de l'après-midi pour redescendre de la colline. Ils étaient accablés de chagrin et de colère mais, surtout, ils étaient rongés d'inquiétude à cause des cosses.

Sur les quinze entreposées dans la remise, il n'en restait que deux. Toutes les autres avaient été poussées dans l'eau, où elles avaient disparu, emportées par le courant. Mais un banc de sable s'était amoncelé dans un coude de la rivière, et Mary crut apercevoir une roue échouée à cet endroit. Au grand étonnement des mulefas inquiets, elle se déshabilla, attacha une corde autour de sa taille et nagea jusqu'au banc de sable. Là, elle ne trouva pas une, mais cinq précieuses cosses, et après avoir passé la corde à travers leur cœur mou, elle repartit à la nage en les traînant péniblement derrière elle.

Les mulefas débordaient de gratitude. Jamais ils ne s'aventuraient dans l'eau ; ils péchaient uniquement du rivage, en prenant soin de ne pas mouiller leurs pattes ni leurs roues. Mary était fière de leur avoir enfin rendu service.

Ce soir-là, après un repas frugal composé de racines, ils lui expliquèrent pourquoi le sort des cosses les préoccupait à ce point. Jadis, elles abondaient, le monde était alors riche et plein de vie ; les mulefas vivaient dans le bonheur permanent grâce à leurs arbres. Mais il y a quelques années, un drame s'était produit ; le monde avait perdu une de ses vertus assurément car, malgré tous leurs efforts, toute l'attention et tout l'amour qu'ils leur apportaient, les arbres à cosses mouraient.

11
Les libellules

> Une vérité énoncée avec de mauvaises intentions surpasse tous les mensonges de l'imagination.
>
> William Blake

Ama gravissait le chemin conduisant à la caverne, avec du pain et du lait dans son sac et, dans le cœur, une profonde confusion. Comment diable allait-elle pouvoir arriver jusqu'à la fillette endormie ? se demandait-elle.

Elle atteignit la pierre où la femme lui avait dit de laisser la nourriture à l'avenir. Elle posa le sac mais, au lieu de redescendre directement chez elle, Ama continua à grimper. Elle dépassa la caverne, traversa l'épais bosquet de rhododendrons et continua son ascension, jusqu'à l'endroit où les arbres devenaient plus clairsemés et où débutaient les arcs-en-ciel.

Avec son dæmon, elle inventa un jeu : ils escaladèrent les saillies rocheuses, contournèrent les petites cascades d'eau vert et blanc et traversèrent la bruine irisée, jusqu'à ce que les cheveux et les paupières d'Ama ainsi que la fourrure d'écureuil de Kulang soient constellés d'un mil lion de minuscules perles d'humidité. Le but du jeu était d'arriver au sommet sans s'essuyer les yeux, malgré la tentation. Très vite, les rayons du soleil se mirent à scintiller et se divisèrent en filaments rouges, jaunes, verts, bleus et toutes les couleurs intermédiaires, mais Ama ne devait pas passer sa main sur ses yeux avant d'être arrivée en haut.

Kulang, son dæmon, sauta sur une grosse pierre tout au bord de la cascade la plus élevée ; Ama savait qu'il allait se retourner immédiatement pour vérifier qu'elle n'ôtait pas les gouttes d'humidité sur ses cils... mais elle avait tort.

Au lieu de se retourner, Kulang resta perché sur la pierre, les yeux fixés droit devant lui.

La fillette s'essuya les yeux, car l'attitude inhabituelle de son dæmon avait automatiquement mis fin au jeu. Alors qu'elle le rejoignait, elle laissa échapper un petit hoquet de stupeur et se pétrifia. Devant elle venait de surgir la tête d'une créature qu'elle n'avait jamais vue : c'était un ours, mais immense, terrifiant, quatre fois plus grand que les ours bruns de la forêt, d'une blancheur d'ivoire, avec un museau aussi noir que ses yeux et des dents longues comme des poignards. Il se tenait à moins d'un mètre d'elle. Ama aurait pu compter les poils sur sa tête.

— Qui est là ? demanda une voix de garçon et, même si Ama ne comprenait pas ce langage, elle devinait aisément le sens de ces paroles.

Au bout de quelques secondes, le garçon qui avait posé la question apparut aux côtés de l'ours : l'air féroce, les sourcils froncés et la mâchoire saillante. « Est-ce un dæmon près de lui, avec cette apparence d'oiseau ? » se demanda-t-elle. Un bien étrange oiseau, en vérité ; elle n'en avait jamais vu de semblable. Il vola jusqu'à Kulang et dit simplement ces quelques mots :

— Amis. On ne vous fera pas de mal.

Le grand ours blanc n'avait pas bougé.

— Approche, ordonna le garçon, et une fois de plus, le dæmon d'Ama traduisit ses paroles.

Les yeux fixés sur l'ours, avec une appréhension pleine de superstition, elle escalada le bord de la petite cascade et s'arrêta sur les rochers, intimidée. Kulang se transforma en papillon et se posa brièvement sur sa joue et repartit presque aussitôt pour tournoyer autour de l'autre dæmon, tranquillement posé sur la main du garçon.

— Will, déclara ce dernier en se montrant du doigt.

— Ama, répondit-elle.

Elle le voyait plus nettement maintenant, et elle avait presque plus peur de lui que de l'ours. Il avait une horrible blessure à la main : il lui manquait deux doigts. En voyant cela, elle fut prise de vertiges.

L'ours s'éloigna en suivant le torrent écumant et s'allongea dans l'eau, comme pour se rafraîchir. Le dæmon du garçon s'envola pour virevolter au milieu des arcs-en-ciel en compagnie de Kulang et, petit à petit, ils commencèrent à se comprendre.

Que pouvaient-ils chercher par ici, sinon une caverne et une jeune fille endormie ?

Les mots se bousculèrent pour sortir de la bouche d'Ama :

— Je sais où elle est ! La fille est retenue prisonnière par une femme qui prétend être sa mère, mais aucune mère ne pourrait faire une chose aussi cruelle, n'est-ce pas ? Elle lui fait boire quelque chose qui la maintient endormie, mais moi, j'ai des herbes pour la réveiller, si seulement je pouvais arriver jusqu'à elle !

Will ne put que secouer la tête et attendre que Balthamos traduise. Cela prit plus d'une minute.

— Iorek ! s'écria-t-il.

L'ours remonta le cours du torrent d'un pas pesant, en se léchant les babines, car il venait d'avaler un poisson.

— Iorek, dit Will, cette fillette affirme qu'elle sait où se trouve Lyra. Je vais l'accompagner, pendant que vous restez ici pour faire le guet.

À quatre pattes dans le torrent, Iorek Byrnison répondit par un hochement de tête. Après avoir caché son sac à dos et attaché son poignard à sa ceinture, Will descendit à travers les arcs-en-ciel en compagnie d'Ama. Il devait se frotter les yeux pour essayer de percer le rideau de lumière aveuglant et voir où il pouvait poser les pieds sans risques. La bruine qui saturait l'air était glaciale.

Quand ils atteignirent le pied de la cascade, Ama lui fit comprendre qu'ils devaient avancer prudemment, sans faire de bruit, et Will la suivit dans la pente, au milieu des rochers recouverts de mousse et des grands pins aux troncs noueux où d'innombrables petites taches de lumière dansaient une sarabande d'un vert intense et où un milliard d'insectes minuscules voletaient en bourdonnant. Ils continuèrent à descendre, longtemps, et les rayons du soleil les accompagnèrent jusqu'au cœur de la vallée pendant qu'au-dessus de leurs têtes les branches s'agitaient de manière incessante dans le ciel éclatant.

Finalement, Ama s'arrêta. Will l'imita, se dissimula derrière le tronc massif d'un cèdre et regarda dans la direction qu'elle lui indiquait. À travers un entrelacs de feuilles et de branches, il découvrit la paroi d'une falaise qui se dressait sur sa droite, et à mi-hauteur...

— Mme Coulter, murmura-t-il, en sentant les battements de son cœur s'accélérer.

La femme venait d'apparaître derrière un gros rocher. Elle secoua une branche feuillue, qu'elle lâcha ensuite, pour se frotter les mains. Avait-elle balayé le sol de la caverne ? Ses manches étaient relevées, ses cheveux étaient retenus par un foulard. Will n'aurait jamais imaginé la voir dans le rôle d'une femme d'intérieur.

Mais soudain, il y eut un éclair doré et le redoutable singe apparut à son tour. En quelques bonds, il la rejoignit. Comme s'ils avaient flairé quelque chose, ils regardèrent autour d'eux et, soudain, Mme Coulter ne ressembla plus du tout à une ménagère.

Ama était paniquée, de toute évidence elle avait peur du dæmon-singe au poil doré. Il aimait arracher les ailes des chauves-souris vivantes, expliqua-t-elle dans un murmure affolé.

— Y a-t-il quelqu'un avec elle ? demanda Will. Des soldats ou d'autres personnes ?

Ama n'en savait rien. Personnellement, elle n'avait jamais vu de soldats, mais les gens du village parlaient d'hommes étranges et effrayants, des fantômes peut-être, aperçus dans la montagne, la nuit... Mais bon, il y avait toujours eu des fantômes dans la montagne, tout le monde savait ça. Alors, peut-être n'avaient-ils aucun rapport avec cette femme.

« Si Lyra est dans cette caverne, et si Mme Coulter n'en sort pas, se disait Will, je vais être obligé d'aller lui rendre une petite visite. »

— Quelle est cette potion que tu possèdes ? Comment faut-il l'utiliser pour que Lyra se réveille ?

Ama lui expliqua le processus.

— Et où est-elle ?

— Chez elle, lui répondit-elle. Cachée.

— Très bien. Attends ici, ne t'approche pas. Quand tu verras cette femme, ne lui dis pas que tu me connais. Tu ne m'as jamais vu, l'ours non plus. Quand dois-tu lui apporter des provisions ?

— Une demi-heure avant le coucher du soleil, répondit le dæmon d'Ama.

— Apporte aussi la potion, dit Will. Je te retrouverai ici.

Rongée par l'inquiétude, elle le regarda s'éloigner sur le chemin. De toute évidence, il n'avait pas cru ce qu'elle lui avait dit au sujet du dæmon-singe car, sinon, il n'aurait pas marché vers la caverne avec une telle témérité.

À vrai dire, Will était extrêmement nerveux, lui aussi. Tous ses sens semblaient exacerbés ; il percevait les minuscules insectes qui traversaient les rayons du soleil, le bruissement des feuilles et même le mouvement des nuages dans le ciel, alors que pas un instant ses yeux ne quittaient l'entrée de la caverne.

— Balthamos, murmura-t-il, et le dæmon-ange vint se poser sur son épaule, sous la forme d'un petit oiseau aux yeux pétillants et aux ailes rouges. Restez près de moi et surveillez le singe.

— Regarde donc sur ta droite, répondit-il d'un ton sec.

Will tourna la tête et découvrit une tache de lumière dorée à l'entrée de la caverne ; une tache avec un visage et des yeux qui les regardaient. Ils n'étaient qu'à une vingtaine de pas l'un de l'autre. Will se figea et le singe doré tourna la tête pour regarder à l'intérieur de la caverne, il dit quelque chose et se retourna.

Instinctivement, Will caressa le manche du poignard et se remit en marche.

Quand il atteignit la caverne, la femme l'attendait.

Elle était assise dans un petit fauteuil de toile, détendue, un livre sur les genoux, et elle l'observait calmement. Elle était vêtue d'une tenue kaki d'exploratrice, mais ses vêtements étaient si bien coupés et elle avait une si jolie silhouette qu'on aurait dit qu'elle portait une robe de grand couturier, et la petite fleur rouge qu'elle avait épinglée sur sa chemise ressemblait au plus élégant des bijoux. Ses cheveux brillaient, ses yeux noirs étincelaient et le soleil nimbait ses jambes nues d'un voile doré.

Elle sourit. Will faillit lui sourire en retour, car il n'était pas habitué à la douceur et à la gentillesse qu'une femme pouvait mettre dans un sourire, et il était troublé.

— Tu es Will, dit-elle de sa voix suave et envoûtante.

— Comment connaissez-vous mon nom ?

— Lyra l'a prononcé dans son sommeil.

— Où est-elle ?

— En sécurité.

— Je veux la voir.

— Viens, alors.

Elle se leva et laissa tomber son livre sur le fauteuil.

Il en profita pour observer plus attentivement le dæmon-singe. Son pelage était long et lustré, chaque poil, bien plus fin qu'un cheveu, semblait fait d'or pur ; par contraste, son petit visage et ses mains paraissaient encore plus noirs. Will avait déjà vu ce visage, déformé par la haine, le soir où Lyra et lui avaient repris l'aléthiomètre à Sir Charles Latrom dans la maison d'Oxford. Le singe avait tenté de le déchiqueter à coups de dents, et le garçon avait dû donner de grands coups de poignard dans le vide pour obliger le dæmon à reculer et pouvoir refermer la fenêtre, trouvant ainsi refuge avec Lyra dans un monde différent. Il se dit que rien au monde ne pourrait l'obliger à tourner le dos au singe.

Mais Balthamos, transformé en oiseau, montait la garde, et Will, prudemment, suivit Mme Coulter à l'intérieur de la grotte, vers la petite silhouette immobile, couchée dans l'obscurité.

Elle était là, son amie la plus chère, endormie. Comme elle avait l'air petite ! Il était stupéfait par ce contraste : éveillée, Lyra incarnait la force et le feu ; endormie, elle paraissait douce et fragile. Pantalaimon était blotti dans son cou, sous sa forme de moufette, sa fourrure luisait et les cheveux de Lyra étaient plaqués sur son front par la sueur.

Will s'agenouilla près d'elle et repoussa ses cheveux. Elle était brûlante. Du coin de l'œil, il vit le singe doré s'accroupir, prêt à bondir et il posa la main sur son poignard. Mais Mme Coulter esquissa un petit signe de tête, à peine perceptible, et le singe se détendit.

Sans en avoir l'air, Will mémorisait la disposition exacte de la caverne : la forme et la taille de chaque pierre, l'inclinaison du sol, la hauteur de la voûte au-dessus de la fillette endormie. Il savait qu'il devrait s'orienter dans l'obscurité, et qu'il n'aurait pas d'autre occasion de repérer les lieux.

— Tu vois, elle est parfaitement en sécurité, dit Mme Coulter.

— Pourquoi la gardez-vous ici ? Et pourquoi l'empêchez-vous de se réveiller ?

— Allons nous asseoir.

Elle s'assit avec lui sur les pierres recouvertes de mousse, à l'entrée de la caverne. Elle paraissait si gentille, ses yeux étaient remplis d'une telle sagesse mêlée de tristesse, que la méfiance de Will s'accrut. Il avait le sentiment que chaque parole qu'elle prononçait était un mensonge, que chacun de ses gestes cachait une menace, que chaque sourire était un masque de duperie. Lui aussi devait la tromper : il devait lui faire croire qu'il était inoffensif. Il avait toujours réussi à abuser les professeurs, les policiers et les assistantes sociales qui s'intéressaient de trop près à lui et à sa famille ; toute sa vie il s'était préparé pour jouer cette comédie.

« D'accord, se dit-il. On verra qui est le plus malin. »

— Tu veux boire quelque chose ? proposa

Mme Coulter. Moi, j'ai soif... Tu n'as rien à craindre. Regarde.

Elle coupa en deux un fruit à la peau brunâtre et fripée et pressa le jus opaque dans deux petits gobelets. Elle en prit un, le vida d'un trait et tendit l'autre à Will, qui en avala timidement une gorgée. C'était frais et sucré.

— Comment es-tu arrivé jusqu'ici ? demanda-t-elle.

— Ce n'était pas difficile de retrouver votre trace.

— Non, apparemment. Tu as l'aléthiomètre de Lyra ?

— Oui.

Il n'en dit pas davantage. Elle se demandait certainement s'il était capable d'interpréter les indications de cet objet.

— Et je crois savoir que tu possèdes également un poignard.

— C'est Sir Charles qui vous l'a dit ?

— Sir Charles ? Oh, Carlo ! Oui, c'est lui. Une arme fascinante, paraît-il. Puis-je le voir ?

— Non, certainement pas. Pourquoi gardez-vous Lyra prisonnière ?

— Parce que je l'aime. Je suis sa mère. Elle court un effroyable danger et je ne veux pas qu'il lui arrive malheur.

— Quel danger ?

— Eh bien...

Mme Coulter posa son gobelet par terre et lorsqu'elle se pencha en avant, ses longs cheveux tombèrent de chaque côté de son visage. Quand elle se redressa et les coinça derrière ses oreilles avec ses deux mains, Will sentit les effluves de son parfum mêlés à l'odeur fraîche de son corps, et il se sentit à nouveau troublé.

Si elle remarqua sa réaction, elle ne laissa rien paraître. Elle reprit :

— Écoute, Will, j'ignore dans quelles circonstances tu as rencontré ma fille, j'ignore ce que tu sais déjà et, surtout, je ne sais pas si je peux te faire confiance mais, d'un autre côté, je suis fatiguée de devoir mentir. Alors, je vais te dire la vérité. J'ai découvert que ma fille était menacée par le groupe auquel j'appartenais, je veux parler de l'Église. Alors, je me trouve confrontée à un dilemme, vois-tu : obéir à l'Église ou sauver ma fille. J'étais une fidèle servante de l'Église, il n'y avait pas plus dévouée que moi ; je lui ai donné ma vie, je l'ai servie avec passion... Mais j'ai eu cette fille... Je ne me suis pas bien occupée d'elle quand elle était petite, j'en suis consciente. On me l'a enlevée et elle a été élevée par des étrangers. C'est peut-être pour cette raison qu'elle a du mal à me faire confiance. Mais, alors qu'elle grandissait, j'ai compris le danger qui la menaçait et, trois fois déjà, j'ai tenté de la sauver. J'ai dû devenir une renégate et me cacher dans ce lieu isolé. Je pensais que nous étions en sécurité ici, mais je découvre que tu nous as retrouvées facilement... Tu peux comprendre mon inquiétude. L'Église ne va pas tarder à débarquer. Et ses émissaires auront pour mission de tuer Lyra, Will. Ils ne voudront pas la laisser vivre.

— Pourquoi ? Pourquoi la haïssent-ils à ce point ?

— À cause de ce qu'ils pensent qu'elle va faire. Je ne sais pas ce que c'est, mais j'aimerais bien le savoir, car je pourrais mieux la protéger. Hélas, je sais seulement qu'ils la haïssent, et qu'ils n'auront aucune pitié. Aucune.

Elle se pencha vers Will, et reprit à voix basse, d'un ton pressant :

— Pourquoi est-ce que je te raconte tout ça ? Puis-je avoir confiance en toi ? Je n'ai pas le choix, me semble-t-il. Je ne peux plus m'enfuir, je n'ai pas d'autre endroit où aller. Si tu es l'ami de Lyra, il se peut que tu sois mon ami, à moi aussi. Or, j'ai grand besoin d'amis. J'ai besoin d'aide. Tout est contre moi désormais. L'Église m'éliminera moi aussi, comme Lyra, si ses hommes nous retrouvent. Je suis seule, Will. Seule dans une caverne avec ma fille et toutes les forces de tous les mondes veulent notre perte. Ta présence en ce lieu prouve combien il est facile de nous retrouver, apparemment. Que vas-tu faire, Will ? Qu'attends-tu ?

— Pourquoi est-ce que vous empêchez Lyra de se réveiller ? demanda-t-il, bien décidé à esquiver les questions de Mme Coulter.

— Qu'arriverait-il si je la laissais se réveiller ? Elle s'enfuirait immédiatement. Et elle ne survivrait pas cinq jours.

— Pourquoi ne pas lui expliquer la situation et lui laisser le choix ?

— Crois-tu qu'elle m'écouterait ? Et même si elle acceptait de m'écouter, penses-tu qu'elle me croirait ? Elle ne me fait pas confiance. Elle me hait, Will. Tu le sais sans doute. Elle me méprise. Pourtant, je... je ne sais pas comment dire ça... Je l'aime tellement que j'ai renoncé à tout ce que je possédais : ma carrière, mon bonheur, mon rang et ma fortune... Tout ça pour me réfugier dans cette caverne dans la montagne, et vivre en mangeant du pain rassis et des fruits aigres, uniquement pour sauver la vie de ma fille. Et si pour la protéger, je dois la maintenir endormie, eh bien tant pis. En tout cas, je dois la garder en vie. Ta mère n'en ferait-elle pas autant pour toi ?

Will fut traversé par un éclair de rage. Elle avait osé faire allusion à sa mère pour étayer ses arguments ! Au choc initial s'ajouta une autre pensée qui vint compliquer les choses : sa mère ne l'avait jamais protégé. En vérité, c'était lui qui avait dû la protéger. Mme Coulter aimait-elle plus Lyra qu'Elaine Parry aimait son fils ? Non, cette réflexion était injuste : sa mère était souffrante.

Mme Coulter ignorait tout du tourbillon de sentiments qu'avaient provoqué ces simples paroles ou bien, alors, elle était d'une monstrueuse habileté. Ses magnifiques yeux observaient avec douceur Will qui rougissait et s'agitait nerveusement sur la pierre. L'espace d'un instant, elle ressembla de manière troublante à sa fille.

— Et toi, que vas-tu faire ? demanda-t-elle.

— J'ai vu Lyra, répondit-il. Elle est vivante et elle ne craint rien, je suppose. C'est tout ce que je voulais savoir. Maintenant que je suis rassuré, je peux aller aider Lord Asriel, comme j'étais censé le faire.

Cette réponse sembla la surprendre, mais elle parvint à se ressaisir.

— Tu veux dire que... Je pensais que peut-être tu nous aiderais, dit-elle sans perdre son calme, d'un ton qui n'avait rien de suppliant. Avec ton poignard. J'ai vu ce que tu as fait dans la maison de Sir Charles. Tu pourrais nous mettre à l'abri, n'est-ce pas ? Tu pourrais nous aider à fuir ?

— Il faut que je parte, dit Will en se levant.

Mme Coulter lui tendit la main. Un sourire triste, un haussement d'épaules et un petit hochement de tête, comme si elle avait devant elle un redoutable joueur d'échecs qui venait de réussir un coup fameux : voilà ce que disait son corps. Will se surprit à éprouver un sentiment de tendresse pour cette femme, parce qu'elle était courageuse, et parce qu'elle ressemblait à Lyra, même si sa personnalité était plus complexe et plus profonde. Il ne pouvait s'empêcher d'être séduit.

Alors, il lui serra la main : elle était à la fois ferme, fraîche et douce. La femme se tourna vers le singe doré qui était resté assis derrière elle durant toute la conversation et ils échangèrent un regard que Will ne put interpréter.

Puis elle se retourna vers lui avec un grand sourire.

— Au revoir, dit-il.

— Au revoir, Will, répondit-elle d'une voix douce.

Il quitta la caverne, en sachant qu'elle le suivait du regard, mais pas une fois il ne se retourna. Ama avait disparu. Il repartit en suivant le chemin par lequel il était venu, jusqu'à ce qu'il entende le bruit de la cascade devant lui.

— Elle ment, dit-il à Iorek Byrnison une demi-heure plus tard. C'est évident. Elle mentirait même si cela lui faisait du tort, car elle aime trop mentir pour s'en priver.

— Quel est ton plan, alors ? demanda l'ours, qui se faisait dorer au soleil, couché à plat ventre sur une plaque de neige au milieu des rochers.

Will faisait les cent pas, en se demandant s'il pouvait employer la ruse qui avait si bien fonctionné à Headington, à savoir utiliser le poignard pour pénétrer dans un autre monde, puis se rendre dans un endroit situé juste à côté de la caverne, retourner dans ce monde-ci, récupérer Lyra et refermer l'ouverture derrière lui. C'était la solution qui s'imposait, assurément. Alors, pourquoi hésitait-il ?

Balthamos avait la réponse. Il avait repris son apparence d'ange et il scintillait comme une brume de chaleur dans la lumière du soleil. Il dit :

— Tu as eu tort d'aller là-bas. Maintenant, tu n'as plus qu'une seule envie : la revoir.

Iorek poussa un grognement rauque. Will crut tout d'abord qu'il mettait Balthamos en garde, mais il s'aperçut finalement, avec un petit pincement de gêne, que l'ours approuvait la remarque de l'ange. L'un et l'autre s'étaient ignorés jusqu'à présent ; ils étaient de natures trop différentes, mais ils semblaient partager le même point de vue sur cette question.

Will fit la grimace. Ils avaient raison. Il était fasciné par Mme Coulter. Toutes ses pensées étaient dirigées vers elle. Quand il pensait à Lyra, c'était pour se dire qu'elle ressemblerait à sa mère quand elle serait grande, quand il pensait à l'Église, c'était pour se demander combien de prêtres et de cardinaux étaient tombés sous son charme ; quand il pensait à son père mort, c'était pour se demander s'il aurait détesté ou admiré cette femme, et quand il pensait à sa propre mère...

Il sentit son cœur se serrer. S'éloignant de l'ours, il grimpa sur un rocher d'où il dominait toute la vallée. Dans l'air froid et clair, il entendait au loin quelqu'un couper du bois, et le tintement sourd d'une cloche au cou d'un mouton ; il entendait même bruire les feuilles des arbres tout en bas. Les moindres crevasses dans les montagnes à l'horizon lui apparaissaient de manière parfaitement nette, tout comme les vautours qui tournoyaient au-dessus d'une créature agonisante, à des kilomètres de là.

Cela ne faisait aucun doute : Balthamos avait raison. Cette femme lui avait jeté un sort. C'était si agréable et tentant de songer à ces yeux magnifiques, à la douceur de cette voix, à la manière dont elle avait levé les bras pour repousser ses longs cheveux brillants...

Au prix d'un effort de volonté, il revint sur terre, juste à temps pour capter un nouveau bruit : un vrombissement lointain.

Il tourna la tête de tous les côtés pour tenter d'en estimer la provenance et finit par le localiser au nord, dans la direction d'où Iorek et lui étaient venus.

— Des zeppelins, déclara l'ours.

Will sursauta, car il n'avait pas entendu l'animal gigantesque approcher dans son dos. Il se dressa sur ses pattes arrières ; il mesurait deux fois la taille de Will. Son regard noir était fixé sur l'horizon.

— Combien ? demanda le garçon.

— Huit, répondit-il au bout d'une minute.

À ce moment-là, Will les aperçut à son tour : de petites taches alignées dans le ciel.

— Combien de temps leur faut-il pour arriver jusqu'ici, à votre avis ? demanda-t-il.

— Ils arriveront un peu après la tombée de la nuit.

— Donc, on ne profitera pas longtemps de l'obscurité. C'est dommage.

— Quel est ton plan ?

— Créer une ouverture pour emmener Lyra dans un autre monde et la refermer avant que sa mère puisse nous suivre. La fillette nommée Ama a une potion pour la réveiller, mais elle n'a pas su m'expliquer clairement comment l'utiliser. Il faudra donc qu'elle m'accompagne dans la caverne. Mais je ne veux pas mettre sa vie en danger. Vous pourriez peut-être distraire Mme Coulter pendant qu'on agit.

L'ours émit un grognement et ferma les yeux. Will chercha l'ange du regard ; il distingua sa silhouette formée de gouttelettes de brume dans la lumière de cette fin d'après-midi.

— Balthamos, annonça-t-il, je retourne dans la forêt ; je vais essayer de trouver un endroit sûr pour ouvrir la première fenêtre. Je veux que vous montiez la garde et que vous me préveniez si jamais Mme Coulter ou son dæmon approchent.

Balthamos hocha la tête et secoua ses grandes ailes pour chasser les gouttes. Puis il s'envola dans l'air froid et s'éloigna avec grâce au-dessus de la vallée, tandis que Will se mettait en quête d'un monde où Lyra serait en sécurité.

À l'intérieur de la double cloison grinçante et vrombissante du zeppelin de tête, les libellules commençaient à éclore. Penchée au-dessus de l'enveloppe fendillée de l'insecte bleu électrique, Lady Salmakia dégageait délicatement les ailes translucides et humides, en veillant à ce que son visage soit la première chose qui s'imprime dans les yeux aux multiples facettes de la libellule ; elle murmurait son nom à la créature étincelante, pour lui apprendre qui elle était.

Dans quelques minutes, le chevalier Tialys ferait de même avec la sienne. Mais, pour l'instant, il envoyait un message à l'aide du résonateur à aimant, et toute son attention était concentrée sur les mouvements de ses doigts.

Il transmit : « À l'attention de Lord Roke : Nous ne sommes plus qu'à trois heures de l'arrivée dans la vallée. La Cour de Discipline Consistoriale a l'intention d'envoyer une escouade à la caverne dès que nous aurons atterri. Elle sera divisée en deux unités. La première pénétrera de force dans la caverne et tuera l enfant, en lui coupant la tête pour prouver qu'elle est bien morte. S'ils le peuvent, ils captureront la femme mais, si c'est impossible, ils ont ordre de la tuer, elle aussi.

La deuxième unité a pour mission de capturer le garçon vivant. Le reste des troupes affrontera les gyroptères du roi Ogunwe. Ils estiment qu'ils arriveront peu après les zeppelins. Conformément à vos ordres, Lady Salmakia et moi quitterons rapidement le zeppelin pour filer jusqu'à la caverne, où nous essaierons de protéger la fillette et de tenir en respect la première unité en attendant l'arrivée des renforts. Nous attendons votre réponse. »

Celle-ci lui parvint presque immédiatement.

« À l'attention du chevalier Tialys : À la lumière de votre rapport, un changement de plan s'impose. Afin d'empêcher l'ennemi de tuer l'enfant, ce qui serait la plus catastrophique des issues, Lady Salmakia et vous devez coopérer avec le garçon. Tant qu'il possède le poignard, il a l'initiative et, s'il ouvre une fenêtre dans un autre monde pour emmener la fillette, laissez-le faire et suivez-les. Demeurez à leurs côtés, quoi qu'il arrive. »

Le chevalier Tialys répondit :

« À l'attention de Lord Roke : Message reçu et compris. Lady Salmakia et moi nous mettrons en route dès notre arrivée. »

Le petit espion ferma le résonateur et rassembla tout son matériel.

— Tialys, chuchota une voix dans l'obscurité. Elle va éclore. Tu devrais venir.

Le chevalier bondit sur l'étançon où sa libellule se débattait pour venir au monde et, avec des gestes délicats, il l'aida à se libérer de son enveloppe fendue. En caressant sa longue tête féroce, il souleva les lourdes antennes encore humides et recourbées, et laissa la créature goûter à la saveur de sa peau, jusqu'à ce qu'elle soit entièrement sous ses ordres.

Pendant ce temps, Lady Salmakia fixait sur sa libellule le harnais qui ne la quittait jamais : des rênes en soie d'araignée, des étriers en titane et une selle en peau de colibri. Le tout ne pesait quasiment rien. Tialys fit de même de son côté : il passa les sangles autour du corps de l'insecte et serra. La libellule porterait ce harnais jusqu'à sa mort.

Rapidement, il balança son sac sur son épaule et entailla d'un coup d'éperon la toile huilée du zeppelin. À ses côtés, Lady Salmakia avait enfourché sa libellule, et elle l'éperonna pour lui faire franchir l'ouverture étroite et déboucher au cœur des bourrasques. Les longues ailes fragiles tremblèrent, puis le plaisir du vol s'empara de la créature qui plongea dans le vent. Quelques secondes plus tard, Tialys les rejoignit dans l'air tumultueux ; sa monture était impatiente de combattre la nuit qui tombait à toute vitesse.

Les deux espions s'élevèrent en tourbillonnant dans les courants glacés ; ils prirent le temps de s'orienter, puis mirent le cap sur la vallée.

12
La lame brisée

> Alors même qu'il fuyait, Ses yeux restaient tournés derrière lui, comme si sa peur le suivait encore.
>
> Edmund Spenser

Alors que la nuit tombait, voici quelle était la situation.

Dans sa tour inflexible, Lord Asriel faisait les cent pas. Toute son attention était concentrée sur la petite silhouette installée devant le résonateur à aimant ; tous les autres rapports avaient été mis de côté, chaque parcelle de son esprit était concentrée sur les nouvelles que captait ce petit bloc de pierre carré sous la lampe.

Assis dans la cabine de son gyroptère, le roi Ogunwe élaborait en toute hâte un plan destiné à contrer les intentions de la Cour de Discipline Consistoriale, qu'il venait d'apprendre par l'intermédiaire du Gallivespien qui voyageait à bord de son appareil. Le navigateur griffonnait des chiffres sur un morceau de papier, qu'il tendait ensuite au pilote. Le facteur essentiel était la vitesse : s'ils pouvaient débarquer leurs troupes en premier, cela ferait toute la différence. Les gyroptères étaient plus rapides que les zeppelins, mais ils se trouvaient encore loin derrière.

À bord des zeppelins de la Cour de Discipline Consistoriale, les gardes suisses vérifiaient leurs armes. Leurs arbalètes étaient mortelles à une distance de cinquante mètres, et un arbalétrier aguerri pouvait charger et décocher quinze traits en une minute seulement. Les empennages en corne et en forme de spirale faisaient tournoyer la flèche et rendaient cette arme aussi précise qu'un fusil. De plus, elle était silencieuse, ce qui constituait un précieux avantage.

Mme Coulter, quant à elle, était allongée à l'entrée de la caverne ; elle ne dormait pas. Le singe doré était nerveux et frustré : les chauves-souris avaient toutes quitté les lieux à la tombée de la nuit, et il n'avait plus personne à torturer. Il rôdait autour du sac de couchage de Mme Coulter, écrasant avec son petit doigt crochu les quelques lucioles qui se posaient sur les parois de la caverne, étalant leur corps luminescent sur la roche.

Lyra était brûlante et presque aussi agitée que le singe, mais elle dormait profondément, très profondément, prisonnière de l'oubli, sous l'effet de la potion que sa mère l'avait obligée à avaler une heure plus tôt. Le rêve qui avait occupé son esprit pendant longtemps était revenu, et de petits gémissements de désespoir, de rage et de détermination jaillissaient de sa gorge ; et Pantalaimon, la moufette, grinçait des dents.

Non loin de là, sous les sapins secoués par le vent, sur le chemin forestier, Will et Ama marchaient vers la caverne. Il avait essayé de lui expliquer ce qu'il avait l'intention de faire, mais le dæmon de la fillette ne comprenait rien, et lorsqu'il ouvrit une fenêtre dans le vide en manière de démonstration, elle faillit s'évanouir de peur. Il devait donc avancer et parler doucement s'il voulait la garder près de lui, car elle refusait de lui donner la poudre, et même de lui expliquer comment s'en servir. Finalement, il lui dit simplement :

— Ne fais pas de bruit et suis-moi, en espérant qu'elle s'exécuterait.

Iorek, vêtu de son armure, était quelque part dans les parages, prêt à repousser les soldats qui débarqueraient des zeppelins, afin de donner à Will le temps d'agir. Ce qu'ils ignoraient tous, c'était que les troupes de Lord Asriel approchaient, elles aussi. Par moments, le vent apportait jusqu'aux oreilles de Iorek un fracas très lointain, mais s'il savait à quoi ressemblait le bruit d'un moteur de zeppelin, il n'avait jamais entendu de gyroptères et ne pouvait donc pas les identifier.

Balthamos aurait sans doute pu les informer,

mais Will était inquiet à son sujet. Maintenant qu'ils avaient retrouvé Lyra, l'ange semblait s'être muré de nouveau dans son chagrin : il était muet, absent et maussade. Et Will avait d'autant plus de mal à communiquer avec Ama.

Alors qu'ils faisaient une halte sur le chemin, il s'adressa au vide :

— Balthamos ? Vous êtes là ?

— Oui, répondit l'ange d'une voix terne.

— Je vous en prie, Balthamos, restez à mes côtés. Restez près de moi et avertissez-moi des dangers. J'ai besoin de vous.

— Je ne t'ai pas encore abandonné, dit l'ange.

Ce furent les seules paroles que Will parvint à lui arracher.

Au-dessus de leurs têtes, dans l'atmosphère agitée par les bourrasques, Tialys et Salmakia survolaient la vallée en essayant de repérer la caverne. Les libellules obéissaient au doigt et à l'œil, mais elles avaient du mal à lutter contre le froid, et étaient dangereusement ballottées par les vents tumultueux. C'est pourquoi leurs cavaliers demeuraient à basse altitude, sous le couvert des arbres, volant de branche en branche et se repérant tant bien que mal dans l'obscurité grandissante.

Will et Ama progressaient à pas feutrés au clair de lune et dans le vent, jusqu'à ce qu'ils atteignent l'abri le plus proche de l'entrée de la caverne. Il s'agissait d'un épais buisson légèrement à l'écart du sentier. C'est l'endroit que choisit Will pour découper une fenêtre.

Il eut beau chercher, le seul monde présentant le même terrain était un paysage rocailleux et désertique où une lune éclatante dans un ciel étoilé éclairait vivement un sol blanchi, sur lequel de minuscules insectes rampaient et émettaient des petits bruits dans un silence impressionnant.

Will y pénétra et Ama le suivit dans cet autre monde, en frottant furieusement pouces et index l'un contre l'autre pour se protéger des êtres maléfiques qui hantaient forcément ce lieu sinistre. Son dæmon s'adapta immédiatement au décor en prenant l'apparence d'un lézard et il fila entre les rochers.

Will comprit très vite qu'il y avait un problème. Le reflet de la lune étincelante sur les pierres blanches allait éclairer la caverne comme une lanterne lorsqu'il découperait une fenêtre. Il devrait l'ouvrir rapidement, attirer Lyra par l'ouverture, et refermer la fenêtre immédiatement. Ils la réveilleraient ensuite, dans ce monde-ci, à l'abri.

Il s'arrêta sur la pente éblouissante et dit à Ama :

— Nous devons agir vite et sans faire le moindre bruit. Pas même un murmure.

Elle comprenait, même si elle était effrayée. Le petit paquet de poudre était glissé dans sa poche de poitrine ; elle avait déjà vérifié une dizaine de fois et, avec son dæmon, elle avait répété si souvent l'opération qu'elle était certaine de pouvoir procéder dans le noir complet.

Ils gravirent les rochers blancs comme des os. Will s'efforçait d'évaluer la distance et, lorsqu'il estima qu'ils se trouvaient à la hauteur de la caverne, il s'arrêta.

Alors, il sortit son couteau et découpa la plus petite fenêtre possible, pas plus grande que le cercle qu'il pourrait former avec son pouce et son index.

Il s'empressa d'y coller son œil pour empêcher le clair de lune de s'y engouffrer. Il avait bien calculé son coup. Droit devant, il apercevait l'entrée de la caverne, vue de l'intérieur, et les silhouettes noires des rochers qui se découpaient sur le ciel ; il apercevait la silhouette de Mme Coulter, endormie, avec son dæmon doré à ses côtés ; il distinguait même la queue du singe qui pendait négligemment sur le sac de couchage.

En changeant d'angle de vue et en regardant plus près, il découvrit le rocher derrière lequel était allongée Lyra lors de sa visite. Mais il ne la vit pas. Était-il trop près ? Il referma la fenêtre, recula d'un pas ou deux, et la rouvrit.

Non, elle n'était pas là.

— Écoute, dit-il à Ama, la femme a déplacé Lyra, je ne la vois pas. Je vais devoir pénétrer dans la caverne pour essayer de la trouver. Dès que je l'aurai récupérée, je repasserai de ce côté-ci. Alors, surtout, éloigne-toi, tiens-toi à l'écart pour que je ne te blesse pas accidentellement en revenant. Si jamais je reste bloqué, pour une raison ou pour une autre, retourne m'attendre près de l'autre fenêtre, celle par où on est passés.

— On devrait y aller tous les deux, dit-elle. Je sais comment la réveiller, pas toi. Et je connais mieux la grotte que toi.

Elle avait un air obstiné, les lèvres pincées et les poings serrés. Son dæmon-lézard dressa ses écailles.

— Très bien, dit Will. Mais n'oublie pas : il faut agir vite et sans bruit. Et tu feras tout ce que je te dirai, sans protester. C'est bien compris ?

Ama acquiesça d'un hochement de tête et tapota encore une fois sa poche pour vérifier qu'elle avait la potion.

Will découpa une petite ouverture, presque à ras de terre ; il se pencha pour jeter un coup d'œil, l'élargit avec ses doigts et la franchit prestement, à quatre pattes. Ama le suivit de près. En tout, la fenêtre resta ouverte moins de dix secondes.

Ils s'accroupirent sur le sol de la caverne, derrière une grosse pierre, Balthamos à leurs côtés ; il fallut quelques instants à leurs yeux pour s'habituer à l'obscurité après l'étincelante clarté lunaire du monde voisin. À l'intérieur de la caverne, il faisait beaucoup plus sombre, et il y avait beaucoup plus de bruit : le souffle du vent dans les arbres, accompagné d'un bruit de fond :

le rugissement d'un moteur de zeppelin, assez proche.

Son couteau à la main, Will se pencha et regarda autour de lui.

Ama fit de même et son dæmon aux yeux de hibou scruta l'obscurité de tous les côtés, mais Lyra ne se trouvait pas dans cette partie de la caverne. C'était une certitude.

Will leva la tête par-dessus la grosse pierre pour jeter un long regard en direction de l'entrée, là où Mme Coulter et son dæmon dormaient à poings fermés.

C'est alors qu'il sentit ses espoirs s'envoler. Lyra était là, plongée dans les profondeurs de son sommeil artificiel, juste à côté de sa mère. Leurs deux silhouettes s'étaient fondues dans l'obscurité ; pas étonnant qu'il ne l'ait pas aperçue tout de suite.

Il tapota la main d'Ama et lui montra la scène.

— Il va falloir faire très attention, chuchota-t-il.

À présent, le vrombissement des zeppelins était beaucoup plus fort que le souffle du vent dans les arbres, et des lumières venant du ciel balayaient le paysage à travers les branches. Plus vite ils récupéreraient Lyra, mieux ça vaudrait, se disait Will. Il faudrait se précipiter vers elle avant que sa mère ne se réveille, l'emmener, ouvrir une fenêtre, passer de l'autre côté et refermer immédiatement l'ouverture.

Il murmura son plan à l'oreille d'Ama. Celle-ci hocha la tête.

Mais, juste au moment où il allait s'élancer, Mme Coulter se réveilla.

Elle remua et dit quelque chose : aussitôt, le singe doré bondit sur ses pattes. Will voyait sa silhouette se découper en ombre chinoise dans l'ouverture de la caverne, accroupie, attentive. Puis la femme se redressa à son tour, en mettant sa main devant ses yeux pour les protéger de la lumière.

La main gauche de Will tenait fermement le poignet d'Ama. Mme Coulter se leva, tout habillée déjà, alerte, souple ; jamais on n'aurait pu croire qu'elle venait de se réveiller. Peut-être d'ailleurs l'était-elle depuis longtemps. Son singe doré et elle étaient accroupis à l'entrée de la caverne ; ils observaient et tendaient l'oreille, tandis que les lumières des zeppelins tournoyaient au-dessus des arbres et que leurs moteurs rugissaient. Des voix d'hommes, puissantes, lançaient des mises en garde et des ordres. Aucun doute, se dit Will, ils devaient agir vite, très vite.

Agrippant le poignet d'Ama, il s'élança, les yeux fixés sur le sol pour éviter de trébucher, courbé en deux.

Il arriva près de Lyra qui dormait profondément, Pantalaimon lové dans son cou. Will leva son couteau pour sonder le vide. Une seconde plus tard, il aurait ouvert une fenêtre qui lui aurait permis d'entraîner Lyra à l'abri...

Mais il leva la tête. Il regarda Mme Coulter. Elle s'était retournée en silence, et la lumière aveuglante venue du ciel, se reflétant sur la paroi humide de la caverne, éclaira son visage de plein fouet. L'espace d'un instant, ce ne fut pas le visage de Mme Coulter qu'il avait devant lui, mais celui de sa mère, chargé de reproches. Will sentit le chagrin lui briser le cœur et, au moment où il enfonçait le couteau dans le vide, son esprit abandonna la pointe de la lame... Un mouvement brusque lui arracha le couteau des mains et, avec un craquement sinistre, celui-ci tomba sur le sol, en mille morceaux.

Il était brisé.

Will n'avait plus aucun moyen de s'enfuir.

Il s'adressa à Ama :

— Réveille-la. Maintenant !

Et il se redressa, prêt à se battre. Pour commencer, il étranglerait le singe. Les muscles tendus, il guettait l'attaque du primate. Il s'aperçut qu'il tenait toujours le manche du couteau ; il pourrait au moins s'en servir pour frapper.

Mais Mme Coulter se contenta de se déplacer légèrement pour que la lumière tombe sur le pistolet qu'elle tenait dans sa main. Le même rayon lumineux éclaira Ama, occupée à répandre un peu de poudre sur la lèvre supérieure de Lyra pour que celle-ci puisse l'inspirer petit à petit ; elle se servait de la queue de son dæmon pour faire entrer la poudre dans les narines.

Will perçut un changement dans les bruits venant de l'extérieur : un nouveau son accompagnait le grondement des zeppelins. Un son familier, comme une intrusion de son propre monde... Et soudain, il reconnut le vrombissement caractéristique d'un hélicoptère. Cet appareil fut suivi d'un autre, puis d'un autre, et de nouvelles lumières balayèrent les arbres agités par le souffle du vent, formant un immense kaléidoscope d'un vert éclatant.

Alertée par ce nouveau bruit, Mme Coulter tourna la tête, mais trop brièvement pour que Will puisse tenter de la désarmer. Quant au dæmon-singe, il regardait fixement le garçon sans ciller, accroupi, prêt à bondir.

Sur le sol de la caverne, Lyra remuait et murmurait. Will se baissa pour lui prendre la main, pendant que le dæmon d'Ama secouait Pantalaimon, soulevait sa tête lourde et lui parlait à l'oreille.

Dehors, un cri retentit : un homme tomba du ciel et s'écrasa à moins de cinq mètres de l'entrée de la caverne. Mme Coulter demeura impassible ; elle lui jeta un regard froid, puis se retourna vers Will. Quelques secondes plus tard, un coup de feu claqua en altitude, suivi presque aussitôt d'une avalanche de cris, et le ciel fut envahi par des explosions, le crépitement des flammes et des détonations.

Lyra luttait contre le sommeil ; elle haletait, soupirait, se redressait péniblement, retombait. Pantalaimon, lui, bâillait, s'étirait, essayait de mordre l'autre dæmon, mais il basculait maladroitement sur le côté, trahi par ses muscles engourdis.

Quant à Will, il inspectait à tâtons le sol de la caverne, minutieusement, à la recherche des morceaux du couteau brisé. Il n'avait pas le temps de se demander ce qui s'était passé, ni comment il pourrait le réparer, mais il était le porteur du couteau, et il devait le reconstituer. Tandis qu'il les ramassait un par un pour les glisser dans le fourreau, chacune de ses terminaisons nerveuses lui faisait ressentir douloureusement l'absence de ses doigts sectionnés. Il n'avait aucun mal à repérer les morceaux, car le métal captait la lumière venue de l'extérieur : il y en avait sept en tout, le plus petit étant la pointe. Après les avoir tous ramassés, il se retourna pour essayer de comprendre ce qui se passait dehors.

Quelque part au-dessus des arbres, les zeppelins s'étaient immobilisés et des hommes descendaient à l'aide de longues cordes, mais le vent violent gênait les pilotes qui avaient du mal à stabiliser leurs appareils. Entre-temps, les premiers gyroptères étaient arrivés à l'aplomb de la falaise. À cause du manque de place, les appareils devaient se poser un par un. Les fusiliers africains étaient ensuite obligés de descendre le long de la paroi rocheuse. C'était l'un d'eux qui avait été fauché par un coup de feu tiré de l'un des zeppelins.

Les deux camps avaient réussi à débarquer une partie de leurs troupes. Plusieurs hommes avaient été tués avant même de toucher le sol ; d'autres, blessés, gisaient sur la falaise ou parmi les arbres. Mais aucun des assaillants n'avait encore atteint la caverne et, à l'intérieur, le pouvoir était toujours entre les mains de Mme Coulter, sous la forme d'un pistolet.

Will demanda, malgré le vacarme :

— Qu'avez-vous l'intention de faire ?

— Je vais vous garder prisonniers.

— Comme des otages ? Qu'est-ce que ça peut bien leur faire ? Ils sont venus pour nous tuer, de toute façon.

— C'est vrai en ce qui concerne un des deux camps, assurément. Pour l'autre, je ne sais pas. Espérons que les Africains l'emporteront.

Elle paraissait se réjouir de cette situation et, dans la lumière crue des projecteurs, Will aperçut son visage débordant de joie, de vie et d'énergie.

— Vous avez brisé le couteau, lança-t-il d'un ton accusateur.

— Non, ce n'est pas moi. Je voulais m'en emparer intact, pour qu'on puisse s'enfuir. C'est toi qui l'as cassé.

La petite voix de Lyra s'éleva, pleine d'angoisse :

— Will ? C'est toi, Will ?

— Lyra !

Il se jeta à genoux près d'elle. Ama l'aidait à se redresser.

— Que se passe-t-il ? demanda Lyra. Où sommes-nous ? Oh, Will, j'ai fait un rêve affreux...

— Nous sommes dans une caverne. Ne fais pas de mouvements brusques, tu vas avoir des vertiges. Vas-y doucement. Reprends des forces. Tu as dormi pendant des jours et des jours.

La fillette avait encore les paupières lourdes et son corps était sujet à d'interminables bâillements, mais elle avait hâte de se réveiller. Will l'aida à se lever en glissant son épaule sous son aisselle, afin de supporter presque tout son poids. La petite Ama assistait à cette scène, intimidée, car maintenant que cette étrange fille était réveillée, elle lui faisait peur. Will respirait avec un immense bonheur l'odeur du corps endormi de Lyra : elle était bien là, appuyée sur lui, pour de vrai.

Ils s'assirent sur une grosse pierre. Lyra se frotta les yeux.

— Que se passe-t-il, Will ? murmura-t-elle.

— Ama que voici a apporté de la poudre pour te réveiller, expliqua-t-il à voix basse.

Lyra se tourna alors vers la fillette, qu'elle découvrait pour la première fois, et elle posa sa main sur son épaule en signe de remerciement.

— Je suis venu dès que j'ai pu, reprit-il. Malheureusement, des soldats sont arrivés en même temps que moi. J'ignore qui les envoie. On s'en ira d'ici dès que possible.

Dehors, le vacarme et la confusion étaient à leur comble. Un des hélicoptères avait essuyé les tirs nourris d'une mitrailleuse installée à bord d'un zeppelin, au moment où les fusiliers sautaient sur la falaise ; il prit feu et explosa, tuant tout l'équipage et empêchant les autres gyroptères de se poser.

Pendant ce temps, un autre zeppelin avait découvert un espace dégagé pour atterrir, un peu plus bas dans la vallée, et les arbalétriers qui en débarquaient remontaient le chemin en courant pour venir prêter main-forte aux soldats qui combattaient. Postée à l'entrée de la caverne, Mme Coulter s'efforçait de suivre l'évolution de la situation. Elle leva le pistolet qu'elle tenait à deux mains et visa soigneusement, avant de tirer. Will vit l'éclair jaillir du canon, mais le coup de feu se perdit au milieu des détonations et des explosions.

« Si elle recommence, se dit-il, je me jette sur elle et je la fais basculer dans le vide. » Il se retourna pour faire part de son intention à Balthamos, mais l'ange n'était pas à ses côtés. Il découvrit, avec consternation, qu'il était recroquevillé dans un coin de la caverne, tremblant et gémissant.

— Balthamos ! s'écria-t-il d'un ton pressant. Venez, ils ne peuvent pas vous faire de mal ! Vous devez nous aider ! Vous pouvez vous battre, vous savez le faire. Vous n'êtes pas un lâche. On a besoin de vous !

Mais avant que l'ange ne réagisse, Mme Coulter poussa un cri et porta sa main à sa cheville ; au même moment, le singe doré attrapa quelque chose dans l'air, en poussant un grognement de joie.

Une voix, une voix de femme, minuscule, s'échappa de la chose que le singe tenait dans sa patte.

— Tialys ! Tialys !

C'était une toute petite femme, pas plus grande que la main de Lyra. Le singe tentait de lui arracher un bras, comme il le faisait avec les ailes des chauves-souris, et elle poussait des cris de douleur. Ama savait qu'il continuerait jusqu'à ce qu'il l'ait arraché, mais Will s'élança en voyant Mme Coulter laisser échapper le pistolet sous l'effet de la surprise.

Il s'en empara. Mais lorsqu'elle retrouva son calme, Will découvrit que la situation était dans une étrange impasse.

Le singe doré et Mme Coulter étaient tous les deux parfaitement immobiles. Le visage de la femme était déformé par la souffrance et la fureur, mais elle n'osait plus bouger car, sur son épaule se tenait un homme minuscule qui appuyait son talon contre son cou, en s'accrochant à ses cheveux. Malgré sa stupéfaction, Will remarqua l'éperon luisant qui dépassait du talon, et il comprit ce qui avait provoqué le cri de

Mme Coulter quelques secondes plus tôt. Le petit homme avait dû lui piquer la cheville.

Mais il ne pouvait plus s'attaquer à elle, car sa partenaire était entre les mains du singe qui ne pouvait plus faire de mal à sa minuscule prisonnière, sinon le petit homme planterait son éperon empoisonné dans la jugulaire de Mme Coulter. Bref, personne ne pouvait agir.

Inspirant à fond et déglutissant difficilement pour maîtriser la douleur, Mme Coulter tourna vers Will ses yeux embués de larmes et demanda, avec un calme étonnant :

— Eh bien, mon petit Will, que fait-on maintenant, à ton avis ?

13

Tialys et Salmakia

> Nuit sévère sur ce désert éclatant, laisse ta lune se lever pendant que je ferme les yeux.
>
> William Blake

Tenant fermement le lourd pistolet, la main de Will décrivit un arc de cercle et frappa le singe doré qui chancela. Celui-ci fut tellement abasourdi que Mme Coulter laissa échapper un grognement. Il desserra son poing, suffisamment pour permettre à la minuscule femme de se libérer.

Aussitôt, elle sauta sur les rochers, aussi vive qu'une sauterelle, et son compagnon, d'un bond, s'éloigna de Mme Coulter. Les trois enfants n'eurent pas le temps d'être étonnés. L'homme paraissait inquiet : il palpa tendrement l'épaule et le bras de sa compagne et l'étreignit brièvement, avant d'interpeller Will :

— Toi ! Garçon ! dit-il d'une voix peu puissante, naturellement, mais aussi grave que celle d'un adulte. As-tu le couteau ?

— Évidemment, répondit-il.

S'ils ignoraient qu'il était cassé, ce n'était certainement pas lui qui allait le leur dire.

— La fille et toi, vous allez nous suivre. Qui est l'autre enfant ?

— Ama, une fillette du village, dit Will.

— Dis-lui de rentrer chez elle. Dépêchons-nous, avant l'arrivée des gardes suisses.

Will n'hésita pas. Quelles que soient les intentions de ces deux créatures, Lyra et lui pouvaient toujours s'enfuir par la fenêtre qu'il avait ouverte derrière le buisson, plus bas sur le chemin.

Il aida Lyra à se relever et regarda avec curiosité les deux petits personnages enfourcher des... des oiseaux ? Non, des libellules, aussi grandes que sa main, qui attendaient dans l'obscurité. Ils se précipitèrent vers l'entrée de la caverne où gisait maintenant Mme Coulter. Elle était à moitié assommée par la douleur et endormie par la piqûre du chevalier mais, au moment où ils passaient à sa hauteur, elle se redressa et s'écria :

— Lyra ! Lyra, ma fille, ma chérie ! Lyra, ne pars pas ! Ne t'en va pas !

Lyra baissa les yeux sur elle, le visage marqué par l'angoisse, mais elle enjamba sans un mot le corps de sa mère, en se libérant aisément du faible étau de sa main qui tentait de la retenir par la cheville. Celle-ci sanglotait ; Will vit les larmes briller sur ses joues.

Accroupis à l'entrée de la caverne, les trois enfants attendirent une brève accalmie dans la fusillade, puis ils suivirent les libellules qui dévalaient le chemin. La luminosité avait changé : à la lumière froide des projecteurs ambariques des zeppelins se mêlait maintenant le rougeoiement des flammes dansantes.

Will se retourna une seule fois vers la caverne. Sous cet éclairage violent, le visage de Mme Coulter était un masque de passion tragique, et son dæmon s'accrochait piteusement à elle, tandis qu'elle suppliait, à genoux, les bras tendus, en pleurant :

— Lyra ! Lyra, ma chérie ! Ne me laisse pas ! Ma fille... tu me brises le cœur...

Soudain, Lyra fut elle aussi secouée par un violent sanglot car, après tout, Mme Coulter était la seule mère qu'elle aurait jamais, et Will vit des larmes ruisseler sur ses joues.

Mais il devait se montrer inflexible. Il tira Lyra par la main, et lorsque le cavalier à la libellule vint tournoyer autour de sa tête pour leur faire presser le pas, il se courba et entraîna la fillette à toute allure sur le chemin, loin de la caverne. Dans sa main gauche, qui saignait de nouveau à cause du coup assené au singe, il tenait le pistolet de Mme Coulter.

— Foncez vers le haut de la falaise, dit l'homme à la libellule et livrez-vous aux Africains. C'est votre meilleure chance.

Songeant aux redoutables éperons, Will ne

protesta pas, bien qu'il n'ait nullement l'intention d'obéir à cet ordre. Il n'y avait qu'un seul endroit où il voulait aller, c'était la fenêtre derrière le buisson. Alors il garda la tête baissée et continua à courir, suivi de Lyra et d'Ama.

— Halte !

Un homme, non, trois hommes bloquaient le chemin. Des soldats en uniforme, des Blancs armés d'arbalètes, avec des dæmons-chiens-loups qui montraient les dents : la garde suisse.

— Iorek ! cria Will. Iorek Byrnison !

Il entendit l'ours pousser des grognements et briser des branches, et il entendit les hurlements des soldats qui eurent la malchance de se retrouver face à lui.

Mais soudain, quelqu'un d'autre surgit de nulle part pour leur venir en aide : Balthamos, silhouette floue vibrante de désespoir. Il se précipita entre les enfants et les soldats. Ceux-ci reculèrent, stupéfaits par cette apparition scintillante qui prenait forme devant eux.

Mais c'étaient des guerriers entraînés, ils se ressaisirent en quelques secondes et leurs dæmons se jetèrent sur l'ange. Leurs crocs sauvages lançaient des éclairs blancs dans l'obscurité. Balthamos tressaillit. Il poussa un cri d'effroi et de honte, puis recula. Enfin il s'éleva dans les airs en battant furieusement des ailes. Will regarda avec consternation la silhouette de son guide et ami disparaître parmi les cimes des arbres.

Lyra suivait tout cela avec des yeux écarquillés, encore pleins de sommeil. La scène n'avait duré que deux ou trois secondes, mais ce fut suffisant pour permettre aux gardes suisses de se regrouper et à leur chef de lever son arbalète. Will n'avait pas le choix : il brandit le pistolet à bout de bras, referma sa main droite autour de la crosse et pressa la détente. La détonation se répercuta dans tous ses os mais, malgré le recul, la balle trouva le chemin du cœur de l'homme.

Le soldat fut projeté en arrière, comme frappé par le sabot d'un cheval. Au même moment, les deux petits espions se jetèrent sur les deux autres soldats, sautant de leurs étranges montures avant même que Will ait le temps de dire ouf. La femme trouva un cou dénudé, l'homme choisit un poignet, et tous les deux décochèrent un coup de talon. Après un bref râle d'étouffement et d'angoisse, les deux gardes suisses succombèrent, et leurs dæmons se volatilisèrent.

Will sauta par-dessus les corps sans vie et Lyra le suivit en courant à toutes jambes, Pantalaimon sur ses talons, transformé en chat sauvage. « Où est Ama ? » se demanda Will et, au moment même où il se posait cette question, il la vit dévaler un chemin différent en zigzaguant au milieu des obstacles. « Elle est à l'abri désormais », pensa-t-il, et une seconde plus tard, il aperçut le miroitement pâle de la fenêtre derrière le buisson. Prenant Lyra par le bras, il l'entraîna dans cette direction. Les ronces leur griffèrent le visage et déchirèrent leurs vêtements, ils se tordirent les chevilles sur les racines et les pierres, mais ils atteignirent la fenêtre et s'y engouffrèrent sans hésiter, pour se retrouver sur les rochers blancs comme neige, baignés par l'éclat aveuglant de la lune ; seuls les bruits des insectes troublaient le silence.

Immédiatement, Will porta ses mains à son ventre et vomit, secoué de violents haut-le-cœur provoqués par une horreur indicible. Il avait tué deux hommes maintenant, sans compter le jeune garçon dans la tour des Anges... Il n'avait pas voulu cela. Son corps se révoltait contre ce que son instinct l'avait obligé à faire.

Debout à ses côtés, Lyra le regardait, impuissante, berçant Pan contre sa poitrine.

Enfin, il se ressaisit et regarda autour de lui. Aussitôt, il s'aperçut qu'ils n'étaient pas seuls dans ce monde : les deux petits espions étaient là également, leurs affaires posées par terre à proximité. Les libellules virevoltaient au-dessus des rochers pour gober des insectes. Le petit homme massait l'épaule de sa compagne, et tous deux regardaient les enfants d'un air sévère. Leurs yeux étaient si brillants et leurs traits si expressifs qu'il n'était pas difficile de deviner leurs pensées, et Will comprit qu'ils formaient un duo redoutable, quels qu'ils soient.

Il dit à Lyra :

— L'aléthiomètre est dans mon sac à dos, tiens.

— Oh, Will... j'espérais que tu le trouverais. Quoi qu'il ait pu arriver. As-tu retrouvé ton père ? Dans mon rêve j'ai vu... Oh, Will, je ne peux pas y croire, tout ce qu'on doit encore faire. Je n'ose même pas y penser... L'aléthiomètre est intact ! Tu me l'as apporté jusqu'ici et il est intact !

Les mots jaillissaient si rapidement de sa bouche qu'elle n'attendait même pas de réponse. Elle faisait tourner l'aléthiomètre entre ses doigts, caressant l'or et le cristal lisse, les roues moletées qu'elle connaissait si bien.

Will pensa : « Il nous dira comment réparer le couteau ! »

Mais il demanda d'abord :

— Comment te sens-tu ? Tu as faim ou soif ?

— Je ne sais pas... Oui, un peu.

— Il ne faut pas rester près de cette fenêtre, dit Will. Au cas où les autres la trouveraient et décideraient de la franchir.

— Oui, tu as raison, dit Lyra.

Ils gravirent la pente rocheuse. Will avait repris son sac à dos et Lyra portait joyeusement le petit sac dans lequel se trouvait l'aléthiomètre. Du coin de l'œil, il vit les deux petits espions leur emboîter le pas, mais ils gardaient leurs distances et leur attitude n'était pas menaçante.

Au-delà du sommet, une corniche offrait un abri étroit sous lequel Will et Lyra s'installèrent, après avoir vérifié qu'il n'y avait pas de serpents, et là, ils partagèrent des fruits secs et de l'eau provenant de la gourde de Will.

Celui-ci déclara :

— Le couteau est brisé. Mme Coulter a fait ou dit quelque chose, j'ai pensé à ma mère tout à coup, et le couteau m'a échappé... Je ne sais pas, en fait, ce qui s'est passé. En tout cas, on est bloqués ici tant qu'il n'est pas réparé. Je ne voulais pas que ces deux petits spécimens le sachent car, tant qu'ils pensent que je peux utiliser le poignard, j'ai l'avantage. Je me disais que tu pourrais peut-être demander à l'aléthiomètre...

— Bonne idée ! s'exclama Lyra. Tu as raison.

En une seconde, elle sortit le précieux instrument du sac et s'avança dans la lumière de la lune pour bien voir le cadran. Elle repoussa ses cheveux derrière ses oreilles, exactement comme l'avait fait sa mère devant Will, et elle se mit à tourner les roues en accomplissant les gestes désormais familiers. Pantalaimon, redevenu souris, s'assit sur ses genoux.

À peine avait-elle commencé à interroger l'aléthiomètre qu'elle laissa échapper un petit cri d'excitation et leva vers Will des yeux brillants tandis que l'aiguille tournait sur le cadran. Mais celle-ci n'avait pas fini et Lyra reporta son atten tion sur ses déplacements erratiques, en fronçant les sourcils, jusqu'à ce qu'elle s'immobilise.

Lyra reposa l'instrument, en demandant :

— Iorek ? Est-il dans les parages, Will ? J'ai cru t'entendre l'appeler tout à l'heure, mais je me suis dit que je prenais mes désirs pour des réalités. Il est vraiment là ?

— Oui. Peut-il réparer le couteau ? C'est ce que t'a dit l'aléthiomètre ?

— Il peut tout faire avec du métal, Will ! Pas uniquement des armures. Il est capable de réaliser des choses délicates aussi...

Elle lui parla de la petite boîte en fer-blanc qu'Iorek lui avait fabriquée pour enfermer la mouche espionne.

— Mais où est-il ? s'enquit-elle.

— Tout près. Normalement, il aurait dû venir quand je l'ai appelé mais, de toute évidence, il était en train de se battre... Et Balthamos ! Oh, comme il a dû avoir peur..

— Qui ça ?

Il lui expliqua rapidement qui était Balthamos, en sentant ses joues s'enflammer sous l'effet de la honte que devait éprouver l'ange.

— Je t'en dirai davantage plus tard, promit-il. C'est tellement étrange... Il m'a raconté beaucoup de choses, et je crois que j'ai compris...

Il passa sa main dans ses cheveux et se frotta les yeux.

— Il faut que tu me racontes tout, dit Lyra d'un ton ferme. Tout ce que tu as fait depuis qu'ils m'ont enlevée. Oh, Will, tu saignes encore ? Ta pauvre main...

— Non. Mon père m'a soigné. Ma plaie s'est rouverte quand j'ai frappé le singe, mais ce n'est rien. Il m'a donné un onguent qu'il avait fabriqué avec...

— Tu as donc retrouvé ton père ?

— Oui, dans la montagne, le soir où...

Il laissa Lyra nettoyer sa blessure et lui appliquer une nouvelle couche de l'onguent qui se trouvait dans la petite boîte de corne, pendant qu'il lui racontait une partie de ce qui était arrivé : le combat avec cet étranger, la révélation qui les avait frappés tous les deux, une seconde avant que la flèche de la sorcière atteigne sa cible, sa rencontre avec les anges, son périple jusqu'à la caverne et sa rencontre avec Iorek.

— Et pendant tout ce temps, moi, je dormais, dit Lyra, émerveillée. Tu sais, Je crois qu'elle a été gentille avec moi... Je le pense vraiment... Je ne crois pas qu'elle ait voulu me faire du mal... Certes, elle a fait des choses terribles, mais...

Elle se frotta les yeux.

— Mais ce rêve, Will ! Si tu savais comme il était étrange ! C'était comme quand je déchiffre l'aléthiomètre : toute cette clarté, cette compréhension des choses, si profonde qu'on ne voit pas le fond, et pourtant, c'est limpide, lumineux...

C'était... Tu te souviens que je t'ai parlé de mon ami Roger, je t'ai raconté que les Enfourneurs l'avaient attrapé, que j'avais essayé de le sauver, que ça s'était mal passé et que Lord Asriel l'avait tué ?

Eh bien, je l'ai vu, figure-toi ! Dans mon rêve, je l'ai vu, mais il était mort, c'était un fantôme, et on aurait dit qu'il me faisait signe. Il m'appelait, mais je ne l'entendais pas. Il ne voulait pas me faire mourir, ce n'est pas ça du tout. Il voulait me parler.

C'est moi qui l'ai emmené là-bas, à Svalbard, où il a été tué ; c'est ma faute s'il est mort. J'ai repensé à l'époque où on jouait ensemble à Jordan College, Roger et moi, sur le toit, dans toute la ville, sur les marchés, au bord du canal et dans les carrières d'argile... Moi, Roger et tous les autres...

Je suis allée à Bolvangar ensuite pour le ramener chez lui, sain et sauf, mais je n'ai fait qu'aggraver les choses et si je ne demande pas pardon, tout ça ne servira à rien, ce ne sera qu'une immense perte de temps. Il faut que je le fasse, tu comprends, Will ? Il faut que j'aille au pays des morts et que je le retrouve... pour lui demander pardon. Je me moque de ce qui arrivera ensuite. On pourra... Je peux... Ça n'aura plus d'importance.

— Cet endroit où sont les morts, dit Will, c'est un monde comme celui-ci, comme le mien ou le tien ? C'est un monde dans lequel je pourrais pénétrer avec le poignard ?

Lyra le regarda fixement, frappée par cette idée.

— Tu peux poser la question à l'aléthiomètre, ajouta-t-il. Fais-le maintenant. Demande-lui où est ce monde et comment on y accède.

Lyra se pencha au-dessus de l'appareil et ses

doigts coururent avec agilité sur le cadran Une minute plus tard, elle avait la réponse.

— C'est un monde étrange, Will... Très étrange... Peut-on vraiment faire ça ? Peut-on vraiment aller dans le pays des morts ? Et dans ce cas, avec quelle partie de nous-mêmes ? Car nos dæmons disparaissent dès qu'on meurt, je l'ai vu de mes propres yeux, et nos corps... ils restent dans la tombe et ils pourrissent, n'est-ce pas ?

— Il doit s'agir d'une troisième partie alors. Une partie différente.

— Je crois que tu as raison ! s'exclama Lyra, débordante d'excitation. Je peux penser à mon corps et je peux penser à mon dæmon, c'est donc qu'il y a forcément une troisième partie pour penser !

— Oui. C'est le fantôme.

Les yeux de Lyra pétillaient.

— Peut-être qu'on pourrait libérer le fantôme de Roger. Peut-être qu'on pourrait le sauver.

— Oui, peut-être. On peut essayer, en tout cas.

— Parfaitement ! On ira tous les deux ! C'est exactement ce qu'on va faire !

S'ils ne réussissaient pas à faire réparer le couteau, songea Will, ils ne feraient rien du tout.

Dès que ses pensées se furent éclaircies et que son estomac se fut calmé, il appela les petits espions. Ceux-ci s'affairaient autour d'un appareil minuscule, non loin de là.

— Qui êtes-vous ? leur demanda-t-il. Et dans quel camp êtes-vous ?

L'homme acheva ce qu'il était en train de faire, puis referma une boîte en bois, semblable à un étui à violon, de la taille d'une noix. La femme parla la première :

— Nous sommes des Gallivespiens. Je suis Lady Salmakia, et mon compagnon est le chevalier Tialys. Nous sommes des espions au service de Lord Asriel.

Elle était juchée sur un rocher, à trois ou quatre pas de Will et Lyra, nette et brillante au clair de lune. Sa petite voix était parfaitement claire, son expression confiante. Elle portait une jupe ample taillée dans une étoffe argentée et un corsage sans manches de couleur verte ; ses pieds munis d'éperons étaient nus, comme ceux de l'homme. Celui-ci portait un costume aux couleurs identiques, mais avec des manches longues et un pantalon large qui s'arrêtait à mi-mollet. Malgré leur taille infime, l'un et l'autre dégageaient une impression de force, de compétence, de brutalité et de fierté.

— De quel monde venez-vous ? demanda Lyra. Je n'ai encore jamais vu des gens comme vous.

— Notre monde connaît les mêmes problèmes que le vôtre, dit Tialys. Nous sommes des hors-la-loi. Notre chef, Lord Roke, a eu vent de la révolte de Lord Asriel et il lui a apporté notre soutien.

— Que vouliez-vous faire de moi ?

— Te conduire auprès de ton père, répondit

Lady Salmakia. Lord Asriel a envoyé des troupes commandées par le roi Ogunwe pour vous sauver, toi et le garçon, et vous ramener dans sa forteresse. Nous sommes ici pour vous aider.

— Très bien, mais supposons que je ne veuille pas rejoindre mon père ? Supposons que je ne lui fasse pas confiance ?

— Je suis navrée d'entendre de telles paroles, dit Lady Salmakia. Mais tels sont nos ordres : te ramener auprès de lui.

Lyra ne put s'en empêcher : elle éclata de rire, à l'idée que ces deux créatures minuscules puissent l'obliger à faire quelque chose. Mais c'était une erreur. Avec une incroyable rapidité, la femme s'empara de Pantalaimon et, serrant son corps de souris avec une poigne de fer, elle appuya très légèrement la pointe d'un éperon contre sa patte. Lyra poussa un cri : le choc était semblable à celui qu'elle avait ressenti quand ces hommes avaient tenté de lui voler Pantalaimon, à Bolvangar. Nul ne pouvait toucher le dæmon de quelqu'un d'autre ; c'était un crime.

Mais Lyra s'aperçut que Will avait pris le petit homme dans sa main droite, en lui tenant fermement les jambes pour l'empêcher d'utiliser ses éperons.

— Nous voilà encore dans une impasse, commenta la lady, sans se départir de son calme. Repose le chevalier, mon garçon.

— Lâchez d'abord le dæmon de Lyra. Je ne suis pas d'humeur à discuter.

Lyra fut traversée par un frisson glacé en constatant que Will était tout à fait capable, à cet instant, de fracasser la tête du Gallivespien contre le rocher. Et les deux petits êtres le sentirent également.

Lady Salmakia décolla son pied de la patte de Pantalaimon, et celui-ci se débattit pour se libérer en prenant l'apparence d'un chat sauvage, crachant furieusement, le poil hérissé, fouettant l'air avec sa queue. Ses crocs menaçants étaient à quelques centimètres seulement du visage de Lady Salmakia et, pourtant, celle-ci le regardait fixement, avec un calme déroutant. Finalement, le dæmon fit demi-tour et courut se réfugier dans le cou de Lyra, sous la forme d'une hermine. Will déposa soigneusement le chevalier Tialys sur le rocher, à côté de sa compagne.

— Tu pourrais faire preuve de respect, quand même, dit le chevalier en s'adressant à Lyra. Tu es une enfant insolente et irréfléchie. Plusieurs hommes valeureux sont morts ce soir en voulant te protéger. Tu devrais te conduire mieux que ça.

— Vous avez raison, dit-elle d'un air contrit. Je ne le ferai plus, promis.

— Quant à toi... reprit le chevalier en se tournant vers Will.

Ce dernier lui coupa la parole :

— Quant à moi, je refuse qu'on me parle sur ce ton, alors ne gaspillez pas votre salive. Le respect doit être réciproque. Écoutez-moi bien. Vous n'êtes pas le chef ici ; c'est nous qui commandons.

Si vous voulez rester pour nous aider, faites ce qu'on vous dit. Sinon, retournez immédiatement auprès de Lord Asriel. Inutile de discuter.

Lyra vit les deux petits êtres se hérisser, mais Tialys regardait la main de Will, posée sur le fourreau du poignard à sa ceinture ; sans doute se disait-il que tant qu'il avait le couteau, c'était lui le plus fort. En aucun cas ils ne devaient savoir qu'il était brisé.

— Très bien, dit le chevalier. Nous vous aiderons, car c'est la mission qu'on nous a confiée. Mais vous devez nous dire ce que vous avez l'intention de faire.

— C'est normal, dit Will. Je vais donc vous le dire. Dès que nous nous serons reposés, nous retournerons dans le monde de Lyra, pour chercher un ami, un ours. Il n'est pas très loin.

— L'ours en armure ? Parfait, dit Salmakia. Nous l'avons vu se battre. Nous vous aiderons à le retrouver. Mais ensuite, vous devrez nous suivre jusqu'à la forteresse de Lord Asriel.

— D'accord, dit Lyra en mentant avec gravité. Marché conclu.

Pantalaimon avait retrouvé son calme, et sa curiosité. Lyra le laissa grimper sur son épaule et changer d'apparence encore une fois. Il se transforma en libellule, aussi grosse que les deux autres qui tournoyaient dans les airs pendant qu'ils parlaient et il s'empressa de les rejoindre.

— Ce poison, dit Lyra en reportant son attention sur les Gallivespiens, celui qui est dans vos éperons, est-il mortel ? Car je vous ai vus piquer ma mère, Mme Coulter. Va-t-elle mourir ?

— C'était juste une petite piqûre, dit Tialys. Une dose complète l'aurait tuée, assurément, mais cette égratignure va juste l'affaiblir et la rendre somnolente pendant une demi-journée.

« Et folle de douleur », songea-t-il, sans le préciser.

— Il faut que je parle à Lyra en privé, dit Will. Nous allons nous éloigner quelques instants.

— Ce couteau te permet de passer d'un monde à un autre, n'est-ce pas ? dit le chevalier.

— Vous ne me faites pas confiance ?

— Non.

— Très bien, je le laisse ici. Si je ne l'ai pas, je ne peux pas m'en servir, n'est-ce pas ?

Il détacha le fourreau et le posa sur le rocher ; Lyra et lui s'éloignèrent et allèrent s'asseoir à un endroit d'où ils pouvaient surveiller les Gallivespiens. Tialys observait le manche du couteau, sans oser y toucher.

— Il va falloir les supporter, dit Will. Mais dès que le couteau sera réparé, nous nous enfuirons.

— Ils sont très rapides, Will. Et ils n'hésiteraient pas à te tuer.

— J'espère seulement qu'Iorek pourra le réparer. J'ignorais à quel point on en avait besoin.

— Il y arrivera, dit Lyra, confiante.

Elle regardait Pantalaimon fendre l'air et gober les minuscules insectes, comme le faisaient les deux autres libellules. Il ne pouvait pas voler aussi loin qu'elles, mais il était aussi rapide, et il avait de plus jolies couleurs. Elle leva la main et il vint s'y poser, en agitant ses longues ailes transparentes.

— Si nous nous endormons... crois-tu qu'on peut leur faire confiance ? demanda Will.

— Oui. Ils sont féroces, mais honnêtes, je crois.

Ils regagnèrent l'abri de la corniche et Will dit aux Gallivespiens :

— Je vais dormir. Nous repartirons demain matin.

Le chevalier hocha la tête. Will se coucha en boule et s'endormit immédiatement.

Lyra s'assit à ses côtés. Pantalaimon se transforma en chat et vint se lover sur ses genoux ; il était chaud. Quelle chance avait Will qu'elle soit enfin réveillée pour prendre soin de lui ! C'était un garçon d'une très grande bravoure et elle admirait cette qualité plus que tout. Mais il n'était vraiment pas doué pour mentir, trahir et duper, autant de choses qui, pour elle, étaient aussi naturelles que de respirer. En pensant à cela, elle se sentait envahie d'un doux sentiment vertueux, car c'était pour Will qu'elle agissait ainsi, pas pour elle.

Elle avait l'intention de consulter à nouveau l'aléthiomètre mais, à sa grande surprise, elle s'aperçut qu'elle était aussi fatiguée que si elle était restée éveillée durant cette longue période d'inconscience, alors elle s'allongea tout près de Will et ferma les yeux. « Juste un petit somme », se dit-elle pour se rassurer, avant de s'endormir.

14

La bonne question

> Le travail sans joie est indigne — le travail sans chagrin est indigne — le chagrin sans travail est indigne — la joie sans travail est indigne.
>
> John Ruskin

Will et Lyra dormirent toute la nuit et ne se réveillèrent que lorsque les rayons du soleil effleurèrent leurs paupières. Ils reprirent leurs esprits à quelques secondes d'intervalle, frappés l'un et l'autre par la même pensée mais, en regardant autour d'eux, ils constatèrent que le chevalier Tialys montait tranquillement la garde à proximité.

— Les forces de la Cour de Discipline Consistoriale ont battu en retraite, leur annonça-t-il. Mme Coulter est entre les mains du roi Ogunwe et il la conduit à Lord Asriel.

— Comment le savez-vous ? demanda Will en

se redressant, avec raideur. Vous êtes retournés dans l'autre monde, en passant par la fenêtre ?

— Non. Nous communiquons par l'intermédiaire du résonateur à aimant. (Il se tourna vers Lyra.) J'ai rapporté notre conversation à mon supérieur, Lord Roke. Il est d'accord pour qu'on vous aide à chercher l'ours ; une fois que vous l'aurez retrouvé, vous nous suivrez. Nous sommes des alliés, nous vous aiderons de notre mieux.

— Parfait, dit Will. Commençons donc par manger tous ensemble. Vous pouvez manger notre nourriture ?

— Oui, merci bien, répondit la lady.

Will sortit de son sac les quelques pêches séchées et la miche de pain de seigle durci. C'étaient ses dernières provisions, et il les partagea en quatre portions mais, évidemment, les deux espions se nourrissaient de peu.

— Pour ce qui est de l'eau, dit Will, il ne semble pas y en avoir par ici. Il faudra attendre d'être retournés dans l'autre monde pour nous désaltérer.

— Ne tardons pas dans ce cas, dit Lyra.

Mais avant cela, elle sortit l'aléthiomètre et l'interrogea pour savoir s'il y avait encore un danger dans la vallée. Non, lui répondirent les symboles, tous les soldats étaient repartis et les villageois étaient rentrés chez eux. Ils se préparèrent donc à lever le camp.

La fenêtre offrait un curieux aspect dans

l'atmosphère éblouissante du désert ; elle s'ouvrait sur le buisson baigné d'ombre, semblable à un carré de végétation luxuriante suspendue dans le vide comme un tableau. Les Gallivespiens voulurent l'examiner de plus près et furent stupéfaits de constater que la fenêtre n'existait pas de l'autre côté ; elle n'apparaissait que sous un certain angle.

— Je vais devoir la refermer une fois que nous serons passés, dit Will.

Lyra tenta de joindre les bords en les pinçant, mais ses doigts n'arrivaient pas à les saisir. Les espions n'eurent pas plus de succès, malgré la finesse de leurs mains. Seul Will était capable de sentir exactement où se trouvaient les bords, et il les referma rapidement et proprement.

— Dans combien de mondes peux-tu pénétrer avec ce couteau ? lui demanda Tialys.

— Autant qu'il en existe, répondit Will. Mais nul n'aura jamais le temps de tous les explorer.

Il jeta son sac sur ses épaules et ouvrit la marche sur le chemin forestier. Heureuses de se retrouver dans cette atmosphère fraîche et humide, les libellules filaient comme des flèches à travers les rayons du soleil. Tout était paisible et cette quiétude rendit d'autant plus choquante la vision de l'épave broyée du gyroptère suspendue aux branches, avec le corps du pilote africain pendant à moitié dans le vide, retenu par sa ceinture de sécurité, et celle de la carcasse calcinée du zeppelin, un peu plus haut : les lambeaux de toile, les poutrelles et les tuyaux noircis, le verre brisé, et surtout les corps : trois hommes presque réduits en cendres, les membres tordus et dressés comme s'ils cherchaient encore à se battre.

D'autres corps et d'autres épaves étaient disséminés sur la falaise et parmi les arbres, un peu plus bas, à l'écart du chemin. Impressionnés et muets, les deux enfants traversèrent cette scène de carnage, tandis que les espions, chevauchant leurs libellules, observaient les lieux d'un air plus détaché. Habitués aux champs de bataille, ils se représentaient mentalement le déroulement du combat et cherchaient à évaluer les pertes de chaque camp.

Arrivés au sommet de la vallée, là où les arbres devenaient plus clairsemés et où débutaient les cascades et les arcs-en-ciel, ils firent une halte pour s'abreuver d'eau glacée.

— J'espère qu'il n'est rien arrivé à cette petite fille, dit Will. Jamais on n'aurait pu te sauver si elle ne t'avait pas réveillée. Elle est allée trouver un saint homme pour obtenir cette poudre magique.

— Elle va bien, dit Lyra. J'ai posé la question à l'aléthiomètre hier soir. Mais elle nous prend pour des êtres maléfiques. Elle a peur de nous. Sans doute regrette-t-elle d'être intervenue dans cette histoire, mais elle est saine et sauve.

Ils continuèrent leur escalade en longeant les chutes d'eau et prirent soin de remplir la gourde de Will avant de traverser le grand plateau en direction de la crête, vers laquelle, à en croire l'aléthiomètre, s'était dirigé Iorek.

Une longue et pénible journée de marche débuta alors. Une simple formalité pour Will, mais une torture pour Lyra dont les membres étaient encore affaiblis après sa longue léthargie. Malgré tout, elle aurait préféré se faire arracher la langue plutôt que d'avouer qu'elle souffrait. Les dents serrées, boitant et tremblant, elle calquait son pas sur celui du garçon, sans rien dire. C'est seulement lorsqu'ils firent une pause, vers midi, qu'elle s'autorisa à pousser un gémissement, et uniquement parce que Will s'était isolé pour satisfaire un besoin naturel.

Lady Salmakia lui dit alors :

— Repose-toi. Il n'y a pas de honte à être fatiguée.

— Je ne veux pas laisser tomber Will ! Je ne veux pas qu'il pense que je suis faible et que je le retarde.

— Jamais il ne pensera une chose pareille.

— Vous n'en savez rien, répliqua Lyra, sèchement. Vous ne le connaissez pas, et vous ne me connaissez pas, moi non plus.

— Je sais reconnaître l'impertinence, en revanche, répondit la lady sans se départir de son calme, fais ce que je te dis : repose-toi. Garde ton énergie pour marcher.

Lyra se sentait d'humeur rebelle, mais les éperons de la Gallivespienne scintillaient dans le soleil ; elle se tut.

Pendant ce temps, le chevalier avait ouvert l'étui du résonateur à aimant et Lyra l'observa avec intérêt, laissant sa curiosité l'emporter sur sa rancœur. L'instrument ressemblait à un bout de crayon taillé dans une pierre gris anthracite terne, posé sur un bloc de bois. Le chevalier frottait l'extrémité de la pierre avec un minuscule archet, comme un violoniste, tout en appuyant à différents endroits avec ses doigts. Les emplacements n'étaient pas indiqués ; il semblait poser ses doigts au hasard mais, à en juger par l'intensité de son expression et la sûreté de ses mouvements rapides, Lyra comprit que c'était un processus aussi complexe et délicat que la lecture de l'aléthiomètre.

Au bout de plusieurs minutes, l'espion rangea l'archet et prit une paire d'écouteurs, pas plus grands que l'ongle de son auriculaire Il enroula solidement une extrémité du fil autour d'une fiche plantée à un bout de la pierre et enroula le reste autour d'une deuxième fiche située a l'autre bout. En manipulant les deux fiches et en modifiant la tension du fil entre les deux, il obtenait apparemment la réponse à son message.

— Comment ça marche ? demanda-t-elle quand il eut terminé.

Tialys l'observa, comme pour juger si elle était vraiment intéressée, et il dit :

— Vos scientifiques, comment vous les appelez déjà ? Les théologiens expérimentaux ? Bref, ils connaissent certainement un phénomène baptisé l'implication quantique. Ça veut dire que deux particules identiques possèdent absolument les mêmes propriétés, si bien que tout ce qui arrive à l'une des deux arrive forcément à l'autre, au même moment, quelle que soit la distance qui les sépare. Dans notre monde, nous possédons un moyen pour relier toutes les particules d'un aimant banal et pour le couper en deux ensuite, afin que les deux parties résonnent à l'unisson. Simultanément. L'autre partie de cet aimant est entre les mains de Lord Roke, notre commandant. Quand je frotte mon archet sur cette moitié d'aimant, l'autre moitié reproduit exactement le même son et nous pouvons communiquer.

Le chevalier rangea tout son matériel et s'adressa à sa compagne. Celle-ci le rejoignit et ils s'isolèrent pour parler à voix basse, si bien que Lyra n'entendit pas ce qu'ils se disaient, mais Pantalaimon se transforma en chouette et orienta ses grandes oreilles dans leur direction.

Will revint sur ces entrefaites et ils se remirent en route, de plus en plus lentement à mesure que la journée avançait. Ils firent une nouvelle halte à l'entrée d'une vallée rocailleuse, car Will s'aperçut que Lyra était épuisée : elle boitait fortement et son visage était livide.

— Montre-moi tes pieds, lui dit-il. Si tu as des ampoules, je vais te mettre de l'onguent.

Elle avait de grosses cloques, en effet, et laissa Will les enduire de baume bienfaisant à base de mousse, en fermant les yeux et en serrant les dents à cause de la douleur.

Le chevalier s'affairait de son côté avec son résonateur. Après quelques minutes, il le rangea et déclara :

— J'ai indiqué notre position à Lord Roke ; ils nous envoient un gyroptère pour venir nous chercher dès que vous aurez vu votre ami.

Will répondit par un hochement de tête. Lyra ne réagit pas. Elle se releva péniblement, enfila ses chaussettes et ses chaussures en grimaçant et ils se remirent en marche.

Au bout d'une heure, la vallée se retrouva presque entièrement plongée dans l'obscurité, et Will se demandait s'ils allaient trouver un abri avant la tombée de la nuit lorsque, soudain, Lyra poussa un grand cri de soulagement et de joie.

— Iorek ! Iorek !

Elle l'avait aperçu avant Will. L'ours-roi était un peu plus loin, droit devant, immobile ; sa fourrure blanche se fondait dans une étendue de neige mais, quand l'écho porta la voix de Lyra jusqu'à lui, il se retourna, dressa son museau et dévala la pente de la montagne pour les rejoindre.

Il laissa Lyra lui sauter au cou et enfouir son visage dans sa fourrure, et il émit un grognement si profond que Will sentit le sol vibrer sous ses pieds. En un instant, la fillette avait oublié ses ampoules et sa fatigue.

— Oh, Iorek, comme je suis contente ! Je ne pensais pas te revoir un jour, après les événements de Svalbard et tout ce qui s'est passé depuis. M. Scoresby va bien ? Et ton royaume ? Tu es venu tout seul jusqu'ici ?

Les petits espions avaient disparu ; c'était comme s'ils étaient seuls tous les trois, sur cette montagne, au crépuscule : le garçon, la fillette et le grand ours blanc. Iorek offrit son dos à Lyra, et celle-ci y grimpa sans se faire prier, heureuse et fière de trôner sur son cher ami, qui lui fit parcourir ainsi la courte distance qui les séparait de sa grotte.

Préoccupé, Will n'écoutait pas leur discussion, mais il entendit tout à coup la fillette pousser un petit cri de désespoir :

— M. Scoresby ! dit-elle. Oh, non... C'est trop cruel ! Il est vraiment mort ? Tu en es sûr, Iorek ?

— La sorcière m'a dit qu'il était parti en quête d'un dénommé Grumman.

Will tendait l'oreille maintenant, car Baruch et Balthamos lui avaient raconté une partie de cette histoire.

— Que s'est-il passé ? Qui l'a tué ? demanda Lyra d'une voix tremblante.

— Il est mort en combattant. Il a tenu en respect toute une armée de Moscovites pendant que l'autre homme s'enfuyait. J'ai retrouvé son corps. Il est mort courageusement. Je le vengerai.

Lyra ne cherchait pas à retenir ses larmes, et Will ne savait pas quoi dire, car cet homme qu'il ne connaissait pas était mort pour sauver son père et si Lyra et l'ours avaient aimé ce Lee Scoresby, lui ne l'avait jamais connu.

Iorek bifurqua pour se diriger vers l'entrée d'une grotte qui formait une tache noire au milieu de la neige. Will ignorait où étaient les espions, mais il aurait parié qu'ils n'étaient pas loin. Il voulait parler à Lyra, mais pas avant d'avoir localisé les Gallivespiens pour s'assurer qu'ils ne les espionnaient pas.

Il posa son sac à l'entrée de la grotte et s'assit lourdement. Derrière lui, l'ours allumait un feu, sous le regard de Lyra, intriguée malgré son chagrin. Il tenait dans sa patte avant gauche une petite pierre ressemblant à du minerai de fer, qu'il frappa contre une pierre semblable sur le sol, pas plus de trois ou quatre fois. Chaque fois, des étincelles jaillirent dans la direction exacte où Iorek voulait les diriger : vers un petit tas de branches coupées et d'herbe séchée. Très vite, elles s'enflammèrent et, calmement, Iorek empila les bûches les unes sur les autres, jusqu'à ce que le feu crépite joyeusement.

Les enfants l'accueillirent avec bonheur, car il commençait à faire froid. Une autre bonne surprise les attendait : un gros morceau de viande ressemblant à un cuissot de chèvre. Iorek mangeait la viande crue, évidemment, mais il planta le cuissot sur une branche aiguisée et le mit à rôtir au-dessus du feu pour ses deux invités.

— C'est facile de chasser dans ces montagnes, Iorek ? demanda Lyra.

— Non. Mon peuple ne peut pas vivre ici. Je me suis trompé, mais j'ai eu de la chance, car je vous ai retrouvés. Quels sont vos plans maintenant ?

Will balaya la grotte du regard. Ils étaient assis près du feu et les flammes projetaient des reflets jaunes et orange sur la fourrure de l'ours-roi. Toujours aucune trace des deux espions mais, tant pis, il fallait qu'il pose la question :

— Roi Iorek, dit-il, mon couteau est cassé et...

Mais il s'interrompit pour regarder au-delà de l'ours.

— Un instant, dit-il en pointant le doigt vers la paroi de la caverne. Si vous voulez écouter ce qu'on dit, reprit-il en haussant la voix, faites-le ouvertement. Ne nous espionnez pas.

Lyra et Iorek Byrnison se retournèrent pour voir à qui il s'adressait ainsi. Le petit homme sortit de l'obscurité et s'arrêta dans la lumière du feu, perché sur une corniche un peu plus haute que les têtes des enfants. Iorek poussa un grognement.

— Vous n'avez pas demandé à Iorek Byrnison la permission d'entrer dans sa grotte, dit Will. C'est un roi, et vous n'êtes qu'un espion. Vous devriez être plus respectueux.

Lyra buvait du petit-lait. Elle regardait son ami avec ravissement ; il était rempli de fureur et de mépris.

Le chevalier avait les yeux fixés sur Will, lui non plus n'était pas content, visiblement.

— Nous vous avons fait confiance, dit-il. Vous nous avez trompés, c'est déshonorant.

Will se leva. « Son dæmon, s'il en avait eu un, se dit Lyra, aurait pris l'apparence d'un tigre », et elle eut un mouvement de recul instinctif face à la colère de cet animal féroce qu'elle imaginait.

— Nous vous avons trompés, car c'était nécessaire, dit-il. Auriez-vous accepté de venir jusqu'ici en sachant que le couteau était cassé ? Non, bien sûr que non. Vous auriez utilisé votre poison pour nous endormir et ensuite, vous auriez appelé des renforts pour nous kidnapper et nous amener à Lord Asriel. Nous étions obligés de vous duper, Tialys ; il faudra vous faire une raison.

Iorek Byrnison intervint :

— Qui sont ces gens ?

— Des espions, dit Will, Envoyés par Lord Asriel. Ils nous ont aidés à nous enfuir hier mais, s'ils sont de notre côté comme ils l'affirment, ils ne devraient pas se cacher pour nous surveiller. S'ils agissent ainsi, ils sont les plus mal placés pour parler de déshonneur.

Le regard de l'espion était si féroce qu'il semblait prêt à s'en prendre à Iorek lui-même, sans parler du pauvre Will, maintenant désarmé. Mais Tialys était dans son tort, et il le savait. Il ne put que s'incliner et présenter ses excuses.

— Votre Majesté... dit-il à l'adresse d'Iorek, qui répondit par un grognement.

Les yeux du chevalier lançaient des éclairs de

haine destinés à Will ; il regardait Lyra avec méfiance et Iorek avec un respect glacial et prudent. La netteté de ses traits soulignait chacune de ses expressions, comme s'il était éclairé par un projecteur. Lady Salmakia émergea à son tour de l'obscurité, à ses côtés. Ignorant totalement les deux enfants, elle fit une révérence devant l'ours-roi.

— Pardonnez-nous, dit-elle à Iorek. L'habitude de la dissimulation ne se perd pas facilement. Mon compagnon le chevalier Tialys et moi-même, Lady Salmakia, évoluons en secret au milieu de nos ennemis depuis si longtemps, que par pure habitude nous avons omis de vous présenter nos hommages. Nous accompagnons ce garçon et cette fille pour nous assurer qu'ils arriveront sains et saufs jusqu'à Lord Asriel. Nous n'avons pas d'autre but, et certainement aucune intention malveillante à votre égard, roi Iorek Byrnison.

Si l'ours se demandait comment deux êtres aussi minuscules auraient pu lui faire du mal, il n'en laissa rien paraître ; son expression était indéchiffrable, comme toujours. Lui aussi possédait le sens des convenances et cette lady s'était exprimée de manière respectueuse.

— Venez près du feu, dit-il. Il y a largement de quoi manger si vous avez faim. Will, tu avais commencé à parler de ton couteau...

— Oui. Je ne pensais pas que ça pourrait arriver un jour, mais il s'est cassé. Et l'aléthiomètre a dit à Lyra que vous pourriez le réparer. J'aurais voulu vous le demander de manière plus polie, mais tout est dit : pouvez-vous le réparer, Iorek ?

— Montre-moi.

Will renversa le fourreau et le secoua pour faire dégringoler tous les morceaux sur le sol de pierre, et il les disposa soigneusement pour reconstituer le couteau et vérifier qu'il n'en manquait aucun. Lyra prit une branche enflammée pour éclairer la scène et Iorek se pencha afin d'examiner attentivement chaque morceau, qu'il manipula avec délicatesse entre ses griffes massives pour juger des dégâts. Will était émerveillé par la dextérité de ses grosses pattes noires.

Finalement, Iorek se redressa et tendit son museau vers la voûte obscure de la caverne.

— Oui, dit-il pour répondre à la question de Will, sans rien ajouter.

Lyra comprenait le sens véritable de cette réponse, c'est pourquoi elle demanda :

— Tu peux le faire, mais le feras-tu, Iorek ? Tu ne peux imaginer combien c'est important. Si on ne peut pas réparer le couteau, on va avoir de gros ennuis, et pas seulement nous...

— Je n'aime pas ce couteau, dit l'ours. J'ai peur de ce qu'il peut faire. Je n'ai jamais rien connu d'aussi dangereux. Les machines de guerre les plus mortelles sont des jouets inoffensifs à côté de ce poignard. Le mal qu'il peut causer ne connaît pas de limites. Il aurait été mille fois préférable qu'il ne fût jamais fabriqué.

— Mais grâce à lui... commença Will.

Iorek lui coupa la parole.

— Grâce à lui, tu peux accomplir des choses étranges. Ce que tu ignores, c'est ce qu'il peut accomplir de son propre chef. Tes intentions sont peut-être louables. Mais le couteau poursuit un but, lui aussi.

— Comment est-ce possible ? demanda Will.

— Le but d'un outil est sa fonction. Ainsi, un marteau est fait pour taper, une vis est faite pour fixer, un levier est fait pour soulever. Ils sont ce qu'ils font. Mais, parfois, un outil peut avoir d'autres usages, que tu ignores. Parfois, en accomplissant ton objectif, tu accomplis aussi celui du poignard, sans le savoir. Vois-tu l'extrémité du fil de cette lame ?

— Non, répondit-il, car c'était la vérité : le fil de la lame était si fin que l'œil ne pouvait le distinguer.

— Alors, comment peux-tu savoir tout ce dont il est capable ?

— Je ne peux pas. Mais je dois quand même m'en servir et faire tout mon possible pour qu'il en résulte de bonnes actions. Si je ne faisais rien, je ne serais pas seulement inutile, je serais coupable.

Lyra suivait attentivement cette discussion et voyant qu'Iorek demeurait intraitable, elle dit :

— Iorek, tu as vu à quel point ces gens de Bolvangar étaient mauvais. Si on ne gagne pas, ils continueront. De plus le couteau risque de tomber entre leurs mains. Quand j'ai fait ta connaissance, nous ignorions son existence, comme tout le monde. Mais maintenant que nous savons qu'il existe, nous devons l'utiliser. Il est impossible de faire autrement. Ce serait une preuve de faiblesse, et une grave erreur ; car cela reviendrait à leur dire : « Allez-y, servez-vous de ce poignard, faites-en ce que vous voulez. » C'est vrai, on ne sait pas ce qu'il est capable de faire, mais je peux interroger l'aléthiomètre. Comme ça, nous serons fixés. Et nous pourrons réfléchir concrètement, au lieu de faire des suppositions et de nous laisser mener par la peur.

Will ne voulait pas évoquer une autre raison, plus personnelle, et plus pressante : si le couteau n'était pas réparé, il ne pourrait jamais retourner chez lui, il ne reverrait plus sa mère ; elle ne saurait jamais ce qui s'était passé, elle croirait qu'il l'avait abandonnée, comme son père avant lui. Ce couteau était directement responsable de leur départ de la maison. Il devait s'en servir pour retourner vers elle ou, sinon, il ne se le pardonnerait jamais.

Iorek Byrnison resta muet un long moment, puis il tourna la tête pour scruter l'obscurité. Enfin, il se dressa lentement sur ses pattes arrière, marcha jusqu'à l'entrée de la grotte et leva la tête vers les étoiles : certaines étaient semblables à celles qu'il voyait dans le Nord, d'autres lui étaient étrangères.

Dans son dos, Lyra tournait la viande au-dessus des flammes, pendant que Will examinait ses blessures pour voir si elles guérissaient. Tialys et Salmakia étaient assis sur leur corniche, muets.

Soudain, Iorek se retourna.

— Très bien, dit-il, je réparerai ce couteau. Mais à une condition. Tout en sachant que je commets une erreur. Mon peuple n'a pas de dieux, pas de fantômes ni de dæmons. On vit, on meurt, et c'est tout. Les affaires humaines ne nous apportent que tristesse et tracas, mais nous avons le langage, nous faisons la guerre et nous utilisons des outils ; peut-être devrions-nous choisir notre camp. Toutefois, il est bon de connaître le fond des choses. Lyra, consulte ton instrument. Réfléchis bien à ce que tu lui demandes. Si, ensuite, tu le souhaites toujours, je réparerai le couteau.

Sans plus attendre, elle sortit l'aléthiomètre et s'approcha du feu pour mieux voir les symboles du cadran. L'opération lui prit plus longtemps que d'habitude et quand, enfin, elle s'arracha à sa transe en clignant des yeux et en soupirant, un trouble profond se lisait sur son visage.

— Je n'ai jamais vu l'aléthiomètre si déconcerté, déclara-t-elle. Il a dit un tas de choses. Mais je crois avoir compris. Je crois. Il a d'abord parlé d'équilibre. Il a dit que le couteau pouvait faire le mal ou le bien, mais l'équilibre était si fragile, si délicat, que la moindre pensée, le moindre souhait pouvait le faire pencher d'un côté ou de l'autre... Et il parlait de toi, Will ; il parlait de tes pensées et de tes souhaits. Seulement, il n'a pas précisé ce qu'était une bonne ou une mauvaise pensée. Et, pour finir, il a dit oui, ajouta-t-elle en jetant un regard appuyé aux espions. Il a dit qu'il fallait réparer le couteau.

Iorek la regardait fixement ; il se contenta de hocher la tête, une seule fois.

Tialys et Salmakia descendirent de leur perchoir pour assister à l'opération, et Lyra demanda :

— As-tu besoin de plus de bois, Iorek ? Will et moi, on peut aller en chercher.

Will comprit la manœuvre : loin des deux espions, ils pourraient parler librement.

Iorek répondit :

— Sous le premier éperon rocheux, sur le chemin, il y a un buisson de résineux. Rapportez autant de bois que vous le pourrez.

Lyra se leva d'un bond et Will lui emboîta le pas.

La lune scintillait, le chemin dessinait un tapis d'empreintes embrouillées dans la neige, l'air était froid et pénétrant. Les deux enfants se sentaient revigorés, pleins d'espoir et de vie. Ils attendirent d'être à bonne distance de la grotte pour parler.

— Qu'a-t-il dit, à part ça ? demanda Will en parlant de l'aléthiomètre.

— Il a dit des choses que je n'ai pas comprises sur le moment, et que je ne comprends toujours pas. Il a dit que le couteau causerait la mort de la Poussière, mais il a dit aussi que ce serait le seul moyen de maintenir la Poussière en vie. Je n'ai pas compris, Will. En tout cas, il a répété que c'était dangereux ; il n'arrêtait pas de dire ça. Il a dit aussi que si on allait... enfin, tu vois... le truc dont je t'ai parlé...

— Si on va dans le monde des morts...

— Oui. Il dit qu'on ne reviendrait peut-être jamais si on s'aventurait là-bas, Will. Il se peut qu'on ne survive pas.

Il ne dit rien. Ils marchaient d'un pas moins énergique maintenant ; ils guettaient le buisson dont leur avait parlé Iorek et, surtout, ils pensaient à ce qu'ils allaient peut-être entreprendre.

— On n'a pas le choix, dit-il finalement.

— Je ne sais pas.

— Si, on sait. Il faut que tu parles à Roger, et moi, il faut que je parle à mon père. Il le faut.

— J'ai peur, avoua-t-elle.

Will savait qu'elle n'avait jamais fait cet aveu à qui que ce soit.

— L'aléthiomètre a-t-il dit ce qui arriverait si on ne le faisait pas ? demanda-t-il.

— Il a juste parlé de vide. De néant. Je n'ai pas vraiment bien compris, Will. Mais je pense qu'il voulait dire que, même si c'est dangereux, on doit essayer de sauver Roger. Mais ce ne sera pas comme la fois où je l'ai sauvé à Bolvangar. Je ne savais pas ce que je faisais, pas à ce moment-là. Je suis partie comme ça, sans réfléchir, et j'ai eu de la chance. Il y avait toutes sortes de personnes pour m'aider, comme les gitans et les sorcières. Là où nous devons aller, il n'y aura personne pour nous aider. Dans mon rêve, j'ai vu... Cet endroit... C'était plus horrible encore que Bolvangar. C'est pour ça que j'ai peur.

— Ce qui me fait peur, à moi, dit Will après un long silence, c'est de rester bloqué quelque part, et de ne jamais revoir ma mère.

Un souvenir lui revint en mémoire : il était très jeune, c'était avant que les ennuis de sa mère commencent, il était malade. Toute la nuit, semblait-il, elle était restée à son chevet dans le noir, à chanter des berceuses, à lui raconter des histoires ; tant qu'il entendait sa voix adorée, Will savait qu'il ne pouvait rien lui arriver. À son tour, il ne pouvait pas l'abandonner. Il ne pouvait pas ! Il veillerait sur elle toute sa vie s'il le fallait.

Comme si Lyra pouvait lire dans ses pensées, elle dit, avec ferveur :

— C'est vrai, ce serait affreux... Tu sais, au sujet de ma mère, je n'avais jamais pris conscience que... J'ai grandi seule, en vérité. Je ne me souviens pas que quelqu'un m'ait jamais tenue ou bercée dans ses bras ; aussi loin que je m'en souvienne, j'ai toujours été seule avec Pan... Je n'ai pas le souvenir d'avoir été dorlotée par Mme Lonsdale ; c'était la Gouvernante de Jordan College. Tout ce qui l'intéressait, c'était que je sois propre, elle ne pensait qu'à ça, et aux bonnes manières... Mais dans cette caverne, Will, j'ai vraiment eu l'impression... oh, c'est bizarre, je sais que ma mère a fait des choses affreuses, mais j'ai vraiment eu le sentiment qu'elle m'aimait et qu'elle veillait sur moi... Comme je ne me réveillais pas, elle croyait sans doute que j'allais mourir ; elle devait penser que j'étais malade. En tout cas, elle n'a pas cessé de veiller sur moi. Je me souviens de m'être réveillée une ou deux fois, et elle me tenait dans ses bras... Ça, je m'en souviens, j'en suis sûre... J'aurais fait la même chose à sa place, si j'avais eu un enfant.

« Ainsi, elle ne savait pas pourquoi elle était restée endormie si longtemps », pensa Will. Devait-il le lui dire et trahir ses souvenirs, même s'ils étaient faux ? Non, évidemment.

— C'est le buisson ? demanda-t-elle.

Le clair de lune était si brillant qu'il éclairait chaque feuille. Will arracha une branche et l'odeur de résine s'imprégna de manière tenace sur ses doigts.

— On ne dira rien à ces deux petits espions, hein ? ajouta-t-elle.

Ils ramassèrent des brassées de branches et les emportèrent à la grotte.

15
La forge

> Alors que je marchais au milieu des flammes de l'enfer, enchanté par les plaisirs du génie...
>
> William Blake

Au même moment, les Gallivespiens, après avoir conclu une paix méfiante avec Iorek Byrnison, étaient remontés sur leur corniche pour se mettre à l'abri et, tandis que le crépitement et le grondement du feu emplissaient la grotte, Tialys glissa à Lady Salmakia :

— Nous ne devons pas quitter le garçon d'une semelle. Dès que le couteau sera réparé, nous devons le suivre comme son ombre.

— Il est trop vif. Il nous a à l'œil, lui aussi, répondit sa compagne. La fillette est plus confiante. Je crois que nous avons plus de chances de l'amadouer. Elle est innocente, elle se lie facilement avec les gens. Concentrons nos efforts sur elle.

— Mais c'est le garçon qui détient le couteau. Lui seul sait s'en servir.

— Il n'ira nulle part sans elle.

— Mais elle est obligée de le suivre, puisque c'est lui qui a le couteau. Et je pense que dès qu'il sera réparé, ils s'en serviront pour se faufiler dans un autre monde, afin de nous fausser compagnie. As-tu remarqué comment il l'a fait taire tout à l'heure ? Ils ont un objectif secret, et il est différent du nôtre.

— Nous verrons bien. Mais je crois que tu as raison, Tialys. Nous devons rester coûte que coûte à proximité du garçon.

Tous deux regardèrent avec un certain scepticisme Iorek Byrnison préparer les outils de son atelier improvisé. Les robustes ouvriers qui travaillaient dans les fabriques d'armes situées sous la forteresse de Lord Asriel, avec leurs gigantesques fourneaux et leurs laminoirs, leurs forges ambariques et leurs presses hydrauliques, auraient ri de ce simple feu de bois, du marteau de pierre et de cette enclume faite d'un morceau d'armure. Mais l'ours avait pris la mesure de la tâche à accomplir et, devant la dextérité de ses gestes, les deux petits espions devinèrent l'existence d'un savoir-faire magistral qui étouffa leurs sarcasmes.

Quand Lyra et Will revinrent avec les branches, Iorek leur ordonna de les poser délicatement sur le feu. Mais avant cela, il examina chaque branche, puis il expliqua aux enfants de quelle façon les disposer. Pour certaines. il leur demanda d'en casser un morceau et de le mettre de côté Le résultat fut un feu d'une extraordinaire puissance, dont toute l'énergie était volontairement concentrée sur un seul côté.

Il régnait maintenant à l'intérieur de la grotte une chaleur suffocante. Malgré tout, Iorek continuait d'alimenter le foyer et il chargea les enfants d'effectuer deux autres voyages jusqu'au buisson de résineux, pour être certain de ne pas manquer de bois au cours de l'opération.

L'ours retourna ensuite une petite pierre sur le sol et demanda à Lyra d'en trouver d'autres, identiques. Ces pierres, expliqua-t-il, une fois chauffées, dégageaient un gaz qui envelopperait la lame et la protégerait de l'air car, si le métal chaud entrait en contact avec l'air, il en absorberait une partie et s'en trouverait affaibli.

Lyra partit donc en quête des pierres et, avec l'aide des yeux de chouette de Pantalaimon, elle en rapporta rapidement une douzaine. Iorek lui indiqua où et comment les disposer, puis il lui expliqua en détail de quelle manière elle devait agiter une branche feuillue au-dessus des pierres, pour que leur gaz se répande de manière uniforme autour de l'objet à réparer.

Will, quant à lui, fut nommé responsable du feu, et Iorek passa plusieurs minutes à s'assurer qu'il avait bien compris les principes qu'il devrait appliquer. La position du combustible constituait un élément capital de l'opération, et l'ours ne pourrait pas s'arrêter pour rectifier chaque erreur : Will devait d'abord comprendre, ensuite il ferait ce qu'on attendait de lui.

En outre, ajouta Iorek, il ne devait pas espérer que le couteau, une fois réparé, ressemble exactement à ce qu'il était avant. Pour commencer, il serait un peu plus court, car chaque morceau de la lame devrait chevaucher très légèrement son voisin, afin qu'on puisse les souder ; la surface serait oxydée, et les reflets multicolores du métal ne seraient plus aussi fascinants. Quant au manche, il serait certainement noirci. Mais la lame serait toujours aussi tranchante et efficace.

Will ne quittait pas des yeux les flammes qui dévoraient bruyamment les branches résineuses , les larmes aux yeux et les mains roussies, il ajoutait les branches l'une après l'autre, jusqu'à ce que la chaleur atteigne le niveau voulu par Iorek.

Pendant ce temps, celui-ci martelait une pierre de la taille d'un poing d'adulte, après en avoir rejeté plusieurs jusqu'à ce qu'il trouve celle qui avait le bon poids. À grands coups d'une autre pierre, il la façonnait et la lissait ; l'odeur de cordite provoquée par le choc se mêlait à la fumée dans les narines des deux espions, qui, de la corniche, assistaient à la scène. Même Pantalaimon participait aux manœuvres : il s'était transformé en corbeau, afin de battre des ailes et d'attiser le feu.

Enfin satisfait par la forme de son marteau de pierre, Iorek déposa les deux premiers morceaux du poignard subtil au milieu des braises rougeoyantes, au cœur du feu, et il demanda à Lyra de diriger sur eux le gaz qui émanait des pierres avec sa branche. L'ours était concentré sur le feu ; son long museau blanc rougeoyait dans la lueur du brasier. Will vit la surface du métal virer au rouge, puis au jaune, avant de blanchir.

La patte tendue, Iorek se tenait prêt à sortir les morceaux du feu. Au bout d'un instant, le métal changea à nouveau d'aspect : la surface devint brillante, et des étincelles en jaillirent, semblables à celles d'un feu d'artifice.

Ce fut le moment qu'il choisit pour intervenir. Sa patte droite jaillit pour récupérer un premier morceau, puis l'autre, qu'il tint entre les extrémités de ses grosses griffes et déposa sur la plaque de fer qui était en réalité la partie dorsale de son armure. Will sentait l'odeur de roussi des griffes, mais Iorek n'y prêtait même pas attention et, avec une rapidité extraordinaire, il ajusta au millimètre près l'angle de chevauchement des deux pièces de métal, puis il leva sa patte gauche, très haut, et frappa avec le marteau de pierre.

La pointe de la lame rebondit sur l'enclume sous la violence du coup. À cet instant, Will songeait que le restant de sa vie dépendait du sort de ce petit triangle de métal, cette pointe qui sondait les interstices entre les atomes, et tous ses nerfs vibraient, il sentait vaciller chaque flamme, la libération de chaque atome dans le quadrillage du métal. Avant d'assister à cette opération, il avait cru que seuls un gigantesque fourneau, les outils et le matériel les plus performants pouvaient réparer cette lame, mais il comprenait maintenant qu'il avait devant les yeux les meilleurs outils qu'on puisse trouver, et que le savoir-faire d'Iorek avait construit le meilleur des fourneaux.

La voix rugissante de l'ours couvrit les bruits métalliques :

— Soude-le avec ton esprit ! Toi aussi tu dois le forger ! Cette tâche est la tienne autant que la mienne !

Will sentit tout son être frémir sous les coups du marteau de pierre que l'ours serrait dans sa patte. Un autre morceau de la lame chauffait à son tour et, à l'aide de sa branche, Lyra maintenait le nuage de gaz chaud qui l'enveloppait et repoussait l'air dévoreur de métal. Will avait conscience de tout cela, il sentait les atomes de métal se lier entre eux, d'un bord à l'autre de la fracture, pour former de nouveaux cristaux, se renforçant et se redressant au sein de ce treillis invisible à mesure que la soudure prenait.

— Le fil de la lame ! rugit Iorek. Maintiens le fil bien droit !

Par la pensée, voulait-il dire ; Will s'exécuta aussitôt, sentant peu à peu les minuscules accrocs s'atténuer, puis disparaître lorsque les deux fils s'alignèrent à la perfection. Une fois la soudure effectuée, Iorek passa au morceau suivant.

— Une nouvelle pierre ! lança-t-il à Lyra, qui

chassa la première avec son pied, pour en faire chauffer une autre.

Will vérifia l'état du feu et brisa une ou deux branches afin de rectifier légèrement l'orientation des flammes, et Iorek se remit à marteler le métal. Will comprit qu'une difficulté nouvelle venait s'ajouter désormais à sa tâche, car il devait maintenir le nouveau morceau en parfaite harmonie avec les deux précédents, toujours par la pensée, et c'était seulement en agissant avec la plus grande précision, se disait-il, qu'il pourrait aider Iorek à réparer le couteau.

Le fastidieux travail se poursuivit, sans qu'il puisse dire combien de temps cela dura. Lyra, de son côté, avait mal aux bras, ses yeux ruisselaient de larmes, sa peau était brûlante, cramoisie, chacun de ses os était endolori par la fatigue ; malgré tout, elle continuait à placer chaque pierre à l'endroit que lui avait indiqué Iorek, et Pantalaimon, épuisé lui aussi, continuait à battre des ailes au-dessus des flammes pour les attiser.

Quand vint le moment d'effectuer la dernière soudure, Will avait la tête qui tournait et l'effort mental qu'il devait fournir l'avait totalement vidé, au point qu'il pouvait à peine soulever les branches pour les poser sur le feu. Il devait comprendre chaque raccord, faute de quoi, quand viendrait la dernière soudure, la plus complexe, celle qui permettrait de fixer la lame presque reconstituée sur le fragment de métal encore solidaire du manche, s'il ne parvenait pas à maintenir, par un effort de volonté, la cohésion de l'ensemble, alors le couteau se briserait, comme si Iorek n'avait rien fait.

L'ours en était conscient, lui aussi, c'est pourquoi il marqua une pause avant de chauffer le dernier morceau. Il regarda Will et, dans ses yeux, le garçon ne vit absolument rien, aucune expression, uniquement une lumière noire et insondable. Mais il comprenait le message : c'était un travail difficile, pénible, mais ils étaient tous à la hauteur de la tâche.

C'était suffisant pour Will ; il reporta son attention sur le feu et projeta ses pensées vers l'extrémité brisée du manche, et se prépara mentalement pour l'ultime étape de la réparation, la plus ardue.

C'est ainsi qu'Iorek, Lyra et lui forgèrent à eux trois le couteau. Combien de temps il fallut pour effectuer la dernière soudure, il n'aurait su le dire, mais lorsque l'ours donna le dernier coup de marteau, et que Will sentit l'ultime et minuscule ajustement des atomes qui se rassemblaient de part et d'autre de la fracture, il s'assit lourdement sur le sol de la grotte et se laissa submerger par la fatigue. Tout près de lui, Lyra était dans le même état : ses yeux étaient vitreux et rougis, ses cheveux noirs de suie et de fumée. Iorek lui-même restait immobile, la tête baissée ; sa fourrure était roussie à plusieurs endroits, des traînées de cendre zébraient de noir ses poils épais couleur crème.

Pendant tout ce temps, Tialys et Salmakia avaient dormi à tour de rôle, pour que l'un d'eux reste éveillé en permanence. Lorsque la lame du couteau passa du rouge au gris, avant de retrouver sa couleur argentée à mesure qu'elle refroidissait, et lorsque Will tendit la main vers le manche, Lady Salmakia, qui veillait, posa sa main sur l'épaule de son compagnon. Celui-ci reprit immédiatement ses esprits.

Mais le garçon ne toucha pas le couteau. Il en approcha simplement sa paume : la chaleur était encore trop intense. Les deux espions se détendirent sur leur corniche, tandis qu'Iorek disait à Will :

— Sortons.

Il s'adressa ensuite à Lyra :

— Reste ici, et surtout ne touche pas au couteau.

Elle était assise à côté de l'enclume sur laquelle le poignard refroidissait ; Iorek lui ordonna d'entretenir le feu pour ne pas le laisser mourir, car il restait une dernière opération à effectuer.

Will suivit l'ours-roi dans l'obscurité de la montagne. Le froid mordant le saisit immédiatement, après la chaleur infernale qui régnait dans la caverne.

— Ils n'auraient pas dû fabriquer ce couteau, dit Iorek, après qu'ils se furent éloignés. Peut-être ai-je eu tort de le réparer. Je suis troublé, c'est une chose qui ne m'est jamais arrivée.

Jamais je n'ai douté. Aujourd'hui, l'incertitude m'habite. Le doute est une pensée humaine, un ours ne doute pas. Si je suis en train de devenir humain, quelque chose ne va pas. Il y a un problème. Et j'ai aggravé les choses.

— Quand le premier ours a fabriqué la première armure, n'était-ce pas une mauvaise action également ?

Iorek ne répondit pas. Ils continuèrent à marcher jusqu'à ce qu'ils atteignent une vaste étendue de neige. L'ours s'y allongea et s'y roula avec volupté, faisant jaillir des gerbes de flocons blancs dans la nuit. On aurait dit que lui-même était fait de neige ; il était l'incarnation de toute la neige du monde.

Quand il eut fini, il se remit sur ses quatre pattes et s'ébroua vigoureusement. Voyant que Will attendait toujours une réponse, il dit :

— Tu as peut-être raison. Mais avant l'apparition du premier ours en armure, il n'y en avait pas d'autres. On ignore tout de ce qui existait avant. C'est à ce moment-là que la coutume est née. Nous connaissons nos coutumes ; elles sont solides et fermement ancrées, nous les suivons de manière immuable. La nature de l'ours est faible sans coutumes, comme la chair de l'ours est fragile sans armure. Mais je crois avoir trahi ma nature d'ours en réparant ce couteau. Je crois avoir été aussi fou qu'Iofur Raknison. Seul le temps nous le dira. Mais je suis inquiet et perplexe. Explique-moi une chose maintenant : pourquoi le couteau s'est-il brisé ?

Will massa à deux mains sa tête douloureuse.

— Quand cette femme m'a regardé, j'ai cru voir le visage de ma mère, répondit-il en s'efforçant de se remémorer cette expérience avec le maximum de sincérité. Le couteau a rencontré une chose qu'il ne pouvait pas découper, et parce que mon esprit enfonçait la lame en même temps qu'il essayait de la retirer, il s'est brisé. Voilà ce que je pense. Cette femme savait ce qu'elle faisait, j'en suis sûr. Elle est très intelligente.

— Quand tu parles du couteau, tu parles de ta mère et de ton père.

— Ah bon ? Oui... peut-être.

— Que vas-tu faire avec ce couteau maintenant ?

— Je ne sais pas.

Iorek se jeta soudain sur Will et lui décocha une gifle de sa patte gauche ; un coup si violent que, sonné, le garçon tomba dans la neige et roula sur lui-même jusqu'au milieu de la pente, la tête bourdonnante.

Iorek descendit lentement pour le rejoindre alors qu'il se relevait avec difficulté, et dit :

— Réponds-moi franchement.

Will fut tenté de répondre : « Vous n'auriez pas osé faire ça, si j'avais eu le couteau dans la main. » Mais il savait qu'Iorek le savait, et qu'il savait qu'il le savait ; ce serait une remarque discourtoise et stupide, mais la tentation était grande.

Il tint sa langue jusqu'à ce qu'il se retrouve face à l'ours, les yeux dans les yeux.

— J'ai dit que je ne savais pas, articula-t-il en essayant de maîtriser le tremblement de sa voix, car je n'ai pas encore bien réfléchi à ce que j'allais faire. Je parle des implications. Ça me fait peur. Et à Lyra, également. Malgré tout, j'ai accepté dès qu'elle m'en a parlé.

— Accepté quoi ?

— Nous voulons aller dans le monde des morts pour parler au fantôme de l'ami de Lyra, Roger, celui qui a été tué à Svalbard. Et, s'il existe réellement un monde des morts, mon père y sera, lui aussi et, s'il est possible de communiquer avec les fantômes, je veux lui parler. Mais je suis partagé, ajouta Will après une courte pause, car je veux aussi retourner chez moi pour veiller sur ma mère, mais l'ange Balthamos m'a également dit que je devais me rendre auprès de Lord Asriel pour lui remettre le couteau, et je me dis qu'il a peut-être raison...

— Il s'est enfui, dit l'ours.

— Ce n'était pas un guerrier. Il a fait tout son possible mais il n'a pas pu tenir jusqu'au bout. D'ailleurs, il n'était pas le seul à avoir peur. Moi aussi, j'ai peur. Je dois bien réfléchir à toutes les conséquences de mes actes. Parfois, on ne fait pas le bon choix, car la mauvaise solution paraît plus dangereuse que la bonne, et personne ne veut donner l'impression d'avoir peur. On se préoccupe davantage de ne pas passer pour des froussards que d'émettre un bon jugement. Tout cela est très compliqué. Voilà pourquoi je n'ai pas répondu à votre question.

— Je vois, dit l'ours.

Ils restèrent muets pendant un long moment, une éternité aux yeux de Will, qui n'était pas vêtu pour lutter contre le froid mordant. Mais Iorek n'avait pas terminé, et le garçon était encore affaibli et désorienté par la gifle ; il ne faisait pas confiance à ses jambes, alors ils restèrent où ils étaient.

— Je me suis compromis à bien des égards, dit l'ours-roi. Peut-être qu'en te venant en aide, j'ai causé la destruction totale de mon royaume. Mais peut-être pas, peut-être que cette destruction était déjà programmée, peut-être qu'au contraire je l'ai retardée. Voilà pourquoi je suis si troublé : je suis obligé de faire des choses indignes d'un ours, de spéculer et de douter comme un homme. Je te dirai une seule chose. Tu le sais déjà, mais tu refuses de l'admettre, c'est pourquoi je te le dis franchement, pour que ce soit bien clair. Si tu veux réussir dans ta tâche, tu ne dois plus penser à ta mère. Tu dois la mettre de côté. Si jamais ton esprit est divisé, le couteau se brisera de nouveau. Je vais faire mes adieux à Lyra. Tu attendras dans la grotte ; ces deux espions ne te quitteront pas des yeux, et je ne veux pas qu'ils écoutent ce que j'ai à lui dire.

Will ne savait quoi répondre. Alors que sa poitrine et sa gorge étaient pleines de mots, il ne parvint qu'à articuler :

— Merci, Iorek Byrnison.

Rien d'autre.

Il remonta en compagnie de l'ours-roi jusqu'à la grotte, où brillait encore la lueur chaleureuse du feu, au milieu des ténèbres environnantes.

Iorek se prépara alors à accomplir l'ultime opération qui achèverait la réparation du couteau. Il le déposa au milieu des braises incandescentes jusqu'à ce que la lame se mette à rougeoyer ; Will et Lyra virent alors des centaines de couleurs tournoyer dans les profondeurs enfumées du métal et, lorsque Iorek jugea que le moment était venu, il ordonna à Will de prendre le couteau, de sortir et de le plonger dans la neige.

Le manche en bois de rose était carbonisé, brûlant, mais le garçon enveloppa sa main dans sa chemise et fit ce que lui demandait Iorek. Dans le sifflement et le flamboiement de la vapeur, il sentit les atomes s'assembler de manière définitive, et il sut que le poignard avait retrouvé tous ses pouvoirs.

Mais il n'avait plus le même aspect. Il était plus court et beaucoup moins élégant ; une pellicule argentée, mate, recouvrait les points de soudure. Bref, il était laid ; il avait l'air de ce qu'il était : un objet blessé.

Quand le couteau eut suffisamment refroidi, il

le rangea dans son sac et s'assit, sans se soucier des espions, en attendant le retour de Lyra.

Iorek avait emmené la fillette un peu plus haut, à l'abri des regards, et là, il l'avait laissée se blottir au creux de ses pattes puissantes, Pantalaimon, transformé en souris, lové sur sa poitrine. Il pencha sa tête vers elle et, avec la pointe de son museau, il appuya sur ses mains légèrement brûlées. Sans un mot, il entreprit de les lécher ; sa langue avait un effet apaisant sur ses brûlures, et jamais elle ne s'était sentie plus en sécurité de toute sa vie.

Dès que ses mains furent débarrassées de toute trace de suie, Iorek parla. La fillette sentait sa voix résonner contre son dos.

— Lyra Parle-d'Or, quelle est cette idée de rendre visite aux morts ?

— Elle m'est venue dans un rêve, Iorek. J'ai vu le fantôme de Roger, et j'ai compris qu'il m'appelait... Tu te souviens de Roger ? Juste après que tu nous as quittés, il a été tué à cause de moi. En tout cas, j'ai eu ce sentiment. Et maintenant, je me dis que je dois terminer ce que j'ai commencé : je vais aller lui demander pardon et, si je le peux, je le sauverai. Si Will peut ouvrir une porte sur le monde des morts, nous devons le faire.

— Pouvoir, ce n'est pas la même chose que devoir.

— Si on doit faire quelque chose et qu'on peut le faire, on n'a aucune excuse.

— Tant que tu es vivante, ta principale préoccupation doit être de rester en vie.

— Non, Iorek, répondit-elle doucement, mais avec conviction. Nous devons avant tout tenir nos promesses, même si c'est difficile. Tu sais, au fond de moi, je suis morte de peur. J'aurais préféré n'avoir jamais fait ce rêve, j'aurais préféré que Will n'ait pas l'idée d'utiliser le couteau pour se rendre là-bas. Mais c'est ainsi, et on ne peut pas faire autrement.

Lyra sentait Pantalaimon trembler contre elle et elle le caressa avec ses mains encore douloureuses.

— Seulement, on ne sait pas comment s'y rendre, reprit-elle. Tant qu'on n'aura pas essayé, on ne saura rien. Et toi, Iorek, que vas-tu faire ?

— Je vais retourner dans le Nord, avec mon peuple. On ne peut pas vivre dans ces montagnes. Même la neige est différente ici. J'ai cru que nous pourrions nous adapter à cet endroit, mais nous survivrons plus facilement dans la mer, même si elle se réchauffe. La leçon en valait la peine, malgré tout. D'ailleurs, je crois qu'on aura bientôt besoin de nous. Je sens venir la guerre, Lyra Parle-d'Or ; je la flaire, je l'entends. J'ai parlé à Serafina Pekkala avant de venir ici ; elle m'a dit qu'elle partait rejoindre Lord Faa et les gitans. Si une guerre éclate, on aura besoin de nous.

Lyra se redressa entre les pattes de l'ours, tout excitée, en entendant prononcer les noms de ses vieux amis. Mais Iorek n'avait pas fini :

— Si tu ne trouves pas le moyen de ressortir du monde des morts, nous ne nous reverrons plus jamais, car je n'ai pas de fantôme. Mon corps restera sur terre et, peu à peu, il s'y désintégrera. Mais si jamais nous survivons, toi et moi, sache que tu seras toujours une invitée d'honneur à Svalbard, et il en va de même pour Will. T'a-t-il raconté dans quelles circonstances nous nous sommes rencontrés ?

— Non, dit Lyra. Je sais seulement que ça s'est passé au bord d'un fleuve.

— Il m'a affronté ouvertement. Je croyais que personne n'oserait jamais faire une chose pareille, mais ce jeune garçon était trop intrépide pour moi, trop intelligent. Ton plan ne me plaît pas, mais ce garçon est la seule personne avec laquelle je te laisserai partir en toute confiance. Vous êtes dignes l'un de l'autre. Bonne route, Lyra Parle-d'Or, mon amie.

Elle se redressa pour nouer ses bras autour du cou de l'ours et enfouir son visage dans son épaisse fourrure, trop émue pour parler.

Au bout d'une minute, Iorek se redressa et se libéra en douceur de son étreinte, puis il fit demi-tour et s'éloigna en silence dans l'obscurité. Lyra crut voir sa silhouette se fondre immédiatement dans la pâleur du sol enneigé, mais peut-être était-ce à cause des larmes qui embuaient ses yeux.

Quand Will entendit résonner le pas de son

amie sur le chemin, il se tourna vers les espions et dit :

— Ne bougez pas. Regardez, le couteau est ici, je ne m'en servirai pas. Restez où vous êtes.

Il ressortit de la grotte et découvrit Lyra qui s'était arrêtée en chemin ; elle pleurait et Pantalaimon, transformé en loup, tendait sa gueule vers le ciel noir. Elle ne faisait aucun bruit. La seule lumière était le reflet pâle des vestiges du feu sur l'étendue neigeuse, et cette lueur dansait sur les joues humides de la fillette, dont les larmes trouvaient un écho dans les yeux de Will, si bien que ces particules de lumière tissaient entre eux une toile muette.

— Je l'aime tellement, Will ! murmura-t-elle d'une voix tremblante. Et il avait l'air si vieux ! Il avait l'air affamé, vieux et triste... Tout repose sur nos épaules désormais. On ne peut compter sur personne d'autre... Il n'y a que nous. Mais on n'est pas assez grands. On est trop jeunes. On est des enfants ! Pourtant, tout repose sur nous.

— On peut y arriver, déclara Will. Je ne regarderai plus en arrière. On peut y arriver. Mais, pour l'instant, nous devons dormir. Et si on reste dans ce monde, les gyroptères appelés par les espions risquent de débarquer. Je vais ouvrir une fenêtre et trouver un autre monde pour dormir et, si les espions nous suivent, tant pis, on se débarrassera d'eux une autre fois.

— Oui, tu as raison, dit Lyra en reniflant. (Elle essuya son nez avec le dos de sa main, puis se frotta les yeux avec ses paumes.) Allons-y. Tu es sûr que le couteau fonctionne comme avant ? Tu l'as testé ?

— Non, mais je sais qu'il fonctionne.

Pantalaimon prit l'apparence d'un tigre pour décourager les espions, espéraient-ils, et Will et Lyra retournèrent chercher leurs sacs dans la grotte.

— Que faites-vous ? leur demanda Salmakia.

— On va dans un autre monde, dit Will en reprenant son couteau.

Il avait l'impression de retrouver une partie de lui-même ; il ignorait jusqu'alors combien il tenait à cet objet.

— Vous devez attendre l'arrivée des gyroptères de Lord Asriel, dit Tialys d'un ton sec.

— Non, pas question, répondit-il. Si vous approchez du couteau, je vous tue. Venez avec nous si vous y tenez, mais n'espérez pas nous obliger à rester ici. Nous partons.

— Vous avez menti !

— Non, intervint Lyra. Moi, j'ai menti. Will ne ment jamais. Vous n'avez pas pensé à ça, hein ?

— Mais où avez-vous l'intention d'aller ?

Will ne répondit pas. Il se pencha en avant dans la pénombre de la grotte et découpa une ouverture.

— Vous commettez une erreur, dit Salmakia. Vous feriez mieux de vous en rendre compte et de nous écouter. Vous n'avez pas réfléchi...

— Si, répliqua-t-il. Nous avons beaucoup

réfléchi au contraire, et nous vous dirons demain ce que nous pensons. Vous pouvez venir avec nous ou retourner auprès de Lord Asriel.

La fenêtre s'ouvrit sur le monde dans lequel il s'était enfui avec Baruch et Balthamos, et où ils pourraient dormir en toute sécurité : l'immense plage de sable chaud, avec des arbres ressemblant à des fougères, derrière les dunes. Il dit :

— Voilà. Nous dormirons ici.

Il les laissa passer en premier et referma la fenêtre derrière eux. Pendant que Lyra et Will s'allongeaient à l'endroit même où ils étaient, épuisés, Lady Salmakia entreprit de monter la garde et le chevalier ouvrit son résonateur à aimant pour envoyer un message dans l'obscurité.

16
Le vaisseau d'intentions

> ... Sous l'arc de la voûte pendent, par une subtile magie, plusieurs files de lampes étoilées et d'étincelants falots qui, nourris de naphte et d'asphalte, répandent la lumière.
>
> John Milton

Mon enfant ! Ma fille ! Où est-elle ? Qu'en as-tu fait ? Ma Lyra !... Arrache-moi plutôt le cœur ! Elle était en sécurité avec moi, où est-elle maintenant ?

Les cris de Mme Coulter résonnaient dans la petite salle située au sommet de la tour inflexible. Elle était attachée à une chaise, les cheveux en bataille, les vêtements déchirés et les yeux exorbités ; son dæmon-singe s'agitait et se débattait sur le sol, ligoté par une épaisse chaîne argentée.

Assis non loin de là, Lord Asriel griffonnait sur une feuille, sans leur prêter attention. Debout à ses côtés, un planton jetait des regards nerveux à la femme. Quand Lord Asriel lui tendit le papier, le soldat salua et s'empressa de quitter la pièce, suivi de près par son dæmon-fox-terrier qui marchait la queue basse.

Lord Asriel se tourna alors vers Mme Coulter.

— Lyra ? Sincèrement, je me fiche pas mal d'elle, dit-il d'une voix calme et rauque. Cette misérable enfant aurait mieux fait de rester où elle était et de faire ce qu'on lui disait. Je ne peux plus gaspiller mon temps ni mes ressources à cause d'elle ; si elle refuse qu'on l'aide, elle doit en assumer les conséquences.

— Tu ne penses pas ce que tu dis, Asriel, ou bien tu n'aurais pas...

— Je pense chaque mot. Le remue-ménage qu'elle a provoqué est disproportionné par rapport à ses qualités. Ce n'est qu'une fille ordinaire, pas très intelligente...

— C'est faux ! s'exclama Mme Coulter.

— Très bien. Disons qu'elle est intelligente, mais elle ne réfléchit pas, elle est impulsive, malhonnête, cupide...

— Courageuse, généreuse, tendre.

— C'est une fillette parfaitement ordinaire, que rien ne distingue des...

— Parfaitement ordinaire ? Lyra ? Elle est unique ! Pense à tout ce qu'elle a accompli déjà. Libre à toi de ne pas l'aimer, Asriel, mais je t'interdis de dénigrer ta fille. Elle était en sécurité avec moi, jusqu'à ce que...

— Tu as raison, dit Lord Asriel en se levant.

Elle est unique, en effet. Elle a réussi à te dompter et à t'adoucir, ce n'est pas une mince affaire. Elle t'a vidé de ton venin, Marisa. Elle t'a limé les dents. Une petite bruine de piété sentimentale a éteint le feu qui brûlait en toi. Qui aurait pu imaginer ça ? Toi, l'impitoyable oratrice de l'Église, le procureur fanatique des enfants, l'inventeur d'effroyables machines conçues pour les découper en tranches, afin de rechercher à l'intérieur de leurs petits êtres terrifiés les preuves du péché ! Voilà que débarque une sale gamine, ignorante et grossière, avec les ongles sales, et tu glousses comme une mère poule, tu lisses tes plumes. Je le reconnais : cette enfant doit posséder un don que j'ignore. Mais s'il n'a réussi qu'à faire de toi une mère éperdue d'amour, c'est un don médiocre et misérable. Je te conseille de te taire maintenant. J'ai convoqué mes commandants en chef pour une réunion d'urgence ; si tu n'es pas capable de te maîtriser, je te ferai bâillonner.

Mme Coulter avait plus de points communs avec sa fille qu'elle le supposait. En guise de réponse, elle cracha au visage de Lord Asriel. Celui-ci s'essuya calmement, et dit :

— Le bâillon empêchera également ce genre de réaction.

— Oh, mille excuses, Asriel, rétorqua-t-elle d'un ton ironique. Un homme qui exhibe sa captive ligotée sur une chaise devant ses officiers est assurément le prince de la courtoisie. Détache-moi ou je t'obligerai à me bâillonner.

— Comme tu veux.

Il sortit une écharpe en soie d'un tiroir mais, avant qu'il puisse la nouer autour de la bouche de Mme Coulter, celle-ci secoua furieusement la tête.

— Non, non ! Asriel ! Je t'en supplie. Ne m'humilie pas davantage.

Des larmes de fureur jaillissaient de ses yeux.

— Très bien, je vais te détacher, déclara-t-il, mais le singe, lui, reste enchaîné.

Il remit le foulard dans le tiroir et coupa les liens de sa captive avec un couteau à virole.

Mme Coulter se massa les poignets, se leva et s'étira. C'est à ce moment-là seulement qu'elle remarqua l'état pitoyable de sa tenue et de ses cheveux. Elle avait un air hagard, le teint pâle ; le venin des Gallivespiens qui circulait encore dans son organisme provoquait des douleurs atroces dans ses articulations, mais elle ne voulait surtout pas montrer qu'elle souffrait.

— Tu peux aller te laver à côté, lui indiqua-t-il en désignant une petite pièce, à peine plus grande qu'un placard.

Elle prit dans ses bras son dæmon, dont les yeux torves lançaient un regard meurtrier à Lord Asriel par-dessus son épaule, et elle se rendit dans la pièce voisine pour faire un brin de toilette.

Le planton réapparut pour annoncer :

— Sa Majesté le roi Ogunwe et Lord Roke.

Le général africain et le Gallivespien entrèrent : le roi Ogunwe portait un uniforme impeccable et un pansement tout propre à la tempe ; Lord Roke vint se poser rapidement sur la table, à cheval sur son faucon bleu.

Lord Asriel les accueillit chaleureusement et leur offrit du vin. Le faucon laissa descendre son cavalier, avant d'aller se percher sur l'applique près de la porte, au moment où le planton entrait de nouveau pour annoncer l'arrivée du troisième commandant en chef de Lord Asriel, un ange répondant au nom de Xaphania. Celui-ci était d'un rang nettement supérieur à celui de Baruch et de Balthamos, et une lumière scintillante et déconcertante, qui semblait venir d'ailleurs, permettait de le voir.

Entre-temps, Mme Coulter était réapparue, beaucoup plus présentable, et les trois commandants s'inclinèrent devant elle. Si elle fut surprise par leur apparence, elle n'en laissa rien paraître : elle les salua à son tour d'un signe de tête et s'assit pacifiquement, tenant toujours dans ses bras le singe enchaîné.

Sans perdre de temps, Lord Asriel dit :

— Racontez-moi ce qui s'est passé, roi Ogunwe.

Le colosse africain dit d'une voix profonde :

— Nous avons tué dix-sept gardes suisses et détruit deux zeppelins. Nous avons perdu cinq hommes et un gyroptère. Le garçon et la fille ont réussi à s'échapper. Nous avons capturé Lady Coulter, en dépit de sa résistance courageuse, et nous l'avons conduite ici même. J'espère qu'elle estime avoir été traitée avec égards.

— Je n'ai pas à me plaindre de la manière dont vous m'avez traitée, répondit-elle en accentuant légèrement le « vous ».

— Les autres gyroptères ont subi des dommages ? Y a-t-il des blessés ? s'enquit Lord Asriel.

— Quelques dommages et quelques blessés, mais rien de grave.

— Tant mieux. Merci, roi Ogunwe. Vos troupes ont été vaillantes. Lord Roke, qu'avez-vous appris ?

Le Gallivespien fit son rapport :

— Mes espions sont actuellement avec le garçon et la fille dans un autre monde. Les deux enfants sont sains et saufs, bien que la fille ait été droguée pendant plusieurs jours. Le garçon a perdu l'usage du couteau durant les événements de la caverne : à la suite d'un incident indéterminé, l'arme s'est brisée en plusieurs morceaux. Elle est maintenant réparée, grâce à une créature venue du nord de votre monde, Lord Asriel, un ours géant, très habile pour travailler le fer. Dès que le couteau a été réparé, le garçon s'en est servi pour pénétrer dans un autre monde, c'est là qu'ils se trouvent actuellement. Mes espions sont avec eux, évidemment, mais il y a un problème : tant que le garçon détient le couteau, nul ne peut l'obliger à faire quoi que ce soit et. même s'ils décidaient de le tuer durant son sommeil, le couteau ne nous serait d'aucune utilité. Pour l'instant, le chevalier Tialys et Lady Salmakia vont donc suivre les deux enfants, où qu'ils aillent. De cette façon, nous pourrons au moins savoir où ils sont. Ils semblent avoir une idée en tête ; en tout cas, ils refusent de venir ici. Mais rassurez-vous, mes deux espions ne les perdront pas.

— Sont-ils en sécurité dans cet autre monde ? demanda Lord Asriel

— Ils sont sur une plage, à l'orée d'un petit bois. Il n'y a aucun signe d'une présence animale dans les parages. Au moment où nous parlons, le garçon et la fille dorment ; j'ai dialogué avec le chevalier Tialys il y a cinq minutes à peine.

— Merci, dit Lord Asriel. Évidemment, maintenant que vos deux espions suivent les enfants, nous n'en avons plus au sein du Magisterium. Nous allons devoir nous en remettre à l'aléthiomètre. Au moins...

À la surprise générale, Mme Coulter intervint :

— J'ignore ce qu'il en est des autres branches de l'Église, dit-elle, mais en ce qui concerne la Cour de Discipline Consistoriale, le déchiffreur auquel ils ont fait appel est Fra Pavel Rasek. Un homme très consciencieux, mais lent. Il leur faudra plusieurs heures pour localiser Lyra.

— Merci, Marisa, dit Lord Asriel. Saurais-tu,

par hasard, quel est l'objectif de Lyra et de ce garçon ?

— Non. J'ai parlé avec le nommé Will ; il m'a fait l'impression d'un garçon entêté, habitué à garder ses secrets. Je n'ai pas réussi à deviner ce qu'il avait en tête. Quant à Lyra, impossible de déchiffrer ses pensées.

— Majesté, dit le roi Ogunwe, peut-on savoir si cette lady fait désormais partie de cet état-major ? Si oui, quelle est sa fonction ? Dans le cas contraire, ne devrait-elle pas quitter cette pièce ?

— Elle est notre prisonnière et mon invitée et, en tant qu'ancien membre éminent de l'Église, elle peut détenir des informations utiles.

— Mais nous les dévoilera-t-elle de son plein gré ? Ou faudra-t-il la torturer ? demanda Lord Roke, en regardant la femme droit dans les yeux.

Mme Coulter éclata de rire.

— J'aurais cru que les officiers supérieurs de Lord Asriel étaient trop intelligents pour penser que la torture puisse faire naître la vérité.

Lord Asriel ne put s'empêcher d'apprécier son hypocrisie et son aplomb.

— Je me porte garant de la conduite de Mme Coulter, déclara-t-il. Elle sait ce qui lui arrivera si elle nous trahit, même si cette occasion ne lui sera jamais offerte. Toutefois, si l'un de vous a des soupçons, qu'il parle maintenant et sans crainte.

— Moi, j'ai des doutes, déclara le roi Ogunwe.

Mais si je me méfie de quelqu'un, c'est de vous, pas d'elle.

— Pour quelle raison ? demanda-t-il.

— Si cette femme décidait de vous tenter, vous ne pourriez pas résister. Vous avez eu raison de la capturer, mais tort de l'inviter à participer à ce conseil. Traitez-la avec égards, offrez-lui le plus grand confort, mais installez-la ailleurs et gardez vos distances.

— Je vous ai incité à parler en toute franchise, dit Lord Asriel, je dois donc accepter vos critiques. Votre présence a plus de valeur à mes yeux que la sienne, roi Ogunwe. Je vais donc demander qu'on l'emmène.

Il tendit la main vers la cloche mais, avant qu'il ait le temps d'appeler ses hommes, Mme Coulter intervint :

— Je vous en prie, écoutez-moi d'abord, supplia-t-elle. Je peux vous aider. Je doute que vous trouviez quelqu'un qui ait été plus proche que moi du cœur du Magisterium. Je connais leur façon de penser, je peux deviner leurs intentions. Vous vous demandez pourquoi vous devriez me faire confiance, et quelle est la raison qui m'a poussée à les abandonner ? C'est simple : ils vont tuer ma fille. Ils n'osent pas la laisser en vie. Dès l'instant où j'ai découvert qui elle était, ce qu'elle était, ce que disait la prophétie des sorcières à son sujet, j'ai compris que je devais quitter l'Église, j'ai compris que j'étais leur ennemie, et réciproquement. J'ignorais qui vous étiez, et ce que j'étais à vos yeux ; c'était une grande inconnue, mais je savais que je devais me dresser contre l'Église, contre toutes leurs croyances, et s'il le fallait, contre l'Autorité elle-même. Je...

Elle s'interrompit. Tous les commandants en chef l'écoutaient attentivement. Alors, elle se tourna vers Lord Asriel et le regarda droit dans les yeux, comme si elle s'adressait à lui seul, d'une voix rauque et passionnée, les yeux scintillants.

— J'ai été la plus mauvaise des mères. J'ai abandonné mon enfant quand elle n'était encore qu'un bébé, car je ne m'intéressais pas à elle. Je me souciais uniquement de ma carrière. Je n'ai pas pensé à elle pendant des années, sauf pour regretter les désagréments de sa naissance. Mais l'Église a commencé à s'intéresser à la Poussière et aux enfants. À ce moment-là, quelque chose s'est brisé dans mon cœur, je me suis souvenue que j'étais mère et que Lyra était... mon enfant. Et parce qu'une lourde menace pesait sur elle, je l'ai sauvée. Trois fois je suis intervenue pour l'arracher au danger. La première fois, ce fut quand le Conseil d'Oblation a commencé ses sinistres travaux. Je suis allée à Jordan Collège et je l'ai emmenée vivre avec moi, à Londres, où je pouvais la protéger. Du moins, je l'espérais. Mais elle s'est enfuie.

La deuxième fois, c'était à Bolvangar, quand je l'ai découverte, juste à temps, sous la... sous la lame du... J'ai cru que mon cœur allait s'arrêter.

C'était la chose qu'ils... que nous... que j'avais faite aux autres enfants, mais en voyant qu'on allait faire la même chose à ma fille... Oh, vous ne pouvez pas imaginer l'horreur de cet instant. Je ne vous souhaite pas de ressentir pareille souffrance... Alors, je l'ai libérée, je l'ai emmenée loin de cet endroit. Je l'ai sauvée une deuxième fois.

Pourtant, même en agissant ainsi, j'avais encore le sentiment de faire partie de l'Église, d'être un serviteur loyal, fidèle et dévoué, car j'accomplissais l'œuvre de l'Autorité.

Puis j'ai eu vent de la prophétie des sorcières. Un jour prochain, d'une manière quelconque, Lyra va subir une tentation, comme Ève. Voilà ce que disent les sorcières. Quelle forme prendra cette tentation, je l'ignore, mais Lyra est en train de grandir. Ce n'est donc pas difficile à imaginer. Et maintenant que l'Église est au courant, elle aussi, ils veulent la tuer. Si tout dépend de la réaction de Lyra face à cette tentation, peuvent-ils prendre le risque de la laisser vivre ? Peuvent-ils miser sur le fait qu'elle va résister à cette tentation, quelle qu'elle soit ? Non, évidemment. Ils se sentent obligés de la tuer. S'ils le pouvaient, ils reviendraient dans le jardin d'Éden et tueraient Ève avant qu'elle se laisse tenter. Tuer ne leur pose aucun problème. Calvin lui-même a ordonné qu'on tue des enfants. Ils la tueraient en grande pompe, avec tout un cérémonial et des prières, des psaumes et des cantiques, mais ils la tueraient quand même. Si par malheur Lyra tombe entre leurs mains, elle est morte.

Alors, quand j'ai entendu ce que racontaient les sorcières, j'ai sauvé ma fille pour la troisième fois. Je l'ai emmenée dans un endroit où elle était à l'abri, et j'avais l'intention d'y rester.

— Vous l'aviez droguée, dit le roi Ogunwe. Vous l'empêchiez de reprendre connaissance.

— Il le fallait, répondit Mme Coulter. Lyra me haïssait... (À ce moment-là, sa voix qui était pleine d'émotion, mais maîtrisée, se brisa dans un sanglot.) Elle avait peur de moi et elle me haïssait. Si je ne l'avais pas droguée, elle se serait enfuie comme un oiseau devant un chat. Savez-vous ce que ressent une mère dans ce cas-là ? C'était le seul moyen de la garder à l'abri ! Durant tout ce temps dans la caverne... en la regardant endormie, les yeux fermés, impuissante, son dæmon lové dans son cou... j'ai ressenti un tel amour, une telle tendresse, une si profonde... C'était mon enfant à moi et, pour la première fois, je pouvais veiller sur elle, ma petite... Je l'ai lavée, je l'ai nourrie, je l'ai maintenue au chaud et à l'abri, je me suis occupée d'elle pendant qu'elle dormait... La nuit, je suis restée à son chevet, je l'ai bercée dans mes bras. J'ai pleuré dans ses cheveux, j'ai embrassé ses paupières closes, ma petite fille...

Elle s'exprimait sans pudeur ; elle parlait sans hausser la voix, elle ne déclamait pas et, lorsqu'un sanglot la secoua, elle le camoufla sous la forme d'un hoquet, comme si elle étouffait ses émotions par respect des convenances. Ce qui rendait ses mensonges éhontés encore plus convaincants, se dit Lord Asriel avec dégoût. Cette femme avait le mensonge dans le sang.

Elle s'adressait surtout au roi Ogunwe, mais cela non plus ne lui avait pas échappé. Le roi n'était pas seulement son principal accusateur, c'était également un être humain, contrairement à l'ange ou à Lord Roke, et elle savait comment le manipuler.

Pourtant, c'était sur le Gallivespien qu'elle faisait la plus grosse impression. Lord Roke percevait en elle une nature proche du scorpion, et il devinait sous ce ton attendrissant le pouvoir redoutable de la piqûre. Et mieux valait ne pas quitter un scorpion des yeux, se disait-il.

C'est pourquoi il soutint le roi Ogunwe lorsque celui-ci changea finalement d'avis et insista pour que Mme Coulter participe à la réunion. Lord Asriel en fut désarçonné, car il avait envie de la renvoyer, mais il avait déjà décidé de satisfaire les désirs de ses officiers supérieurs.

Mme Coulter le regarda avec une expression pleine de sollicitude vertueuse. Il aurait parié que personne d'autre ne pouvait distinguer cette lueur de triomphe sournoise tout au fond de ses yeux magnifiques.

— Très bien, tu peux rester, lui dit-il. Mais tu as suffisamment parlé. Tais-toi maintenant. Réfléchissons à cette proposition d'installer une garnison sur la frontière sud. Vous avez lu le rapport : cela vous semble-t-il réalisable ? Est-ce souhaitable ? Ensuite, nous nous intéresserons à l'arsenal. Après quoi, Xaphania nous fera un compte rendu sur le positionnement des forces célestes. Mais commençons par la garnison. Roi Ogunwe ?

Le chef africain prit la parole. Puis les autres livrèrent leur avis et Mme Coulter fut impressionnée par leurs connaissances précises des défenses de l'Église et leur juste appréciation du pouvoir de ses dirigeants.

Mais maintenant que Tialys et Salmakia étaient avec les deux jeunes fugitifs, Lord Asriel ne disposait plus d'aucun espion au sein du Magisterium, et leurs informations risquaient d'être dangereusement dépassées. Une idée traversa alors l'esprit de Mme Coulter. Elle échangea avec son dæmon-singe un regard aussi puissant qu'une étincelle d'énergie ambarique, mais elle garda le silence et continua à caresser le pelage doré de l'animal, en écoutant les remarques des commandants en chef.

Finalement, Lord Asriel dit :

— C'est assez. Nous réglerons ce problème le moment venu. Parlons maintenant de l'arsenal. Je crois savoir que les ingénieurs sont prêts à procéder au test du vaisseau d'intentions. Allons voir ça.

Il sortit de sa poche une clé en argent et ouvrit le cadenas de la chaîne qui entravait les pattes du singe, en évitant soigneusement de toucher le moindre poil doré.

Lord Roke enfourcha son faucon et suivit les autres, eux-mêmes précédés de Lord Asriel qui descendait l'escalier de la tour pour rejoindre les remparts.

Dehors, le vent glacé leur gifla le visage ; le faucon bleu s'éleva au cœur d'un tourbillon et tournoya dans le ciel en poussant des cris stridents. Le roi Ogunwe resserra les pans de son manteau et posa la main sur la tête de son dæmon-guépard.

Mme Coulter s'adressa à l'ange, d'un ton humble :

— Pardonnez ma curiosité : votre nom est Xaphania ?

— En effet, répondit-il.

Mme Coulter était fortement impressionnée par l'apparence de cette créature ailée, comme ses congénères avaient impressionné la sorcière Ruta Skadi quand elle les avait aperçus dans le ciel : l'ange ne brillait pas réellement, il semblait éclairé de l'extérieur, bien qu'aucune source de lumière ne fût visible. Il était grand, nu, et son visage ridé paraissait plus âgé que celui de toutes les créatures vivantes que Mme Coulter avait jamais vues.

— Faites-vous partie de ces anges qui se sont rebellés il y a longtemps ?

— Oui. Et depuis, j'ai voyagé dans de nombreux mondes. Mais aujourd'hui, j'ai fait serment d'allégeance à Lord Asriel, car je vois dans sa vaste entreprise le meilleur espoir de détruire enfin la tyrannie.

— Mais si vous échouez ?

— Alors, nous périrons tous et la cruaute régnera pour toujours.

Tout en bavardant, ils suivaient le pas rapide de Lord Asriel qui longeait les remparts battus par les vents en direction d'un grand escalier de pierre qui s'enfonçait si profondément dans la roche que les appliques accrochées aux murs ne parvenaient pas à en éclairer le fond. Le faucon bleu les dépassa et plongea dans l'obscurité du puits ; chaque source de lumière faisait scintiller ses plumes lorsqu'il passait devant en piqué, jusqu'à ce qu'il ne soit plus qu'une étincelle tout en bas, puis plus rien.

L'ange avait rejoint Lord Asriel, et Mme Coulter se retrouva en train de descendre l'immense escalier à côté du roi africain.

— Pardonnez mon ignorance, monsieur, dit-elle, mais je n'ai jamais vu, ni entendu parler d'un être semblable à celui qui chevauche le faucon bleu, avant la bataille d'hier devant la caverne... D'où vient-il ? Pouvez-vous me parler de ses semblables ? Je ne voudrais surtout pas le froisser mais, si je m'adresse à lui sans savoir qui il est, je risque d'être malpolie sans le vouloir.

— Vous faites bien de poser la question, répondit le roi Ogunwe. Il appartient à un peuple très fier. Leur monde ne s'est pas développé comme le nôtre ; il existe chez eux deux types d'êtres doués de conscience : les humains et les Gallivespiens. Les humains sont en majorité au service de l'Autorité, et ils tentent d'exterminer les gens de petite taille depuis la nuit des temps. Ils voient en eux des créatures diaboliques. Voilà pourquoi les Gallivespiens ont beaucoup de mal à faire confiance aux personnes de notre taille. Mais ce sont de fiers et farouches guerriers, des ennemis mortels et de précieux espions.

— Tous ces gens sont-ils de votre côté, ou bien sont-ils divisés comme les humains ?

— Certains d'entre eux se sont rangés du côté de l'ennemi, mais la plupart sont avec nous.

— Et les anges ? Figurez-vous que, récemment encore, je croyais qu'ils étaient une invention datant du Moyen Âge, que c'étaient des créatures imaginaires... Se retrouver en train de discuter avec l'un de ces spécimens, c'est plutôt déconcertant, vous ne trouvez pas ?... Combien sont-ils du côté de Lord Asriel ?

— Madame Coulter, répondit le roi, voilà exactement le genre de choses qu'un espion aimerait bien découvrir.

— Je ferais une piètre espionne, moi qui vous pose la question si ouvertement. Je suis prisonnière ici. Je ne pourrais pas m'enfuir, même si j'avais un endroit sûr où me réfugier. Désormais, je suis inoffensive, vous pouvez me croire sur parole.

— Si vous le dites, je vous crois avec plaisir,

dit le roi. Les anges sont plus difficiles à comprendre que les êtres humains. Pour commencer, ils ne sont pas tous semblables ; certains possèdent des pouvoirs bien supérieurs aux autres, et il existe entre eux des alliances complexes, de vieilles inimitiés dont nous savons peu de chose. L'Autorité tente de les supprimer depuis sa création.

Mme Coulter se figea, sincèrement choquée par ce qu'elle venait d'entendre. Le roi africain s'arrêta lui aussi, pensant qu'elle se sentait mal et, en effet, la lumière vacillante de l'applique au-dessus d'elle éclairait son visage livide.

— Vous dites cela avec une telle décontraction, dit-elle, comme si c'était encore une chose que j'aurais dû savoir, mais... Comment est-ce possible ? L'Autorité a créé les mondes, non ? Elle existait avant tout le reste. Dans ce cas, comment a-t-elle pu naître ?

— Il s'agit là d'un savoir céleste, dit Ogunwe. Certains d'entre nous ont été choqués d'apprendre que l'Autorité n'était pas le Créateur. Il y a peut-être eu un Créateur, peut-être pas ; on n'en sait rien. Tout ce qu'on sait, c'est qu'à un moment donné, l'Autorité a pris le pouvoir et, depuis cette époque, les anges se rebellent et les êtres humains luttent contre l'Autorité, eux aussi. C'est la dernière révolte. Jamais encore les humains et les anges ainsi que tous les êtres de tous les mondes n'ont fait cause commune. C'est la plus grande force qui se soit jamais rassemblée.

Malgré tout, ce ne sera peut-être pas suffisant. On verra bien.

— Qu'a donc l'intention de faire Lord Asriel ? Pourquoi est-il venu s'installer ici ? Quel est donc ce monde ?

— Il nous a conduits ici, car ce monde est vide. Vide de toute vie consciente, plus précisément. Nous ne sommes pas des colonisateurs, madame Coulter. Nous ne sommes pas venus pour conquérir, mais pour construire.

— Il a l'intention d'attaquer le Royaume des Cieux ?

Ogunwe la regarda, l'air impénétrable.

— Nous n'avons pas l'intention d'envahir le Royaume, dit-il, mais, si le Royaume nous envahit, il a intérêt à être prêt pour la guerre, car nous sommes parés. Je suis un roi, madame Coulter, mais ma plus grande fierté est de me joindre à Lord Asriel pour instaurer un monde dans lequel il n'y aura aucun royaume. Ni rois, ni évêques, ni prêtres. Le Royaume des Cieux porte ce nom depuis que l'Autorité a décrété qu'elle était au-dessus des autres anges. Nous rejetons ce pouvoir. Ce monde-ci est différent. Nous voulons être des citoyens libres de la République des Cieux.

Mme Coulter aurait voulu poursuivre cette conversation, poser les dizaines de questions qui se bousculaient dans son esprit, mais le roi Ogunwe était reparti, car il ne voulait pas faire attendre son chef, et elle dut lui emboîter le pas.

L'escalier s'enfonçait si loin dans les profondeurs de la terre que lorsqu'ils atteignirent enfin un palier, le ciel, au sommet des marches, était presque invisible. Bien avant d'arriver à mi-chemin, Mme Coulter était déjà essoufflée, mais elle ne se plaignit pas et continua à descendre jusqu'à ce que l'escalier débouche sur un immense hall éclairé par des cristaux brillants encastrés dans les colonnes qui supportaient la voûte. Des échelles, des portiques, des poutres et des passerelles se croisaient dans l'obscurité au-dessus de leurs têtes. De petites silhouettes les traversaient d'un pas décidé.

Lord Asriel s'adressait à ses officiers quand elle les rejoignit et, sans lui laisser le temps de se reposer, il continua à traverser le vaste hall où, parfois, une silhouette éclatante fendait l'air ou se posait sur le sol pour échanger rapidement quelques mots avec lui. L'atmosphère était dense et chaude. Mme Coulter remarqua que, sans doute par égard envers Lord Roke, chaque colonne était dotée d'une équerre, placée à hauteur d'homme, sur laquelle le faucon pouvait se poser, permettant ainsi au Gallivespien de participer à la conversation.

Mais ils ne restèrent pas longtemps dans le grand hall. Tout au bout, un serviteur ouvrit une double porte massive pour les laisser passer et ils débouchèrent sur un quai de gare. Là, un petit wagon fermé les attendait, tiré par une locomotive ambarique.

Le conducteur salua en s'inclinant, et son dæmon-singe se réfugia derrière ses jambes en découvrant le singe doré. Lord Asriel dit quelques mots à l'homme et fit monter les autres dans le wagon, éclairé par les mêmes cristaux lumineux que dans le hall, fixés sur des appliques en argent, devant des panneaux en acajou doublés de miroirs.

Dès qu'il eut rejoint ses hôtes, le train s'ébranla et quitta le quai en douceur pour pénétrer dans un tunnel et accéléra brusquement. Seul le bruit des roues sur les rails lisses donnait une idée de leur vitesse.

— Où va-t-on ? interrogea Mme Coulter.

— À l'arsenal, répondit simplement Lord Asriel, et il se retourna pour discuter à voix basse avec l'ange.

Mme Coulter se pencha alors vers Lord Roke et demanda :

— Majesté, vos espions agissent toujours deux par deux ?

— Pourquoi cette question ?

— Simple curiosité. Figurez-vous qu'ils ont réussi à nous tenir en échec, mon dæmon et moi, dans la caverne, et j'étais intriguée par leurs talents de guerriers.

— Pourquoi intriguée ? Vous pensiez que des gens de notre taille n'étaient pas capables de combattre ?

Elle le regarda froidement, consciente de la fierté farouche de son minuscule interlocuteur.

— En effet, admit-elle. Je pensais vous vaincre aisément, et c'est vous qui avez eu le dessus. Je suis heureuse de reconnaître mon erreur. Mais combattez-vous toujours en duo ?

— Vous formez un duo vous aussi, non ? Avec votre dæmon ? Vous pensiez que nous allions vous concéder cet avantage ?

Le regard hautain de Lord Roke, d'une clarté étincelante même dans la lumière tamisée des cristaux, la dissuada de poser d'autres questions.

Elle baissa les yeux, l'air humble, et resta muette.

Plusieurs minutes s'écoulèrent. Mme Coulter sentait que le train les entraînait vers le cœur de la montagne. Elle n'aurait su dire quelle profondeur ils avaient atteinte mais, au bout d'un long moment, un quart d'heure au moins, le train commença enfin à ralentir, avant de s'arrêter devant un quai éclairé par des lumières ambariques qui paraissaient éblouissantes après l'obscurité du tunnel.

Lord Asriel ouvrit les portes du wagon et ils émergèrent dans une atmosphère tellement surchauffée et chargée de soufre que Mme Coulter suffoqua. L'air était ébranlé par le martèlement des énormes presses à métaux et déchiré par le vacarme strident du fer sur la pierre.

Un domestique ouvrit les portes du quai et, aussitôt, le bruit infernal fut multiplié par deux et la chaleur étouffante les submergea comme une lame de fond. Un éclair aveuglant les obligea à se protéger les yeux. Seul l'ange Xaphania paraissait ne pas être affecté par cette agression de bruit, de lumière et de chaleur. Quand ses sens se furent habitués à cet environnement, Mme Coulter promena autour d'elle un regard curieux.

Évidemment, elle avait vu, dans son monde, des forges, des ferronneries et des usines : la plus grande de toutes ressemblait à une forge de village comparée à ce qu'elle découvrait ici. Des marteaux de la taille de plusieurs maisons grimpaient en une seconde vers le plafond lointain et retombaient à toute allure pour écraser des poutres de fer aussi grosses que des troncs d'arbres ; ils les aplatissaient en un instant, avec une violence qui faisait trembler la montagne tout entière. Une bouche creusée dans la paroi rocheuse déversait une rivière de métal en fusion, qui coulait jusqu'à ce qu'il soit interrompu par une lourde écluse ; le torrent bouillonnant et rougeoyant s'engouffrait alors dans divers canaux, il franchissait des barrages pour couler dans une succession de rangées de moules, où il refroidissait ensuite dans un nuage de vapeur. Parallèlement, d'énormes machines coupaient, pliaient et pressaient des plaques de fer de deux centimètres d'épaisseur, comme s'il s'agissait de vulgaires mouchoirs en papier, puis ces monstrueux marteaux les aplatissaient de nouveau, écrasant avec une telle force les différentes couches de métal superposées qu'elles ne formaient plus qu'une seule épaisseur, plus résistante, et ainsi de suite.

Si Iorek Byrnison avait pu voir cet arsenal, sans doute aurait-il reconnu que ces gens savaient travailler le métal. Mme Coulter, elle, pouvait uniquement s'émerveiller. À cause du fracas, il était impossible de parler et, d'ailleurs, personne n'essayait. Lord Asriel fit signe au petit groupe de le suivre sur une passerelle grillagée suspendue au-dessus d'une cavité encore plus vaste, où des mineurs creusaient péniblement la roche à coups de pioche et de pelle pour en extraire le minerai.

Après avoir franchi la passerelle, ils longèrent une longue galerie où des stalactites d'étranges couleurs brillaient et où les martèlements et les crissements s'atténuaient peu à peu. Mme Coulter sentit soudain un souffle d'air frais sur son visage rougi par la chaleur. Les cristaux qui dispensaient de la lumière n'étaient ni posés sur des appliques, ni incrustés dans des colonnes, mais éparpillés sur le sol, au hasard, et il n'y avait aucune torche pour accroître la température, si bien que, peu à peu, les visiteurs éprouvèrent une délicieuse sensation de fraîcheur et, finalement, de manière inattendue, ils débouchèrent à l'air libre, dans la nuit.

À l'endroit où ils se trouvaient, une partie de la montagne avait été creusée pour créer un espace aussi vaste et dégagé qu'un champ de manœuvres. Un peu plus loin, ils apercevaient, faiblement éclairées, d'immenses portes qui se découpaient dans le flanc de la montagne, certaines ouvertes, d'autres fermées. Des hommes sortaient par l'une de ces portes en remorquant une sorte d'engin couvert d'une bâche.

— Qu'est-ce que c'est ? demanda Mme Coulter au roi africain.

Celui-ci répondit :

— Le vaisseau d'intentions.

Elle n'avait pas la moindre idée de ce qu'était un tel vaisseau et elle observa avec une grande curiosité les hommes qui s'apprêtaient à ôter la bâche.

Elle se rapprocha du roi Ogunwe, comme si elle cherchait une protection, et demanda :

— Comment cela fonctionne-t-il ? Et quel est son usage ?

— On ne va pas tarder à le savoir.

La chose ressemblait à un appareil de forage très complexe, ou au cockpit d'un gyroptère ou encore à la cabine d'une gigantesque grue. Une bulle de verre recouvrait un siège, devant lequel se trouvait au moins une douzaine de leviers et de poignées. L'engin reposait sur six pattes, chacune étant rattachée au corps selon un angle différent, si bien que l'ensemble donnait à la fois une impression de dynamisme et de maladresse. Le corps en lui-même semblait être un amas de tuyaux, de cylindres, de pistons, de câbles enroulés, de valves et de jauges. Difficile de dire ce qui formait réellement la structure, car seule une faible lumière éclairait l'arrière de l'engin.

Juché sur son faucon, Lord Roke s'était approché immédiatement de l'appareil et l'avait survolé en tournant autour pour l'examiner sous toutes les coutures. Lord Asriel, quant à lui, était en pleine discussion avec les ingénieurs, pendant que des hommes descendaient de l'engin, l'un d'eux tenant une planchette porte-documents, un autre un morceau de câble.

Mme Coulter dévorait l'appareil des yeux, essayant de mémoriser chaque détail et de percer le mystère de son fonctionnement. Elle regarda Lord Asriel grimper dans le cockpit, s'installer sur le siège, fixer un harnais de cuir autour de sa taille et de ses épaules et enfiler un casque. Son dæmon, le léopard des neiges, bondit à ses côtés et l'homme se tourna pour ajuster quelque chose près du félin. Un des ingénieurs cria quelques mots, Lord Asriel lui répondit et les hommes reculèrent jusqu'à la porte.

Le vaisseau d'intentions bougea, mais Mme Coulter n'aurait su dire de quelle façon. C'était comme s'il avait tremblé, mais il était toujours là, immobile, posé sur ses six pattes d'insecte, habité par une étrange énergie. Elle ne le quittait pas des yeux, et le vit bouger de nouveau ; elle comprit alors ce qui se passait : diverses parties de l'engin tournaient sur elles-mêmes, dans un sens et dans l'autre, et balayaient le ciel noir. Assis aux commandes, Lord Asriel manipulait un levier, consultait un écran de contrôle, effectuait un réglage et, soudain, le vaisseau se volatilisa.

Il avait jailli dans les airs, de manière inexplicable. Il planait maintenant au-dessus de leurs têtes, à la hauteur de la cime d'un arbre, en tournant lentement vers la gauche. Il n'y avait pas le moindre bruit de moteur, rien ne permettait de deviner de quelle manière il luttait contre la gravité. Il était suspendu dans le vide, tout simplement.

— Écoutez, dit le roi Ogunwe. Au sud.

Mme Coulter tourna la tête et tendit l'oreille. Elle entendait le vent qui gémissait autour de la crête de la montagne, elle entendait le martèlement sourd des presses qui semblait résonner à travers la plante de ses pieds, elle percevait les voix provenant de l'ouverture éclairée dans la roche mais, soudain, sur un simple signal, les voix se turent et toutes les lumières s'éteignirent. Dans le silence, Mme Coulter entendit alors, très faiblement, le vrombissement caractéristique des gyroptères porté par les rafales de vent.

— Qu'est-ce ? demanda-t-elle, à voix basse.

— Des leurres, expliqua le roi. Mes pilotes partent en mission pour inciter l'ennemi à les suivre. Regardez bien.

Elle ouvrit de grands yeux pour essayer de distinguer quelque chose sur le fond noir du ciel où brillaient quelques étoiles. Au-dessus d'eux, le vaisseau restait parfaitement immobile, comme s'il était ancré ou fixé dans le vide. Aucune bourrasque ne le faisait tanguer. Comme le cockpit restait obscur, la silhouette de Lord Asriel était invisible.

Soudain, Mme Coulter aperçut un groupe de lumières, très bas dans le ciel et, au même moment, le bruit des moteurs devint plus net. Six gyroptères se déplaçaient à toute allure ; l'un d'eux paraissait en difficulté, à en juger par la traînée de fumée qui s'en échappait, et il volait plus bas que les autres. Ils se dirigeaient vers la montagne, selon un cap destiné à les conduire au-delà.

Ils étaient suivis de près par un groupe hétéroclite. Mme Coulter crut apercevoir un énorme et étrange gyroptère, deux avions plus traditionnels, un grand oiseau qui fendait le ciel sans effort et transportait sur son dos deux hommes armés et, pour finir, trois ou quatre anges.

— Un commando, commenta le roi Ogunwe.

Ils se rapprochaient des gyroptères. Soudain, un trait lumineux jaillit de l'un des avions, suivi, une seconde ou deux plus tard, par une détonation. Mais le projectile n'atteignit pas sa cible — le gyroptère endommagé — car, au moment même où ils apercevaient la lueur, et avant qu'ils n'entendent la détonation, les spectateurs virent un éclair jaillir du vaisseau d'intentions, et le missile explosa en l'air.

Mme Coulter eut à peine le temps de comprendre la signification de cette succession quasi instantanée de lumières et de bruits, que le combat s'engageait. Il n'était pas facile de suivre le déroulement des hostilités, à cause de l'obscurité et de la rapidité de déplacement des protagonistes, mais une série d'éclairs presque silencieux illumina le flanc de la montagne, accompagnés de brefs sifflements, comme un jet de vapeur. Par un quelconque prodige, chacun des éclairs frappa un membre différent du commando : les avions s'enflammèrent ou explosèrent, l'oiseau géant poussa un hurlement semblable au crissement aigu d'un rideau gigantesque qui se déchire et tomba à pic sur les rochers ; quant aux anges, ils disparurent dans un tourbillon d'air incandescent. Une myriade de particules scintillèrent dans la nuit, puis moururent peu à peu, comme les étincelles d'un feu d'artifice.

Le silence retomba. Le vent emporta le bruit des gyroptères qui avaient servi de leurres et qui disparaissaient maintenant de l'autre côté de la montagne. Parmi les spectateurs, nul ne parlait. Les flammes se reflétaient sous le vaisseau d'intentions, qui planait toujours dans le ciel, tournant lentement sur lui-même comme pour scruter les environs. La destruction du commando avait été si rapide, si totale, que Mme Coulter, qui avait pourtant vu nombre de choses impressionnantes, était stupéfaite. Une fois de plus, elle leva les yeux vers le mystérieux vaisseau qui donna l'impression de scintiller et, l'instant d'après, il était là, devant elle, solidement campé sur le sol.

Le roi Ogunwe se précipita, tout comme les autres officiers et les ingénieurs, qui avaient ouvert en grand les portes pour laisser la lumière inonder le terrain d'essais. Seule Mme Coulter resta où elle était, subjuguée par les prouesses de ce vaisseau d'intentions.

— Pourquoi nous a-t-il fait cette démonstration ? demanda son dæmon à voix basse.

— Il n'a pas pu lire dans nos pensées, quand même, répondit-elle.

Ils pensaient tous les deux à l'idée qui les avait traversés comme un éclair, quelques instants plus tôt, dans la tour. Ils avaient envisagé de faire une proposition à Lord Asriel : elle retournerait à la Cour de Discipline Consistoriale pour lui servir d'espionne. Elle connaissait tous les rouages du pouvoir, elle pourrait donc les manipuler. Au début, il ne serait pas facile de les convaincre de sa bonne foi, mais elle pourrait y parvenir. Et maintenant que les Gallivespiens étaient partis pour suivre Lyra et Will, Lord Asriel pouvait difficilement refuser une offre aussi alléchante.

Mais, tandis qu'ils observaient cet étrange engin, une nouvelle idée frappa Mme Coulter, avec plus de force encore, et elle serra le singe doré contre elle sous l'effet de la joie.

— Asriel, lança-t-elle d'un ton anodin, puis-je voir comment fonctionne cet engin ?

Il se tourna vers elle, l'air anxieux et agacé, mais avec une pointe d'excitation et de satisfaction. Il était enthousiasmé par les prouesses du vaisseau d'intentions. Elle savait qu'il ne pourrait résister au plaisir de fanfaronner.

Le roi Ogunwe s'écarta et Lord Asriel se pencha à l'extérieur du cockpit pour aider Mme Coulter à monter à bord. Il la fit asseoir sur le siège et l'observa pendant qu'elle passait en revue toutes les commandes.

— Comment ça fonctionne ? demanda-t-elle. Qu'est-ce qui l'alimente ?

— Tes intentions, répondit-il. D'où son nom. Si tu veux aller vers l'avant, il va vers l'avant.

— Ce n'est pas une réponse. Allez, dis-moi la vérité. C'est quel type de moteur ? Comment vole-t-il ? Je ne vois aucun élément aérodynamique. Mais toutes ces commandes... Vu de l'intérieur, ça ressemble un peu à un gyroptère.

Lord Asriel avait du mal à tenir sa langue, et puisque, après tout, elle était sa prisonnière, il lui répondit. Il tendit un câble au bout duquel se trouvait une poignée en cuir, dans laquelle les dents de son dæmon avaient laissé de profondes marques.

— Ton dæmon doit tenir cette poignée, expliqua-t-il. Avec ses dents, ses mains, peu importe. Et toi, tu dois mettre ce casque. Un courant passe entre les deux, amplifié par un condensateur... En fait, c'est plus compliqué que ça, mais c'est très facile à piloter. On a installé des commandes comme sur un gyroptère pour recréer un environnement familier mais, en réalité, on n'a pas besoin de commandes du tout. Évidemment, seul un humain possédant un dæmon peut piloter cet engin.

— Je vois, dit-elle.

Soudain, elle poussa violemment Lord Asriel, qui perdit l'équilibre et bascula hors du cockpit.

Presque simultanément, elle enfila le casque et le singe doré se saisit de la poignée en cuir. Elle prit le levier de commande qui sur un gyroptère réglerait l'orientation du plan de sustentation et elle poussa la manette des gaz. Aussitôt, l'appareil bondit dans les airs.

Mais elle ne maîtrisait pas encore très bien le vaisseau. Celui-ci demeura immobile un instant, légèrement incliné sur le côté et, durant ces quelques secondes, Lord Asriel se releva, leva la main pour empêcher le roi Ogunwe d'ordonner à ses hommes d'ouvrir le feu sur le vaisseau, et il dit :

— Lord Roke, suivez-la, s'il vous plaît.

Le Gallivespien éperonna immédiatement son faucon bleu qui fonça vers le cockpit de l'appareil, resté ouvert. À terre, les spectateurs virent la femme tourner la tête de tous les côtés, imitée par le singe doré, mais ni l'un ni l'autre ne vit la petite silhouette de Lord Roke sauter de sa monture ailée pour atterrir à l'intérieur du cockpit, dans le dos des deux passagers.

Une seconde plus tard, le vaisseau d'intentions se mit à tanguer et le faucon décrivit un grand arc de cercle pour venir se poser sur le poignet de Lord Asriel. Moins de trois secondes plus tard, l'engin disparaissait au loin dans le ciel humide et étoilé.

Lord Asriel le regarda s'éloigner avec une admiration teintée de tristesse.

— Vous aviez raison, roi Ogunwe, dit-il, et j'aurais mieux fait de vous écouter dès le début. Cette femme est la mère de Lyra, j'aurais dû m'attendre à un mauvais coup de ce genre.

— Vous n'essayez pas de la poursuivre ? demanda-t-il.

— Au risque de détruire ce merveilleux appareil ? Certainement pas.

— Où va-t-elle aller, à votre avis ? Récupérer sa fille ?

— Non, pas tout de suite. Elle ignore où elle se trouve. Je sais exactement ce qu'elle va faire : elle va rejoindre la Cour de Discipline Consistoriale et leur donner le vaisseau d'intentions en gage de sa bonne foi et, ensuite, elle les espionnera. Elle les espionnera pour notre compte. Elle a déjà pratiqué toutes les autres formes de duplicité ; cette expérience sera pour elle une première. Et, dès qu'elle aura appris où est Lyra, elle ira la chercher. À ce moment-là, nous la suivrons.

— Quand Lord Roke lui fera-t-il savoir qu'il l'a suivie ?

— Oh, je crois qu'il préférera lui faire une surprise, non ?

Ils éclatèrent de rire et se dirigèrent vers les ateliers, où un autre prototype du vaisseau d'intentions, plus avancé, attendait d'être testé.

17
Huile et laque

> Le serpent était plus subtil que toutes les autres bêtes du jardin que le Seigneur Dieu avait créées.
>
> La Genèse

Mary Malone fabriquait un miroir. Non par vanité, car c'était un sentiment qu'elle ignorait, mais parce qu'elle voulait tester une idée qui lui avait traversé l'esprit. Elle voulait essayer de capturer des Ombres. Privée de tous les instruments de son laboratoire, elle devait improviser avec le matériel qu'elle avait sous la main.

Dans la technologie des mulefas, le métal n'était pour ainsi dire pas utilisé. Ils faisaient des merveilles avec des pierres, du bois, de la corde, des coquillages et de la corne, mais le peu de métal qu'ils possédaient provenait de pépites de cuivre ou autres qu'ils découvraient dans le sable de la rivière, et ils ne s'en servaient jamais pour fabriquer des outils. Il servait uniquement d'ornement. Par exemple, les couples de mulefas qui se mariaient échangeaient des bandes de cuivre étincelant, qu'ils accrochaient à la base d'une de leurs cornes, comme une sorte d'alliance.

Aussi étaient-ils fascinés par le couteau suisse qui était l'objet le plus précieux de Mary.

Atal, la zalif qui était devenue son amie, poussa une exclamation d'étonnement le jour où Mary déplia son couteau, et celle-ci dut lui montrer tous les outils et lui expliquer, de son mieux, dans son langage limité, à quoi ils servaient. Parmi eux figurait une loupe miniature, avec laquelle elle s'amusa à graver un dessin sur une branche sèche, grâce aux rayons du soleil, et c'est ainsi qu'elle repensa aux Ombres.

Atal et Mary étaient parties pêcher ce jour-là, mais la marée était basse et les poissons avaient dû filer ailleurs. Elles abandonnèrent donc leur filet dans l'eau et allèrent s'asseoir sur la rive, dans l'herbe, pour discuter, jusqu'à ce que Mary aperçoive cette branche à la surface lisse et blanche. À l'aide de la loupe, elle grava un dessin (une simple marguerite) dans le bois, pour le plus grand plaisir d'Atal. Mais, alors que le mince filet de fumée montait de l'endroit où les rayons de soleil concentrés frappaient le bois, elle se dit : « Si cette branche se fossilisait et si dans dix millions d'années un scientifique la découvrait, on trouverait encore des Ombres tout autour, car je l'ai manipulée. »

Mary plongea alors dans une rêverie éveillée,

alimentée par le soleil, jusqu'à ce que son amie Atal lui demande :

— *À quoi rêves-tu ?*

Mary essaya de lui parler de son travail, de ses recherches, du laboratoire, de la découverte des particules d'Ombre, de la fantastique révélation tendant à prouver qu'elles possédaient une conscience, et elle se sentit emportée à nouveau par toute cette histoire, à tel point qu'elle avait hâte de retrouver son matériel d'expérimentation.

Elle n'espérait pas qu'Atal puisse suivre ses explications, en partie parce qu'elle ne maîtrisait pas suffisamment bien sa langue, mais aussi parce que les mulefas étaient des êtres pragmatiques, profondément ancrés dans leur monde matériel et quotidien ; tout ce qu'ils disaient était mathématique. Malgré tout, Atal la surprit en déclarant :

— *Oui, on connaît cette chose dont tu parles. Nous, on appelle ça...*

Elle utilisa un mot qui ressemblait à celui qui désignait la lumière.

— *Lumière ?* dit Mary.

Et Atal répondit :

— *Non, pas lumière...*

Elle répéta le mot, plus lentement pour permettre à Mary de le saisir, et elle expliqua :

— *Comme la lumière sur l'eau quand elle fait de petites rides, au coucher du soleil, et qu'elle tombe sous forme de flocons éclatants, on l'appelle comme ça, mais c'est un faire-comme.*

« Faire-comme » était le terme qu'employaient les mulefas pour désigner une métaphore, comme l'avait appris Mary.

Celle-ci demanda :

— *Ce n'est pas vraiment de la lumière, mais vous la voyez quand même et ça ressemble à la lumière sur l'eau au coucher du soleil, c'est ça ?*

Atal dit :

— *Oui. Tous les mulefas ont cette chose. Et toi aussi. C'est comme ça qu'on a su que tu étais comme nous, et pas comme les ruminants, qui n'en ont pas. Même si tu as l'air bizarre et horrible, tu es comme nous, car tu as...*

La zalif répéta ce mot que Mary ne parvenait pas à identifier, ni à répéter. C'était quelque chose comme « *sraf* » ou « *sarf* », accompagné d'un petit mouvement de trompe sur la gauche.

Mary était excitée. Mais elle devait s'efforcer de conserver son calme pour trouver les mots justes.

— *Que sais-tu sur cette chose ? D'où vient-elle ?*

— *De nous, et de l'huile*, répondit Atal, et Mary comprit qu'elle voulait parler de l'huile contenue dans les grandes cosses qui servaient de roues.

— *De vous ?*

— *Quand on devient adultes. Mais s'il n'y avait*

pas les arbres, elle disparaîtrait. Grâce aux roues et à l'huile, elle reste parmi nous.

« Quand on devient adultes »... Là encore, Mary dut faire un effort pour demeurer cohérente. Concernant les Ombres, une des choses qu'elle avait commencé à suspecter, c'était que les enfants et les adultes réagissaient de manière différente et qu'ils provoquaient différents types de phénomènes. Lyra ne lui avait-elle pas dit que les scientifiques de son monde avaient découvert une chose semblable, au sujet de la Poussière, qui était le nom qu'ils donnaient aux Ombres ? On y revenait une fois de plus.

Et cela renvoyait à ce que les Ombres lui avaient dit sur l'écran de l'ordinateur, juste avant qu'elle ne quitte son monde : quelle que soit cette question, elle était forcément liée à ce grand changement dans la destinée humaine, symbolisé par l'histoire d'Adam et Ève, la Tentation, la Chute, le Péché originel. Lors de ses recherches parmi les crânes fossilisés, son collègue Oliver Payne avait découvert qu'il y a trente mille ans environ le nombre des particules d'Ombre associées aux restes humains avait considérablement augmenté. Une chose s'était produite à ce moment-là, un développement de l'évolution, qui avait fait du cerveau humain le canal idéal pour amplifier leurs effets.

Mary demanda :

— *Depuis quand y a-t-il des mulefas ?*

Atal répondit sans hésiter :

— *Trente-trois mille ans.*

La zalif avait appris à déchiffrer les expressions de Mary, les plus évidentes en tout cas, et elle ne put s'empêcher de rire en voyant celle-ci rester bouche bée. C'était un rire joyeux et simple, si communicatif qu'elle l'imitait généralement, mais, aujourd'hui, elle demeura aussi sérieuse que stupéfaite et demanda :

— *Comment peux-tu le savoir de manière si précise ? Vous connaissez l'histoire de toutes ces années ?*

— *Oh, oui*, répondit Atal. *Depuis que nous avons la* sraf, *nous avons la mémoire et la lucidité. Avant cela, on n'avait rien.*

— *Qu'est-ce qui vous a donné la...* sraf *?*

— *On a découvert comment utiliser les roues. Un jour, une créature sans nom a découvert une cosse et a commencé à jouer avec, et en jouant...*

— *Elle n'avait pas de nom ?*

— *Non, jusqu'alors. Elle a vu un serpent se faufiler dans le trou de la cosse, et le serpent lui a dit...*

— *Le serpent lui a parlé ?*

— *Non, non, c'est un faire-comme. Elle a vu le serpent qui s'amusait à entrer et sortir du trou de la cosse, alors elle a enfoncé son pied au même endroit. L'huile a pénétré dans son pied et, tout à coup, elle a vu plus de choses qu'avant et, la première chose qu'elle a vue, c'était la* sraf. *C'était tellement bizarre qu'elle a voulu faire partager cette expérience à ses semblables, mais il n'y avait qu'un seul arbre et donc pas assez de cosses pour tout le monde. Alors, son compagnon et elle ont pris les premières, et ils ont découvert qu'ils savaient qui ils étaient : des mulefas, et non des ruminants. Ils se sont donné des noms. Ils se sont appelés des mulefas. Ils ont d'abord baptisé les arbres à cosses, puis toutes les créatures et toutes les plantes.*

— Ils étaient différents, dit Mary.

— Exact. Et leurs enfants aussi, car à mesure que d'autres cosses tombaient de l'arbre, ils leurs montraient comment les utiliser. Et quand les enfants ont été assez âgés, ils ont commencé à produire de la sraf, *eux aussi, et quand ils sont devenus assez grands pour se déplacer avec les roues, la* sraf *est revenue avec l'huile, définitivement. Ils comprirent alors qu'ils devaient planter d'autres arbres à cosses, pour avoir de l'huile, mais les cosses étaient si dures qu'elles germaient rarement. Les premiers mulefas découvrirent alors ce qu'ils devaient faire pour aider les arbres : ils devaient se déplacer sur les roues pour les briser. Depuis, les mulefas et les arbres à cosses ont toujours vécu ensemble.*

Mary ne comprit tout d'abord qu'une partie de ce que lui racontait Atal mais, grâce à des questions et à des suppositions, elle se fit une idée assez précise du reste, d'autant qu'elle maîtrisait de mieux en mieux le langage des mulefas. Toutefois, plus elle apprenait, plus cela devenait difficile, car chaque nouvelle découverte faisait naître une demi-douzaine de questions, qui chacune conduisait dans une direction différente.

Mais elle décida de se concentrer sur le sujet de la *sraf*, car c'était le plus important, de loin, et c'est cela qui lui donna l'idée du miroir.

Une idée suggérée par la comparaison entre la *sraf* et les reflets à la surface de l'eau. La lumière reflétée, comme un éclat aveuglant sur la surface de la mer, était polarisée. Dès lors, peut-être que les particules d'Ombre, quand elles prenaient l'apparence de vagues, comme le faisait la lumière, pouvaient être polarisées elles aussi.

— *Je ne vois pas la* sraf *comme toi tu la vois, dit-elle, mais j'aimerais fabriquer un miroir avec la laque de sève, car je crois que ça pourrait m'aider à la voir.*

Atal était elle aussi excitée par cette idée et elles s'empressèrent d'aller relever leur filet avant de rassembler toutes les choses dont Mary avait besoin. Comme un gage de réussite, il y avait trois jolis poissons dans le filet.

La laque de sève était le produit d'un autre arbre, beaucoup plus petit, que les mulefas cultivaient uniquement pour cet usage. En faisant bouillir la sève et en la dissolvant ensuite dans de l'alcool qu'ils obtenaient à partir de jus de fruits distillé, les mulefas fabriquaient une substance semblable au lait par sa consistance et à l'ambre par sa couleur, qu'ils utilisaient comme vernis. Ils en appliquaient jusqu'à vingt couches sur du bois ou un coquillage, laissant sécher chacune d'elles sous un linge humide avant d'appliquer la suivante et, petit à petit, ils créaient une surface d'une extrême dureté et d'une très grande brillance. Généralement, ils la rendaient opaque ensuite en utilisant divers oxydes, mais parfois, ils la laissaient translucide, et c'était cela qui intéressait Mary car cette laque claire, couleur d'ambre, possédait la même propriété étrange que le minéral baptisé spath d'Islande. Elle séparait en deux les rayons de lumière si bien que, lorsque vous regardiez à travers, vous voyiez double.

Mary ne savait pas exactement ce qu'elle voulait faire, mais elle savait que, si elle tâtonnait assez longtemps, sans se lamenter, sans se ronger les sangs, elle trouverait. Elle se souvenait d'avoir cité les paroles du poète Keats à Lyra[1], et celle-ci avait immédiatement compris que c'était son état d'esprit quand elle déchiffrait l'aléthiomètre. Voilà ce que Mary devait découvrir à son tour.

Pour commencer, elle dénicha un bout de bois plus ou moins plat (pas de métal, cela signifiait pas de surface plane), qu'elle ponça avec un morceau de grès, jusqu'à le rendre le plus plat pos-

1. « ... capable d'être dans l'incertitude, le mystère et le doute, en oubliant l'exaspérante quête de la vérité et de la raison. *Voilà l'état d'esprit qui convient* » (La Tour des Anges, p. 128). *(N.D.É.)*

sible. C'était la méthode utilisée par les mulefas, qui demandait du temps et des efforts.

Puis elle se rendit au bosquet d'arbres à laque en compagnie d'Atal, après lui avoir soigneusement expliqué quelle était son intention et demandé la permission de prendre un peu de sève. Les mulefas se firent un plaisir de la contenter, mais ils étaient trop occupés pour s'intéresser à son expérience. Avec l'aide d'Atal, Mary préleva un peu de résine épaisse et collante, avant d'entreprendre le long processus qui consistait à la faire bouillir, à la dissoudre, et à la faire bouillir de nouveau, jusqu'à ce que le vernis soit prêt à l'emploi.

Les mulefas l'appliquaient avec des tampons de fibre cotonneuse provenant d'une autre plante et, en suivant les instructions d'un artisan, Mary badigeonna laborieusement son miroir ; chaque couche de vernis était si fine qu'elle distinguait à peine la différence. Malgré tout, elle eut la patience de les laisser sécher et, peu à peu, elle s'aperçut que le vernis devenait plus épais. En tout, elle passa plus de quarante couches — elle avait perdu le compte exact — mais, quand elle fut à court de vernis, la surface qui recouvrait le morceau de bois avait au moins cinq millimètres d'épaisseur.

Après la dernière couche venait l'étape du polissage : une journée entière passée à frotter délicatement la surface, avec de petits mouvements circulaires, jusqu'à ce qu'elle ait mal au bras et à la tête, et finisse par ne plus supporter ce geste répétitif.

Puis elle dormit.

Le lendemain matin, le groupe partit travailler dans un taillis de ce qu'ils nommaient du bois à nœuds, pour vérifier que les jeunes pousses grandissaient comme ils le souhaitaient et resserrer les entrelacements pour que les branches adultes aient la forme désirée. Ils appréciaient énormément l'aide de Mary pour cette tâche car, toute seule, elle se glissait plus facilement que deux mulefas dans les interstices étroits et, grâce à ses deux mains, elle travaillait dans des espaces plus exigus.

C'est seulement après leur retour au village que Mary put commencer son expérience, sans trop savoir ce qu'elle cherchait exactement.

Tout d'abord, elle essaya d'utiliser la plaque de laque comme un miroir mais, à cause de l'absence de fond argenté, elle ne voyait dans le bois qu'un double reflet très flou.

Elle se dit alors qu'elle avait besoin de la laque sans le bois, mais l'idée de devoir fabriquer une autre plaque lui répugnait. Et d'ailleurs, comment pourrait-elle obtenir une surface plane sans support ?

Elle eut alors l'idée d'enlever le support de bois pour ne conserver que la laque. Cette opération prendrait un certain temps également, mais elle avait son couteau suisse. Elle se mit au travail, en commençant par faire sauter le bois sur le bord, très délicatement, en prenant bien soin de ne pas écailler la laque. Elle finit par ôter la majeure partie du fond, ne laissant que de petits morceaux de bois disgracieux, partiellement arrachés et éclatés, pris dans la plaque de vernis translucide.

Que se passerait-il si elle la trempait dans l'eau ? se demanda-t-elle. La laque ramollissait-elle quand elle était mouillée ?

— *Non*, lui dit l'artisan qui lui servait de guide, *elle demeurera dure quoi qu'il arrive. Mais pourquoi ne pas essayer avec ça ?*

Il lui montra un liquide conservé dans une cuvette en pierre, capable de ronger n'importe quel bois en quelques heures. Mary constata qu'il avait l'aspect et l'odeur d'un acide.

Cela n'endommagerait presque pas la laque, lui expliqua-t-il, et elle pourrait sans peine réparer les éventuels dommages. Intrigué par le projet de Mary, il l'aida même à passer délicatement un tampon imprégné d'acide sur le bois, en lui expliquant de quelle manière ils le fabriquaient en broyant, en dissolvant et en distillant un minerai qu'ils trouvaient au bord de plusieurs lacs peu profonds qu'elle n'avait pas encore visités. Peu à peu, le bois ramollit et se détacha, et Mary se retrouva avec une plaque de laque aux reflets bruns, de la taille d'une page de livre de poche.

Elle polit l'envers avec la même application que l'endroit, jusqu'à ce que les deux côtés soient aussi plats et lisses que le plus beau des miroirs.

Et quand elle regarda à travers...

Elle ne vit rien de particulier. La plaque était parfaitement claire, mais elle lui renvoyait une image dédoublée, légèrement décalée sur le côté et en hauteur.

Elle se demanda ce qui se produirait si elle regardait à travers deux plaques de laque, l'une sur l'autre.

Reprenant son couteau suisse, elle entreprit de creuser un sillon au milieu pour pouvoir la couper en deux. À force de passer et de repasser sur le trait, en aiguisant régulièrement la lame du couteau sur une pierre lisse, elle parvint à creuser une marque assez profonde pour prendre le risque de briser la plaque. Elle glissa une branche fine sous la ligne de partage et appuya d'un mouvement sec sur chaque extrémité, comme elle l'avait vu faire à des vitriers qui coupaient du verre, et ça fonctionna : elle avait maintenant deux plaques de laque.

Elle les superposa et regarda à travers. La teinte ambrée était plus marquée et, tel un filtre photographique, elle soulignait certaines couleurs et en effaçait certaines autres, donnant un aspect différent au paysage. Phénomène étrange, le dédoublement des images avait disparu, tout était redevenu unique, mais aucune trace des Ombres.

Elle sépara les deux plaques pour voir si l'écartement modifiait l'apparence des choses. Quand elles étaient éloignées de la largeur d'une main environ, une chose curieuse se produisait : la coloration ambrée disparaissait et tout reprenait ses couleurs normales, mais plus lumineuses, plus vives.

Atal la rejoignit sur ces entrefaites pour voir ce qu'elle faisait.

— *Tu vois la* sraf *maintenant ?* demanda-t-elle.

— *Non, mais je vois d'autres choses*, dit-elle en essayant de lui montrer.

Atal fit preuve d'un intérêt poli, mais elle n'était pas habitée par le goût de la découverte qui animait Mary ; la zalif finit par se lasser de regarder à travers ces deux petits morceaux de laque, et elle s'assit dans l'herbe pour s'occuper de ses roues.

Tous les mulefas accomplissaient ce rituel une fois par jour : ils décrochaient les roues de leurs pattes et les inspectaient pour repérer les fissures et les signes d'usure, et ils soignaient leurs griffes avec la plus grande attention. Parfois, ils s'occupaient mutuellement de leurs pattes, par esprit de solidarité, et une ou deux fois déjà, Atal avait laissé Mary le faire. En échange, Mary laissait Atal lui laver les cheveux ; elle aimait sentir le doux contact de la trompe qui les soulevait et les laissait retomber, tout en lui massant le cuir chevelu.

Elle sentait qu'Atal réclamait cette attention maintenant, alors elle posa ses deux plaques de laque et fit glisser ses mains sur les griffes étonnamment douces de la zalif, cette surface plus lisse et glissante que du Téflon qui reposait sur le bord inférieur du trou central de la cosse et servait d'essieu quand la roue tournait. Les contours concordaient parfaitement, bien entendu et, en promenant ses mains à l'intérieur du trou de la roue, Mary ne perçut aucune différence de texture : c'était comme si la zalif et la cosse n'étaient qu'une seule et même créature qui, grâce à un miracle, pouvait se dissocier et se rassembler.

Ces caresses apaisaient Atal, et Mary aussi par la même occasion. Son amie était jeune et célibataire, mais il n'y avait pas de jeunes mâles dans ce groupe, elle serait donc obligée d'épouser un zalif de l'extérieur. Les contacts entre les groupes n'étaient pas faciles et, parfois, Mary avait l'impression qu'Atal s'inquiétait pour son avenir. Aussi ne refusait-elle jamais de lui accorder un peu de temps et, en ce moment, elle était heureuse de nettoyer toute la poussière et les saletés qui s'accumulaient dans les trous des roues et d'étaler délicatement l'huile parfumée sur les griffes de son amie, pendant que celle-ci s'occupait de ses cheveux.

Quand la zalif en eut assez, elle chaussa ses roues et s'en alla pour aider à préparer le dîner. Mary reporta son attention sur la laque, et presque aussitôt, elle fit une découverte.

Elle écarta les deux plaques de la largeur d'une main pour obtenir l'image nette et claire qu'elle avait vue auparavant, mais une chose s'était produite.

En regardant à travers, elle vit un essaim d'étincelles dorées tourbillonner autour de la silhouette d'Atal. Elles n'étaient visibles qu'à travers une petite partie de la laque et, soudain, Mary découvrit l'explication de ce phénomène : elle avait touché la plaque à cet endroit avec ses doigts humectés d'huile !

— *Atal !* cria-t-elle. *Reviens ! Vite !*

Celle-ci pivota et fit demi-tour à toute allure.

— *Laisse-moi te prendre un peu d'huile*, dit Mary. *Juste de quoi badigeonner la plaque.*

Atal l'autorisa de bonne grâce à promener ses doigts à l'intérieur des trous des cosses, et elle la regarda d'un air intrigué recouvrir une des deux plaques d'une fine couche de substance claire et parfumée.

Puis elle les pressa l'une contre l'autre, les frotta pour étaler l'huile de manière uniforme, et elle les écarta de nouveau, de la largeur d'une main.

Quand elle regarda à travers, cette fois, tout était différent. Elle apercevait les Ombres. Si elle s'était trouvée dans le Salon de Jordan College quand Lord Asriel avait projeté les photogrammes qu'il avait réalisés avec une émulsion spéciale, elle aurait reconnu cet effet. Où que se pose son regard, elle voyait de l'or, conformément à la description faite par Atal : des étincelles de lumière qui flottaient, dérivaient et parfois étaient emportées par un courant rempli de détermination. Et au milieu, il y avait le monde qu'elle voyait à l'œil nu, l'herbe, la rivière, les arbres... mais chaque fois qu'elle apercevait un être doté d'une conscience, un des mulefas, la lumière était plus dense et pleine de mouvements. Mais ce phénomène n'assombrissait pas leurs silhouettes, au contraire, elles apparaissaient plus clairement.

— *Je ne savais pas que c'était aussi beau*, dit Mary à Atal.

— *Évidemment que c'est beau*, répondit son amie. *C'est bizarre de penser que tu ne pouvais pas voir ça. Regarde le petit, là...*

Elle désigna un des jeunes enfants qui jouaient dans les herbes hautes, bondissant de manière pataude derrière les sauterelles, s'arrêtant tout à coup pour examiner une feuille, avant de repartir en courant vers sa mère pour lui dire quelque chose, mais il fut distrait en chemin par une branche, qu'il essaya de ramasser, et il découvrit des fourmis au bout de sa trompe, alors il se mit à barrir... Un halo doré l'enveloppait, comme il enveloppait les cabanes, les filets de pêche, le feu du soir... peut-être était-il juste un peu plus puissant. Mais contrairement à ces autres halos, celui du jeune zalif était rempli de courants d'énergie qui se défaisaient et dérivaient, pour finalement disparaître, au moment où de nouveaux naissaient.

Autour de sa mère, en revanche, les étincelles dorées étaient beaucoup plus brillantes, et les courants au milieu desquels elles s'agitaient étaient plus stables, plus puissants aussi. Elle préparait à manger en étalant de la farine sur une pierre plate, pour faire du pain aussi plat que des chapatis ou des tortillas, tout en observant son petit, et les Ombres, la *sraf*, qui l'enveloppaient offraient l'image même de la responsabilité et de l'affection.

— *Enfin, tu vois*, dit Atal. *Tu dois venir avec moi maintenant.*

Mary observa son amie d'un air intrigué. Atal s'exprimait d'un ton étrange tout à coup, comme si elle disait : « *Tu es enfin prête ; nous attendions. Maintenant, certaines choses doivent changer.* »

D'autres mulefas étaient apparus, de derrière l'arête de la colline, de leurs cabanes, des bords de la rivière : des membres du groupe, mais des étrangers aussi, des mulefas qu'elle n'avait encore jamais vus, et qui jetaient des regards intrigués dans sa direction. Leurs roues sur le sol en pierre produisaient un grondement sourd et régulier.

— *Où dois-je aller ?* demanda Mary. *Pourquoi viennent-ils tous ici ?*

— *Ne t'en fais pas*, répondit Atal. *Suis-moi, personne ne te fera de mal.*

Ce rassemblement semblait avoir été prévu de longue date, car tous les mulefas savaient où aller et ce qui les attendait. Il y avait à l'extrémité du village un petit tertre de terre compacte, de forme régulière, vers lequel se dirigeait la foule, une cinquantaine d'individus, estima Mary. La fumée des feux destinés à cuire le repas flottait dans le ciel crépusculaire, et le soleil couchant étalait lui aussi sa brume dorée sur le paysage. Mary sentait l'odeur du maïs grillé, et l'odeur chaude des mulefas eux-mêmes, mélange d'huile parfumée, de chair moite et de relents chevalins.

Atal l'incita à presser le pas pour rejoindre le tertre.

Mary demanda .

— *Que se passe-t-il ? Explique-moi !*

— *Non, non... Pas moi. Sattamax va parler...*

Elle n'avait jamais entendu ce nom, et le zalif que lui indiqua Atal était un inconnu pour elle. Il paraissait plus âgé que tous ceux qu'elle avait vus jusqu'à présent. Une touffe de poils blancs poussait à l'extrémité de sa trompe, et il se déplaçait avec raideur, comme s'il souffrait d'arthrite. Tous les autres mulefas évoluaient avec prudence autour de lui, et en le regardant furtivement à travers les plaques de laque, Mary en comprit la raison : le nuage d'Ombres du vieux zalif était si dense, si complexe, qu'elle-même éprouva un profond respect, sans trop savoir ce que cela signifiait.

Quand le dénommé Sattamax fut prêt à prendre la parole, tout le monde se tut dans l'assistance. Mary se tenait au pied du tertre, à côté d'Atal pour se rassurer, mais elle sentait tous les regards posés sur elle, et avait l'impression d'être la petite nouvelle qui débarque à l'école.

Sattamax parla. Il avait une voix grave, riche

et modulée ; les mouvements de sa trompe étaient mesurés et gracieux.

— *Nous sommes tous rassemblés pour accueillir l'étrangère nommé Mary. Ceux parmi nous qui la connaissent ont des raisons de lui être reconnaissants pour tout ce qu'elle a fait depuis son arrivée parmi nous. Nous avons attendu qu'elle acquière une certaine maîtrise de notre langue. Grâce à l'aide d'un grand nombre d'entre nous, mais surtout de la zalif Atal, Mary l'étrangère peut maintenant nous comprendre. Mais il fallait qu'elle comprenne autre chose, je veux parler de la* sraf. *Elle connaissait déjà son existence, mais elle n'était pas capable de la voir comme nous, jusqu'à ce qu'elle confectionne un instrument d'optique. Elle a réussi et la voilà prête désormais à en apprendre davantage pour nous aider. Mary, monte me rejoindre.*

Mary avait le tournis, elle se sentait intimidée, déconcertée, mais elle fit ce qu'on attendait d'elle et rejoignit le vieux zalif au sommet du tertre. Visiblement, toute l'assemblée attendait qu'elle parle, alors elle se lança :

— *Vous m'avez tous donné le sentiment que j'étais votre amie. Vous êtes des êtres chaleureux et hospitaliers. Je viens d'un monde où la vie est très différente, mais certains d'entre nous connaissent l'existence de la* sraf, *comme vous l'appelez, et je vous remercie de l'aide que vous m'avez apportée pour fabriquer cet instrument à travers lequel je peux la voir, moi aussi. Si à mon tour je peux vous venir en aide, je le ferai volontiers.*

Elle s'exprimait de manière plus hésitante qu'avec son amie Atal, et elle craignait de ne pas être très claire. Il n'était pas facile de se concentrer quand vous deviez faire des gestes en même temps que vous parliez, mais les mulefas semblaient la comprendre.

Sattamax dit :

— *C'est un plaisir de t'entendre parler. Nous espérons que tu pourras nous aider. Sinon, je ne vois pas comment nous pourrons survivre. Les tualapis nous tueront tous, jusqu'au dernier. Jamais ils n'ont été si nombreux, et leur nombre s'accroît d'année en année. Quelque chose ne tourne plus rond dans ce monde. Depuis trente-trois mille ans qu'il existe des mulefas, nous avons toujours pris soin de la terre. L'équilibre régnait. Les arbres prospéraient, les ruminants broutaient, et même si, de temps à autre, les tualapis envahissaient notre territoire, les forces restaient égales.*

Mais, il y a trois cents ans, les arbres ont commencé à tomber malades. Nous les avons surveillés attentivement, nous les avons soignés de notre mieux et, malgré toute notre attention, ils produisaient de moins en moins de cosses, ils perdaient leurs feuilles hors saison ; certains sont même carrément morts, ce qui ne s'était jamais vu. Dans tous nos souvenirs, nous n'avons pas réussi à découvrir l'origine de ce phénomène.

L'évolution était lente, assurément, mais notre

rythme de vie aussi. Nous l'ignorions jusqu'à ton arrivée parmi nous. Nous avons vu des papillons et des oiseaux, mais ils n'ont pas de sraf. *Toi, si, malgré ton aspect étrange, mais tu es vive et énergique, comme les oiseaux, comme les papillons. Tu comprends que tu as besoin d'un instrument pour voir la* sraf, *et immédiatement, avec les éléments que nous connaissons depuis des milliers d'années, tu fabriques cet instrument. Comparée à nous, tu réfléchis et tu agis avec la rapidité d'un oiseau. Telle est l'impression que nous avons, et nous savons que notre rythme te paraît lent.*

Mais c'est là notre espoir. Tu peux voir des choses que nous ne voyons pas, tu repères des connexions, des possibilités, des alternatives qui sont pour nous invisibles. Et si nous ne connaissons aucun moyen de survie, nous espérons que toi, tu en découvriras peut-être un. Nous espérons que tu trouveras rapidement la cause de la maladie des arbres et son remède ; nous espérons que tu inventeras un moyen de combattre les tualapis, qui sont si nombreux et si puissants.

Et nous espérons que tu le feras très vite, sinon, nous mourrons tous !

Un murmure d'approbation parcourut l'assistance. Tous les mulefas regardaient Mary et, plus que jamais, elle eut l'impression d'être la petite nouvelle de l'école, dont tout le monde attend qu'elle accomplisse des prodiges. Elle éprouvait également une étrange fierté : les qualificatifs de vive et d'énergique, la comparaison avec un oiseau, étaient une nouveauté très agréable, pour elle qui s'était toujours vue comme une personne persévérante et laborieuse. Mais cette fierté s'accompagnait du sentiment qu'ils commettaient une terrible méprise ; les mulefas se trompaient sur son compte, elle n'avait aucun moyen de répondre à leurs espoirs insensés.

Mais, d'un autre côté, elle n'avait pas le choix. Ils comptaient sur elle.

— *Sattamax*, dit-elle, *mulefas, vous avez placé votre confiance en moi, et je ferai de mon mieux pour ne pas vous décevoir. Vous avez été très gentils, vous menez une existence digne et heureuse, et je ferai tout pour vous aider ; maintenant que j'ai vu la* sraf, *je sais ce que je fais. Merci de m'accorder votre confiance.*

Les mulefas hochèrent la tête, murmurèrent des paroles d'encouragement et la caressèrent avec leurs trompes, alors qu'elle descendait du tertre. Au fond d'elle-même, elle était effrayée par l'ampleur de la tâche qu'elle venait d'accepter.

Au même moment, dans le monde de Cittàgazze, le prêtre assassin, le père Gomez, marchait sur un chemin de montagne rocailleux, au milieu des troncs noueux des oliviers. Les derniers rayons du soleil couchant filtraient à travers les feuilles argentées, l'air vibrait du chant des grillons et des cigales.

Droit devant lui il apercevait une petite ferme

abritée par les vignes, où une chèvre bêlait et où un petit ruisseau serpentait parmi les pierres grises. Un vieil homme s'affairait à côté de la maison, pendant qu'une vieille femme conduisait la chèvre vers un tabouret et un seau.

Dans le village, derrière lui, on lui avait appris que la femme qu'il suivait était passée par ici, et qu'elle envisageait de se rendre dans la montagne ; ce vieux couple l'avait peut-être vue. Au moins, il pourrait leur acheter du fromage et des olives, et il pourrait se désaltérer en buvant l'eau du ruisseau. Le père Gomez était habitué à vivre de manière frugale, et il avait tout le temps devant lui.

18

Les banlieues des morts

> S'il était seulement possible de s'entretenir pendant deux jours avec les morts...
>
> John Webster

Lyra se réveilla avant l'aube. Pantalaimon frissonnait dans son cou ; elle se leva et marcha un peu pour se réchauffer, alors qu'une lumière grise se glissait dans le ciel encore noir. Elle n'avait jamais connu un tel silence, pas même dans l'immensité neigeuse de l'Arctique : il n'y avait pas un souffle de vent, la mer était si calme qu'aucune vaguelette ne venait lécher le rivage ; le monde semblait suspendu entre une inspiration et une expiration.

Will dormait encore profondément, couché en chien de fusil, la tête posée sur son sac à dos pour protéger le couteau. Le manteau avait glissé de ses épaules et Lyra le remit en place, avec précaution, pour ne pas toucher son dæmon imaginaire, qu'elle se représentait sous l'apparence d'un chat, roulé en boule comme lui. « Il doit être là, quelque part », se dit-elle.

Portant dans ses bras Pantalaimon encore endormi, elle s'éloigna de Will et alla s'asseoir au creux d'une dune, un peu plus loin, pour que leurs voix ne le réveillent pas.

— Ces petits individus... dit Pantalaimon.

— Je ne les aime pas, déclara Lyra d'un ton catégorique. Je crois qu'on devrait essayer de leur fausser compagnie à la première occasion. Il suffirait de les emprisonner dans un filet ou quelque chose comme ça, ensuite Will pourrait ouvrir une fenêtre, la refermer derrière nous et hop ! on serait libres.

— On n'a pas de filet, ni rien de semblable, fit remarquer Pantalaimon. Et, de toute façon, ils sont plus malins que tu l'imagines. Tiens, regarde, il nous observe.

Le dæmon avait pris l'apparence d'un faucon, et sa vue était maintenant bien plus perçante que celle de Lyra. Le noir du ciel se transformait de minute en minute en un bleu éthéré, très pâle et, tandis que Lyra regardait droit devant elle, le disque du soleil émergea de la mer et l'éblouit. Comme elle se trouvait au sommet de la dune, la lumière l'atteignit quelques secondes avant la plage, et elle la regarda se répandre autour d'elle et ramper vers Will, puis elle découvrit la silhouette, grande comme une main, du chevalier

Tialys, debout près de la tête de son ami, aux aguets, parfaitement réveillé. Il les surveillait.

— Ils ne peuvent pas nous contraindre à faire ce qu'on n'a pas envie de faire, dit Lyra. Ils ont l'ordre de nous suivre Je parie qu'ils en ont assez.

— S'ils nous capturent, toi et moi, dit Pantalaimon, et s'ils menacent de nous frapper avec leurs dards, Will sera bien obligé de leur obéir.

Lyra réfléchit à cette éventualité. Elle avait conservé le souvenir de l'effroyable cri de douleur de Mme Coulter ; elle revoyait le singe doré se convulser, les yeux révulsés et la bave aux lèvres, tandis que le poison pénétrait dans les veines de la femme. Et encore, ce n'était qu'une égratignure. Pantalaimon avait raison, se dit-elle, Will serait obligé de faire tout ce qu'ils lui ordonneraient.

— Mais supposons qu'ils le croient si insensible qu'il préférerait nous regarder mourir. Peut-être qu'il devrait leur laisser croire ça.

Lyra avait emporté l'aléthiomètre, et il faisait suffisamment jour maintenant pour pouvoir l'utiliser. Elle sortit le précieux instrument et le posa bien à plat sur le velours noir, sur ses genoux. Peu à peu, elle plongea dans cet état de transe où les différents niveaux de signification lui apparaissaient clairement, et où elle distinguait des réseaux complexes de connexions entre tous ces niveaux. Alors que ses doigts caressaient les symboles, sans même les regarder, son esprit formait ces mots : « Comment peut-on se débarrasser des deux espions ? »

L'aiguille se mit à courir dans un sens, puis dans l'autre, presque trop rapidement pour que l'œil puisse la suivre, mais une partie du cerveau de Lyra comptait machinalement les déplacements et les arrêts et elle saisit immédiatement la signification du message.

L'aléthiomètre lui disait : « N'essaie pas de leur échapper, car vos vies dépendent d'eux. »

Ce fut une surprise, et une mauvaise surprise. Mais elle continua et demanda : « Comment peut-on accéder au pays des morts ? »

La réponse lui parvînt : « Descends. Suis le couteau. Va de l'avant. Suis le couteau. »

Finalement, elle demanda, d'une voix hésitante, légèrement honteuse : « Est-ce le bon choix ? »

« Oui, répondit immédiatement l'aléthiomètre. Oui. »

Lyra poussa un soupir en s'arrachant à son état de transe, et repoussa ses cheveux derrière ses oreilles, consciente des premiers rayons chauds du soleil qui frappaient son visage et ses épaules. Les insectes se réveillaient et une légère brise faisait bruire les grandes herbes sèches, plus haut sur la dune.

Elle rangea l'aléthiomètre et retourna auprès de Will d'un pas traînant, suivie de Pantalaimon qui, sous l'apparence d'un lion, se faisait le plus gros possible pour impressionner les Gallivespiens.

Le chevalier Tialys utilisait son étrange appareil de communication et, quand il eut fini, Lyra demanda :

— Vous avez dialogué avec Lord Asriel ?

— Avec son représentant.

— On ne vient pas avec vous.

— C'est ce que je lui ai dit.

— Et qu'a-t-il répondu ?

— Cela ne regarde que moi.

— Comme vous voulez, dit Lyra. Vous êtes marié avec cette femme ?

— Non. Nous sommes collègues.

— Vous avez des enfants ?

— Non.

Tialys rangea soigneusement le résonateur à aimant et, pendant ce temps, Lady Salmakia se réveilla. Elle se redressa avec élégance au fond du petit trou qu'elle avait creusé dans le sable. Les libellules dormaient encore, attachées par des longes fines comme une toile d'araignée ; leurs ailes étaient humides de rosée.

— Y a-t-il des personnes de grande taille dans votre monde, ou sont-elles toutes petites comme vous ? demanda Lyra.

— Nous savons comment traiter les individus de grande taille, déclara Tialys, sans répondre directement à sa question.

Et il se désintéressa d'elle pour discuter avec la lady. Ils parlaient bien trop bas pour que la fillette puisse entendre ce qu'ils se disaient, mais elle prenait plaisir à les regarder boire les gouttes de rosée qui pendaient à l'extrémité des brins d'herbe pour se désaltérer. Pour eux, l'eau devait être une chose totalement différente, se disait-elle en s'adressant à Pantalaimon : « Imagine des gouttes de la taille de ton poing ! Ça ne doit pas être facile à percer, elles doivent avoir une enveloppe élastique, comme un ballon. »

Will commençait à se réveiller, lui aussi, mais plus difficilement. Son premier réflexe fut de chercher du regard les Gallivespiens, qui tournèrent immédiatement la tête dans sa direction.

— J'ai quelque chose à te dire, dit-il alors à Lyra. Viens par ici, à l'écart de...

— Si vous vous éloignez, dit Tialys de sa voix claire, vous devez laisser le couteau. Si vous refusez, vous devrez vous parler ici.

— On n'a pas droit à un peu d'intimité ? s'exclama Lyra avec indignation. On ne veut pas que vous écoutiez ce qu'on a à se dire.

— Dans ce cas, éloignez-vous, mais laissez le poignard.

Après tout, il n'y avait personne d'autre dans les parages, et les Gallivespiens étaient bien incapables de s'en servir. Will fouilla dans son sac pour prendre la gourde et deux biscuits ; il en offrit un à Lyra, et ils gravirent ensemble la dune.

— J'ai interrogé l'aléthiomètre, annonça-t-elle. Il dit qu'on ne doit pas essayer de fausser compagnie à ces deux petites personnes, car elles vont nous sauver la vie. Ça veut dire qu'on doit continuer à les supporter.

— Tu leur as dit ce qu'on voulait faire ?

— Non, et je ne leur dirai pas. Car ils le répéteraient aussitôt à Lord Asriel avec leur espèce de violon à paroles et il se rendrait sur place pour nous arrêter. Il ne faut pas en parler devant eux.

— Ce sont des espions, fit remarquer Will. Ils sont sans doute très doués pour écouter et se cacher. Peut-être vaudrait-il mieux ne pas en parler du tout. On sait où on va. Ils seront obligés de nous suivre.

— Ils ne peuvent pas nous entendre pour le moment ; ils sont trop loin. J'ai demandé aussi à l'aléthiomètre comment faire pour aller là-bas. Il a juste dit qu'il fallait suivre le couteau. C'est tout.

— Ça paraît facile, dit-il. Mais peut-être pas si facile que ça. Sais-tu ce que m'a dit Iorek ?

— Non. Moi, il m'a dit... quand je suis allée lui dire au revoir, il m'a dit que ce serait très difficile pour toi, mais il pensait que tu pouvais y arriver. Cependant, il ne m'a pas dit pourquoi...

— Le couteau s'est brisé parce que j'ai pensé à ma mère, expliqua-t-il. Il faut que je la chasse de mes pensées. Mais... c'est comme quand quelqu'un te dit de ne pas penser à un crocodile, par exemple, tu y penses forcément. C'est plus fort que toi...

— Tu as réussi à ouvrir un passage hier soir, dit Lyra.

— Oui, sans doute parce que j'étais trop fatigué pour penser à autre chose. On verra bien. Il a juste dit de suivre le couteau ?

— Oui, rien d'autre.

— Autant nous mettre en route dès maintenant, dans ce cas. Mais il ne nous reste presque plus de provisions. Il faudrait dénicher quelque chose, des fruits et du pain, par exemple. Je vais commencer par trouver un monde où l'on puisse se procurer de la nourriture, et ensuite, on cherchera pour de bon.

— Très bien, répondit Lyra, heureuse de reprendre la route en compagnie de Pan et de Will, vivante et bien réveillée.

Ils rejoignirent les deux espions, qui étaient assis près du couteau, les sens en alerte, leur sac sur le dos.

— Nous aimerions savoir quelles sont vos intentions, déclara Lady Salmakia.

— Une chose est sûre, nous ne rejoindrons pas Lord Asriel, déclara Will. Nous avons autre chose à faire d'abord.

— Peut-on savoir de quoi il s'agit, puisqu'il est évident que nous ne pouvons pas vous en empêcher ?

— Non, répondit Lyra. Car vous vous empresseriez de le faire savoir. Vous devrez nous suivre sans savoir où nous allons. Évidemment, vous pouvez aussi renoncer et rentrer chez vous.

— Certainement pas, dit Tialys.

— Nous exigeons une sorte de garantie, dit

Will. Vous êtes des espions, vous êtes donc des gens malhonnêtes, c'est votre métier. Nous voulons être sûrs que nous pouvons vous faire confiance. Hier soir, nous étions tous trop fatigués pour y réfléchir. En fait, rien ne vous empêche d'attendre que nous soyons endormis pour nous piquer avec vos dards, afin de nous paralyser et de contacter ensuite Lord Asriel avec votre appareil. Ce serait un jeu d'enfant pour vous. Nous voulons être certains que vous ne le ferez pas. Mais votre promesse ne suffit pas.

Les deux Gallivespiens tremblaient de rage face à cette mise en cause de leur honneur.

Tialys parvint à se contrôler pour dire :

— Nous n'acceptons pas les exigences à sens unique. Vous devez nous offrir quelque chose en échange. Dites-nous quelles sont vos intentions, et je vous remettrai le résonateur à aimant. Vous me le rendrez quand je voudrai envoyer un message mais, de cette façon, vous serez forcément avertis, et nous ne pourrons pas l'utiliser sans votre accord. Voilà notre garantie. Maintenant, dites-nous où vous voulez aller, et pour quelle raison.

Will et Lyra échangèrent un regard pour confirmer qu'ils étaient d'accord.

— Très bien, dit la fillette. Ça me paraît équitable. Je vais vous dire où nous allons : nous allons dans le monde des morts. Nous ne savons pas où c'est, mais le couteau nous guidera. C'est là que nous allons.

Les deux espions la regardaient d'un air stupéfait. Lady Salmakia fut la première à réagir :

— Cela n'a aucun sens. Les morts sont morts, un point c'est tout. Il n'existe aucun monde des morts.

— C'était aussi ce que je croyais, dit Will. Mais maintenant, je n'en suis plus aussi sûr. Grâce au couteau, nous serons fixés.

— Mais pourquoi ?

Lyra se tourna vers son ami, qui hocha la tête pour l'autoriser à parler.

— Avant de rencontrer Will, bien avant de dormir pendant si longtemps, j'ai entraîné un ami vers le danger, et il a été tué. Je croyais que j'allais le sauver mais, en vérité, je ne faisais qu'aggraver les choses. Pendant que je dormais, j'ai rêvé de lui, et je me suis dit que je pourrais peut-être me faire pardonner, si je le rejoignais là où il se trouve pour lui dire que j'étais désolée. Will, lui, cherche son père, qui est mort juste au moment de leurs retrouvailles. Lord Asriel ne penserait pas à tout ça. Mme Coulter non plus. Si on se rendait auprès de lui, on serait obligés de faire ce qu'il veut, et il se ficherait pas mal de Roger — c'est mon ami qui est mort —, ça ne compte pas pour lui. Mais pour moi, c'est très important. Pour nous. C'est pour ça qu'on veut aller là-bas.

— Mon enfant, dit Tialys, quand on meurt, tout est terminé. Il n'y a pas d'autre vie. Tu as vu la mort de tes propres yeux. Tu as vu des morts, et tu as vu ce qui arrive à un dæmon quand la mort survient. Il disparaît. Quelle vie peut-il y avoir après cela ?

— C'est ce qu'on va essayer de découvrir, répliqua Lyra. Maintenant que je vous ai tout dit, donnez-moi votre résonateur.

Elle tendit la main et Pantalaimon le léopard se dressa sur ses pattes, en balançant lentement la queue, pour donner plus de poids à cette demande. Tialys ôta son sac de son dos et le déposa dans la paume de la fillette. Il était étonnamment lourd, compte tenu de sa taille minuscule. Pour elle, ce n'était rien, évidemment, mais elle fut impressionnée par la force du chevalier.

— Combien de temps durera cette expédition, à votre avis ? demanda ce dernier.

— On n'en sait rien, avoua Lyra. On n'en sait pas plus que vous. On va aller jusque là-bas, et on verra bien.

Will intervint :

— Avant toute chose, il nous faut de l'eau et des provisions, des choses faciles à transporter. Je vais d'abord trouver un monde où l'on peut se procurer tout cela et, ensuite, nous nous mettrons en route.

Tialys et Lady Salmakia grimpèrent sur leurs libellules, qui s'agitèrent aussitôt, visiblement impatientes de s'envoler, mais leurs cavaliers les maintenaient au sol avec autorité et, en les observant pour la première fois à la lumière du jour, Lyra découvrit l'extraordinaire finesse des rênes de soie grise, des étriers d'argent et des minuscules selles.

Will prit le couteau et une puissante tentation le poussa à chercher l'ouverture de son propre monde : il avait toujours la carte de crédit, il pourrait acheter de la nourriture qu'il connaissait, il pourrait même téléphoner à Mme Cooper et lui demander des nouvelles de sa mère...

Le couteau produisit un crissement semblable à un ongle qui frotte contre une pierre rugueuse, et Will crut que son cœur allait s'arrêter : « Oui, je sais qu'elle est là, mais je vais détourner le regard... »

Cette fois, la ruse fonctionna. Il trouva un nouveau monde, fit remonter en douceur la lame du couteau pour découper une ouverture et, quelques instants plus tard, ils se retrouvèrent tous au milieu des bâtiments d'une sorte de grande ferme, cossue et bien entretenue, dans quelque pays du Nord évoquant la Hollande ou le Danemark. La cour dallée était impeccable ; devant eux, une rangée de portes étaient ouvertes sur les écuries. Le soleil perçait péniblement à travers un ciel brumeux, et une odeur de brûlé flottait dans l'air, en même temps qu'une autre odeur moins agréable. On ne percevait aucun bruit d'activité humaine, mais des écuries s'échappait un fort bourdonnement, régulier et puissant comme le ronronnement d'une machine.

Intriguée, Lyra alla jeter un coup d'œil et revint immédiatement, blême.

— Il y a quatre... (Elle avala difficilement sa salive.)... quatre chevaux morts à l'intérieur. Et des millions de mouches.

— Regarde ! s'exclama Will. Non, il vaut peut-être mieux ne pas...

Il désignait les framboisiers qui bordaient le potager. Il venait d'apercevoir les jambes d'un homme qui dépassaient du massif. Il lui manquait une chaussure.

Lyra ne voulait pas regarder, mais Will s'en approcha pour voir si l'homme avait besoin d'aide. Il revint en secouant la tête, visiblement mal à l'aise.

Pendant ce temps, les deux espions s'étaient dirigés vers la porte de la ferme, entrouverte.

Tialys revint rapidement vers les enfants.

— Ça sent meilleur là-dedans ! Venez, dit-il, avant de repartir sur sa libellule pour franchir à nouveau le seuil de la maison, pendant que Lady Salmakia inspectait les dépendances.

Will suivit le chevalier. Il se retrouva dans une grande cuisine carrée, un décor d'un autre temps, avec de la vaisselle en porcelaine blanche sur un buffet en bois, une table en pin éraflée et une cheminée dans laquelle reposait une bouilloire noire, froide. La porte voisine s'ouvrait sur un garde-manger, où deux étagères pleines de pommes parfumaient toute la pièce. Le silence qui régnait en ce lieu était oppressant.

Lyra demanda, à voix basse :

— Will, c'est ça le monde des morts ?

La même pensée l'avait frappé. Mais il dit :

— Non. Je ne crois pas. C'est un monde dans lequel on n'est jamais allés. On va emporter le maximum de provisions. Tiens, il y a une sorte de pain de seigle, c'est parfait. C'est léger et... Il y a aussi du fromage.

Quand ils eurent pris tout ce qu'ils pouvaient transporter, Will déposa une pièce d'or dans le tiroir de la grande table en pin.

— Eh bien, quoi ? lança Lyra en voyant Tialys hausser les sourcils. Il faut toujours payer ce qu'on emporte.

À cet instant, Lady Salmakia entra par la porte de derrière et sa libellule se posa sur la table dans un scintillement bleu électrique.

— Des hommes approchent, annonça-t-elle. À pied et armés. Ils ne sont qu'à quelques minutes de marche. Et au-delà des champs, j'ai vu un village incendié.

Alors même qu'elle prononçait ces mots, ils entendirent le martèlement des bottes sur le gravier, une voix grave qui lançait des ordres et le tintement du métal.

— On ferait mieux de décamper, dit Will.

Il sonda le vide avec la pointe du couteau. Immédiatement, il perçut un nouveau type de sensation. La lame semblait glisser sur une surface extrêmement lisse, semblable à un miroir, puis elle s'y enfonça lentement, jusqu'à ce qu'il puisse tailler dans le vide. Mais il sentait une résistance et, quand enfin il parvint à découper une ouverture, Will ouvrit de grands yeux remplis d'étonnement et d'angoisse, car le monde dans lequel il avait ouvert une fenêtre était identique, jusque dans les moindres détails, à celui dans lequel ils se trouvaient à cet instant.

— Que se passe-t-il ? s'enquit Lyra.

Les deux espions regardaient par l'ouverture, perplexes. Mais ils n'éprouvaient pas que de la stupéfaction. De la même manière que l'air avait résisté à la pression du couteau, quelque chose dans cette fenêtre les empêchait de la traverser. Will dut repousser une barrière invisible et tirer Lyra pour l'aider à passer ; quant aux Gallivespiens, ils ne parvenaient pas à avancer. Ils durent poser leurs libellules sur les mains des enfants et, malgré cela, c'était comme si elles devaient lutter contre un vent contraire ; leurs ailes fragiles ployaient et se tordaient, les deux petits cavaliers devaient leur caresser la tête et leur chuchoter des paroles rassurantes pour apaiser leur peur.

Mais après quelques secondes de combat acharné, tous parvinrent à franchir l'ouverture et Will, après avoir trouvé les bords de la fenêtre (bien qu'ils fussent invisibles), s'empressa de la refermer, étouffant le bruit des soldats dans le monde voisin.

— Euh... Will..., dit Lyra. Regarde...

Il se retourna et découvrit qu'il y avait quelqu'un dans la cuisine avec eux.

Son cœur fit un bond dans sa poitrine. C'était

l'homme qu'il avait vu il y avait moins de dix minutes, couché dans les framboisiers, mort, la gorge tranchée.

Âgé d'une cinquantaine d'années, mince, il avait le visage buriné de quelqu'un qui a passé toute sa vie au grand air. Mais à cet instant, il paraissait presque fou de terreur. Ses yeux étaient tellement écarquillés qu'on voyait le blanc tout autour de ses iris, et il s'accrochait au bord de la table d'une main tremblante. Will constata avec soulagement que sa gorge était intacte.

L'homme ouvrit la bouche pour parler, mais aucun son n'en sortit. Il ne pouvait que pointer le doigt vers Will et Lyra.

Celle-ci dit :

— Excusez-nous de faire intrusion dans votre maison, mais nous devions échapper aux soldats qui approchaient. Si on vous a fait peur, pardonnez-nous. Je m'appelle Lyra, lui c'est Will, et voici nos amis, le chevalier Tialys et Lady Salmakia. Quel est votre nom et où sommes-nous ?

Ces questions banales semblèrent aider l'homme à retrouver ses esprits ; il fut parcouru d'un frisson, comme s'il se réveillait d'un cauchemar.

— Je suis mort, dit-il. Je suis allongé là-bas, mort. Je le sais. Vous, vous n'êtes pas morts. Que se passe-t-il ? Aidez-moi, Seigneur, ils m'ont tranché la gorge. Que se passe-t-il ?

Instinctivement, Lyra se rapprocha de Will et

Pantalaimon se réfugia dans son cou, sous la forme d'une souris. Quant aux Gallivespiens, ils s'efforçaient de contrôler leurs libellules, car les grands insectes semblaient avoir une profonde aversion pour cet homme et ils parcouraient la cuisine en tous sens à la recherche d'une issue.

Mais l'homme ne les remarquait même pas. Il essayait encore de comprendre ce qui s'était passé.

— Vous êtes un fantôme ? demanda prudemment Will.

L'homme tendit la main, et Will essaya de la saisir, mais ses doigts se refermèrent sur du vide. Il ne sentit qu'un picotement glacé.

L'homme regarda sa main, effrayé. Sa stupeur commençait à se dissiper et il prenait conscience de son état tragique.

— C'est donc vrai, dit-il. Je suis bien mort... je suis mort, et je vais aller en enfer...

— Chut, fit Lyra. Nous irons tous ensemble. Comment vous appelez-vous ?

— Je m'appelais Dirk Jansen, mais déjà je... Je ne sais pas quoi faire... Je ne sais pas où aller...

Will ouvrit la porte. La cour de la ferme paraissait identique, le potager aussi, le même soleil brumeux éclairait faiblement le décor. Et le cadavre de l'homme était toujours à la même place, dans la même position.

Un petit gémissement s'échappa de la gorge de Dirk Jansen, comme s'il comprenait qu'il n'était plus possible de nier la vérité. Les libellules se précipitèrent par la porte ouverte, tournoyèrent un instant au ras du sol, avant de s'envoler dans les airs, plus rapides que des oiseaux. L'homme regardait autour de lui, hagard, agitant les mains en poussant de petits gémissements.

— Je peux pas rester ici... Je peux pas, disait-il. Mais c'est pas la ferme que j'ai connue. Ça ne va pas. Il faut que je m'en aille...

— Où voulez-vous aller, monsieur Jansen ? demanda Lyra.

— Au bout de la route. Je sais pas... Faut que je parte. Je ne peux pas rester ici.

Salmakia vint se percher sur la main de Lyra. Celle-ci sentait le picotement des petites pattes de la libellule, tandis que la lady disait :

— Des personnes quittent le village. Des personnes semblables à cet homme. Elles marchent toutes dans la même direction.

— Suivons-les, dans ce cas, déclara Will.

Dirk Jansen passa devant son propre corps en détournant le regard. On aurait pu croire qu'il était ivre : il s'arrêtait brusquement, repartait, zigzaguait, trébuchait sur les cailloux et les ornières du chemin que ses pieds connaissaient si bien quand il était vivant.

Lyra emboîta le pas à Will, et Pantalaimon, transformé en crécerelle, s'envola, le plus haut possible, à tel point que la fillette en avait le souffle coupé.

— Ils ont raison, dit-il en revenant vers elle.

Une longue colonne de gens quitte le village. Une colonne de morts...

Will et Lyra ne tardèrent pas à les voir à leur tour : une vingtaine d'hommes, de femmes et d'enfants, qui avançaient comme Dirk Jansen, d'un pas hésitant, en état de choc. Le village se trouvait à un peu moins d'un kilomètre, et ces gens marchaient dans leur direction, en rangs serrés. En apercevant les autres fantômes, Dirk Jansen se mit à courir vers eux de manière pataude, et ces gens ouvrirent les bras pour l'accueillir.

— Même s'ils ne savent pas où ils vont, ils y vont tous ensemble, commenta Lyra. On ferait peut-être bien de les suivre.

— Crois-tu que ces gens avaient des dæmons dans ce monde ? demanda Will.

— J'en sais rien. Si tu voyais une de ces personnes dans ton monde, saurais-tu que c'est un fantôme ?

— Difficile à dire. Elles n'ont pas l'air très normales... Dans ma ville, je voyais souvent un bonhomme qui se promenait devant les boutiques, en transportant toujours le même vieux sac en plastique, il ne parlait jamais à personne, il n'entrait jamais dans les magasins. Et personne ne le regardait. Moi, j'imaginais que c'était un fantôme. Ces gens lui ressemblent un peu. Peut-être que mon monde est rempli de fantômes, et que je ne le savais pas.

— Pas le mien, ça m'étonnerait, dit Lyra, perplexe.

— Quoi qu'il en soit, on doit être dans le monde des morts. Ces gens viennent d'être tués, sans doute par les soldats, et les voici maintenant, dans ce monde qui ressemble à celui où ils ont vécu. Je pensais que ce serait très différent...

— Il s'efface ! s'exclama Lyra. Regarde !

Elle lui agrippait le bras. Will s'arrêta pour regarder autour de lui : elle avait raison. Peu de temps avant qu'il découvre la fenêtre, à Oxford, qui ouvrait sur le monde de Cittàgazze, il y avait eu une éclipse de soleil et, comme des millions d'autres personnes, il était sorti en plein midi pour voir la lumière du jour disparaître, jusqu'à ce qu'une sorte de crépuscule irréel recouvre les maisons, les arbres, le parc. Tout était aussi clair qu'en plein jour, mais il n'y avait presque plus de lumière, comme si le soleil agonisant se vidait de toutes ses forces.

Ce qui arrivait maintenant ressemblait à cette scène, mais de manière encore plus étrange, car les contours des choses devenaient flous à mesure qu'elles s'assombrissaient.

— Ce n'est pas comme si on devenait aveugles, commenta Lyra, effrayée, car on voit encore les choses, mais on dirait qu'elles s'effacent...

Les couleurs disparaissaient peu à peu. Le vert éclatant des arbres et de l'herbe était remplacé par un vert-de-gris, le jaune vif d'un champ de blé virait au beige, et les briques écarlates d'une belle ferme prenaient une teinte cuivrée.

Les gens s'étaient rapprochés, et eux aussi avaient remarqué ce phénomène ; ils tendaient le doigt et se donnaient la main pour se réconforter.

Les seules taches éclatantes dans ce paysage étaient le rouge et le jaune vifs et le bleu électrique des libellules, et de leurs minuscules cavaliers.

Will, Lyra et les autres approchaient de la personne qui marchait en tête du cortège, et le doute n'était plus permis : c'étaient tous des fantômes. Les deux enfants firent un pas l'un vers l'autre, mais il n'y avait rien à craindre, car les fantômes avaient plus peur qu'eux, et ils gardaient prudemment leurs distances.

— N'ayez pas peur ! leur lança Will. On ne vous fera pas de mal. Où allez-vous ?

Ils se tournèrent vers le plus âgé d'entre eux, comme s'il était leur guide.

— Nous allons là où vont tous les autres, répondit celui-ci. J'ai l'impression de savoir où, mais je ne me souviens pas de l'avoir appris. On dirait que c'est au bord de cette route. Nous le saurons quand nous y arriverons.

— Maman, dit un enfant, pourquoi il fait nuit en plein jour ?

— Chut, mon trésor, ne t'inquiète pas, répondit sa mère. Ça ne sert à rien de s'inquiéter. Je crois que nous sommes morts.

— Mais où on va ? demanda l'enfant. Je veux pas être mort, maman !

— On va retrouver papy, dit la mère, en désespoir de cause.

Mais l'enfant demeurait inconsolable et il se mit à pleurer à chaudes larmes. D'autres personnes du groupe regardaient la mère avec compassion ou agacement, mais elles ne pouvaient rien dire pour l'aider ; elles continuaient à marcher d'un air abattu dans ce paysage qui disparaissait peu à peu, accompagnées par les pleurs de l'enfant.

Le chevalier Tialys s'était entretenu avec Salmakia avant de partir en éclaireur ; Will et Lyra regardèrent la libellule disparaître au loin, regrettant déjà ses couleurs éclatantes et son énergie. La lady vint se poser avec sa monture sur la main de Will.

— Le chevalier est parti en reconnaissance, dit-elle. Nous pensons que le paysage s'efface parce que ces gens l'oublient. Plus ils s'éloigneront de leurs maisons, plus il fera nuit.

— Mais pourquoi s'en vont-ils, à votre avis ? demanda Lyra. Moi, si j'étais un fantôme, je voudrais rester dans les endroits que j'ai connus, au lieu de partir au hasard et de me perdre.

— Ils sont malheureux ici, risqua Will. C'est l'endroit où ils viennent de mourir, ils en ont peur.

— Non, ils sont attirés par quelque chose, dit

Lady Salmakia. Leur instinct les conduit sur cette route.

En effet, les fantômes avançaient avec davantage de détermination maintenant que leur village n'était plus en vue. Le ciel était d'un noir d'orage, mais sans cette tension électrique qui précède le déchaînement des cieux. Les fantômes marchaient d'un pas régulier, en suivant la route qui traversait en ligne droite un paysage presque désertique.

De temps à autre, l'un d'eux jetait un regard à Will ou à Lyra, à la libellule éclatante et à sa cavalière, avec une certaine curiosité. Finalement, le doyen du groupe s'adressa à Will :

— Toi et la fille, vous n'êtes pas morts. Vous n'êtes pas des fantômes. Que venez-vous faire parmi nous ?

— Nous sommes arrivés ici par accident, répondit Lyra à la place de Will. Je ne sais pas ce qui s'est passé. On essayait d'échapper à ces hommes, et on s'est retrouvés ici sans le vouloir.

— Comment saurez-vous que vous êtes arrivés à destination ? demanda Will.

— Je pense qu'on nous avertira, répondit le fantôme d'un ton confiant. Ils sépareront les pécheurs des justes. Inutile de prier maintenant. C'est trop tard. Il fallait le faire pendant que vous étiez en vie. Ça ne sert plus à rien maintenant !

Il était facile de deviner dans quelle catégorie se classait cet homme et, de toute évidence, il pensait qu'ils ne seraient pas très nombreux à en faire partie. Les autres fantômes l'écoutaient avec une certaine gêne, mais il était leur seul guide, aussi le suivaient-ils sans protester.

Ils continuaient donc à avancer en silence, sous un ciel qui avait finalement pris une couleur de plomb, et cessé de s'assombrir. Les vivants, eux, se surprirent à jeter des regards alentour, à la recherche de taches de couleur, d'un peu de vie et de gaieté. Mais leurs espoirs furent déçus, jusqu'à ce qu'une petite étincelle apparaisse droit devant et se précipite vers eux dans les airs. C'était le chevalier. Salmakia éperonna sa monture ailée pour filer à sa rencontre, en laissant échapper un cri de plaisir.

Les Gallivespiens échangèrent quelques mots avant de revenir vers les enfants.

— Il y a une ville un peu plus loin, déclara Tialys. Elle ressemble à un camp de réfugiés ; pourtant, on dirait qu'elle existe depuis des siècles, et même plus. Je crois qu'il y a un lac ou une mer juste après, mais tout est recouvert de brume. J'ai entendu des cris d'oiseaux. Des centaines de personnes affluent à chaque minute, de toutes les directions, des gens semblables à ces... fantômes...

Les morts eux aussi écoutaient le récit du chevalier, mais avec une sorte d'indifférence. Ils semblaient être entrés dans un état de transe, et Lyra avait envie de les secouer, de les pousser à lutter, pour qu'ils se réveillent et cherchent une issue.

— Oh, Will, comment va-t-on faire pour aider ces gens ?

Il n'en avait pas la moindre idée. Alors qu'ils se remettaient en marche, ils perçurent un mouvement à l'horizon, à droite et à gauche, et droit devant s'élevait une lente colonne de fumée sale qui venait ajouter sa grisaille à la noirceur sinistre de l'atmosphère. Le mouvement provenait d'un groupe de gens, ou de fantômes : en file indienne, par deux, par petits groupes ou seuls, les mains vides, des centaines de milliers d'hommes, de femmes et d'enfants traversaient l'immense plaine en direction de la fumée.

Le sol descendait en pente douce et le décor ressemblait de plus en plus à une décharge. L'air était moite, saturé de fumée et d'odeurs diverses : produits chimiques âcres, matière végétale en décomposition, eaux usées... Plus ils avançaient, pire c'était. Il n'y avait plus une seule parcelle de terre propre en vue et les seules plantes qui poussaient dans cet endroit étaient des mauvaises herbes et de vulgaires ronces grises.

Devant eux, au-dessus de l'eau, flottait un épais brouillard. Il s'élevait comme une falaise et venait se fondre dans le ciel sinistre, et c'était de là, quelque part au milieu de cette masse compacte, que venaient les cris d'oiseaux dont parlait Tialys.

Entre les monticules de déchets et le brouillard s'étendait la première ville des morts.

19
Lyra et sa mort

> J'étais en colère contre mon ami, j'exprimai ma fureur, et ma fureur disparut.
>
> William Blake

Ici et là, des feux avaient été allumés au milieu des ruines. La ville était un gigantesque fatras de pierres, sans rues, sans places, sans espace vide, sauf aux endroits où une maison s'était écroulée. Quelques églises ou bâtiments publics se dressaient encore au-dessus des gravats, mais leurs toitures étaient crevées ou leurs murs lézardés, un portique s'était même affaissé sur les colonnes qui le soutenaient. Entre les carcasses vides des bâtiments de pierre, un labyrinthe de cabanes et de baraques avait été construit à l'aide de poutres brisées, de vieux bidons de pétrole cabossés, de boîtes de biscuits en fer, de plaques de polyéthylène, de planches de contreplaqué et de morceaux de carton.

Les fantômes qui avaient fait la route en compagnie de Lyra et des autres se précipitaient vers cette ville, et d'autres individus semblables arrivaient de toutes les directions. On aurait dit des grains de sable glissant vers le trou d'un sablier. Les fantômes pénétraient directement dans le capharnaüm sordide de la ville comme s'ils savaient où ils allaient. Lyra et Will s'apprêtaient à les suivre mais, soudain, une silhouette indistincte sortit de l'encadrement d'une porte rafistolée et une voix s'exclama :

— Pas si vite !

Une faible lumière luisait derrière cet homme, et on avait du mal à discerner ses traits, mais ils savaient que ce n'était pas un fantôme. Il était vivant, comme eux. C'était un homme mince, qui aurait pu avoir n'importe quel âge, vêtu d'un costume déchiré ; il tenait un stylo et une liasse de feuilles de papier maintenues par une pince à dessin. La maison d'où il était sorti ressemblait à un poste de douane, installé à une frontière rarement traversée.

— Quel est donc cet endroit ? lui demanda Lyra. Et pourquoi ne peut-on pas y entrer ?

— Vous n'êtes pas morts, répondit l'homme d'un ton las. Il faut attendre dans la zone de transit. Allez un peu plus loin sur la gauche et donnez ces papiers à l'agent qui se trouve à l'entrée.

— Pardonnez-moi, monsieur, dit Lyra, j'espère que vous ne m'en voudrez pas de vous demander ça, mais comment a-t-on pu arriver jusqu'ici, si nous ne sommes pas morts ? Car c'est bien le monde des morts, n'est-ce pas ?

— C'est une banlieue du monde des morts. Parfois, des vivants se retrouvent ici par erreur, mais ils doivent attendre dans la zone de transit avant de pouvoir continuer.

— Pendant combien de temps ?

— Jusqu'à ce qu'ils meurent.

Will fut pris de tournis. Voyant que Lyra allait protester, il s'empressa de la devancer :

— Pouvez-vous nous expliquer simplement ce qui se passe ensuite ? Ces fantômes qui viennent ici, ils restent dans cette ville pour toujours ?

— Non, non, répondit le fonctionnaire. Ici, ce n'est qu'un port. Ils prennent le bateau ensuite.

— Pour aller où ? demanda Will.

— Ça, je n'ai pas le droit de vous le dire, répondit l'homme, et un petit sourire amer creusa deux rides aux coins de sa bouche. Allez, circulez, maintenant. Vous devez aller dans la zone de transit.

Will prit les papiers qu'il leur tendait, puis il agrippa Lyra par le bras et l'entraîna.

Les libellules volaient plus lentement, et Tialys expliqua qu'elles avaient besoin de se reposer. Alors, elles se posèrent sur le sac à dos de Will et Lyra autorisa les deux espions à se percher sur ses épaules. Pantalaimon, transformé en léopard, leur jetait des regards jaloux, mais il ne dit rien. Ils marchaient, suivant le chemin, contournant les misérables cabanes, les flaques d'eaux usées en observant le flot ininterrompu de fantômes qui se déversait dans la ville, sans rencontrer le moindre obstacle.

— Il faut franchir cette eau, comme les autres, déclara Will. Peut-être que les gens dans cette zone de transit nous renseigneront. Ils n'ont pas l'air agressifs, en tout cas, ni dangereux. C'est étrange. Et ces papiers...

C'étaient de simples feuilles arrachées à un carnet, sur lesquelles des mots avaient été griffonnés au hasard, puis rayés. On aurait dit que tous ces gens jouaient à un jeu ; ils attendaient de voir à quel moment les voyageurs allaient les provoquer, ou bien renoncer et éclater de rire. Et pourtant, tout paraissait tellement réel !

Il faisait de plus en plus sombre et froid ; il n'était pas facile de garder la notion du temps. Lyra avait l'impression qu'ils marchaient ainsi depuis une demi-heure, mais cela faisait peut-être deux fois plus longtemps. Le décor ne changeait pas. Enfin, ils atteignirent une petite cabane en bois, semblable à celle devant laquelle on les avait arrêtés précédemment. Une ampoule électrique de faible intensité était suspendue à un fil au-dessus de la porte.

Alors qu'ils approchaient, un homme vêtu à peu près comme le premier sortit, une tartine de pain beurré à la main. Sans un mot, il examina leurs papiers et hocha la tête.

Il les leur rendit et s'apprêtait à rentrer, quand Will le rappela :

— Excusez-moi... Où doit-on aller maintenant ?

— Trouvez un endroit pour vous installer, répondit l'homme d'un ton rogue. Demandez aux autres. Tout le monde attend, comme vous.

Il pivota sur lui-même et referma sa porte pour ne pas laisser entrer le froid. Les voyageurs n'avaient plus qu'à pénétrer au cœur de ce bidonville où devaient attendre les vivants.

Cet endroit ressemblait beaucoup à la ville principale : de petites cabanes misérables, rafistolées d'innombrables fois, avec des bâches en plastique ou des plaques de tôle ondulée, appuyées n'importe comment les unes contre les autres le long de ruelles boueuses. Par endroits, un fil électrique pendait dans le vide et fournissait juste assez de courant pour alimenter une ampoule ou deux, fixées au-dessus des cabanes les plus proches. Mais la principale source lumineuse, c'étaient les feux, dont la lueur enfumée projetait des ombres dansantes et rouges sur les matériaux hétéroclites des constructions, comme les dernières flammes d'une gigantesque explosion, qui continuaient à vivre par pure cruauté.

En approchant, Will, Lyra et les Gallivespiens distinguèrent cependant de nouveaux détails et, surtout, plusieurs silhouettes recroquevillées dans l'obscurité, appuyées contre les murs, seules ou par petits groupes, parlant à voix basse.

— Pourquoi ces gens sont-ils dehors ? demanda Lyra. Il fait froid.

— Ce ne sont pas des gens, répondit Lady Salmakia. Ni même des fantômes. C'est autre chose, mais je ne sais pas quoi.

Les voyageurs approchèrent des premières cabanes, éclairées par une unique ampoule de faible puissance, qui se balançait doucement au bout d'un fil dans le vent glacial. Instinctivement, Will posa la main sur le manche de son poignard. Un groupe de ces êtres à l'apparence humaine se tenait devant la maison, accroupi, en train de jouer aux dés. En voyant approcher les enfants, ils se levèrent : ils étaient cinq, tous des hommes ; leurs visages disparaissaient dans l'ombre, ils étaient vêtus de haillons. Aucun ne parlait.

— Comment s'appelle cette ville ? demanda Will.

Pas de réponse. Certains reculèrent d'un pas et ils se rapprochèrent les uns des autres, comme s'ils avaient peur. Lyra sentit le duvet de ses bras se hérisser, sans qu'elle en comprît la raison. Sous sa chemise, Pantalaimon tremblait et murmurait :

— Non, non, Lyra. Va-t'en, ne restons pas ici, je t'en supplie...

Les gens ne bougeaient pas. Finalement, Will haussa les épaules et dit .

— Bon, bah, bonsoir à vous.

Et il repartit. Ils rencontrèrent des réactions similaires chez tous ceux qu'ils croisaient et à qui ils s'adressaient et, chaque fois, leur inquiétude s'amplifiait.

— Dis, Will, tu crois que ce sont des Spectres ? demanda Lyra à voix basse. On est devenus assez grands pour voir les Spectres ?

— Non, je ne pense pas. Si c'étaient des Spectres, ils nous attaqueraient. Or, on dirait qu'ils ont peur de nous. Je ne sais pas ce que sont ces créatures.

Soudain, une porte s'ouvrit et une lumière jaune se répandit sur le sol boueux. Un homme — un véritable homme, un être humain — se tenait dans l'encadrement, et il les regardait approcher. Le petit groupe de créatures rassemblées autour de la porte recula de plusieurs pas, comme par respect, et les voyageurs découvrirent alors le visage de l'homme : flegmatique, inoffensif et doux.

— Qui êtes-vous ? leur demanda-t-il.

— Des voyageurs, répondit Will. Nous ne savons pas où nous sommes. Quelle est cette ville ?

— C'est la zone de transit, déclara l'homme. Vous venez de loin ?

— Oui, de très loin, et nous sommes fatigués, dit Lyra. Pourrions-nous vous acheter de la nourriture et vous payer pour avoir un toit ?

L'homme scrutait l'obscurité derrière eux, puis il sortit de chez lui pour examiner les alentours, comme s'il cherchait quelqu'un. Finalement, il se tourna vers les êtres étranges qui se tenaient à proximité, et leur demanda :

— Avez-vous vu une mort ?

Ils secouèrent la tête, et les enfants entendirent une voix murmurer :

— Non, non, aucune.

L'homme se retourna. Derrière lui, dans l'encadrement de la porte, des visages apparaissaient : une femme, deux jeunes enfants et un second homme. Ils paraissaient nerveux et inquiets.

— La mort ? dit Will. Nous n'apportons pas la mort.

Cela semblait être justement la chose qu'ils redoutaient car, quand Will prononça ces mots, tous les vivants laissèrent échapper un petit hoquet d'effroi, et même les créatures rassemblées au-dehors eurent un mouvement de recul.

— Excusez-moi, dit Lyra en s'avançant, avec son air le plus poli, comme si le concierge de Jordan Collège la foudroyait du regard. Je n'ai pas pu m'empêcher de remarquer la présence de ces... messieurs dehors. Sont-ils morts ? Pardonnez la brutalité de ma question mais, voyez-vous, là d'où nous venons, c'est une chose inhabituelle, et c'est la première fois que nous voyons des créatures semblables. Si je vous parais impolie, je vous prie de me pardonner. Dans mon monde, nous avons des dæmons, chacun possède un dæmon, et si nous voyions quelqu'un sans dæmon, nous serions choqués, comme vous êtes choqués de nous voir. Mais depuis que nous voyageons, Will et moi — voici Will, et moi, je suis Lyra —, j'ai appris qu'il existait des gens qui n'avaient pas de dæmon, comme Will par exemple, et au début j'étais morte de peur, je l'avoue, jusqu'à ce que je m'aperçoive que c'étaient en réalité des gens normaux, comme moi. C'est peut-être la raison pour laquelle notre présence vous rend nerveux, si vous pensez que nous sommes différents.

— Lyra ? Will ? répéta l'homme.

— Oui, monsieur, répondit-elle, humblement.

— Et ça, ce sont vos dæmons ? demanda-t-il en désignant les deux espions perchés sur les épaules de Lyra.

— Non, répondit-elle, et elle fut tentée d'ajouter : « Ce sont nos domestiques », mais elle sentit que cela n'aurait pas plu à Will. Ce sont nos amis, le chevalier Tialys et Lady Salmakia, des gens très distingués et avisés qui voyagent avec nous. Et voici mon dæmon, ajouta-t-elle en sortant Pantalaimon de sous sa chemise. Vous voyez, nous sommes inoffensifs et nous promettons de ne pas vous faire de mal. Nous voulons juste à manger et un toit. Nous repartirons dès demain. Promis.

Tout le monde attendait. La nervosité de l'homme avait été quelque peu atténuée par le ton aimable de Lyra, et les deux espions avaient eu la bonne idée d'afficher un air modeste et inoffensif. Au bout d'un moment, l'homme dit :

— Tout cela est étrange, mais nous vivons une époque étrange... Entrez donc, soyez les bienvenus.

Les créatures rassemblées au-dehors hochèrent la tête, une ou deux s'inclinèrent, et elles s'écartèrent respectueusement pour laisser entrer Will et Lyra dans la chaleur et la lumière de la maison. L'homme referma la porte derrière eux et accrocha un fil de fer à un clou pour la maintenir fermée.

La cabane se composait d'une pièce unique, éclairée par une lampe à naphte posée sur la table, propre, mais misérable. Les murs en contreplaqué étaient décorés de photos de vedettes de cinéma découpées dans des magazines et de motifs réalisés avec des empreintes de doigts noirs de suie. Un poêle en fonte était appuyé contre un des murs, et devant se trouvait un séchoir à linge sur lequel pendaient des chemises défraîchies et fumantes ; sur un buffet étaient posés un autel constitué de fleurs en plastique, de coquillages, de bouteilles de parfum colorées et autres bricoles de mauvais goût, disposées autour de la photo d'un squelette guilleret coiffé d'un chapeau haut de forme et portant des lunettes noires.

La cabane était surpeuplée : outre l'homme, la femme et les deux jeunes enfants, il y avait un bébé dans un berceau, un deuxième homme plus âgé et, dans un coin, sur un tas de couvertures, une femme très vieille était allongée. Elle regardait tout ce qui se passait avec des yeux pétillants, au milieu d'un visage ridé. En l'observant, Lyra eut un choc : les couvertures bougèrent brusquement et un bras décharné apparut, enveloppé d'une manche noire, suivi d'un second visage, un visage d'homme cette fois, si vieux qu'on aurait presque dit un squelette. À vrai dire, il ressemblait davantage au squelette de la photo qu'à un être humain. Will l'aperçut à son tour, et tous les voyageurs comprirent en même temps qu'il était de la même espèce que ces créatures craintives et respectueuses qui attendaient dehors. Ils se figèrent, comme l'homme quand il les avait découverts devant sa porte.

En fait, toutes les personnes présentes dans cette cabane surpeuplée, à l'exception du bébé qui dormait, étaient muettes de stupeur. Finalement, ce fut Lyra qui retrouva la parole la première :

— C'est très aimable à vous, merci. Bonsoir à tous. Nous sommes ravis d'être ici. Et comme je le disais, nous sommes désolés d'arriver sans une mort, si telle est la coutume locale. Mais nous ne vous dérangerons pas longtemps. En fait, nous cherchons le pays des morts, et c'est comme ça que nous avons atterri ici. Mais nous ne savons pas où il se trouve, ni si cet endroit en fait partie, ni comment nous y rendre. Alors, si vous pouvez nous renseigner, nous vous en serions très reconnaissants.

Les habitants de la cabane demeuraient hébétés, mais les paroles de Lyra détendirent un peu l'atmosphère, et la femme invita les voyageurs à s'asseoir autour de la table, en tirant un banc. Will et Lyra déposèrent les libellules endormies sur une étagère dans un coin sombre, et Tialys dit qu'elles dormiraient jusqu'au lever du jour, puis les Gallivespiens s'installèrent à table eux aussi.

La femme avait préparé un ragoût. Elle éplucha quelques pommes de terre qu'elle coupa dans la marmite afin de rendre le plat plus copieux, et elle incita son mari à offrir des rafraîchissements à leurs hôtes pendant que le ragoût mijotait. L'homme sortit une bouteille contenant un liquide transparent et âcre qui sentait un peu comme le genièvre des gitans, se dit Lyra, et les deux espions acceptèrent eux aussi un verre, dans lequel ils plongèrent leurs propres petites coupes pour boire.

Lyra avait cru que la famille n'aurait d'yeux que pour l'étrange couple de Gallivespiens, mais elle s'aperçut que leur curiosité était dirigée tout autant vers Will et elle-même. Elle ne tarda pas à demander pour quelle raison :

— Vous êtes les premières personnes qu'on voit qui n'ont pas de mort, expliqua l'homme, qui se nommait Peter, apprirent-ils. Depuis notre arrivée ici, je veux dire. Nous sommes comme vous, nous sommes venus ici avant d'être morts, par hasard ou par accident. Nous devons attendre que notre mort nous informe que l'heure a sonné.

— Votre mort va vous prévenir ? demanda Lyra.

— Parfaitement. C'est ce que nous avons appris en arrivant ici, il y a longtemps pour la plupart. Nous avons découvert que nous amenions tous notre mort avec nous. Nos morts étaient à nos côtés depuis toujours, mais on ne le savait pas. Vous voyez, tout le monde en a une. Elle nous accompagne partout, durant toute notre vie, tout près. Les nôtres sont dehors, elles prennent l'air. Mais elles entreront bientôt. La mort de grand-mère est déjà là, tout près d'elle.

— Cela ne vous effraie pas de voir votre mort si proche, en permanence ?

— Pourquoi donc ? Quand elle est près de vous, vous pouvez l'avoir à l'œil. Franchement, je serais beaucoup plus inquiet si je ne savais pas où elle est.

— Tout le monde a sa propre mort ? demanda Will, stupéfait.

— Oui, dès que vous naissez, votre mort vient au monde en même temps que vous, et c'est elle qui vous emporte.

— Ah ! Voilà justement ce qu'on veut savoir, dit Lyra. Nous cherchons la terre des morts, mais nous ne savons pas comment y accéder. Où va-t-on une fois qu'on meurt ?

— Votre mort vous tape sur l'épaule, ou bien elle vous prend la main, et elle vous dit : « Suis-moi, l'heure a sonné. » Ça peut arriver quand vous êtes malade, avec une forte fièvre, ou quand vous vous étouffez avec un morceau de pain, quand vous tombez d'une fenêtre. Alors que vous souffrez, la mort vient vers vous, gentiment, et elle vous dit : « Du calme, mon enfant, viens avec moi. » Alors, vous montez sur un bateau avec elle et vous traversez le lac, dans le brouillard. Ce qui se passe ensuite, nul ne le sait. Personne n'est jamais revenu pour le raconter.

La femme demanda à un des enfants de faire entrer les morts, et celui-ci se précipita au-dehors pour leur parler. Sous le regard hébété de Will, de Lyra et des Gallivespiens qui s'étaient rapprochés l'un de l'autre, elles — une pour chaque membre de la famille — entrèrent dans la cabane : silhouettes pâles et banales, pauvrement vêtues, tristes, muettes et ternes.

— Ce sont vos morts ? demanda Tialys.

— En effet, monsieur, répondit Peter.

— Savez-vous déjà quand elles vous annonceront que le moment est venu de les suivre ?

— Non. Mais on sait qu'elles sont tout près, et c'est déjà un réconfort.

Tialys ne dit rien, mais il était évident qu'il ne partageait pas ce point de vue. Les morts s'alignèrent bien sagement contre le mur ; il était étrange de voir à quel point elles prenaient peu de place et attiraient peu l'attention. Lyra et Will se surprirent bientôt à ignorer leur présence, même si Will se disait : « Ces hommes que j'ai tués, ils avaient leur mort à côté d'eux depuis toujours, mais ils l'ignoraient, et moi aussi... »

La femme, prénommée Martha, servit le ragoût dans des assiettes émaillées ébréchées, et elle en mit un peu dans un bol pour les morts, qui le firent circuler. Elles ne mangeaient pas, elles se contentaient de renifler le délicieux fumet et cela leur suffisait. La famille et ses hôtes, mangeaient maintenant avec appétit, et Peter demanda aux deux enfants d'où ils venaient, et à quoi ressemblait leur monde.

— Je vais vous raconter, dit Lyra.

En disant cela, elle prenait les choses en main et elle sentit un petit courant de plaisir monter dans sa poitrine, comme les bulles dans le champagne. Elle savait que Will l'observait, et elle était heureuse qu'il la voie faire ce qu'elle réussissait le mieux, pour lui et pour eux tous.

Elle commença par parler de ses parents. C'étaient un duc et une duchesse, dit-elle, des gens très riches et très importants qui avaient été dépouillés de leurs biens par un adversaire politique et jetés en prison. Heureusement, ils avaient réussi à s'échapper en descendant le long d'une corde, la petite Lyra blottie dans les bras de son père, et ils avaient récupéré leur fortune familiale, avant d'être attaqués et assassinés par des hors-la-loi. Lyra aurait été tuée elle aussi, si Will ne l'avait pas sauvée à temps en l'emmenant dans la forêt, où il vivait parmi les loups, qui l'avaient élevé comme l'un d'entre eux. Il était tombé du bateau de son père quand il était tout petit et s'était échoué sur une côte déserte. Là, une louve l'avait allaité et lui avait permis de survivre.

Son auditoire gobait ces invraisemblances avec une crédulité placide, et les morts elles-mêmes se rapprochèrent pour écouter ; perchées sur le banc ou allongées par terre, près de la table, elles regardaient Lyra avec leurs visages courtois et doux, tandis qu'elle faisait le récit de son existence avec Will dans la forêt.

Will et Lyra vécurent avec les loups pendant un certain temps, puis ils se rendirent à Oxford pour travailler dans les cuisines de Jordan College, Là, ils firent la connaissance de Roger ; et lorsque Jordan College fut attaqué par les briquetiers qui vivaient dans les carrières d'argile, ils durent s'enfuir en toute hâte, c'est ainsi que Will, Roger et elle s'emparèrent d'un bateau appartenant à des gitans pour descendre la Tamise, manquant de se faire prendre à Abingdon Long, mais ils furent coulés par les pirates de Wapping peu de temps après, et durent nager jusqu'à un clipper qui faisait route vers Hang Chow en Chine pour rapporter du thé.

À bord de ce trois-mâts, ils firent la connaissance des Gallivespiens, des étrangers venus de la lune, transportés sur terre par une puissante bourrasque jaillie de la Voie lactée. Ils avaient trouvé refuge dans le nid-de-pie de la vigie. Will, Roger et elle prirent l'habitude de monter tour à tour au sommet du grand mât pour aller les voir mais, un jour, le pauvre Roger perdit l'équilibre et tomba dans l'océan.

Ils tentèrent de convaincre le capitaine de faire demi-tour pour le secourir, mais c'était un homme insensible qui ne s'intéressait qu'à l'argent et il voulait atteindre la Chine le plus vite possible. Pour avoir la paix, il les fit jeter aux fers. Mais les Gallivespiens leur apportèrent une lime et...

Et ainsi de suite. De temps à autre, Lyra se tournait vers Will ou les espions pour obtenir la confirmation de ses dires ; Salmakia ajoutait un ou deux détails, Will hochait la tête, et l'histoire se poursuivit ainsi jusqu'au moment où les deux enfants et leurs amis tombés de la lune durent trouver le chemin du pays des morts afin d'apprendre, de la bouche de leurs parents, l'endroit secret où était cachée la fortune familiale.

— Si, dans notre monde, on connaissait notre mort comme vous, dit-elle, ce serait plus facile, sans aucun doute. Mais je me dis que nous avons eu de la chance d'arriver jusqu'ici, pour bénéficier de vos conseils. Merci encore pour votre gentillesse et votre attention, et pour ce repas, c'était vraiment très bon.

Mais ce qu'il nous faut maintenant, ou demain matin peut-être, c'est trouver un moyen de traverser cette étendue d'eau comme le font les morts, pour voir si on peut aller de l'autre côté, nous aussi. Croyez-vous qu'on puisse louer des sortes d'embarcations ?

Les membres de la famille paraissaient dubitatifs. Les enfants, les yeux gonflés par la fatigue, regardaient tous les adultes l'un après l'autre, mais aucun ne savait où on pouvait louer un bateau.

S'éleva alors une voix qui ne s'était pas fait entendre jusqu'alors. Des profondeurs des couvertures, dans le coin de la pièce, monta une voix nasillarde et brisée ; ce n'était pas celle d'une femme, elle n'était même pas humaine : c'était la voix de la mort de la grand-mère.

— La seule façon de traverser le lac jusqu'au pays des morts, dit-elle en se dressant sur un coude et en pointant son doigt décharné sur Lyra, c'est d'y aller avec votre mort. Il suffit de l'appeler. J'ai entendu parler de gens comme vous, qui maintiennent leur mort à l'écart. Vous ne l'aimez pas, alors par politesse elle reste en retrait. Mais elle n'est jamais très loin. Chaque fois que vous tournez la tête, elle se glisse derrière vous. Et chaque fois que vous essayez de l'apercevoir, elle se cache. Elle peut se dissimuler dans une tasse de thé. Dans une goutte de rosée. Ou dans un souffle de vent. Pas comme moi et la vieille Magda, hein ? dit la mort en pinçant la joue desséchée de la vieille femme, qui repoussa sa main avec agacement. Nous vivons en bonne amitié toutes les deux. Voilà la réponse à la question, petite. Voilà ce que vous devez faire. Invitez vos morts, accueillez-les chaleureusement, sympathisez avec elles, et vous verrez bien si vous pouvez vous arranger entre vous.

Ces paroles tombaient dans l'esprit de Lyra comme de lourdes pierres, et Will sentait lui aussi leur poids écrasant.

— Comment faut-il faire ? demanda-t-il.

— C'est simple. Il suffit de le souhaiter, et c'est fait.

— Attendez ! s'exclama Tialys.

Tous les regards se posèrent sur lui ; les morts qui étaient allongées par terre se redressèrent sur le flanc et tournèrent leurs visages vides et mornes vers cette minuscule créature pleine de fougue. Le chevalier se tenait près de Lady Salmakia, la main sur son épaule. Lyra devina ses pensées : il allait dire que tout cela avait assez duré, qu'ils devaient faire demi-tour maintenant, car cette folie prenait des proportions insensées.

Alors, elle intervint :

— Excusez-moi, dit-elle au dénommé Peter, mais il faut que je sorte un instant avec mon ami le chevalier, il a besoin de communiquer avec ses amis sur la lune, grâce à mon instrument spécial. Cela ne sera pas long.

Elle prit délicatement l'espion dans sa main, en évitant ses éperons, et l'emmena dehors dans l'obscurité, où un morceau de tôle ondulée détaché du toit cognait dans le vent glacial comme un glas sinistre.

— Arrête ça tout de suite ! s'écria Tialys dès que Lyra l'eut déposé sur un baril de pétrole retourné, dans la lumière blafarde des quelques ampoules nues suspendues à un fil électrique au-dessus de leurs têtes. Ça suffit comme ça. Stop !

— Nous avons conclu un accord, dit Lyra.

— Non. Il n'était pas question d'aller aussi loin.

— Très bien. Allez-vous-en, dans ce cas. Repartez sur vos libellules. Will vous ouvrira une fenêtre sur votre monde, ou n'importe quel autre monde de votre choix, et vous pourrez vous y réfugier. Nous n'avons pas besoin de vous.

— As-tu conscience de ce que tu fais ?

— Oui.

— Non. Tu n'es qu'une sale gamine irresponsable, écervelée et menteuse. Tu possèdes une telle imagination que ta nature tout entière est faite de mensonges, et tu n'es même pas capable de reconnaître la vérité. Je vais donc te mettre les points sur les i : tu ne peux pas, tu ne dois pas risquer ta vie. Tu dois venir avec nous immédiatement. Je vais contacter Lord Asriel et dans quelques heures nous serons à l'abri dans sa forteresse.

Lyra sentit un énorme sanglot de rage gonfler dans sa poitrine ; elle frappa du pied sur le sol, incapable de se contrôler.

— Vous ne savez rien ! Vous ignorez ce que j'ai dans le cœur, ou dans la tête ! Je ne sais pas si vous avez des enfants chez vous, peut-être que vous pondez des œufs, je n'en serais pas étonnée, car vous n'êtes pas un être gentil, vous n'êtes pas généreux, vous n'êtes pas compatissant... vous n'êtes même pas cruel ! Ce serait mieux si vous étiez cruel, ça voudrait dire que vous nous prenez au sérieux, que vous ne nous avez pas suivis seulement parce que ça vous arrangeait... Je ne peux plus vous faire confiance désormais ! Vous avez promis de nous aider, vous disiez qu'on ferait tout ensemble, et maintenant vous voulez nous empêcher de continuer... C'est vous qui êtes malhonnête, Tialys !

— Jamais je ne laisserais mon enfant me parler de manière aussi insolente, Lyra ! Je ne t'ai pas encore punie...

— Allez-y ! Punissez-moi, puisque vous pouvez le faire ! Utilisez donc vos fichus éperons ! Plantez-les fort, allez-y ! Tenez, je vous donne ma main... Allez-y ! Vous n'avez aucune idée de ce que j'ai dans le cœur, sale créature prétentieuse et égoïste. Vous ne savez pas à quel point je me sens triste et coupable à cause de mon ami Roger. Vous autres, vous tuez les gens comme ça ! dit-elle en faisant claquer ses doigts. Pour vous, ça ne compte pas. Mais pour moi, c'est une torture et une souffrance permanentes ; je n'ai pas pu dire adieu à mon ami Roger, je veux lui demander pardon et essayer de me racheter si je le peux. Mais ça, vous ne pouvez pas le comprendre, malgré toute votre fierté et toute votre sagesse d'adulte. Même si je dois mourir pour faire ce que je dois faire, tant pis, je mourrai, et j'en serai heureuse. J'ai connu pire. Vous voulez me tuer, vous l'homme brutal, l'homme fort, l'empoisonneur, vous le chevalier ? Allez-y, faites-le, tuez-moi. Comme ça, Roger et moi nous pourrons jouer éternellement au pays des morts, et on se moquera de vous, pauvre chose pitoyable !

Il était facile de deviner ce qu'aurait pu faire Tialys à cet instant, car il était tout rouge et tremblant de fureur de la tête aux pieds, mais il n'eut pas le temps de réagir car, soudain une voix s'éleva dans le dos de Lyra, et tous les deux sentirent un froid glacial les envelopper. La fillette se retourna, sachant ce qu'elle allait découvrir ; elle tremblait de peur, malgré sa bravade.

La mort se tenait devant elle, tout près, avec un grand sourire chaleureux. Son visage ressemblait parfaitement à ceux des autres morts, mais celle-ci, c'était la sienne, sa propre mort, et Pantalaimon, blotti sur sa poitrine, poussa un hurlement en tremblant et son corps d'hermine s'enroula autour du cou de Lyra pour tenter de l'éloigner de cette apparition. Mais en faisant cela, il s'en rapprocha sans le vouloir, et s'empressa de revenir se blottir sur la gorge chaude de Lyra, contre les battements violents de son cœur.

Lyra le serra contre elle et regarda la mort en face. Du coin de l'œil, elle voyait Tialys préparer rapidement son résonateur ; il ne faisait pas attention à elle.

— Vous êtes ma mort, n'est-ce pas ? dit-elle.

— Exact, ma chère.

— Vous n'allez pas m'emmener maintenant, quand même ?

— Tu m'as appelée. Je suis toujours là.

— Oui, mais... D'accord, c'est vrai, mais... Je veux aller dans le monde des morts, en effet. Mais je ne veux pas mourir. J'aime la vie, et j'aime mon dæmon... Les dæmons ne nous suivent pas, hein ? J'en ai vu disparaître quand les gens meurent, comme une bougie qu'on éteint. Y en a-t-il dans le pays des morts ?

— Non. Le tien se volatilise dans les airs, et toi, tu disparais sous terre.

— Moi, je veux emmener mon dæmon quand j'irai dans le pays des morts, déclara-t-elle d'un ton catégorique. Et je veux en revenir. Est-ce que ça s'est déjà vu, des gens qui reviennent ?

— Pas depuis une éternité. Un jour ou l'autre, mon enfant, tu iras dans le monde des morts, sans effort, sans risque, après un voyage calme et sans danger, en compagnie de ta propre mort, ton amie loyale qui est à tes côtés à chaque instant de ta vie, qui te connaît mieux que toi-même...

— Mon meilleur ami, le plus loyal, c'est Pantalaimon ! Vous, la mort, je ne vous connais pas ! Je connais Pan et je l'aime, et si jamais il... si nous...

La mort hochait la tête. Elle semblait comprendre et compatir, mais Lyra ne pouvait pas oublier, même un instant, qui était cette créature : sa propre mort. Si près...

— Je sais qu'il sera difficile de continuer, dit-elle d'une voix plus maîtrisée. Et dangereux également. Mais je le veux, je le veux de tout mon cœur. Et Will aussi. Tous les deux nous avons perdu des personnes chères, trop tôt, et nous devons nous faire pardonner, enfin, moi du moins.

— Tout le monde voudrait parler à ceux qui sont partis dans le monde des morts. Pourquoi ferait-on une exception pour toi ?

— Parce que... j'ai une chose à accomplir là-bas, dit-elle en se lançant dans un nouveau mensonge. Je ne dois pas seulement voir mon ami Roger. Un ange m'a confié une tâche, et personne d'autre que moi ne peut l'accomplir. C'est trop important pour que j'attende de mourir de manière naturelle, ce doit être fait maintenant. L'ange m'a donné un ordre. C'est pour ça que nous sommes venus ici, Will et moi. Il le fallait.

Derrière elle, Tialys rangea son instrument et resta assis par terre pour regarder Lyra qui suppliait sa mort de la conduire là où personne ne pouvait aller en espérant revenir ensuite.

La mort se gratta la tête et haussa les épaules, mais rien ne pouvait détourner le désir de Lyra, pas même la peur : elle avait vu des choses plus terribles que la mort, affirmait-elle, et c'était vrai.

Finalement, la mort dit :

— Puisque rien ne peut te décourager, je ne

peux dire qu'une seule chose : viens avec moi, je te conduirai là-bas, dans le pays des morts. Je serai ton guide. Je te montrerai le chemin pour y aller mais, pour revenir, tu devras te débrouiller toute seule.

— Et mes amis ? dit Lyra. Mon ami Will et les autres ?

Tialys intervint :

— Lyra, dit-il. Même si mon instinct me le déconseille, nous t'accompagnerons. J'étais furieux contre toi, il y a un instant. Mais il n'est pas facile de...

La fillette comprit qu'il était temps de se réconcilier avec le chevalier, et elle le fit de bon cœur, d'autant plus qu'elle avait obtenu gain de cause.

— Je suis navrée, Tialys, mais si vous ne vous étiez pas mis en colère, jamais nous n'aurions trouvé cette... personne pour nous guider. Je me réjouis donc que vous ayez été là, la lady et vous, et je vous suis sincèrement reconnaissante de nous accompagner.

C'est ainsi que Lyra convainquit sa propre mort de les guider, elle et les autres, jusqu'au pays des morts où s'en étaient allés Roger, le père de Will, Tony Makarios et tant d'autres. Sa mort lui dit de descendre sur la jetée quand les premières lueurs de l'aube apparaîtraient dans le ciel, et de se tenir prête à partir.

Mais Pantalaimon tremblait de tous ses membres et, malgré tous ses efforts, elle ne parvenait pas à le calmer, ni à faire taire ses petits gémissements. Si bien qu'elle dormit d'un sommeil agité et peu profond, couchée sur le sol de la cabane, au milieu des autres, sous le regard attentif de sa mort assise à côté d'elle.

20
Escalade

> J'y suis parvenue ainsi, en escaladant lentement, en m'accrochant aux brindilles qui poussent entre le bonheur et moi.
>
> Emily Dickinson

Les mulefas fabriquaient toutes sortes de cordes, et Mary Malone passa une matinée entière à examiner et tester celles que la famille de son amie Atal conservait en stock, avant de choisir celle qui lui convenait. Le principe de la torsade étant inconnu dans ce monde, toutes les cordes étaient tressées, mais elles étaient à la fois résistantes et flexibles, et elle trouva rapidement le modèle dont elle avait besoin.

— *Que fais-tu ?* lui demanda Atal.

Les mulefas n'ayant pas de mot pour « escalader », Mary dut avoir recours à quantité de gestes et de périphrases pour expliquer son intention. Atal était horrifiée.

— *Pour monter en haut des arbres ?*

— *Je dois voir ce qui se passe. Aide-moi à préparer la corde.*

Autrefois, en Californie, Mary avait fait la connaissance d'un mathématicien qui passait ses week-ends à faire de l'escalade dans les arbres. Elle, qui avait fait un peu de varappe, avait écouté avec intérêt cet homme lui parler des techniques et du matériel, et elle s'était promis d'essayer à la première occasion. Évidemment, elle ne pouvait imaginer alors qu'elle le ferait... dans un autre univers, et la perspective de grimper en solo ne l'enthousiasmait guère, mais elle n'avait pas le choix. Tout ce qu'elle pouvait faire, c'était prendre le maximum de précautions avant l'ascension.

Elle choisit une corde suffisamment longue pour atteindre les premières branches d'un des arbres gigantesques et retomber jusqu'au sol, et suffisamment solide pour supporter plusieurs fois son poids. Après quoi, elle débita en tronçons une corde plus fine, mais très résistante, avec lesquels elle confectionna des boucles pour s'assurer : de petits anneaux fermés par un nœud de marin pouvant servir de prise pour les mains et les pieds si elle les fixait à la corde principale.

Venait ensuite un autre problème : comment faire passer la corde par-dessus la première branche de l'arbre, si haute ? Après une heure ou deux d'expérimentation avec une corde fine et solide et une branche souple, elle confectionna un arc. À l'aide de son couteau suisse, elle tailla des flèches, avec des feuilles en guise d'empennage pour stabiliser leur trajectoire. Enfin, au bout d'une journée entière de travail, Mary était prête à tenter l'escalade. Mais le soleil se couchait et elle avait mal aux mains. Alors, elle mangea et se coucha, inquiète, tandis que les mulefas parlaient d'elle jusqu'au bout de la nuit en échangeant leurs chuchotements mélodieux.

Le lendemain matin à la première heure, Mary se prépara pour décocher la flèche et l'envoyer par-dessus la branche de l'arbre qu'elle avait choisie. Plusieurs mulefas s'étaient rassemblés pour assister à la tentative, visiblement inquiets pour la sécurité de leur amie. Aux yeux de ces créatures munies de roues, l'escalade était une chose si inconcevable que l'idée même suffisait à les horrifier.

Au fond d'elle-même, Mary savait ce qu'elles ressentaient. Elle déglutit comme pour ravaler sa nervosité et attacha une extrémité de la corde la plus fine et la plus légère à l'une des flèches. Elle banda son arc et tira.

Mary perdit la première flèche qui alla se planter dans le tronc à mi-hauteur et refusa de se laisser décrocher. Elle perdit également la deuxième car, si la flèche parvint à franchir la branche, elle ne retomba pas suffisamment loin de l'autre côté pour atteindre le sol, et lorsque Mary voulut la récupérer en tirant sur la corde, elle se coinça dans les branches et se brisa. La longue corde retomba à ses pieds, avec la flèche brisée. Sans se décourager, elle tira sa troisième et dernière flèche. Ce fut la bonne.

Prudemment et sans à-coups, elle tira sur la corde jusqu'à ce que les deux extrémités touchent le sol de part et d'autre de la première branche. Cela étant fait, elle les attacha à une racine colossale, aussi large que son tour de taille. « Ça devrait tenir bon », se dit-elle. Il le fallait. Ce qu'elle ne pouvait voir du sol, évidemment, c'était si la branche sur laquelle tout reposait, y compris sa vie, était assez solide. Contrairement à l'escalade de rochers où il est possible d'attacher sa corde à des pitons fixés dans la roche à intervalles réguliers, afin de limiter l'ampleur de la chute en cas d'accident, Mary devait gravir ici une grande longueur de corde sans être assurée, ce qui était synonyme de chute vertigineuse si un problème survenait. Pour s'offrir un peu plus de sécurité, elle tressa trois petites cordes pour fabriquer une sorte de harnais, qu'elle passa autour des deux bouts de la corde principale, avec un nœud coulant qu'elle pourrait serrer si jamais elle se sentait glisser.

Elle introduisit son pied dans la première boucle et commença à grimper.

Elle atteignit le feuillage en moins de temps qu'elle ne l'avait supposé. L'ascension s'effectuait de manière simple et directe, ses mains glissaient en douceur sur la corde et, bien qu'elle n'ait pas voulu songer par avance à la manière dont elle se hisserait sur la première branche, elle découvrit avec soulagement que les profondes fissures dans l'écorce du tronc lui offraient des prises solides et rassurantes. En fait, un quart d'heure seulement après avoir quitté le sol, elle grimpait sur la première branche et repérait son itinéraire pour accéder à la suivante.

Elle avait emporté deux autres longueurs de corde, dans le but de confectionner un réseau de prises fixes qui remplacerait les pitons, les mousquetons et autres ustensiles qu'elle utilisait quand elle faisait de la varappe. Il lui fallut encore quelques minutes pour tout installer et, après s'être assurée, elle choisit la branche qui lui paraissait la plus sûre et repartit.

Au bout d'une dizaine de minutes de prudente ascension, Mary se retrouva au cœur de la partie la plus touffue du feuillage. En tendant le bras, elle pouvait caresser les longues feuilles, découvrant d'innombrables fleurs, couleur blanc cassé et ridiculement petites, au milieu desquelles poussaient ces disques de la taille d'une pièce de monnaie, qui deviendraient plus tard d'énormes cosses dures comme du fer.

Mary atteignit un endroit confortable où trois branches formaient une fourche ; elle attacha solidement sa corde, resserra son harnais et se reposa.

À travers les trous du feuillage, elle apercevait la mer bleue, claire et scintillante, jusqu'à l'horizon et, dans l'autre direction, par-dessus son épaule droite, elle voyait une succession de petites collines dans la prairie brune et jaune, traversée par les routes de pierre noire.

Une légère brise arrachait un doux parfum aux fleurs et agitait les feuilles rigides, et Mary imaginait qu'une gigantesque force bienveillante la soutenait ainsi, comme une paire de mains géantes. Assise à l'intersection de ces grandes branches, tout là-haut, elle ressentait une sorte de ravissement qu'elle n'avait connu qu'une seule fois dans sa vie, et ce n'était pas le jour où elle avait prononcé ses vœux pour devenir religieuse.

Elle fut ramenée à la réalité par une crampe qui commençait à envahir sa cheville droite, coincée dans une position inconfortable entre les branches. Elle la libéra et reporta son attention sur sa mission, encore étourdie par cette sensation de plénitude océanique qui l'entourait.

Elle avait expliqué aux mulefas qu'elle était obligée de maintenir les deux plaques de laque écartées de la largeur d'une main pour voir la *sraf*, et ils avaient immédiatement résolu le problème en coupant un petit tube de bambou et en fixant les deux plaques ambrées à chaque bout, comme une sorte de télescope. Elle sortit cette longue-vue artisanale de sa poche de poitrine. En regardant à travers, elle aperçut ces particules dorées à la dérive, la *sraf*, les Ombres, la Poussière comme l'appelait Lyra, semblable à un immense nuage de créatures minuscules flottant au vent. De prime abord, elles semblaient dériver au hasard, comme des particules de poussière dans les rayons du soleil, ou des molécules dans un verre d'eau.

De prime abord.

Mais à force de les observer, Mary commençait à percevoir une sorte de schéma constant et régulier. Sous ces déplacements apparemment aléatoires, on devinait un mouvement plus lent, plus profond, universel, qui allait de la terre vers la mer.

Voilà qui était étrange, se dit Mary. Après s'être solidement attachée à une de ses cordes fixes, elle rampa le long d'une branche horizontale pour examiner de plus près tous les capitules des fleurs qu'elle apercevait. Au bout d'un moment, elle commença à comprendre ce qui se passait. Elle continua à observer le phénomène jusqu'à ce qu'elle acquière une certitude, puis elle attaqua la longue, délicate et épuisante descente.

Mary retrouva les mulefas dans un grand état de panique ; ils avaient éprouvé une vive angoisse en songeant à leur amie qui était montée si haut.

Particulièrement soulagée, Atal promena sa trompe sur tout le corps de la jeune femme, nerveusement, en poussant de petits gémissements de joie, heureuse de retrouver son amie saine et sauve et, très vite, elle l'entraîna vers le village, entourée d'une douzaine d'autres mulefas.

Dès qu'ils franchirent le sommet de la colline, la nouvelle de son retour se répandit de hutte en hutte et, quand ils atteignirent le cœur du village, la foule était si dense que Mary soupçonna des visiteurs d'être venus d'ailleurs, spécialement pour écouter ce qu'elle avait à dire. Elle aurait voulu avoir de meilleures nouvelles à leur annoncer.

Le vieux zalif, Sattamax, grimpa sur le tertre et accueillit chaleureusement Mary, et celle-ci répondit avec toutes les marques de politesse mulefiennes dont elle se souvenait. Une fois les formalités achevées, elle prit la parole.

Avec appréhension, et en utilisant un grand nombre de précautions oratoires, elle dit :

— *Mes très chers amis, je suis montée dans les plus hautes branches de vos arbres et j'ai regardé attentivement les feuilles, les jeunes fleurs et les cosses. J'ai vu un courant de* sraf, *tout en haut des arbres. Il se déplace face au vent. Le vent souffle vers la terre, en venant de la mer, mais la* sraf *avance lentement en sens contraire. Voyez-vous ce phénomène du sol ? Car moi, je ne le vois pas.*

— *Non*, répondit Sattamax. *C'est la première fois que nous entendons parler de ce phénomène.*

— *En fait*, reprit Mary, *les arbres filtrent la* sraf *quand elle traverse le feuillage, et une partie est attirée vers les fleurs. Je l'ai vu de mes yeux : les fleurs sont tournées vers le ciel, et si la* sraf *tombait directement vers le sol, elle pénétrerait dans leurs pétales et les fertiliserait comme le pollen venu des étoiles. Mais la* sraf *ne tombe pas, elle se déplace vers la mer. Quand par chance une fleur fait face à l'horizon, elle peut s'y déposer. C'est pourquoi des cosses continuent à pousser. Mais la plupart des fleurs sont orientées vers le ciel, et la* srafe *passe au-dessus sans s'y déposer. Les fleurs ont dû évoluer de cette façon car, autrefois, elle tombait droit. Il s'est passé quelque chose, en effet, mais au niveau de la* sraf, *pas des arbres. On ne voit ce courant qu'en montant en haut des arbres, voilà pourquoi vous n'avez rien remarqué. Autrement dit, si vous voulez sauver les arbres, et votre mode de vie, nous devons découvrir pourquoi la* sraf *se comporte ainsi. Pour l'instant, je n'ai aucune explication, mais je vais réfléchir.*

Mary vit de nombreux mulefas se dévisser le cou pour regarder le ciel et tenter d'apercevoir ces nuages de Poussière. Mais du sol, on ne la voyait pas. Elle regarda à travers sa longue-vue, mais elle ne vit que le bleu du ciel.

Les mulefas discutèrent longuement entre eux, essayant de se remémorer quelque allusion au vent de *sraf* parmi leurs légendes et histoires du passé. En vain. Ils savaient seulement que, depuis toujours, la *sraf* venait des étoiles.

Finalement, ils demandèrent à Mary si elle avait d'autres idées, et elle répondit :

— *Il faut que je fasse d'autres observations. J'ai besoin de savoir si le vent souffle toujours dans cette direction, ou s'il change de trajectoire, comme les courants d'air, durant la journée et la nuit. Je devrai donc passer plus de temps en haut des arbres, et même y dormir pour observer le ciel durant la nuit. J'aurai besoin de votre aide pour construire une sorte de plate-forme, afin de pouvoir dormir en toute sécurité. Quoi qu'il en soit, il faudra effectuer de nouvelles observations.*

Les mulefas qui avaient le sens pratique et hâte de connaître la vérité proposèrent de construire immédiatement tout ce dont elle avait besoin. Ils connaissaient les techniques des poulies et des palans, et l'un d'eux suggéra un moyen de hisser Mary jusqu'au sommet des arbres, pour lui éviter la fatigue et les dangers de l'escalade.

Ravis de pouvoir s'occuper, ils s'empressèrent de réunir tous les matériaux nécessaires et, sous les directives de Mary, ils tressèrent des cordes, taillèrent des branches puis assemblèrent tout ce dont elle avait besoin pour séjourner sur sa plateforme d'observation en haut des arbres.

Après avoir interrogé le vieux couple qui vivait au milieu des oliviers, le père Gomez perdit la trace de Mary. Il passa plusieurs jours à chercher et à enquêter aux alentours, dans toutes les directions, mais la femme semblait s'être volatilisée.

Pas question de renoncer néanmoins, malgré le découragement qui s'était emparé de lui. Le crucifix autour de son cou et le fusil dans son dos étaient les deux symboles de sa volonté inébranlable d'accomplir sa tâche.

Mais il lui aurait fallu beaucoup plus longtemps pour atteindre son but, s'il n'y avait pas eu une différence de climat. Dans le monde où il évoluait, le temps était chaud et sec, et le père Gomez souffrait de la soif. Avisant un groupe de rochers humides au sommet d'un éboulis, il l'escalada pour voir s'il n'y avait pas une source à cet endroit. Ses espoirs furent déçus mais, dans le monde des immenses arbres à cosses, une averse venait de tomber, et c'est ainsi qu'il découvrit la fenêtre et, par la même occasion, l'endroit où se trouvait Mary.

21

Les harpies

> Je hais les choses qui ne sont que fiction... Il devrait toujours y avoir un fondement de vérité.
>
> Byron

Lyra et Will se réveillèrent en proie à une vive terreur comme deux condamnés à mort le matin de l'exécution. Tialys et Salmakia s'occupaient de leurs libellules ; ils leur apportaient des mites qu'ils capturaient au lasso autour de l'ampoule nue qui se balançait au-dessus du baril d'essence au-dehors, ou des mouches arrachées à des toiles d'araignées, et de l'eau dans une petite coupelle en fer-blanc. En voyant l'expression de Lyra et la manière dont Pantalaimon, transformé en souris, se blottissait contre sa poitrine, Lady Salmakia abandonna ses occupations pour venir lui parler. Pendant ce temps, Will quitta la cabane pour aller faire un tour dehors.

— Vous pouvez encore changer d'avis, dit Salmakia.

— Non, impossible. On a pris notre décision, répondit Lyra, à la fois déterminée et effrayée.

— Et si par malheur nous ne revenons pas ?

— Vous autres, vous n'êtes pas obligés de venir, souligna-t-elle.

— Nous ne vous abandonnerons pas.

— Dans ce cas, imaginez que vous ne puissiez pas revenir ?

— Alors, nous serons morts en accomplissant une tâche importante.

Lyra ne dit rien. Elle n'avait pas vraiment regardé la lady jusqu'à présent mais, à cet instant, elle la voyait très nettement dans la lumière enfumée de la lampe à naphte posée sur la table, à portée de main. Elle avait un visage serein et chaleureux, pas beau, ni même gracieux, mais c'était le genre de visage que vous seriez heureux de découvrir à vos côtés si vous étiez malade, malheureux ou effrayé. Elle parlait d'une voix douce et expressive, ponctuée par des accents de bonheur et des rires. Aussi loin que remontaient ses souvenirs, Lyra ne se souvenait pas que quelqu'un lui ait lu un livre au lit ; personne ne lui avait jamais raconté d'histoires ni chanté de berceuses avant de l'embrasser et d'éteindre la lumière. Mais elle se dit que, s'il existait une voix capable de vous envelopper de réconfort et de vous réchauffer de son amour, elle serait comme celle de Lady Salmakia, et elle ressentit au plus profond d'elle-même le désir d'avoir un enfant qu'elle pourrait bercer et apaiser, à qui elle chanterait des chansons avec une voix semblable.

Lyra voulut dire quelque chose, mais elle s'aperçut qu'une boule dans la gorge l'empêchait de parler ; alors, elle avala sa salive et haussa les épaules.

— Nous verrons bien ce qui arrivera, dit la lady en guise de conclusion, avant de repartir.

Après avoir mangé de fines tranches de pain sec et bu du thé amer, les seules choses que ces pauvres gens pouvaient leur offrir, les voyageurs remercièrent leurs hôtes, prirent leurs sacs et traversèrent le bidonville en direction de la rive du lac. Lyra chercha sa mort autour d'elle et, bien évidemment, elle était là, marchant respectueusement devant eux, en silence ; elle voulait garder ses distances, mais elle ne cessait de jeter des coups d'œil par-dessus son épaule pour voir s'ils la suivaient.

Un brouillard sinistre flottait au-dessus du paysage ; on se serait cru non pas en plein jour, mais à la tombée de la nuit. Les nappes et les volutes de brume montaient des flaques au milieu du chemin et s'accrochaient aux câbles ambariques qui couraient d'un taudis à l'autre. Les voyageurs croisèrent peu de gens et juste quelques morts, mais les libellules allaient et venaient dans l'air humide comme si elles s'amusaient à coudre l'atmosphère avec un fil invisible, et c'était un ravissement pour l'œil de regarder tournoyer leurs couleurs éclatantes.

Bientôt, ils atteignirent l'extrémité du bidonville et longèrent un petit ruisseau paresseux qui serpentait entre des buissons secs et dénudés. Parfois, ils entendaient un coassement rauque ou un petit plouf lorsqu'ils dérangeaient quelques amphibiens, mais la seule créature qu'ils aperçurent fut un crapaud aussi gros que le pied de Will et qui semblait avoir le plus grand mal à se déplacer en bondissant, comme s'il était grièvement blessé. Immobilisé au milieu du chemin, il essayait de s'écarter de leur route, tout en les regardant comme s'il savait qu'ils allaient lui faire du mal.

— Il serait charitable de le tuer, déclara Tialys.

— Qu'en savez-vous ? répliqua Lyra. Peut-être qu'il a encore envie de vivre, malgré tout.

— Si on le tuait, on l'emmènerait avec nous, dit Will. Il veut rester ici. J'ai tué suffisamment de créatures vivantes. Une mare stagnante et puante est peut-être préférable à la mort.

— Mais s'il souffre ? dit Tialys.

— S'il pouvait s'exprimer, on le saurait. Mais puisqu'il ne peut rien dire, je refuse de le tuer. Cela signifierait qu'on fait passer nos sentiments avant ceux du crapaud.

Ils poursuivirent leur chemin. Très vite, le bruit produit par leurs pas résonna différemment, leur indiquant qu'ils approchaient d'une étendue dégagée — bien que le brouillard fût encore plus épais à cet endroit. Pantalaimon, transformé en lémurien, avec des yeux énormes, s'accrochait à l'épaule de Lyra et se blottissait dans ses cheveux constellés de perles de brume, mais il avait beau scruter les alentours, il ne voyait pas mieux qu'elle. Malgré tout, il ne cessait de trembler comme une feuille.

Soudain, ils entendirent tous une petite vague se briser sur le rivage. C'était un bruit discret, mais tout proche. Les libellules et leurs cavaliers retournèrent auprès des enfants, et Pantalaimon se faufila sous la chemise de Lyra, tandis que la fillette et Will se rapprochaient l'un de l'autre et avançaient prudemment sur le chemin boueux.

Et, tout à coup, ils atteignirent le rivage. L'eau écumeuse et huileuse s'étendait devant eux, immobile, à peine troublée de temps à autre par une vaguelette qui venait mourir mollement sur les galets.

Le chemin bifurquait sur la gauche et, un peu plus loin, une jetée en bois, ressemblant davantage à une nappe de brouillard plus dense qu'à une structure solide, s'avançait au-dessus de l'eau. Les piliers étaient rongés, les planches recouvertes de moisissure verte, et il n'y avait rien d'autre au-delà. Le chemin s'achevait là où commençait la jetée, et là où s'achevait la jetée commençait le brouillard. La mort de Lyra, qui les avait guidés jusque-là, salua la fillette, s'avança dans le brouillard et disparut avant qu'elle puisse lui demander ce qu'ils devaient faire ensuite.

— Écoute, dit Will.

Un bruit lent montait de l'eau invisible : un grincement de bois, accompagné d'un floc régulier. Il posa la main sur le manche de son couteau et avança prudemment sur les planches pourries de la jetée. Lyra le suivit de près. Les libellules vinrent se percher sur les deux bittes d'amarrage couvertes de mousse, semblables à des gardiens héraldiques, et les enfants s'arrêtèrent à l'extrémité de la jetée, essayant de percer le mur de brouillard, obligés de se frotter les yeux pour chasser les gouttes d'humidité qui se déposaient sur leurs cils. Le seul bruit était ce lent craquement et le floc régulier qui se rapprochaient.

— N'y allons pas ! murmura Pantalaimon.

— Il le faut, lui répondit Lyra à voix basse.

Elle se tourna vers Will. Celui-ci regardait fixement devant lui, le visage crispé et sévère. Il ne se retourna pas. Les Gallivespiens, quant à eux, étaient calmes et attentifs : Tialys était perché sur l'épaule de Will, Salmakia sur celle de Lyra. Les ailes des libellules, nacrées de brouillard, ressemblaient à des toiles d'araignées et, régulièrement, les insectes les secouaient pour se débarrasser des gouttes qui devaient les alourdir, songea Lyra. Elle espérait qu'elles trouveraient de quoi se nourrir dans le pays des morts.

Et soudain, un bateau apparut.

Une vieille barque plus précisément, abîmée, rafistolée et à moitié pourrie. L'homme qui ramait n'avait plus d'âge, lui non plus. Vêtu d'une robe de bure serrée autour de son corps squelettique par une ficelle, voûté, il tenait les rames avec ses mains décharnées et crochues et ses yeux pâles et larmoyants étaient profondément enfoncés dans les replis de sa peau grise.

Il lâcha une des rames et tendit sa main déformée vers l'anneau de fer planté dans le pilier au coin de la jetée. Avec son autre main, il orienta la rame de façon que la barque vienne se ranger contre les planches.

Il n'était pas utile de parler. Will descendit à bord le premier, puis Lyra s'avança d'un pas pour descendre à son tour.

Mais le passeur l'arrêta d'un geste.

— Non, pas lui, déclara-t-il d'une voix éraillée.

— Qui donc ?

— Lui.

Son doigt gris désigna Pantalaimon, qui abandonna aussitôt son pelage roux pour devenir une hermine d'une blancheur immaculée.

— Mais il est à moi ! s'exclama Lyra.

— Si tu veux venir, il doit rester.

— C'est impossible ! On mourrait !

— Ce n'est pas ce que tu veux ?

Pour la première fois, elle prit véritablement conscience de ce qu'elle faisait. Elle découvrait les conséquences de son geste. Hébétée et tremblante, elle serra si fort son dæmon contre elle qu'il poussa un petit cri de douleur.

— Mais eux, ils..., commença la fillette d'un ton désespéré, avant de s'interrompre.

Il n'était pas juste de faire remarquer que les trois autres n'avaient pas de sacrifice à accomplir.

Will l'observait d'un air inquiet. Lyra regarda autour d'elle : le lac, la jetée, le chemin accidenté, les flaques d'eau croupie, les buissons morts... Son Pan adoré, tout seul ici : comment pourrait-il survivre sans elle ? Elle le sentait trembler sous sa chemise, contre sa peau nue ; sa fourrure avait besoin de sa chaleur. Non ! Jamais ! Impossible !

— Si tu veux venir, il doit rester ici, répéta le passeur.

Lady Salmakia tira d'un petit coup sec sur les rênes de sa libellule et celle-ci quitta l'épaule de Lyra pour venir se poser sur le plat-bord de la barque, bientôt rejointe par Tialys. Les deux Gallivespiens dirent quelque chose au passeur. Lyra assistait à cette scène comme le condamné qui observe une soudaine agitation au fond de la salle de tribunal et espère voir surgir un messager porteur d'une demande de grâce.

Le passeur se pencha pour entendre ce que disaient les deux petits espions et secoua la tête.

— Non, déclarat-il d'un ton catégorique. Si elle veut venir, il doit rester.

Will intervint à son tour :

— C'est injuste. Nous autres, on n'est pas obligés d'abandonner une partie de nous-mêmes. Pourquoi Lyra serait-elle la seule à devoir payer ce prix ?

— Oh, mais vous aussi vous abandonnez

quelque chose, répondit-il. Elle a juste la malchance de voir et de pouvoir parler à la partie d'elle-même qu'elle abandonne. Vous autres, vous ne vous en apercevrez qu'une fois sur l'eau, mais alors il sera trop tard. Vous devez tous laisser ici cette partie de vous-mêmes. Les êtres tels que lui ne peuvent accéder au pays des morts.

« Non, se dit Lyra, et Pantalaimon partagea cette pensée, nous n'avons pas survécu à Bolvangar pour connaître ça. Comment ferons-nous pour nous retrouver ? »

De nouveau elle se tourna vers le rivage sinistre et infect, ravagé par la maladie et le poison, et elle imagina son Pan chéri, le compagnon de son cœur, attendant seul ici, la regardant disparaître dans le brouillard, et elle fondit en larmes. Ses sanglots passionnés étaient étouffés par le brouillard, mais tout au long du rivage, dans les innombrables étangs, dans les souches d'arbres creuses, les créatures estropiées qui se cachaient là entendirent son cri déchirant et se tapirent un peu plus encore, effrayées par une telle passion.

— S'il pouvait m'accompagner... gémit-elle pour tenter de mettre fin à cette torture, mais le passeur secouait la tête.

— Il peut monter à bord mais, dans ce cas, la barque restera ici, dit-il, inflexible.

— Mais comment fera-t-elle pour le retrouver ? demanda Will.

— J'en sais rien.

— Au retour, on reviendra par ici ?

— Au retour ?

— On va revenir. On se rend au pays des morts mais, ensuite, on revient.

— Pas par ici, en tout cas.

— Par un autre chemin, alors, mais on reviendra !

— J'ai transporté des millions de personnes, aucune n'est jamais revenue.

— Nous serons les premières. Nous trouverons le chemin du retour, déclara Will. Et, puisque nous devons revenir, soyez gentil, monsieur le passeur, laissez-la emmener son dæmon !

— Non, dit l'homme en secouant sa tête sans âge. C'est une règle qu'on ne peut enfreindre. C'est une loi semblable à celle-ci...

Il se pencha par-dessus le bord de la barque pour prendre un peu d'eau au creux de sa main et la faire couler.

— ... La loi qui fait retomber l'eau dans le lac. Si je renverse la main, elle ne peut pas s'envoler vers le ciel. Pas plus que je ne peux transporter son dæmon au pays des morts. Qu'elle vienne ou pas, il doit rester.

Lyra ne voyait plus rien ; elle avait le visage enfoui dans la fourrure de Pantalaimon devenu chat. Mais Will vit Tialys descendre de sa monture et se préparer à sauter sur le passeur. Il n'était pas loin d'approuver la réaction du chevalier, mais le vieil homme avait repéré le geste du Gallivespien, et il se tourna vers lui.

— À votre avis, dit-il, depuis combien de

temps est-ce que je transporte des gens vers le pays des morts ? Si quelqu'un pouvait me faire du mal, vous ne croyez pas que ce serait arrivé depuis longtemps ? Croyez-vous que les gens que je transporte me suivent de gaieté de cœur ? Non. Ils se débattent, ils crient, ils essaient de me soudoyer, ils me menacent et m'agressent : rien n'y fait. Piquez-moi si vous voulez avec votre éperon, vous ne pouvez pas me faire de mal. Vous feriez mieux de réconforter cette enfant. Ne vous occupez pas de moi.

Will n'osait même pas regarder. Lyra faisait la chose la plus cruelle qu'elle ait jamais faite, et elle se haïssait, elle haïssait ce geste ; elle souffrait pour Pan et avec Pan, elle souffrait à cause de Pan, tandis qu'elle essayait de le poser sur le sol glacé, obligée de décrocher ses griffes plantées dans ses vêtements, en pleurant à chaudes larmes. Will s'obligea à ne plus entendre ; c'était trop horrible. Inlassablement, Lyra tentait de repousser son dæmon, et Pantalaimon continuait à hurler, à s'accrocher.

Elle pouvait encore renoncer.

Elle pouvait dire : « Non, c'est une mauvaise idée, il ne faut pas faire ça. »

Elle pouvait être fidèle au lien profond, vital, qui l'unissait à Pantalaimon ; elle pouvait le faire passer en premier, elle pouvait chasser tout le reste de ses pensées...

Non, elle ne pouvait pas.

— Pan, personne n'a jamais fait ça, murmura-t-elle d'une voix tremblante, mais Will dit qu'on reviendra, et je te jure, Pan, je t'aime, je te jure qu'on reviendra. Tu verras, je reviendrai, prends soin de toi, mon trésor, tu n'as rien à craindre. On reviendra et, même si je dois passer chaque instant de ma vie à te chercher, je te retrouverai, je n'abandonnerai jamais, je ne connaîtrai pas le repos. C'est juré, Pan. Oh, Pan, mon Pan chéri... je n'ai pas le choix... je n'ai pas le choix...

Elle le repoussa encore une fois et le dæmon se recroquevilla sur le sol boueux, amer, transi de froid et de terreur.

Quel animal était-il à cet instant ? Will n'aurait su le dire. Il paraissait si jeune, un tout petit animal, un chiot, une chose impuissante et désespérée, une créature misérable. Ses yeux ne quittaient pas le visage de Lyra, et Will voyait bien que celle-ci s'obligeait à ne pas détourner la tête, elle ne voulait pas fuir son sentiment de culpabilité. Il admirait son honnêteté et son courage, en même temps qu'il était déchiré par le choc de cette séparation. Des flux d'émotions si intenses passaient entre eux que l'air semblait chargé d'électricité.

Pantalaimon ne demanda pas pourquoi, car il savait ; et il ne demanda pas si Lyra aimait Roger plus que lui car, là aussi, il connaissait la réponse. Et il savait que, s'il parlait, elle ne pourrait pas résister. Alors, le dæmon demeura muet pour ne pas torturer davantage l'être humain qui l'abandonnait et, maintenant, tous les deux faisaient mine de croire que la séparation ne serait pas si douloureuse, qu'ils seraient bientôt réunis, et que c'était la meilleure solution. Mais Will savait que la fillette s'arrachait le cœur en abandonnant son dæmon.

Elle descendit dans la barque. Elle était si légère que l'embarcation tangua à peine. Elle s'assit à côté de Will, mais ses yeux ne quittaient pas Pantalaimon, assis au bout de la jetée, tremblant. Mais au moment où le passeur lâchait l'anneau de fer et plongeait ses rames dans l'eau pour faire reculer la barque, le petit dæmon-chien trotta jusqu'à l'extrémité de la jetée, ses griffes cliquetaient sur les planches humides, et il resta là, à regarder la barque s'éloigner. Au bout d'un moment, la jetée s'effaça puis disparut dans le brouillard.

Alors, Lyra laissa échapper un cri si douloureux que, même dans ce monde enveloppé de brouillard, il forma un écho, mais évidemment ce n'était pas un véritable écho, c'était l'autre partie d'elle-même qui pleurait elle aussi, sur la terre des vivants, tandis que Lyra s'éloignait vers la terre des morts.

— Oh, mon cœur, Will... gémit-elle en s'accrochant à lui, le visage déformé par la douleur.

Et ainsi s'accomplit la prophétie que le Maître de Jordan Collège avait faite au Bibliothécaire . Lyra se rendrait coupable d'une grande trahison qui la ferait terriblement souffrir.

Mais Will sentait, lui aussi, la douleur enfler

en lui et il constata que les deux Gallivespiens, accrochés l'un à l'autre, comme Lyra et lui, semblaient habités par la même angoisse.

Une partie de cette douleur était purement physique. C'était comme si une main d'acier s'était refermée sur son cœur pour essayer de le tirer à travers ses côtes, c'est pourquoi il plaqua ses mains sur sa poitrine, pour tenter vainement de le retenir. La douleur était bien plus profonde, plus intense que celle qu'il avait éprouvée en se faisant couper les doigts. Mais c'était aussi une souffrance mentale : une chose secrète et intime était entraînée de force vers la lumière du jour, et Will était submergé par un mélange de douleur, de honte, de peur et de culpabilité, car c'était lui le responsable.

C'était même pire que ça. C'était comme s'il avait dit : « Non, ne me tuez pas, j'ai trop peur. Tuez donc ma mère à la place ; elle ne compte pas, je ne l'aime pas », comme si elle l'avait entendu prononcer ces paroles, et avait fait semblant de rien pour ne pas lui faire honte, et s'était sacrifiée pour lui, par amour. C'était aussi affreux que ça. On ne pouvait pas connaître un sentiment plus horrible.

Will savait également que tout cela était lié au fait de posséder un dæmon, et que, quel qu'il soit, il devait rester à terre lui aussi, avec Pantalaimon, sur ce rivage désertique et empoisonné. Cette pensée frappa Will et Lyra au même moment, et ils échangèrent un regard chargé d'effroi. Pour la deuxième fois de leur vie, mais pas la dernière, chacun vit sa propre expression sur le visage de l'autre.

Seuls le passeur et les libellules paraissaient indifférents à l'horreur de ce voyage. Les grands insectes étaient remplis d'énergie et d'une beauté éclatante, même dans le brouillard poisseux ; ils secouaient leurs ailes pour en chasser les gouttes d'humidité, et le vieil homme dans sa robe de bure ramait sur le même rythme, la tête baissée, les pieds solidement campés sur le fond de la barque au milieu des flaques de vase.

La traversée dura trop longtemps pour que Lyra ait envie de calculer le temps écoulé. Alors qu'une partie d'elle-même était dévorée par l'angoisse, en songeant au pauvre Pantalaimon abandonné sur le rivage, une autre partie s'habituait à la douleur et mesurait ses forces, curieuse de savoir ce qui allait se passer ensuite et où ils allaient débarquer.

Le bras de Will l'enlaçait fermement, mais lui aussi regardait droit devant, essayant de percer la grisaille moite et de capter des bruits autres que le floc monotone des coups de rames. Soudain, un changement se produisit : une falaise ou une île se dressa devant eux. Ils en sentirent l'écho avant de voir le brouillard s'assombrir.

Le passeur leva une rame hors de l'eau et orienta légèrement la barque vers la gauche.

— Où sommes-nous ?

C'était la voix du chevalier Tialys, toujours

aussi fluette, mais claire, malgré une certaine tension, comme si lui aussi avait éprouvé une vive douleur durant cette traversée.

— Près de l'île, répondit le passeur. Dans cinq minutes, nous arriverons au débarcadère.

— Quelle île ? demanda Will.

Il s'aperçut que sa voix était tendue elle aussi, à tel point qu'il avait du mal à la reconnaître.

— La porte qui conduit au pays des morts se trouve sur cette île, expliqua le passeur. Tout le monde vient ici : les rois, les reines, les assassins, les poètes, les enfants... Tout le monde emprunte ce chemin, et personne ne revient.

— Nous, on reviendra, murmura Lyra avec fougue.

L'homme sans âge ne dit rien, mais ses yeux immémoriaux étaient remplis de pitié.

Alors qu'ils se rapprochaient de la terre, ils découvrirent des branches de cyprès et d'if qui penchaient jusqu'au ras de l'eau d'un vert foncé, opaque et lugubre. Le terrain montait en pente raide et les arbres étaient si touffus que même un furet aurait eu du mal à s'y glisser. Cette pensée arracha à Lyra un sanglot ressemblant à un petit cri car, s'il avait été là, Pan lui aurait montré de quoi il était capable ; mais pas aujourd'hui, et peut-être plus jamais.

— Ça y est, on est morts ? demanda Will au passeur.

— Ça ne change rien. Certaines personnes sont venues jusqu'ici en refusant de croire qu'elles étaient mortes. Durant tout le trajet, elles répétaient qu'elles étaient vivantes, que c'était une erreur, que quelqu'un aurait à en répondre. Ça n'a rien changé. D'autres au contraire voulaient absolument être mortes, alors qu'elles étaient en vie. Pauvres âmes... Des vies pleines de souffrance et de misère. Ces personnes se sont donné la mort dans l'espoir de connaître enfin le repos, mais elles ont découvert que rien n'avait changé, sinon en pis et, cette fois, il n'y avait plus d'échappatoire : vous ne pouvez pas ressusciter. D'autres étaient si fragiles et malades, de tout jeunes enfants parfois, qu'elles étaient à peine nées dans le monde des vivants avant de rejoindre celui des morts. Bien des fois j'ai conduit cette barque avec sur les genoux un bébé en pleurs qui ne connaissait pas la différence entre le monde de là-haut et celui d'ici-bas. De vieilles personnes également, les pires étant les plus riches : arrogantes, hargneuses, agressives et injurieuses. Pour qui est-ce que je me prends ? braillent-elles. N'avaient-elles pas amassé et épargné tout l'or qu'elles pouvaient engranger ? Voulais-je en accepter une partie pour les ramener sur le rivage ? Elles avaient de l'influence, des amis puissants, elles connaissaient le pape, le roi de ceci et le duc de cela, elles avaient le pouvoir de me faire châtier... Mais elles savaient ce qui les attendait au bout du compte ; elles n'occupaient plus qu'une seule position : assises dans ma barque, en route pour le pays des morts. Quant à ces rois et à ces papes, ils se retrouveraient au même endroit eux aussi, quand leur tour viendrait, plus tôt qu'ils ne le souhaitaient. Je les laisse hurler et divaguer, ils ne peuvent rien me faire. Et ils finissent toujours par se taire. Alors, si vous ne savez pas encore si vous êtes morts, et si la fillette jure qu'elle reviendra dans l'autre monde, je n'essaie pas de vous contredire. Vous découvrirez bien assez tôt ce que vous êtes.

Pendant qu'il débitait cette longue tirade, l'homme sans âge n'avait pas cessé de ramer le long du rivage ; finalement, il ramena les rames à l'intérieur de la barque et tendit le bras sur la droite pour agripper le premier pilier en bois qui sortait du lac.

Il attira l'embarcation le long du quai étroit et la maintint immobile. Lyra n'avait pas envie de débarquer : aussi longtemps qu'elle restait à bord, Pantalaimon pouvait l'imaginer concrètement, car c'était ainsi qu'il l'avait vue pour la dernière fois mais, dès qu'elle s'éloignerait de la barque, il ne saurait plus comment se la représenter. C'est pourquoi elle hésita, mais les libellules s'envolèrent et Will prit pied sur le quai, le teint blême, la main plaquée sur la poitrine ; elle était obligée de l'imiter.

— Merci, dit-elle au passeur. Quand vous retournerez là-bas, si vous voyez mon dæmon, dites-lui que je l'aime plus que tout, dans le pays des vivants ou des morts, et que je jure de revenir près de lui, même si personne ne l'a jamais fait. Je le jure.

— D'accord, je le lui dirai.

Sur ce, le vieux passeur repoussa la barque en prenant appui sur le pilier et le bruit lent et régulier de ses coups de rames s'estompa peu à peu dans le brouillard.

Juchés sur le dos de leurs libellules, les Gallivespiens revinrent après être partis en éclaireurs, et se perchèrent sur les épaules des enfants, comme précédemment : Salmakia sur Lyra et le chevalier sur Will. Les voyageurs restèrent un instant immobiles, à l'orée du pays des morts. Devant eux, il n'y avait que le brouillard mais, à en juger par la tache plus sombre qu'ils apercevaient, ils en déduisirent qu'un mur immense se dressait devant eux.

Lyra frissonna. Elle avait l'impression que sa peau s'était transformée en dentelle et l'air humide et mordant s'infiltrait à sa guise entre ses côtes, provoquant une intense brûlure sur sa plaie à vif, à l'endroit où se trouvait autrefois Pantalaimon. Roger avait dû ressentir la même chose, pensa-t-elle, alors qu'il dévalait la pente de la montagne, en essayant désespérément de se raccrocher aux doigts impuissants de Lyra.

Ils demeurèrent immobiles et aux aguets. Le seul bruit était le ploc-ploc-ploc incessant de l'eau qui tombait des feuilles et, en levant la tête, ils sentirent quelques gouttes froides s'écraser sur leurs joues.

— On ne peut pas rester ici, déclara Lyra.

Ils quittèrent le quai, s'efforçant de rester proches les uns des autres, et avancèrent prudemment jusqu'au mur. De gigantesques blocs de pierre, recouverts d'une très ancienne moisissure, s'élevaient et disparaissaient dans le brouillard, tout là-haut. Maintenant qu'ils étaient plus près, ils entendaient des cris de l'autre côté de la muraille, sans pouvoir préciser toutefois s'il s'agissait de cris humains : des hurlements aigus et lugubres, des gémissements qui flottaient dans l'air comme les tentacules d'une méduse, déclenchant une vive douleur chaque fois qu'ils frappaient leur ouïe.

— Il y a une porte ! s'exclama Will, d'une voix rauque et tendue.

Il s'agissait d'une vieille poterne en bois, sous une dalle de pierre. Alors qu'il s'apprêtait à pousser le panneau, un nouveau cri strident transperça le silence, tout près de là, un cri à vous glacer d'effroi.

Immédiatement, les Gallivespiens s'envolèrent sur leurs libellules semblables à de petits chevaux de bataille, impatients d'en découdre. Mais la créature qui descendit du ciel les balaya d'un coup d'aile brutal et vint se poser lourdement sur une corniche, juste au-dessus de la tête des enfants. Après avoir repris leurs esprits, Tialys et Salmakia apaisèrent leurs montures encore sous le choc.

Leur agresseur était un énorme oiseau, de la

taille d'un vautour, avec le visage et la poitrine d'une femme. Will avait déjà vu des représentations de ces créatures et le mot harpie lui vint aussitôt à l'esprit. Elle avait un visage lisse, sans aucune ride et, pourtant, elle paraissait plus vieille que les sorcières elles-mêmes : elle avait vu passer des milliers d'années, et la cruauté, la misère que ces années renfermaient avaient sculpté cette expression de haine sur ses traits. Plus les voyageurs l'observaient, plus elle leur paraissait répugnante. Ses orbites étaient couvertes d'une pellicule de boue séchée, et une croûte craquelée recouvrait ses lèvres rouges comme si elle avait vomi du sang coagulé. Ses longs cheveux noirs emmêlés et sales pendaient sur ses épaules ; ses griffes acérées agrippaient sauvagement la pierre, ses puissantes ailes sombres étaient repliées dans son dos et elle dégageait des effluves pestilentiels chaque fois qu'elle bougeait.

Will et Lyra, écœurés et ravagés par la douleur, tentèrent malgré tout de lui faire face.

— Mais vous êtes vivants ! s'écria la harpie en se moquant d'eux de sa voix éraillée.

Will songea qu'il n'avait jamais détesté et craint à ce point un être humain.

— Qui êtes-vous ? demanda Lyra, qui était aussi dégoûtée que Will.

En guise de réponse, la harpie poussa un hurlement. Elle ouvrit grand la bouche et leur décocha un jet sonore en plein visage, si violent que leurs têtes bourdonnèrent et ils faillirent tomber à la renverse. Will et Lyra s'accrochèrent l'un à l'autre, tandis que le hurlement de la créature sauvage se transformait en un rire moqueur, auquel firent écho les voix d'autres harpies dans le brouillard. Ce rire railleur, plein de haine, rappelait à Will la cruauté impitoyable des enfants dans une cour de récréation mais, ici, il n'y avait pas d'instituteur pour prendre les choses en main, personne à qui se plaindre et aucun endroit pour se réfugier.

La main posée sur le manche du couteau, à sa ceinture, Will regarda le monstre droit dans les yeux, malgré sa tête qui continuait à vibrer et la sensation de vertige provoquée par la force de ce cri.

— Si vous voulez essayer de nous arrêter, dit-il, préparez-vous à vous battre. Hurler ne suffira pas. Car nous allons franchir cette porte.

La bouche rouge et écœurante de la harpie remua de nouveau mais, cette fois, ce fut pour plisser les lèvres dans une parodie de baiser obscène.

Puis elle dit :

— Ta mère est seule. Nous lui enverrons des cauchemars. Nous hurlerons dans son sommeil !

Will ne réagit pas car, du coin de l'œil, il voyait Lady Salmakia se déplacer discrètement le long de la corniche sur laquelle était perchée la harpie. Pendant ce temps, Tialys immobilisait au sol sa libellule dont les ailes tremblaient. Et soudain, la lady bondit sur la harpie et tournoya sur elle-même pour planter profondément son éperon dans la patte écailleuse de la créature. Tialys, de son côté, libéra sa libellule. En moins d'une seconde, Salmakia avait sauté de la corniche sur le dos de sa monture bleu électrique, pour disparaître dans les airs.

L'effet fut instantané. Un nouveau hurlement brisa le silence, bien plus puissant que le précédent, et la créature battit des ailes si violemment que Will et Lyra vacillèrent. Mais elle s'accrocha à la pierre avec ses griffes ; son visage vira au cramoisi sous l'effet de la colère, et ses cheveux se dressèrent sur sa tête comme une crête de cobra.

Will tira Lyra par la main et ils essayèrent de courir vers la porte, mais la harpie se jeta sur eux avec fureur. Will se retourna alors, poussant Lyra derrière lui pour la protéger, et il brandit son couteau, obligeant le monstre à reculer.

Les Gallivespiens se lancèrent immédiatement à l'assaut, en visant le visage de la harpie, puis battant aussitôt en retraite ; même s'ils ne parvenaient pas à atteindre leur cible, ils accaparaient son attention, à tel point qu'elle faillit s'écraser au sol.

Lyra s'écria :

— Tialys ! Salmakia ! Arrêtez ! Arrêtez !

Les espions tirèrent sur les rênes de leurs libellules et vinrent virevolter au-dessus des têtes des enfants. D'autres formes sombres se rassemblaient dans le brouillard, et les cris moqueurs de cent harpies résonnèrent le long du rivage, un peu plus loin. La créature qu'ils avaient affrontée secouait ses ailes et ses cheveux, étirait ses pattes l'une après l'autre et faisait jouer ses griffes. Elle n'était même pas blessée.

Les Gallivespiens s'immobilisèrent dans les airs, avant de plonger vers la fillette qui levait les mains pour qu'ils puissent s'y poser. Salmakia comprit la cause de l'intervention de Lyra, et elle dit à Tialys :

— Elle a raison. J'ignore pourquoi, mais ce monstre est insensible à nos attaques.

Lyra demanda :

— Madame, comment vous appelez-vous ?

La harpie déploya ses ailes au maximum, et les voyageurs faillirent s'évanouir en respirant les odeurs de pourriture qui s'échappaient d'elle.

— Sans Nom ! s'écria-t-elle.

— Que voulez-vous ?

— Qu'avez-vous à me donner ?

— Nous pourrions vous raconter où nous sommes allés, peut-être que ça vous intéresserait, on ne sait jamais. Nous avons vu un tas de choses étranges en venant ici.

— Oh, tu veux me raconter une histoire ?

— Si vous voulez.

— Pourquoi pas ? Et ensuite ?

— Vous pourriez nous laisser franchir cette porte pour trouver le fantôme que nous sommes venus chercher. Ce serait très aimable de votre part.

— Essaie toujours, dit Sans Nom.

Malgré son écœurement et la douleur, Lyra comprit qu'on venait de lui donner l'atout maître.

— Fais bien attention, lui chuchota Salmakia, mais l'esprit de Lyra passait déjà en revue l'histoire qu'elle avait racontée la veille au soir, pour la façonner, couper quelques passages, en ajouter ou en améliorer d'autres : parents morts, trésor familial caché, naufrage, fuite...

— Eh bien voilà, dit-elle en se plongeant dans son état d'esprit de conteuse. Tout a commencé quand j'étais bébé. Mon père et ma mère étaient le duc et la duchesse d'Abingdon, des gens plus riches que n'importe qui. Mon père était un des conseillers du roi, et le roi en personne venait souvent à la maison, très souvent. Ils partaient chasser dans notre forêt. La maison où je suis née était la plus grande de tout le sud de l'Angleterre. Elle s'appelait...

Sans même un cri de mise en garde, la harpie se jeta sur Lyra, toutes griffes dehors. La fillette eut juste le temps d'esquiver l'attaque, mais une des griffes érafla son crâne et lui arracha une touffe de cheveux.

— Menteuse ! Menteuse ! hurla la harpie. Menteuse !

Elle fit demi-tour pour attaquer de nouveau, en visant directement le visage cette fois, mais Will dégaina le couteau et se dressa sur son chemin. Sans Nom dévia sa trajectoire juste à temps, et il en profita pour pousser Lyra vers la porte, car elle était paralysée par le choc et à moitié aveuglée par le sang qui coulait sur son visage. Will ignorait où étaient les Gallivespiens, mais déjà la harpie fondait sur eux une fois de plus, en poussant des hurlements de rage et de haine :

— Menteuse ! Menteuse ! Menteuse !

C'était comme si sa voix venait de partout à la fois, ce mot se répercutait contre la muraille qui se dressait dans le brouillard.

Will avait plaqué Lyra contre son torse, en voûtant les épaules pour la protéger, et il la sentait sangloter et trembler contre lui. Il enfonça brutalement le couteau dans le bois vermoulu de la porte et découpa la serrure en quelques coups rapides.

Les enfants, suivis des deux espions montés sur leurs libellules filant à toute allure, pénétrèrent en trébuchant dans le royaume des fantômes, tandis que les hurlements de la harpie étaient repris et amplifiés par ses congénères regroupées le long du rivage brumeux.

22

Ceux qui murmurent

> ... aussi épaisses que les feuilles d'automne jonchant les ruisseaux de Vallombreuse, où les ombrages Étruriens décrivent l'arche élevée d'un berceau...
>
> John Milton

Le premier réflexe de Will fut de faire asseoir Lyra, puis il sortit le petit pot d'onguent à base de mousse et lui soigna sa blessure. La plaie saignait abondamment, mais elle n'était pas profonde. Il déchira un morceau de sa chemise pour la nettoyer délicatement en la tamponnant et il étala une épaisse couche d'onguent, en essayant de ne pas penser à l'état de saleté des griffes de la créature.

Le regard de Lyra était vitreux, et elle était pâle comme un linge.

— Lyra ! Lyra ! dit Will en la secouant doucement. Fais un effort, il faut continuer.

Elle fut parcourue d'un frisson, laissa échapper un long soupir tremblant et ses yeux se posèrent sur Will, remplis d'un désespoir éperdu.

— Will... Je ne peux plus continuer... Je ne peux pas ! Je ne peux plus raconter de mensonges. Je croyais que c'était facile, mais ça ne marche plus... C'est tout ce que je sais faire, et ça ne marche plus !

— Tu sais faire plein d'autres choses. Tu sais déchiffrer l'aléthiomètre, non ? Allez, viens, essayons de découvrir où nous sommes. Essayons de trouver Roger.

Il l'aida à se relever et, pour la première fois, ils prirent le temps d'observer leur environnement : le pays où vivaient les fantômes.

Ils étaient dans une vaste plaine qui s'enfonçait dans le brouillard. Le paysage était éclairé par une lumière fade qui semblait provenir de partout et de nulle part, avec une intensité égale, si bien qu'il n'y avait ni ombres ni lumière véritables et tout avait la même couleur terne.

Dans cet espace immense se trouvaient des adultes et des enfants, des êtres fantômes, si nombreux que Lyra ne pouvait deviner leur nombre. La plupart se tenaient debout, mais certains étaient assis par terre ou même couchés, apathiques ou endormis. Aucun ne bougeait, ils ne couraient pas, ne jouaient pas, mais beaucoup d'entre eux se retournèrent pour observer ces nouveaux venus, avec dans leurs grands yeux écarquillés une curiosité pleine de terreur.

— Des fantômes, murmura Lyra. C'est ici qu'ils vivent tous, tous ceux qui sont morts...

Sans doute parce qu'elle n'avait plus Pantalaimon, elle s'accrochait solidement au bras de Will, et celui-ci s'en réjouissait. Les Gallivespiens étaient partis en éclaireurs, et il voyait leurs petites silhouettes éclatantes aller et venir à toute allure au-dessus de la tête des fantômes, qui levaient les yeux et suivaient leurs déplacements avec stupéfaction. Le silence était immense et oppressant ; cette lumière grise emplissait Will d'effroi. La présence chaude de Lyra, collée contre lui, était la seule chose qui ressemblait à la vie.

Derrière eux, de l'autre côté du mur, les cris des harpies continuaient à résonner le long du rivage. Certains fantômes lançaient des regards angoissés vers le ciel, mais la plupart gardaient les yeux fixés sur Will et Lyra puis, peu à peu, ils s'approchèrent, en masse. Lyra recula ; elle n'avait pas la force de leur faire face comme elle l'aurait souhaité, et ce fut Will qui dut prendre la parole :

— Parlez-vous notre langue ? demanda-t-il. Pouvez-vous parler au moins ?

Si tremblants, apeurés et meurtris fussent-ils, ils possédaient plus d'autorité que tous ces morts réunis. Ces pauvres fantômes n'avaient presque plus de forces, et en entendant la voix de Will, la première voix claire qui résonnait en ce lieu, de mémoire de mort, un grand nombre d'entre eux se rapprochèrent, poussés par l'envie de répondre.

Mais ils ne pouvaient que murmurer. Des sons faibles, à peine audibles et plus puissants qu'un souffle, c'était tout ce qui sortait de leur bouche. En les voyant avancer avec détermination, en se bousculant, les Gallivespiens s'empressèrent de piquer vers le sol pour virevolter devant eux et les empêcher d'approcher de trop près. Les enfants fantômes regardaient les libellules avec un mélange d'envie et de désespoir, et Lyra comprit aussitôt pourquoi : ils croyaient que c'étaient des dæmons, et leur rêve le plus cher était de tenir à nouveau le leur dans leurs bras.

— Non, ce ne sont pas des dæmons ! s'exclama-t-elle, avec compassion. Si le mien était ici, avec moi, vous pourriez le toucher et le caresser, je vous le promets...

En disant cela, elle tendit les mains vers les enfants. Les adultes restèrent en retrait, apathiques ou apeurés, mais les enfants se précipitèrent. Leurs corps n'avaient pas plus de substance que le brouillard, pauvres petits, et les mains de Lyra, comme celles de Will, passaient à travers. Mais les enfants fantômes continuaient de se presser autour d'eux, diaphanes et sans vie, pour se réchauffer au contact du sang qui coulait dans les veines des deux voyageurs et des battements de leurs cœurs. Will et Lyra perçurent une succession de petites caresses froides, provoquées par le passage des fantômes à travers leurs corps.

Mais peu à peu, ils sentaient que la mort s'emparait d'eux ; ils n'avaient pas une quantité infinie de vie et de chaleur à distribuer. Déjà, ils tremblaient de froid, et la foule des fantômes qui continuait à avancer vers eux semblait ne jamais devoir s'arrêter.

Finalement, Lyra dut les supplier de rester où ils étaient.

Elle leva la main et dit :

— S'il vous plaît... on voudrait bien vous toucher tous, mais nous sommes venus ici pour chercher quelqu'un, et j'aimerais que vous me disiez où il est et comment le retrouver... Oh, Will, dit-elle en appuyant sa tête contre celle du garçon, si seulement je savais comment faire !

Les fantômes semblaient fascinés par le sang qui coulait sur le front de Lyra, écarlate et brillant comme du houx dans la faible lumière, et plusieurs d'entre eux étaient venus s'y frotter, avides de sentir en eux une chose aussi vivante et intense. Une fillette, qui devait avoir neuf ou dix ans quand elle était encore vivante, leva timidement la main pour essayer de toucher le sang, mais elle recula brusquement, effrayée. Lyra lui dit :

— N'aie pas peur. Nous ne sommes pas venus ici pour vous faire du mal. Parle-nous, si tu le peux.

La fillette fantôme parla, mais sa voix fluette n'était qu'un murmure :

— Ce sont les harpies qui ont fait ça ? Elles ont essayé de vous faire du mal ?

— Oui, répondit Lyra, mais c'est tout ce qu'elles peuvent nous faire, je n'ai pas peur d'elles.

— Oh, tu te trompes... Elles peuvent faire bien pire...

— Quoi donc ? Que peuvent-elles faire ?

Apparemment, les fantômes ne voulaient pas aborder ce sujet. Ils secouèrent la tête et restèrent muets, jusqu'à ce qu'un jeune garçon dise :

— C'est moins horrible pour ceux qui sont ici depuis des centaines d'années parce que, au bout de tout ce temps, vous êtes fatigué, et elles vous font moins peur...

— Elles aiment surtout parler aux nouveaux arrivants, ajouta la première fillette. Mais... C'est tellement abominable. Elles... Je ne peux pas vous le dire.

Leurs voix ne faisaient pas plus de bruit que des feuilles mortes qui tombent d'un arbre. Et seuls les enfants parlaient ; tous les adultes semblaient plongés dans une léthargie si ancienne et profonde qu'on pouvait penser qu'ils ne parleraient et ne bougeraient plus jamais.

— Écoutez, dit Lyra. Je vous en prie, écoutez-moi. Nous sommes venus jusqu'ici, mes amis et moi, parce que nous devons retrouver un garçon prénommé Roger. Il n'est pas ici depuis longtemps, juste quelques semaines, ça veut dire qu'il ne doit pas connaître beaucoup de gens, mais si vous savez où il est...

Alors même qu'elle prononçait ces paroles, elle savait qu'ils pourraient rester ici jusqu'à ce qu'ils deviennent vieux, pour chercher partout, scruter tous les visages, et ne voir qu'une infime fraction des morts. Elle sentit le désespoir s'abattre sur ses épaules, aussi écrasant que si la harpie elle-même s'était perchée sur elle.

Mais elle serra les dents et s'efforça de redresser le menton. « Nous sommes arrivés jusqu'ici, se dit-elle, c'est déjà un premier pas. »

La fillette fantôme dit quelque chose, de sa toute petite voix.

— Pourquoi on veut le retrouver ? répondit Will. Parce que Lyra a besoin de lui parler. Mais moi aussi je veux retrouver quelqu'un. Je veux retrouver mon père, John Parry. Il est ici, lui aussi, quelque part. Et je veux lui parler avant de retourner dans mon monde. Alors, je vous en supplie, si vous le pouvez, demandez à Roger et à John Parry de venir parler à Lyra et à Will. Demandez-leur...

Soudain, tous les fantômes firent demi-tour et s'enfuirent, y compris les adultes, telles des feuilles mortes éparpillées par une bourrasque. En quelques secondes seulement, les voyageurs se retrouvèrent seuls au milieu de l'immense espace nu, et ils ne tardèrent pas à comprendre pourquoi : des cris, des hurlements stridents descendirent du ciel, et les harpies fondirent sur eux, dans des effluves pestilentiels et des battements d'ailes furieux, accompagnés de ces mêmes cris rauques, moqueurs, ces railleries.

Lyra s'accroupit immédiatement, plaquant ses mains sur ses oreilles, et Will se pencha au-dessus d'elle, son couteau à la main. Il vit Tialys et Salmakia se précipiter à leur rescousse, mais ils étaient encore loin, et il eut l'occasion, durant une ou deux secondes, d'observer les harpies qui tournoyaient dans le ciel et plongeaient vers le sol. Il vit leurs visages humains mordre le vide, comme pour gober des insectes, et il entendit les paroles qu'elles criaient : des paroles moqueuses, des paroles ordurières, qui toutes concernaient sa mère, des paroles qui lui déchiraient le cœur, mais une partie de son esprit était comme détachée, indifférente ; elle réfléchissait, calculait, observait. Manifestement, aucune de ces créatures maléfiques n'osait approcher du couteau.

Par curiosité, il se redressa. Une des harpies — peut-être s'agissait-il de Sans Nom — dut effectuer un virage brutal pour éviter le couteau car, au même moment, elle plongeait en piqué dans le but de passer juste au-dessus de sa tête. Ses grandes ailes s'agitèrent avec maladresse, et elle négocia de justesse ce changement de trajectoire. Will aurait pu lui trancher la tête d'un seul coup de couteau.

Entre-temps, les Gallivespiens les avaient rejoints, et ils s'apprêtaient à attaquer, mais Will s'écria :

— Tialys ! Venez ici ! Salmakia, venez vous poser sur ma main ! Les espions atterrirent sur ses épaules, et il leur dit :

— Regardez. Voyez ce qu'elles font. Elles plongent vers nous en hurlant, mais c'est tout. Je crois que la harpie a blessé Lyra par erreur tout à l'heure. Je crois qu'elles ne veulent pas nous toucher. On peut les ignorer.

Lyra leva la tête, les yeux écarquillés. Les immondes créatures virevoltaient autour de la tête de Will, à une trentaine de centimètres parfois, mais elles changeaient brusquement de trajectoire au dernier moment pour l'éviter. Will sentait que les deux espions étaient désireux d'en découdre, les ailes de leurs libellules frémissaient d'impatience, elles avaient hâte de s'élancer dans les airs avec leurs cavaliers aux éperons mortels, mais ils se retenaient : ils voyaient bien que Will avait raison.

Cette absence de réaction eut un effet sur les fantômes : voyant que Will ne semblait pas avoir peur des harpies et qu'il ne lui arrivait rien, ils commencèrent à revenir vers les voyageurs, petit à petit. Ils observaient les harpies d'un œil inquiet, mais ne pouvaient résister à l'attrait des corps et du sang chauds, de ces puissants battements de cœur.

Lyra se redressa pour rejoindre Will. Sa blessure à la tête s'était rouverte et du sang frais coulait sur sa joue ; elle l'essuya d'un geste nonchalant.

— Will... Je suis heureuse qu'on soit venus jusqu'ici tous les deux...

Il perçut dans sa voix et il vit sur son visage une détermination qu'il connaissait bien et qu'il aimait plus que tout. Il comprit qu'elle avait une idée audacieuse en tête, mais elle n'était pas encore prête à en parler.

Il hocha simplement la tête, pour montrer qu'il comprenait.

La fillette fantôme dit :

— Par ici... Suivez-nous... On va les retrouver !

Will et Lyra éprouvèrent l'un et l'autre la même sensation : comme si de petites mains invisibles s'introduisaient en eux et les tiraient par les côtes pour les obliger à avancer.

Alors ils se mirent en marche à travers cette vaste plaine désolée, tandis que les harpies tournoyaient au-dessus d'eux, de plus en plus haut dans le ciel, sans cesser de hurler. Mais elles gardaient leurs distances et, de toute façon, les Gallivespiens étaient là pour monter la garde

En chemin, quelques fantômes leur parlèrent :

— Excusez-moi, dit une fillette, mais où sont vos dæmons ? Pardonnez cette question. Mais...

Lyra ressentait à chaque seconde l'absence de son Pantalaimon adoré. Elle avait du mal à aborder ce sujet, c'est pourquoi Will répondit à sa place :

— Nous avons laissé nos dæmons à l'extérieur, à l'abri. On les récupérera plus tard. Et toi, tu avais un dæmon ?

— Oui, répondit la fillette prénommée Beth. Il s'appelait Sandling... Je l'aimais énormément...

— Avait-il pris son apparence définitive ? demanda Lyra.

— Non, pas encore. Il pensait qu'il deviendrait un oiseau, mais moi, j'espérais que non, car j'aimais bien me blottir contre sa fourrure le soir dans mon lit. Mais il était de plus en plus souvent oiseau. Et toi, comment s'appelle ton dæmon ?

Lyra le lui dit, et tous les fantômes commencèrent à se rapprocher. Ils voulaient tous parler de leur dæmon.

— Le mien s'appelait Matapan...

– On jouait à cache-cache ; il se transformait en caméléon et je ne le voyais plus. Il était tellement gentil...

— Une fois, je me suis blessé à l'œil, je ne voyais plus rien et il m'a guidé jusqu'à la maison...

— Il ne voulait pas prendre une apparence définitive, mais moi, j'avais envie de grandir, alors on se disputait sans cesse...

— Il se roulait en boule au creux de ma main et il s'endormait...

— Est-ce qu'ils sont encore là-bas, ailleurs ? Est-ce qu'on les reverra un jour ?

— Non. Quand tu meurs, ton dæmon disparaît, comme la flamme d'une bougie qu'on souffle. Je l'ai vu de mes propres yeux. Moi, je n'ai jamais revu mon Castor... Je n'ai pas pu lui dire au revoir...

— C'est pas possible qu'ils soient nulle part ! Ils sont forcément quelque part ! Mon dæmon est encore quelque part, je le sais !

Les fantômes étaient de plus en plus excités ; leurs yeux brillaient, leurs joues avaient pris des couleurs, comme s'ils empruntaient un peu de vie aux voyageurs.

Will demanda :

— Y a-t-il ici quelqu'un de mon monde, où les gens n'ont pas de dæmon ?

Un jeune garçon maigrichon hocha la tête, et Will se tourna vers lui.

— On comprenait pas ce qu'étaient les dæmons, mais on savait ce que ça faisait de ne pas en avoir. Il y a des gens qui viennent de tous les mondes ici.

— Moi, je connaissais ma mort, déclara une fillette. Depuis ma toute petite enfance. Quand j'entendais les autres parler de leurs dæmons, je croyais qu'ils faisaient allusion à une chose comme notre mort. Oh, elle me manque tellement ! Je ne la reverrai plus. « J'en ai terminé », c'est la dernière chose qu'elle m'a dite, et elle a disparu pour toujours. Quand elle était avec moi, je savais qu'il y avait quelqu'un à qui je pouvais faire confiance, quelqu'un qui savait où nous allions et quoi faire. Mais elle n'est plus là maintenant. Je ne sais pas ce qui va se passer.

— Il ne va rien se passer ! lança quelqu'un d'autre. Rien, plus jamais !

— Tu parles sans savoir, répliqua une fillette.

Ils sont bien venus, non ? Et pourtant, personne ne savait que ça allait arriver.

Elle parlait de Will et de Lyra.

— C'est la première fois qu'il se passe quelque chose ici, dit un garçon. Peut-être que tout va changer.

— Que voudriez-vous faire, si vous en aviez la possibilité ? demanda Lyra.

— Retourner dans le monde !

— Même si vous ne pouviez le revoir qu'une seule fois, vous voudriez quand même y retourner ?

— Oui ! Oui ! Oui !

— Il faut quand même que je retrouve Roger, déclara Lyra, excitée par une nouvelle idée, mais Will devait en être le premier informé.

Sur le sol désertique de la plaine infinie, un vaste et lent mouvement s'était emparé de la foule des innombrables fantômes. Will et Lyra n'en avaient pas conscience, mais Tialys et Salmakia, qui la survolaient en altitude, voyaient les petites silhouettes pâles se déplacer dans le même sens, au même rythme, avec une unité évoquant la migration d'immenses vols d'oiseaux ou de troupeaux de rennes. Au centre de cette marée se trouvaient les deux seuls enfants qui n'étaient pas des fantômes ; ils suivaient le mouvement et, pourtant, c'était comme s'ils incarnaient la volonté commune de tous les morts.

Les espions, dont les pensées allaient encore plus vite que leurs destriers ailés, échangèrent un regard et se posèrent côte à côte sur la branche desséchée d'un arbre pour permettre à leurs libellules de se reposer.

— Avons-nous des dæmons, nous aussi, Tialys ? demanda la lady.

— Depuis que nous sommes montés dans cette barque, j'ai l'impression qu'on m'a arraché le cœur et qu'on l'a jeté sur le rivage, alors qu'il battait encore. Mais ce n'est pas le cas, je le sens qui cogne dans ma poitrine. Ça signifie que quelque chose de moi est resté là-bas, avec le dæmon de cette fillette, et quelque chose de toi également, Salmakia, car tes traits sont tirés, tes mains sont pâles et crispées. Oui, nous avons des dæmons, quelle que soit leur forme. Peut-être que les habitants du monde de Lyra sont les seuls êtres vivants à savoir qu'ils possèdent des dæmons. C'est peut-être pour cette raison que la révolte est venue de l'un d'eux.

Le chevalier descendit du dos de la libellule et l'attacha soigneusement, puis il sortit le résonateur à aimant. Mais à peine avait-il touché l'instrument qu'il s'arrêta.

— Aucune réponse, déclara-t-il d'un air sombre.

— Nous sommes donc au-delà de tout ?

— Au-delà de toute aide, assurément. Mais nous savions que nous allions dans le pays des morts.

— Le garçon suivrait cette fille jusqu'au bout du monde.

— À ton avis, pourra-t-il ouvrir le chemin du retour avec son couteau ?

— Je suis sûre qu'il en est convaincu. Mais franchement, Tialys... je n'en sais rien.

— Il est encore très jeune. Ils sont très jeunes l'un et l'autre. Si elle ne survit pas à cette épreuve, la question de savoir si elle fera le bon choix face à la tentation ne se posera même plus. Ça n'aura plus aucune importance.

— Crois-tu qu'elle a déjà choisi ? Quand elle a décidé d'abandonner son dæmon sur le rivage ? Était-ce le choix qu'elle devait faire ?

Le chevalier contempla d'en haut ces millions de créatures qui avançaient à pas lents sur la terre des morts, entraînées par cette étincelle éclatante et vivante nommée Lyra Parle-d'Or. Il n'apercevait que ses cheveux, tache la plus claire dans la grisaille et, juste à côté, il y avait la tête du garçon, solide et résistante avec ses cheveux noirs.

— Non, dit-il. Pas encore. Le véritable choix viendra plus tard.

— Dans ce cas, nous devons la conduire en lieu sûr.

— Elle et lui. Ils sont indissociables désormais.

Lady Salmakia tira légèrement sur les rênes arachnéennes et sa libellule décolla immédiatement de la branche pour foncer vers les deux enfants, suivie de près par le chevalier. Mais les espions ne s'arrêtèrent pas à leur hauteur ; après les avoir survolés à basse altitude pour s'assurer qu'ils allaient bien, ils filèrent droit devant eux, en partie pour tromper l'impatience des libellules, mais aussi pour découvrir jusqu'où s'étendait ce lieu de désolation.

En les voyant passer comme un éclair au-dessus de sa tête, Lyra éprouva un sentiment de soulagement, car elle se dit qu'il existait encore des choses vivantes et éclatantes de beauté. Puis, incapable de conserver plus longtemps pour elle seule son idée, elle se tourna vers Will, approcha ses lèvres de l'oreille du garçon et, dans un murmure plein de chaleur et d'enthousiasme, elle lui dit :

— Will, je veux qu'on fasse sortir d'ici tous ces pauvres enfants fantômes, et les adultes aussi. Libérons-les ! Quand on aura retrouvé Roger et ton père, on ouvrira une fenêtre sur le monde extérieur et on les libérera tous !

Will se tourna vers elle et lui adressa un vrai sourire, si chaleureux et joyeux qu'elle sentit quelque chose vaciller en elle ; telle fut son impression du moins car, privée de Pantalaimon, elle ne pouvait pas se demander ce qu'elle ressentait. Peut-être son cœur avait-il simplement trouvé une autre façon de battre. Profondément surprise, elle s'obligea à marcher droit en chassant cette sensation de vertige.

Ils continuèrent ainsi leur chemin. Les murmures se répandaient plus vite que leurs pas, les mots : « Roger, Lyra est venue... Roger, Lyra est ici... » passaient d'un fantôme à l'autre, semblables au message électrique qu'une cellule du corps transmet à sa voisine.

Tialys et Salmakia, qui survolaient les environs sur leurs libellules infatigables, finirent par apercevoir un autre mouvement de masse, signe d'une certaine agitation. En redescendant vers le sol, ils s'aperçurent que nul ne faisait attention à eux désormais, car une chose plus intéressante accaparait les esprits de tous les fantômes. Ils échangeaient des murmures enfiévrés, ils montraient quelque chose du doigt et poussaient quelqu'un vers l'avant.

Salmakia effectua un passage en rase-mottes, sans pouvoir se poser : la foule était trop dense, et aucune de ces mains ni de ces épaules ne pourraient supporter son poids. Elle découvrit un jeune garçon fantôme au visage honnête et triste, hébété et intrigué par ce qu'on lui disait. La lady s'écria :

— Roger ? C'est toi, Roger ?

Le garçon leva les yeux, stupéfait, inquiet, et il hocha la tête.

Salmakia s'empressa de rejoindre le chevalier et, ensemble, ils filèrent vers Lyra. Le chemin était long, et il n'était pas facile de s'orienter mais, en observant les déplacements de la masse, ils trouvèrent enfin la fillette.

— La voici ! s'exclama Tialys. Lyra ! Lyra ! Ton ami est là-bas !

Lyra leva la tête et tendit la main pour accueillir la libellule. Le grand insecte s'y posa aussitôt ;

son corps rouge et jaune brillait comme de l'émail, ses ailes diaphanes étaient raides et immobiles. Tialys se maintenait en équilibre, tandis que Lyra le tenait à la hauteur de ses yeux.

— Où ça ? demanda-t-elle, le souffle coupé par l'excitation. Il est loin ?

— À une heure de marche, environ, dit le chevalier. Mais il sait que tu arrives. Les autres le lui ont dit, et nous avons vérifié que c'était bien lui. Continue à avancer, tu le trouveras bientôt.

Tialys vit que Will faisait un gros effort pour se tenir droit et s'obliger à trouver de nouvelles forces. Lyra, elle, était revigorée, et elle bombardait les Gallivespiens de questions : Roger avait-il l'air bien ? Leur avait-il parlé ? Non, évidemment, mais paraissait-il heureux ? Les autres enfants avaient-ils compris ce qui se passait, et est-ce qu'ils apportaient leur aide ou représentaient-ils un obstacle au contraire ?...

Et ainsi de suite. Tialys s'efforça de répondre patiemment et sincèrement à chacune de ses questions tandis que, pas à pas, la fillette se rapprochait du garçon dont elle avait causé la mort.

23

Sans issue

> Tu connaîtras la vérité et la vérité te rendra libre.
>
> saint Jean

Will, demanda Lyra, comment vont réagir les harpies, à ton avis, quand on va libérer tous les fantômes ?

Les créatures se faisaient de plus en plus bruyantes et volaient de plus en plus bas ; leur nombre ne cessait d'augmenter, comme si l'obscurité elle-même se rassemblait sous forme de petits caillots de haine et leur donnait des ailes. Les fantômes lançaient des regards apeurés en direction du ciel.

— Est-ce qu'on approche ? demanda Lyra à Lady Salmakia.

— On n'en est plus très loin, répondit celle-ci en tournoyant au-dessus des deux enfants. Tu pourrais même apercevoir ton ami Roger si tu montais sur ce rocher.

Mais Lyra ne voulait pas perdre de temps. Elle s'efforçait de tout son cœur d'afficher un sourire sur son visage pour accueillir Roger, mais sans cesse surgissait devant ses yeux cette terrible image du pauvre Pan abandonné sur la jetée, tandis que le brouillard se refermait autour de lui, et elle avait du mal à se retenir de hurler. Mais elle devait se ressaisir, se disait-elle ; elle devait garder espoir, pour Roger, comme elle l'avait toujours fait.

Leurs retrouvailles eurent lieu de manière soudaine. Au milieu de la cohue de tous les fantômes, il était là tout à coup ! Ses traits familiers étaient creusés, mais son expression était rayonnante de joie, autant qu'il était possible pour un fantôme. Il se précipita pour la serrer contre lui.

Mais il passa entre les bras de Lyra comme un nuage de fumée froide et, même si la fillette sentit sa petite main se refermer sur son cœur, il n'avait plus assez de force pour s'y retenir. Ils ne pourraient plus jamais se toucher pour de bon.

Toutefois, Roger pouvait murmurer et, de sa voix frêle, il dit :

— Oh, Lyra, je ne pensais pas que je te reverrais un jour... Je pensais que même si tu venais ici une fois morte, tu serais beaucoup plus vieille, tu serais une adulte et tu ne voudrais plus me parler.

— Pourquoi donc ?

— Parce que je n'ai pas fait ce qu'il fallait quand Pan a repris mon dæmon à Lord Asriel !

On aurait dû s'enfuir, ne pas essayer de combattre cette femme ! On aurait dû courir vers toi ! Elle n'aurait pas pu me reprendre mon dæmon et, quand la falaise s'est effondrée, il aurait été avec moi !

— Mais ce n'était pas ta faute, idiot ! s'écria Lyra. C'est moi qui t'ai conduit là-bas ; j'aurais dû te laisser repartir avec les autres enfants et les gitans. C'était ma faute. Je suis navrée, Roger, sincèrement. C'était entièrement ma faute. Sans moi, tu ne te serais pas trouvé là...

— Oui, possible, je n'en sais rien. Peut-être que je serais mort autrement. Mais ce n'était pas ta faute, Lyra.

Elle sentait qu'elle commençait à le croire ; malgré tout, quel déchirement de voir cette pauvre petite créature froide, si proche et à la fois si inaccessible. Elle essaya de lui prendre le poignet et, même si ses doigts se refermèrent sur du vide, Roger comprit le message et il s'assit à côté d'elle.

Les autres fantômes s'écartèrent pour les laisser seuls, et Will s'éloigna lui aussi, pour aller s'asseoir et soigner sa main. Elle saignait de nouveau et, pendant que Tialys voletait dans tous les sens pour obliger les fantômes à reculer, Salmakia l'aida à nettoyer sa blessure.

À quelques mètres de là, Lyra et Roger ignoraient ce qui se passait autour d'eux.

— Et t'es même pas morte, dit-il. Comment

t'as fait pour venir ici, alors que t'es encore vivante ? Et où est Pan ?

— Oh, Roger... J'ai été obligée de le laisser sur l'autre rive ; c'est la chose la plus affreuse que j'aie jamais faite, c'est tellement douloureux... Tu sais combien ça fait mal... Il restait là, à me regarder, et j'avais l'impression d'être une meurtrière, Roger... Mais il fallait que je le fasse, ou sinon, je n'aurais pas pu venir !

— Depuis que je suis mort, je fais semblant de parler avec toi tout le temps. Je rêve que... Je rêve de pouvoir sortir d'ici, avec tous les autres morts. C'est un endroit tellement affreux, Lyra. Ici, il n'y a aucun espoir, une fois que tu es mort, tout est toujours pareil... Et ces espèces d'oiseaux... Tu sais ce qu'ils font ? Ils attendent que tu te reposes — tu ne dors jamais vraiment, ici, tu somnoles, en fait — ils s'approchent de toi sans faire de bruit et ils te murmurent à l'oreille toutes les vilaines choses que tu as faites quand tu étais vivant, pour que tu ne puisses pas les oublier. Ils savent les pires choses sur toi. Ils savent comment te torturer, en te faisant repenser à toutes les bêtises et les vilaines choses que tu as faites. Toutes tes mauvaises pensées, ils les connaissent, et ils te font honte, ils te dégoûtent de toi-même... Mais tu ne peux pas leur échapper.

— Écoute-moi, dit-elle.

Elle baissa la voix et se pencha vers le petit

fantôme, comme quand ils préparaient un sale tour à Jordan College.

— Tu ne le sais sûrement pas, mais les sorcières — tu te souviens de Serafina Pekkala —, les sorcières ont une prophétie me concernant. Elles ignorent que je suis au courant. Je n'en ai jamais parlé à personne. Mais, quand j'étais à Trollesund, et quand Farder Coram le gitan m'a emmenée voir le Consul des Sorcières, le docteur Lanselius, celui-ci m'a fait passer une sorte de test. Il fallait que je sorte pour aller ramasser la bonne branche de sapin magique parmi toutes les autres, pour prouver que j'étais capable de déchiffrer l'aléthiomètre.

C'est ce que j'ai fait. Il m'a suffi d'une seconde, c'était facile, et je me suis dépêchée de rentrer, car il faisait très froid dehors. Le Consul bavardait avec Farder Coram, ils ignoraient que je pouvais les entendre. Il a dit que les sorcières avaient cette prophétie à mon sujet : j'allais faire quelque chose de grand et d'important, et ça se passerait dans un autre monde...

Mais je n'en ai jamais parlé à personne, et j'avoue que j'ai dû oublier, il se passait tellement d'autres choses. Ça m'est sorti de la tête. Je n'en ai même jamais parlé à Pan, car il se serait moqué de moi, je parie.

Mais plus tard, quand Mme Coulter m'a capturée et m'a plongée dans un état de transe, je me suis mise à rêver, et j'ai rêvé de cette prophétie, j'ai rêvé de toi aussi. Je me suis souvenue de Ma Costa, la gitane. Tu te rappelles ? C'est sur leur péniche qu'on était montés, à Jéricho, avec Simon et Hugh et...

— Oui ! Et on a failli naviguer jusqu'à Abingdon ! C'est le meilleur truc qu'on ait jamais fait, Lyra ! Je n'oublierai jamais, même si je reste mort ici pendant mille ans...

— Attends, écoute la suite. Quand j'ai échappé à Mme Coulter, la première fois, j'ai retrouvé les gitans, et ils se sont occupés de moi... Oh, Roger, j'ai découvert tellement de choses, tu n'en reviendrais pas. Mais voilà le truc important : Ma Costa m'a dit que j'avais de l'huile de sorcière dans mon âme ; elle a dit que les gitans étaient un peuple de l'eau mais, que moi, j'étais un être de feu.

Je pense que ça veut dire qu'elle me préparait pour la prophétie des sorcières. Je sais que j'ai une chose importante à faire, et le docteur Lanselius, le Consul des Sorcières, a dit qu'il était essentiel que j'ignore quelle était ma destinée jusqu'à ce qu'elle survienne. Tu comprends ? Je ne dois pas poser de questions... Alors, je n'ai pas cherché à savoir. Je n'ai même jamais pensé à ce que ça pouvait être. Je n'ai même pas interrogé l'aléthiomètre.

Mais maintenant, je crois que je sais. Et le fait de te retrouver, c'est une sorte de preuve. Ce que je dois faire, Roger, ma destinée, c'est aider tous les fantômes à quitter le pays des morts, pour toujours. Will et moi, on va vous libérer, tous.

J'en suis sûre. Il le faut. Et à cause de Lord Asriel, à cause d'une chose qu'il a dite... « La mort va mourir », a-t-il dit. Mais j'ignore ce qui va se passer. Tu ne dois rien leur dire pour l'instant, promets-le-moi. Vous risquez de ne pas survivre là-haut. Mais...

Voyant que Roger brûlait d'envie de parler, elle se tut :

— C'est exactement ce que je voulais te dire ! Je leur ai dit aux autres, à tous les morts, je leur ai dit que tu viendrais ! Comme quand tu es venue sauver les enfants à Bolvangar ! Je leur disais : « Lyra le fera, si quelqu'un peut le faire. » Ils avaient envie de me croire, ils auraient voulu que ce soit vrai, mais ils ne me croyaient pas vraiment, je le sentais bien.

Comme Lyra ne disait rien, il continua :

— Tous les enfants qui arrivent ici, tous sans exception, commencent par dire : « Je parie que mon père va venir me chercher. » Ou bien : « Dès que ma mère saura où je suis, je parie qu'elle viendra me chercher pour me ramener à la maison. » Et si ce n'est pas leur père ou leur mère, c'est leurs amis, ou leur grand-père, mais il y a toujours quelqu'un qui va venir les chercher. Malheureusement, ça n'arrive jamais. Alors, personne ne m'a cru quand je disais que tu viendrais. Mais moi, j'avais raison !

— Oui, dit Lyra, mais je n'aurais jamais réussi sans Will. C'est le garçon, là-bas. Et là, c'est le chevalier Tialys et Lady Salmakia. Oh, j'ai tellement de choses à te raconter, Roger !

— C'est qui, ce Will ? D'où il vient ?

Lyra commença son explication, sans s'apercevoir que sa voix se modifiait, ni qu'elle avait redressé les épaules et que ses yeux brillaient d'une lueur différente tandis qu'elle racontait l'histoire de sa rencontre avec Will et la lutte pour la possession du poignard subtil. Comment aurait-elle pu s'en apercevoir, d'ailleurs ? Mais Roger le vit, lui, avec la jalousie triste et muette des morts pour qui rien ne changeait jamais.

Pendant ce temps, à l'écart, Will discutait avec les deux Gallivespiens :

— Qu'allez-vous faire maintenant, la fille et toi ? voulait savoir Tialys.

— On va ouvrir une fenêtre dans ce monde pour faire sortir les morts. C'est à ça que doit servir le couteau.

Jamais il n'avait vu un tel étonnement se peindre sur des visages, et encore moins chez des gens dont l'opinion lui importait. Il en était venu à éprouver un grand respect pour les deux espions. Après un moment de silence, Tialys dit finalement :

— Cela va tout chambouler. C'est le coup le plus violent que tu puisses porter, mon garçon. Après ce geste, l'Autorité n'aura plus aucun pouvoir.

— Comment pourraient-ils se douter de

quelque chose ? dit la lady. Ça va leur tomber dessus sans crier gare.

— Et ensuite ? demanda le chevalier.

— Comment ça, ensuite ? Il faudra qu'on sorte d'ici à notre tour, et qu'on retrouve nos dæmons, je suppose. Mais ne voyons pas si loin. Pensons au présent, c'est bien assez. Je n'ai encore rien dit aux fantômes, au cas où... au cas où ça ne marcherait pas. Alors, ne dites rien, vous non plus. Je vais commencer par trouver une ouverture sur un autre monde, mais ces fichues harpies nous surveillent. Si vous voulez m'aider, essayez de détourner leur attention, pendant que j'accomplis ma tâche.

Aussitôt, les Gallivespiens éperonnèrent leurs libellules, qui s'envolèrent vers le ciel ténébreux, où les harpies formaient un nuage aussi dense qu'un essaim de mouches à viande. Will regarda les deux grands insectes foncer avec témérité vers ces immondes créatures, comme si les harpies étaient de simples mouches, effectivement, qu'elles pouvaient gober d'un coup de bec, malgré leur taille imposante. Il songea combien ces montures ailées seraient heureuses de pouvoir à nouveau survoler les eaux claires lorsque ce ciel de plomb s'ouvrirait.

Alors, il sortit le couteau. Et immédiatement resurgirent les paroles que lui avaient jetées les harpies, les sarcasmes concernant sa mère. Il posa le couteau et s'efforça de faire le vide dans ses pensées.

Il reprit le couteau et essaya de nouveau, avec la même conséquence. Il entendait les harpies qui hurlaient dans le ciel, malgré les assauts féroces des Gallivespiens, mais elles étaient si nombreuses que les deux espions ne pouvaient pas les combattre toutes.

Il comprit qu'il devrait s'en accommoder. Les harpies seraient un obstacle supplémentaire. Will força son esprit à se détendre, à se détacher de son environnement et il demeura immobile, assis, laissant pendre le couteau dans sa main, jusqu'à ce qu'il se sente prêt à nouveau.

Cette fois, le couteau s'enfonça dans l'air... et rencontra un rocher. Il avait ouvert une fenêtre sur le sous-sol d'un autre monde. Il la referma et fit une nouvelle tentative.

La même chose se produisit, bien qu'il sache que c'était, cette fois, un monde différent. Il s'était déjà retrouvé dans les airs en ouvrant une fenêtre sur un autre monde, il ne devait donc pas s'étonner de se retrouver sous terre ; malgré tout, c'était déroutant.

Pour sa nouvelle tentative, il procéda avec minutie, comme il avait appris à le faire, en laissant la pointe de la lame chercher la résonance particulière qui indiquait la présence d'un monde où le sol se trouvait au même niveau. Mais où qu'il enfonce la lame, il ne sentait rien. Il n'y avait pas d'autre monde sur lequel il puisse ouvrir une fenêtre ; partout, ce n'était que de la pierre dure.

Lyra avait senti qu'il y avait un problème. Elle interrompit sa conversation avec le fantôme de Roger pour se précipiter auprès de Will.

— Que se passe-t-il ?

Il lui expliqua, et ajouta :

— Il va falloir aller plus loin si je veux trouver une ouverture sur un autre monde. Mais ces harpies vont essayer de nous en empêcher. Tu as parlé de notre idée aux fantômes ?

— Non. Seulement à Roger, et je lui ai fait promettre de ne rien dire aux autres. Il fera ce que je lui demande. Oh, Will, j'ai peur ! Si on ne peut plus sortir d'ici ! Imagine qu'on reste bloqués ici pour toujours !

— Le couteau peut traverser la roche. S'il le faut, on creusera un tunnel. Ça prendra du temps, et j'espère qu'on ne sera pas obligés d'en arriver là, mais on peut le faire. Ne t'inquiète pas.

— Oui, tu as raison. On peut y arriver, évidemment.

Mais Will avait l'air si faible, si malade, se dit-elle, avec ses traits creusés par la douleur, ses cernes profonds autour des yeux, sa main qui tremblait et ses doigts qui saignaient de nouveau. Il paraissait aussi mal en point qu'elle. Ils ne pourraient continuer bien longtemps sans leurs dæmons. Lyra sentait son propre fantôme trembler à l'intérieur de son corps, et elle noua ses bras autour de sa poitrine, de toutes ses forces, rongée par l'absence de Pan.

Pendant ce temps, les fantômes se rapprochaient, pauvres créatures ; les enfants surtout, qui ne voulaient plus quitter Lyra.

— Par pitié, dit une jeune fille, vous ne nous oublierez pas quand vous repartirez, hein ?

— Non, répondit Lyra. Jamais.

— Vous leur parlerez de nous ?

— Promis. Comment t'appelles-tu ?

La pauvre fille semblait gênée et honteuse. Elle tourna la tête pour cacher son visage, et un garçon dit :

— Il vaut mieux oublier qui on est, je crois. Moi aussi j'ai oublié mon nom. Certains sont ici depuis longtemps et ils savent encore qui ils sont. Il y a des enfants qui sont là depuis des milliers d'années. Ils ne sont pas plus vieux que nous, et ils ont oublié un tas de choses. Sauf la lumière du soleil. Personne ne peut oublier ça. Et le vent aussi.

— Oui ! s'exclama un autre. Parle-nous de ces choses !

Des voix de plus en plus nombreuses s'élevèrent pour demander à Lyra de leur parler des choses dont ils se souvenaient, le soleil, le vent et le ciel, et de celles qu'ils avaient oubliées, comme jouer, par exemple. Elle se tourna vers Will et demanda à voix basse :

— Que dois-je faire ?

— Raconte-leur.

— J'ai peur. Après ce qui s'est passé là-bas... avec les harpies...

— Dis-leur la vérité. On tiendra les harpies à distance.

Elle le regarda d'un air dubitatif. En vérité, elle était malade d'appréhension. Elle se retourna vers les fantômes qui se pressaient autour d'elle, de plus en plus nombreux.

— Par pitié ! murmuraient-ils. Tu viens juste de quitter le monde ! Raconte-nous, raconte-nous ! Parle-nous du monde !

Il y avait un tronc non loin de là ; juste un tronc mort avec ses branches blanches comme des os qui se dressaient dans le ciel gris et glacial et, parce que Lyra se sentait très faible, parce qu'elle pensait ne pas être capable de marcher et de parler en même temps, elle se dirigea vers cet arbre pour s'asseoir. Les fantômes s'écartèrent en se bousculant pour la laisser passer.

Quand ils furent presque arrivés à l'arbre, Tialys se posa sur la main de Will et lui fit signe de baisser la tête pour entendre ce qu'il avait à lui dire.

— Elles reviennent, murmura-t-il. Les harpies. Et elles sont de plus en plus nombreuses. Prépare ton couteau, mon garçon. La lady et moi, on va les retenir le plus longtemps possible, mais tu seras peut-être obligé de te battre.

Sans avertir Lyra, pour ne pas l'inquiéter davantage, Will dégagea légèrement le couteau de son fourreau et laissa sa main tout près. Tialys repartit sur sa libellule, au moment où Lyra atteignait le tronc et s'asseyait sur une des grosses racines.

Les fantômes étaient si nombreux à se presser autour d'elle, remplis d'espoir, les yeux écarquillés, que Will dut les obliger à reculer pour faire un peu de place à Lyra ; seul Roger fut autorisé à rester tout près d'elle. Il la dévorait des yeux et l'écoutait avec passion.

Alors, elle commença à parler du monde qu'elle connaissait.

Elle raconta aux fantômes comment, avec Roger, ils avaient grimpé sur le toit de Jordan College et découvert le corbeau avec la patte brisée, et comment ils l'avaient soigné, jusqu'à ce qu'il soit en état de voler ; comment ils avaient exploré les caves, remplies de poussière et de toiles d'araignées, et bu du vin qui les avait rendus ivres. Le fantôme de Roger l'écoutait, fier et désespéré ; il hochait la tête et murmurait :

— Oui, oui ! C'est exactement ce qui s'est passé, c'est la vérité !

Puis elle leur raconta la grande bataille entre les citadins d'Oxford et les briquetiers.

Pour commencer, elle décrivit les carrières d'argile, en prenant soin de rassembler tous ses souvenirs, les immenses puits couleur ocre, et les fours semblables à de gigantesques ruches en brique. Elle leur parla des saules qui poussaient au bord du fleuve, avec leurs feuilles argentées ; elle leur expliqua que, lorsque le soleil brillait pendant plus de deux jours d'affilée, l'argile se fendillait en larges plaques, avec de profondes fissures ; ils aimaient glisser la main dans ces fissures et soulever lentement une grosse motte de boue séchée, la plus grosse possible, sans la casser. Au-dessous, l'argile était encore molle, c'était idéal pour bombarder les gens.

Puis elle décrivit les odeurs : la fumée qui s'échappait des fours, l'odeur de feuilles pourries et de moisi qui montait du fleuve quand le vent venait du sud-ouest, l'odeur chaude des pommes de terre au four que mangeaient les briquetiers ; et le bruit de l'eau qui coulait en douceur dans les écluses pour se déverser ensuite dans les puits, la manière dont la terre faisait ventouse quand vous vouliez décoller votre pied du sol, et le lourd claquement des aubes des écluses dans l'eau chargée d'argile.

Tandis qu'elle racontait son histoire, en faisant appel à tous leurs sens, les fantômes se rapprochaient, dévorant ses paroles, se remémorant le temps où ils avaient un corps, une peau, des nerfs et des sens ; ils auraient voulu qu'elle ne s'arrête jamais.

Elle raconta ensuite que les enfants des briquetiers menaient une guerre permanente contre les citadins, mais qu'ils étaient lents et idiots et qu'ils avaient de l'argile à la place de la cervelle, alors que les citadins avaient l'esprit vif. Et un jour, tous les citadins avaient mis de côté leurs différends pour élaborer un plan et ils avaient attaqué les carrières d'argile sur trois fronts à la fois, acculant les enfants des briquetiers contre le fleuve, les bombardant de lourdes poignées de terre collante, prenant d'assaut et détruisant leur forteresse de boue, transformant les fortifications en projectiles, jusqu'à ce que l'air, le sol et l'eau se retrouvent mêlés de manière inextricable, et que tous les enfants, d'un côté comme de l'autre, ne puissent plus reconnaître les amis des ennemis car ils étaient tous couverts de boue de la tête aux pieds. Mais aucun n'avait jamais passé une meilleure journée de toute sa vie.

Quand Lyra eut terminé son récit, elle regarda Will, épuisée. Elle eut alors un choc.

Outre les fantômes silencieux, autour d'elle, et ses compagnons vivants qui se tenaient à ses côtés, elle avait captivé un autre auditoire : les branches de l'arbre mort menaçaient de se briser sous le poids des sinistres oiseaux sombres ; leurs visages de femmes l'observaient de là-haut, solennels et fascinés.

Envahie d'une peur soudaine, Lyra se releva, mais les créatures ne bougèrent pas.

— Vous ! leur lança-t-elle, désespérée. Vous m'avez attaquée tout à l'heure, quand j'essayais de vous raconter une histoire. Qu'est-ce qui vous retient maintenant ? Allez-y, lacérez-moi avec vos griffes, transformez-moi en fantôme !

— Loin de nous cette intention, répondit la harpie du milieu, Sans Nom en personne. Écoute-moi. Il y a des milliers d'années, quand les premiers fantômes sont arrivés ici, l'Autorité nous a donné le pouvoir de voir ce qu'il y a de plus mauvais en chacun et, depuis, nous nous nourrissons de ces ignominies, à tel point que notre sang est empoisonné et que nos cœurs sont malades. Mais nous n'avions que ça pour nous nourrir. Nous n'avions rien d'autre. Et voilà que nous apprenons que vous avez l'intention d'ouvrir une porte sur le monde d'en haut pour laisser partir tous les fantômes...

Sa voix rauque fut noyée sous un million de murmures, car tous les fantômes qui étaient assez près pour l'entendre poussèrent des petits cris de joie et d'espoir. Les harpies, quant à elles, poussèrent des hurlements et battirent des ailes jusqu'à ce qu'ils se taisent.

— Parfaitement ! s'écria Sans Nom. Pour les laisser partir ! Qu'allons-nous faire, nous autres ? Je vais vous dire ce que nous allons faire : dorénavant, nous ne nous retiendrons plus. Nous martyriserons, nous profanerons, nous lacérerons tous les fantômes qui arrivent, et nous les rendrons fous de peur, de remords et de haine. Cet endroit est un désert, nous en ferons un enfer !

À ces mots, toutes les harpies poussèrent des cris stridents et des rires moqueurs ; un grand nombre d'entre elles s'envola de l'arbre pour fondre sur les fantômes, qui se dispersèrent, terrorisés. Lyra s'accrocha au bras de Will.

— Elles ont compris notre plan, et on ne pourra pas le réaliser ! Les fantômes vont nous haïr ; ils penseront qu'on les a trahis ! Au lieu d'arranger les choses, nous les avons aggravées !

— Calme-toi, ordonna Tialys. Ne te désespère pas. Rappelle-les et oblige-les à nous écouter.

Will s'exclama :

— Revenez ! Revenez tous ! Revenez et écoutez !

Une par une, les harpies firent demi-tour et revinrent vers l'arbre, le visage déformé par la fièvre, la faim et l'amour du malheur. Le chevalier confia sa libellule à Salmakia, et son petit corps nerveux, vêtu de vert, bondit sur un rocher d'où tout le monde pouvait l'apercevoir.

— Harpies ! lança-t-il. Nous pouvons vous offrir mieux que ça. Répondez sincèrement à mes questions, écoutez ce que j'ai à dire et vous jugerez ensuite. Quand Lyra s'est adressée à vous, de l'autre côté du mur, vous l'avez attaquée. Pour quelle raison ?

— Mensonges ! s'écrièrent en chœur les harpies. Mensonges et fantasmes !

— Pourtant, vous l'avez tous écoutée à l'instant, sans rien dire et sans bouger. Pour quelle raison ?

— Elle disait la vérité, répondit Sans Nom. Et ses paroles étaient nourrissantes. Parce qu'elles nous alimentaient. Et on ne pouvait s'empêcher de l'écouter. Parce que c'était la vérité. Parce que nous ignorions qu'il existait autre chose que la vilenie. Parce qu'elle nous apportait des nouvelles du monde, du soleil, du vent et de la pluie. Parce qu'elle disait la vérité.

— Dans ce cas, reprit Tialys, je vous propose un marché. Au lieu de voir uniquement la méchanceté, la cruauté et la cupidité des fantômes qui arrivent ici, vous aurez le droit désormais de demander à chacun d'eux de vous raconter l'histoire de sa vie, et il sera obligé de dire la vérité sur ce qu'il a vu, touché, entendu, aimé et connu de son vivant. Chacun de ces fantômes a une histoire et chacun de ceux qui arriveront ici à l'avenir aura des choses vraies à vous raconter sur le monde. Vous aurez le droit de les écouter, et ils seront obligés de vous les raconter.

Lyra était impressionnée par le cran du petit espion. Comment osait-il s'adresser à ces créatures comme s'il avait le pouvoir de leur accorder des droits ? N'importe laquelle aurait pu le gober tout cru en une fraction de seconde, le lacérer avec ses griffes, ou bien l'emporter très haut dans le ciel et le lancer vers le sol où il s'écraserait. Et pourtant, il leur faisait face, fier et intrépide ; il leur proposait un marché ! Et elles l'écoutaient, elles débattaient en se tournant les unes vers les autres en parlant à voix basse.

Tous les fantômes les regardaient, terrorisés et muets.

Finalement, Sans Nom se retourna.

— Ça ne suffit pas, déclara-t-elle. Nous exigeons davantage. Sous l'ancien régime, nous avions une tâche à accomplir. Nous avions un royaume et un devoir. Nous exécutions les ordres de l'Autorité avec diligence, et pour cela nous recevions des honneurs. Nous étions haïes et craintes, mais honorées également. Que vont devenir nos honneurs ? Pourquoi les fantômes s'intéresseraient-ils à nous s'ils sont libres de retourner dans le monde ? Nous avons notre fierté, et vous ne devez pas l'ignorer. Nous avons besoin d'un rôle honorable ! Nous avons besoin d'un devoir et d'une tâche à accomplir, qui nous vaudront le respect qui nous est dû !

Les harpies s'agitèrent sur les branches, murmurant et battant des ailes. Soudain, Lady Salmakia bondit sur le rocher pour rejoindre le chevalier, et elle s'exclama :

— Vous avez parfaitement raison ! Tout le monde devrait avoir une tâche à accomplir, c'est important, une tâche digne d'éloges, et qu'on exécute avec fierté. Alors, voici votre devoir, et vous seules pourrez l'accomplir, car vous êtes les gardiennes de ce lieu. Il consistera à guider les fantômes depuis leur arrivée au bord du lac, à travers le pays des morts, jusqu'à la nouvelle ouverture sur le monde d'en haut. En échange, ils vous raconteront leur histoire pour vous dédommager en toute équité de votre aide. Est-ce que ça vous paraît correct ?

Sans Nom se tourna vers ses congénères, et celles-ci hochèrent la tête. Alors, elle répondit :

— Nous voulons avoir le droit de refuser de les guider s'ils mentent, ou s'ils nous cachent quelque chose, ou s'ils n'ont rien à nous dire. S'ils vivent dans le monde, ils sont obligés de voir, de toucher, d'entendre, d'aimer et d'apprendre des choses. Nous ferons une exception pour les jeunes enfants qui n'ont pas eu le temps d'apprendre quoi que ce soit mais, autrement, s'ils arrivent ici sans rien apporter, nous ne les conduirons pas vers la sortie.

— C'est équitable, déclara Salmakia, et les autres voyageurs approuvèrent.

C'est ainsi qu'ils conclurent un accord. Et en échange de l'histoire de Lyra, qu'elles avaient entendue par avance, les harpies proposèrent de conduire les voyageurs et leur couteau dans un endroit du pays des morts qui était tout proche du monde d'en haut. Il y avait un long chemin à parcourir, à travers des tunnels et des cavernes, mais elles les guideraient fidèlement, et les fantômes pourraient les suivre.

Mais avant qu'ils se mettent en route, une voix s'éleva, aussi forte que pouvait l'être un chuchotement. C'était le fantôme d'un homme maigre, au visage enflammé par la passion.

— Que va-t-il se passer ? s'écria-t-il. Quand nous aurons quitté le monde des morts, vivrons-nous à nouveau ? Ou bien nous volatiliserons-nous comme nos dæmons ? Mes frères, mes sœurs, ne suivons pas cette enfant avant de savoir ce qui va nous arriver !

D'autres fantômes renchérirent :

— Il a raison, dites-nous où on va ! Dites-nous

à quoi nous attendre ! Nous ne partirons pas d'ici avant de savoir ce qui va se passer !

Lyra se tourna vers Will pour quêter son aide, et il lui conseilla simplement :

— Dis-leur la vérité. Interroge l'aléthiomètre, et dis-leur ce qu'il répond.

— Très bien.

Elle sortit le précieux instrument. La réponse fut immédiate. Elle rangea l'aléthiomètre et se leva.

— Voici ce qui va arriver, déclara-t-elle. Et c'est la vérité, la parfaite vérité. Quand vous quitterez cet endroit, toutes les particules dont vous êtes constitués se sépareront et se disperseront dans les airs, comme vos dæmons. Si vous avez vu des gens mourir, vous connaissez ce phénomène. Mais vos dæmons ne sont pas retournés au néant ; ils font partie de toutes les choses. Tous les atomes qui les composaient se sont dispersés dans l'air, le vent, les arbres, la terre, et dans toutes les créatures vivantes. Ils ne disparaîtront jamais. Ils sont dans chaque chose. Et c'est exactement ce qui vous arrivera, je vous le jure, sur mon honneur. Vous vous disperserez, en effet, mais vous serez à l'air libre, vous ferez partie du monde vivant, comme avant.

Nul ne parla. Ceux qui avaient vu des dæmons se volatiliser s'en souvenaient ; les autres essayaient d'imaginer, et tout le monde resta muet, jusqu'à ce qu'une jeune femme s'avance.

Elle était morte en martyre des siècles plus tôt. Elle regarda autour d'elle, et dit :

— Quand nous étions vivants, ils nous disaient que, une fois morts, on irait au ciel. Ils disaient que le ciel était un lieu de bonheur et de gloire, et que nous passerions l'éternité en compagnie des saints et des anges à prier le Tout-Puissant, dans un état de béatitude. Voilà ce qu'ils disaient. Et c'est ce qui a conduit certains d'entre nous à donner nos vies, et d'autres à passer des années dans l'isolement et la prière, pendant que toutes les joies de l'existence nous tendaient les bras, sans que nous le sachions.

Mais le pays des morts n'est pas un lieu de récompense, ni un lieu de châtiments. C'est un lieu de néant. Les bons et les mauvais viennent tous ici, indifféremment, et nous nous languissons tous dans cette obscurité, pour toujours, sans aucun espoir de liberté ni de joie, sans connaître le repos ni la paix.

Or, voilà que cette enfant vient nous offrir une échappatoire, et j'ai bien l'intention de la suivre. Même si ce choix est synonyme d'oubli, mes amis, je l'accueillerai avec bonheur, car il remplacera le néant ; nous ressusciterons dans un millier de brins d'herbe, un million de feuilles, nous tomberons du ciel avec les gouttes de pluie, nous volerons avec la brise, nous scintillerons dans la rosée sous l'éclat des étoiles et de la lune, là-bas dans ce monde physique qui est notre véritable foyer, depuis toujours. Alors, je vous en conjure, suivez cette enfant vers les cieux !

Mais le fantôme de cette femme fut brusquement écarté par celui d'un homme qui ressemblait à un moine : mince, plus pâle encore que les autres morts, avec des yeux noirs de fanatique. Il fit son signe de croix et récita une courte prière, avant de déclarer :

— Voilà un message bien amer, une triste et cruelle plaisanterie. Vous ne voyez donc pas la vérité ? Ce n'est pas une enfant. C'est un agent du Malin en personne ! Le monde dans lequel nous vivions était une vallée de corruption et de larmes. Il n'y avait rien là-bas pour nous satisfaire. Mais le Tout-Puissant nous a offert ce lieu béni pour toute l'éternité, ce paradis, qui semble sinistre et désolé aux âmes perdues, mais que les yeux de la foi voient tel qu'il est : débordant de lait et de miel, vibrant au son des cantiques doux des anges. Nous sommes au paradis, mes amis ! Les promesses de cette fille maléfique ne sont que des mensonges ! Suivez-la à vos risques et périls. Mes compagnons de la véritable foi et moi-même nous resterons ici dans notre paradis béni, et nous passerons l'éternité à chanter les louanges du Tout-Puissant qui nous a offert la capacité de différencier la vérité du mensonge.

Il se signa de nouveau puis, suivi de ses compagnons, il repartit, frémissant d'horreur et de mépris.

Lyra était perplexe. Avait-elle tort ? Était-elle

en train de commettre une colossale erreur ? Elle scruta les environs : tout n'était que ténèbres et désolation. Mais elle s'était déjà trompée en se fiant à l'apparence des choses, elle avait fait confiance à Mme Coulter à cause de son beau sourire et de son élégance parfumée. C'était si facile de se tromper et, sans son dæmon pour la guider, peut-être faisait-elle le mauvais choix une fois de plus.

Mais Will la secouait par le bras. Il prit son visage entre ses mains et le tint fermement.

— Tu sais que ce n'est pas vrai ! dit-il. Ne prête pas attention à ces paroles ! Eux aussi ils voient bien que cet homme ment ! Et ils comptent sur nous. Viens, mettons-nous en route.

Elle hocha la tête. Il fallait qu'elle fasse confiance à son corps et à la vérité énoncée par ses sens, comme l'aurait fait Pan.

Alors ils se mirent en route, et les millions de fantômes commencèrent à les suivre. Derrière eux, trop loin pour que Lyra et Will puissent les voir, d'autres habitants du monde des morts avaient eu vent de ce qui se passait, et ils arrivaient pour se joindre à la longue marche. Partis inspecter la fin du cortège, Tialys et Salmakia furent ivres de joie en découvrant leurs semblables, et toutes les autres espèces douées d'intelligence, qui avaient été punis de mort ou d'exil par l'Autorité. Parmi eux se trouvaient des êtres qui n'avaient rien d'humain, des êtres comme les mulefas, que Mary Malone aurait reconnus, et d'autres fantômes encore plus étranges.

Mais Will et Lyra n'avaient pas la force de regarder en arrière ; ils ne pouvaient qu'avancer derrière les harpies et espérer.

— A-t-on bientôt fini, Will ? demanda Lyra dans un murmure. Est-ce bientôt terminé ?

Il ne pouvait répondre à cette question. Mais ils étaient tous les deux si faibles et malades qu'il dit :

— Oui, c'est bientôt fini, on est presque arrivés. On va bientôt sortir d'ici.

24

Mme Coulter à Genève

Telle mère, telle fille.

Ézéchiel

Mme Coulter attendit la tombée de la nuit pour s'approcher du Collège Saint-Jérôme. Dans l'obscurité, elle fit descendre le vaisseau d'intentions à travers les nuages et avança lentement le long de la rive du lac, volant à la hauteur de la cime des arbres. Le collège dessinait une silhouette distincte au milieu des autres bâtisses anciennes de Genève, et elle n'eut aucun mal à repérer le clocher, la forme plus sombre du cloître et la tour carrée qui abritait les appartements du président de la Cour de Discipline Consistoriale. Elle s'était rendue dans cet établissement à trois reprises déjà ; elle savait que les faîtes des toits, les pignons et les cheminées dissimulaient de nombreuses cachettes, même pour un appareil aussi imposant que le vaisseau d'intentions.

Volant à faible allure au-dessus des tuiles qui luisaient sous l'effet de la pluie récente, elle fit pénétrer son engin dans un passage étroit entre un toit très pentu et le mur abrupt de la tour. Cet endroit n'était visible que du beffroi de la Chapelle de la Sainte-Pénitence, tout près de là ; c'était parfait.

Elle posa l'appareil en douceur, laissant aux six pattes le soin de choisir leurs appuis et de s'ajuster pour maintenir la cabine en position horizontale. Elle commençait à aimer cet engin : il obéissait à ses ordres au moment même où ils lui venaient à l'esprit et, de plus, il était extrêmement silencieux : il pouvait planer au-dessus de la tête de quelqu'un, suffisamment près pour le toucher, sans que cette personne s'aperçoive de sa présence. Depuis environ vingt-quatre heures qu'elle l'avait subtilisé, Mme Coulter avait appris à le piloter, mais elle ne savait toujours pas comment il était alimenté, et c'était la seule chose qui l'inquiétait : elle n'avait aucun moyen de savoir à quel moment le carburant ou les batteries risquaient de la trahir.

Une fois certaine que l'appareil s'était stabilisé et que la construction était assez solide pour supporter son poids, elle ôta son casque et descendit de la cabine.

Son dæmon avait déjà commencé à arracher une des lourdes et vieilles tuiles. Elle l'imita et très vite, à eux deux, ils en ôtèrent une demi-douzaine, après quoi, elle fit sauter les lattes sur lesquelles elles reposaient, ouvrant ainsi dans le plafond un trou assez large pour leur permettre de passer.

— Pars en éclaireur, murmura-t-elle, et son dæmon se laissa tomber dans le noir.

Elle entendait le cliquetis de ses griffes, alors qu'il se déplaçait prudemment sur le plancher du grenier. Au bout d'un moment, son visage noir bordé de poils dorés réapparut dans l'ouverture. Mme Coulter comprit aussitôt, et elle le rejoignit à l'étage inférieur. Puis elle attendit que ses yeux s'habituent à la pénombre. Peu à peu, elle vit apparaître une pièce tout en longueur dans laquelle on avait stocké des buffets, des étagères et des meubles en tout genre, dont elle distinguait les silhouettes sombres.

La première chose qu'elle fit fut de pousser un grand buffet devant l'ouverture pour la dissimuler. Après quoi, sur la pointe des pieds, elle marcha jusqu'à la porte qui se découpait dans le mur à l'autre bout du grenier et essaya de tourner la poignée. La porte était verrouillée, évidemment, mais elle avait une épingle à cheveux et la serrure n'était pas très compliquée. Trois minutes plus tard, son dæmon et elle se trouvaient à une extrémité d'un long couloir ; une verrière poussiéreuse éclairait faiblement, à l'autre extrémité, un escalier étroit qui descendait.

Et cinq minutes plus tard, ils avaient ouvert la fenêtre du garde-manger qui jouxtait la cuisine, deux étages plus bas, et ils se faufilaient hors du bâtiment, dans une ruelle. Le portail du collège se situait juste au coin et, comme elle l'expliqua au singe doré, il était important d'arriver de manière orthodoxe, quelle que fût la manière dont ils pensaient repartir.

— Bas les pattes ! dit-elle calmement au garde à l'entrée. Et faites preuve d'un peu de respect, ou sinon je vous fais fouetter. Allez prévenir le président que Mme Coulter est là et qu'elle souhaite le voir immédiatement.

L'homme recula d'un pas, et son dæmon-pinscher, qui avait montré les crocs en voyant le singe doré, se mit à trembler, la queue entre les jambes.

Le garde actionna la manivelle du téléphone et, moins d'une minute plus tard, un jeune prêtre au visage juvénile entra précipitamment dans le poste, en essuyant ses paumes sur sa soutane, au cas où la visiteuse souhaiterait lui serrer la main. C'était inutile car elle n'en avait pas l'intention.

— Qui êtes-vous ? lui demanda-t-elle.

— Je suis frère Louis, répondit le jeune homme en caressant son dæmon-lapin. Directeur du Secrétariat de la Cour de Discipline Consistoriale. Si vous voulez bien...

— Je ne suis pas venue jusqu'ici pour discuter avec un rond-de-cuir. Conduisez-moi auprès du père MacPhail. Immédiatement.

Le prêtre s'inclina et la pria de le suivre. Dès

qu'ils furent sortis, le garde poussa un grand soupir de soulagement.

Après deux ou trois tentatives pour engager la conversation, frère Louis renonça et conduisit en silence Mme Coulter jusqu'aux appartements du président, dans la tour. Le père MacPhail était en train de faire ses dévotions, et le pauvre frère Louis tremblait comme une feuille en frappant à la porte. Ils entendirent un soupir, suivi d'un grognement, puis un bruit de pas lourds sur le plancher.

Le président ouvrit de grands yeux en découvrant sa visiteuse, puis un sourire carnassier éclaira son visage.

— Mme Coulter ! dit-il en lui tendant la main. Quelle joie de vous revoir. Mon bureau n'est pas chauffé et notre hospitalité est austère, mais entrez, entrez donc.

— Bonsoir, dit-elle en le suivant à l'intérieur d'une pièce sinistre aux murs de pierre.

Le père MacPhail la conduisit jusqu'à un siège avec force simagrées.

— Merci, dit-elle en se retournant vers frère Louis qui était toujours là, je prendrai une tasse de chocolat.

On ne lui avait rien offert, et elle savait combien c'était insultant pour lui d'être ainsi traité en domestique, mais son comportement était si abject qu'il l'avait bien mérité. Le président lui adressa un hochement de tête, et frère Louis fut obligé de quitter la pièce et de s'exécuter à contrecœur.

— Évidemment, vous êtes en état d'arrestation, déclara le président en s'asseyant sur l'autre siège et en allumant la lampe.

— Allons, à quoi bon gâcher cette conversation avant même qu'elle ait commencé ? répondit Mme Coulter. Je suis venue ici de mon plein gré, dès que j'ai réussi à m'échapper de la forteresse de Lord Asriel. De fait, père président, je possède beaucoup d'informations sur l'état de ses forces, et aussi sur l'enfant. Et je suis venue pour vous les donner.

— Très bien. Commencez donc par l'enfant.

— Ma fille a maintenant douze ans. Très bientôt, elle approchera du seuil de l'adolescence, il sera alors trop tard pour empêcher la catastrophe ; la nature et la promiscuité se rejoindront comme l'étincelle qui enflamme la bûche. Grâce à votre intervention malencontreuse, cela risque fort de se produire désormais. J'espère que vous êtes content de vous.

— Votre devoir vous dictait de l'amener ici pour nous la confier. Au lieu de cela, vous avez choisi de vous terrer au fond d'une grotte dans la montagne et, franchement, je ne comprends pas comment une femme aussi intelligente que vous pouvait espérer demeurer cachée.

— Il y a certainement beaucoup de choses que vous ne comprenez pas, père président, à commencer par les liens qui existent entre une mère et son enfant. Si vous avez cru un seul instant que j'allais remettre ma fille entre les mains — les mains ! — d'une bande d'hommes habités par une obsession fiévreuse de la sexualité, des hommes aux ongles noirs, empestant la vieille sueur rance, des hommes dont l'imagination furtive ramperait sur son corps comme des cafards. Si vous avez cru que j'exposerais ma fille à cela, alors, père président, vous êtes encore plus stupide que vous pensez que je le suis.

Avant qu'il puisse répondre, on frappa à la porte et frère Louis entra avec deux verres de chocolat, sur un plateau en bois. Il déposa le plateau sur la table, en s'inclinant nerveusement, tout en adressant un grand sourire au président dans l'espoir que celui-ci l'autoriserait à rester ; mais le père MacPhail désigna la porte d'un petit signe de tête, et le jeune prêtre sortit de nouveau, toujours à contrecœur.

— Alors, que comptiez-vous faire d'elle ? demanda le président.

— Je voulais la maintenir à l'abri jusqu'à ce que le danger soit passé.

Il lui tendit son verre.

— De quel danger parlez-vous ?

— Oh, je crois que vous le savez très bien. Quelque part, il existe une tentation, un serpent pourrait-on dire, et il fallait que j'empêche leur rencontre.

— Il y a un garçon avec elle.

— Oui. Et sans votre intervention, ils seraient

l'un et l'autre sous mon contrôle à l'heure qu'il est. Maintenant, ils peuvent être n'importe où. Au moins, ils ne sont pas auprès de Lord Asriel.

— Je suis certain qu'il va se lancer à leur recherche. Le garçon possède un couteau aux pouvoirs extraordinaires. Ce serait une raison suffisante pour les retrouver.

— J'en suis consciente, dit Mme Coulter. J'ai réussi à briser le couteau, mais le garçon a trouvé le moyen de le faire réparer.

Elle souriait. « Elle n'approuve quand même pas la conduite de ce misérable gamin ? » se demanda le président.

— Oui, nous sommes au courant, dit-il sèchement.

— Tiens, tiens, fit-elle. Fra Pavel a fait des progrès, on dirait. Quand je l'ai connu, il lui aurait fallu au moins un mois pour déchiffrer autant d'informations.

Elle but une petite gorgée de chocolat, léger et fade. Voilà qui était typique de la mentalité de ces satanés prêtres, se dit-elle ; ils imposaient leurs privations à leurs visiteurs.

— Parlez-moi de Lord Asriel, demanda le président. Racontez-moi tout.

Mme Coulter se renversa au fond de son siège et commença son récit ; pas en intégralité, naturellement, mais pas un instant il n'avait imaginé qu'elle lui livrerait tous les détails. Elle lui parla de la forteresse, des alliés, des anges, des mines et des fonderies.

Le père MacPhail restait parfaitement immobile ; son dæmon-lézard absorbait et enregistrait chaque mot.

— Et comment êtes-vous arrivée jusqu'ici ? demanda-t-il.

— J'ai volé un gyroptère. Mais je suis tombée en panne de carburant, et j'ai dû l'abandonner en rase campagne, pas très loin d'ici. J'ai fini le chemin à pied.

— Lord Asriel recherche-t-il activement la fille et le garçon ?

— Évidemment.

— C'est le couteau qui l'intéresse, je suppose. Savez-vous qu'il a un nom ? Les monstres des falaises du Nord l'appellent le destructeur de Dieu. (En disant cela, le président se leva et marcha jusqu'à la fenêtre qui donnait sur le cloître.) Tel est l'objectif de Lord Asriel, n'est-ce pas ? Détruire l'Autorité ? Certaines personnes affirment que Dieu est déjà mort. Apparemment, Lord Asriel ne fait pas partie de ces gens-là, puisqu'il nourrit l'ambition de le tuer.

— Mais où est Dieu, s'il est vivant ? demanda Mme Coulter. Et pourquoi a-t-il cessé de s'exprimer ? Au commencement du monde, il est entré dans le jardin et il a parlé avec Adam et Ève. Et puis, il s'est retiré, et Moïse n'a entendu que sa voix. Où est-il maintenant ? Est-il toujours vivant, à un âge inconcevable, décrépit et sénile, incapable de réfléchir, d'agir, de parler, incapable de mourir même, semblable à un vieux rafiot pourri ? Si tel est son état, ne serait-ce pas le geste le plus charitable, la meilleure preuve de notre amour de Dieu, que de le retrouver et de lui faire cadeau de la mort ?

Mme Coulter éprouvait une sorte de jubilation sereine en prononçant ces mots. Elle se demandait si elle ressortirait vivante de cet endroit, mais c'était si enivrant de parler ainsi devant cet homme.

— Et la Poussière ? demanda le président. Des profondeurs de votre hérésie, que pensez-vous de la Poussière ?

— Je n'ai pas d'opinion sur la Poussière, répliqua-t-elle. Je ne sais pas ce que c'est. Nul ne le sait.

— Je vois. J'ai commencé cette entrevue en vous rappelant que vous étiez en état d'arrestation. Il est temps, je crois, de vous trouver un endroit pour dormir. Vous serez installée confortablement, personne ne vous fera de mal, mais vous ne sortirez pas d'ici. Et nous reparlerons de tout cela demain.

Il appuya sur une sonnette, et frère Louis fit son entrée presque immédiatement.

— Montrez à Mme Coulter notre plus belle chambre d'amis, dit le père MacPhail. Et enfermez-la.

La plus belle chambre d'amis était une pièce miteuse meublée de manière misérable mais, au moins, elle était propre. Après avoir entendu la clé tourner dans la serrure, de l'autre côté de la porte, Mme Coulter chercha immédiatement le micro caché : elle en trouva un habilement dissimulé dans une applique, et un autre sous le sommier. Elle les débrancha tous les deux, et c'est alors qu'elle eut une horrible surprise.

Quelqu'un l'observait du haut de la commode, juste à côté de la porte : Lord Roke.

Elle laissa échapper un petit cri de stupeur et dut s'appuyer contre le mur pour conserver son équilibre. Le Gallivespien était assis en tailleur, parfaitement à son aise, et ni Mme Coulter ni le singe doré n'avaient remarqué sa présence en entrant. Quand les battements de son cœur se furent calmés et qu'elle eut retrouvé une respiration normale, elle demanda :

— Puis-je savoir à quel moment vous auriez eu la courtoisie de signaler votre présence, monseigneur ? Avant que je me déshabille ou après ?

— Avant, répondit-il. Dites à votre dæmon de se calmer, ou je le paralyse.

Le singe doré montrait les dents et tous ses poils étaient dressés. La méchanceté qui se lisait sur son visage aurait fait frémir n'importe quelle personne normale, mais Lord Roke, lui, se contentait de sourire. Ses éperons scintillaient dans la pénombre de la chambre.

Le petit espion se leva et s'étira.

— Je viens de parler à mon agent en poste à l'intérieur de la forteresse de Lord Asriel, reprit-il. Lord Asriel vous transmet ses hommages et vous prie de le prévenir dès que vous aurez découvert quelles sont les intentions de ces gens.

Mme Coulter avait le souffle coupé, comme si Lord Asriel l'avait jetée au tapis après une lutte sauvage. Les yeux écarquillés, elle s'assit lentement sur le lit.

— Vous êtes venu ici pour m'espionner, ou pour m'aider ?

— Les deux, et vous avez de la chance que je sois là. Dès votre arrivée, ils ont déclenché une sorte de procédé ambarique dans les caves. J'ignore de quoi il s'agit, mais une équipe de scientifiques travaille actuellement dessus. Vous semblez les avoir galvanisés.

— Je ne sais si je dois me sentir flattée ou m'en inquiéter. À vrai dire, je tombe de fatigue, et je vais dormir. Si vous êtes ici pour m'aider, vous pouvez monter la garde. Mais commencez par tourner la tête.

Il s'inclina et se tourna vers le mur, le temps qu'elle se débarbouille dans la cuvette écaillée, qu'elle s'essuie avec la serviette mince et se déshabille pour se mettre au lit. Son dæmon fit le tour de la chambre pour inspecter l'intérieur de la penderie, les poutres du plafond, les rideaux et la vue sur le cloître à travers la fenêtre. Lord Roke ne le quitta pas des yeux une seule seconde. Finalement, le singe doré rejoignit Mme Coulter dans le lit et ils s'endormirent immédiatement.

Lord Roke ne lui avait pas raconté tout ce qu'il

avait appris de Lord Asriel. Les forces alliées avaient repéré les traces de toutes sortes d'êtres volants au-dessus des frontières de la République, et elles avaient noté à l'ouest une concentration de créatures, qui étaient peut-être des anges. Elles avaient envoyé des patrouilles de reconnaissance mais, jusqu'à présent, celles-ci n'avaient transmis aucune information : quelles que soient ces choses qui se déplaçaient dans le ciel, elles s'étaient enveloppées d'un brouillard impénétrable.

Malgré tout, l'espion jugea préférable de ne pas ennuyer Mme Coulter avec cette histoire, car elle était épuisée. « Laissons-la dormir », se dit-il, et il se déplaça sans bruit à travers la pièce, collant son oreille à la porte, puis allant se poster à la fenêtre, aux aguets.

Mme Coulter était couchée depuis une heure environ lorsque Lord Roke perçut un petit bruit derrière la porte : une sorte de raclement et un murmure. Au même moment, une faible lumière souligna les contours de la porte. L'espion se précipita vers le coin opposé de la pièce, derrière un des pieds de la chaise sur laquelle elle avait posé ses vêtements.

Une minute s'écoula, puis la clé tourna dans la serrure, tout doucement. La porte s'entrouvrit de deux centimètres, pas plus, et la lumière s'éteignit.

Le Gallivespien voyait relativement bien dans la pénombre, mais l'intrus, lui, dut attendre que ses yeux s'habituent à l'absence de lumière. Finalement, la porte s'ouvrit plus largement, très lentement, et le jeune prêtre, frère Louis, entra.

Il fit son signe de croix et approcha du lit sur la pointe des pieds. Lord Roke se tenait prêt à bondir, mais le prêtre se contenta d'écouter la respiration régulière de Mme Coulter, en l'observant attentivement pour s'assurer qu'elle dormait, puis il reporta son attention sur la table de chevet.

Il masqua avec sa main l'ampoule de la lampe et l'alluma, laissant juste une faible lumière filtrer entre ses doigts. Il examina le dessus de la table, de si près que son nez touchait presque le bois mais, quelle que soit la chose qu'il cherchait, elle n'était pas là. La femme avait posé sur la table de chevet plusieurs choses avant de se coucher : quelques pièces de monnaie, une bague, sa montre, mais ce n'était pas ce qui intéressait frère Louis.

Il se retourna vers elle et, apercevant alors ce qu'il cherchait, il laissa échapper un petit sifflement entre ses dents. Lord Roke voyait son désarroi : l'objet qu'il convoitait était le pendentif accroché à la chaîne en or autour du cou de Mme Coulter.

L'espion se déplaça sans bruit le long de la plinthe, vers la porte.

Le jeune prêtre se signa de nouveau, car il allait devoir toucher la femme. Retenant son souffle, il se pencha au-dessus du lit... et le singe doré remua.

Frère Louis s'immobilisa, les mains tendues. Son dæmon-lapin tremblait à ses pieds, totalement inutile ; il aurait pu au moins aider ce pauvre garçon en montant la garde, se disait Lord Roke. Le singe se retourna dans son sommeil, et s'immobilisa.

Après être resté pendant une minute figé comme une statue de cire, frère Louis approcha ses mains tremblantes du cou de Mme Coulter. Il prit de telles précautions que l'espion crut que l'aube allait se lever avant qu'il ait ouvert le fermoir quand enfin, il récupéra délicatement le pendentif et se redressa.

Aussi rapide et silencieux qu'une souris, Lord Roke franchit la porte avant que le prêtre ne se retourne. Il attendit dans le couloir obscur et, quand le jeune homme sortit à son tour, toujours sur la pointe des pieds, il lui emboîta le pas.

Frère Louis se dirigea vers la tour et, quand le président lui ouvrit sa porte, Lord Roke se faufila à l'intérieur et se précipita vers le prie-Dieu installé dans un coin de la pièce. Là, il découvrit une corniche obscure dans la pénombre, il s'y accroupit et tendit l'oreille.

Le père MacPhail n'était pas seul : l'aléthiomètriste, Fra Pavel, avait le nez plongé dans ses livres, et un troisième personnage se tenait devant la fenêtre, visiblement nerveux. Il s'agissait du Dr Cooper, le théologien expérimental de Bolvangar. Les deux hommes levèrent la tête quand le jeune prêtre entra.

— Bravo, frère Louis ! lança le président. Apportez-nous ça, asseyez-vous, montrez-moi, montrez-moi. Bien joué !

Fra Pavel poussa une partie de ses livres pour faire de la place, et le jeune prêtre posa la chaîne en or et le pendentif sur la table. Les autres se penchèrent en avant, pendant que le père MacPhail se débattait avec le fermoir. Le Dr Cooper lui proposa son canif et on entendit un petit clic.

— Ah ! soupira le président.

Lord Roke sauta sur un coin du bureau pour mieux voir. Dans la lumière de la lampe à naphte, une petite chose renvoyait des reflets dorés, c'était une mèche de cheveux, que le président tournait et retournait entre ses doigts.

— Sommes-nous certains que ce sont les cheveux de l'enfant ? demanda-t-il.

— Sans aucun doute, déclara Fra Pavel.

— Y en a-t-il suffisamment, Dr Cooper ?

L'homme au visage pâle se pencha encore un peu plus et prit la mèche que tenait le père MacPhail. Il la leva dans la lumière.

— Oh, oui, amplement, dit-il. Un seul cheveu aurait suffit, à vrai dire.

— Vous m'en voyez ravi, dit le président. Maintenant, frère Louis, vous devez aller remettre le pendentif autour du cou de cette chère dame.

Ce dernier ne put masquer sa déception : il avait espéré que sa tâche était terminée. Le président glissa la mèche de cheveux de Lyra dans une enveloppe et referma le pendentif, en regardant autour de lui, et Lord Roke dut disparaître prestement.

— Père président, dit frère Louis. J'exécuterai votre ordre, bien évidemment, mais puis-je savoir pourquoi vous avez besoin des cheveux de cette enfant ?

— Non, frère Louis. Cela vous perturberait. Laissez-nous nous occuper de ces choses. Allez.

Le jeune prêtre reprit le pendentif et quitta la pièce, en étouffant son ressentiment. Lord Roke envisagea un instant de repartir avec lui et de réveiller Mme Coulter au moment où il essayerait de remettre la chaîne autour de son cou, pour voir comment elle réagirait, mais il était plus important de découvrir ce que manigançaient ces gens-là.

Alors que la porte se refermait, le Gallivespien retourna dans l'ombre et tendit l'oreille.

— Comment saviez-vous où elle cachait la mèche de cheveux ? demanda le scientifique.

— Chaque fois qu'elle parlait de sa fille, elle portait instinctivement sa main à son pendentif, expliqua le président. Eh bien, dans combien de temps serez-vous prêt ?

— C'est l'affaire de quelques heures, dit le Dr Cooper.

— Et les cheveux ? Qu'allez-vous en faire ?

— Nous les plaçons dans la chambre de résonance. Voyez-vous, chaque individu est unique, et l'agencement des particules génétiques diffère profondément d'une personne à l'autre... Une fois qu'elles ont été analysées, l'information est codée sous forme d'une série d'impulsions ambariques et transmise à l'appareil de visée. Celui-ci localise l'origine de l'échantillon — c'est-à-dire les cheveux — où qu'il se trouve. Ce procédé repose en fait sur l'hérésie de Barnard-Stokes, la théorie des mondes multiples...

— Ne soyez pas inquiet, docteur. Fra Pavel m'a informé que l'enfant était dans un autre monde. Je vous en prie, poursuivez. La puissance de la bombe est dirigée grâce à ces cheveux ?

— Oui. Vers chacun des cheveux auxquels on a coupé ceux-là. C'est exact.

— Autrement dit, quand la bombe explosera, l'enfant sera détruite, où qu'elle se trouve ?

Le savant inspira profondément, avant d'émettre un faible :

« Oui. » Il déglutit et ajouta :

— Mais la puissance nécessaire est énorme. La puissance ambarique. De même qu'une bombe atomique a besoin d'un explosif puissant pour déclencher la réaction en chaîne, cet appareil a besoin d'un courant colossal pour libérer le pouvoir encore supérieur du processus de rupture. Et je me demandais...

— Peu importe l'endroit où se produit l'explosion, n'est-ce pas ?

— En effet. Tout l'intérêt est là. N'importe quel endroit convient.

— Et tout est totalement prêt ?

— Maintenant que nous avons les cheveux, oui. Mais la puissance...

— J'y ai pensé. La centrale hydro-ambarique de Saint-Jean-les-Eaux a été réquisitionnée pour notre usage personnel. Ils produisent suffisamment d'énergie, n'est-ce pas ?

— Certainement, répondit le savant.

— Dans ce cas, inutile d'attendre plus longtemps. Docteur Cooper, allez vérifier le matériel Qu'il soit prêt à être transporté dès que possible Le temps change vite en montagne, et un orage se prépare.

Le savant prit la petite enveloppe contenant les cheveux de Lyra, et s'inclina nerveusement avant de quitter la pièce. Lord Roke sortit avec lui, aussi silencieux qu'une ombre.

Dès qu'ils se furent suffisamment éloignés des appartements du président, le Gallivespien passa à l'attaque. Alors qu'il descendait l'escalier, le Dr Cooper sentit soudain une douleur violente dans l'épaule et essaya de se retenir à la rampe, mais son bras était étrangement faible ; il glissa et dévala le reste des marches, pour atterrir au pied de l'escalier, à demi inconscient.

Lord Roke arracha l'enveloppe de la main saisie de convulsions, non sans mal car elle était presque aussi grande que lui, et il disparut dans l'obscurité pour foncer vers la chambre où dormait Mme Coulter.

L'interstice sous la porte était assez haut pour

qu'il puisse s'y faufiler. Frère Louis était déjà venu et reparti, mais il n'avait pas osé essayer de remettre la chaîne autour du cou de la femme : elle était posée à côté de sa tête sur l'oreiller.

Lord Roke lui pinça doucement la main pour la réveiller. Malgré sa profonde fatigue, elle revint à elle immédiatement et se redressa dans le lit en se frottant les yeux.

L'espion lui expliqua ce qui s'était passé, tout en lui tendant l'enveloppe.

— Vous feriez mieux de détruire cette mèche immédiatement, dit-il. Un seul cheveu suffirait, paraît-il.

Elle regarda la petite boucle de cheveux blond foncé, en secouant la tête.

— Trop tard, soupira-t-elle. Il ne reste que la moitié de la mèche que j'ai coupée à Lyra. MacPhail en a certainement gardé une partie.

Lord Roke poussa un grognement furieux.

— C'est quand il a regardé autour de lui ! Je me suis caché pour qu'il ne me voie pas... c'est à ce moment-là qu'il a dû...

— Et il n'y a aucun moyen de savoir où il l'a cachée, dit Mme Coulter. Mais si on parvient à localiser cette bombe...

— Chut !

C'était le singe doré qui les avait interrompus. Accroupi derrière la porte, il leur fit signe d'écouter : des pas lourds se précipitaient vers la chambre.

Mme Coulter jeta l'enveloppe contenant la

mèche de cheveux à Lord Roke qui la prit et sauta sur le haut de la penderie. Elle se recoucha à côté de son dæmon, juste au moment où la clé tournait bruyamment dans la serrure.

— Où est-elle ? Qu'en avez-vous fait ? Comment avez-vous attaqué le Dr Cooper ? demanda le président d'un ton brutal et menaçant, alors que la lumière vive du couloir se déversait sur le lit.

La femme leva un bras pour se protéger les yeux et se redressa péniblement.

— Vous aimez distraire vos invités, dit-elle d'une voix endormie. S'agit-il d'un nouveau jeu ? Que dois-je faire ? Et qui est ce Dr Cooper ?

Le garde posté à l'entrée du collège entra dans la chambre avec le père MacPhail et promena le faisceau de sa torche dans tous les coins de la pièce, puis sous le lit. Le président semblait légèrement déconcerté : Mme Coulter avait les yeux lourds de sommeil et elle avait du mal à les garder ouverts à cause de la lumière aveuglante du couloir. De toute évidence, elle n'avait pas quitté son lit.

— Vous avez un complice, déclara-t-il. Quelqu'un a attaqué un hôte du collège. Qui est-ce ? Avec qui êtes-vous venue ? Où est-il ?

— Je ne comprends rien à ce que vous racontez. Mais qu'est-ce que... ?

La main sur laquelle elle s'était appuyée pour se redresser dans le lit venait de se refermer sur le pendentif. Elle le prit et regarda le président avec des yeux écarquillés mais encore endormis.

Lord Roke assista alors à un formidable numéro de comédienne, lorsqu'elle s'exclama :

— Mais c'est mon... Que fait-il ici ? Père MacPhail, puis-je savoir qui est entré dans ma chambre ? Quelqu'un a détaché ma chaîne pendant que je dormais. Et... Où est la mèche de cheveux de Lyra ? Ce pendentif contenait une mèche de cheveux de Lyra. Qui me l'a volée ? Qu'est-ce que ça signifie ?

Elle s'était levée, les cheveux en bataille, la voix débordante de passion, visiblement tout aussi hébétée que le président.

Celui-ci recula d'un pas.

— Quelqu'un d'autre est venu avec vous ! Vous avez forcément un complice, dit-il d'une voix grinçante. Où se cache-t-il ?

— Je n'ai aucun complice, rétorqua Mme Coulter avec colère. S'il y a un assassin invisible dans ce collège, il ne peut s'agir que du diable en personne. Nul doute qu'il se sent chez lui ici !

Le père MacPhail se tourna vers le garde.

— Conduisez-la dans les caves. Mettez-lui les chaînes. Je sais ce qu'on va faire de cette femme, j'aurais dû y penser dès que je l'ai vue.

Mme Coulter jeta des regards affolés autour d'elle et, durant une fraction de seconde, elle croisa les yeux de Lord Roke, qui scintillaient dans l'obscurité, sous le plafond. L'espion déchiffra immédiatement son expression, et il comprit ce qu'elle attendait de lui.

25

Saint-Jean-les-Eaux

> Un bracelet de cheveux clairs autour de l'os.
>
> John Donne

La cataracte de Saint-Jean-les-Eaux plongeait entre des cimes rocheuses, à l'extrémité d'une chaîne des Alpes, et la centrale électrique s'accrochait à flanc de montagne juste au-dessus. C'était une région sauvage, un lieu inquiétant et hostile, et jamais personne n'aurait songé à bâtir quoi que ce soit dans cet endroit si ce n'avait été dans le but d'alimenter de gigantesques turbines ambariques grâce à la puissance des millions de tonnes d'eau qui se déversaient dans la gorge en produisant un grondement de tonnerre.

C'était le lendemain de l'arrestation de Mme Coulter ; le soir tombait et le temps était orageux. Non loin de la façade de pierre brute de la centrale électrique, un zeppelin ralentit, puis s'immobilisa tant bien que mal, ballotté par le vent violent. Les projecteurs allumés sous le ventre de l'appareil donnaient l'impression qu'il reposait sur plusieurs pattes lumineuses, qui s'abaissaient progressivement pour lui permettre de se coucher.

Mais le pilote hésitait : les rafales de vent tourbillonnaient entre les crêtes. En outre, les câbles, les pylônes, les transformateurs de la centrale étaient trop près. Si, par malheur, ils se retrouvaient entraînés au milieu de ce maelström, à bord d'un zeppelin rempli de gaz inflammable, cela leur serait instantanément fatal. Des salves de neige fondue mitraillaient par le travers l'immense enveloppe rigide de l'appareil ; le martèlement parvenait presque à couvrir le vrombissement des moteurs tournant à plein régime et, surtout, la neige masquait le sol.

— Impossible de se poser ici ! cria le pilote pour se faire entendre malgré le vacarme. On va faire le tour de la montagne.

Le père MacPhail lui jeta un regard noir au moment où celui-ci remettait les gaz et réglait l'orientation des moteurs. Le zeppelin s'éleva brutalement et franchit le sommet de la chaîne montagneuse. Les pattes de lumière s'allongèrent tout à coup, et donnèrent l'impression de marcher à tâtons sur l'arête, mais leurs extrémités disparaissaient dans les tourbillons de neige fondue et de pluie.

— Vous ne pouvez pas vous approcher davantage de la centrale ? demanda le président en se penchant vers le pilote pour ne pas avoir à hurler.

— Pas si vous voulez vous poser.

— Oui, nous voulons nous poser. Dans ce cas, laissez-nous un peu plus bas.

Le pilote donna des ordres pour que l'équipage se prépare à l'amarrage. Ils devaient décharger du matériel aussi lourd que précieux, il était donc important de bien stabiliser l'appareil. Le président s'enfonça à nouveau dans son siège, tambourinant sur le bras du fauteuil avec ses doigts et se mordillant la lèvre, mais il resta silencieux pour laisser le pilote se concentrer sur la manœuvre.

Caché dans l'ossature du zeppelin, à l'arrière de la cabine, Lord Roke assistait à la scène. À plusieurs reprises déjà, au cours du vol, sa petite silhouette sombre avait longé le treillis métallique de la cloison, au risque d'être vue si quelqu'un avait tourné la tête à ce moment-là, mais pour entendre ce qui se disait et comprendre ce qui se passait, il devait se trouver aux premières loges. Le risque était inévitable.

Une fois de plus, il s'avança, pas à pas, tendant l'oreille pour percer le vrombissement des moteurs, le martèlement des bourrasques, le sifflement aigu du vent qui faisait trembler les câbles et le bruit des bottes des soldats sur les passerelles métalliques. Le mécanicien navigant lança une série de chiffres au pilote, qui les confirma, et Lord Roke se renfonça dans l'ombre, en s'accrochant solidement aux étançons, tandis que l'appareil virait sur le côté et plongeait vers le sol.

Enfin, lorsque les mouvements du zeppelin indiquèrent qu'il était presque amarré, Lord Roke regagna la rangée de sièges disposés à tribord en se faufilant entre la structure et l'enveloppe de l'appareil.

À l'arrière, des hommes s'affairaient : membres d'équipage, techniciens, prêtres. La plupart de leurs dæmons étaient des chiens débordants de curiosité. De l'autre côté de l'allée, Mme Coulter était assise, silencieuse ; installé sur ses genoux, son singe doré observait tout ce qui se passait d'un œil menaçant.

Lord Roke attendit qu'une occasion se présente et il se précipita vers son siège : en quelques secondes, il se retrouva perché sur son épaule dans une zone d'ombre.

— Que font-ils ? demanda-t-elle dans un murmure.

— Ils atterrissent. Nous approchons de la centrale électrique.

— Allez-vous rester avec moi ou bien agir seul ?

— Je resterai avec vous. Je vais devoir me cacher sous votre manteau.

Elle portait un épais manteau en peau de mouton, bien trop épais pour la chaleur qui régnait à bord du zeppelin mais, ayant les mains attachées par des menottes, elle ne pouvait pas l'enlever.

— Allez-y, vite, dit-elle en jetant des regards furtifs autour d'elle.

Le petit espion se faufila dans l'ouverture du manteau et dénicha une poche doublée de fourrure où il pourrait se cacher. Le singe doré de Mme Coulter arrangea le col en soie de son chemisier avec beaucoup de prévenance : on aurait dit un grand couturier tatillon s'occupant de son mannequin préféré. En réalité, il vérifiait que Lord Roke était bien dissimulé dans les replis du manteau.

Moins d'une minute plus tard, un soldat armé d'un fusil vint ordonner à Mme Coulter de quitter le zeppelin.

— Suis-je obligée de garder ces menottes ? demanda-t-elle.

— On ne m'a pas demandé de vous les enlever, répondit-il. Levez-vous, je vous prie.

— Ce n'est pas facile, si je ne peux pas me tenir à quelque chose. Je suis ankylosée, je suis restée assise ici presque toute la journée sans bouger. Et vous savez bien que je ne suis pas armée, vous m'avez fouillée. Allez demander au président si je suis obligée de conserver ces menottes. Croyez-vous que je vais essayer de m'enfuir en pleine montagne ?

Lord Roke était insensible au charme de Mme Coulter, mais il était fasciné de le voir s'exercer sur les autres. Le soldat était un jeune homme ; ils auraient dû envoyer un vieux guerrier blanchi sous le harnois.

— Je suis sûr que non, madame, mais je ne peux pas agir sans en avoir reçu l'ordre. Vous comprenez, j'en suis sûr. Levez-vous, s'il vous plaît. Si vous perdez l'équilibre, je vous tiendrai le bras.

Elle se leva et Lord Roke, au fond de sa poche, la sentit avancer d'un pas vacillant. Pourtant, jamais le Gallivespien n'avait vu une femme aussi gracieuse : cette maladresse était feinte. Alors qu'ils atteignaient le début de la passerelle, Mme Coulter trébucha en poussant un petit cri, et l'espion ressentit une secousse brutale lorsque le soldat saisit le bras de la prisonnière. Au même moment, il perçut un changement dans les bruits qui les entouraient : le hurlement du vent, les moteurs qui tournaient de manière régulière pour alimenter les projecteurs, et les voix toutes proches qui lançaient des ordres.

Ils empruntèrent la passerelle, Mme Coulter s'appuyant lourdement sur le soldat. Elle lui parlait à voix basse, et Lord Roke entendit à peine la réponse du jeune homme à travers l'épaisseur du manteau.

— Le sergent, madame... Là-bas, près de la grosse caisse en bois... C'est lui qui a les clés. Mais je n'ai pas osé lui demander, madame, désolé.

— Tant pis, dit-elle avec un joli soupir chargé de regrets. Merci quand même.

Lord Roke entendit un bruit de bottes s'éloigner, puis Mme Coulter lui murmura :

— Vous avez entendu ?

— Dites-moi où est ce sergent. J'ai besoin de savoir où il se trouve, et à quelle distance.

— À environ dix pas de moi. Sur la droite. Un homme grand et fort. J'aperçois le trousseau de clés accroché à sa taille.

— Ça ne me sert à rien si je ne sais pas quelle est la bonne clé. Vous les avez vus fermer les menottes ?

— Oui. C'est une petite clé entourée de ruban adhésif noir.

Lord Roke sortit de la poche intérieure et descendit le long du manteau en s'accrochant à l'épaisse doublure en peau de mouton, jusqu'à ce qu'il atteigne les genoux de Mme Coulter. Suspendu dans le vide, il regarda autour de lui.

Ils avaient installé un puissant projecteur qui déversait une lumière aveuglante sur les rochers mouillés. Mais tandis que l'espion cherchait une zone d'ombre, la lumière du projecteur se mit à tanguer sous l'effet d'une rafale de vent. Un cri retentit, et la lumière s'éteignit brutalement.

Lord Roke en profita pour se laisser tomber sur le sol et, à travers le rideau de neige fondue, il se précipita vers le sergent, qui s'était avancé de sa démarche lourdaude pour tenter de retenir le projecteur qui basculait.

Dans la confusion, l'espion bondit sur la jambe du gros homme, au moment où celle-ci passait devant lui ; il agrippa le coton épais du pantalon de camouflage, déjà détrempé, et planta son éperon dans la chair, juste au-dessus de la botte.

Le sergent laissa échapper un cri de douleur ressemblant à un grognement et tomba lourdement sur le flanc en se tenant la jambe. Comme il essayait de respirer et d'appeler au secours, Lord Roke lâcha prise et s'éloigna de lui.

Personne n'avait rien remarqué : le bruit du vent, des moteurs et le crépitement d'une soudaine averse de grêle avaient couvert le cri du sergent et, dans l'obscurité, nul n'apercevait son corps. Mais il y avait d'autres soldats dans les parages, et l'espion devait agir vite. Il se précipita vers le trousseau de clés qui était tombé dans la neige. Les clés étaient énormes pour lui, aussi épaisses que son bras, et presque aussi grandes que lui pour certaines. Il chercha parmi elles jusqu'à ce qu'il trouve celle qui était entourée de ruban adhésif noir. Il dut ensuite se débattre avec le fermoir de l'anneau, sans oublier le risque permanent et mortel que représentait la grêle pour un Gallivespien : des boules de glace aussi grosses que ses deux poings.

Soudain, une voix venue d'en haut demanda :

— Ça ne va pas, sergent ?

Le dæmon-chien du soldat grognait et poussait avec sa truffe le corps du sergent plongé dans une sorte de semi-coma. Lord Roke ne pouvait attendre plus longtemps : un bond en l'air, un coup de pied, et le soldat s'effondra à côté de son supérieur.

À force de lutter, de tirer, de soulever, de pousser, il parvint enfin à ouvrir le porte-clés, mais il dut encore ôter six clés avant de pouvoir accéder à celle qui l'intéressait. D'une seconde à l'autre maintenant, ils allaient rallumer le projecteur mais, même dans la semi-pénombre, ils ne pouvaient manquer d'apercevoir ces deux hommes couchés sur le sol, inconscients.

Au moment où, enfin, il libérait la clé noire, un cri retentit. Il souleva la hampe massive en faisant appel à toutes ses forces et, en la traînant derrière lui, plié en deux par l'effort, il parvint à la cacher derrière un petit éboulis, juste au moment où des pas accouraient et des voix réclamaient la lumière.

— On leur a tiré dessus ?

— Je n'ai rien entendu...

— Ils respirent ?

Le projecteur avait été remis en place ; il se ralluma brusquement. Lord Roke se retrouva à découvert, aussi visible qu'un renard pris dans les phares d'une voiture. Il se pétrifia, ses yeux seuls bougeant en tous sens et, quand il fut certain que tous les regards étaient fixés sur les deux hommes mystérieusement tombés, il hissa la clé sur son épaule et zigzagua au milieu des flaques et des pierres pour rejoindre Mme Coulter.

Une seconde plus tard, elle avait ouvert les menottes et les posait en douceur sur le sol. Lord

Roke sauta pour s'accrocher au revers du manteau et grimpa précipitamment jusque sur l'épaule de la femme.

— Où est la bombe ? lui murmura-t-il à l'oreille.

— Ils viennent juste de la décharger. Elle est dans cette grande caisse, là-bas, sur le sol. Mais je ne peux rien faire tant qu'ils ne l'ont pas sortie, et même ensuite...

— Très bien, dit l'espion. Courez vous cacher. Je reste ici pour voir ce qui se passe. Courez !

Il sauta sur la manche du manteau et bondit à terre. Sans un bruit, Mme Coulter s'éloigna de la zone éclairée, à pas lents tout d'abord pour ne pas attirer l'attention des soldats, puis elle s'accroupit et fonça dans l'obscurité sous l'averse de grêle, vers le sommet de la pente ; le singe doré courait devant elle pour repérer les obstacles.

Derrière elle, elle entendait le vrombissement incessant des moteurs, des cris confus et la voix puissante du président qui essayait d'instaurer un semblant d'ordre dans toute cette confusion. Elle se souvint de la longue et insupportable douleur et des hallucinations provoquées par l'éperon du chevalier Tialys, et elle plaignit les deux soldats qui commençaient à reprendre connaissance.

Très vite, elle prit de la hauteur en escaladant les rochers mouillés, et elle ne vit plus, en contrebas, que la lueur dansante du projecteur, que reflétait le long ventre bombé du zeppelin. Soudain, la lumière s'éteignit de nouveau, et elle n'entendit plus que le bruit des moteurs qui luttaient vainement contre le vent et le grondement de tonnerre de la cataracte plus bas.

Les ingénieurs de la centrale hydro-ambarique se débattaient au sommet de la gorge pour apporter un câble d'alimentation jusqu'à la bombe.

Le problème de Mme Coulter n'était pas de réussir à sortir de ce guêpier vivante ; c'était une préoccupation secondaire. Son problème, c'était de récupérer la mèche de cheveux de Lyra à l'intérieur de la bombe avant qu'ils la fassent sauter. Lord Roke avait brûlé les cheveux contenus dans l'enveloppe après son arrestation — le vent avait emporté les cendres dans le ciel noir — puis il avait réussi à s'introduire dans le laboratoire. Là, il avait vu les techniciens placer le restant de la mèche de cheveux blond foncé dans la chambre de résonance. Il savait donc exactement où elle se trouvait. Il savait aussi comment ouvrir la chambre, mais la lumière éclatante et les surfaces brillamment éclairées du laboratoire, sans parler du va-et-vient permanent des techniciens lui avaient interdit d'intervenir.

Autrement dit, Mme Coulter et lui seraient obligés de subtiliser la mèche de cheveux une fois la bombe installée.

Or, le sort que le président réservait à Mme Coulter compliquait encore les choses.

L'énergie nécessaire à la bombe était provoquée par la séparation du lien qui unissait un humain et son dæmon ; cela impliquait d'avoir recours à l'horrible procédé d'intercision : les cages grillagées, la guillotine en argent. Le président voulait trancher le lien qui existait depuis toujours entre elle et le singe doré, et utiliser l'énergie ainsi libérée pour détruire Lyra. La mère et la fille seraient ainsi tuées toutes les deux par l'ignoble système qu'elle-même avait inventé. « Au moins, il est efficace », songea-t-elle avec une ironie amère.

Son unique espoir se nommait Lord Roke. Mais, durant le voyage en zeppelin, il lui avait parlé du pouvoir de ses éperons empoisonnés : il ne pouvait pas les utiliser de manière ininterrompue car, à chaque piqûre, le venin perdait de sa puissance. Il fallait une journée pour qu'ils retrouvent toute leur efficacité. Avant longtemps, son arme principale deviendrait donc inutile, et il ne leur resterait que leur intelligence pour renverser la situation.

Avisant un rocher en surplomb, à côté des racines gigantesques d'un sapin qui s'accrochait à la paroi de la gorge, Mme Coulter s'accroupit au-dessous pour scruter les environs.

Derrière elle, en amont, de l'autre côté du sommet de la ravine, en plein vent, se trouvait la centrale électrique. Les ingénieurs étaient en train de brancher une série de lampes pour pouvoir apporter plus facilement le câble jusqu'à la bombe ; elle entendait leurs voix qui aboyaient des ordres et elle voyait les lumières vaciller entre les branches des arbres. Le câble qu'ils déroulaient, aussi gros que le bras d'un homme, provenait d'une énorme bobine-dévidoir installée à bord d'un camion arrêté en haut de la pente et, compte tenu de la vitesse à laquelle ils progressaient sur les rochers, ils atteindraient la bombe dans cinq minutes, peut-être moins.

Au pied du zeppelin, le père MacPhail avait rassemblé tous les soldats. Plusieurs hommes montaient la garde, scrutant l'obscurité neigeuse, arme au poing, tandis que d'autres ouvraient la caisse en bois contenant la bombe et la préparaient à recevoir le câble d'alimentation. Mme Coulter apercevait distinctement la machine infernale dans le torrent de lumière blanche des projecteurs, ruisselante de pluie : un engin disgracieux hérissé de fils, posé légèrement de travers sur le sol rocailleux. Les projecteurs produisaient des crépitements secs et un bourdonnement continu, et les câbles se balançaient dans le vent, en projetant des ombres mouvantes sur les roches, comme une grotesque corde à sauter.

Mme Coulter connaissait affreusement bien une partie de cette structure : les cages grillagées et la lame en argent suspendue au-dessus, à une extrémité de l'engin. Le reste lui était inconnu ; elle ne parvenait pas à deviner quel principe se cachait derrière toutes ces bobines, ces bocaux, les rangées d'isolateurs et l'entrelacs de tubes.

Mais quelque part au milieu de cet agencement complexe se trouvait la petite mèche de cheveux dont tout dépendait.

Sur sa gauche, la pente s'enfonçait dans l'obscurité et, tout en bas, on apercevait le scintillement blanc et le grondement de la cataracte de Saint-Jean-les-Eaux.

Soudain, un cri retentit. Un soldat lâcha son fusil et bascula en avant, s'écroulant sur le sol en gesticulant et en poussant des gémissements de douleur. Le président leva les yeux vers le ciel, mit ses mains en porte-voix et poussa un cri perçant.

Que faisait-il ?

Mme Coulter ne tarda pas à avoir la réponse. Contre toute attente, une sorcière jaillit de l'obscurité et vint se poser près du président, qui cria :

— Fouillez les environs ! Une créature quelconque aide cette femme. Elle a déjà attaqué plusieurs de mes hommes. Vous qui voyez dans le noir, trouvez-la et tuez-la !

— Il y a quelque chose qui approche, déclara la sorcière, d'une voix puissante qui porta clairement jusqu'à l'abri de Mme Coulter. Je le vois venir du nord.

— Ne vous occupez pas de ça. Trouvez cette créature et détruisez-la, ordonna le père MacPhail. Elle ne peut pas être bien loin. Et trouvez-moi la femme également ! Allez-y !

La sorcière s'élança dans les airs.

Le singe doré saisit tout à coup la main de

Mme Coulter, et il tendit le doigt pour attirer son attention.

Lord Roke était allongé sur une petite étendue de mousse, à découvert. Comment les soldats avaient-ils pu ne pas le repérer ? se disait-elle. Il s'était visiblement passé quelque chose, car il ne bougeait plus.

— Va le chercher et ramène-le, dit-elle.

Accroupi, le singe bondit de rocher en rocher, jusqu'à cette petite tache verte au milieu des pierres. Très vite, la pluie battante assombrit son poil doré, qui se retrouva plaqué sur son corps ; cela le faisait paraître plus petit, mais il demeurait malgré tout trop visible.

Entre-temps, le père MacPhail avait reporté son attention sur la bombe. Les techniciens de la centrale électrique avaient réussi à tirer leur câble jusqu'à elle et ils étaient en train de fixer les pinces et de préparer les branchements.

Mme Coulter se demandait ce qu'il avait l'intention de faire, maintenant que sa victime s'était échappée. Mais lorsqu'il jeta un regard par-dessus son épaule, elle découvrit l'expression de son visage. Elle était si intense, si figée, qu'on aurait dit un masque. Seules ses lèvres remuaient, car il récitait une prière, les yeux levés vers le ciel, écarquillés, en dépit de la pluie battante : on aurait dit un sinistre tableau de l'école espagnole représentant un martyr en pleine extase. Mme Coulter fut traversée par une violente décharge de peur, car elle comprit alors ce qu'il avait l'intention de faire : il allait se sacrifier. La bombe exploserait de toute manière, avec ou sans elle.

Bondissant de rocher en rocher, le singe doré atteignit Lord Roke.

— J'ai la jambe gauche brisée, déclara calmement ce dernier. Un des soldats m'a marché dessus. Écoute-moi attentivement...

Tandis que le singe l'emportait à l'écart, le Gallivespien lui expliqua très exactement où se trouvait la chambre de résonance et comment l'ouvrir. Ils avançaient pratiquement sous le nez des soldats, mais à pas feutrés, d'ombre en ombre, le dæmon s'éloignait avec son minuscule fardeau.

Mme Coulter les suivait des yeux en se mordillant la lèvre et, soudain, elle perçut un souffle d'air et ressentit un choc, non pas en elle, mais dans l'arbre voisin. Une flèche encore tremblante venait de s'y planter, à moins de dix centimètres de son bras gauche. Aussitôt, elle roula sur elle-même, avant que la sorcière puisse en décocher une nouvelle, et dévala la pente en direction du singe.

C'est alors que tout se produisit simultanément, trop vite : il y eut une détonation, puis un nuage de fumée âcre tourbillonna dans la pente, mais elle n'aperçut aucune flamme. Voyant qu'on attaquait Mme Coulter, le singe déposa Lord Roke sur le sol et se précipita à son secours, juste au moment où la sorcière atterrissait, un couteau à la main. L'espion recula en rampant pour s'adosser contre la pierre la plus proche, et Mme Coulter se jeta immédiatement sur la sorcière. Toutes deux luttèrent furieusement au milieu des rochers tandis que le singe doré arrachait systématiquement toutes les aiguilles de la branche de sapin de la sorcière.

Pendant ce temps, le président poussait son dæmon-lézard dans la plus petite des cages grillagées. Le reptile se débattait, gesticulait, mordait et poussait des cris aigus, mais le père MacPhail s'en débarrassa d'un geste brusque et referma rapidement la cage. Les techniciens effectuaient les derniers réglages et vérifiaient les compteurs et les jauges.

Surgie de nulle part, une mouette plongea vers le sol en poussant un cri sauvage et saisit le Gallivespien dans ses griffes. C'était le dæmon de la sorcière. Lord Roke se débattit comme il le pouvait, mais l'oiseau le tenait fermement. Au même moment, la sorcière s'arracha à l'étreinte de Mme Coulter, récupéra sa branche de sapin mal en point et s'éleva dans les airs pour rejoindre son dæmon.

Mme Coulter se précipita alors vers la bombe. Elle sentait la fumée s'attaquer à son nez et à sa gorge comme des griffes : du gaz lacrymogène. La plupart des soldats s'étaient effondrés ou enfuis d'un pas chancelant, pris d'étouffements. D'où venait donc ce gaz ? se demandait-elle. Mais maintenant que le vent dispersait le nuage nocif, ils commençaient à se rassembler. Le grand ventre nervuré du zeppelin flottait au-dessus du sol, tirant sur ses amarres dans le vent, ses flancs argentés ruisselants de pluie.

Soudain, un son venu de très haut parvint à ses oreilles : un hurlement si aigu, si plein de terreur, que le singe doré lui-même se serra contre elle, apeuré. Et, une seconde plus tard, dans un tourbillon de membres blancs, de soie noire et de branches vertes, la sorcière vint s'écraser aux pieds du père MacPhail ; ses os se brisèrent sur les rochers avec un bruit sinistre.

Mme Coulter se précipita pour voir si Lord Roke avait survécu à cette terrible chute. Non. Le Gallivespien était mort. Son éperon droit était planté dans le cou de la sorcière.

Mais celle-ci avait conservé un souffle de vie, et ses lèvres remuaient en tremblant, elle essayait de parler :

— Quelque chose arrive... quelque chose d'autre... arrive...

Ces paroles n'avaient aucun sens. Déjà, le président enjambait son corps pour atteindre la plus grande des deux cages. Dans l'autre, son dæmon courait en tous sens ; ses petites griffes raclaient le grillage, sa voix criait pitié.

Le singe doré bondit vers le père MacPhail, mais pas pour l'attaquer : il sauta par-dessus ses épaules pour atteindre le cœur de l'entrelacs complexe de fils et de tuyaux : la chambre de résonance. Le président essaya de le retenir, mais

Mme Coulter lui agrippa le bras et tenta de le tirer en arrière. Elle ne voyait plus rien : la pluie battante l'aveuglait, et du gaz lacrymogène continuait à flotter dans l'air.

Tout autour, une fusillade venait d'éclater. Que se passait-il ?

Les projecteurs se balançaient dans le vent, et rien ne paraissait stable, pas même les rochers noirs accrochés à flanc de montagne. Tous deux combattaient au corps à corps, sauvagement : ils griffaient, frappaient, lacéraient, mordaient... Elle était fatiguée et il était fort. Mais elle avait l'énergie du désespoir, et peut-être aurait-elle pu le retenir, mais une partie de son attention était accaparée par son dæmon qui manipulait les leviers de la machine. Ses grosses pattes noires impatientes se débattaient avec le mécanisme ; elles tiraient, tordaient, tournaient...

Soudain, elle reçut un coup à la tempe. Elle chancela et le père MacPhail en profita pour se libérer et se jeter dans la cage, avant de tirer la porte derrière lui. Il saignait.

Le singe avait réussi à ouvrir la chambre de résonance, fermée par une porte vitrée montée sur des gonds épais, et il tendait la patte à l'intérieur... la mèche de cheveux était là, coincée entre les deux tampons en caoutchouc d'un fermoir métallique ! Encore un obstacle ! Mme Coulter se releva en prenant appui sur ses mains tremblantes. Elle secoua le grillage argenté de la cage, de toutes ses forces, les yeux levés vers la lame, les bornes électriques qui produisaient des étincelles, et l'homme enfermé à l'intérieur. Pendant ce temps, le singe dévissait le fermoir, et le président, le visage déformé par un masque d'exaltation morbide, entortillait des fils électriques.

Il se produisit alors un éclair d'une blancheur intense, un craquement semblable à un coup de fouet, et le corps du singe se trouva projeté en l'air. Accompagné d'un petit nuage doré : étaient-ce les cheveux de Lyra ? Ou les poils du primate ? Quoi qu'il en soit, il se dispersa immédiatement dans la nuit. Saisie de violentes convulsions, la main droite de Mme Coulter était restée accrochée au grillage ; elle se retrouva à moitié étendue, la tête bourdonnante et le cœur cognant à grands coups.

Mais il lui était arrivé quelque chose : sa vue était devenue d'une incroyable clarté, capable de discerner les choses les plus infimes. Ses yeux étaient fixés sur l'unique détail qui avait de l'importance dans l'univers : à l'un des tampons en caoutchouc du fermoir, dans la chambre de résonance, était resté accroché un seul cheveu blond foncé.

Elle poussa un long gémissement de désespoir, et elle secoua, secoua, secoua la cage, pour essayer de faire tomber le cheveu, avec le peu de force qui lui restait. Le président passa ses mains sur son visage, pour essuyer la pluie. Sa bouche remuait comme s'il parlait, mais Mme Coulter n'entendait pas un mot. Elle tenta encore une fois d'arracher le grillage de la cage et, en désespoir de cause, elle jeta tout son poids contre la machine, au moment où le père MacPhail assemblait deux fils qui produisirent une étincelle. Dans le silence absolu qui suivit, la lame étincelante s'abattit.

Quelque chose explosa quelque part, mais Mme Coulter n'était plus en état de s'en apercevoir.

Des mains la soulevaient : les mains de Lord Asriel. Plus rien ne pouvait la surprendre ; le vaisseau d'intentions était posé derrière lui, en équilibre dans la pente, et parfaitement horizontal. Il la prit dans ses bras et la transporta jusqu'au vaisseau, ignorant les coups de feu, la fumée et les cris de panique.

— Est-il mort ? La bombe a-t-elle explosé ? parvint-elle à demander.

Lord Asriel grimpa à bord de l'appareil à côté d'elle, et son dæmon-léopard bondit à son tour, tenant dans sa gueule le singe à demi évanoui. Il prit les commandes et le vaisseau s'éleva aussitôt dans le ciel à toute allure. À travers le rideau de douleur qui troublait sa vue, Mme Coulter contemplait le flanc de la montagne. Des hommes couraient en tous sens comme des fourmis ; d'autres étaient morts, ou bien rampaient sur les rochers, le corps brisé ; le long câble provenant de la centrale électrique serpentait au milieu de ce chaos, comme habité par une volonté propre, et se dirigeait vers la bombe scintillante ; le corps du père MacPhail gisait en tas à l'intérieur de la cage.

— Et Lord Roke ? demanda Lord Asriel.

— Mort, murmura-t-elle.

Il appuya sur un bouton et un jet enflammé jaillit en direction du zeppelin ballotté par le vent. Une seconde plus tard, l'engin volant explosa sous la forme d'une gigantesque rose de feu blanc, enveloppant le vaisseau d'intentions qui demeura immobile et intact au milieu du brasier. Lord Asriel s'éloigna sans précipitation et ils regardèrent le zeppelin en feu tomber lentement, lentement, sur l'ensemble de la scène : la bombe, le câble, les soldats qui, tous, dévalèrent la montagne dans un maelström de fumée et de flammes, de plus en plus vite, emportant sur leur passage les arbres résineux, pour finalement tomber dans les eaux écumantes de la cataracte, qui plongèrent dans les ténèbres.

Lord Asriel manipula de nouveau les commandes et le vaisseau s'en alla vers le nord à vive allure. Mais Mme Coulter ne pouvait détacher son regard de la scène en contrebas ; elle continua à regarder derrière eux pendant un long moment, les yeux remplis de larmes, jusqu'à ce que les flammes ne soient plus qu'un trait vertical orange planté dans la nuit, enveloppé de fumée et de vapeur, et puis plus rien du tout.

26

L'abîme

> Le soleil a quitté son obscurité et trouvé un matin plus doux, et la lune blonde se réjouit dans la nuit claire et sans nuage...
>
> William Blake

Il faisait nuit. Les ténèbres qui les enveloppaient pesaient si lourdement sur les yeux de Lyra qu'elle avait presque l'impression de sentir le poids des milliers de tonnes de rochers qui se dressaient au-dessus d'eux. La seule lumière dont ils disposaient pour se guider provenait de la queue lumineuse de la libellule de Lady Salmakia, et même celle-ci faiblissait, car le pauvre insecte n'avait trouvé aucune nourriture dans le monde des morts, et la libellule du chevalier était morte peu de temps auparavant.

Alors que Tialys voyageait assis sur l'épaule de Will, Lyra tenait la libellule de Salmakia dans ses mains jointes, tandis que la lady apaisait la pauvre créature en lui parlant d'une voix douce et la nourrissait, d'abord avec des miettes de biscuits, puis avec son propre sang. Si Lyra l'avait vue accomplir ce don, elle aurait volontiers offert son sang, car elle en avait davantage, mais toute son attention était concentrée sur sa progression : elle devait regarder où elle posait le pied et éviter les rochers bas du plafond de la caverne.

Sans Nom la harpie les avait entraînés dans un dédale de cavernes et de galeries qui les conduirait, affirmait-elle, à un endroit du pays des morts où ils pourraient ouvrir une fenêtre sur un autre monde. Derrière eux marchait la colonne infinie des fantômes. La galerie bruissait de murmures ; ceux qui marchaient en tête encourageaient ceux qui traînaient, les plus valeureux exhortaient les plus faibles, et les vieux donnaient espoir aux plus jeunes.

— C'est encore loin, Sans Nom ? demanda Lyra à voix basse. Cette pauvre libellule est en train d'agoniser et sa lumière va s'éteindre.

La harpie s'arrêta et se retourna.

— Suivez-moi, dit-elle. Si vous ne voyez pas, tendez l'oreille. Si vous n'entendez pas, sentez.

Ses yeux brillaient d'une lueur farouche dans l'obscurité. Lyra hocha la tête et dit :

— Très bien. Mais je ne suis plus aussi forte qu'avant, et je ne suis pas courageuse, pas très. Ne vous arrêtez pas, je vous en prie. Je vous suivrai... on vous suivra tous. Continuez, s'il vous plaît.

La harpie se remit en marche. La luminosité de la libellule faiblissait à chaque instant, et Lyra savait qu'elle allait bientôt disparaître totalement.

Mais au moment où elle se remettait en route en trébuchant, une voix s'éleva dans son dos, une voix familière :

— Lyra... Lyra, mon enfant...

Elle se retourna vivement, le cœur en joie.

— Monsieur Scoresby ! Oh, comme je suis heureuse de vous entendre ! Et c'est bien vous... Je vous vois... J'aimerais tellement pouvoir vous toucher !

Dans la faible, très faible lumière, elle distinguait la silhouette élancée et le sourire sardonique de l'aéronaute texan, et ses mains se tendirent instinctivement vers lui. En vain.

— Moi aussi, ma chérie. Mais écoute-moi. Ils préparent un sale coup, là-bas, et c'est toi qui es visée... Ne me demande pas comment. C'est le garçon au couteau ?

Will le dévorait des yeux, heureux de découvrir enfin le vieux compagnon de Lyra mais, soudain, il abandonna Scoresby pour s'intéresser au fantôme qui se tenait à ses côtés. Lyra l'imita et comprit immédiatement de qui il s'agissait, émerveillée par cette vision d'un Will devenu adulte : la même mâchoire volontaire, le même port de tête.

Celui-ci restait muet, mais son père dit :

— Écoute, nous n'avons pas le temps de parler ; fais exactement ce que je te dis. Prends ton couteau et trouve l'endroit où on a coupé une mèche de cheveux sur la tête de Lyra.

Il s'exprimait d'un ton pressant, et Will ne perdit pas de temps à demander pourquoi. La fillette, les yeux écarquillés d'effroi, tint la libellule d'une main et, de l'autre, elle palpa sa chevelure.

— Non, enlève ta main, lui dit-il. Je ne vois rien.

Dans la faible lumière, il réussit à apercevoir ce qu'il cherchait : juste au-dessus de l'oreille gauche, une petite plaque de cheveux plus courts.

— Qui a fait ça ? demanda Lyra. Et...

— Chut, dit Will, et il demanda au fantôme de son père : que dois-je faire ?

— Coupe complètement la mèche plus courte, jusqu'au cuir chevelu. Et récupère-la soigneusement, sans oublier un seul cheveu. Pas un. Ensuite, tu ouvriras une fenêtre sur un autre monde, n'importe lequel fera l'affaire, tu y déposeras la mèche et tu la refermeras. Fais-le tout de suite.

La harpie assistait à la scène en simple témoin ; derrière, les fantômes se regroupaient. Lyra distinguait leurs visages blêmes dans la pénombre. Effrayée et stupéfaite, elle se mordillait la lèvre, pendant que Will suivait les instructions de son père, le visage collé contre la pointe du couteau, dans la lumière pâle diffusée par la libellule. Il découpa un petit trou dans la roche d'un autre monde, y déposa soigneusement tous les cheveux fins et dorés, et remit en place le morceau de roche avant de refermer la fenêtre.

C'est alors que le sol se mit à trembler. De quelque part, très profondément, monta un grondement, une sorte de grincement plutôt, comme si le cœur de la terre tournait sur lui-même, telle la gigantesque roue d'un moulin, et de petits fragments de pierre commencèrent à se détacher du plafond de la caverne. Soudain, le sol s'inclina. Will agrippa le bras de Lyra, et ils s'accrochèrent l'un à l'autre, tandis que la roche tanguait, glissait sous leurs pieds, et que des pierres dégringolaient de tous les côtés.

Les deux enfants s'accroupirent, protégeant les Gallivespiens sous eux, les bras autour de la tête. Pendant un moment horrible et interminable, ils se sentirent entraînés vers la gauche. Ils restèrent collés l'un à l'autre, le souffle coupé, trop effrayés même pour hurler, assourdis par le grondement des milliers de tonnes de roche qui roulaient avec eux.

Enfin, ils s'immobilisèrent même si, autour d'eux, des pierres plus petites continuaient à dévaler la pente qui n'existait pas une minute plus tôt. Lyra était couchée sur le bras gauche de Will. Avec sa main droite, il chercha son couteau à tâtons : il était toujours là, heureusement, accroché à sa ceinture.

— Tialys ? Salmakia ? dit-il d'une voix tremblante.

— On est là tous les deux, vivants, répondit la voix du chevalier, près de son oreille.

La caverne était remplie de poussière et de l'odeur de cordite qui émanait des pierres brisées. Il était difficile de respirer, et on ne voyait plus rien : la libellule était morte.

— Monsieur Scoresby ? dit Lyra. On ne voit rien... Que s'est-il passé ?

— Je suis là, répondit Lee, tout près. Je crois que la bombe a explosé, et je crois qu'elle a loupé sa cible.

— La bombe ? répéta Lyra, effrayée. Roger !... Tu es là ?

— Ouais, répondit une voix faible. Monsieur Parry m'a sauvé. J'allais tomber, mais il m'a rattrapé.

— Regardez, dit le fantôme de John Parry. Mais tenez-vous bien aux rochers, et ne bougez pas.

La poussière se dissipait, et une lumière filtrait jusqu'à eux : un étrange et faible scintillement doré, comme si une pluie brumeuse et lumineuse les enveloppait. Une lumière suffisante pour que la peur les envahisse, car elle éclairait ce qui se trouvait sur leur gauche, l'endroit où elle tombait, où elle coulait plus exactement, comme une cascade.

C'était un gigantesque trou noir, comme un puits creusé dans l'obscurité la plus profonde. La lumière dorée s'y déversait et y mourait. Ils apercevaient l'autre côté du gouffre, mais il était si éloigné que Will n'aurait pas pu l'atteindre en lançant une pierre. Sur leur droite, une pente recouverte d'éboulis visiblement instables s'élevait dans l'obscurité poussiéreuse.

Les enfants et leurs compagnons s'accrochaient à ce qui n'était même pas une corniche, juste quelques prises pour les mains et les pieds au bord de cet abîme, et il n'y avait aucune issue, sauf vers le haut, à condition d'escalader cette paroi de pierres éclatées et branlantes, prêtes à les projeter dans le vide au moindre contact.

Derrière eux, à mesure que la poussière se dissipait, de plus en plus de fantômes découvraient ce gouffre avec horreur. Ils étaient accroupis dans la pente, trop effrayés pour avancer. Seules les harpies semblaient ne pas avoir peur ; elles battirent des ailes et survolèrent la scène, retournant en arrière pour rassurer ceux qui se trouvaient toujours dans la galerie, et filant droit devant pour chercher la sortie.

Lyra vérifia l'état de l'aléthiomètre ; au moins, il était intact. Contenant sa peur, elle regarda autour d'elle et aperçut le petit visage de Roger.

— Viens, lui dit-elle, on est tous là, on n'est pas blessés. Et maintenant, on voit où on va. Alors, continue d'avancer, continue. On ne peut pas faire autrement que de contourner ce... (Elle désigna l'abîme à ses pieds.) On est obligés de continuer. Je te jure que Will et moi, on ira jusqu'au bout. Alors, n'aie pas peur, n'abandonne pas, ne traîne pas derrière. Fais passer le message aux autres. Je ne peux pas me retourner sans cesse, je dois regarder où je mets les pieds. Je dois être sûre que tu nous suis, d'accord ?

Le petit fantôme hocha la tête. Alors, dans un silence angoissé, la colonne des morts reprit son chemin en longeant le gouffre. Combien de temps il leur fallut, ni Will ni Lyra n'auraient su le dire ; à quel point c'était effrayant et dangereux, pas une seconde ils ne pouvaient l'oublier. L'obscurité était si intense dans le gouffre qu'elle semblait attirer le regard vers elle, et une sensation de vertige terrifiante s'emparait d'eux dès qu'ils regardaient en bas. Chaque fois qu'ils le pouvaient, ils fixaient devant eux une pierre, une prise, une saillie, une plaque de graviers instables, et ils évitaient ainsi de regarder l'abîme, mais celui-ci les tentait, il les appelait. Ils ne pouvaient s'empêcher d'y jeter un coup d'œil et, aussitôt, ils se sentaient vaciller, leur vision se mettait à tournoyer, et une horrible nausée les submergeait.

De temps à autre, les vivants regardaient derrière eux et ils voyaient la file infinie des morts s'étirer en serpentant : les mères plaquaient le visage de leur bébé contre leur sein, les hommes âgés progressaient lentement, en boitant, les enfants s'accrochaient aux vêtements de la personne qui les précédait, des jeunes garçons et des filles de l'âge de Roger avançaient avec détermination et prudence... ils étaient si nombreux. Et tous suivaient Will et Lyra, vers la sortie espéraient-ils.

Mais certains n'avaient pas confiance. Ils se pressaient derrière les deux enfants qui sentaient des mains glacées se refermer sur leurs cœurs et leurs entrailles et entendaient des chuchotements menaçants :

— Alors, où est le monde d'en haut ? C'est encore loin ?

— On a peur, ici !

— On n'aurait jamais dû venir ! Au moins, dans le monde des morts, on avait un peu de lumière et un peu de compagnie... Ici, c'est mille fois pire !

— Vous auriez mieux fait de ne jamais venir ! Vous auriez dû rester dans votre monde, en attendant de mourir, au lieu de venir semer la pagaille !

— D'abord, de quel droit est-ce que vous commandez ? Vous n'êtes encore que des enfants ! Qui vous a donné cette autorité ?

Will avait envie de se retourner pour leur répliquer, mais Lyra le retint par le bras. Ces fantômes étaient malheureux et effrayés, expliqua-t-elle.

C'est alors que Lady Salmakia intervint ; sa voix limpide et calme porta loin dans ce vide immense :

— Mes amis, soyez courageux ! Restez ensemble et continuez à avancer ! Le chemin est difficile, mais Lyra trouvera la sortie. Soyez patients, restez confiants et nous vous conduirons vers la liberté, n'ayez pas peur !

Lyra, elle aussi, se sentit revigorée en entendant ces mots, et tel était le but recherché par la lady. Finalement, tout le monde se remit en marche, au prix d'un gros effort.

— Will, dit Lyra après quelques minutes, tu entends ce vent ?

— Oui, je l'entends, répondit-il. Mais je ne le sens pas. Et je vais te dire une chose au sujet de ce gouffre. C'est comme quand je découpe une fenêtre. C'est le même bord. Il a quelque chose de très particulier ce bord : une fois que tu l'as touché, tu ne peux plus l'oublier. Et là, je sens bien que c'est la même chose, juste à l'endroit où la roche plonge dans le noir. Mais ce grand vide au-dessous, ce n'est pas un autre monde comme tous les autres. C'est différent. J'aime pas ça. J'aimerais pouvoir le refermer.

— Tu n'as pas refermé toutes les fenêtres que tu as ouvertes.

— Non, parce que je n'ai pas pu, pour certaines. Mais je sais que j'aurais dû. Il se passe des choses graves si on ne les referme pas. Et une ouverture aussi grande... (D'un geste, il désigna le gouffre, sans oser le regarder.) Ce n'est pas normal. Il va se passer quelque chose.

Pendant que Will et Lyra discutaient, une autre conversation se déroulait un peu plus loin : le chevalier Tialys s'entretenait avec les fantômes de Lee Scoresby et de John Parry :

— Que voulez-vous dire, John ? dit Lee. Vous pensez qu'on ne devrait pas retourner à l'air libre ? Fichtre, chaque parcelle de moi-même brûle d'impatience de retrouver l'univers des vivants !

— Oui, et moi aussi, dit le père de Will. Mais je pense que si ceux d'entre nous qui sont habitués à se battre décidaient de rester ici, nous pourrions peut-être participer à la bataille, aux côtés d'Asriel. Et si notre intervention avait lieu au bon moment, elle pourrait bien faire pencher la balance.

— Des fantômes ? s'exclama Tialys en s'efforçant, sans résultat, de ne pas laisser transparaître son scepticisme. Comment pourriez-vous vous battre ?

— Nous ne pourrions pas combattre des êtres vivants, bien évidemment. Mais l'armée d'Asriel devra affronter d'autres types de créatures.

— Les Spectres ! dit Lee.

— C'est à eux que je pensais, en effet. Ils s'attaquent aux dæmons, il me semble ? Or, nous avons perdu les nôtres depuis longtemps. Ça vaut le coup d'essayer, Lee.

— Je vous suis, mon ami.

— Et vous, sir ? demanda le fantôme de John Parry en se tournant vers le chevalier. J'ai discuté avec certains fantômes de vos semblables. Vivrez-vous assez longtemps pour revoir le monde des vivants, avant de mourir et de revenir ici en tant que fantôme ?

— Nos vies sont très brèves par rapport aux vôtres, vous avez raison. Il ne me reste que quelques jours à vivre, dit Tialys. Lady Salmakia peut-être un peu plus. Mais grâce à l'entreprise courageuse de ces deux enfants, notre exil de fantômes ne sera pas définitif. J'ai été fier de les aider.

Ils se remirent en marche. Cet abominable gouffre continuait à béer tout près d'eux. « Un simple faux pas, un pied posé sur une pierre instable, une prise mal assurée, et ce serait la chute dans le vide pour toujours », se disait Lyra. Elle serait si longue que vous seriez mort de faim avant même d'atteindre le fond et, ensuite, votre pauvre fantôme continuerait à tomber, tomber, dans un gouffre sans fin, sans personne pour vous aider, sans aucune main pour vous retenir et vous sortir de là, conscient pour l'éternité, aussi longtemps que durerait la chute...

Ce serait bien plus affreux que le monde gris et silencieux qu'ils quittaient, non ?

Il se produisit alors une chose étrange. La pensée de la chute provoqua en elle une sensation de vertige, et elle vacilla. Will marchait devant elle, un peu trop loin pour qu'elle puisse lui prendre la main. Mais sur le moment, elle pensait surtout à Roger, et une petite étincelle de vanité s'alluma brièvement dans son cœur. Un jour, sur le toit de Jordan College, uniquement pour lui faire peur, elle avait défié son vertige et marché le long de la gouttière de pierre.

Elle se retourna vers Roger pour lui rappeler cet épisode. Elle était la Lyra de Roger, pleine de grâce et intrépide ; elle n'était pas obligée d'avancer en rampant comme un insecte.

Mais la petite voix tremblante du garçon dit :

— Fais attention, Lyra... N'oublie pas que tu n'es pas morte, toi...

La chose sembla se produire très lentement, mais elle ne put rien faire : son poids l'entraîna, les pierres roulèrent sous ses pieds et elle commença à glisser, sans pouvoir réagir. Elle éprouva d'abord un sentiment d'agacement, puis la situation devint comique. « Comme c'est bête ! » se dit-elle. Mais en voyant qu'elle n'avait rien pour se raccrocher, tandis que les pierres roulaient sous elle et qu'elle glissait vers le gouffre de plus en plus vite, elle fut frappée d'horreur. Elle allait tomber. Il n'y avait rien pour l'arrêter Il était déjà trop tard.

Tout son corps se convulsa de terreur. Elle ne remarquait même pas les fantômes qui se jetaient à terre pour essayer de la retenir et s'apercevaient qu'elle passait à travers leurs corps comme une pierre dans le brouillard ; elle n'entendait pas Will hurler son nom, si fort que l'écho remplissait tout l'abîme. Son corps tout entier était un vortex de frayeur rugissante. Elle tombait de plus en plus vite ; certains fantômes ne purent supporter ce spectacle et cachèrent leurs yeux avec leurs mains en criant.

Will était électrisé par la peur. Ravagé par

l'inquiétude, il regardait Lyra glisser, impuissant, et sachant également qu'il devait regarder. Pas plus que Lyra il n'entendait le cri de désespoir qui sortait de sa bouche. Encore deux secondes, encore une seconde... elle était arrivée au bord du gouffre, elle ne pouvait pas s'arrêter, elle tombait...

C'est alors que jaillit de l'obscurité la créature dont les griffes lui avaient lacéré le cuir chevelu peu de temps avant. Sans Nom la harpie, avec son visage de femme et ses ailes d'oiseau, et ces mêmes griffes qui se refermèrent solidement autour du poignet de la fillette. Ensemble, elles plongèrent dans l'abîme, car ce poids supplémentaire était presque trop lourd à supporter pour la harpie, mais elle battit des ailes furieusement, sans lâcher prise et, lentement, péniblement... lentement, péniblement... elle souleva la fillette hors du trou sans fond pour la déposer, à demi évanouie, dans les bras de Will.

Celui-ci la serra de toutes ses forces ; il sentait le cœur de Lyra cogner à tout rompre contre ses côtes. À cet instant, elle n'était plus Lyra, et lui n'était plus Will ; elle n'était pas une fille, il n'était pas un garçon. Ils étaient les deux seuls êtres humains dans ce gigantesque gouffre de mort. Ils s'accrochaient l'un à l'autre, et les fantômes se rassemblèrent autour d'eux en murmurant des paroles de réconfort, bénissant la harpie. Les plus proches étaient le père de Will et Lee Scoresby, qui semblaient avoir envie de la serrer dans leurs bras, eux aussi. Tialys et Salmakia s'adressèrent à Sans Nom pour chanter les louanges, vanter le courage et la générosité de celle qui les avait tous sauvés.

Dès qu'elle fut en état de bouger, Lyra s'approcha en tremblant de la harpie et noua ses bras autour de son cou pour embrasser, cent fois, son visage ravagé. Elle était incapable de parler ; elle avait perdu tous ses mots, toute sa confiance, toute sa vanité.

Ils demeurèrent immobiles pendant plusieurs minutes. Dès que la terreur commença à refluer, ils se remirent en marche. Will serrait la main de Lyra dans sa main valide et il avançait à petits pas, testant chaque pierre avant de faire porter son poids dessus ; c'était si long et si fastidieux qu'ils crurent mourir d'épuisement, mais ils ne pouvaient pas se reposer, ils ne pouvaient pas s'arrêter. Comment auraient-ils pu le faire au bord de cet abîme effrayant ?

Après avoir marché péniblement pendant une heure encore, Will dit à Lyra :

— Regarde devant. Il y a peut-être une sortie...

Il avait raison : la pente devenait moins raide, il était même possible de s'éloigner un peu du gouffre. Et devant ? N'était-ce pas une fissure dans la paroi rocheuse ? Se pourrait-il qu'il s'agisse d'une sortie ?

Lyra plongea son regard dans les yeux brillants et déterminés de Will, et elle lui sourit.

Ils commencèrent à gravir la pente rocheuse ,

chaque pas les éloignait un peu plus du précipice et, à mesure qu'ils progressaient, le sol devenait plus stable, les prises plus sûres, les pierres ne roulaient plus sous leurs pieds, ils ne risquaient plus de se tordre les chevilles.

— Je crois qu'on est montés assez haut, dit Will. Je pourrais utiliser le couteau pour voir ce que je trouve.

— Pas encore, dit la harpie. Un peu plus loin. Ce n'est pas un bon endroit pour ouvrir une fenêtre. Plus haut, c'est mieux.

Ils continuèrent donc à grimper, lentement ; une main, un pied, tester le sol, balancer le poids du corps, une main, un pied... Ils avaient les doigts à vif, leurs jambes tremblaient tant l'effort était intense, leurs têtes bourdonnaient. Courageusement, ils gravirent les derniers mètres jusqu'au pied d'une falaise, là où un étroit défilé s'enfonçait dans l'obscurité.

Les yeux brûlants de fatigue, Lyra regarda Will sortir le couteau et sonder le vide avec la pointe de la lame : il l'enfonçait délicatement, la retirait, l'enfonçait de nouveau, un peu plus loin.

— Ah, fit-il.

— Tu as trouvé une ouverture à l'air libre ?

— Je crois...

— Will ! lança le fantôme de son père. Attends un peu. Écoute-moi.

Il posa le couteau et se retourna. Accaparé par tous ses efforts, il n'avait pas eu le temps de penser à son père, mais c'était bon de savoir qu'il était là. Soudain, il comprit qu'ils allaient se séparer pour toujours.

— Que se passera-t-il quand tu déboucheras à l'air libre ? demanda-t-il à son père. Tu vas disparaître, comme ça ?

— Pas tout de suite. M. Scoresby et moi, nous avons eu une idée. Certains d'entre nous vont rester ici quelque temps, et nous aurons besoin de toi pour pénétrer dans le monde de Lord Asriel, car il risque d'avoir besoin de nous. D'ailleurs, ajouta-t-il d'un air sombre, en se tournant vers Lyra, vous devrez vous rendre là-bas, vous aussi, si vous voulez retrouver vos dæmons. Car c'est là qu'ils se trouvent maintenant.

— Mais M. Parry, dit Lyra, comment savez-vous que nos dæmons sont allés dans le monde de mon père ?

— De mon vivant, j'étais chaman. J'ai appris à voir certaines choses. Interroge donc ton aléthiomètre, il te confirmera ce que je te dis. Mais n'oublie pas une chose au sujet des dæmons, ajouta-t-il d'un ton solennel. L'homme que tu connaissais sous le nom de Sir Charles Latrom était obligé de retourner régulièrement dans son monde ; il ne pouvait pas vivre en permanence dans le mien. Les philosophes de la Torre degli Angeli, qui ont voyagé d'un monde à l'autre pendant trois cents ans, et même plus, avaient fait la même découverte, et c'est pour cette raison que leur monde s'est peu à peu affaibli et décomposé. Sans oublier, évidemment, ce qui m'est arrivé.

J'étais soldat, j'étais officier dans les marines, je gagnais ma vie comme explorateur. J'étais aussi robuste et en bonne santé qu'on peut l'être. Mais un jour, j'ai quitté mon monde par accident, et je n'ai jamais trouvé le chemin du retour. J'ai fait d'innombrables choses et j'ai beaucoup appris dans ce nouveau monde, mais dix ans seulement après mon arrivée, je suis tombé mortellement malade.

Voilà la raison de toutes ces choses : ton dæmon ne peut vivre toute son existence que dans le monde où il est né. Partout ailleurs, il finit par tomber malade et il meurt. Nous pouvons voyager, grâce à des fenêtres ouvertes sur d'autres mondes, mais il nous est impossible de vivre ailleurs que dans le nôtre. La grande entreprise de Lord Asriel échouera pour cette même raison : nous devons bâtir la République des Cieux là où nous sommes, car pour nous, il n'y a pas d'ailleurs.

Will, mon garçon, Lyra et toi vous pouvez sortir d'ici pour un court repos, vous en avez besoin et vous le méritez mais, ensuite, vous devrez revenir ici, dans l'obscurité, avec M. Scoresby et moi, pour un dernier voyage.

Will et Lyra échangèrent un regard. Puis le garçon découpa une fenêtre dans le vide et ils découvrirent le plus beau spectacle qu'ils avaient jamais vu.

L'air de la nuit envahit leurs poumons, frais et pur ; leurs yeux émerveillés englobèrent la voûte céleste constellée d'étoiles, le miroitement de l'eau quelque part en contrebas et, ici et là, des bosquets d'arbres immenses disséminés à travers un vaste paysage de savane.

Will élargit l'ouverture au maximum, suffisamment pour laisser passer six ou sept personnes de front, afin qu'elles puissent quitter le pays des morts.

Les fantômes les plus proches tremblaient d'espoir et leur excitation se propageait comme une vague tout au long de la colonne, derrière eux. Les jeunes enfants comme les plus âgés levaient la tête et regardaient droit devant eux avec émerveillement et stupeur : les premières étoiles qu'ils voyaient depuis des siècles se reflétaient dans leurs pauvres yeux hagards.

Le premier fantôme à quitter le pays des morts fut Roger. Il fit un pas en avant, puis se retourna pour regarder Lyra et, soudain, il éclata de rire, au moment où il se mettait à tournoyer dans les airs, le ciel, les étoiles... et il disparut, laissant derrière lui une explosion de bonheur, si vive et pétillante que Will songea aux bulles dans un verre de champagne.

Les autres fantômes le suivirent, pendant que Will et Lyra se laissaient tomber dans l'herbe tapissée de rosée, épuisés. Chaque parcelle de leurs corps accueillait avec délectation la douceur de cette terre riche, l'air de la nuit et les étoiles.

27

La plate-forme

> Mon âme glisse entre les branches et tel un oiseau s'y pose, et elle chante, puis elle affûte et peigne ses ailes d'argent...
>
> Andrew Marvell

Dès que les mulefas s'attaquèrent à la construction de la plate-forme de Mary, ils travaillèrent vite et bien. Elle prenait plaisir à les regarder faire, car ils étaient capables de discuter sans se quereller ou de coopérer sans se gêner, mais aussi parce que leurs techniques pour fendre, tailler et assembler le bois étaient à la fois élégantes et efficaces.

En moins de deux jours, la plate-forme d'observation fut conçue, construite et installée au sommet de l'arbre. Elle était solide, spacieuse et confortable et, lorsque Mary s'y installa, elle se sentit plus heureuse, d'une certaine façon, qu'elle ne l'avait jamais été. Elle ressentait notamment un intense bien-être physique. Au milieu des frondaisons d'un vert intense, avec les taches de ciel bleu azur qui apparaissaient entre les branches, la douce brise qui rafraîchissait sa peau, et le léger parfum des fleurs qui la ravissait chaque fois qu'il effleurait ses narines, avec le bruissement des feuilles, le chant des centaines d'oiseaux et le murmure lointain des vagues sur le rivage, tous ses sens étaient bercés et comblés et, si elle avait pu s'arrêter un instant de réfléchir, elle aurait plongé totalement dans le bonheur.

Mais évidemment, elle était venue là pour réfléchir.

Et, lorsqu'en regardant à travers sa longue-vue, elle vit s'éloigner le flot ininterrompu de *sraf*, les particules d'Ombre, elle eut le sentiment que le bonheur, la vie et l'espoir lui échappaient. Sans qu'elle puisse trouver à cela la moindre explication.

Trois cents ans, avaient dit les mulefas : depuis cette époque, les arbres avaient commencé à dépérir. Étant donné que les particules d'Ombre traversaient tous les mondes de la même manière, on pouvait logiquement penser qu'un phénomène identique se produisait dans son univers et dans tous les autres. Il y a trois cents ans, on avait créé la Royal Society : la première véritable association scientifique au monde. À cette même époque, Newton faisait ses découvertes sur l'optique et la gravité.

Il y a trois cents ans, dans le monde de Lyra, quelqu'un inventait l'aléthiomètre.

Au même moment, dans ce monde étrange qu'elle avait traversé pour arriver ici, on forgeait le poignard subtil.

Elle s'allongea sur les planches, sur le dos, et sentit la plate-forme tanguer très légèrement, en harmonie avec le rythme lent du grand arbre qui se balançait dans le vent du large. L'œil rivé à la longue-vue, elle regarda la myriade de minuscules étincelles dériver à travers le feuillage, passer au-dessus des pétales déployés des fleurs, entre les branches épaisses, contre le vent, comme mues par une volonté consciente.

Que s'était-il passé trois cents ans plus tôt ? Était-ce cet événement mystérieux qui avait provoqué le courant de Poussière, ou bien l'inverse ? Ou l'un et l'autre étaient-ils les conséquences d'une cause toute différente ? À moins que les deux choses n'aient tout simplement aucun rapport ?

Ce courant était hypnotique. Comme il serait facile de tomber en transe, et de laisser son esprit dériver avec ces particules flottantes...

Avant même qu'elle puisse s'en rendre compte, et parce que son corps tout entier était bercé, ce fut exactement ce qui se produisit. Elle se réveilla soudain pour se retrouver à l'extérieur d'elle-même, et la panique l'envahit.

Elle flottait au-dessus de la plate-forme, au milieu des branches. Le courant de Poussière avait subi une transformation : au lieu de dériver lentement, il courait comme une rivière en crue. Avait-il accéléré, ou était-ce le temps qui s'écoulait différemment pour elle, maintenant qu'elle était sortie de son corps ? Quoi qu'il en soit, Mary avait conscience d'un horrible danger, car ce flot menaçait de l'entraîner. Il était immense. Elle écarta les bras pour tenter de s'accrocher à quelque chose de solide, mais c'était comme si elle n'avait pas de bras ! Elle ne pouvait rien saisir. Elle se trouvait au-dessus du vide vertigineux, et son corps s'éloignait de plus en plus, endormi et étendu là-bas. Elle essaya de crier pour se réveiller : pas un son ne sortit de sa bouche. Son corps continuait à dormir, et l'être qui le contemplait d'en haut quittait maintenant l'abri du feuillage pour dériver dans le ciel infini.

Mary avait beau se débattre, elle ne parvenait pas à maîtriser ses déplacements. La force qui l'emportait était aussi lisse et puissante que l'eau qui submerge un barrage : les particules de Poussière coulaient comme si, elles aussi, se déversaient par-dessus un obstacle invisible.

Et elles emportaient Mary loin de son corps.

Elle lança un filin mental en direction de son enveloppe physique, et essaya de se remémorer les sensations qu'elle éprouvait lorsqu'elle se trouvait à l'intérieur, toutes ces sensations qui la rendaient vivante. Le contact de la trompe si douce de son amie Atal caressant son cou. Le goût des œufs au bacon. La tension triomphante de ses muscles lorsqu'elle escaladait une paroi rocheuse. La danse délicate de ses doigts sur un clavier d'ordinateur. L'odeur du café grillé. La chaleur de son lit les soirs d'hiver.

Et peu à peu, sa course ralentit ; le filin tenait bon. Elle sentait le poids et la force du courant qui tentaient de l'entraîner, tandis qu'elle restait là, suspendue dans le ciel.

C'est alors qu'une chose encore plus étrange se produisit. Petit à petit, alors qu'elle renforçait ce lien de souvenirs sensoriels en évoquant le goût d'une margarita glacée en Californie, un déjeuner sous les citronniers de la terrasse d'un restaurant de Lisbonne, racler le givre sur le pare-brise de sa voiture... elle sentit faiblir le courant de Poussière. La pression diminuait.

Mais seulement sur elle. Tout autour, au-dessus et au-dessous, le torrent poursuivait sa course folle. Malgré tout, il y avait une petite plage de calme autour d'elle, là où les particules résistaient au flot.

Elles étaient conscientes ! Elles sentaient son angoisse et, elles réagissaient en conséquence. Voilà qu'elles la ramenaient vers son corps abandonné au sommet de l'arbre, et quand Mary fut assez près pour l'apercevoir, si lourd, si chaud, si protecteur, un sanglot silencieux ébranla son cœur.

Elle se glissa à l'intérieur de son corps et se réveilla.

Elle inspira profondément, en tremblant. Elle

plaqua ses mains et ses jambes contre les planches en bois brut de la plate-forme, et alors qu'une minute plus tôt, elle avait cru devenir folle de peur, elle était maintenant envahie par une sensation de douce extase : elle ne faisait plus qu'un avec son corps, avec la terre et toutes les choses faites de matière.

Au bout d'un moment, elle se redressa et tenta d'examiner la situation. Ses doigts se refermèrent sur la longue-vue, elle la colla à son œil, obligée de la tenir à deux mains tellement elle tremblait. Cela ne faisait aucun doute : le lent courant aussi vaste que le ciel était devenu un torrent. Il n'y avait rien à entendre, rien à sentir et, sans sa longue-vue, rien à voir, et même lorsqu'elle décolla l'instrument de son œil, la sensation de ce déluge silencieux demeura vivace, accompagnée d'un sentiment qu'elle n'avait pas remarqué, tant elle était terrorisée de se retrouver ainsi hors de son corps : un regret profond et impuissant qui flottait dans l'air.

Les particules d'Ombre savaient ce qui se passait, et elles étaient tristes.

Elle-même était partiellement constituée de matière Ombre. Cette partie d'elle-même était sujette à cette marée qui se déplaçait à travers le cosmos. Comme l'étaient les mulefas et les êtres humains de tous les mondes, et toutes les sortes de créatures conscientes, où qu'elles se trouvent.

Et si elle ne découvrait pas ce qui se passait,

ils risquaient de se retrouver emportés vers l'oubli, tous sans exception.

Soudain, Mary éprouva l'envie de retrouver la terre ferme. Elle rangea la longue-vue dans sa poche et attaqua la longue descente.

Le père Gomez franchit la fenêtre au moment où la lumière du soir s'allongeait et s'adoucissait. Il découvrit les immenses bosquets d'arbres à cosses et les routes qui serpentaient à travers la prairie, exactement comme Mary, quelque temps auparavant. Mais aujourd'hui, il n'y avait pas de brouillard, car il avait plu un peu plus tôt, et le père Gomez bénéficia d'une meilleure visibilité ; en particulier, il distingua le scintillement d'une mer lointaine, et des formes blanches qui tremblotaient comme des voiles.

Il redressa le sac à dos sur ses épaules et, curieux, marcha dans cette direction. Dans la quiétude de cette longue fin de journée, il était agréable d'avancer sur cette route lisse, accompagné par le chant de ces insectes ressemblant à des cigales dans les herbes hautes. Il sentait sur son visage la douce chaleur du soleil couchant. L'air était frais, limpide et odorant, totalement dépourvu de ces vapeurs de naphte ou de kérosène qui flottaient lourdement dans l'atmosphère d'un des mondes qu'il avait traversés, ce monde auquel appartenait sa proie, la tentatrice elle-même.

Au coucher du soleil, il déboucha sur un petit

promontoire, à côté d'une anse peu profonde. Si cette mer avait des marées, c'était marée haute, car l'eau n'avait laissé qu'une fine frange de sable blanc.

Sur ce bras de mer paisible flottait une douzaine de... Le père Gomez dut réfléchir soigneusement. Une douzaine d'énormes oiseaux blancs, d'une blancheur immaculée, de la taille d'une barque, avec de longues ailes toutes droites qui traînaient dans l'eau derrière eux, de très longues ailes, mesurant au moins deux mètres. Était-ce vraiment des oiseaux ? Ils avaient des plumes, leur tête et leur cou faisaient penser à des cygnes, mais leurs ailes étaient disposées l'une devant l'autre, et assurément...

Soudain, ils l'aperçurent. Les têtes se tournèrent brusquement et toutes les ailes se dressèrent à la verticale, comme les voiles d'un navire, et les oiseaux se dirigèrent vers le rivage, poussés par le vent.

Le père Gomez était impressionné par la beauté de ces ailes ressemblant à des voiles, par la perfection de leur forme et leur maniabilité, et par la vitesse à laquelle ces créatures se déplaçaient. Mais, soudain, il découvrit qu'elles barbotaient également : elles avaient des pattes sous le ventre, placées non pas à l'avant et à l'arrière comme leurs ailes, mais côte à côte, et la combinaison de ces différents appendices, les ailes et les pattes, leur conférait une rapidité et une grâce extraordinaires sur l'eau.

Le premier oiseau venait d'atteindre le rivage ; il fonça directement vers le prêtre, avec une sorte de dandinement grotesque, poussant de petits sifflements menaçants et donnant des coups de bec dans le vide. Ses dents ressemblaient à une rangée de crocs incurvés et aiguisés.

Le père Gomez se trouvait à une centaine de mètres du bord de l'eau, sur un petit promontoire herbeux. Il eut tout le temps de poser son sac à dos, de sortir son fusil, de le charger, de viser et de tirer.

La tête de l'oiseau explosa dans un nuage rouge et blanc, et la créature continua à vaciller pendant plusieurs mètres, avant de basculer et de s'effondrer vers l'avant. Elle mit encore une minute à mourir ; ses pattes s'agitèrent, elle battit des ailes et tourna plusieurs fois sur elle-même en dessinant un cercle sanglant dans le sable, puis elle s'immobilisa définitivement.

Ses congénères s'étaient arrêtés dès que le premier oiseau était tombé, et ils regardaient fixement sa dépouille ; ils regardaient l'homme également. Il y avait dans leurs yeux une intelligence pleine de férocité. Leurs regards allaient de l'homme à l'oiseau mort, de l'oiseau mort à l'arme, et de l'arme au visage de l'homme.

Le père Gomez épaula de nouveau son fusil. Les créatures réagirent immédiatement : elles reculèrent de manière pataude en se regroupant. Elles avaient compris.

C'étaient des créatures racées et puissantes,

imposantes, avec un dos large, des sortes de bateaux vivants, en fait. Si elles savaient ce qu'était la mort, se disait le père Gomez, et si elles pouvaient faire le rapprochement entre la mort et lui, ce serait le point de départ d'une compréhension mutuelle et fructueuse. Une fois qu'elles auraient appris à le craindre, elles feraient exactement ce qu'il voudrait.

28
Minuit

> Bien des fois, j'ai presque été amoureux de la mort reposante...
>
> John Keats

Lord Asriel dit :

— Réveille-toi, Marisa. Nous allons bientôt atterrir. Une aube venteuse se levait sur la forteresse de basalte, tandis que le vaisseau d'intentions s'en approchait, venant du sud. Mme Coulter, abattue, le corps endolori, ouvrit les yeux ; elle ne dormait pas. Elle vit l'ange Xaphania planer au-dessus du terrain d'atterrissage, puis prendre de la hauteur et monter vers la tour en tournoyant au moment où le vaisseau atteignait les remparts.

Dès qu'il se fut posé, Lord Asriel sauta à terre et courut rejoindre le roi Ogunwe au sommet de la tour de guet située à l'ouest, sans se préoccuper de Mme Coulter. Les techniciens qui accoururent pour s'occuper de l'engin volant ne firent pas davantage attention à elle ; nul ne l'interrogea au sujet de la disparition de l'appareil qu'elle avait volé ; c'était comme si elle était devenue invisible. Le cœur lourd, elle se rendit dans les appartements de Lord Asriel en haut de la tour inflexible, où l'officier d'ordonnance proposa de lui apporter à manger et du café.

— Je prendrai ce que vous avez, dit-elle. Merci bien. Oh, dites-moi... ajouta-t-elle juste avant qu'il ne reparte. L'aléthiomètriste de Lord Asriel, monsieur...

— M. Basilidès ?

— Oui. Pourrait-il venir me voir un instant ?

— Il est plongé dans ses livres pour le moment, madame. Mais je lui demanderai de monter vous voir dès qu'il le pourra.

Elle se déshabilla, se lava et enfila sa dernière chemise propre. Le vent glacé qui secouait les vitres et la lumière grise du matin lui arrachèrent des frissons. Elle ajouta du charbon dans le poêle en fonte, en espérant qu'un peu de chaleur l'empêcherait de trembler. Mais le froid n'était pas seulement ambiant, il avait pénétré ses os.

Dix minutes plus tard, on frappa à la porte. L'aléthiomètriste au visage pâle et aux yeux noirs entra et s'inclina légèrement, son dæmon-rossignol perché sur son épaule. Presque au même moment, l'officier d'ordonnance revint avec un plateau sur lequel il y avait du pain, du fromage et du café.

— Merci d'être venu, monsieur Basilidès, dit Mme Coulter. Puis-je vous offrir quelque chose ?

— Je prendrai un café, merci.

— Je vous en prie, racontez-moi, dit-elle aussitôt après l'avoir servi, car je suis sûre que vous avez suivi ce qui s'est passé : ma fille est-elle vivante ?

Il hésita. Le singe doré agrippa le bras de Mme Coulter.

— Elle est vivante, répondit finalement M. Basilidès, avec prudence. Cependant...

— Quoi donc ? Oh, je vous en supplie, parlez !

— Elle se trouve dans le monde des morts. Au début, je n'arrivais pas à interpréter ce que me disait l'instrument : cela me paraissait impossible. Mais le doute n'est pas permis. Le garçon et elle ont pénétré dans le monde des morts, et ils ont ouvert un passage pour laisser sortir les fantômes. Dès que les morts débouchent à l'air libre, ils se dissolvent, comme leurs dæmons et, apparemment, c'est la fin la plus douce et la plus enviable qui soit. L'aléthiomètre me dit également que votre fille a agi ainsi car elle aurait entendu une prophétie selon laquelle la mort allait disparaître, et elle s'est dit qu'il lui revenait d'accomplir cette tâche. Résultat : il existe maintenant une sortie dans le monde des morts.

Mme Coulter resta muette. Elle dut détourner le regard et marcher vers la fenêtre pour masquer son émotion. Finalement, elle demanda :

— En sortira-t-elle vivante ? Non, je sais bien

que vous ne pouvez pas prédire l'avenir. Mais est-ce que... comment va-t-elle ? Est-ce que... ?

— Elle souffre, elle a peur. Mais elle peut compter sur la présence du garçon, et de deux espions gallivespiens. Ils sont toujours ensemble.

— Et la bombe ?

— La bombe ne l'a pas atteinte.

Mme Coulter se sentit submergée par une immense fatigue tout à coup. Elle n'avait plus qu'une seule envie : s'allonger et dormir pendant des mois, des années. Dehors, la corde du drapeau claquait dans le vent, et les corbeaux tourbillonnaient autour des remparts en poussant leurs croassements sinistres.

— Merci, monsieur, dit-elle en se retournant vers l'aléthiomètriste. Je vous suis très reconnaissante. Soyez gentil de m'avertir si jamais vous en apprenez davantage sur ma fille, l'endroit où elle se trouve et ce qu'elle fait.

L'homme s'inclina et sortit. Après son départ, Mme Coulter alla s'allonger sur le lit de camp mais, malgré sa très grande fatigue, elle était incapable de garder les yeux fermés.

— Que pensez-vous de cela, roi Ogunwe ? demanda Lord Asriel.

L'œil rivé au télescope de la tour de guet, il observait quelque chose dans le ciel à l'ouest. Cela ressemblait à une montagne suspendue au-dessus de l'horizon et entourée d'un nuage. Elle était extrêmement loin, si loin, en vérité, qu'elle n'était pas plus grande qu'un ongle de pouce vu à bout de bras. Mais elle venait d'apparaître depuis peu, et elle restait totalement immobile.

Grâce au télescope, elle paraissait plus proche, mais aucun détail n'était perceptible ; bien que grossi un grand nombre de fois, le nuage ressemblait toujours à un nuage.

— La Montagne Nébuleuse, dit Ogunwe. Ou... comment l'appellent-ils, déjà ? Le Chariot ?

— Et c'est le Régent qui tient les rênes. On peut dire qu'il s'est bien caché, ce Métatron. On parle de lui dans les Écritures apocryphes : c'était un homme autrefois, un homme appelé Énoch, fils de Jared, six générations après Adam. Aujourd'hui, il dirige le Royaume. Et il n'a pas l'intention de s'en tenir là, à en croire cet ange qu'on a retrouvé près du lac de soufre, celui qui s'est introduit dans la Montagne Nébuleuse pour espionner. Si Métatron remporte cette bataille, il voudra intervenir directement dans la vie des hommes. Imaginez un peu, Ogunwe. Une Inquisition permanente, bien plus terrible que tout ce dont pourrait rêver la Cour de Discipline Consistoriale, organisée par des espions et des traîtres dans chaque monde et dirigée personnellement par l'intelligence qui fait flotter cette montagne dans les airs... Au moins, l'ancienne Autorité a eu la décence de se retirer, laissant à ses prêtres la sale besogne qui consistait à brûler les hérétiques et à pendre les sorcières. Sa remplaçante sera bien plus redoutable.

— Elle a commencé par envahir la République, dit Ogunwe. Regardez... est-ce de la fumée ?

Une écharpe grise s'échappait de la Montagne Nébuleuse, une tache qui s'étendait lentement sur le fond bleu du ciel. Mais cela ne pouvait pas être de la fumée, car cette chose avançait contre le vent qui déchirait les nuages.

Le roi prit ses jumelles.

— Des anges.

Lord Asriel décolla son œil du télescope et se redressa en mettant sa main en visière. Par centaines, par milliers, puis par dizaines de milliers, jusqu'à ce que la moitié de cette partie du ciel s'assombrisse, les minuscules silhouettes affluaient. Il avait vu les volées de milliards d'étourneaux bleus tournoyer dans le ciel au coucher du soleil autour du palais de l'empereur K'ang-Po, mais jamais dans toute son existence il n'avait vu pareille nuée. Les êtres volants se rassemblèrent, puis s'éloignèrent lentement, très lentement, vers le nord et le sud.

— Ah ! Qu'est-ce donc ? demanda Lord Asriel, le doigt tendu. Ce n'est pas le vent.

Le nuage tourbillonnait sur le flanc sud de la montagne et de longues oriflammes de vapeur déchiquetées se déployaient dans les courants puissants. Mais il avait raison : le mouvement provenait de l'intérieur, pas de l'air environnant. Le nuage roulait sur lui-même et, l'espace d'une seconde, il s'ouvrit.

Il n'y avait pas qu'une montagne derrière mais, malheureusement, la vision fut très brève, avant que le nuage ne reprenne sa place, comme un rideau tiré par une main invisible pour masquer le spectacle.

Le roi Ogunwe baissa ses jumelles.

— Ce n'est pas une montagne, dit-il. J'ai aperçu des emplacements d'artillerie...

— Oui, moi aussi. Et nombre de choses complexes. L'Autorité voit-elle à travers les nuages ? Dans certains mondes, ils disposent de machines pour cela. Mais, pour ce qui est de son armée, si ces anges sont la seule force dont elle...

Le roi poussa une brève exclamation, mélange d'étonnement et de désespoir. Lord Asriel se retourna et lui agrippa le bras en enfonçant ses ongles dans la peau, jusqu'au sang.

— Ils n'ont pas ça ! s'écria-t-il en secouant violemment le bras d'Ogunwe. Ils n'ont pas de corps !

Il posa sa main sur la joue rugueuse de son ami.

— Même si nous sommes peu nombreux, ajouta-t-il, même si notre vie est courte, et même si notre vue est faible... à côté d'eux, nous sommes forts ! Ils nous envient, Ogunwe ! C'est cela qui alimente leur haine, j'en suis certain. Ils rêvent de posséder nos corps précieux, si puissants et robustes, si bien adaptés à cette bonne terre ! Et si nous les combattons avec force et détermination, nous pouvons balayer cette armée infinie, aussi facilement que votre main traverse le brouillard. Ils n'ont pas plus de pouvoir que ça !

— Asriel, ils ont des alliés dans un millier de mondes, des êtres humains comme nous.

— Nous l'emporterons.

— Et supposons que l'Autorité ait envoyé ces anges pour chercher votre fille ?

— Ma fille ! s'exclama-t-il avec jubilation. N'est-ce pas incroyable de mettre au monde une enfant pareille ? Non contente d'aller trouver, seule, le roi des ours en armure et de lui subtiliser son royaume par la ruse, elle pénètre dans le pays des morts et décide de tous les faire sortir ! Et ce garçon. Je veux absolument le rencontrer, je veux lui serrer la main. Savions-nous dans quoi nous nous engagions quand nous avons déclenché cette révolte ? Non. Mais eux — l'Autorité et son Régent, ce Métatron —, savaient-ils ce qui les attendait quand ma fille s'en est mêlée ?

— Lord Asriel, dit le roi, comprenez-vous l'importance de son rôle pour l'avenir ?

— Sincèrement, non. C'est pour cette raison que je veux interroger Basilidès. Où est-il, d'ailleurs ?

— Il est allé voir Lady Coulter. Mais il est épuisé, il a besoin de se reposer.

— Il aurait dû se reposer avant. Amenez-le-moi, voulez-vous ? Oh, encore une chose, Ogunwe. Demandez, je vous prie à Mme Oxentiel de venir me voir dans la tour, dès qu'elle le pourra. Je veux lui transmettre mes condoléances.

Mme Oxentiel avait été l'officier en second des Gallivespiens. À elle désormais d'assumer les responsabilités de Lord Roke. Le roi Ogunwe s'inclina et s'éloigna, laissant son supérieur scruter l'horizon gris.

Durant toute la journée, l'armée se rassembla. Les anges dévoués à Lord Asriel survolèrent la Montagne Nébuleuse à la recherche d'une ouverture, mais en vain. Aucun ange n'en sortit ni n'y pénétra. Les vents violents lacéraient les nuages, mais ceux-ci se renouvelaient en permanence, sans s'écarter une seule seconde. Le soleil traversa le ciel bleu et froid avant de redescendre vers le sud-ouest, enveloppant les nuages d'une feuille d'or et peignant la vapeur qui entourait la montagne de mille nuances crème, rouge écarlate, abricot et orange. Quand le soleil disparut, les nuages continuèrent à luire faiblement, de l'intérieur.

Les guerriers étaient maintenant en place, venus de tous les mondes où la rébellion de Lord Asriel comptait des sympathisants ; les mécaniciens et les artificiers faisaient le plein des vaisseaux, chargeaient les armes, réglaient les viseurs et les jauges. Alors que tombait la nuit, des renforts bienvenus firent leur apparition, venus du Nord, marchant en silence sur le sol gelé, sépa rément : un grand nombre d'ours en armure et, parmi eux se trouvait leur roi. Peu de temps après arriva le premier des clans de sorcières, et le sifflement de l'air dans leurs branches de sapin résonna longuement dans le ciel noir.

Dans la plaine qui bordait la forteresse au sud scintillaient des milliers de lumières, là où s'étendaient les campements de tous ceux qui étaient venus de très loin. Pendant ce temps, aux quatre points cardinaux, des vols d'anges espions parcouraient inlassablement le ciel, pour monter la garde.

À minuit, dans la tour inflexible, Lord Asriel était en pleine discussion avec le roi Ogunwe, l'ange Xaphania, Mme Oxentiel la Gallivespienne et Teukros Basilidès, L'aléthiomètriste venait juste de s'exprimer ; son supérieur se leva de son siège, marcha vers la fenêtre et contempla la lueur lointaine de la Montagne Nébuleuse qui flottait dans le ciel à l'ouest. Les autres restaient muets ; ce qu'ils venaient d'entendre avait fait blêmir et trembler Lord Asriel, et aucun d'eux ne savait comment réagir.

Finalement, il prit la parole :

— M. Basilidès, dit-il, vous devez être très fatigué. Je vous remercie pour tous vos efforts. Buvez donc un verre de vin avec nous.

— Merci, monseigneur.

Les mains de l'aléthiomètriste tremblaient. Le roi Ogunwe versa le tokay aux reflets dorés dans un verre et le lui tendit.

— Que signifie tout cela, Lord Asriel ? demanda Mme Oxentiel de sa voix claire.

Celui-ci revint à la table.

— Cela signifie que, au moment de prendre part au combat, nous aurons un nouvel objectif. Ma fille et ce garçon ont été séparés de leurs dæmons mais ils ont réussi à survivre ; et ces derniers se trouvent maintenant quelque part dans ce monde. Corrigez-moi si je me trompe en résumant la situation, monsieur Basilidès. Leurs dæmons sont dans ce monde et Métatron a l'intention de s'en emparer. S'il les capture, les deux enfants seront obligés de lui obéir et, s'il peut contrôler les enfants, l'avenir lui appartient, pour l'éternité. Notre tâche est claire : nous devons retrouver ces dæmons avant Métatron, et les protéger jusqu'à ce que ma fille et le garçon les rejoignent.

La Gallivespienne demanda :

— Quelle apparence ont-ils ?

— Ils ne sont pas encore fixés, madame, répondit Teukros Basilidès. Ils peuvent avoir n'importe quelle apparence.

— Donc, dit Lord Asriel, pour résumer : notre sort commun, celui de la République et de tous les êtres dotés d'une conscience, dépend de la survie de ma fille et du sort de son dæmon et de celui du garçon, qui doivent échapper aux griffes de Métatron ?

— Exactement.

Lord Asriel soupira, presque avec satisfaction,

comme s'il était parvenu à la fin d'un long calcul complexe et avait trouvé une réponse qui possédait, contre toute attente, un sens.

— Très bien, dit-il en posant les mains à plat sur la table. Voici donc ce que nous allons faire quand la bataille éclatera. Roi Ogunwe, vous prendrez le commandement de toutes les armées qui défendent la forteresse. Mme Oxentiel, vous enverrez vos semblables dans toutes les directions à la recherche du garçon, de ma fille et de leurs dæmons. Une fois que vous les aurez retrouvés, protégez-les au péril de votre vie, jusqu'à ce qu'ils soient réunis. À ce moment-là, si j'ai bien compris, le garçon pourra se réfugier dans un autre monde.

La lady hocha la tête. Ses cheveux raides et gris projetaient des reflets d'acier dans la lumière de la lampe, et le faucon bleu qu'elle avait hérité de Lord Roke déploya brièvement ses ailes, sur l'applique près de la porte.

— Xaphania, dit Lord Asriel en se tournant vers l'ange. Que savez-vous de ce Métatron ? C'était un homme autrefois : a-t-il conservé la force physique d'un être humain ?

— Il s'est hissé au pouvoir bien après mon exil, expliqua l'ange. Je ne l'ai jamais vu de près. Mais il n'aurait jamais pu dominer le Royaume s'il n'avait pas été doté, sur tous les plans, d'une très grande force. La plupart des anges éviteraient de l'affronter dans une lutte au corps à corps. Métatron se délecterait de ce combat et il en sortirait vainqueur.

Ogunwe devina que Lord Asriel venait d'être traversé par une idée. Son attention se relâcha tout à coup, ses yeux se perdirent dans le vague pendant quelques instants, puis il revint dans le présent, habité par une détermination nouvelle.

— Je vois, dit-il. Pour finir, Xaphania, monsieur Basilidès nous apprend que leur bombe n'a pas seulement ouvert un abîme sous les mondes, elle a également fracturé la structure même de toutes choses, si profondément que les fissures s'étendent partout. Il doit exister près de cet endroit un passage conduisant au bord de ce gouffre. Je veux que vous le cherchiez.

— Qu'allez-vous faire ? demanda le roi Ogunwe d'un ton brusque.

— Je vais détruire Métatron. Mais mon rôle est presque terminé. C'est ma fille qui doit survivre, et notre tâche consiste à éloigner d'elle toutes les forces du Royaume pour qu'elle puisse trouver le chemin d'un monde plus sûr, avec ce garçon et leurs dæmons.

— Et Mme Coulter ? demanda le roi.

Lord Asriel se massa le front.

— Je ne veux pas la perturber davantage. Laissez-la en paix, et protégez-la si vous le pouvez. Toutefois... Peut-être suis-je injuste. Quoi qu'elle ait pu faire dans le passé, elle a toujours réussi à me surprendre. Mais nous savons tous ce que nous devons faire, et pour quelle raison : nous devons protéger Lyra jusqu'à ce qu'elle retrouve son dæmon et puisse s'enfuir. Notre République n'a peut-être vu le jour que dans l'unique but de l'aider dans cette tâche. Alors, agissons de notre mieux.

En entendant les voix qui s'échappaient de la pièce voisine, Mme Coulter s'agita, car elle ne dormait pas profondément. Elle s'arracha à son sommeil troublé, étreinte par un sentiment de malaise, le cœur gros.

Son dæmon s'était redressé à côté d'elle dans le lit, mais elle n'avait pas envie de se rapprocher de la porte pour écouter ce qui se disait ; c'était la voix de Lord Asriel qu'elle voulait entendre. Ils étaient condamnés l'un et l'autre, se disait-elle. Ils étaient tous condamnés.

Au bout d'un moment, elle entendit la porte se refermer dans la pièce voisine. Elle se leva et s'y rendit.

— Asriel, dit-elle en s'avançant dans la chaude lumière de naphte.

Stelmaria émit un faible grognement, et le singe doré baissa la tête en signe de soumission. Lord Asriel était occupé à rouler une grande carte ; il ne se retourna pas.

— Dis-moi, que va-t-il nous arriver ? demanda-t-elle en s'asseyant sur une chaise.

Il se frotta les yeux avec ses paumes ; son visage était ravagé par la fatigue. Il s'assit en posant un coude sur la table. Les deux dæmons étaient immobiles : le singe était accroupi sur le dossier de la chaise, tandis que le léopard des neiges se tenait aux côtés de Lord Asriel, bien droit, observant Mme Coulter sans ciller.

— Tu n'as pas entendu ce qu'on disait ? demanda-t-il.

— Quelques mots. Je n'arrivais pas à dormir, mais je n'ai pas voulu vous espionner. Où est Lyra ? Est-ce que quelqu'un le sait ?

— Non.

Il n'avait toujours pas répondu à sa première question, et il n'y répondrait pas ; elle le savait.

— Nous aurions dû nous marier, dit-elle, et élever notre fille ensemble.

Cette remarque était si inattendue qu'il sursauta. Son dæmon laissa échapper un grognement à peine perceptible, venu du fond de sa gorge, et il s'assit en étendant ses pattes devant lui, dans la position du sphinx. L'homme ne dit rien.

— L'idée de l'oubli éternel m'est insupportable, Asriel, ajouta-t-elle. Tout plutôt que ça. Je pensais que la douleur serait la pire des choses, être torturée éternellement... Je croyais qu'il n'y avait rien de pire... Mais, tant qu'on reste conscient, c'est un moindre mal, non ? C'est mieux que de ne plus rien sentir et de s'enfoncer simplement dans l'obscurité, alors que tout disparaît pour toujours ?

Le rôle de Lord Asriel consistait simplement à écouter. Son regard était plongé dans le sien, il lui accordait toute son attention ; inutile dès lors de répondre. Elle dit :

— L'autre jour, quand tu as parlé de Lyra de façon si amère, et de moi aussi... J'ai cru que tu la haïssais. Je comprendrais que tu me haïsses. Même si moi, je ne t'ai jamais haï, je pourrais comprendre... Je comprendrais tes raisons de le faire. Mais je ne pourrais pas comprendre que tu éprouves cela pour Lyra.

Il détourna lentement la tête, puis se retourna vers elle brusquement.

— Je me souviens que tu as dit une chose étrange, à Svalbard, au sommet de la montagne, juste avant de quitter notre monde, reprit-elle. Tu as dit : « Viens avec moi, nous détruirons la Poussière pour toujours. » Tu te souviens d'avoir dit ça ? Mais tu ne le pensais pas vraiment. En fait, tu pensais exactement le contraire, n'est-ce pas ? Je m'en aperçois maintenant. Pourquoi ne m'as-tu pas dit ce que tu faisais réellement ? Pourquoi ne m'as-tu pas dit que tu essayais de préserver la Poussière ? Tu aurais pu me dire la vérité.

— Je voulais que tu te joignes à moi, dit-il d'une voix éraillée, mais calme. Et je croyais que tu préférerais entendre un mensonge.

— Oui, dit-elle dans un murmure, c'est bien ce que je pensais.

Elle ne pouvait plus rester assise, mais elle n'avait pas la force de se lever. Pendant un moment, elle crut qu'elle allait défaillir ; sa tête tournait, tous les bruits semblaient lointains, la pièce s'était assombrie... Mais elle retrouva tous ses sens presque aussitôt, encore plus exacerbés qu'auparavant, et rien n'avait changé.

— Asriel...

Le singe doré tendit timidement la main pour toucher la patte du léopard des neiges. L'homme le regarda faire sans dire un mot, et Stelmaria resta immobile, les yeux toujours fixés sur Mme Coulter.

— Oh, Asriel, que va-t-on devenir ?... Est-ce la fin de toute chose ?

Il ne répondit pas.

Se déplaçant comme dans un rêve, Mme Coulter se leva, prit le sac à dos qui était posé dans un coin de la pièce et y glissa la main pour prendre son pistolet. Qu'aurait-elle fait ensuite, nul ne le sait car, au même moment, des bruits de pas retentirent dans l'escalier.

L'homme, la femme et les deux dæmons se retournèrent en même temps vers l'officier d'ordonnance qui fit irruption dans la pièce, essoufflé :

— Pardonnez-moi, monseigneur... les deux dæmons... ils ont été aperçus non loin de la porte Est... sous l'apparence de deux chats... La sentinelle a essayé de leur parler pour les faire entrer, mais ils ont refusé d'approcher... C'était il y a moins d'une minute...

Lord Asriel se leva d'un bond, métamorphosé. Toute la fatigue avait disparu de son visage en une seconde. D'un geste brusque, il prit son manteau.

Ignorant Mme Coulter, il le jeta sur ses épaules et dit à l'officier d'ordonnance :

— Prévenez immédiatement Mme Oxentiel. Transmettez la consigne : il ne faut surtout pas menacer les dæmons, ni les effrayer ni les obliger à faire quoi que ce soit. Celui qui les aperçoit doit d'abord...

Mme Coulter n'entendit pas la suite, car déjà Lord Asriel dévalait l'escalier. Quand les bruits de ses pas se furent évanouis, il n'y eut plus que le léger sifflement de la lampe à naphte, et les gémissements du vent furieux au-dehors.

Son regard croisa celui de son dæmon. Jamais durant leurs trente-cinq ans d'existence commune l'expression du singe doré n'avait été aussi subtile, aussi complexe.

— Très bien, dit-elle à voix haute. Je ne vois pas d'autre solution. Je pense... Je pense que nous...

Le singe comprit immédiatement ce qu'elle voulait dire. Il se jeta à son cou et ils s'étreignirent. Mme Coulter récupéra ensuite son manteau doublé de peau de mouton et, sans faire de bruit, ils quittèrent la pièce à leur tour et descendirent l'escalier obscur.

29

La bataille dans la plaine

> Chaque homme est soumis au pouvoir de son spectre, jusqu'à ce que sonne l'heure ou l'humanité se réveille...
>
> William Blake

Pour Lyra et Will, abandonner le monde si doux dans lequel ils avaient passé la nuit était un véritable crève-cœur mais, s'ils voulaient retrouver leurs dæmons, ils savaient bien qu'ils devaient replonger dans les ténèbres où habitaient les morts. Et maintenant, après des heures passées à ramper péniblement dans une galerie obscure, Lyra se penchait au-dessus de l'aléthiomètre pour la vingtième fois au moins, tout en émettant inconsciemment des petits bruits de détresse, des gémissements, qui auraient été des sanglots s'ils avaient été plus forts. Will éprouvait une vive douleur, lui aussi, là où se trouvait son dæmon autrefois, un endroit à vif, particulièrement sensible, que chaque inspiration lacérait de ses griffes glacées.

Lyra tournait les roulettes avec lassitude ; ses pensées lui semblaient lestées de plomb. Les échelles de sens qui reliaient les trente-six symboles de l'aléthiomètre, qu'elle empruntait habituellement avec légèreté et confiance, lui paraissaient branlantes. Assembler mentalement toutes les connexions était devenu pour elle une chose naturelle, comme courir, chanter, ou raconter une histoire. Aujourd'hui, c'était une tâche ardue, et elle sentait que l'instrument lui échappait parfois, mais elle ne pouvait pas échouer car, alors, tout le reste échouerait également...

— Ce n'est plus très loin, déclara-t-elle finalement. Mais toutes sortes de dangers nous attendent là-bas : une bataille fait rage et... En tout cas, nous sommes bientôt arrivés. Au bout de cette galerie, il y a un gros rocher lisse qui ruisselle d'eau. Will, tu ouvriras une fenêtre.

Les fantômes qui avaient décidé de se battre se pressèrent autour des enfants avec impatience, et Lyra sentit la présence de Lee Scoresby tout près d'elle.

— Lyra, ma petite, ce ne sera plus très long maintenant. Quand tu verras ce vieil ours, dis-lui que Lee est mort en combattant. Et quand la bataille sera finie, nous aurons toute l'éternité pour dériver avec le vent et retrouver les atomes dont étaient constituées mon dæmon Hester, ma mère, et mes fiancées... toutes mes fiancées...

Lyra, mon enfant, quand tout cela sera terminé, tu te reposeras enfin, tu m'entends ? La vie est douce, et la mort n'existe plus...

La voix de Lee Scoresby faiblit. Elle avait envie de l'enlacer, mais c'était impossible, bien évidemment. Alors, elle se contenta de regarder sa silhouette pâle et, en voyant la passion briller dans les yeux de la fillette, le fantôme y puisa des forces.

Les deux Gallivespiens voyageaient sur l'épaule de Lyra et sur celle de Will. Leurs courtes vies approchaient de leur terme ; ils ressentaient une certaine raideur dans les membres, une sensation de froid dans la région du cœur Tous les deux reviendraient bientôt dans le pays des morts, sous forme de fantômes cette fois, mais leurs regards se croisèrent et ils se jurèrent de rester près de Will et de Lyra le plus longtemps possible, sans faire allusion à leur mort imminente.

Les deux enfants continuaient leur escalade en silence. Ils entendaient leurs respirations rauques, le bruit de leurs pas, ils entendaient rouler les petites pierres délogées par leurs pieds. Devant eux, la harpie progressait péniblement elle aussi, silencieuse et le visage crispé ; ses ailes traînaient par terre, ses griffes raclaient le sol.

Soudain, un son nouveau se fit entendre : comme des gouttes qui tombent à un rythme régulier, en résonnant dans la galerie. Puis l'écoulement devint plus rapide.

— Là ! s'exclama Lyra en tendant le bras vers une plaque rocheuse, lisse, mouillée et froide qui bloquait le passage. On est arrivés !

Elle se tourna vers la harpie.

— J'ai réfléchi, dit-elle. J'ai repensé à la façon dont vous m'avez sauvé la vie, à votre promesse de guider à travers le pays des morts tous les fantômes qui se présenteront ici à l'avenir, vers ce monde où nous avons dormi la nuit dernière. Et je me suis dit que si vous n'aviez pas de nom ce n'était pas bien, pour l'avenir. Alors, j'ai décidé de vous en donner un, comme le roi Iorek Byrnison m'a baptisée Parle-d'Or. Je vous appellerai Ailes Gracieuses. C'est votre nom à partir de maintenant, et c'est ainsi que vous vous appellerez pour toujours : Ailes Gracieuses.

— Un jour, dit la harpie, on se reverra, Lyra Parle-d'Or.

— Si je sais que vous êtes là, je n'aurai pas peur, dit-elle. Au revoir, Ailes Gracieuses. Jusqu'à ma mort.

Elle étreignit la harpie avec fougue et l'embrassa sur les deux joues.

Le chevalier Tialys demanda :

— Est-ce le monde de la République de Lord Asriel ?

— Oui, répondit-elle. À en croire l'aléthiomètre. Nous sommes tout près de sa forteresse.

— Dans ce cas, je vais m'adresser aux fantômes.

Lyra le souleva dans sa paume, à bout de bras, et il dit :

— Écoutez-moi tous ! Lady Salmakia et moi sommes les seuls ici à avoir déjà vu ce monde. Il y a une forteresse au sommet d'une montagne ; c'est elle que Lord Asriel cherche à défendre. Qui est l'ennemi ? Je l'ignore. Lyra et Will n'ont plus qu'une seule tâche à accomplir, celle de retrouver leurs dæmons. La nôtre consiste à les aider. Faisons preuve de courage et battons-nous vaillamment.

Lyra se tourna vers Will.

— O.K. Je suis prêt, dit-il.

Il sortit le couteau et regarda au fond des yeux le fantôme de son père qui se tenait tout près de lui. Ils ne seraient plus réunis très longtemps, et il songea combien il aurait été heureux de voir sa mère à côté d'eux, à nouveau ensemble...

— Will ! s'exclama Lyra, affolée.

Le garçon se figea. Le couteau était coincé dans le vide. Il retira sa main et il resta planté, dans la substance d'un monde invisible. Will laissa échapper un profond soupir.

— J'ai failli...

— Oui, j'ai vu, dit-elle. Regarde-moi, Will.

Dans la lumière spectrale, il vit ses cheveux clairs, sa bouche pincée et ses yeux innocents ; il sentit la chaleur de son souffle, il perçut l'odeur familière de sa peau.

Le couteau se libéra.

— Je vais essayer encore une fois, dit-il.

Il se retourna. Concentré au maximum, il laissa son esprit glisser vers la pointe du couteau ; il sonda, palpa, se retira, chercha un peu plus loin et, enfin, il trouva. Les fantômes se pressaient de tous les côtés, si près que les enfants sentaient de petites décharges glacées parcourir leurs terminaisons nerveuses.

Will donna le dernier coup de couteau.

La première chose qu'ils perçurent, ce fut le bruit. La lumière qui pénétra dans la galerie était aveuglante et tous, les fantômes comme les vivants, durent plaquer leurs mains sur leurs yeux. Pendant plusieurs secondes, ils ne virent rien du tout, mais les détonations, les explosions, le crépitement des armes à feu, les cris et les hurlements étaient d'une clarté effrayante.

Le fantôme de John Parry et celui de Lee Scoresby furent les premiers à reprendre leurs esprits. L'un et l'autre avaient été soldats, ils avaient l'expérience du combat et étaient moins désorientés par ce vacarme. Will et Lyra, quant à eux, assistaient à la scène avec un mélange de peur et de stupéfaction.

Des obus explosaient dans les airs et déversaient une pluie de fragments de rocher et de métal sur les pentes de la montagne qu'ils apercevaient un peu plus loin et, dans le ciel, des anges luttaient contre d'autres anges ; des sorcières descendaient en piqué, puis remontaient, poussant les cris de guerre de leurs clans et décochant des flèches sur leurs ennemis. Un Gallivespien monté sur une libellule plongea pour attaquer une machine volante, dont le pilote tenta de riposter en affrontant la petite créature à mains nues. Tandis que la libellule tournoyait au-dessus de l'engin, son cavalier bondit pour planter ses éperons dans le cou du pilote et, immédiatement après, l'insecte revint se placer sous l'appareil pour qu'il puisse sauter sur son dos vert et brillant, pendant que la machine volante plongeait droit vers les rochers au pied de la forteresse.

— Ouvre une fenêtre plus grande, dit Lee Scoresby. Laisse-nous sortir !

— Pas si vite, Lee, dit John Parry. Il se passe quelque chose... Regardez là-bas.

Will ouvrit une petite fenêtre dans la direction qu'indiquait son père et, sous leurs yeux, un changement se produisit dans la physionomie du combat. Les forces attaquantes commencèrent à se retirer : un groupe de véhicules blindés s'arrêta et, sous un tir de couverture, ils firent laborieusement demi-tour et repartirent en sens inverse. De même, une escadrille de machines volantes qui avaient pris le dessus sur les gyroptères de Lord Asriel à la suite d'une bataille inégale firent demi-tour dans le ciel et s'éloignèrent vers l'ouest. Sur le sol, les forces du Royaume — des colonnes de fusiliers, des troupes équipées de lance-flammes et de canons propulseurs de poison, et d'autres armes insolites — commencèrent à battre en retraite.

— Que se passe-t-il ? demanda Lee. Ils abandonnent le combat... Pourquoi donc ?

Il semblait n'y avoir aucune raison : les alliés de Lord Asriel étaient inférieurs en nombre, leurs armes étaient moins puissantes, et les blessés étaient bien plus nombreux dans leur camp.

Mais soudain, Will perçut un mouvement parmi les fantômes. Ils désignaient quelque chose qui flottait dans l'air.

— Des Spectres ! s'exclama John Parry. La voilà, la raison.

Pour la première fois, Will et Lyra eurent l'impression qu'ils pouvaient voir ces choses, semblables à des voiles de gaze scintillante, qui tombaient du ciel comme du duvet de chardon. Mais elles étaient extrêmement diffuses et, dès qu'elles se posaient sur le sol, il était encore plus difficile de les voir.

— Que font-ils ? demanda Lyra.

— Ils se dirigent vers cette section de soldats...

Will et Lyra savaient ce qui allait arriver et, en chœur, ils s'écrièrent :

— Courez ! Fuyez !

Certains soldats, en entendant les voix des enfants tout près d'eux, tournèrent la tête, surpris. D'autres, voyant un Spectre approcher, si étrange, vide et vorace, levèrent leurs armes et ouvrirent le feu, sans résultat, évidemment. Le Spectre se précipita vers le premier homme qui se trouvait devant lui.

C'était un soldat originaire du monde de Lyra,

un Africain. Son dæmon était un félin couleur fauve, aux longues pattes, tacheté de noir ; il montra les dents, prêt à bondir.

Ils virent tous l'homme, intrépide, épauler son arme, sans céder un pouce de terrain devant le Spectre, puis ils virent son dæmon se débattre dans les mailles d'un filet invisible, grognant et hurlant, impuissant, et l'homme essayer de le libérer, lâchant son arme, répétant son nom en pleurant, avant de s'effondrer sous l'effet de la douleur et d'une violente nausée.

— O.K., Will, dit John Parry. Fais-nous sortir d'ici maintenant. On peut combattre ces créatures.

Will élargit la fenêtre à l'aide du couteau et sortit le premier, en courant, à la tête de cette armée de fantômes. Débuta alors la bataille la plus étrange qu'on puisse imaginer.

Les fantômes émergèrent des profondeurs de la terre, silhouettes pâles encore plus livides dans la lumière de la mi-journée. N'ayant plus rien à redouter, ils se lancèrent à l'attaque des Spectres invisibles, se jetant avec férocité sur des ennemis que Will et Lyra ne pouvaient pas voir.

Les fusiliers et les autres alliés vivants étaient abasourdis : ils ne voyaient rien de ce combat fantomatique, spectral. Will se fraya un chemin au milieu de la mêlée, en brandissant le poignard subtil, car il se souvenait que celui-ci avait déjà fait fuir les Spectres.

Où qu'il aille, Lyra le suivait, et elle aurait aimé avoir elle aussi quelque chose pour se battre comme le faisait Will. Malheureusement elle devait se contenter de regarder autour d'elle, les yeux exorbités. Par moments, elle croyait apercevoir les Spectres, sous la forme d'un miroitement dans l'air ; et ce fut elle qui perçut, la première, le danger.

Salmakia perchée sur son épaule, la fillette se retrouva sur un petit promontoire, une langue de terre coiffée de buissons d'aubépine, d'où elle avait une vue d'ensemble sur le paysage ravagé par les envahisseurs.

Le soleil brillait au-dessus de sa tête. À l'horizon, les nuages s'étaient amoncelés, brillants, déchirés par des abîmes de ténèbres, étirés par les vents violents de haute altitude. Dans la même direction, au cœur de la plaine, les forces ennemies attendaient : les machines étincelaient, les étendards multicolores étaient hissés, les soldats alignés.

Derrière elle et sur sa gauche se dressaient les sommets déchiquetés conduisant à la forteresse. Ils brillaient d'un éclat gris intense dans la lumière sinistre qui précède un orage et, sur les remparts de basalte noir, au loin, elle apercevait même des petites silhouettes qui se déplaçaient, pour réparer les murailles endommagées, apporter d'autres armes ou simplement regarder.

C'est à ce moment-là que Lyra sentit venir les prémices de la nausée, de la douleur et de la peur, autant de signes caractéristiques de la proximité des Spectres.

Elle sut immédiatement ce qui se passait, bien qu'elle n'eût jamais éprouvé cette sensation. Et elle en tira deux conclusions : premièrement, elle avait grandi au point d'être désormais vulnérable face aux Spectres ; deuxièmement, Pan devait se trouver quelque part dans les parages.

— Will... Will... !

Entendant les cris de Lyra, le garçon se retourna, le couteau à la main, le regard enflammé.

Mais, avant de pouvoir dire un mot, il laissa échapper un petit hoquet, comme s'il étouffait, et il plaqua sa main sur sa poitrine ; elle comprit alors qu'il lui arrivait la même chose.

— Pan ! Pan ! cria-t-elle en se dressant sur la pointe des pieds pour scruter les environs.

Will était plié en deux pour lutter contre l'envie de vomir. Au bout d'un moment, les nausées disparurent, comme si leurs dæmons avaient réussi à fuir ; mais ce n'était pas ça qui les aiderait à les retrouver, et tout autour d'eux l'air crépitait de coups de feu, de hurlements, de cris de douleur ou de terreur, au loin montaient les hurlements sinistres des monstres des falaises qui tournoyaient dans le ciel et, parfois, on entendait le sifflement et les vibrations des flèches. Puis un nouveau bruit vint s'ajouter à ce vacarme : le souffle du vent.

Lyra le sentit d'abord sur ses joues, puis elle

vit les herbes hautes se coucher, et elle l'entendit mugir dans les buissons d'aubépine. Devant elle, le ciel était gonflé par l'orage ; les gros nuages avaient perdu toute trace de blancheur et ils se déplaçaient, tourbillonnaient, masse énorme à l'horizon dans une sorte de bouillonnement nauséeux, jaune comme du soufre, vert comme la mer, gris comme de la fumée et noir comme du pétrole.

Derrière Lyra, le soleil continuait pourtant à briller, si bien que chaque bosquet, chaque arbre rayonnait d'une lueur ardente et vivace : petites choses fragiles défiant l'obscurité avec des feuilles, des branches, des fruits et des fleurs.

Au milieu de tout cela se trouvaient les deux enfants qui n'en étaient plus vraiment, et qui maintenant apercevaient les Spectres presque clairement. Le vent mordait les yeux de Lyra et ses cheveux lui cinglaient le visage ; il aurait dû disperser les Spectres, mais ceux-ci traversaient sans peine les courants. Main dans la main, le garçon et la fille se frayèrent un chemin au milieu des morts, des blessés et des vivants ; Lyra appelait son dæmon, pendant que Will guettait le sien, utilisant chacun de ses sens.

Le ciel était maintenant zébré d'éclairs et, soudain, le premier coup de tonnerre déchira leurs tympans. Lyra plaqua ses mains sur ses oreilles, et Will fut comme déséquilibré par le bruit. Accrochés l'un à l'autre, ils levèrent la tête vers le ciel et découvrirent un spectacle que nul n'avait jamais vu, dans aucun des millions de mondes existants.

Des sorcières appartenant aux clans de Ruta Skadi, de Reina Miti et à une demi-douzaine d'autres, chacune tenant une torche faite de pitchpin trempé dans le bitume, se déployaient au-dessus de la forteresse en venant de l'est, là où subsistaient les dernières taches de ciel clair, et filaient droit vers l'orage.

Ceux qui se trouvaient sur le sol entendaient le grondement et le crépitement des hydrocarbures volatiles qui se consumaient tout là-haut. Quelques Spectres étaient encore dans les airs, et plusieurs sorcières leur foncèrent dessus sans les voir. Elles poussèrent alors de grands cris et dégringolèrent comme des torches vivantes, mais la plupart des pâles créatures avaient déjà atterri, et l'immense vol de sorcières se déversa tel un fleuve de feu au cœur de l'orage.

Un vol d'anges, armés de lances et d'épées, venait de jaillir de la Montagne Nébuleuse pour affronter les sorcières. Ils avaient le vent dans le dos et avançaient plus vite que les flèches, mais les sorcières n'avaient rien à leur envier sur ce plan. Elles prirent rapidement de l'altitude pour plonger ensuite dans les rangs ennemis, frappant de tous côtés avec leurs torches enflammées. Les uns après les autres, les ailes en feu, entourés d'un halo incandescent, les anges dégringolèrent en hurlant.

C'est alors que tombèrent les premières grosses gouttes de pluie. Si celui qui commandait aux nuages espérait ainsi éteindre le feu des sorcières, il fut déçu ; le pitchpin et le bitume défiaient la pluie en rougeoyant de plus belle, et les gouttes s'écrasaient sur les torches en grésillant. D'autres frappaient le sol, comme si on les lançait avec violence ; elles éclataient et se dispersaient dans l'air. En moins d'une minute, Lyra et Will furent trempés jusqu'aux os et grelottants de froid ; la pluie martelait leur tête et leurs bras comme des pierres minuscules.

Les deux enfants continuaient à lutter pour avancer, en titubant, obligés d'essuyer l'eau qui coulait dans leurs yeux.

— Pan ! Pan ! criaient-ils dans le tumulte.

Les grondements de tonnerre se succédaient presque sans discontinuer, lacérant et broyant le ciel, comme si les atomes eux-mêmes étaient éventrés. Pris entre les déflagrations et la peur qui leur nouait le ventre, Will et Lyra couraient et s'époumonaient :

— Pan ! Mon Pantalaimon ! Pan ! criait la fillette, alors que Will, qui sentait ce qu'il avait perdu sans savoir quel nom lui donner, hurlait tout simplement.

Ils étaient accompagnés par les deux Gallivespiens qui les mettaient en garde, les guidaient de leur mieux et, guettaient les Spectres que les enfants ne voyaient pas encore très nettement. Mais Lyra était obligée de tenir Salmakia dans ses mains, car la lady n'avait plus assez de force pour s'accrocher à son épaule. Pendant ce temps, Tialys scrutait le ciel, à la recherche de ses semblables, lançant un appel plein d'espoir chaque fois qu'il voyait un mouvement brillant comme une aiguille traverser le ciel à toute allure. Mais sa voix avait perdu de sa puissance et, de toute façon, les autres Gallivespiens cherchaient à apercevoir les couleurs claniques de leurs deux libellules, le bleu électrique et le jaune et rouge, mais celles-ci s'étaient depuis longtemps éteintes, et les corps qu'elles faisaient briller autrefois gisaient maintenant dans le monde des morts.

Soudain, il se produisit dans le ciel un mouvement irrégulier. Les enfants levèrent la tête de nouveau, en mettant leurs mains en visière pour se protéger des gouttes de pluie, et ils virent un engin volant comme ils n'en avaient encore jamais vu : disgracieux, doté de six pattes, sombre et totalement silencieux. Il volait à basse altitude et semblait venir de la forteresse. Il passa au-dessus d'eux avant de disparaître à son tour au cœur de l'orage.

Mais ils n'eurent pas le temps de s'interroger sur cette apparition, car une nouvelle crise de nausées indiqua à Lyra que Pan était en danger encore une fois. Will éprouva la même sensation presque au même moment, et tous deux se mirent à courir aveuglément au milieu des flaques, dans la boue et le chaos des hommes blessés et des fantômes qui livraient bataille, impuissants, terrorisés et malades.

30
La Montagne Nébuleuse

> L'archange balance ses ailes déployées, pour contempler de loin et à loisir le ciel empyrée : si grande en est l'étendue, qu'il ne peut déterminer si elle est carrée ou ronde. Il découvre les tours d'opale, les créneaux ornés d'un vivant saphir.
>
> John Milton

Le vaisseau d'intentions était piloté par Mme Coulter. Son dæmon et elle étaient seuls dans le cockpit.

L'altimètre barométrique ne servait pas à grand-chose au cœur de l'orage, mais elle pouvait évaluer grosso modo son altitude d'après les feux épars qui brûlaient sur le sol, là où étaient tombés des anges, et qui malgré la pluie battante, continuaient à projeter de grandes flammes vers le ciel. Pour calculer le cap, ce n'était pas très difficile là non plus : les éclairs qui zébraient le ciel autour de la montagne servaient de balises.

Mais elle devait éviter les diverses créatures volantes qui continuaient à se battre et prendre garde au relief accidenté.

Elle n'avait pas allumé les projecteurs de l'engin, car elle voulait s'approcher au maximum et trouver un endroit pour se poser avant d'être repérée et abattue en vol. À mesure qu'elle avançait, les courants ascendants devenaient de plus en plus violents ; les rafales étaient plus soudaines, plus brutales. Un gyroptère n'aurait eu aucune chance : le vent sauvage l'aurait plaqué au sol comme une vulgaire mouche. À bord du vaisseau d'intentions, elle pouvait se déplacer avec légèreté et corriger son équilibre comme un bateau sur l'océan paisible.

Avec prudence, elle prit de l'altitude, scrutant l'horizon, ignorant les instruments de bord, volant à vue et à l'instinct. Son dæmon bondissait d'un bout à l'autre de la petite cabine vitrée ; il regardait droit devant, au-dessus, à gauche, à droite, pour la guider. Les éclairs, immenses lances de lumière éclatante, claquaient tout autour de l'engin. Mais Mme Coulter continuait d'avancer coûte que coûte, en prenant peu à peu de l'altitude, en direction du palais suspendu dans les nuages.

À mesure qu'elle s'en approchait, elle était éblouie et désorientée par la nature même de la montagne.

Cela lui rappelait une certaine hérésie abominable, dont le défenseur croupissait désormais dans les donjons de la Cour de Discipline Consistoriale, comme il le méritait. Cet homme osait affirmer qu'il existait dans l'espace d'autres dimensions que les trois connues et que, sur une très petite échelle, il y avait jusqu'à sept ou huit autres dimensions, mais qu'il était malheureusement impossible de les examiner directement. Il avait même construit une maquette pour montrer comment fonctionnait ce phénomène. Mme Coulter avait eu l'occasion de voir cette chose, avant qu'elle soit exorcisée et brûlée. Des recoins à l'intérieur d'autres recoins, des bords et des arêtes qui contenaient tout en étant contenus : l'intérieur était partout, et l'extérieur était partout ailleurs. La Montagne Nébuleuse affectait les perceptions de Mme Coulter de la même manière : ce lieu ressemblait moins à un immense rocher qu'à un champ de forces qui manipulait l'espace lui-même pour l'envelopper, l'étendre et le superposer sous forme de galeries et de terrasses, de chambres, de colonnades, de tours de guet faites d'air, de lumière et de vapeur.

Mme Coulter sentait monter lentement dans sa poitrine une étrange exultation et, en même temps, elle vit comment elle pouvait accéder sans danger à la terrasse nuageuse sur le flanc sud. Le petit appareil tremblait dans l'air trouble, mais elle maintenait le cap avec fermeté, et son dæmon la guida pour se poser sur la terrasse.

Toute la lumière provenait jusqu'à présent des éclairs, des rares entailles dans le nuage qui laissaient filtrer le soleil, des corps enflammés des anges et des faisceaux des projecteurs ambariques, mais ici, la luminosité était différente : elle émanait de la substance même de la montagne, qui rayonnait avec un éclat nacré, puis pâlissait au rythme d'une respiration lente.

La femme et le dæmon descendirent de l'engin et balayèrent du regard les environs, hésitant sur la direction à emprunter.

Mme Coulter avait le sentiment que d'autres êtres se déplaçaient rapidement au-dessus et au-dessous d'elle, à travers la masse de la montagne, porteurs de messages, d'ordres et d'informations. Elle ne les voyait pas ; elle ne distinguait que les fausses perspectives, déroutantes, de colonnades, d'escaliers, de terrasses et de façades.

Soudain, elle entendit des voix et se cacha précipitamment derrière une colonne. Les voix chantaient un cantique, et elles se rapprochaient. Bientôt, elle vit arriver une procession d'anges transportant une litière.

En arrivant à l'endroit où elle se cachait, les anges découvrirent le vaisseau d'intentions et s'arrêtèrent. Leur psalmodie s'interrompit et certains des porteurs jetèrent autour d'eux des regards perplexes et apeurés.

Mme Coulter était suffisamment près pour apercevoir le personnage allongé sur la litière : il s'agissait d'un ange autant qu'elle pût en juger, sans âge tellement il semblait vieux. Mais on le distinguait mal, car la litière était entourée d'une sorte de bulle de cristal qui scintillait et renvoyait l'éclat de la montagne ; malgré tout, elle eut une impression de terrifiante décrépitude, d'un visage creusé de profondes rides, de mains tremblantes, d'une bouche marmonnante et d'yeux chassieux.

L'être sans âge désigna le vaisseau d'intentions d'une main tremblotante, sans cesser de tirer sur sa longue barbe, puis il rejeta la tête en arrière et poussa un tel cri d'angoisse que Mme Coulter fut obligée de plaquer ses mains sur ses oreilles.

Mais de toute évidence, les porteurs de litière avaient une tâche à accomplir car, après s'être ressaisis, ils continuèrent d'avancer sur la terrasse, sans se soucier des cris et des grommellements de protestation qui s'échappaient de l'intérieur de la litière. Lorsqu'ils atteignirent un espace dégagé, ils déployèrent leurs ailes et, sur l'ordre de leur chef, ils s'envolèrent, tenant la litière entre eux, puis disparurent aux yeux de Mme Coulter, au milieu des tourbillons de vapeur.

Mais ce n'était pas le moment de s'interroger sur ce qu'elle venait de voir. Accompagnée de son dæmon au pelage doré, elle repartit d'un pas vif, gravit de grands escaliers, traversa des ponts, sans cesser de monter. Et plus elle montait, plus elle ressentait autour d'elle cette impression d'activité invisible jusqu'à ce que, à la dernière courbe, elle débouche sur un vaste espace dégagé, une sorte de grande place suspendue dans le brouillard. Là, elle se retrouva face à un ange armé d'une lance.

— Qui êtes-vous ? Et que venez-vous faire ? demanda-t-il.

Elle l'observa avec curiosité. C'était un de ces êtres qui étaient tombés amoureux d'une femme humaine, d'une fille des hommes, il y a fort longtemps.

— Non, non, je vous en prie, répondit-elle calmement, ne perdons pas de temps. Conduisez-moi immédiatement auprès du Régent. Il m'attend.

« Il faut les déconcerter, se dit-elle, les déstabiliser. » Ne sachant pas ce qu'il devait faire, l'ange fit ce qu'on lui ordonnait. Mme Coulter le suivit pendant plusieurs minutes, à travers ces perspectives de lumière trompeuses, jusqu'à ce qu'ils atteignent une antichambre. Comment ils étaient entrés, elle l'ignorait, toujours est-il qu'ils se trouvaient maintenant à l'intérieur, et après une courte pause, quelque chose devant elle s'ouvrit comme une porte.

Les ongles acérés de son dæmon s'enfonçaient dans la peau de ses bras. Elle s'accrocha à la fourrure de l'animal pour se rassurer.

Face à eux venait d'apparaître un être fait de lumière. Il avait le corps d'un homme, la taille d'un homme, se dit-elle, mais elle était trop éblouie pour en voir davantage. Le singe doré enfouit sa tête dans son cou, et elle leva son bras devant son visage pour protéger ses yeux.

Métatron demanda :

— Où est-elle ? Où est votre fille ?

— Je viens pour vous le dire, Monseigneur Régent.

— Si elle était en votre pouvoir, vous l'auriez amenée ici.

— Si elle n'est pas en mon pouvoir, son dæmon l'est.

— Comment est-ce possible ?

— Je vous jure, Métatron, que son dæmon est en mon pouvoir. Je vous en prie, Grand Régent, cachez-vous un peu... je suis éblouie..

Il tira un voile de nuages devant lui. Maintenant, c'était comme regarder le soleil à travers des verres fumés : elle l'apercevait plus nettement, mais elle continua à faire semblant d'être aveuglée par son visage. Il ressemblait exactement à un homme d'un certain âge, grand, puissant et imposant. Était-il vêtu ? Avait-il des ailes ? Elle ne pouvait le dire, à cause du pouvoir de ses yeux. Elle ne pouvait rien regarder d'autre.

— Je vous en supplie, Métatron, écoutez-moi. Je viens de quitter Lord Asriel. Il détient le dæmon de l'enfant, et il sait qu'elle va bientôt venir le chercher.

— Que veut-il faire de cette enfant ?

— L'éloigner de vous jusqu'à ce qu'elle grandisse. Il ignore où je suis allée, et je dois retourner auprès de lui rapidement. Je vous dis la vérité. Regardez-moi, Grand Régent, puisque moi, je ne peux pas vous regarder sans être aveuglée. Regardez-moi franchement, et dites-moi ce que vous voyez.

Le prince des anges la regarda. De toute sa vie, Marisa Coulter n'avait jamais subi un examen aussi pénétrant. Chaque recoin secret de son être, chaque faux-semblant fut dépouillé, et son corps, son fantôme et son dæmon se retrouvèrent totalement nus, déshabillés par le regard féroce de Métatron.

Elle savait que sa nature devrait répondre d'elle, et elle était terrorisée à l'idée qu'il juge insuffisant ce qu'il découvrait en elle. Lyra avait menti à Iofur Raknison en utilisant des mots ; sa mère devait mentir en faisant appel à toute son existence.

— Oui, je vois, dit le Régent.

— Que voyez-vous ?

— La corruption, la jalousie et la soif de pouvoir. La cruauté et la froideur. Une curiosité perverse et inquisitrice. Une méchanceté pure, venimeuse et toxique. Jamais depuis votre plus jeune âge vous n'avez fait preuve d'une once de compassion, de sympathie ou de gentillesse sans calculer ce que cela pouvait vous rapporter en retour. Vous avez torturé et tué sans remords ni hésitation ; vous avez trahi et intrigué, et vous avez tiré fierté de votre duplicité. Vous êtes un cloaque d'obscénité morale.

Ce jugement, délivré d'une voix implacable, ébranla Mme Coulter. Elle s'y attendait, elle le redoutait et, en même temps, elle l'espérait. Maintenant que ces paroles avaient été prononcées, elle éprouva une petite bouffée de triomphe.

Elle s'approcha.

— Vous voyez bien, dit-elle. Je peux le trahir sans peine. Je peux vous conduire jusqu'à l'endroit où il a emmené le dæmon de ma fille. Ainsi, vous pourrez détruire Asriel, et l'enfant se jettera dans vos bras sans se douter de rien.

Elle sentit les déplacements de vapeur autour d'elle, et la confusion s'empara de ses sens. Les paroles de Métatron transpercèrent sa chair comme des flèches de glace.

— Quand j'étais un homme, dit-il, j'ai eu des épouses à profusion, mais aucune n'était aussi belle que vous.

— Quand vous étiez un homme ?

— En ce temps-là, je m'appelais Énoch, le fils de Jared, le fils de Mahalalel, le fils de Kenan, le fils d'Énoch, le fils de Seth, le fils d'Adam. J'ai vécu sur terre pendant soixante-cinq ans, puis l'Autorité m'a entraîné dans son Royaume.

— Et vous avez eu de nombreuses épouses.

— J'aimais leur peau. Quand les fils du ciel sont tombés amoureux des filles de la terre, j'ai compris, et j'ai plaidé leur cause auprès de l'Autorité. Mais elle était furieuse contre eux, et elle m'a obligé à prophétiser leur chute.

— Et vous n'avez pas eu d'autre femme depuis des milliers d'années...

— Je suis le Régent du Royaume.

— Le moment n'est-il pas venu de prendre épouse ?

C'était l'instant où elle se sentit le plus exposée, le plus en danger. Mais elle faisait confiance à sa chair, et à cette étrange vérité qu'elle avait apprise sur les anges, surtout ceux qui avaient été humains autrefois : privés d'enveloppe corporelle, ils en rêvaient et se languissaient de ce contact charnel. Métatron était tout près d'elle maintenant, assez près pour sentir l'odeur de ses cheveux et admirer la texture de sa peau, assez près pour la toucher avec ses mains brûlantes.

Soudain, il se produisit un bruit étrange, semblable au murmure et au crépitement que vous entendez avant de vous apercevoir que votre maison est en feu.

— Dites-moi ce que fait Lord Asriel, et où il est, demanda le Prince des Anges.

— Je peux vous conduire auprès de lui immédiatement.

Les anges qui transportaient la litière quittèrent la Montagne Nébuleuse pour s'envoler vers le sud. Métatron avait donné ordre de conduire l'Autorité dans un lieu sûr, loin du champ de bataille, car il voulait la maintenir en vie encore un peu mais, plutôt que de lui accorder la protection de plusieurs régiments, qui n'auraient pas manqué d'attirer l'attention de l'ennemi, il avait préféré faire confiance à l'obscurité de l'orage en se disant que, dans de telles circonstances, un petit groupe serait plus efficace.

Et sans doute aurait-il eu raison si un monstre des falaises, occupé à dévorer un guerrier à moitié mort, n'avait pas levé la tête juste au moment où un projecteur balayant le ciel captait dans son faisceau la bulle de cristal de la litière.

À cet instant, quelque chose se réveilla dans la mémoire du monstre des falaises. Il s'immobilisa, une patte posée sur le foie chaud de sa proie et, tandis qu'un congénère l'écartait brutalement, le souvenir d'un renard de l'Arctique bavard lui revint.

Immédiatement, il déploya ses ailes parcheminées et s'élança dans les airs. Quelques secondes plus tard, le reste de la meute le suivit.

Xaphania et ses anges avaient passé toute la nuit et une partie de la matinée à chercher, avec opiniâtreté et, finalement, ils avaient fini par découvrir au sud de la forteresse, dans le flanc de la montagne, une étroite fissure qui ne s'y trouvait pas la veille. Ils l'avaient explorée et élargie, et Lord Asriel descendait maintenant dans une succession de cavernes et de tunnels qui plongeaient et couraient sous la forteresse.

Il ne faisait pas totalement nuit, comme il l'avait cru. Il y avait une faible source de lumière, semblable à un flot de milliards de minuscules particules scintillantes qui s'écoulait dans les galeries comme une rivière lumineuse.

— La Poussière, dit-il à son dæmon.

Jamais encore il ne l'avait vue à l'œil nu, mais jamais non plus il n'avait vu une telle quantité de Poussière rassemblée. Il continua d'avancer jusqu'à ce que, soudain, le tunnel s'élargisse et qu'il se retrouve au sommet d'une gigantesque grotte : une cavité assez vaste pour abriter une douzaine de cathédrales. Il n'y avait pas de sol, les parois plongeaient de manière vertigineuse vers le bord d'un puits immense, des centaines de mètres plus bas, plus obscur que l'obscurité elle-même, dans lequel se déversait le flot incessant de Poussière. Les milliards de particules étaient comme les étoiles de toutes les galaxies du ciel, et chacune représentait un minuscule fragment de pensée consciente. C'était une lumière mélancolique.

Accompagné de son dæmon, Lord Asriel descendit vers l'abîme et, à mesure qu'ils s'enfonçaient, prudemment, ils découvrirent peu à peu ce qui se passait de l'autre côté du gouffre, à des centaines de mètres, dans la pénombre. Il avait cru apercevoir un mouvement tout là-bas et plus il descendait, plus la chose en question apparaissait nettement : une procession de silhouettes pâles et floues qui progressaient péniblement dans la pente périlleuse, des hommes, des femmes, des enfants, des représentants de toutes les créatures qu'il avait vues dans sa vie, et d'autres encore qu'il n'avait jamais vues. Ils ne faisaient pas attention à lui, et Lord Asriel sentit ses cheveux se dresser sur sa tête quand il comprit que c'étaient des fantômes.

— Lyra est passée par ici, dit-il à voix basse au léopard des neiges.

— Avance avec prudence, telle fut la réponse du dæmon.

Will et Lyra, trempés jusqu'aux os, tremblants de froid et rongés par la douleur, avançaient en trébuchant dans la boue et parmi les rochers, à l'aveuglette, traversant de petits ravins où les ruisseaux alimentés par la pluie battante étaient rouges de sang. Lyra craignait que Lady Salmakia soit en train d'agoniser ; elle n'avait pas dit un mot depuis plusieurs minutes et était couchée dans sa paume, inerte.

Alors qu'ils étanchaient leur soif à grandes lampées, dans le lit d'une rivière où l'eau était restée claire, par miracle, Will sentit Tialys s'agiter sur son épaule.

— Will... dit-il. J'entends des chevaux qui arrivent... Lord Asriel n'a pas de cavalerie. Ce sont sûrement des ennemis. Traversons la rivière et cachons-nous. J'ai aperçu des buissons un peu plus loin...

— Viens, dit Will à Lyra.

Ils traversèrent l'eau de la rivière, si glacée qu'elle leur fit mal aux os, et escaladèrent la rive opposée de la ravine. Juste à temps. Les cavaliers qui apparurent au sommet de la pente et descendirent bruyamment pour s'abreuver ne ressemblaient pas à la cavalerie ; ils semblaient appartenir à la même race de créatures à poils ras que leurs montures, et ils n'avaient ni vêtements ni harnais. Mais ils avaient des armes : des tridents, des filets et des cimeterres.

Will et Lyra ne prirent pas le temps de les observer ; ils décampèrent sur le sol accidenté tout en restant accroupis. Ils n'avaient qu'une seule envie : fuir sans être vus.

Ils étaient obligés de garder la tête baissée pour regarder où ils mettaient les pieds et éviter de se torde une cheville ou pis et, tandis qu'ils couraient, les coups de tonnerre résonnaient au-dessus d'eux, si bien qu'ils n'entendirent pas les cris et les feulements des monstres des falaises, jusqu'au moment où ils se trouvèrent face à eux.

Les créatures entouraient quelque chose qui scintillait dans la boue, un objet légèrement plus grand qu'elles, qui gisait sur le côté, une sorte de cage, avec des parois en cristal. Les monstres frappaient dessus à coups de poing et de pierre, en poussant des hurlements perçants.

Avant de pouvoir s'arrêter et fuir dans la direction opposée, Will et Lyra se retrouvèrent au milieu de la meute.

31

La fin de l'Autorité

> L'empire n'est plus, le lion et le loup
> vont maintenant disparaître.
>
> William Blake

Mme Coulter s'adressa à l'ombre qui était à ses côtés en murmurant :

— Regardez, Métatron, comme il se cache ! Il se faufile dans le noir comme un rat...

Debout sur une corniche au sommet de l'immense caverne, ils observaient Lord Asriel et son léopard des neiges qui avançaient avec prudence, beaucoup plus bas.

— Je pourrais l'anéantir sur-le-champ, murmura l'ombre.

— Certainement, répondit-elle à voix basse en se penchant vers son interlocuteur, mais je tiens à voir son visage, cher Métatron. Je veux qu'il sache que je l'ai trahi. Venez, suivons-le et rattrapons-le...

La cascade de Poussière qui se déversait sans

fin au fond du gouffre brillait comme un énorme pilier lumineux. Mais Mme Coulter n'avait pas le temps de l'admirer, car l'être qui marchait à ses côtés frémissait de désir, et elle devait le garder près d'elle afin de le contrôler au maximum.

Ils descendirent dans le gouffre, en silence, sur les traces de Lord Asriel. Et à mesure qu'ils s'enfonçaient, elle sentait une immense lassitude la submerger.

— Qu'y a-t-il ? murmura l'ombre, qui percevait toutes ses émotions.

— Je réfléchissais, répondit-elle avec malice. Je songeais combien j'étais heureuse de savoir que cette enfant ne vivra pas assez longtemps pour aimer et être aimée. Je croyais que je l'aimais quand elle était toute petite, mais aujourd'hui...

— J'ai senti du regret, dit l'ombre. Il y avait du regret dans votre cœur en songeant que vous ne la verrez pas grandir.

— Oh, Métatron, depuis quand avez-vous cessé d'être un homme ? Vous ne comprenez donc pas ce que je déplore ? Ce n'est pas qu'elle vieillisse, c'est que je vieillisse. Si vous saviez avec quelle amertume je regrette de ne pas vous avoir connu dans ma jeunesse. Avec quelle passion alors je me serais vouée à vous...

En disant cela, elle se pencha vers lui, comme si elle était incapable de contrôler les pulsions de son corps, et il renifla l'atmosphère avec voracité comme s'il engloutissait l'odeur de sa chair.

Ils progressaient péniblement parmi les éboulis, vers le bas de la pente. Plus ils descendaient, plus la lumière de la Poussière nimbait le décor d'une brume dorée. Mme Coulter tendait fréquemment la main vers l'endroit où se serait trouvée celle de son compagnon s'il avait été humain, et faisait mine ensuite de se ressaisir.

— Restez derrière moi, Métatron, chuchota-t-elle. Attendez ici. Asriel est méfiant ; laissez-moi d'abord l'amadouer. Quand il aura baissé sa garde, je vous préviendrai. Mais approchez comme une ombre, sous cette forme discrète, pour qu'il ne vous voie pas. Sinon, il va laisser le dæmon de l'enfant s'enfuir.

Le Régent était un être doté d'un intellect supérieur qui avait eu des milliers d'années pour s'étoffer et se renforcer, et ses connaissances englobaient un million d'univers. Malgré tout, à cet instant, il était aveuglé par une double obsession : détruire Lyra et posséder sa mère. Il répondit par un hochement de tête et resta où il était, pendant que la femme et le singe continuaient d'avancer en faisant le moins de bruit possible.

Lord Asriel attendait derrière un gros bloc de granit, dissimulé aux yeux du Régent, Le léopard des neiges les entendit approcher, et Lord Asriel se redressa au moment où Mme Coulter apparut. Chaque centimètre carré de surface, chaque centimètre cube d'air était envahi par la pluie de Poussière, qui les baignait d'une douce clarté. Et dans cette lumière si particulière, il constata qu'elle avait les larmes aux yeux et serrait les dents pour ne pas sangloter.

Il la prit dans ses bras et le singe doré prit le léopard des neiges par le cou pour enfouir son visage noir dans sa fourrure.

— Lyra est-elle en sûreté ? A-t-elle retrouvé son dæmon ? murmura-t-elle.

— Le fantôme du père du garçon les protège tous les deux.

— La Poussière est magnifique... Je l'ignorais.

— Qu'as-tu dit à Métatron ?

— J'ai menti et j'ai encore menti, Asriel... Ne tardons pas, je n'en peux plus... Nous ne survivrons pas, n'est-ce pas ? Nous ne survivrons pas comme les fantômes ?

— Non, pas si nous tombons dans cet abîme. Mais nous sommes venus ici pour donner à Lyra le temps de retrouver son dæmon, et aussi celui de grandir et de vivre. Si nous détruisons Métatron, elle disposera de ce temps, Marisa, et si jamais nous disparaissons avec lui, peu importe.

— Lyra sera à l'abri ?

— Oui, oui, dit-il d'une voix tendre.

Il l'embrassa. Elle se sentait aussi légère et heureuse dans ses bras qu'elle l'avait été lorsque Lyra avait été conçue, treize ans plus tôt.

Elle sanglotait doucement. Dès qu'elle put parler à nouveau, elle murmura :

— Je lui ai dit que j'allais te trahir ainsi que Lyra, et il m'a crue car je suis corrompue et remplie de vilenie ; il a regardé si profondément en moi que j'étais sûre qu'il verrait la vérité. Mais j'ai su mentir à la perfection. J'ai menti avec chaque fibre, chaque parcelle de mon corps. Je voulais qu'il ne trouve rien de bon en moi, et il n'a rien trouvé. Car il n'y a rien de bon. Mais j'aime Lyra. D'où vient cet amour ? Je l'ignore ; il s'est emparé de moi comme un voleur dans l'obscurité et, aujourd'hui, mon cœur est si plein d'amour qu'il menace d'exploser. Je pouvais seulement espérer que mes crimes soient si monstrueux et que mon amour n'apparaisse pas plus gros qu'une graine de moutarde dans leur ombre. Et j'aurais aimé avoir commis de plus grands crimes encore pour mieux cacher mon amour... Mais la graine de moutarde avait pris racine, elle se développait, et la petite pousse verte écartelait mon cœur. J'avais peur qu'il s'en aperçoive...

Elle dut s'interrompre pour se ressaisir. Lord Asriel caressa ses cheveux brillants, constellés de Poussière dorée, et il attendit.

— D'une seconde à l'autre, il va perdre patience, murmura-t-elle. Je lui ai conseillé de se faire tout petit, mais ce n'est qu'un ange après tout, même s'il a été un homme autrefois. Nous pouvons nous battre avec lui et l'entraîner jusqu'au bord du gouffre, et nous plongerons tous les deux avec lui...

Il l'embrassa de nouveau.

— Oui. Lyra sera en sécurité et le Royaume ne pourra rien contre elle. Appelle-le, Marisa mon amour.

Elle inspira profondément et relâcha sa respiration dans un long soupir tremblant. Elle lissa sa jupe sur ses cuisses et repoussa ses cheveux derrière ses oreilles.

— Métatron ! lança-t-elle à voix basse. L'heure a sonné.

La silhouette du Régent, enveloppée d'ombre, surgit de la brume dorée et, aussitôt, il comprit ce qui se passait : les deux dæmons, accroupis et aux aguets, la femme nimbée de Poussière et Lord Asriel...

... qui se jeta sur lui immédiatement pour le ceinturer et tenter de le plaquer au sol. Mais l'ange avait les bras libres et, avec ses poings, ses paumes, ses coudes, ses jointures, ses avant-bras, il martela la tête et le corps de Lord Asriel de grands coups qui lui coupaient le souffle et rebondissaient sur sa cage thoracique, s'écrasaient sur son crâne et ébranlaient tous ses sens.

Malgré tout, les bras de Lord Asriel restaient noués autour des ailes de l'ange pour les plaquer le long de son corps. Entre-temps, Mme Coulter avait bondi entre les ailes immobilisées et saisi Métatron par les cheveux. Il possédait une force surhumaine ; elle avait l'impression d'agripper la crinière d'un cheval lancé au triple galop. Il secouait furieusement la tête, et la mère de Lyra, ballottée de droite à gauche comme un pantin, sentait la puissance des grandes ailes luttant pour se libérer des bras qui les enserraient comme un étau.

Les deux dæmons eux aussi s'étaient jetés sur Métatron. Stelmaria avait planté ses crocs dans sa jambe, pendant que le singe doré lacérait l'extrémité d'une des ailes, arrachant les plumes et les barbes, ce qui ne faisait que décupler la fureur de l'ange. Au prix d'un effort aussi brutal que soudain, il parvint à se jeter sur le côté et à libérer une aile, avec laquelle il écrasa Mme Coulter contre la paroi rocheuse.

À moitié assommée par le choc, elle lâcha prise. L'ange se cabra immédiatement, agitant son aile libre pour repousser le singe doré, mais Lord Asriel le tenait toujours aussi solidement. À vrai dire, il avait même une meilleure prise maintenant qu'il n'y avait plus qu'une aile à immobiliser. Il serra de toutes ses forces pour tenter d'étouffer l'ange en lui broyant les côtes, tout en s'efforçant d'ignorer les coups sauvages qui s'abattaient sur son crâne et sur sa nuque.

Mais ceux-ci commençaient à se faire sentir. Et, alors que Lord Asriel luttait pour conserver son équilibre sur les cailloux, un choc violent l'assomma. Métatron avait saisi une pierre de la taille d'un poing, et il venait de l'abattre de toutes ses forces sur le crâne de son adversaire. Lord Asriel savait qu'un autre coup comme celui-ci le tuerait. Ivre de douleur — une douleur augmentée par le fait que sa tête était appuyée contre les côtes de l'ange —, il continua malgré tout à s'accrocher à lui ; les doigts de sa main droite broyaient les os de sa main gauche, et ses pieds cherchaient en permanence un appui solide sur le sol caillouteux et instable.

Au moment où Métatron levait la pierre tachée de sang pour frapper à nouveau, une boule de fourrure dorée bondit comme une flamme, et le singe planta ses dents dans la main de l'ange. Celui-ci lâcha la pierre, qui dégringola vers le gouffre, pendant qu'il agitait son bras dans tous les sens pour essayer de se débarrasser du dæmon, mais le singe doré s'accrochait à lui avec ses dents, ses griffes et sa queue, et Mme Coulter serrait contre elle la grande aile blanche pour l'empêcher de battre.

Métatron était immobilisé, certes, mais toujours indemne. Et ils n'avaient pas réussi à l'attirer vers le précipice.

Lord Asriel sentait ses forces diminuer. À chaque mouvement, il perdait un peu de lucidité. Il lui semblait entendre les os de son crâne frotter les uns contre les autres. La confusion régnait dans ses sens ; il ne pensait qu'à deux choses : tenir bon et entraîner son adversaire vers le gouffre.

Soudain, Mme Coulter sentit le visage de l'ange sous sa main, et elle enfonça ses doigts dans ses yeux.

Métatron hurla. À l'autre bout de la caverne, très loin, l'écho lui répondit et son cri rebondit de paroi en paroi, s'amplifiant puis faiblissant et, quand il parvint aux oreilles des fantômes, ceux-ci interrompirent leur lente et interminable procession pour lever la tête.

Stelmaria, le dæmon-léopard des neiges, dont la conscience s'éteignait en même temps que celle de Lord Asriel, fit un ultime effort pour sauter à la gorge de l'ange.

Métatron tomba à genoux. Mme Coulter tomba en même temps et vit les yeux injectés de sang de Lord Asriel qui la regardaient fixement. Alors, elle se redressa en rassemblant ses dernières forces, écarta l'aile qui battait l'air et agrippa la chevelure de l'ange pour lui tirer la tête en arrière et offrir ainsi sa gorge aux crocs du léopard des neiges.

Lord Asriel le traînait tant bien que mal, dérapant sur les pierres qui roulaient, et le singe doré les accompagnait dans la pente, en donnant de grands coups de pattes et de dents. Ils avaient presque atteint le bord du gouffre, mais le Régent réussit à se relever et, dans un ultime effort, il déploya ses ailes : un grand dais blanc qui claquait et fouettait l'air. Mme Coulter était tombée, Métatron se dressait de toute sa hauteur, ses ailes battant furieusement, et il décolla. Il s'envolait, alors que Lord Asriel, de plus en plus faible, était toujours accroché à lui. Les doigts du singe doré étaient enfouis dans les cheveux de l'ange, et ne lâchaient pas prise...

Mais ils avaient franchi le bord de l'abîme. Ils s'élevaient dans les airs. S'ils prenaient de l'altitude, Lord Asriel tomberait et Métatron parviendrait à s'enfuir.

— Marisa ! Marisa !

Ce cri avait été arraché à Lord Asriel. Les oreilles bourdonnantes, la mère de Lyra se releva, retrouva tant bien que mal son équilibre et bondit de toute son énergie sur le groupe formé par l'ange, son dæmon et son amant qui agonisait. Elle enlaça les grandes ailes pour les empêcher de battre et les entraîna tous dans l'abîme.

Les monstres des falaises entendirent le cri d'effroi de Lyra ; toutes les têtes plates se retournèrent en même temps.

Sans leur laisser le temps de réagir, Will s'élança et frappa d'un coup de couteau la créature la plus proche. Il sentit un petit choc à l'épaule lorsque Tialys bondit pour atterrir sur la joue du plus grand des monstres, s'accrochant à ses cheveux pour lui décocher un coup de pied sous la mâchoire, avant de se faire éjecter. La créature poussa un hurlement et s'effondra dans la boue en agitant furieusement les pattes. Celle qui se trouvait face à Will regardait d'un air ahuri le moignon de son bras, puis ses yeux se posèrent sur sa cheville, que sa main tranchée avait saisie en tombant. Une seconde plus tard, la lame du couteau s'enfonça dans sa poitrine. Le garçon sentit le manche tressauter trois ou quatre fois au rythme des battements du cœur de sa victime, et il retira le poignard avant que le monstre ne le lui arrache des mains en tombant.

Il entendit ses congénères pousser des cris de haine en s'enfuyant, et il comprit que Lyra était saine et sauve à ses côtés. Il se jeta à genoux dans la boue, une seule pensée en tête.

— Tialys ! Tialys ! cria-t-il, en évitant les longues dents qui tentaient de le mordre et en repoussant la gueule du plus gros des monstres.

Tialys était mort. Ses éperons étaient plantés dans le cou de la créature. Malgré tout, celle-ci continuait à agiter les pattes et à mordre dans le vide ; il lui trancha alors la tête d'un seul coup de couteau et la fit rouler avec son pied, pour pouvoir dégager le petit Gallivespien accroché au cou parcheminé.

— Will, dit Lyra dans son dos. Will, regarde...

Elle observait la litière de cristal. La bulle était maculée de boue et de sang provenant des proies dévorées par les monstres des falaises, mais elle était intacte. Elle reposait en équilibre précaire au milieu des rochers, et à l'intérieur...

— Oh, Will, il est encore vivant ! Mais... Oh, le pauvre !...

Elle appuyait ses mains contre la paroi de cristal pour essayer d'atteindre l'ange et de le réconforter. Il paraissait si vieux, et terrorisé ; il pleurait comme un bébé, recroquevillé au fond de sa bulle.

— Il doit être terriblement vieux... Je n'ai

jamais vu personne souffrir à ce point... Oh, Will, essayons de le libérer !

Il découpa le cristal d'un seul coup de couteau et glissa la main à l'intérieur de la bulle pour aider l'ange à sortir. Fou de terreur et totalement paralysé, celui-ci ne pouvait que pleurer et marmonner pour exprimer sa peur, sa souffrance et son désespoir. Il s'était replié sur lui-même pour échapper à ce qui lui apparaissait comme une nouvelle menace.

— N'ayez pas peur, lui dit Will. On peut vous aider à vous cacher. Venez, on ne vous fera pas de mal.

La main tremblante prit celle du garçon et s'y accrocha faiblement. Un gémissement ininterrompu s'échappait des dents serrées de l'ancêtre qui, avec sa main libre, tirait fébrilement sur les poils de sa barbe mais, lorsque Lyra se pencha à son tour à l'intérieur de la bulle pour l'aider à sortir, il essaya de sourire et de s'incliner, et ses yeux sans âge, profondément enfoncés au milieu des rides, la regardèrent en clignant, avec un émerveillement plein d'innocence.

À eux deux, les enfants parvinrent à extirper le vieillard de sa cage de cristal ; ce n'était pas très difficile d'ailleurs, car il était aussi léger qu'une feuille de papier, et il les aurait suivis n'importe où, car il était privé de toute volonté et réagissait aux marques de gentillesse les plus simples comme une fleur face au soleil. Mais, lorsqu'il se retrouva à l'air libre, plus rien ne pouvait empêcher le vent de provoquer en lui des ravages et, sous l'œil consterné des deux enfants, son corps commença à se défaire et à se dissoudre. En l'espace de quelques secondes seulement, il se volatilisa et ils ne conservèrent de lui que l'image de ces yeux émerveillés et le souvenir d'un profond soupir d'épuisement et de soulagement.

Il avait disparu : mystère dissous dans le mystère. La scène avait duré moins d'une minute, et Will se retourna aussitôt vers le chevalier qui gisait sur le sol. Il prit le corps du petit Gallivespien et le déposa délicatement au creux de sa paume ; il sentait ses larmes ruisseler sur ses joues.

Lyra l'arracha à son deuil.

— Will ! Il ne faut pas rester là ! Partons ! Lady Salmakia entend des chevaux qui approchent...

Soudain, du ciel bleu surgit un faucon de la même couleur qui piqua vers le sol. Lyra poussa un cri et baissa la tête, mais Salmakia cria de toutes ses forces :

— Non, Lyra ! Non ! Relève-toi et lève ton poing !

Elle se redressa et tendit son bras vers le ciel. Le faucon bleu tournoya au-dessus d'elle et plongea de nouveau pour venir agripper son poing de ses serres acérées.

Sur le dos du faucon était assise une femme aux cheveux gris, dont les yeux clairs regardèrent d'abord Lyra, puis Salmakia qui s'accrochait à son col.

— Madame... dit-elle d'une toute petite voix, nous avons fait...

— Vous avez fait tout ce qu'il fallait. Nous sommes là maintenant, dit Mme Oxentiel, et elle tira sur les rênes du faucon d'un petit coup sec.

Le rapace poussa alors trois cris stridents, si puissants que Lyra eut la tête qui bourdonna. En réponse à cet appel jaillirent du ciel d'abord une, puis deux, puis trois... puis des centaines de libellules étincelantes chevauchées par des guerriers. Elles volaient si vite qu'on aurait dit qu'elles allaient se percuter mais, grâce aux réflexes des insectes et à l'habileté de leurs cavaliers, elles semblaient tisser une tapisserie aux couleurs vives autour des enfants.

— Lyra et Will, dit la dame à cheval sur le faucon. Suivez-nous, nous allons vous conduire jusqu'à vos dæmons.

Au moment où le faucon déployait ses ailes et quittait la main de Lyra, celle-ci sentit le poids plume de Salmakia tomber dans son autre main, et elle comprit que seule la volonté de la lady lui avait permis de rester en vie aussi longtemps. Elle la tint contre elle et courut avec Will sous le nuage de libellules, trébuchant et tombant plus d'une fois, sans jamais cesser de serrer le corps frêle contre son cœur.

— À gauche ! À gauche ! cria la voix provenant du faucon bleu et, dans le ciel assombri, sillonné d'éclairs, ils suivirent la direction qu'elle leur indiquait.

Sur leur droite, Will aperçut une escouade d'hommes en armure grise, casqués et masqués, dont les dæmons-loups, gris eux aussi, marchaient à pas feutrés. Un flot de libellules se précipita aussitôt vers eux et les soldats s'arrêtèrent : leurs armes étaient inutiles. Les Gallivespiens fondirent sur eux en quelques secondes, sautant du dos de leur insecte, visant une main, un bras, un cou nus, pour y planter leur éperon, avant de sauter à nouveau sur leur monture ailée au moment où celle-ci repassait à leur hauteur. Ils agissaient si rapidement que l'œil avait du mal à les suivre. Paniqués, les soldats firent demi-tour et s'enfuirent, oubliant toute discipline.

Mais un bruit de sabots semblable à un grondement de tonnerre monta soudain, et les enfants se retournèrent avec effroi : les étranges hommes-chevaux fonçaient vers eux au triple galop. Certains faisaient tournoyer un filet au-dessus de leur tête, avec lequel ils capturaient les libellules, les faisant claquer ensuite comme des fouets pour rejeter les insectes brisés.

— Par ici ! s'écria Mme Oxentiel. Baissez-vous ! Jetez-vous à terre !

Ils obéirent et sentirent le sol trembler sous eux. S'agissait-il du martèlement des sabots ? Lyra redressa la tête en écartant les cheveux mouillés qui tombaient devant ses yeux, et ce qu'elle découvrit alors ne ressemblait pas du tout à des chevaux.

— Iorek ! s'écria-t-elle en sentant son cœur bondir de joie dans sa poitrine. Oh, Iorek !

Will l'obligea à baisser la tête, car Iorek Byrnison n'était pas seul ; il était accompagné par tout un régiment d'ours qui fonçaient droit vers eux. Lyra se coucha juste à temps pour permettre à l'ours-roi de sauter au-dessus d'eux, en ordonnant à ses compagnons, d'une voix rugissante, de se disperser à droite et à gauche, et de pulvériser l'ennemi pris en tenailles.

Avec grâce, comme si son armure ne pesait pas plus lourd que sa fourrure, l'ours-roi pivota sur lui-même pour faire face à Will et à Lyra, qui se relevaient péniblement.

— Iorek ! Derrière vous ! Ils ont des filets ! s'écria Will en voyant les cavaliers arriver à leur hauteur.

Avant que l'ours ait eu le temps de réagir, le filet du cavalier siffla, et il se retrouva prisonnier d'une toile d'araignée solide comme de l'acier. Il se dressa en rugissant et tenta de frapper son agresseur avec ses énormes pattes. Mais le filet était résistant et, même si le cheval se cabra en hennissant de peur, Iorek ne parvint pas à se libérer.

— Iorek ! cria Will. Ne bougez pas !

Le garçon traversa en trébuchant les flaques boueuses et les touffes d'herbes hautes, tandis que le cavalier essayait de maîtriser son cheval affolé, et rejoignit l'ours-roi juste au moment où un deuxième cavalier lançait son filet.

Will garda la tête froide : au lieu de donner des coups de couteau en tous sens, au risque de se retrouver empêtré lui aussi, il observa les mouvements du filet et le découpa en quelques secondes. Le deuxième filet tomba sur le sol, inutilisable. Will se jeta alors sur Iorek, tâtonnant avec sa main gauche et taillant avec sa main droite. Malgré sa fureur, le grand ours demeura immobile pendant que le garçon allait et venait autour de lui pour trancher les mailles et le libérer.

— Allez-y, maintenant ! cria Will en se jetant sur le côté.

Iorek sembla jaillir comme une fusée et alla percuter la poitrine du cheval le plus proche.

Le cavalier avait levé son cimeterre pour l'abattre sur la nuque de l'ours mais, avec son armure, Iorek Byrnison pesait presque deux tonnes, et rien à cette distance ne pouvait le retenir. Le cavalier et le cheval, l'un et l'autre ébranlés et choqués, basculèrent sur le côté. Iorek reprit son équilibre, regarda autour de lui et cria aux enfants :

— Grimpez sur mon dos ! Vite !

Lyra sauta la première, suivie de Will. Les cuisses serrées autour de la carapace de métal froid, ils sentirent toute la puissance de l'ours quand celui-ci se remit en marche.

Derrière eux, les autres ours avaient engagé le

combat avec cette étrange cavalerie, aidés par les Gallivespiens, dont les éperons faisaient enrager les chevaux. La dame au faucon bleu les survola comme une flèche.

— Droit devant ! leur cria-t-elle. Au milieu des arbres, dans la vallée !

En atteignant le sommet d'un petit promontoire, Iorek s'arrêta. Devant eux, le terrain accidenté descendait vers un bosquet situé à environ cinq cents mètres de là. Quelque part, un peu plus loin, une batterie d'armes de gros calibre tirait sans discontinuer des obus qui s'envolaient au-dessus de leurs têtes en sifflant, et des fusées éclairantes explosaient juste sous les nuages et retombaient en direction des arbres, les enveloppant d'une lumière verdâtre qui en faisait une cible parfaite pour l'artillerie.

Pendant ce temps, une vingtaine de Spectres, peut-être plus, luttaient pour prendre le contrôle du bosquet, mais ils étaient repoussés par un groupe disparate de fantômes. Dès qu'ils aperçurent les arbres, Lyra et Will surent que leurs dæmons s'y trouvaient, et ils comprirent que, s'ils ne les rejoignaient pas rapidement, ils allaient mourir. De nouveaux Spectres affluaient à chaque instant, en franchissant la crête sur la droite. Will et Lyra les voyaient très nettement à présent.

Une explosion, juste derrière l'arête, ébranla le sol et projeta des pierres et des mottes de terre très haut dans le ciel. Lyra poussa un grand cri, et Will plaqua malgré lui sa main sur sa poitrine.

— Accrochez-vous, leur dit Iorek.

Et il chargea.

Une fusée éclairante explosa dans le ciel, puis une autre, et encore une autre, avant de retomber lentement en diffusant une lumière éclatante comme du magnésium enflammé. Un autre obus explosa, plus proche cette fois ; ils sentirent l'onde de choc suivie, une ou deux secondes plus tard, d'une pluie de terre et de cailloux. Iorek continua d'avancer sans s'arrêter, ni même ralentir, mais les deux enfants avaient du mal à se tenir sur son dos : ils ne pouvaient pas enfoncer leurs doigts dans sa fourrure, ils étaient obligés de serrer l'armure entre leurs genoux, mais son dos était si large qu'ils ne cessaient de glisser.

— Regarde ! s'exclama Lyra en tendant le doigt vers le ciel, au moment où un autre obus explosait tout près d'eux.

Une douzaine de sorcières se précipitaient vers les lueurs des fusées éclairantes, en agitant de grosses branches d'arbres feuillues avec lesquelles elles dispersaient les nappes lumineuses dans l'atmosphère. L'obscurité retomba sur le bosquet, qui se retrouva ainsi à l'abri des tirs d'artillerie.

Ils n'étaient plus qu'à quelques mètres désormais. Will et Lyra sentaient l'un et l'autre la proximité de leur moitié disparue : un mélange d'excitation et d'espoir insensé, refroidi par la peur, car les Spectres formaient une masse compacte au milieu des arbres. Il leur faudrait pénétrer au cœur de cette meute de créatures immondes, dont la simple vue déclenchait dans leur cœur une douleur déchirante.

— Ils ont peur du poignard subtil, déclara une voix à leurs côtés.

L'ours-roi s'arrêta si brutalement que Will et Lyra dégringolèrent de son dos.

— Lee ! s'exclama Iorek. Lee, mon camarade, je n'ai jamais rien vu de semblable. Tu es mort... À qui suis-je donc en train de parler ?

— Iorek, mon vieil ami, si tu savais ! Laissez-nous prendre la relève, les Spectres n'ont pas peur des ours. Lyra, Will... venez par ici. Will, brandis ton couteau.

Le faucon bleu revint se poser sur le poing de Lyra, et la dame aux cheveux gris dit :

— Ne perdez pas une seconde, allez chercher vos dæmons et fuyez ! D'autres dangers approchent.

— Merci, madame ! Merci à tous ! dit Lyra, et le faucon s'envola.

Will voyait à côté d'eux le pâle fantôme de Lee Scoresby qui les pressait de pénétrer dans le bosquet, mais ils devaient d'abord faire leurs adieux à l'ours-roi.

— Très cher Iorek, dit Lyra, il n'y a pas de mots pour... Merci infiniment.

— Merci, roi Iorek. dit Will.

— Le temps presse. Allez ! Vite !

Il les poussa de sa tête casquée.

Will plongea dans les fourrés à la suite du fantôme de Lee Scoresby, en donnant de grands coups de couteau de tous côtés. À cet endroit, la lumière du jour était atténuée et fragmentée ; les ombres épaisses dessinaient des silhouettes déroutantes.

— Reste près de moi, dit-il à Lyra, juste avant de pousser un cri de douleur lorsqu'une branche lui cingla la joue.

Tout autour d'eux, ils percevaient des mouvements, du bruit, des combats. Des ombres couraient en tous sens, comme des branches agitées par un vent violent. C'étaient peut-être des fantômes, car les deux enfants sentaient ces petites morsures glacées qu'ils connaissaient si bien maintenant, et ils entendaient des voix :

— Par ici !

— Venez !

— Continuez. On les retient !

— Vous y êtes presque !

Soudain retentit un cri, poussé par une voix que Lyra chérissait par-dessus tout :

— Viens vite ! Vite, Lyra !

— Pan chéri ! Je suis là !

La fillette se précipita dans le noir, secouée de sanglots et tremblante de joie ; Will tailla un passage avec son couteau au milieu des branches, du lierre et des orties, tandis qu'autour d'eux les voix des fantômes formaient une clameur d'encouragement et de mise en garde.

Mais les Spectres avaient trouvé leurs proies eux aussi, et ils se pressaient au milieu des entrelacs de ronces, de bruyère, de racines et de branches, sans rencontrer plus de résistance que s'ils traversaient un rideau de fumée. Une dizaine, une vingtaine de créatures malfaisantes semblaient se déverser dans le bosquet, où le fantôme de John Parry galvanisait ses compagnons pour repousser ces ignobles agresseurs.

Bien que tremblants de fatigue et de peur, assaillis par la nausée et la souffrance, les enfants ne pouvaient envisager un seul instant d'abandonner. Lyra arrachait les ronces à mains nues, pendant que Will se servait du couteau comme d'une machette et qu'autour d'eux le combat redoublait de sauvagerie.

— Par ici ! s'écria Lee. Vous les voyez ? Près de ce gros rocher...

Il y avait là deux chats sauvages qui crachaient et donnaient des coups de patte, toutes griffes dehors. L'un et l'autre étaient des dæmons, et Will sentait que, avec un peu de temps, il aurait pu deviner aisément lequel était Pantalaimon, mais le temps lui manqua car un Spectre hideux venait de jaillir de la tache d'ombre la plus proche et glissait vers eux.

Will sauta par-dessus le dernier obstacle, un tronc d'arbre abattu, et plongea le couteau dans le scintillement qui flottait dans l'air, sans rencontrer la moindre résistance. Il sentit son bras s'engourdir, mais il serra les dents comme il serrait les doigts autour du manche du couteau, et la forme pâle sembla s'évaporer et se fondre à nouveau dans les ténèbres.

Ils étaient presque arrivés. Les dæmons étaient morts de peur, car d'autres Spectres continuaient à se bousculer entre les arbres, et seuls les fantômes les plus vaillants pouvaient encore les repousser.

— Peux-tu ouvrir une fenêtre ? demanda le fantôme de John Parry.

Will leva le couteau, mais il fut interrompu dans son geste par une vague de nausée qui le secoua de la tête aux pieds. Il avait l'estomac vide et les spasmes étaient terriblement douloureux. À ses côtés, Lyra était dans le même état. Comprenant la cause de ce malaise, le fantôme de Lee se précipita vers les dæmons et affronta la créature pâle qui avançait dans leur dos.

— Will... par pitié..., dit Lyra, le souffle coupé.

Le couteau s'enfonça, descendit, remonta, se retira. Le fantôme de Lee Scoresby jeta un coup d'œil par l'ouverture et découvrit une immense et paisible prairie éclairée par une lune brillante, si semblable à son pays natal qu'il crut à un miracle.

Will sauta de l'autre côté de l'ouverture et s'empara du dæmon le plus proche, pendant que Lyra se saisissait de l'autre.

Même en cet instant d'affreuse panique, malgré l'ampleur du péril, les deux enfants ressentirent une excitation semblable, car Lyra tenait le dæmon de Will, le chat sauvage sans nom, et Will tenait Pantalaimon.

Ils s'obligèrent à détacher leurs regards rivés l'un à l'autre.

— Adieu, M. Scoresby ! lança Lyra en se tournant vers l'aéronaute texan. J'aimerais... Merci, merci infiniment... et adieu !

— Adieu, ma chère enfant... Adieu, Will... Bonne chance !

Lyra se glissa par l'ouverture, mais Will resta où il était et plongea ses yeux dans ceux du fantôme de son père, qui étincelaient dans la pénombre. Avant de le quitter, il avait encore quelque chose à lui dire :

— Tu as dit que j'étais un guerrier. Tu as dit que c'était ma nature, et que je ne pouvais pas m'y opposer. Père, tu avais tort. Je me suis battu parce que j'y étais obligé. Je ne peux pas choisir ma nature, mais je peux choisir mes actes. Et désormais, je choisirai, car je suis libre.

Le sourire de son père débordait de fierté et de tendresse.

— Bravo, mon fils. Bravo, oui.

Will ne le voyait déjà plus. Il se retourna et franchit l'ouverture à la suite de Lyra.

Maintenant que leur tâche était accomplie, maintenant qu'ils avaient retrouvé leurs dæmons et pris la fuite, les guerriers morts laissèrent leurs atomes se séparer et dériver, enfin.

Hors du bosquet, loin des Spectres déconcertés, en dehors de la vallée, au-delà de la silhouette puissante de son vieux compagnon l'ours en armure, les dernières parcelles de conscience qui avaient constitué Lee Scoresby l'aéronaute s'élevèrent dans le ciel, comme son ballon l'avait fait si souvent. Indifférent aux fusées éclairantes et aux obus qui explosaient, sourd aux déflagrations, aux hurlements, aux cris de hargne, de mise en garde ou de souffrance, conscient seulement de son mouvement ascendant, ce qui restait de Lee Scoresby traversa les nuages épais et déboucha sous les étoiles brillantes, là où les atomes de Hester, son dæmon bien-aimé, l'attendaient

32

Au matin

Le matin vient, la nuit se désagrège,
les guetteurs quittent leurs poste...

William Blake

L'immense prairie dorée que le fantôme de Lee Scoresby avait brièvement aperçue à travers la fenêtre ouverte par Will s'étendait, paisible, sous les premiers rayons de soleil.

Dorée, mais aussi jaune, brune, verte et des millions de nuances de toutes ces couleurs ; noire également par endroits, là où serpentaient des sortes de bandes de goudron ; argentée aussi, là où le soleil éclairait la pointe des grandes herbes ; et bleue, là où un vaste lac et un petit étang, plus proche, reflétaient l'immensité du ciel.

Paisible, oui, mais pas silencieuse, car une douce brise faisait bruire les milliards de brins d'herbe, et autant d'insectes et d'autres minuscules créatures grattaient, bourdonnaient et stridulaient dans la végétation, tandis qu'un oiseau, volant trop haut dans le bleu du ciel pour qu'on l'aperçoive, lançait ses notes flûtées, tantôt proches, tantôt éloignées, jamais identiques.

Dans ce paysage immense, les seules choses vivantes, silencieuses et immobiles étaient le garçon et la fille qui dormaient sur le sol, couchés dos à dos, à l'ombre d'une avancée rocheuse.

Ils étaient si immobiles, si pâles, qu'on aurait pu les croire morts. La faim avait tiré leurs traits, la douleur avait creusé des rides autour de leurs yeux, et ils étaient couverts de boue, de poussière et aussi de sang. Ils semblaient avoir atteint les frontières de l'épuisement.

Lyra fut la première à se réveiller. En s'élevant dans le ciel, le soleil passa au-dessus du rocher et vint caresser les cheveux de la fillette, qui remua et, lorsque les rayons frappèrent ses paupières closes, elle se sentit arrachée aux profondeurs de son sommeil comme un poisson qu'on tire hors de l'eau et qui résiste.

Mais impossible de lutter contre le soleil. Elle remua la tête, plaqua ses bras sur ses yeux et murmura :

— Pan... Pan...

Protégée par l'ombre de son bras, elle ouvrit les yeux et se réveilla tout à fait. Un long moment, elle resta immobile tant ses bras et ses jambes étaient douloureux, comme chaque partie de son corps engourdi de fatigue, mais elle était réveillée et sentait le souffle de la brise et la chaleur du soleil sur sa peau, elle entendait les insectes et le chant cristallin de cet oiseau là-haut dans le ciel. Tout cela était si bon. Elle avait oublié combien le monde était agréable.

Elle roula sur le côté et découvrit Will allongé près d'elle, dormant à poings fermés. Sa main avait saigné abondamment, sa chemise était déchirée et sale, ses cheveux durcis par la poussière et la transpiration. Lyra l'observa longuement : elle regarda battre le pouls dans son cou, sa poitrine qui se soulevait et retombait lentement, les ombres fragiles que dessinaient ses cils sur ses joues.

Il murmura quelques paroles incompréhensibles et remua. Ne voulant pas être surprise en train de l'observer, elle détourna la tête et reporta son attention sur la petite tombe qu'ils avaient creusée la veille au soir, pas plus large que deux mains posées côte à côte, dans laquelle reposaient en paix les corps du chevalier Tialys et de Lady Salmakia. Avisant une pierre plate à proximité, Lyra se leva, l'arracha à la terre et la planta verticalement dans le sol en haut de la tombe, après quoi elle s'assit de nouveau et mit sa main en visière pour contempler la plaine.

Celle-ci semblait s'étendre à l'infini. Nulle part elle n'était parfaitement plate : où que se pose son regard, de faibles ondulations, de petites arêtes et des ravines rompaient la monotonie du paysage ; ici et là étaient éparpillés des bosquets d'arbres, si grands qu'ils semblaient avoir été érigés comme on bâtit un immeuble, leurs troncs bien droits et leur feuillage d'un vert très sombre, visibles à des kilomètres, défiaient les distances.

Plus près d'eux, au pied du promontoire, à moins d'une centaine de mètres, se trouvait un petit étang, alimenté par un ruisseau qui jaillissait de la roche et, en le voyant, Lyra sentit à quel point elle était assoiffée.

Elle se leva sur ses jambes tremblantes et descendit lentement vers l'étang. Le ruisseau gargouillait entre les pierres recouvertes de mousse. Elle s'agenouilla pour y plonger ses mains, afin de les débarrasser de la boue et de la crasse, avant de former une coupe pour s'abreuver. L'eau glacée lui fit mal aux dents, mais elle en avala de grandes gorgées avec délice

L'étang était entouré de roseaux, au milieu desquels une grenouille coassait. L'eau était peu profonde, et moins froide que celle du ruisseau, comme elle s'en aperçut en y barbotant, après avoir ôté ses chaussures. Elle resta ainsi un long moment, goûtant la chaleur du soleil sur sa tête et sur son corps, savourant le contact apaisant de la boue fraîche sous ses pieds et le faible courant du ruisseau qui caressait ses chevilles.

Elle se baissa pour plonger son visage dans l'eau et mouiller entièrement ses cheveux qu'elle laissa flotter, avant de les rejeter en arrière et de les ébouriffer avec ses doigts pour ôter toute la poussière et la crasse.

Quand elle se sentit un peu plus propre, et après avoir étanché sa soif, elle leva la tête vers le sommet de la pente et constata que Will était réveillé. Il était assis, les genoux ramenés contre la poitrine, les bras noués autour des jambes, et il contemplait la plaine comme elle l'avait fait quelques instants plus tôt, émerveillé par cette immensité, par la lumière, la chaleur et la quiétude de ce lieu.

Lyra remonta lentement la pente pour le rejoindre ; elle le trouva en train de graver les noms des deux Gallivespiens sur la petite pierre tombale.

— Est-ce qu'ils... ? demanda-t-il sans achever sa phrase, mais Lyra comprit qu'il parlait de leurs dæmons.

— Je ne sais pas. Je n'ai pas vu Pan. J'ai l'impression qu'il n'est pas loin, mais je ne sais pas où. Tu te souviens de ce qui s'est passé ?

Will se frotta les yeux et bâilla, si largement qu'elle entendit le petit craquement de ses mâchoires. Il cligna des yeux et secoua la tête.

— Pas très bien, dit-il. J'ai pris Pantalaimon, et toi, tu as agrippé... l'autre, et on a franchi la fenêtre. Le paysage était éclairé par la lune, je l'ai posé près de l'ouverture...

— Et ton... L'autre dæmon a sauté de mes bras, dit Lyra. J'essayais d'apercevoir M. Scoresby et Iorek par la fenêtre et, quand je me suis retournée, les dæmons avaient disparu.

— Pourtant, ce n'est pas comme quand on est entrés dans le monde des morts. Comme quand on était séparés pour de bon.

— C'est vrai, confirma-t-elle. Ils sont quelque part, tout près d'ici. Je me souviens que, quand on était petits, on essayait de jouer à cache-cache, mais ça ne marchait jamais, car j'étais trop grande pour me cacher de lui et, à l'inverse, je savais toujours exactement où il était, même s'il se métamorphosait en papillon ou en n'importe quoi d'autre. Mais là, c'est bizarre, dit-elle en passant ses mains au-dessus de sa tête, de manière inconsciente, comme pour essayer de briser un envoûtement, Pan n'est pas là et, pourtant, je ne me sens pas déchirée, au contraire, je me sens en sécurité, et je sais qu'il ne peut rien lui arriver.

— Ils sont ensemble, je suppose, dit Will.

— Oui, certainement.

Il se leva tout à coup.

— Regarde ! Là-bas...

Il se protégeait les yeux avec sa main et pointait quelque chose du doigt. Lyra suivit la direction qu'il indiquait et aperçut au loin un frémissement dans l'air qui trahissait un mouvement, très différent du scintillement de la brume de chaleur.

— Des animaux ? dit-elle, dubitative.

— Écoute, dit Will en collant sa main derrière son oreille.

Maintenant qu'il avait attiré son attention, elle percevait effectivement un grondement sourd et persistant, presque un roulement de tonnerre, très très éloigné.

— Ils ont disparu, dit Will.

En effet, la petite tache d'ombres mouvantes s'était volatilisée, mais le grondement se poursuivit quelques instants. Puis le calme retomba brusquement. Les deux enfants continuaient à scruter l'horizon et, au bout d'un moment, ils virent réapparaître le mouvement. Suivi de près par le même grondement sourd.

— Ils avaient disparu derrière une colline ou un truc comme ça, commenta Will. Ils approchent, tu crois ?

— J'ai du mal à voir... Oui, ils tournent ! Regarde, ils viennent par ici.

— Si on doit les affronter, je vais boire d'abord, déclara-t-il.

Joignant le geste à la parole, il prit son sac à dos et descendit à son tour jusqu'au ruisseau, où il but tout son soûl et se lava sommairement. Sa blessure avait saigné en abondance. Il était vraiment dans un triste état, et rêvait d'une bonne douche bien chaude, avec beaucoup de savon qui mousse, et de vêtements propres.

Pendant ce temps, Lyra observait les... cette chose qui approchait. Une chose très étrange.

— Will ! s'écria-t-elle. On dirait qu'ils se déplacent sur des roues...

Elle avait dit cela de manière hésitante, comme si elle refusait d'y croire. Le garçon remonta légèrement et mit sa main en visière pour scruter l'horizon. Il était possible de distinguer des détails désormais. Le groupe, le troupeau ou la bande, se composait d'une douzaine de membres et, en effet, comme l'avait souligné Lyra, les créatures se déplaçaient sur des roues ! Elles ressemblaient à un croisement entre des antilopes et des motos, mais ce n'était pas là leur seule étrangeté : elles possédaient des trompes comme de petits éléphants.

Elles se dirigeaient vers les enfants, avec une détermination visible. Will sortit son couteau, tandis que Lyra, assise dans l'herbe près de lui, manipulait déjà les aiguilles de l'aléthiomètre.

L'instrument réagit rapidement, alors que les créatures se trouvaient encore à quelques centaines de mètres. Le curseur virevolta autour du cadran, et Lyra sentit son esprit bondir d'un symbole à l'autre et se poser sur les niveaux de signification avec la légèreté d'un oiseau.

— Leurs intentions sont pacifiques, dit-elle, il n'y a rien à craindre, Will. En fait, ils nous cherchent. Ils savent qu'on est ici... C'est bizarre, il y a une chose que je ne comprends pas... Le Dr Malone ?

Elle avait prononcé ce nom à voix basse, comme pour elle-même, car elle ne pouvait pas croire que le Dr Malone se trouvait dans ce monde. Pourtant, l'aléthiomètre l'indiquait clairement, même s'il ne donnait pas son nom, évidemment. Lyra rangea l'instrument et se leva, à côté de Will.

— Descendons à leur rencontre, dit-elle. Ils ne nous feront pas de mal.

Certaines des créatures s'étaient arrêtées, elles attendaient. Leur chef s'avança légèrement, la trompe levée, et les deux enfants découvrirent qu'il se propulsait en exerçant une poussée sur le sol avec ses membres latéraux. Certains de ses congénères s'étaient approchés du ruisseau pour boire, les autres attendaient, mais pas avec cette morne passivité des vaches regroupées derrière la barrière d'un pré. C'étaient des êtres à part entière, dotés d'une vive intelligence. C'étaient des personnes.

Les enfants descendirent la pente jusqu'à ce qu'ils soient assez proches pour leur parler. Malgré les affirmations rassurantes de Lyra, Will gardait la main sur le manche du couteau.

— Je ne sais pas si vous me comprenez, dit Lyra avec prudence, mais je sais que vous venez en amis. Je crois qu'on devrait...

Le chef remua sa trompe et dit :

— *Venir voir Mary. Vous montez sur nous. On vous emmène. Venez voir Mary.*

Lyra poussa une petite exclamation de joie et se tourna vers Will, rayonnante de bonheur.

Deux des créatures étaient équipées de brides et d'étriers faits de corde tressée. Ils n'avaient pas de selles, mais leurs dos en forme de losange se révélèrent suffisamment confortables. Lyra avait déjà chevauché un ours, Will avait l'habitude de faire de la bicyclette, mais ni l'un ni l'autre n'étaient jamais montés sur un cheval, qui pouvait à la rigueur être comparé à cette étrange monture, à la différence près que les cavaliers contrôlaient généralement la leur. Les enfants ne tardèrent pas à découvrir que ce n'était pas le cas ici : les brides et les étriers n'étaient là que pour leur permettre de se retenir à quelque chose. C'étaient les étranges créatures qui prenaient toutes les décisions.

— Où est-ce qu'on... ?

Will n'eut pas le temps d'achever sa question, car il dut se cramponner à la bride pour ne pas tomber au moment où sa monture s'ébranlait.

Le groupe fit demi-tour et descendit la pente douce, en roulant lentement au milieu des hautes herbes. Le mouvement était cahoteux mais pas désagréable, car ces créatures n'avaient pas de colonne vertébrale, et les deux enfants avaient l'impression d'être assis dans des fauteuils dotés de puissants ressorts.

Bientôt, ils atteignirent ce qu'ils avaient aperçu de manière indistincte du haut de leur promontoire : un de ces rubans noirs ou marron foncé qui serpentaient dans la plaine et, en découvrant ces routes de basalte parfaitement lisses, leur étonnement rivalisa avec celui de Mary Malone quelque temps plus tôt.

Dès qu'elles se retrouvèrent sur cette surface dure, les créatures accélérèrent. La route ressemblait plus à un cours d'eau qu'à une véritable chaussée car, par endroits, elle s'élargissait pour former comme un petit lac ou bien, au contraire, elle se scindait en plusieurs petits canaux, qui se rejoignaient un peu plus loin, de manière totalement imprévisible. Rien à voir avec les routes bien droites qui, dans le monde de Will, traversaient le paysage de manière brutale et franchissaient les vallées sur des ponts de béton. Ici, la route faisait partie du paysage, elle ne lui était pas imposée.

Ils allaient de plus en plus vite. Il fallut à Will et Lyra un certain temps pour s'habituer à l'impulsion sauvage donnée par les muscles et à la trépidation bruyante des roues sur la surface dure. Au début, Lyra eut plus de mal que Will à conserver son équilibre, car elle n'avait jamais fait de vélo, et elle ignorait qu'il fallait se pencher dans les virages, mais elle regarda comment faisait le garçon et, très vite, elle s'étonna de se laisser griser par la vitesse.

Le vacarme des roues les empêchait de parler ; ils étaient obligés de désigner les choses du doigt : les arbres, dont la taille et la splendeur les impressionnaient ; un vol d'oiseaux comme ils n'en avaient encore jamais vu, dont les deux ailes placées en ligne, devant et derrière, donnaient à leur vol un curieux mouvement hélicoïdal, ou encore un énorme lézard bleu, de la taille d'un cheval, qui se faisait dorer au soleil en plein milieu de la route. (Les créatures montées sur roues se séparèrent pour passer de part et d'autre, sans que le lézard les remarque.)

Le soleil était déjà haut dans le ciel quand ils commencèrent à ralentir. Dans l'air flottait le parfum salé caractéristique de la mer. La route montait vers un promontoire, et ils avançaient maintenant au pas.

Lyra, ankylosée et endolorie, demanda :

— Peut-on s'arrêter ? J'aimerais me dégourdir les jambes.

Sa monture sentit qu'on tirait sur sa bride, et peut-être comprit-elle les paroles de la fillette ; elle s'arrêta. Celle de Will l'imita et les deux enfants mirent pied à terre, les membres raidis et tremblants à force d'être secoués et crispés.

Les créatures formèrent un cercle pour bavarder ; leurs trompes se balançaient de manière gracieuse pour accompagner les sons qui sortaient de leurs bouches. Au bout de quelques minutes, ils repartirent, et Will et Lyra furent heureux de pouvoir marcher au milieu des mulefas qui avançaient à leurs côtés. Un ou deux étaient partis en éclaireurs vers le sommet du promontoire, et maintenant qu'ils n'étaient plus obligés de se concentrer pour rester sur leurs montures, les enfants purent observer leur manière de se mouvoir et admirer l'élégance et la puissance avec lesquelles ils se propulsaient vers l'avant, se penchaient et se retournaient.

Arrivées en haut du promontoire, ils s'arrêtèrent. Will et Lyra entendirent le chef déclarer :

— *Mary tout près. Mary là-bas.*

À l'horizon s'étendait le miroitement bleu de la mer. Une rivière large et paresseuse serpentait à travers une prairie herbeuse, à mi-distance, et au pied de la longue pente, entouré de bosquets de petits arbres et de rangées de plantations, se dressait un petit village de cabanes aux toits de chaume. D'autres créatures semblables à celles qui les escortaient allaient et venaient entre les habitations, s'occupaient des récoltes ou s'affairaient parmi les arbres.

— *Repartir maintenant*, déclara le chef.

Ce n'était plus très loin. Will et Lyra enfourchèrent de nouveau leurs montures ; les autres créatures s'assurèrent qu'ils étaient bien assis et vérifièrent les étriers avec leurs trompes.

Après quoi, elles repartirent, se propulsant avec leurs membres latéraux, la tête penchée en avant. jusqu'à ce qu'elles dévalent la pente à toute allure. Les enfants s'accrochaient de leur mieux, avec leurs mains et leurs genoux ; ils sentaient l'air fouetter leurs visages. Le fracas des roues, les herbes hautes qui défilaient de chaque côté, la maîtrise et la puissance, le plaisir pur de la vitesse... ces créatures adoraient ça, et leur joie évidente les faisait rire de bon cœur.

Finalement, les mulefas s'arrêtèrent au centre du village, et leurs congénères, qui les avaient vus et entendus arriver, se rassemblèrent autour d'eux en levant leurs trompes et en leur adressant des paroles de bienvenue.

Soudain, Lyra s'écria :

— Dr Malone !

Mary venait de sortir d'une des cabanes, avec

sa chemise bleue délavée, sa silhouette trapue et ses joues empourprées.

Lyra se précipita pour l'enlacer, et la femme la serra contre elle, pendant que Will se tenait en retrait, prudent et dubitatif.

Mary embrassa chaleureusement Lyra, puis s'avança vers Will. Se produisit alors une valse-hésitation entre affection et gêne, qui dura moins d'une seconde.

Émue de les voir dans cet état pitoyable, Mary eut le réflexe d'étreindre Will, comme elle l'avait fait avec Lyra. Mais elle était une adulte et lui n'était plus tout à fait un enfant ; elle comprit qu'elle risquait de le vexer. Alors qu'elle aurait serré un enfant dans ses bras, jamais elle n'aurait agi ainsi avec un homme qu'elle ne connaissait pas. C'est pourquoi elle se retint, désireuse de rendre hommage au camarade de Lyra et ne voulant surtout pas le mettre mal à l'aise.

Aussi se contenta-t-elle de lui tendre la main. Will la serra et un courant de compréhension et de respect passa entre eux, si puissant qu'il se transforma instantanément en affection, et l'un et l'autre sentirent qu'ils venaient de se faire un ami pour la vie. Ils avaient raison.

— Je vous présente, Will, dit Lyra. Il vient de votre monde. Vous vous souvenez, je vous avais parlé de lui...

— Mary Malone, enchantée. Vous m'avez l'air affamés tous les deux.

Elle se tourna vers la créature qui se tenait à

ses côtés et s'adressa à elle en produisant ces étranges sons chantants et sifflants, accompagnés de mouvements des bras.

Toutes les créatures s'agitèrent immédiatement, et certaines apportèrent des coussins et des tapis provenant de la cabane la plus proche, qu'elles déposèrent sur le sol dur, sous un arbre dont les feuilles touffues et les branches basses offraient une ombre fraîche et parfumée.

Dès que les deux enfants furent confortablement installés, leurs hôtes apportèrent des bols en bois lisse, pleins à ras bord de lait délicieusement rafraîchissant, avec une pointe d'acidité citronnée, ainsi que des sortes de noisettes très suaves, et de la salade qui venait d'être cueillie, des feuilles épicées et âcres mélangées à des feuilles plus épaisses et plus douces d'où suintait une sève crémeuse, et aussi des petites racines qui avaient un goût de carotte sucrée.

Mais ils ne pouvaient pas manger autant. La nourriture était trop riche. Will aurait voulu faire honneur à leur générosité, mais la seule chose qu'il put avaler sans trop de mal, outre le lait, c'étaient des sortes de galettes de pain farineuses, comme des tortillas, plates et légèrement dorées. C'était à la fois simple et nourrissant. Lyra, quant à elle, se fit un devoir de goûter à tout mais, comme Will, elle fut très vite rassasiée.

Mary réussit à éviter de les bombarder de questions. Ces deux enfants venaient de vivre une expérience qui les avait profondément marqués, se disait-elle ; ils n'étaient pas encore prêts à en parler.

En revanche, elle répondit de bon cœur à leurs questions sur les mulefas, et leur raconta brièvement comment elle était arrivée dans ce monde, après quoi, elle les abandonna à l'ombre de l'arbre, car elle voyait leurs paupières se fermer et leurs têtes basculer vers l'avant.

— Vous n'avez plus rien à faire, à part vous reposer, dit-elle.

L'air de l'après-midi était chaud et statique, et le chant monotone des criquets incitait à la somnolence. Moins de cinq minutes après avoir bu la dernière gorgée de lait, Will et Lyra s'endormirent profondément.

— *Ils ne sont pas du même sexe ?* dit Atal, stupéfaite. *Mais comment on les différencie ?*

— *C'est facile*, répondit Mary. *Leurs corps n'ont pas la même forme. Ils se déplacent différemment.*

— *Ils ne sont pas beaucoup plus petits que toi. Mais ils ont moins de* sraf. *Quand est-ce que ça viendra ?*

— *Je l'ignore*, avoua Mary. *Bientôt, je suppose. Je ne sais pas à quel moment ça se produit.*

— *Et ils n'ont pas de roues*, ajouta Atal d'un ton compatissant.

Elles étaient en train de désherber le potager. Mary avait fabriqué une binette pour ne pas avoir à se baisser ; quant à Atal, elle se servait de sa trompe, si bien que leur conversation était intermittente.

-- *Mais tu savais qu'ils allaient venir*, dit la zalif.

— *Oui.*

– *Ce sont les baguettes qui te l'ont dit ?*

-- *Non*, répondit Mary en rougissant.

C'était une scientifique ; il lui était déjà pénible de devoir avouer qu'elle consultait le I-Ching, mais là, c'était encore plus gênant.

— *C'était une image de nuit*, avoua-t-elle.

Les mulefas n'avaient pas de mot pour désigner les rêves. Ce qui ne les empêchait pas de faire des rêves vivants, qu'ils prenaient très au sérieux.

— *Tu n'aimes pas les images de nuit*, fit remarquer Atal.

— *Si, j'aime ça. Mais je n'y ai jamais cru jusqu'à maintenant. J'ai vu le garçon et la fille, très nettement, et une voix m'a dit de me préparer à les accueillir.*

— *Quel genre de voix ? Comment a-t-elle pu te parler si tu ne la voyais pas ?*

Atal avait du mal à concevoir un langage sans mouvements de la trompe pour clarifier et préciser le sens des mots. Elle s'était arrêtée de biner au milieu d'une rangée de haricots et regardait Mary avec une curiosité pleine de fascination.

— *J'ai vu la personne qui me parlait*, expliqua-t-elle. *C'était une femme, une sage, une femme comme nous, comme mon peuple. Mais très âgée, et en même temps, pas du tout âgée.*

Un sage était le terme qu'employaient les mulefas pour désigner leurs chefs. Mary remarqua qu'Atal était captivée.

— *Comment pouvait-elle être à la fois vieille et pas vieille ?*

— *C'est un faire-comme.*

Atal agita sa trompe, rassurée.

Mary poursuivit son explication, de son mieux :

— *Elle m'a dit de me préparer à l'arrivée des enfants, en précisant le moment et le lieu de leur apparition. Sans me dire pourquoi. Je dois juste veiller sur eux.*

— *Ils sont blessés et fatigués*, dit Atal. *Pourront-ils empêcher la* sraf *de s'en aller ?*

Mary leva les yeux vers le ciel, embarrassée. Elle savait, sans avoir besoin d'utiliser son télescope, que les particules d'Ombre poursuivaient leur exode, plus vite que jamais.

— *Je l'espère*, dit-elle. *Mais je ne sais pas comment.*

En début de soirée, alors qu'on allumait les feux pour préparer à manger et que les premières étoiles faisaient leur apparition, un groupe d'étrangers arriva au village. Mary était en train de se laver ; en entendant le grondement de leurs roues et le murmure fiévreux de leurs voix, elle s'empressa de sortir de sa cabane, tout en se séchant.

Will et Lyra avaient dormi tout l'après-midi et ils commençaient à se réveiller, sans doute à cause de cette agitation. Lyra se redressa, encore ensommeillée, pour découvrir Mary en pleine discussion avec cinq ou six mulefas, qui l'entouraient, visiblement excités, mais elle n'aurait su dire s'ils étaient furieux ou joyeux.

Voyant qu'elle était réveillée, Mary abandonna le petit groupe pour venir vers elle.

— Lyra, dit-elle, il s'est passé quelque chose... Ils ont découvert un phénomène qu'ils ne peuvent pas expliquer et je... Je ne sais pas ce que c'est... Il faut que j'aille voir. C'est à une heure d'ici environ. Je reviendrai dès que possible. Prenez tout ce que vous voulez dans ma cabane... Je dois y aller, ils ont l'air paniqué...

— D'accord, répondit-elle, encore étourdie par cette longue sieste.

Mary regarda sous le feuillage de l'arbre : Will se frottait les yeux.

— Je n'en ai pas pour longtemps, dit-elle. Atal restera avec vous.

Le chef s'impatientait. Mary jeta rapidement sa bride et ses étriers sur le dos du zalif en s'excusant pour sa maladresse, et elle l'enfourcha. Les mulefas firent demi-tour et s'enfoncèrent rapidement dans le crépuscule.

Ils partirent dans une nouvelle direction, longeant la crête qui dominait la côte nord. Mary n'avait jamais voyagé à dos de mulefa dans l'obscurité, et la vitesse lui parut encore plus effrayante qu'en plein jour. Alors qu'ils gravissaient la pente, elle apercevait le reflet scintillant de la lune sur la mer, et cette lumière argentée semblait l'envelopper d'un émerveillement sceptique et froid. L'émerveillement était en elle, le scepticisme était dans le monde et le froid était dans les deux.

Régulièrement, elle levait la tête vers le ciel et sa main frôlait instinctivement le télescope dans sa poche, mais elle ne pouvait pas l'utiliser tant qu'ils n'étaient pas arrêtés. Or, les mulefas avançaient avec détermination, et ils ne semblaient pas décidés à faire la moindre pause. Finalement, au bout d'une heure de trajet cahoteux, ils bifurquèrent vers l'intérieur des terres, abandonnant la route pour suivre, à une allure réduite, une piste de terre battue qui s'enfonçait au milieu de grandes herbes. Ils passèrent devant un bosquet d'arbres à cosses et montèrent vers une crête. Le paysage luisait sous l'éclat de la lune : immenses collines dénudées, traversées parfois par des ravines où coulaient de minces filets d'eau.

C'était vers un de ces petits ravins qu'ils la conduisaient. Quand ils avaient quitté la route de basalte, Mary avait mis pied à terre et elle marchait maintenant d'un pas vif, en suivant le rythme des mulefas. Ils franchirent la crête et descendirent dans le ravin.

Elle entendait le murmure du ruisseau et le souffle du vent nocturne dans l'herbe. Elle entendait la terre compacte qui crissait sous les roues, et elle entendait chuchoter les mulefas qui avançaient devant elle ; puis ils s'arrêtèrent.

Sur le flanc de la colline, à quelques mètres de là, se trouvait une des ouvertures découpées par le poignard subtil. On aurait dit l'entrée d'une grotte, car l'éclat de la lune s'y glissait discrètement, laissant deviner l'intérieur de la colline, mais ce n'était qu'une illusion d'optique. Et, de cette ouverture, sortait une procession de fantômes.

Mary eut l'impression que le sol venait de céder sous ses pieds. Elle se ressaisit dans un sursaut et dut agripper la branche d'arbre la plus proche pour s'assurer qu'il existait toujours un monde physique, et qu'elle en faisait toujours partie.

Elle s'approcha de la fenêtre. Des hommes, des femmes, des enfants, des bébés qu'on tenait dans les bras, des êtres humains et d'autres créatures... tous sortaient de l'obscurité, en rangs de plus en plus serrés, pour déboucher dans ce monde concret... et disparaître aussitôt.

C'était bien cela le plus étrange. Ils faisaient quelques pas dans ce monde fait d'herbe, d'air et de lumière argentée, ils regardaient autour d'eux, la joie transformait leur visage (Mary n'avait jamais vu de telles expressions de félicité), ils écartaient les bras pour étreindre l'univers tout entier et, soudain, comme s'ils étaient faits de brouillard ou de fumée, ils se volatilisaient, ils devenaient partie intégrante de la terre, de la rosée et de la brise.

Certains s'avancèrent vers Mary comme s'ils voulaient lui dire quelque chose, en tendant les bras, et elle sentait leur contact, semblable à de petites décharges glacées. Un des fantômes, une vieille femme, lui fit signe d'approcher.

Et elle s'adressa à Mary :

— Racontez-leur des histoires. C'est ça qu'on ne savait pas. Pendant tout ce temps, on l'ignorait ! Mais c'est la vérité qu'il leur faut. C'est elle qui les nourrit. Vous devez leur raconter des histoires vraies, et tout se passera bien. Racontez-leur simplement des histoires.

Sur ce, la vieille femme disparut à son tour. C'était un de ces moments où, tout à coup, on se souvient d'un rêve qu'on avait oublié, sans trop savoir pourquoi, et resurgissent alors, comme un torrent, toutes les émotions ressenties durant notre sommeil. C'était ce rêve qu'elle avait essayé de raconter à Atal, l'image de nuit. Mais, alors qu'elle essayait de le retrouver, il ne cessait de se dissoudre, semblable à ces fantômes qui se volatilisaient devant ses yeux. Le rêve s'était enfui.

Il ne restait que la douceur de cette sensation, et cette injonction : « Racontez-leur des histoires. »

Mary scruta les ténèbres. Si loin que portât son

regard, dans ce silence infini, d'autres fantômes continuaient d'affluer, des milliers et des milliers, tels des réfugiés revenant chez eux.

— Racontez-leur des histoires, répéta-t-elle à voix basse.

33

Pâte d'amandes

> Doux printemps, plein de journées douces et de roses ; une boîte dans laquelle les sucreries etaient bien tassées.
>
> George Herbert

Le lendemain matin, Lyra s'éveilla d'un rêve dans lequel Pantalaimon était revenu auprès d'elle pour lui dévoiler son apparence ultime et définitive, et celle-ci lui avait beaucoup plu. Mais, maintenant qu'elle était réveillée, elle ne parvenait pas à s'en souvenir.

Le soleil s'était levé depuis peu et la fraîcheur de la nuit flottait encore dans l'air. Elle voyait entrer les premiers rayons dorés par la porte ouverte de la petite cabane où elle avait dormi, la modeste maison de Mary. Elle resta couchée un moment, tendant l'oreille. Dehors, des oiseaux chantaient, accompagnés par une sorte de grillon et, allongée à côté d'elle, Mary respirait tranquillement dans son sommeil.

En se redressant dans le lit, Lyra s'aperçut qu'elle était nue. Passé son premier réflexe d'indignation, elle découvrit des vêtements propres, pliés par terre à côté d'elle : une chemise appartenant à Mary, et un morceau de tissu doux imprimé qu'elle pourrait nouer autour de sa taille pour en faire une jupe. Elle s'habilla. Évidemment, elle nageait dans la jupe mais, au moins, elle était présentable.

Ainsi vêtue, elle sortit de la cabane. Pantalaimon se trouvait tout près d'ici, elle en était convaincue. C'était comme si elle l'entendait parler et rire. Cela signifiait certainement qu'il était en sécurité et que, d'une certaine façon, ils étaient toujours liés l'un à l'autre. Lorsqu'il reviendrait enfin vers elle, après lui avoir pardonné... ah ! ces heures qu'ils passeraient à bavarder, à se raconter tout ce qui leur était arrivé...

Will dormait encore sous l'arbre, le paresseux. Lyra songea à le réveiller mais, puisqu'elle était seule, elle pouvait en profiter pour aller nager dans la rivière. Du temps d'Oxford, elle adorait se baigner nue dans la rivière Cherwell, avec les autres enfants mais, avec Will, ce ne serait pas du tout pareil. Rien que d'y penser, elle rougissait.

Alors elle descendit jusqu'au bord de l'eau, dans la lumière nacrée du matin. Parmi les roseaux, un grand oiseau très fin, semblable à un héron, se tenait sur une seule patte, parfaitement immobile. Lyra s'en approcha à pas feutrés pour ne pas l'effrayer, mais l'oiseau ne lui accorda pas plus d'attention qu'à une brindille sur l'eau.

Abandonnant ses vêtements sur le rivage, elle se glissa dans l'eau. C'était de l'eau de mer apportée par la marée et, pour Lyra qui n'avait jamais nagé dans de l'eau salée, c'était une sensation étrange. Elle nagea énergiquement pour lutter contre le froid, puis retourna s'asseoir en grelottant sur le rivage, les genoux remontés contre la poitrine. En temps normal, Pan l'aurait aidée à se sécher. Était-il là, tout près d'elle, transformé en poisson, en train de se moquer d'elle dans l'eau ? Ou métamorphosé en scarabée qui s'introduisait dans ses vêtements pour la chatouiller ? Ou en oiseau ? Ou bien était-il loin d'ici, avec l'autre dæmon, ne pensant même plus à elle ?

Le soleil était chaud maintenant et Lyra fut très vite sèche. Elle enfila la grande chemise de Mary, puis, avisant des pierres plates au bord de l'eau, elle remonta chercher ses vêtements pour les laver. Mais elle s'aperçut que quelqu'un s'en était déjà chargé : ses habits, comme ceux de Will, étaient étendus sur les branches d'un buisson odorant, et ils étaient presque secs.

Un peu plus loin, sous l'arbre, Will commençait à se réveiller. Lyra alla s'asseoir près de lui.

— Will ! Réveille-toi ! souffla-t-elle.

— Hein ? Quoi ? Où on est ? demanda-t-il en

se redressant et en portant instinctivement la main à son couteau. Lui aussi était nu.

Lyra détourna le regard

— On est en sécurité, dit-elle. Nos hôtes ont même lavé nos vêtements, ou bien c'est le Dr Malone, je ne sais pas. Je vais chercher tes affaires. Elles sont presque sèches.

Elle lui passa ses vêtements sans le regarder et lui tourna le dos jusqu'à ce qu'il soit habillé.

— Je suis allée nager dans la rivière, dit-elle. Et j'ai cherché Pan, mais je crois qu'il se cache.

— Bonne idée. Je veux dire, d'aller nager. J'ai l'impression d'être couvert de plusieurs années de crasse... Je vais aller me tremper, moi aussi.

Pendant l'absence de Will, Lyra fit le tour du village, en prenant soin de ne pas se montrer trop indiscrète, pour ne pas enfreindre, sans le savoir, quelque code de politesse ; pourtant, tout ce qu'elle découvrait éveillait sa curiosité. Certaines cabanes paraissaient très anciennes, d'autres au contraire étaient récentes, mais toutes étaient construites de la même manière, avec du bois, de l'argile et du chaume. Malgré tout, elles n'avaient rien de grossier : ainsi, chaque porte, chaque encadrement de fenêtre était orné de motifs subtils, mais ceux-ci n'étaient pas sculptés dans le bois, c'était plutôt comme si les mulefas avaient « obligé » le bois à pousser sous cette forme, naturellement.

À force d'observer ce village, Lyra commençait à distinguer ici et là des traces d'ordre et de rigueur, un peu comme les différentes couches d'interprétation de l'aléthiomètre. Une partie de son esprit brûlait d'envie d'élucider cette énigme, de bondir avec légèreté d'un symbole à un autre, d'une signification à une autre, comme elle le faisait avec l'instrument, mais une autre partie se demandait combien de temps ils pourraient demeurer ici avant d'être obligés de repartir.

« Je n'irai nulle part tant que Pan ne sera pas revenu », décréta-t-elle.

Will revint de la rivière, puis Mary sortit de sa cabane pour leur proposer un petit déjeuner et, bientôt, Atal les rejoignit, puis tout le village s'anima autour d'eux. Deux jeunes mulefas, dépourvus de roues, ne cessaient de leur jeter des regards intrigués, cachés au coin d'une cabane ; Lyra s'amusait à se retourner brusquement pour les surprendre et les voir sursauter de frayeur et éclater de rire.

— Voyons, dit Mary, quand ils eurent mangé du pain, des fruits et bu une infusion brûlante ressemblant à de la menthe. Hier, vous étiez épuisés et vous aviez besoin de vous reposer. Mais vous semblez un peu plus vaillants aujourd'hui l'un et l'autre, et je pense qu'il serait bon que nous échangions nos expériences. Toutefois, cela risque de prendre un certain temps, et autant nous occuper les mains pendant que nous bavardons. Nous allons nous rendre utiles en réparant quelques filets.

Ils emportèrent au bord de l'eau un tas de

filets de pêche raidis par le sel et les étendirent sur l'herbe. Mary leur enseigna comment nouer un nouveau morceau de corde aux endroits où il était usé. Pendant tout ce temps, elle demeurait sur ses gardes, car Atal l'avait informée que des familles de mulefas installées un peu plus loin sur la côte avaient vu un grand nombre de tualapis, ces étranges oiseaux blancs, se rassembler au large, et toute la tribu était prête à s'enfuir à la moindre alerte. Mais entre-temps, il fallait accomplir les tâches indispensables.

Assis tous les trois au bord du paisible bras de mer, en plein soleil, ils rafistolèrent les filets et Lyra raconta à Mary toute son histoire, en commençant par ce jour, très lointain, où Pan et elle avaient décidé de se faufiler dans le Salon de Jordan College.

La marée arriva, puis se retira. Il n'y avait toujours aucun signe des tualapis. En fin d'après-midi, Mary emmena Will et Lyra se promener le long du bras de mer, au-delà des piquets auxquels étaient attachés les filets de pêche, à travers l'immense marais salant qui s'étendait jusqu'à la mer. C'était un endroit sûr à marée basse, car les grands oiseaux blancs ne s'aventuraient à l'intérieur des terres que lorsque la marée était haute. Mary précédait les deux enfants sur une route en terre dure, au-dessus de la boue. Comme beaucoup de choses construites par les mulefas, elle était ancienne et parfaitement entretenue, et semblait faire partie intégrante de la nature.

— Ce sont eux qui ont construit ces routes de pierre ? demanda Will.

— Non. Je crois plutôt que ce sont ces routes qui les ont construits, d'une certaine façon, répondit Mary. Je veux dire par là qu'ils n'auraient jamais appris à utiliser les roues s'il n'y avait pas eu toutes ces surfaces dures pour rouler. Je pense que ce sont des coulées de lave provenant d'anciens volcans.

Quoi qu'il en soit, ces routes leur ont permis d'utiliser les roues. Et d'autres éléments se sont conjugués. Comme les arbres à cosses eux-mêmes et la constitution physique des mulefas : ils n'ont pas de vertèbres, ils n'ont pas d'épine dorsale. Dans nos mondes, un hasard quelconque a fait, il y a fort longtemps, que les créatures dotées de colonnes vertébrales ont pris le dessus et, dès lors, d'autres formes se sont développées, toutes axées autour de la colonne vertébrale. Dans ce monde-ci, le hasard a pris une autre direction, et c'est le squelette en forme de losange qui l'a emporté. Il existe quand même des créatures vertébrées, évidemment, mais pas beaucoup. Il y a des serpents, par exemple. Ils sont très importants ici. Les mulefas veillent sur eux et essayent de ne pas leur faire de mal... Bref, leur squelette, les routes de lave et les arbres à cosses se sont combinés pour créer ce monde. Une succession de petits hasards qui s'assemblent. Et toı, Will, à quel moment commence ton histoire ?

— C'est un peu une succession de petits hasards pour moi aussi, dit-il, en songeant au chat sous les marronniers.

S'il était arrivé trente secondes plus tôt, ou plus tard, il n'aurait jamais vu le chat, il n'aurait pas vu la fenêtre, il n'aurait pas découvert Citàgazze, ni Lyra, et rien de tout cela ne lui serait arrivé.

Il commença son récit et Mary et Lyra l'écoutèrent en marchant. Quand ils atteignirent les bancs de boue, Will en était arrivé au moment où il se battait contre son père au sommet de la montagne.

— Puis la sorcière l'a tué... dit-il.

Il n'avait jamais compris la raison de ce geste. Il rapporta ce que lui avait dit la sorcière avant de se suicider : elle avait été amoureuse de John Parry, et celui-ci l'avait trahie.

— Les sorcières sont des êtres féroces, dit Lyra.

— Si elle était amoureuse de lui...

— L'amour est une chose féroce également, dit Mary.

— Mais il aimait ma mère, dit Will. Et je peux lui dire qu'il n'a jamais été infidèle.

En observant Will, Lyra songea que, le jour où il tomberait amoureux, il serait comme son père.

Autour d'eux, les bruits paisibles de l'après-midi flottaient dans l'air chaud : le clapotis incessant des marais, les raclements des insectes, les cris des mouettes. La mer s'était totalement retirée, dévoilant une immense étendue de plage claire qui scintillait sous le soleil. Un milliard de minuscules créatures vivaient, se nourrissaient et mouraient dans la boue et le sable ; les petites empreintes, les trous dans le sol et les mouvements invisibles indiquaient que tout le paysage bourdonnait de vie.

Mary scrutait la mer lointaine et l'horizon, guettant les voiles blanches. Mais à l'endroit où le bleu du ciel pâlissait, à l'horizon, il n'y avait qu'un scintillement brumeux, et la mer s'emparait de cette pâleur pour la faire miroiter dans l'air étincelant.

Elle montra à Will et à Lyra comment ramasser une espèce particulière de mollusques en repérant les trous qu'ils laissaient dans le sable pour respirer. Les mulefas en raffolaient, mais ils avaient du mal à se déplacer sur la plage. Chaque fois que Mary se rendait sur le rivage, elle en ramassait le plus possible, et aujourd'hui qu'ils avaient trois paires de mains et d'yeux, ce serait un véritable festin !

Elle distribua un sac en toile à chacun et ils se lancèrent dans la pêche aux mollusques, tout en écoutant la suite de l'histoire de Will. Les sacs se remplissaient à un bon rythme et, peu à peu, sans rien dire, Mary ramena les deux enfants vers l'entrée du marais, car la mer commençait à remonter.

L'histoire était longue, comme prévu, et ils n'arriveraient pas au monde des morts aujourd'hui. Alors qu'ils approchaient du village, Will racontait à Mary ce que Balthamos lui avait dit sur les origines de la vie humaine. Mary semblait particulièrement intéressée par la théorie de la triple nature des êtres humains.

— Tu sais, dit-elle, l'Église... l'Église catholique à laquelle j'appartenais, refusait d'employer le mot dæmon, mais saint Paul parle à la fois d'esprit, d'âme et de corps. L'idée d'une nature humaine séparée en trois n'est donc pas si bizarre.

— La meilleure partie, c'est le corps, déclara Will. C'est ce que m'ont dit Baruch et Balthamos en tout cas. Les anges rêvent d'avoir des corps. Et ils ne comprennent pas pourquoi nous ne sommes pas plus heureux de vivre sur terre. Pour eux, posséder notre chair et nos sens serait une sorte d'extase. Dans le monde des morts...

— Attends d'en arriver là, dit Lyra, avec un sourire.

Un sourire si tendre et si plein de bonheur que Will sentit la confusion s'emparer de ses sens. Il lui rendit son sourire, et Mary se dit que son visage exprimait une confiance absolue, une confiance qu'elle n'avait jamais vue sur un visage humain.

Le temps qu'ils regagnent le village, il fallait préparer le repas du soir. Mary abandonna les deux enfants sur le rivage, où ils s'assirent pour regarder monter la mer, et elle rejoignit Atal près du feu. Son amie fut ravie en découvrant l'abondance de mollusques. Cependant...

— *Mary*, dit-elle, *les tualapis ont détruit un village un peu plus loin sur la côte, et un autre ensuite, et encore un autre. Ils n'ont jamais fait ça. Généralement, après en avoir attaqué un, ils repartent vers le large. Et un autre arbre est tombé aujourd'hui...*

— *Non ! Où ?*

Atal lui indiqua un bosquet situé à proximité d'une source d'eau chaude. Mary s'y était rendue trois jours plus tôt et tout lui avait semblé normal. Elle sortit le télescope de sa poche pour regarder le ciel : comme elle le redoutait, l'immense flot de particules d'Ombre coulait avec une puissance redoublée, bien plus vite que la marée qui montait entre les deux rives.

— *Que peux-tu faire ?* demanda Atal.

Mary sentit le poids de la responsabilité peser sur ses épaules comme une main gigantesque, mais elle se força à les redresser.

— *Leur raconter des histoires*, dit-elle.

Après le dîner, les trois humains et Atal restèrent assis sur des tapis devant la cabane de Mary, sous la douce chaleur du ciel étoilé. Repus, ils se prélassaient et respiraient le parfum fleuri de la nuit en écoutant Mary raconter son histoire.

Elle commença juste avant sa rencontre avec Lyra, et leur parla de son travail au sein du groupe d'étude de la Matière Sombre, et des problèmes de crédits. Elle passait plus de temps à réclamer de l'argent, expliqua-t-elle, qu'à effectuer ses recherches !

Mais la venue de Lyra avait tout changé, et rapidement : en l'espace de quelques jours. elle avait définitivement quitté son monde.

— J'ai fait ce que tu m'as dit, Lyra. J'ai fabriqué un programme, c'est-à-dire un ensemble d'instructions, pour permettre aux Ombres de communiquer avec moi par l'intermédiaire de l'ordinateur. Et elles m'ont dit ce que je devais faire. Elles m'ont expliqué qu'elles étaient des anges, et... bref...

— S'adressant à une scientifique comme vous, dit Will, ce n'était pas la meilleure chose à dire. Peut-être que vous ne croyiez pas aux anges.

— Oh, je connaissais leur existence. Figure-toi que dans le temps, j'étais religieuse. Je pensais que la physique pouvait servir la gloire de Dieu, jusqu'à ce que je découvre qu'il n'y avait pas de dieu du tout et que la physique était bien plus intéressante de toute façon. La religion chrétienne n'est qu'une erreur fort puissante et convaincante, rien d'autre.

— Quand avez-vous cessé d'être bonne sœur ? demanda Lyra.

— Je m'en souviens très bien aujourd'hui encore. Comme j'étais douée pour la physique, ils m'ont laissée poursuivre mes études à l'université, et j'ai obtenu mon doctorat, avec l'intention d'enseigner. Je précise que je n'appartenais pas à un de ces ordres religieux qui vous tiennent à l'écart du monde. En fait, nous n'étions même pas obligées de porter le voile ; nous devions juste nous habiller sobrement et porter un crucifix. Bref, je suis rentrée à l'université pour enseigner et poursuivre mes recherches sur la physique des particules.

Un colloque était organisé sur mon sujet de thèse et on m'a demandé de faire un exposé. La conférence se déroulait à Lisbonne. Je n'y étais jamais allée. À vrai dire, je n'étais même jamais sortie d'Angleterre. Toutes ces choses nouvelles : le voyage en avion, l'hôtel, le soleil éclatant, les gens qui parlaient des langues étrangères autour de moi, ces savants émérites qui allaient prendre la parole, la peur de faire mon exposé, de ne pas être à la hauteur, de rester muette à cause du trac... j'étais survoltée, vous ne pouvez pas imaginer à quel point. Et tellement innocente, il ne faut pas l'oublier. J'avais toujours été une petite fille bien sage, j'allais à la messe régulièrement, je pensais avoir une vocation pour la vie spirituelle. Je voulais servir Dieu de tout mon cœur. Je voulais prendre ma vie, comme ça, dit-elle en joignant ses mains en coupe, et la déposer aux pieds de Jésus pour qu'il en fasse ce qu'il voulait. Et je crois que j'étais très contente de moi. Trop. Je me prenais pour une sainte et un génie ! Ah, ah ! Cela a duré jusqu'à vingt et une heures trente le 10 août, il y a de cela sept ans maintenant.

Lyra l'écoutait avec passion, les genoux ramenés contre la poitrine.

— C'était le soir, juste après mon exposé, reprit Mary. Tout s'était bien passé, quelques personnes connues étaient venues m'écouter et j'avais répondu aux questions sans hésiter. Bref, je me sentais à la fois soulagée et heureuse. Fière également, sans aucun doute.

« Quelques-uns de mes collègues allaient dîner dans un restaurant situé sur la côte, et ils m'ont proposé de les accompagner. En temps normal, j'aurais trouvé une excuse pour me défiler mais, ce jour-là, je me suis dit : « Je suis une adulte, j'ai fait un exposé sur un sujet important, il a été bien accueilli et je suis avec des amis... » L'ambiance était chaleureuse, nous parlions de toutes les choses qui me passionnaient, et nous étions tous d'excellente humeur. J'ai eu envie de m'offrir un peu de bon temps pour une fois. Je découvrais un autre aspect de ma personnalité, celle qui aimait le goût du vin et des sardines grillées, le contact du soleil sur sa peau et le rythme de la musique en fond sonore. J'appréciais chaque chose.

Nous nous sommes installés dans un jardin pour dîner. J'étais assise à l'extrémité d'une longue table dressée sous un citronnier, et il y avait à côté de moi une sorte de charmille avec des passiflores ; mon voisin parlait avec la personne assise en face de lui, et... juste en face de moi se trouvait un homme que j'avais aperçu une ou deux fois depuis le début du colloque. Je ne le connaissais pas assez bien pour lui parler ; c'était un Italien, il avait effectué des travaux que tout le monde évoquait, et je me disais que ce serait intéressant d'en savoir plus. Bref, il était à peine plus âgé que moi, il avait des cheveux noirs soyeux, une très jolie peau mate et des yeux très très noirs. Ses cheveux n'arrêtaient pas de tomber devant son visage, et il les remettait en arrière, comme ceci, lentement...

Elle imita ce geste. Will eut l'impression qu'elle s'en souvenait parfaitement bien.

— Il n'était pas très beau, reprit Mary. Ce n'était pas un homme à femmes, ni un séducteur. Si tel avait été le cas, j'aurais été intimidée, je n'aurais pas su quoi lui dire. Mais il était gentil, intelligent et drôle, et il me paraissait tout naturel d'être assise là, sous ce citronnier, dans ce jardin éclairé par des lanternes, avec le parfum des fleurs, l'odeur du poisson grillé et le goût du vin, en train de bavarder, de rire, et d'espérer que cet homme me trouvait jolie. Sœur Mary Malone qui flirtait ! Et mes vœux de religieuse dans tout ça ? Et ma vie tout entière consacrée à Jésus ?

Je ne pourrais dire si c'était le vin, ma sottise, la douceur de l'air, le citronnier ou je ne sais quoi encore... mais j'avais peu à peu le sentiment de m'être convaincue d'une chose qui n'existait pas, de m'être menti. Je m'étais forcée à croire que j'étais heureuse et parfaitement épanouie dans ma solitude, sans l'amour d'une autre personne.

Pour moi, l'amour, c'était comme la Chine : vous saviez que ce pays existait quelque part, et sans doute était-ce très intéressant ; certaines personnes y allaient, mais ce ne serait jamais mon cas. Je mourrais sans jamais y être allée, mais ça n'avait pas d'importance, car il y avait un tas d'autres endroits à visiter dans le monde.

Soudain, quelqu'un m'a tendu quelque chose de sucré et, à ce moment-là, je me suis aperçue que j'étais déjà allée en Chine ! C'est une façon de parler, évidemment. J'avais oublié. C'était le goût de cette chose sucrée, de la pâte d'amandes, qui avait réveillé ce souvenir en moi. Je me suis souvenue de ce goût si particulier et, immédiatement, je me suis revue enfant, la première fois où j'avais mangé de la pâte d'amandes. J'avais douze ans. C'était à une fête d'anniversaire, chez un de mes camarades d'école. Il y avait de la musique et on dansait. Généralement, dans ce genre de fête, les filles dansent entre elles, car les garçons sont trop timides pour les inviter. Mais, ce jour-là, un garçon que je ne connaissais pas m'a proposé de danser avec lui. Après la première chanson, on a continué à danser, puis on a commencé à discuter... Vous savez comment ça se passe quand quelqu'un vous plaît, on le sent immédiatement. Eh bien, c'était le cas avec ce garçon. On a continué à parler longtemps, et puis ils ont apporté le gâteau d'anniversaire. Il a pris un bout de pâte d'amandes et l'a mis délicatement dans ma bouche. Je me souviens que j'essayais de sourire, et je rougissais en même temps, je me sentais ridicule. Je suis tombée amoureuse de lui uniquement à cause de ça, de la douceur avec laquelle il a caressé mes lèvres avec ce bout de pâte d'amandes.

En entendant cela, Lyra sentit un étrange phénomène se produire en elle. Elle éprouva une sorte de démangeaison à la racine des cheveux, sa respiration s'accéléra. Elle n'était jamais montée sur des montagnes russes, ni rien de semblable ; sinon, elle aurait reconnu ces sensations dans sa poitrine : un mélange d'excitation et de frayeur. Elle n'avait pas la moindre idée de ce qui lui arrivait. La sensation se prolongea, s'intensifia et se modifia, à mesure que d'autres parties de son corps se trouvaient affectées. C'était comme si on lui avait donné la clé d'une grande maison dont elle ignorait l'existence jusqu'à présent, une maison située à l'intérieur d'elle-même et, alors qu'elle tournait la clé pour pénétrer dans l'obscurité de cette demeure, elle sentait d'autres portes s'ouvrir, et des lumières s'allumer. Assise par terre, les genoux dans les mains, elle tremblait et osait à peine respirer, tandis que Mary poursuivait son récit :

— C'est au cours de cette fête, je crois, ou alors dans une autre, que nous nous sommes embrassés pour la première fois. C'était dans un jardin, de la musique venait de l'intérieur, au milieu des arbres tout était calme, il faisait frais et j'avais mal, tout mon corps souffrait à cause de lui, et je sentais qu'il éprouvait la même chose, mais nous étions trop timides tous les deux pour agir. Enfin presque. L'un de nous deux a fait le premier pas et, brusquement, comme après un saut dans l'espace-temps, nous étions en train de nous embrasser. C'était mieux que la Chine, c'était le paradis.

Nous nous sommes revus une demi-douzaine de fois, pas plus. Ses parents ont déménagé et je ne l'ai jamais revu. Ce fut un moment si merveilleux, et si bref... Mais voilà, j'avais connu ça. J'étais allée en Chine.

C'était extrêmement curieux et troublant : Lyra comprenait exactement ce que voulait dire Mary alors que, une demi-heure plus tôt, tout cela lui serait passé au-dessus de la tête. Et à l'intérieur d'elle-même, cette grande maison somptueuse, avec toutes ses portes ouvertes et ses lumières allumées, attendait, silencieuse, pleine d'espoir.

— À vingt et une heures trente, ce soir-là, dans le jardin de ce restaurant, au Portugal, ajouta Mary, ignorant le drame muet qui se déroulait dans l'esprit et le corps de Lyra, quelqu'un m'a offert un morceau de pâte d'amandes et tout m'est revenu en mémoire. Je me suis dit : « Vais-je passer le restant de ma vie sans connaître à nouveau ce sentiment ? Je veux retourner en Chine. C'est un pays plein de trésors, de mystères et de joies. » Je me disais encore : « Quelqu'un sera-t-il plus heureux sur cette terre si je rentre directement à l'hôtel, si je récite mes prières et si je me confesse au prêtre en faisant le serment de ne plus jamais céder à la tentation ? Quelqu'un sera-t-il plus heureux en sachant que je suis triste ? »

Et la réponse m'a été donnée : Non. Personne. Il n'y a personne qui s'en soucie, personne pour me condamner, personne pour me bénir d'avoir été une gentille fille, personne pour me punir d'avoir été vilaine. Le ciel était un endroit vide. Je ne savais pas si Dieu était mort, ni même s'il y avait jamais eu un dieu. En tout cas, je me sentais libre, seule et je ne savais pas si j'étais heureuse ou malheureuse, mais il s'était passé une chose très étrange. Et ce changement s'était produit pendant que j'avais le morceau de pâte d'amandes dans la bouche, avant même de l'avaler. Un goût, un souvenir, un raz de marée...

Quand je l'ai avalé et que j'ai regardé l'homme assis en face de moi, j'ai vu qu'il avait senti qu'il s'était passé quelque chose. Mais je ne pouvais pas lui en parler, c'était trop étrange, trop personnel, même pour moi. Un peu plus tard, nous sommes allés nous promener sur la plage, dans l'obscurité ; la brise chaude faisait voltiger mes cheveux, et l'océan était très bien élevé, de petites vagues s'enroulaient autour de nos pieds...

Alors, j'ai ôté le crucifix de mon cou et je l'ai lancé dans la mer. C'était la fin. Terminé.

Voilà comment j'ai cessé d'être bonne sœur.

— Cet homme, c'est celui qui a fait la découverte sur les crânes ? demanda Lyra.

— Oh, non ! L'homme des crânes, c'était le Dr Payne. Oliver Payne. Il est arrivé beaucoup plus tard dans ma vie. Non, l'homme du colloque au Portugal s'appelait Alfredo Montale. Il était très différent.

— Vous l'avez embrassé ?

Mary esquissa un sourire.

— Oui. Mais pas ce soir-là.

— C'était dur de quitter l'Église ? demanda Will.

— Oui, en un sens, car tout le monde autour de moi était terriblement déçu. Que ce soit la mère supérieure, les prêtres ou mes parents, ils étaient tous furieux et pleins de reproches. J'avais l'impression que la chose en laquelle ils croyaient tous passionnément reposait sur la foi que je n'avais plus. Mais, d'un autre côté, ce fut très facile, car c'était un choix logique. Pour la première fois de ma vie j'avais le sentiment de faire une chose en accord avec ma nature tout entière, et pas seulement une partie de moi-même. C'est vrai, j'ai souffert de la solitude pendant quelque temps, mais j'ai fini par m'y habituer.

— Cet homme, vous l'avez épousé ? demanda Lyra.

— Non. Je n'ai épousé personne. Mais j'ai vécu avec quelqu'un, pas Alfredo, un autre homme. Pendant presque quatre ans. Ma famille était scandalisée. Puis, finalement, nous avons décidé que nous serions plus heureux en vivant chacun de notre côté. Voilà pourquoi je vis seule. L'homme avec qui je vivais adorait l'escalade, il m'a fait découvrir sa passion et... J'ai mon travail. Enfin, j'avais mon travail. Alors, je suis seule, mais heureuse, si vous voyez ce que je veux dire.

— Comment s'appelait le garçon, celui de la fête d'anniversaire ? demanda Lyra.

— Tim.

— Comment était-il ?

— Oh... Gentil. C'est tout ce dont je me souviens.

— La première fois que je vous ai vue, à Oxford, vous m'avez dit que vous étiez devenue scientifique en partie pour ne plus penser au bien et au mal. Vous y pensiez tout le temps quand vous étiez bonne sœur ?

— Hmm... Non. Mais je savais ce que je devais penser : c'était ce que l'Église m'avait appris à penser. Quand je me suis intéressée à la science, j'ai dû penser à des choses totalement différentes. Conclusion, je n'ai jamais eu besoin de penser par moi-même.

— Et maintenant ? demanda Will.

— Je crois que j'y suis obligée.

— Quand vous avez cessé de croire en Dieu, ajouta le garçon, avez-vous cessé de croire au bien et au mal aussi ?

— Non. Mais j'ai cessé de croire qu'il existait des forces du bien et des forces du mal extérieures à nous. Et j'en suis venue à penser que le bien et le mal étaient des mots servant à désigner ce que font les gens, ce qu'ils sont. On peut seulement dire que telle action est bonne parce qu'elle aide quelqu'un, ou qu'elle est mauvaise, car elle fait du mal. Les gens sont trop complexes pour porter des étiquettes aussi simples.

— Exact, déclara Lyra.

— Dieu vous a manqué ? demanda Will.

— Oui, terriblement. Et aujourd'hui encore. Mais ce qui me manque le plus, c'est le sentiment d'être reliée au reste de l'univers. Autrefois, j'avais l'impression d'être reliée à Dieu et, grâce à sa présence, j'étais reliée à l'ensemble de sa création. Mais, s'Il n'existe pas...

Au loin, dans les marais, un oiseau poussa une longue suite de trilles mélancoliques. Les braises rougeoyaient dans le feu, les herbes hautes dansaient paresseusement dans la brise nocturne. Atal semblait somnoler comme un chat, ses roues étaient posées à plat à côté d'elle, ses pattes repliées sous son corps, ses yeux mi-clos ; une partie de son attention était ailleurs. Will, lui, était allongé sur le dos et il contemplait les étoiles.

Quant à Lyra, elle n'avait pas bougé un seul muscle depuis que cette étrange chose s'était produite, et elle conservait en elle le souvenir de ces sensations, comme un vase fragile rempli à ras bord de connaissances nouvelles, auquel elle n'osait pas toucher de peur de tout renverser. Elle ignorait ce que c'était, ce que ça signifiait, et d'où ça venait ; alors elle restait assise, immobile, les genoux serrés contre la poitrine, essayant de maîtriser ses tremblements d'excitation. « Bientôt, se disait-elle, bientôt je saurai. Je saurai très bientôt. »

Mary était fatiguée ; elle était à court d'histoires. Mais aucun doute qu'elle en trouverait d'autres demain.

34

Un nouveau but

> ... le monde si vivant, ou chaque particule de poussière exhale sa joie.
>
> William Blake

Mary ne parvenait pas à trouver le sommeil. Chaque fois qu'elle fermait les yeux, quelque chose la faisait glisser et basculer, comme si elle se trouvait au bord d'un précipice, et elle se réveillait en sursaut, effrayée.

La même chose se répéta trois, quatre, cinq fois, jusqu'à ce qu'elle comprît que le sommeil ne viendrait pas ; alors elle se leva, s'habilla rapidement, sortit de sa cabane et s'éloigna de l'arbre aux longues branches basses semblables à une tente, sous lequel dormaient Will et Lyra.

La lune éclatante était haut dans le ciel. Le vent était violent, et tout le paysage était tacheté de nuages d'Ombre qui se déplaçaient tous dans la même direction, évoquant la migration d'un troupeau d'animaux invraisemblables, songea Mary. Mais les animaux migrent dans un but précis : quand vous voyez un troupeau de rennes traverser la toundra, ou des gnous parcourir la savane, vous savez qu'ils partent en quête de nourriture, ou d'un endroit propice aux accouplements et à la naissance de leur progéniture. Leurs déplacements ont un sens. Les mouvements de ces nuages, en revanche, étaient le fruit du hasard, la conséquence d'événements aléatoires ; leurs ombres qui filaient au-dessus de la prairie n'avaient aucun but.

Pourtant, ils donnaient l'impression de suivre un objectif. On aurait dit qu'ils étaient habités et mus par une forme de volonté. Comme la nuit qui les entourait. Mary la sentait, sans pouvoir dire quelle était cette détermination. Mais, contrairement à elle, les nuages semblaient savoir ce qu'ils faisaient, et pour quelle raison ; le vent savait lui aussi, l'herbe également. Le monde entier était éveillé et conscient.

Mary gravit la colline et se retourna vers les marais, où la marée montante faisait serpenter un ruban d'argent au milieu de l'obscurité brillante des étendues de boue et de roseaux. Les nuages d'Ombre apparaissaient très clairement au loin : on aurait dit qu'ils fuyaient un prédateur effrayant, ou qu'ils se hâtaient d'aller étreindre une chose merveilleuse qui les attendait là-bas au loin. Quelle était cette chose, Mary ne le saurait jamais.

Elle se retourna vers le bosquet où se dressait son arbre d'observation, à vingt minutes de marche. Elle l'apercevait distinctement, majestueux, avec sa grande tête qui dialoguait avec le vent pressant. Ils avaient des choses à se dire, mais Mary ne les entendait pas.

Elle se dirigea d'un pas décidé dans cette direction, mue par l'excitation de la nuit, impatiente de participer. C'était cela dont elle avait parlé à Will quand le garçon lui avait demandé si Dieu lui manquait : cette impression que tout l'univers était vivant, et que tout était relié à tout par des liens de signification. Du temps où elle était chrétienne, elle aussi se sentait reliée à quelque chose mais, après avoir quitté l'Église, elle s'était sentie libérée, légère et à la dérive, dans un univers sans but.

Puis il y avait eu la découverte des Ombres, et son voyage dans cet autre monde, et maintenant, cette nuit vivante ; il était évident que chaque chose vibrait de détermination et de sens, mais Mary en était séparée. Et impossible de trouver une connexion, car il n'y avait pas de Dieu.

Partagée entre l'exaltation et le désespoir, elle décida de grimper dans son arbre et d'essayer de se perdre à nouveau dans la Poussière.

Mais elle n'avait pas parcouru la moitié du chemin en direction du bosquet qu'elle entendit un bruit singulier, au milieu du claquement des feuilles et du sifflement du vent entre les herbes.

Quelque chose émettait un grognement, un son profond et ténébreux comme un orgue. Et surtout, il y avait les craquements, les cris et les grincements du bois.

Non, ça ne pouvait pas être son arbre...

Mary s'arrêta net, au milieu de l'immense prairie ; le vent lui cinglait le visage, les nuages d'Ombre filaient au-dessus de sa tête, les hautes herbes lui fouettaient les cuisses. Elle observa la voûte du bosquet. Les branches grinçaient, les plus petites se brisaient, le bois vert se cassait comme du vulgaire bois mort et dégringolait vers le sol. Quant au feuillage de cet arbre qu'elle connaissait si bien, il penchait, penchait de plus en plus et commença à basculer, lentement.

Chaque fibre de l'arbre, l'écorce, les racines semblaient hurler pour protester contre ce meurtre. Mais l'arbre continua à chanceler et toute la longueur du tronc donna l'impression de s'incliner vers Mary, avant de s'effondrer sur le sol, comme une vague qui se brise sur une digue. Le tronc colossal rebondit avant de s'immobiliser définitivement dans un gémissement de bois fendu.

Mary se précipita pour caresser les feuilles qui continuaient de s'agiter. Sa corde était toujours là, avec les débris de sa plate-forme. Le cœur brisé, elle grimpa au milieu des branches abattues, se hissant à travers la frondaison familière, dans cette position inhabituelle, et elle monta le plus haut possible.

Appuyée contre une branche, elle sortit son télescope. À travers les plaques ambrées, elle aperçut deux mouvements très différents dans le ciel.

Le premier était la course des nuages qui passaient devant la lune, dans une direction unique ; le second était le courant de Poussière qui semblait le croiser en sens inverse.

Des deux, c'était assurément la Poussière qui se mouvait le plus rapidement, en masse plus importante. De fait, le ciel tout entier semblait se déplacer en même temps qu'elle : formidable et inexorable torrent qui se déversait hors du monde, hors de tous les mondes, dans quelque vide ultime.

Lentement, comme si elles se mouvaient d'elles-mêmes dans l'esprit de Mary, les choses s'assemblèrent.

Will et Lyra avaient dit que le poignard subtil avait au moins trois cents ans. À en croire le vieil homme de la tour des Anges.

Les mulefas lui avaient dit que la *sraf*, qui avait alimenté leur vie et leur monde pendant trente-trois mille ans, avait commencé à disparaître il y a un peu plus de trois cents ans.

D'après la Guilde de la tour des Anges, les propriétaires du poignard subtil avaient fait preuve de négligence : ils n'avaient pas toujours refermé les fenêtres qu'ils avaient ouvertes. Après tout, Mary en avait découvert une par hasard et, il en existait peut-être de nombreuses autres.

Et si, depuis ce temps-là, la Poussière s'était mise à fuir à travers les plaies creusées dans la nature par le poignard subtil ?

Mary avait la tête qui tournait, et ce n'était pas seulement dû au balancement des branches auxquelles elle s'accrochait. Elle rangea soigneusement le télescope dans sa poche, enlaça une branche et contempla le ciel, la lune, les nuages qui filaient à toute allure.

Le couteau était responsable de cette fuite, sur une petite échelle. C'était préjudiciable pour tout l'Univers, qui en souffrait. Elle devait en parler à Will et à Lyra et trouver un moyen de stopper l'hémorragie.

Mais ce gigantesque torrent qui se déversait dans le ciel représentait un phénomène nouveau et catastrophique et si on ne l'arrêtait pas, toute vie consciente allait disparaître. Comme le lui avaient expliqué les mulefas, la Poussière se formait quand les êtres vivants prenaient conscience d'eux-mêmes ; mais un système de réciprocité était nécessaire pour la renforcer et la protéger, comme les mulefas avec leurs roues et leur huile provenant des cosses. Sans quelque chose du même ordre, la Poussière disparaîtrait. La pensée, l'imagination, les sentiments... tout cela dépérirait et serait emporté, ne laissant qu'un monde brutal et mécanique, et cette courte période durant laquelle la vie prenait conscience d'elle-même s'éteindrait comme une bougie qu'on souffle, dans chacun des milliards de mondes où elle brillait avec éclat.

Mary sentait le poids écrasant de ce fardeau. Lourd comme les ans. Elle avait l'impression d'avoir quatre-vingts ans ; elle était vieille, fatiguée, impatiente de mourir.

Elle redescendit péniblement des branches du grand arbre abattu et, tandis que le vent continuait à souffler dans les feuilles, l'herbe et ses cheveux, elle repartit vers le village.

Arrivée au sommet de la pente, elle regarda une dernière fois le flot de Poussière, traversé par les nuages et le vent, et la lune, immobile, solidement ancrée au milieu.

Soudain, elle comprit ce qu'ils faisaient : elle découvrit quel était leur objectif.

Ils essayaient de retenir le flot de Poussière ! Ils luttaient pour dresser une barrière face à ce terrible déluge : le vent, la lune, les nuages, les feuilles, l'herbe... toutes ces belles choses se jetaient dans la bataille en hurlant pour maintenir les particules d'Ombre à l'intérieur de cet univers qu'elles enrichissaient.

La matière aimait la Poussière. Elle ne voulait pas qu'elle s'en aille. Telle était la signification de cette nuit, et également le sens de la présence de Mary.

Avait-elle cru que la vie n'avait aucun sens, aucun but, une fois que Dieu avait disparu ? Oui, elle l'avait cru.

— Eh bien, il y a un but maintenant ! dit-elle à voix haute. Il y a un but ! répéta-t-elle, plus fort.

Elle leva de nouveau les yeux vers les nuages, la lune au milieu du flot de Poussière : ils paraissaient aussi fragiles et impuissants qu'un barrage de brindilles essayant de contenir le Mississippi. Mais ils essayaient malgré tout. Et ils continueraient d'essayer... jusqu'à la fin.

Combien de temps resta-t-elle ainsi ? Elle n'aurait su le dire. Lorsque l'intensité de ses émotions s'atténua, remplacée par l'épuisement, elle redescendit lentement la colline pour regagner le village.

Près d'un bosquet, elle aperçut une chose étrange au milieu des bancs de boue : une sorte de lueur blanche, un mouvement régulier qui approchait en même temps que la marée.

Mary s'immobilisa, le regard fixé sur ce point. Ce ne pouvait être les tualapis, ils évoluaient toujours en groupe, et cette créature était solitaire. Pourtant, c'était bien les mêmes ailes-voiles, le même long cou de cygne... aucun doute, il s'agissait bien d'un de ces oiseaux. Mary n'avait jamais entendu dire qu'il leur arrivait de se déplacer seuls, et elle hésita avant de se précipiter vers le village pour donner l'alerte, car la créature s'était arrêtée. Elle flottait à la surface de l'eau, près du chemin.

Et elle se scindait en deux... Non, quelque chose descendait de son dos.

C'était un homme.

Mary le voyait distinctement, même à cette distance ; le clair de lune était lumineux et ses yeux s'y étaient habitués. Elle sortit le télescope pour dissiper ses derniers doutes : il s'agissait bien d'une silhouette humaine, entourée d'un puissant halo de Poussière.

L'homme tenait quelque chose : une sorte de longue branche. Il remontait le chemin d'un pas vif et léger, mais sans courir, comme un athlète ou un chasseur. Il était sobrement vêtu d'habits sombres qui, en temps normal, l'auraient fait passer inaperçu mais, à travers le télescope ambré, il se découpait dans le paysage comme s'il était éclairé par un projecteur.

Alors qu'il approchait du village, Mary découvrit que ce n'était pas une branche qu'il tenait dans la main : c'était un fusil.

Ce fut comme si on lui avait versé de l'eau glacée sur le cœur. Tous ses sens furent aussitôt en alerte.

Elle était trop loin pour intervenir : même si elle avait crié, l'homme ne l'aurait pas entendue. Elle ne put que le regarder pénétrer dans le village, en scrutant de tous côtés, s'arrêtant régulièrement pour tendre l'oreille, allant d'une cabane à l'autre.

Mary se sentait aussi impuissante que la lune et les nuages qui essayaient de retenir la Poussière, alors qu'elle hurlait en silence : « Ne regardez pas sous l'arbre... éloignez-vous de l'arbre... ! »

Mais l'homme s'en approchait de plus en plus et, finalement, il s'arrêta devant la cabane de Mary. C'était plus qu'elle ne pouvait en supporter : elle rangea le télescope dans sa poche et dévala la pente. Elle s'apprêtait à pousser un grand cri, n'importe quoi, mais elle se retint juste à temps en songeant qu'elle risquait de réveiller Will ou Lyra et de dévoiler ainsi leur présence.

Parce qu'elle ne pouvait supporter de ne pas savoir ce que faisait l'homme, elle s'arrêta et sortit de nouveau sa longue-vue, et elle dut maîtriser ses tremblements pour la coller à son œil.

Il ouvrait la porte de sa cabane. Il entrait... Il disparut à l'intérieur, mais on apercevait un mouvement dans le nuage de Poussière qu'il laissait derrière lui, comme une main qui traverse un rideau de fumée. Mary attendit pendant une minute interminable, et l'homme réapparut.

Il s'arrêta sur le seuil de la cabane et regarda lentement à droite et à gauche. Son regard glissa sur l'arbre sans s'y arrêter.

Il s'éloigna de quelques pas et s'arrêta de nouveau, comme s'il s'était égaré. Mary s'aperçut alors qu'elle était totalement exposée aux regards sur le flanc de cette colline nue, à portée de fusil mais, heureusement, l'homme ne s'intéressait qu'au village et, au bout d'une minute ou deux, il fit demi-tour et repartit lentement.

Elle ne le quitta pas des yeux tandis qu'il

s'éloignait sur le chemin longeant le bras de mer. Elle le vit très clairement monter sur le dos de l'oiseau et s'asseoir en tailleur, alors que le tualapi se retournait pour repartir en glissant sur l'eau. Cinq minutes plus tard, ils avaient disparu à l'horizon.

35

Très loin, au-delà des collines

L'anniversaire de ma vie est venu.
Mon amour est venu vers moi.

Christina Rossetti

Docteur Malone, annonça Lyra le lendemain matin, Will et moi, il faut qu'on parte à la recherche de nos dæmons. Une fois qu'on les aura retrouvés, on saura quoi faire. On ne peut pas rester trop longtemps sans eux.

— Mais où irez-vous ? demanda Mary, les paupières et la tête lourdes après cette nuit agitée.

Elle se trouvait au bord du bras de mer en compagnie de Lyra ; la fillette se lavait et Mary recherchait, discrètement les empreintes laissées par le mystérieux visiteur. En vain jusqu'à présent.

— On n'en sait rien, avoua Lyra. Mais les dæmons sont quelque part, par ici. Dès que nous nous sommes réfugiés dans ce monde, ils se sont enfuis, comme s'ils n'avaient plus confiance en nous. Mais on sait qu'ils sont ici ; on pense même les avoir aperçus une ou deux fois. Alors, peut-être qu'on peut les retrouver.

— Écoute-moi, dit Mary à contrecœur.

Et elle raconta à Lyra ce qu'elle avait vu la nuit précédente.

Pendant son récit, Will les rejoignit et, tout comme la fillette, il écouta attentivement ce que racontait Mary, les yeux écarquillés et l'air grave.

— C'est sans doute un simple voyageur qui a trouvé une fenêtre quelque part, dit Lyra quand le Dr Malone eut fini.

En ce qui la concernait, elle avait des sujets de préoccupation bien plus intéressants que cet homme.

— Comme le père de Will, ajouta-t-elle. Il va y avoir un tas d'ouvertures maintenant. De toute façon, s'il a fait demi-tour, ça veut dire qu'il n'a pas de mauvaises intentions, pas vrai ?

— Je ne sais pas. Je n'aime pas ça. Et ça m'inquiète de vous laisser partir seuls tous les deux... Du moins, je me ferais du souci si vous n'aviez pas réalisé des exploits plus dangereux. Mais quand même... Je vous en prie, soyez prudents. Regardez bien autour de vous. Heureusement, dans la prairie, on voit arriver l'ennemi de loin...

— Dans ce cas, si on s'enfuit dans un autre monde, cet homme ne pourra rien nous faire, souligna Will.

Ils étaient déterminés à partir, et Mary n'avait pas envie de discuter.

— Promettez-moi de ne pas vous aventurer au milieu des arbres, dit-elle malgré tout. Si cet homme rôde toujours dans les parages, il se cache peut-être dans un bosquet, et vous ne le verrez pas à temps pour vous enfuir.

— Promis, dit Lyra.

— Je vais vous préparer quelques provisions, au cas où vous seriez absents toute la journée.

Mary alla chercher une galette de pain, du fromage et quelques fruits rouges très désaltérants, enveloppa le tout dans un linge, qu'elle ferma avec une longue ficelle pour qu'un des deux enfants puisse porter ce baluchon sur son épaule.

— Bonne chasse, dit-elle. Et soyez prudents, surtout.

Elle demeurait inquiète. Elle les suivit du regard jusqu'au pied de la colline.

— Je ne sais pas pourquoi elle est si triste, dit Will, tandis que les deux enfants gravissaient le chemin qui menait à la crête.

— Elle se demande certainement si elle retournera chez elle un jour, dit Lyra. Et si elle retrouvera son laboratoire à son retour. Ou peut-être est-elle triste à cause de l'homme dont elle était amoureuse.

— Hum, fit Will. Et nous, tu crois qu'on va rentrer à la maison un jour ?

— Je ne sais pas. J'imagine que je n'ai même plus de maison de toute façon. Ça m'étonnerait qu'ils me reprennent à Jordan College, et je ne peux pas vivre avec les ours ni avec les sorcières. Peut-être que je pourrais aller vivre avec les gitans. Je serais d'accord, s'ils veulent bien de moi.

— Et le monde de Lord Asriel ? Tu ne voudrais pas aller vivre là-bas ?

— Il est condamné à disparaître, souviens-toi.

— Pourquoi ?

— À cause de ce qu'a dit le fantôme de ton père, juste avant qu'on s'enfuie. Au sujet des dæmons, et le fait qu'ils ne peuvent vivre longtemps qu'en restant dans leur monde. Mais sans doute que Lord Asriel, je veux dire mon père, ne pouvait pas envisager ce problème car personne ne connaissait suffisamment bien les autres mondes quand il a commencé... tout ça, dit-elle, perplexe. Tout ce courage, toutes ces manœuvres... Pour rien ! Tout ça pour rien !

Ils progressaient sans peine sur le chemin rocailleux et, lorsqu'ils arrivèrent au sommet de la crête, ils s'arrêtèrent pour regarder en arrière.

— Dis, Will. Suppose qu'on ne les retrouve pas ?

— Je suis sûr qu'on va les retrouver. Ce que je me demande, c'est à quoi va ressembler mon dæmon.

— Tu l'as vu. Et moi, je l'ai pris dans mes bras.

Lyra rougit en prononçant ces mots car, évidemment, toucher une chose aussi intime que le dæmon d'une autre personne représentait une grave violation des règles de bienséance. C'était interdit, par politesse, mais également à cause d'un sentiment plus profond, proche de la honte. Un rapide coup d'œil aux joues rouges de Will lui indiqua qu'il le savait aussi bien qu'elle. Toutefois, elle n'aurait su dire si, comme elle, il ressentait cet autre sentiment, fait d'un mélange de peur et d'excitation, qui s'était emparé d'elle la veille au soir, et qui était toujours là.

Ils se remirent en marche côte à côte, un peu gênés tout à coup. Ce qui n'empêcha pas Will de demander :

— Quand est-ce que le dæmon cesse de changer de forme ?

— Vers... À notre âge environ, ou un peu plus tard. Beaucoup plus tard, parfois. Avec Pan, on en parlait souvent. On se demandait quel animal il deviendrait...

— Les gens ne le savent pas ?

— Non, pas quand ils sont jeunes. À mesure que tu grandis, tu commences à réfléchir ; tu te dis que ton dæmon pourrait devenir ceci ou cela... Et, généralement, ça correspond. Avec ta véritable nature, je veux dire. Par exemple, si ton dæmon est un chien, ça veut dire que tu aimes faire ce qu'on te dit de faire, savoir qui est le chef, obéir aux ordres et faire plaisir à celui qui commande. Un tas de domestiques ont des dæmons-chiens. Ça t'aide à connaître ta personnalité et à découvrir ce que tu devrais faire plus tard. Et dans ton monde, comment font les gens pour savoir ce qu'ils sont ?

— J'en sais rien. À vrai dire, je ne sais pas grand-chose sur mon monde. Tout ce que je sais, c'est comment rester caché et ne pas me faire remarquer, alors je ne connais pas très bien ces histoires... d'adultes et d'amis. Ou d'amoureux. Mais je pense que ce ne serait pas facile d'avoir un dæmon, car tout le monde saurait un tas de choses sur toi, rien qu'en te regardant. Moi, j'aime mieux rester secret et invisible.

— Dans ce cas, il serait peut-être un animal très doué pour se cacher. Ou un de ces animaux qui ressemblent à un autre, tu sais, un papillon qui ressemble à une abeille, par exemple, pour se camoufler. Il y a forcément des créatures comme ça dans ton monde, puisque nous on en a, et qu'on se ressemble.

Ils continuèrent à marcher dans un silence complice. Autour d'eux, l'immensité du matin clair flottait en nappes limpides au ras du sol, d'un bleu nacré dans l'air chaud. Si loin que portât le regard, la savane, scintillante et vide, étendait ses ocres, ses ors et ses verts jusqu'à l'horizon. Ils auraient pu tout aussi bien être les seules personnes au monde.

— Mais en fait, ce n'est pas vraiment désert, dit Lyra.

— Tu fais allusion à cet homme ?

— Non. Tu sais de quoi je veux parler.

— Oui. J'aperçois des ombres dans l'herbe.. Peut-être des oiseaux.

Il suivait du regard les petits mouvements rapides. Curieusement, il s'aperçut qu'il était plus facile d'apercevoir les ombres s'il n'essayait pas de les regarder. Elles semblaient plus disposées à apparaître à la lisière de son champ de vision et, lorsqu'il en fit la remarque à Lyra, celle-ci déclara :

— C'est la capacité négative.

— C'est quoi ce truc ?

— Le poète Keats a été le premier à en parler. Le Dr Malone connaît. C'est comme ça que je déchiffre l'aléthiomètre. Et c'est comme ça que tu utilises le couteau, non ?

— Oui, sans doute. Mais je me disais que c'étaient peut-être les dæmons.

— Moi aussi, mais...

Elle posa son index sur ses lèvres. Le garçon hocha la tête.

— Regarde, dit-elle. Un des arbres est tombé.

Il s'agissait du poste d'observation de Mary. Ils s'en approchèrent prudemment, scrutant le bosquet, au cas où un autre arbre tomberait. Dans la quiétude de cette matinée, uniquement troublée par une très légère brise qui agitait les feuilles, il semblait impossible qu'une chose aussi solide puisse s'effondrer ainsi et, pourtant, les faits étaient là.

L'énorme tronc couché, reposant à l'intérieur du bosquet sur ses racines arrachées, et sur la masse des branches et du feuillage à l'extérieur, était bien plus haut que leurs têtes. Certaines branches, brisées elles aussi, étaient aussi larges que les plus gros arbres que Will avait jamais vus La cime, entrelacs compact de branches qui semblaient encore solides et de feuilles encore vertes, se dressait tout là-haut comme un palais en ruine, suspendu dans le vide.

Soudain, Lyra agrippa le bras de Will.

— Chut, murmura-t-elle. Ne regarde pas. Je suis sûre qu'ils sont là-haut. J'ai vu quelque chose bouger, et je jurerais que c'était Pan...

La main de Lyra était chaude. Will ne sentait plus que ce contact. Faisant mine de balayer l'horizon d'un air absent, il laissa son regard remonter vers la masse colorée en vert, brun et bleu et... Lyra avait raison ! Il y avait là-haut une chose qui ne faisait pas partie de l'arbre. Et, juste à côté, une autre chose semblable.

— Allons-nous-en, murmura Will. Éloignons-nous et on verra bien s'ils nous suivent.

— Suppose qu'ils ne nous suivent pas... Bon, d'accord.

Ils firent semblant de regarder partout autour d'eux. Ils s'accrochèrent à une des branches qui reposaient sur le sol, comme s'ils avaient l'intention d'escalader l'arbre, avant de faire mine de changer d'avis en secouant la tête et de repartir.

— J'ai envie de regarder en arrière, dit Lyra quand ils se furent éloignés d'une centaine de mètres.

— Non, continue à avancer, dit Will. Ils nous voient, ils ne risquent pas de se perdre. Ils nous rejoindront quand ils en auront envie.

Ils quittèrent la route noire pour pénétrer dans les herbes hautes qui leur cinglaient les cuisses. Ils regardaient les insectes faire du surplace, voltiger, tournoyer, et ils entendaient le chœur d'un million de stridulations et de bourdonnements.

Ils continuèrent à marcher en silence, puis Lyra demanda :

— Qu'est-ce que tu vas faire ensuite, Will ?

— Il faut que je rentre chez moi.

Elle eut l'impression qu'il n'était pas très convaincu ; elle l'espérait.

— Peut-être qu'ils te cherchent encore, ces hommes.

— On a connu pire que ça, non ?

— Oui, sans doute... Mais j'aurais voulu te montrer Jordan College et les environs. J'aurais voulu qu'on...

— Oui. Et moi, j'aurais voulu... Ce serait chouette de retourner à Cittàgazze même. C'était un bel endroit, et si les Spectres ont tous disparu... Mais je dois penser à ma mère. Je dois retourner auprès d'elle. Je l'ai laissée avec Mme Cooper, et c'est injuste pour toutes les deux.

— C'est aussi injuste que tu sois obligé de faire ça.

— C'est vrai, mais c'est une sorte d'injustice différente. C'est comme un tremblement de terre ou une inondation. C'est peut-être injuste, mais tu ne peux accuser personne. Par contre, si j'abandonne ma mère entre les mains d'une vieille femme qui n'a pas toute sa tête, elle non plus, c'est une autre forme d'injustice. Ce serait mal de ma part. Il faut que je rentre chez moi. Je sais qu'il me sera difficile de vivre comme avant. Le secret a certainement été dévoilé, car ça m'étonnerait qu'elle ait pu s'occuper de ma mère si elle a fait une de ses crises pendant lesquelles elle a peur de tout. Mme Cooper a sûrement été obligée de réclamer de l'aide. Dans ce cas, quand je rentrerai chez moi, on m'enverra dans un centre quelconque.

— Un orphelinat, tu veux dire ?

— C'est ce qu'ils font, j'imagine. J'en sais rien. Mais je ne supporterai pas ça.

— Tu pourras t'échapper grâce au couteau, Will ! Tu pourras venir dans mon monde !

— Ma place est dans celui où vit ma mère. Quand je serai grand, je pourrai m'occuper d'elle convenablement, dans ma maison. Et personne ne pourra venir s'en mêler.

— Tu crois que tu te marieras ?

Will resta muet. Mais elle savait qu'il réfléchissait.

— Je ne peux pas voir si loin, répondit-il finalement. En tout cas, il faudrait que ce soit quelqu'un qui comprenne ce que... Je crois qu'une telle personne n'existe pas dans mon monde. Et toi, tu te marieras ?

— C'est comme toi, dit Lyra d'une voix mal

assurée. Je ne pourrai jamais me marier avec quelqu'un de mon monde.

Ils marchaient lentement, vers l'horizon. Ils avaient tout le temps devant eux ; tout le temps que le monde avait à leur offrir.

Au bout d'un moment, Lyra dit :

— Tu vas garder le couteau, hein ? Pour pouvoir venir dans mon monde.

— Bien sûr. Je ne le donnerai à personne, jamais.

— Ne tourne pas la tête ! dit-elle sans modifier l'allure de son pas. Ils sont revenus. Sur la gauche.

— Tu vois, ils nous suivent, dit Will, heureux.

— Chut !

— Je le savais. On va continuer à avancer comme si on les cherchait, en regardant partout, dans toutes sortes d'endroits idiots.

Cela devint un jeu. Arrivés près d'un étang, ils cherchèrent au milieu des roseaux et dans la vase, en disant à voix haute que leurs dæmons avaient certainement pris l'apparence de grenouilles, de tourniquets ou de limaces. Ils arrachèrent l'écorce d'un arbre déraciné à la lisière d'un bosquet, en faisant mine de les avoir vus se faufiler en dessous, sous la forme de perce-oreilles. Lyra fit toute une histoire à cause d'une fourmi qu'elle prétendait avoir écrasée ; elle se lamentait sur le triste sort de la pauvre petite bête, dont le visage ressemblait à celui de Pan, affirma-t-elle, et elle lui demanda, avec un désespoir feint, pourquoi elle refusait de lui parler.

Mais dès qu'elle estima qu'ils étaient hors de portée de voix des dæmons, elle se pencha vers Will pour lui demander, avec gravité cette fois :

— On était obligés de les laisser, hein ? On n'avait pas vraiment le choix ?

— Non. On était obligés. Je suppose que c'était plus terrible pour toi que pour moi, mais on n'avait pas le choix. Tu avais fait une promesse à Roger, et tu devais tenir parole.

— Et toi, tu devais revoir ton père...

— Et on devait tous les libérer.

— C'est juste. Je suis si contente qu'on l'ait fait. Pan sera heureux lui aussi, le jour où je mourrai. On ne sera pas séparés. C'est une chose bien qu'on a faite.

Alors que le soleil s'élevait dans le ciel et que l'air devenait plus chaud, ils commencèrent à chercher de l'ombre. Vers midi, ils atteignirent une crête et Lyra se laissa tomber dans l'herbe en disant :

— Si on ne trouve pas rapidement un coin d'ombre...

Une vallée plongeait de l'autre côté de la crête, tapissée de buissons, et ils en déduisirent qu'il y avait peut-être un cours d'eau quelque part. Ils la longèrent et, comme ils l'avaient espéré, au milieu des fougères et des roseaux, un ruisseau jaillissait de la roche en bouillonnant.

Les deux enfants plongèrent leurs visages brûlants dans l'eau et s'abreuvèrent goulûment, après quoi ils descendirent le long du ruisseau qui formait par endroits des tourbillons miniatures et franchissait de minuscules rebords de pierre, sans cesser de grossir et de s'élargir.

— Comment est-ce possible ? demanda Lyra, stupéfaite. Le ruisseau ne reçoit d'eau de nulle part et, pourtant, on dirait qu'il grossit de plus en plus.

Will, qui observait les ombres du coin de l'œil, les vit se faufiler devant eux, bondir par-dessus les fougères et disparaître dans les fourrés, un peu plus loin. Il les montra du doigt en silence.

— La rivière ralentit, tout simplement, expliqua-t-il. Elle coule moins vite que le jaillissement de la source, alors elle forme de petites mares... Ils se sont cachés là-bas, ajouta-t-il à voix basse en désignant un petit groupe d'arbres au pied de la pente.

Le cœur de Lyra cognait si fort qu'elle sentait battre son pouls dans sa gorge. Will et elle échangèrent un regard étrangement sérieux et solennel, avant de continuer à suivre le ruisseau. À mesure qu'ils s'enfonçaient dans la vallée, la végétation devenait plus dense ; le ruisseau pénétrait parfois dans des tunnels de verdure et émergeait de l'autre côté dans des clairières tachetées de soleil, pour franchir ensuite un petit rebord de pierre et disparaître de nouveau sous la végétation. Pour continuer à le suivre, les deux enfants étaient obligés de se fier à leur ouïe autant qu'à leurs yeux.

Au pied de la colline, le ruisseau pénétrait dans

un petit bois constitué d'arbres aux troncs argentés.

Le père Gomez les observait du sommet de la crête. Il n'avait eu aucun mal à les suivre, car malgré les paroles rassurantes de Mary concernant la savane, les herbes hautes, les bosquets et les buissons de sève-laque offraient de nombreuses cachettes. Les deux enfants avaient passé un long moment à regarder autour d'eux, comme s'ils craignaient d'être suivis, l'obligeant à garder ses distances mais, à mesure que la matinée avançait, ils étaient de plus en plus absorbés l'un par l'autre, et ils prêtaient moins attention à leur environnement.

La seule chose que voulait éviter le père Gomez, c'était de faire du mal au garçon. Il avait horreur de faire souffrir des innocents. Et la seule façon de ne pas se tromper de cible, c'était de s'approcher suffisamment près et cela impliquait de suivre les enfants à l'intérieur du bois.

À pas feutrés, avec prudence, il descendit le long du cours de la rivière. Son dæmon, le scarabée au dos vert, volait au-dessus de sa tête, flairant l'air. La vue du coléoptère était moins bonne que la sienne, mais son odorat était beaucoup plus développé et il captait sans peine les odeurs des corps du garçon et de la fille. Le dæmon volait en éclaireur, puis se posait sur un brin d'herbe pour attendre le père Gomez, avant de repartir ; et, tandis qu'il suivait la piste laissée par les deux enfants, l'homme se surprit à remercier Dieu de lui avoir confié cette mission, car il était de plus en plus évident que ce garçon et cette fille marchaient vers un péché mortel.

Soudain, il l'aperçut : cette tache claire qui bougeait, c'étaient les cheveux de la fillette. Il se rapprocha et prit son fusil. Celui-ci était muni d'une lunette, de faible puissance, mais d'excellente fabrication si bien que, regardant à travers, la vision était non seulement grossie, mais clarifiée. Oui, elle était là. Elle venait de se retourner pour regarder derrière elle, et le père Gomez vit nettement son expression ; il ne comprenait pas comment un être à ce point imprégné par le mal pouvait être aussi rayonnant d'espoir et de bonheur.

Son étonnement le fit hésiter, et le moment propice s'envola : les deux enfants avaient disparu au milieu des arbres. Bah, ils ne pouvaient pas aller bien loin, se dit-il. Il les suivit en longeant le ruisseau, accroupi, le fusil dans une main, se servant de l'autre pour conserver son équilibre.

Il était si près du but que pour la première fois depuis le début de sa mission, il se surprit à se demander ce qu'il ferait ensuite : satisferait-il davantage le Royaume du Ciel en retournant à Genève ou en restant ici pour évangéliser ce monde ? Dans ce cas, la première chose à faire serait de convaincre ces créatures à quatre pattes, qui semblaient posséder les rudiments de la réflexion, que l'utilisation de ces roues était une abomination satanique, contraire à la volonté de Dieu. Si elles abandonnaient cette pratique, leur salut suivrait.

Le père Gomez atteignit le pied de la colline, là où poussaient les premiers arbres, et il posa son fusil, sans bruit.

Il scruta les ombres argentées, vertes et dorées et écouta, les mains derrière les oreilles, essayant de capter le moindre murmure à travers le chant des insectes et le clapotis du ruisseau. Oui, ils étaient bien là. Ils s'étaient arrêtés.

Il se pencha pour ramasser son fusil.

Et il laissa échapper un hoquet de douleur en sentant quelque chose se saisir de son dæmon et l'éloigner brutalement de lui.

Mais il n'y avait rien ni personne autour de lui ! Où était son scarabée ? La douleur était atroce. Il l'entendait crier et il se tournait furieusement de tous les côtés pour essayer de l'apercevoir.

— Restez calme, ordonna une voix venue de nulle part, et taisez-vous. Je tiens votre dæmon dans ma main.

— Mais... où êtes-vous ? Qui êtes-vous ?

— Je m'appelle Balthamos, dit la voix.

Will et Lyra suivirent le ruisseau à l'intérieur du bois, marchant avec prudence, parlant à peine, jusqu'à ce qu'ils débouchent au centre du bosquet.

Il y avait là une petite clairière tapissée

d'herbe douce et de pierres recouvertes de mousse. Les branches entrelacées au-dessus de leurs têtes masquaient presque totalement le ciel, ne laissant filtrer que des paillettes de soleil dansantes, si bien que le décor était constellé d'or et d'argent.

Tout était calme. Seuls le murmure du ruisseau et parfois le bruissement des feuilles, tout là-haut dans les arbres, venaient troubler le silence.

Will posa le baluchon contenant les provisions et Lyra son petit sac à dos. Aucun signe des dæmons-ombres, nulle part. Ils étaient totalement seuls.

Ils ôtèrent leurs chaussures, leurs chaussettes et s'assirent sur les pierres couvertes de mousse au bord du ruisseau. Ils plongèrent leurs pieds nus dans l'eau froide et le contraste de température les revigora.

— J'ai faim, déclara Will.

— Moi aussi, dit Lyra, même si sa faim était atténuée par un autre sentiment, quelque chose de diffus et de pressant à la fois, source de joie et de douleur, qu'elle ne parvenait pas à identifier.

Ils ouvrirent le baluchon et grignotèrent un peu de pain et de fromage. Curieusement, leurs gestes étaient lents et maladroits, et ils firent à peine attention à ce qu'ils mangèrent, bien que le pain fût frais et croustillant et le fromage plein de saveur.

Lyra prit ensuite un des petits fruits rouges. Le cœur battant, elle se tourna vers son ami et dit :

— Will...

Elle approcha lentement le fruit de la bouche du garçon.

À son regard, elle vit qu'il avait compris immédiatement son intention, et qu'il était trop heureux pour parler. Les doigts de Lyra s'étaient posés sur ses lèvres ; il les sentait trembler. Il leva la main à son tour pour prendre ses doigts. Ils n'osaient plus se regarder, ils étaient désorientés et ivres de bonheur.

Tels deux papillons de nuit qui se heurtent maladroitement, avec la même légèreté, leurs lèvres entrèrent en contact. Et avant même qu'ils comprennent ce qui leur arrivait, ils s'enlacèrent et leurs visages se pressèrent l'un contre l'autre, aveuglément.

— Mary avait raison, murmura Will. Quand quelqu'un te plaît, tu le sens immédiatement... Quand tu dormais dans la montagne, avant qu'elle t'emmène, j'ai dit à Pan...

— J'ai entendu, dit Lyra à voix basse. J'étais réveillée et j'avais envie de te dire la même chose, et maintenant, je sais ce que je ressens depuis le début : je t'aime, Will, je t'aime...

Ce mot enflamma les sens de Will et fit vibrer tout son corps. Il lui répondit en utilisant le même mot, puis il embrassa son visage brûlant, encore et encore, s'abreuvant avec adoration de l'odeur de son corps, de ses cheveux chauds qui sentaient le miel et de sa bouche humide qui avait le goût sucré de ce petit fruit rouge.

Autour d'eux, tout n'était que silence, comme si le monde lui-même retenait son souffle.

Balthamos était terrorisé. Il remontait le cours du ruisseau, s'éloignant du bois, avec dans ses mains le dæmon-insecte qui le piquait et le mordait, et il s'efforçait de demeurer invisible aux yeux de l'homme qui les poursuivait.

Il ne devait pas se laisser rattraper ; il savait que le père Gomez le tuerait sur-le-champ. Un ange de son rang n'était pas de taille à rivaliser avec un homme, même si cet ange était robuste et en pleine forme, or Balthamos n'était ni l'un ni l'autre. De plus, il était accablé de chagrin depuis la disparition de Baruch et rongé par la honte d'avoir abandonné Will. Il n'avait même plus la force de voler.

— Stop ! Stop ! criait le père Gomez. Par pitié, arrêtez-vous. Je ne vous vois pas... Parlons, je vous en supplie... Ne faites pas de mal à mon dæmon. Par pitié...

En vérité, c'était le scarabée qui faisait du mal à Balthamos. À travers le dos de ses mains jointes, l'ange distinguait faiblement la petite créature verte qui plantait inlassablement ses mâchoires puissantes dans ses paumes. S'il entrouvrait ses mains, ne serait-ce qu'une seconde, l'insecte s'enfuirait. Il s'efforçait donc de les garder jointes, malgré la douleur.

— Par ici ! lança-t-il. Suivez-moi. Éloignez-vous de ce bois. J'ai à vous parler, mais cet endroit est mal choisi.

— Qui êtes-vous donc ? Je ne vous vois pas. Arrêtez-vous... Comment puis-je savoir qui vous êtes si je ne vous vois pas ? Restez où vous êtes, arrêtez de courir !

La vitesse était l'unique arme dont disposait Balthamos. Essayant d'ignorer les piqûres et les morsures du dæmon, il remonta le petit ravin au fond duquel coulait le ruisseau, en sautant de rocher en rocher.

Mais soudain, il commit une erreur : en voulant regarder derrière lui, il dérapa et enfonça un pied dans l'eau.

— Ah ! s'exclama le père Gomez avec satisfaction en voyant l'éclaboussure.

Balthamos sortit immédiatement son pied du ruisseau et repartit, mais il laissait maintenant, à chaque pas, une empreinte humide sur les pierres sèches. Ce qui n'avait pas échappé au prêtre, qui bondit en avant et sentit le frôlement des plumes sur sa main.

Il se figea, stupéfait : le mot ange résonna dans son esprit. Balthamos profita de cette hésitation pour repartir, le prêtre se sentit alors entraîné dans son sillage et une autre douleur brutale lui lacéra le cœur.

L'ange lança par-dessus son épaule :

— Continuons encore un peu, jusqu'au sommet de la crête, et ensuite nous parlerons, c'est promis.

— Non, parlons ici ! Restez où vous êtes, et je jure de ne pas vous toucher !

Balthamos ne répondit pas : il était trop difficile de se concentrer. Il devait rester vigilant, éviter son poursuivant, regarder devant lui, et surveiller le scarabée furieux qui le torturait.

Quant au prêtre, son esprit fonctionnait à toute allure. Un adversaire véritablement dangereux aurait déjà tué son dæmon, se disait-il, ce qui aurait réglé le problème. Cela signifiait que l'ange avait peur de frapper.

Rassuré par cette constatation, le père Gomez se laissa entraîner dans le sillage de Balthamos en poussant de petits gémissements de douleur, le suppliant de s'arrêter... sans cesser d'observer, tout en se rapprochant et en jaugeant la corpulence de son adversaire, la rapidité de ses déplacements, la direction de son regard.

— Par pitié... dit-il d'une voix brisée, vous ne pouvez pas imaginer combien c'est douloureux... Je ne peux pas vous faire de mal... Je vous en prie, ne peut-on pas s'arrêter et discuter ?

Le prêtre ne voulait pas perdre le bois de vue. Ils avaient atteint l'endroit où jaillissait le ruisseau, et il voyait les pieds de Balthamos imprimer des marques légères dans l'herbe. Le père Gomez l'avait suivi pas à pas et, même s'il ne le voyait toujours pas, il était certain maintenant de savoir où se trouvait l'ange.

Balthamos se retourna. Le prêtre leva les yeux vers l'endroit où il supposait que se trouvait son visage et, pour la première fois, il le vit : ce n'était qu'un scintillement dans l'air, mais impossible de se tromper.

Il n'était pas encore assez près pour l'atteindre d'un seul mouvement cependant, et toute comédie mise à part, la douloureuse séparation d'avec son dæmon l'avait épuisé. Peut-être que s'il avançait encore d'un pas ou deux...

— Assis, ordonna Balthamos. Asseyez-vous où vous êtes. N'approchez plus.

— Que voulez-vous ? demanda le père Gomez, sans bouger.

— Ce que je veux ? Je veux vous tuer, mais je n'en ai pas la force.

— Vous êtes un ange, non ?

— Quelle importance ?

— Vous avez peut-être commis une erreur. Peut-être sommes-nous dans le même camp.

— Non. Je vous ai suivi. Je sais dans quel camp vous êtes et... Ne bougez pas. Restez où vous êtes.

— Il n'est pas trop tard pour vous repentir. Même les anges ont droit au pardon. Faites-moi entendre votre confession.

— Oh, Baruch, aide-moi ! s'écria Balthamos, au désespoir, en levant les yeux vers le ciel.

Au même moment, le père Gomez se jeta sur lui. Son épaule percuta celle de l'ange, qui se trouva déséquilibré, et en tendant la main, par réflexe, pour se retenir, Balthamos laissa échapper le dæmon-insecte. Le scarabée s'envola immédiatement, et le père Gomez fut submergé par une vague de soulagement et de puissance. En vérité, cette libération fut la cause de sa mort. Il se jeta avec une telle force sur la silhouette à peine visible de l'ange qu'il ne parvint pas à conserver son équilibre en rencontrant si peu de résistance. Son pied dérapa et son élan l'entraîna vers le ruisseau. À cet instant, pensant à ce qu'aurait fait Baruch en pareille circonstance, Balthamos repoussa d'un coup de pied la main tendue du prêtre qui cherchait à se retenir.

Le père Gomez tomba lourdement. Sa tête heurta une pierre et, à moitié assommé, il roula dans l'eau. Le froid le réveilla immédiatement mais, alors qu'il suffoquait et tentait faiblement de se relever, Balthamos, ivre de désespoir et ignorant le dæmon qui lui piquait le visage, les yeux et la bouche, utilisa le faible poids de son corps pour maintenir la tête de l'homme sous l'eau, il appuya, il appuya, il appuya...

Lorsque le dæmon disparut soudainement, l'ange relâcha sa pression. Le prêtre était mort. Après s'en être assuré, il hissa le corps hors du ruisseau et l'étendit dans l'herbe. Il croisa soigneusement les mains du père Gomez sur sa poitrine et lui ferma les yeux.

Puis l'ange se redressa, écœuré, épuisé et rongé par la douleur.

— Baruch... Oh, mon très cher Baruch, je n'en

peux plus. Will et la fille sont à l'abri désormais, et tout ira bien. Mais, pour moi, c'est la fin, même si, en vérité, je suis déjà mort en même temps que toi, Baruch, mon bien-aimé.

La seconde suivante, il avait disparu.

Alors qu'elle bêchait le champ de haricots, assommée par la chaleur de la fin d'après-midi, Mary entendit soudain la voix de son amie Atal, sans parvenir à faire la différence entre l'excitation et la panique : un autre arbre venait-il de tomber ? L'homme au fusil était-il réapparu ?

— *Regarde ! regarde !* disait la zalif en tapotant la poche de Mary avec sa trompe.

Elle sortit son télescope comme le lui demandait Atal et le pointa vers le ciel.

— *Dis-moi ce qui se passe !* demanda-t-elle. *Je sens que c'est différent, mais je ne vois rien.*

Le redoutable torrent de Poussière dans le ciel avait cessé de couler. Ce qui ne voulait pas dire qu'il était immobile, tant s'en faut. En balayant le ciel à travers ses verres ambrés, Mary apercevait ici un courant, là un tourbillon, un peu plus loin un vortex. La Poussière était agitée par un mouvement perpétuel, mais elle ne s'enfuyait plus. À vrai dire, elle semblait tomber comme des flocons de neige.

Mary pensa aux arbres à cosses : les fleurs ouvertes face au ciel s'abreuveraient de cette pluie dorée. Elle pouvait presque sentir leur bonheur en accueillant cette offrande dans leurs pauvres cœurs desséchés, sevrés depuis si longtemps.

— *Les deux enfants,* dit Atal.

Mary se retourna, son télescope à la main, pour découvrir Will et Lyra qui revenaient. Ils étaient encore loin ; ils ne se pressaient pas. Ils se tenaient par la main et marchaient au même rythme, leurs têtes penchées l'une vers l'autre, oublieux de tout ce qui les entourait. Même à cette distance, elle le sentait.

Elle faillit coller son œil à sa longue-vue, mais se retint et la rangea dans sa poche. Elle n'avait pas besoin de cet instrument, elle savait ce qu'elle verrait : ils donneraient l'impression d'être faits d'or. Ils apparaîtraient comme l'image authentique de ce que pourraient être les humains en permanence, après avoir reçu leur héritage.

La Poussière qui se déversait des étoiles avait retrouvé un foyer vivant, et ces enfants qui n'étaient plus des enfants, débordants d'amour, étaient à l'origine de tout cela.

36

La flèche brisée

> Mais le destin enfonce des coins d'acier, et toujours il s'engouffre au milieu.
>
> Andrew Marvell

Les deux dæmons traversèrent le village endormi, courant d'une ombre à une autre, sautillant avec leurs pattes de chat sur le sol baigné de lune. Arrivés devant la porte ouverte de la cabane de Mary, ils s'arrêtèrent.

Ils risquèrent un coup d'œil à l'intérieur et ne virent que la femme qui dormait. Alors ils rebroussèrent chemin et traversèrent à nouveau l'éclat argenté du clair de lune en direction de l'arbre qui ressemblait à une tente.

Les feuilles vrillées et odorantes qui faisaient ployer les longues branches touchaient presque le sol. Très lentement, avec la plus grande prudence, pour ne pas faire bouger une feuille ou briser une brindille sèche, les deux félins se faufilèrent à travers le rideau végétal et découvrirent ce qu'ils cherchaient : le garçon et la fille dormant à poings fermés, enlacés.

Ils s'approchèrent à pas feutrés et touchèrent délicatement les dormeurs avec leur museau, leurs pattes et leurs moustaches, s'abreuvant de la chaleur vitale qu'ils dégageaient mais soucieux, surtout, de ne pas les réveiller.

Alors qu'ils s'occupaient de leurs humains (nettoyant tout doucement la plaie de Will qui cicatrisait vite, repoussant une mèche de cheveux sur le visage de Lyra...), un petit bruit se produisit dans leurs dos.

Aussitôt, sans faire le moindre bruit, les deux dæmons firent volte-face et se transformèrent en loups : les yeux brillant d'une lueur sauvage, tous crocs dehors, menaçants.

Devant eux, la silhouette d'une femme se découpait dans la lumière de la lune. Ce n'était pas Mary et, quand elle s'adressa à eux, ils l'entendirent parfaitement, alors que sa voix ne produisait aucun son.

— Venez avec moi.

Pantalaimon sentit son cœur faire un bond dans sa poitrine, mais il ne dit rien avant de pouvoir saluer cette apparition loin des deux dormeurs réfugiés sous l'arbre.

— Serafina Pekkala ! s'exclama-t-il alors, joyeux. Où étiez-vous donc ? Savez-vous tout ce qui s'est passé ?

— Chut. Allons dans un endroit où nous pourrons parler, dit-elle, soucieuse de ne pas réveiller les mulefas endormis.

Sa branche de sapin magique était posée à côté de la porte de la maison de Mary, et au moment où elle l'enfourchait, les deux dæmons se transformèrent en oiseaux — un rossignol et une chouette — et ils s'envolèrent avec elle au-dessus des toits de chaume, au-dessus de la prairie, au-dessus de la crête, vers le bosquet d'arbres à cosses le plus proche, aussi imposant qu'un château, avec son feuillage ressemblant à des pièces d'argent au clair de lune.

Serafina se posa sur la branche la plus haute, au milieu des fleurs ouvertes qui s'abreuvaient de Poussière, et les deux oiseaux se perchèrent à côté d'elle.

— Vous ne resterez pas des oiseaux très longtemps, dit Serafina Pekkala. Très bientôt, votre apparence va se fixer. Regardez bien autour de vous et gravez cette vision dans votre mémoire.

— Quel animal serons-nous ? demanda Pantalaimon.

— Vous le découvrirez plus vite que vous ne l'imaginez. Mais écoutez-moi, dit-elle, je vais vous raconter une histoire que seules les sorcières connaissent. Si je peux vous la raconter, c'est parce que vous êtes perchés ici avec moi, et que vos humains sont en bas, en train de dormir. Quelles sont les seules personnes pour qui une telle chose est possible ?

— Les sorcières, répondit Pantalaimon. Et les chamans. Ça veut dire... ?

— En vous abandonnant tous les deux sur le rivage du monde des morts, Lyra et Will ont fait, sans le savoir, une chose que font les sorcières depuis qu'elles existent. Il y a dans notre terre du Nord une région affreusement désolée, où une grande catastrophe s'est produite quand le monde était encore enfant, et où rien n'a jamais réussi à survivre depuis. Aucun dæmon ne peut pénétrer dans ce lieu. Pour devenir une sorcière, une jeune fille doit traverser seule cette région abominable, en laissant son dæmon derrière elle. Vous savez les souffrances qu'ils doivent endurer. Mais après cette épreuve, elle s'aperçoit que son dæmon n'a pas été séparé d'elle, comme à Bolvangar. Ils continuent à former un seul et même être mais, désormais, ils sont libres de vagabonder séparément ; ils peuvent partir chacun de leur côté dans des endroits lointains, voir des choses étranges et se retrouver pour échanger leurs expériences. Et vous n'avez pas été séparés de vos humains, vous non plus, n'est-ce pas ?

— Non, en effet, répondit Pantalaimon. Nous ne formons toujours qu'un. Mais ce fut si douloureux, et nous avons eu si peur...

— Vous ne pourrez jamais voler comme des sorcières tous les deux, et vos humains ne vivront pas aussi longtemps que nous mais, grâce à leur geste, vous êtes quasiment des sorcières vous aussi, à ces différences près.

Les deux dæmons réfléchissaient à cette étrange révélation.

— Ça veut dire que nous deviendrons des oiseaux, comme les dæmons des sorcières ? demanda Pantalaimon.

— Un peu de patience.

— Comment Will peut-il devenir une sorcière ? Je croyais que toutes les sorcières étaient des femmes.

— Ces deux enfants ont changé bien des choses. Le monde évolue, y compris pour les sorcières. Mais une seule chose n'a pas changé : vous devez venir en aide à vos humains, et non être des obstacles. Vous devez les guider et les encourager sur la voie de la sagesse. Tel est le rôle des dæmons.

Les deux oiseaux restèrent muets. Serafina se tourna vers le rossignol et demanda :

— Comment t'appelles-tu ?

— Je n'ai pas de nom. J'ignorais même que j'existais jusqu'à ce qu'on m'arrache du cœur de Will.

— Dans ce cas, je te baptise Kirjava.

— Kirjava, répéta Pantalaimon en faisant rouler ce nom sur sa langue. Qu'est-ce que ça veut dire ?

— Vous le saurez bientôt. Mais en attendant, reprit Serafina, vous devez m'écouter attentivement, car je vais vous dire ce que vous devez savoir.

— Non ! s'écria Kirjava.

— À voir ta réaction, dit Serafina avec douceur, je devine que tu sais déjà ce que je vais dire.

— Nous ne voulons pas l'entendre ! dit Pantalaimon.

— C'est trop tôt, ajouta le rossignol. Beaucoup trop tôt.

Serafina ne dit rien, car elle était d'accord avec eux, et cela l'attristait. Mais elle était aussi la plus sage des trois, et elle devait les guider vers le bon choix. Malgré tout, elle les laissa retrouver leur calme avant de continuer.

— Où êtes-vous allés au cours de vos pérégrinations ? demanda-t-elle.

— Nous avons traversé de nombreux mondes, dit Pantalaimon. Partout où nous trouvions une fenêtre, nous la franchissions. Il y en a plus qu'on l'imaginait.

— Et vous avez vu...

— Oui, la coupa Kirjava, nous avons regardé attentivement et nous avons vu ce qui se passait.

— On a vu un tas d'autres choses aussi, s'empressa d'ajouter Pantalaimon. On a vu le monde d'où viennent ces gens tout petits, les Gallivespiens. Il y a aussi des êtres normaux, qui essayent de les tuer.

Ils racontèrent à la sorcière tout ce qu'ils avaient vu ; ils essayaient de détourner son attention, et elle le savait, mais elle les laissa parler, car ils prenaient plaisir à entendre le son de leurs voix.

Mais au bout d'un moment, les deux dæmons se trouvèrent à court d'anecdotes, et ils furent obligés de se taire. On n'entendait plus que le murmure doux et incessant des feuilles, jusqu'à ce que Serafina Pekkala dise :

— Vous vous êtes éloignés de Will et de Lyra pour les punir. Je sais pourquoi vous avez fait ça : mon Kaisa a réagi de la même manière après que je l'avais abandonné pour traverser cette région désertique dont je vous ai parlé. Mais il a fini par revenir auprès de moi, car nous nous aimions toujours. Or, vos humains auront bientôt besoin de vous pour accomplir ce qui doit être accompli. Vous devez leur raconter ce que vous savez.

Pantalaimon poussa un cri sonore, un cri de chouette glacial, un son terrible qui n'avait jamais résonné dans ce monde. Dans les nids et les terriers, dans un très large périmètre, et partout où les petites créatures de la nuit chassaient ou broutaient, une peur nouvelle et inoubliable fit son apparition.

Serafina n'éprouvait que compassion, jusqu'à ce qu'elle regarde le dæmon de Will, Kirjava le rossignol. Elle se souvint alors de sa discussion avec la sorcière Ruta Skadi qui lui avait demandé, après n'avoir vu Will qu'une seule fois, si elle l'avait regardé dans les yeux, et Serafina lui avait répondu qu'elle n'avait pas osé. Il émanait de ce petit oiseau au plumage marron une férocité implacable, palpable comme un courant chaud, qui effrayait la sorcière.

L'écho du hululement sauvage de Pantalaimon s'éteignit, et Kirjava ajouta :

— Et on doit leur dire.

— Oui, il le faut, dit Serafina avec douceur.

Peu à peu, la férocité quitta le regard du petit oiseau et la sorcière put le regarder à nouveau. À la place, elle découvrit une profonde tristesse.

— Un bateau va arriver, ajouta-t-elle. Je l'ai quitté pour venir jusqu'à vous. Je suis venue avec les gitans, de notre monde. Ils seront ici dans un jour ou deux.

Les deux oiseaux étaient perchés côte à côte et, en l'espace d'une seconde, ils avaient changé d'aspect pour devenir des colombes.

Serafina poursuivit :

— C'est peut-être la dernière fois que vous volez. Je suis capable de deviner le futur proche ; et je vois que vous pourrez encore grimper à cette hauteur vertigineuse du moment qu'il y a un arbre de cette taille, mais je pense que vous ne serez plus des oiseaux quand vous prendrez votre apparence définitive. Rassemblez le maximum de souvenirs et gardez-les précieusement. Je sais que tous les deux, avec Lyra et Will, vous allez réfléchir intensément et douloureusement, et je sais aussi que vous ferez le meilleur choix possible. Mais c'est vous qui devez le faire, et personne d'autre.

Les deux dæmons se taisaient. La sorcière reprit sa branche de sapin et s'envola au-dessus du feuillage des arbres gigantesques ; elle tournoya plusieurs fois dans le ciel pour sentir sur sa peau la fraîcheur de la brise, le picotement des étoiles et cette fine pluie bienfaisante de Poussière qu'elle n'avait jamais vue.

Serafina redescendit vers le village et, sans un bruit, elle pénétra dans la maison de la femme prénommée Mary. Elle ne savait rien d'elle, à part qu'elle venait du même monde que Will et qu'elle jouait un rôle crucial dans tous ces événements. Était-elle d'un tempérament belliqueux ou amical ? La sorcière n'avait aucun moyen de le savoir, mais elle devait réveiller Mary sans lui faire peur et, pour cela, il existait un envoûtement.

Assise par terre près de la tête de la femme endormie, elle l'observait à travers ses paupières mi-closes et calquait sa respiration sur la sienne. Bientôt, ses yeux entrouverts lui montrèrent les silhouettes pâles que Mary voyait dans ses rêves et elle ajusta ses propres pensées pour vibrer à l'unisson avec l'esprit de la dormeuse, comme si elle accordait un instrument. Pour finir, grâce à un dernier effort de volonté, Serafina pénétra au milieu de ces silhouettes. Une fois introduite dans les pensées de Mary, elle pouvait lui parler, ce qu'elle fit, avec l'affection instantanée et naturelle qu'on éprouve parfois pour les gens qu'on rencontre dans des rêves.

Quelques secondes plus tard, elles échangeaient dans un murmure ininterrompu une conversation animée dont Mary ne garda aucun souvenir par la suite et, ensemble, elles traversèrent un paysage insensé où les étendues de roseaux côtoyaient des transformateurs électriques. Le moment était venu pour Serafina de prendre les choses en main.

— Dans un instant, vous allez vous réveiller, dit-elle. N'ayez pas peur. Vous me découvrirez à vos côtés. Je vous réveille de cette façon pour vous montrer que vous n'avez rien à craindre. Ensuite, nous pourrons parler normalement.

La sorcière quitta le rêve, entraînant Mary avec elle, et elle se retrouva dans la cabane, assise en tailleur sur le sol en terre battue. La femme la regardait avec des yeux brillants.

— Vous devez être la sorcière, murmura-t-elle.

— En effet. Je me nomme Serafina Pekkala. Et vous, comment vous appelez-vous ?

— Mary Malone. Jamais on ne m'a réveillée aussi doucement. Mais suis-je vraiment réveillée ?

— Oui. Nous devons parler toutes les deux, mais le langage du monde des rêves est difficile à maîtriser, et encore plus à mémoriser. Mieux vaut parler éveillé. Préférez-vous rester à l'intérieur ou voulez-vous marcher avec moi au clair de lune ?

— Allons nous promener, dit Mary en se redressant et en s'étirant. Où sont Lyra et Will ?

— Ils dorment sous l'arbre.

Elles sortirent de la cabane et passèrent sans s'arrêter devant l'arbre avec son rideau opaque de feuilles ; elles descendirent jusqu'à la rivière.

Mary regardait Serafina Pekkala avec un mélange de méfiance et d'admiration : jamais elle n'avait vu une silhouette aussi svelte et gracieuse. La sorcière paraissait plus jeune qu'elle, alors que Lyra lui avait dit qu'elle était âgée de plusieurs centaines d'années ; seule son expression, remplie d'une tristesse insondable, donnait une vague idée de son âge.

Elles s'assirent au bord de l'eau noire aux reflets argentés, et Serafina informa Mary qu'elle venait de s'entretenir avec les dæmons des deux enfants.

— Ils sont partis à leur recherche aujourd'hui, dit-elle, mais il s'est passé quelque chose. Will n'a jamais vu véritablement son dæmon, sauf au moment où ils ont fui la bataille, et ça n'a duré qu'une seconde. D'ailleurs, il n'était même pas certain d'en posséder un.

— Il en a un. Et vous aussi, déclara Serafina.

Mary regarda la sorcière d'un air hébété.

— Si vous pouviez le voir, reprit-elle, vous verriez un oiseau noir avec des pattes rouges et un bec jaune vif, légèrement incurvé. Un oiseau des montagnes.

— Un crave alpin... Mais comment faites-vous pour le voir ?

— En fermant les yeux à moitié. Si nous avions

le temps, je pourrais vous apprendre à le voir vous aussi, et à voir les dæmons de tous les habitants de votre monde. Nous autres, sorcières, nous avons du mal à croire que vous ne puissiez pas les voir.

Puis elle répéta à Mary ce qu'elle avait dit aux deux dæmons, et ce que cela signifiait.

— Ils vont devoir le leur dire ? demanda-t-elle.

— J'ai d'abord pensé réveiller les deux enfants pour leur dire moi-même. Puis j'ai pensé vous confier cette responsabilité. Finalement, en voyant leurs dæmons, je me suis dit que c'était la meilleure solution.

— Ils s'aiment.

— Je sais.

— Ils viennent de s'en apercevoir...

Mary essayait de se représenter toutes les conséquences de ce que venait de lui dire Serafina, mais c'était trop difficile.

Au bout d'une minute de silence, elle demanda :

— Vous voyez la Poussière ?

— Non, je ne l'ai jamais vue. Jusqu'à ce qu'éclate cette guerre, nous ignorions même son existence.

Mary sortit le télescope de sa poche et le tendit à la sorcière. Celle-ci approcha l'instrument de son œil et ne put retenir un petit cri.

— Voilà donc la Poussière !... C'est magnifique !

— Tournez-vous pour regarder l'arbre qui leur sert d'abri.

Serafina s'exécuta, et s'exclama :

— Ce sont eux qui ont fait ça ?

— Il s'est passé quelque chose aujourd'hui, ou hier plutôt, s'il est minuit passé.

Mary cherchait les mots appropriés, et elle se souvint de sa vision du flot de Poussière semblable à un grand fleuve comme le Mississippi.

— Une chose infime, mais cruciale, ajouta-t-elle. Si vous vouliez détourner le cours d'un fleuve puissant, en ne disposant que d'une petite pierre, vous pourriez y parvenir, à condition de placer la pierre au bon endroit, afin d'orienter le premier filet d'eau dans telle direction au lieu de telle autre. Il s'est produit une chose similaire hier. Mais j'ignore de quoi il s'agit. Lyra et Will se sont vus sous un jour nouveau... Ils ont éprouvé un sentiment qu'ils ignoraient jusqu'alors. À ce moment-là, la Poussière a été attirée vers eux avec force et elle a cessé de s'écouler dans l'autre direction.

— C'était donc ainsi que cela devait se passer ! s'exclama Serafina, émerveillée. Et maintenant, il n'y a plus rien à craindre, du moins lorsque les anges auront comblé le gouffre immense des enfers.

Elle décrivit l'abîme sans fond, et la manière dont elle avait découvert son existence.

— Je volais très haut dans le ciel au-dessus de l'océan, expliqua-t-elle, et je cherchais une côte, quand j'ai rencontré un ange : une femme très étrange, car elle était à la fois très vieille et jeune, dit-elle, oubliant que c'était exactement ainsi qu'elle apparaissait aux yeux de Mary. Elle s'appelait Xaphania. Elle m'a dit un tas de choses... Elle m'a expliqué que toute l'histoire humaine se résumait à la lutte entre la sagesse et la bêtise. Avec les anges rebelles, les disciples de la sagesse, ils ont toujours essayé d'ouvrir les esprits, tandis que l'Autorité et ses Églises s'efforçaient au contraire de les brimer. Elle m'a donné de nombreux exemples dans mon monde.

— Je pourrais en citer autant dans le mien.

— Depuis toujours, la sagesse a été obligée d'œuvrer en secret, de s'exprimer à voix basse, de se déplacer comme une espionne dans les endroits les plus humbles, alors que ses ennemis occupaient les palais et les cours.

— Je connais bien cette situation, dit Mary.

— La lutte n'est pas terminée, même si les puissances du Royaume des Cieux ont subi un revers. Elles vont se regrouper sous un nouveau commandement et revenir en force. Nous devons être prêts à résister.

— Mais qu'est-il advenu de Lord Asriel ?

— Il a combattu le Régent du Ciel, l'ange Métatron, et il l'a entraîné dans l'abîme. Métatron a disparu pour toujours. Et Lord Asriel aussi.

Mary retint son souffle.

— Et Mme Coulter ? demanda-t-elle.

En guise de réponse, la sorcière sortit une flèche de son carquois, en prenant son temps pour choisir la plus belle, la plus droite, la mieux équilibrée.

Et elle la brisa en deux.

— Un jour, dans mon monde, dit-elle, j'ai vu cette femme torturer une sorcière, et j'ai juré de lui planter cette flèche dans la gorge. Je ne pourrai plus le faire. Elle s'est sacrifiée avec Lord Asriel pour combattre l'ange et protéger l'avenir de Lyra. Séparément, ils n'y seraient pas arrivés, mais ensemble, ils ont réussi.

Affligée, Mary demanda :

— Comment faire pour l'annoncer à Lyra ?

— Attendons qu'elle pose la question, dit Serafina. Peut-être qu'elle ne le fera pas. De toute façon, elle possède le déchiffreur de symboles ; il lui dira tout ce qu'elle veut savoir.

Elles demeurèrent assises en silence, tandis que les étoiles tournoyaient lentement dans le ciel. Au bout d'un moment, Mary demanda :

— Pouvez-vous voir l'avenir et deviner quel sera leur choix ?

— Non, mais si Lyra retourne dans son monde, je serai sa sœur aussi longtemps qu'elle vivra. Et vous, qu'allez-vous faire ?

— Je...

Mary s'aperçut alors qu'elle ne s'était pas posé la question depuis longtemps.

— Ma place est dans mon monde, je suppose. Mais je serai triste de quitter celui-ci. J'y ai été heureuse. Plus heureuse que je ne l'avais jamais été, je crois.

— Si vous rentrez chez vous, vous aurez une sœur dans un autre monde, dit Serafina, et moi aussi. Nous nous reverrons dans un jour ou deux, quand le bateau sera là, et nous pourrons continuer à parler durant le voyage du retour, puis nous nous séparerons pour toujours. Prends-moi dans tes bras, ma sœur.

Elle s'exécuta, et Serafina Pekkala s'envola sur sa branche de sapin, au-dessus des roseaux, au-dessus des marais, au-dessus des bancs de vase, de la plage et de la mer, jusqu'à ce que Mary la perde de vue.

À peu près au même moment, un gros lézard bleu découvrit le corps du père Gomez. Will et Lyra avaient regagné le village dans l'après-midi en empruntant une route différente et ils ne l'avaient pas vu. Le prêtre reposait en paix à l'endroit où Balthamos l'avait déposé. Les lézards bleus étaient des charognards, mais c'étaient des animaux paisibles et inoffensifs et conformément à un très vieil arrangement avec les mulefas, ils avaient le droit de s'approprier toutes les créatures mortes qu'ils trouvaient après la tombée de la nuit.

Le lézard traîna donc la dépouille du prêtre jusqu'à son terrier, et ses petits se régalèrent. Quant au fusil, il resta dans l'herbe, là où le père Gomez l'avait posé, livré à la rouille.

37
Les dunes

Mon âme, ne cherche pas la vie éternelle, épuise le royaume des possibles.

Pindare

Le lendemain, Will et Lyra repartirent tous les deux, se parlant à peine, impatients de se retrouver en tête à tête. Ils paraissaient hébétés, comme si un heureux accident leur avait fait perdre tous leurs esprits ; ils marchaient lentement et regardaient autour d'eux d'un air vague.

Ils passèrent toute la journée dans les collines infinies et, dans la chaleur torride de l'après-midi, ils rendirent visite à leur bosquet d'or et d'argent. Là, ils parlèrent, se baignèrent, mangèrent, s'embrassèrent et, allongés sur le sol dans une transe de bonheur, ils murmurèrent des mots dont la signification était aussi confuse que leurs sens ; ils avaient l'impression de se consumer d'amour.

Le soir venu, ils partagèrent le repas de Mary

et d'Atal, sans se montrer très loquaces et, comme l'air était encore chaud, ils décidèrent ensuite de marcher jusqu'à la mer, où ils espéraient trouver une brise rafraîchissante. Ils longèrent donc la rivière jusqu'à ce qu'ils débouchent sur la grande plage, éclatante dans la lumière de la lune, où la marée basse commençait à remonter.

Ils s'allongèrent dans le sable doux au pied des dunes, et c'est là qu'ils entendirent chanter le premier oiseau.

Will et Lyra tournèrent la tête en même temps, car le chant de cet oiseau ne ressemblait à celui d'aucune créature du monde dans lequel ils se trouvaient. Quelque part dans l'obscurité, au-dessus d'eux, résonnaient des trilles délicats, auxquels répondit bientôt un chant flûté venant d'une autre direction. Ravis, Will et Lyra se levèrent d'un bond et essayèrent d'apercevoir les chanteurs, mais ils ne distinguaient que deux silhouettes noires qui tournoyaient, plongeaient en piqué, puis remontaient à toute allure, sans cesser d'égrener leurs notes cristallines qui dessinaient des mélodies aux variations illimitées.

Finalement, avec un battement d'ailes qui fit jaillir une petite gerbe de sable devant lui, le premier oiseau se posa à quelques mètres d'eux.

Timidement, Lyra demanda :

— Pan... ?

Il avait l'apparence d'une colombe, mais son plumage était sombre, d'une couleur indéfinissable dans le clair de lune ; en tout cas, il se détachait distinctement sur le fond de sable blanc. Le deuxième oiseau continua à tournoyer au-dessus de leur tête en chantant, avant de descendre à son tour pour rejoindre son compagnon : c'était aussi une colombe, mais d'un blanc nacré, avec une crête de plumes rouge foncé.

Will sut alors ce qu'on ressentait en voyant son dæmon. En regardant l'oiseau se poser sur le sable, il sentit son cœur se serrer, puis se relâcher d'une manière qu'il n'oublierait jamais. Soixante ans plus tard, devenu un vieil homme, il continuerait à éprouver certaines sensations avec la même intensité : les doigts de Lyra introduisant le petit fruit rouge entre ses lèvres à l'abri des arbres d'or et d'argent, sa bouche chaude plaquée contre la sienne, la surprise et la douleur de son cœur au moment où on lui avait arraché son dæmon, avant de pénétrer dans le monde des morts, et enfin sa réapparition magique et merveilleuse au pied des dunes baignées de lune.

Lyra avança d'un pas vers les oiseaux, et Pantalaimon dit :

— Lyra, Serafina Pekkala est venue nous parler hier soir. Elle nous a raconté beaucoup de choses. Elle est repartie pour guider les gitans jusqu'ici. Farder Coram arrive, avec Lord Faa. Bientôt, ils seront tous ici...

— Pan, mon pauvre Pan, tu sembles bien triste. Que se passe-t-il ? Qu'y a-t-il ?

Il se métamorphosa et se précipita vers elle dans le sable, sous la forme d'une hermine immaculée. Le deuxième dæmon changea d'apparence, lui aussi — Will sentit la transformation, comme une petite main se refermant sur son cœur —, pour devenir un chat.

Avant d'approcher de Will, il dit :

— La sorcière m'a donné un nom. Autrefois, je n'en avais pas besoin. Elle m'a baptisé Kirjava. Mais écoutez-nous, vous devez nous écouter...

— Oui, écoutez-nous bien, renchérit Pantalaimon. C'est difficile à expliquer.

À eux deux, les dæmons réussirent à répéter tout ce que leur avait dit Serafina, en commençant par la révélation sur la nature des deux enfants : comment, sans le vouloir, ils étaient devenus semblables aux sorcières qui pouvaient se séparer de leurs dæmons tout en continuant à former avec lui un être unique.

— Mais il y a autre chose, ajouta Kirjava.

Et Pantalaimon dit :

— Oh, Lyra, pardonne-nous, mais nous sommes obligés de te révéler ce que nous avons découvert...

La fillette était abasourdie. Depuis quand Pan réclamait-il le pardon ? Elle se tourna vers Will : il semblait aussi perplexe qu'elle.

— Parlez, dit-il. N'ayez pas peur.

— Il s'agit de la Poussière, dit le dæmon-chat, et Will fut surpris d'entendre une partie de lui-même lui apprendre une chose qu'il ignorait. Toute la Poussière disparaissait dans le gouffre que vous avez vu. Heureusement, quelque chose l'a empêchée de continuer à s'y jeter, mais...

— Will, c'était cette lumière dorée ! s'exclama Lyra. Cette lumière qui se déversait dans l'abîme et disparaissait... C'était donc la Poussière ? Vraiment ?

— Oui. Mais elle continue de s'échapper, reprit Pantalaimon. Et il ne faut pas. Il est vital qu'elle cesse de fuir. Elle doit rester dans le monde au lieu de se volatiliser, ou sinon tout le bien disparaîtra et mourra.

— Mais par où s'échappe-t-elle ? demanda Lyra.

Les deux dæmons regardèrent Will, puis le couteau.

— Chaque fois que nous avons découpé une ouverture, expliqua Kirjava (et encore une fois, Will éprouva ce petit pincement au cœur : il est moi, et je suis lui), chaque fois que quelqu'un a ouvert une fenêtre entre les mondes, que ce soit nous, les hommes de la Guilde, ou n'importe qui, le couteau a fait une entaille dans le vide. Le même vide que celui de l'abîme. Mais on ne le savait pas. Personne ne le savait, car l'ouverture était trop fine pour qu'on l'aperçoive. Mais elle était assez large malgré tout pour laisser passer la Poussière. Si la fenêtre était refermée immédiatement, la Poussière n'avait pas le temps de fuir, mais des milliers de fenêtres n'ont jamais été refermées. Et pendant tout ce temps, la Poussière n'a pas cessé de s'échapper des mondes pour se déverser dans le néant.

La signification profonde de ces paroles commençait à se faire jour dans l'esprit de Will et de Lyra. Ils la repoussaient, ils la combattaient, mais elle était semblable à cette lumière grise qui s'infiltre dans le ciel et éteint les étoiles : elle contournait tous les obstacles qu'ils dressaient devant elle, elle se glissait sous les volets et autour des rideaux qu'ils essayaient de tirer.

— Toutes les ouvertures, murmura Will.

— Chaque fenêtre... il faut toutes les refermer ? demanda Lyra.

— Toutes sans exception, dit Pantalaimon, en chuchotant comme Lyra.

— Oh, non, gémit la fillette. Non, ce n'est pas vrai...

— Nous devons donc quitter notre monde pour aller vivre dans celui de Lyra, ajouta Kirjava. Ou Pan et Lyra doivent quitter le leur pour venir vivre dans le nôtre. Il n'y a pas d'autre solution.

La sinistre lumière du jour fit irruption.

Lyra ne put retenir un cri d'effroi. Le cri de chouette poussé par Pantalaimon la veille avait effrayé toutes les créatures qui l'avaient entendu, mais ce n'était rien comparé au hurlement passionné qui sortit de sa bouche. Les dæmons semblaient abasourdis, et Will comprit soudain la raison de cette réaction : ils ne connaissaient pas toute la vérité. Ils ne savaient pas ce que Will et Lyra avaient appris de leur côté.

La fillette tremblait de colère et de chagrin, elle faisait les cent pas dans le sable, les poings serrés, en tournant de tous les côtés son visage ruisselant de larmes, comme si elle cherchait une réponse. Will la saisit par les épaules ; il la sentit tendue et tremblante.

— Écoute-moi, dit-il. Lyra, écoute-moi. Qu'a dit mon père exactement ?

— Oh, Will... (Elle agitait la tête dans tous les sens.) Tu sais bien ce qu'il a dit. Tu étais là, Will, tu l'as entendu !

Il crut qu'elle allait mourir foudroyée par le chagrin. Elle se jeta dans ses bras et éclata en sanglots, s'accrochant passionnément à lui, enfonçant ses ongles dans son dos et son visage dans son cou, et il l'entendait répéter :

— Non... non... non...

— Écoute-moi, dit-il. Essayons de nous souvenir de ses paroles exactes. Il y a peut-être un passage quelque part. Il existe peut-être une faille.

Il se libéra en douceur de l'étreinte de Lyra et l'obligea à s'asseoir. Pantalaimon, terrorisé, bondit sur ses genoux, pendant que le dæmon-chat se rapprochait timidement de Will. Ils ne s'étaient pas encore touchés, mais le garçon tendit la main vers son dæmon, qui frotta sa tête de chat contre ses doigts et monta délicatement sur ses genoux.

— Ton père a dit..., commença Lyra, entre deux sanglots... il a dit que les gens ne pouvaient vivre quelque temps dans un autre monde sans être affectés. C'est possible. Nous l'avons fait, non ? Et excepté ce qu'on a été obligés de faire pour pénétrer dans le monde des morts, on n'a pas souffert, hein ?

— Les gens peuvent rester quelque temps dans un autre monde, mais pas longtemps, dit Will. Mon père a quitté son monde, mon monde, pendant dix ans. Et, quand je l'ai retrouvé, il était presque mourant. Dix ans, c'est tout.

— Et Lord Boreal ? Sir Charles ? Il était bien portant, non ?

— Oui, mais souviens-toi qu'il pouvait retourner dans son monde quand il voulait pour retrouver sa santé. C'est d'ailleurs là que tu l'as vu pour la première fois, dans ton monde. Sans doute avait-il découvert une ouverture secrète, connue de lui seul.

— On peut faire pareil !

— Oui, à part que...

— Toutes les fenêtres doivent être refermées, dit Pantalaimon. Toutes.

— Comment le savez-vous, d'abord ? demanda Lyra en s'adressant aux deux dæmons.

— Un ange nous l'a dit, répondit Kirjava. On a rencontré un ange. Elle nous a tout expliqué, ça et d'autres choses. C'est la vérité, Lyra.

— Elle ? fit-elle, méfiante.

— C'était un ange femme.

— J'ignorais qu'il existait des anges femmes. Peut-être qu'elle vous a menti.

Will, lui, réfléchissait à une autre possibilité.

— Supposons qu'ils referment toutes les fenêtres, dit-il, et qu'on en ouvre une seulement en cas de besoin, en la refermant tout de suite après... c'est sans danger, non ? Si on ne laisse pas le temps à la Poussière de s'échapper ?

— Parfaitement ! s'exclama Lyra.

— On choisirait un endroit où personne ne peut voir la fenêtre, ajouta-t-il, et personne à part nous deux ne saurait...

— Oui, ça peut marcher ! J'en suis sûre !

— Ainsi, on pourrait passer d'un monde à l'autre, sans risquer de tomber malade...

Mais les dæmons ne partageaient pas leur enthousiasme. Kirjava marmonnait des « Non, non... » et Pantalaimon dit :

— Les Spectres... L'ange nous a aussi parlé des Spectres.

— Les Spectres ? dit Will. On les a vus pour la première fois durant la bataille. Et alors ?

— On a découvert d'où ils venaient, dit Kirjava. Et c'est ça la chose la plus terrible. Les Spectres sont un peu les enfants de l'abîme. Chaque fois qu'on ouvre une fenêtre avec le couteau, un Spectre se forme. C'est comme un petit morceau d'abîme qui s'en échappe et pénètre dans le monde. Voilà pourquoi le monde de Cittàgazze en était rempli, car toutes les fenêtres étaient restées ouvertes.

— Et ils se développent en se nourrissant de Poussière, ajouta Pantalaimon. Et de dæmons. Car la Poussière et les dæmons sont plus ou moins similaires ; les dæmons adultes du moins. Et les Spectres deviennent de plus en plus gros, de plus en plus forts...

Un sentiment d'horreur s'empara de Will, et Kirjava se pressa contre sa poitrine pour essayer de le réconforter, car lui aussi ressentait cet effroi.

— Autrement dit, chaque fois que j'ai utilisé le couteau, dit-il, j'ai donné naissance à un nouveau Spectre ? Chaque fois...

Il se souvint alors des paroles d'Iorek Byrnison dans la caverne où l'ours-roi avait réparé le poignard : « Tu ignores ce que le couteau fait de son côté. Tes intentions sont peut-être louables. Mais le couteau poursuit un but, lui aussi. »

Lyra le regardait avec des yeux écarquillés, remplis d'angoisse.

— On ne peut pas faire ça, Will ! On ne peut pas libérer d'autres Spectres, pas après avoir vu ce qu'ils font aux gens !

— Très bien, dit-il en se relevant et en serrant son dæmon contre lui. Dans ce cas, nous devrons... l'un de nous devra... J'irai dans ton monde et...

Lyra savait ce qu'il allait dire ; elle le voyait tenir dans ses bras le magnifique dæmon qu'il n'avait pas eu le temps de connaître, et elle pensa à la mère de Will, sachant que lui aussi y pensait.

Abandonner sa mère pour vivre avec Lyra, durant les quelques années qu'ils pourraient partager... en serait-il capable ? Sans doute pourrait-il vivre avec Lyra, mais elle savait qu'il ne pourrait pas vivre avec lui-même.

— Non ! s'écria-t-elle en bondissant à ses côtés, et Kirjava rejoignit Pantalaimon sur le sable, tandis que le garçon et la fille s'étreignaient désespérément. C'est moi qui m'exilerai, Will ! Nous retournerons vivre dans ton monde, Pan et moi ! Peu importe si nous tombons malades ; nous sommes résistants, je suis sûre qu'on vivra longtemps. Et il y a sûrement de bons médecins dans ton monde... Le Dr Malone nous renseignera ! Oui, faisons ça !

Will secouait la tête, et Lyra voyait briller les larmes sur ses joues.

— Tu crois que je pourrais le supporter, Lyra ? Crois-tu que je pourrais vivre heureux en te voyant dépérir, tomber malade et mourir, alors que moi, je continuerais à grandir et à devenir plus fort de jour en jour ? Dix ans... Ce n'est rien. Ça passerait en un éclair. On aurait tout juste un peu plus de vingt ans. Ce n'est pas si loin. Imagine un peu, Lyra, toi et moi devenus adultes, faisant un tas de projets et, soudain... tout s'arrête. Crois-tu que je pourrais continuer à vivre après ta mort ? Oh, Lyra, je te suivrais dans le monde des morts sans même réfléchir, comme tu as suivi Roger, et cela ferait deux vies gâchées inutilement. Non, nous devrions passer toute notre vie ensemble, une vie longue et bien remplie, et si on ne peut pas la partager, alors... nous devrons vivre chacun de notre côté.

Lyra se mordait la lèvre en le regardant marcher de long en large sur la plage, bouleversé.

Finalement, il s'arrêta, se retourna vers elle et reprit :

— Tu te souviens d'une autre chose que mon père a dite ? Il a dit que nous devions construire la République des Cieux à l'endroit où nous étions. Il a dit que, pour nous, il n'existait pas d'ailleurs. Voilà ce qu'il voulait dire, je comprends maintenant. Oh ! c'est trop cruel. Je croyais qu'il parlait uniquement de Lord Asriel et de son nouveau monde, mais il parlait de nous, il parlait de toi et moi. Nous sommes obligés de vivre dans notre propre monde...

— Je vais interroger l'aléthiomètre ! déclara Lyra. Il saura, lui. Je me demande pourquoi je n'y ai pas pensé plus tôt.

Elle se rassit dans le sable, essuya ses joues avec sa paume et, avec l'autre main, elle récupéra son sac à dos. Elle l'emportait partout ; quand Will penserait à elle, bien plus tard, il l'imaginerait souvent avec son petit sac sur les épaules. Elle coinça ses cheveux derrière ses oreilles, avec ce petit geste rapide et précis qu'il adorait, et sortit l'instrument enveloppé dans du velours noir.

— Tu vois assez clair ? demanda-t-il, car même

si la lune était brillante, les symboles disposés tout autour du cadran étaient minuscules.

— Je sais où ils se trouvent, dit-elle. Je les connais par cœur. Silence, maintenant...

Elle se mit en tailleur et tendit sa jupe entre ses genoux pour faire une sorte de table. Will se rassit à son tour et prit appui sur son coude pour la regarder. Le clair de lune qui se reflétait sur le sable blanc éclairait le visage de Lyra avec un rayonnement qui semblait attirer une autre lumière venant de l'intérieur. Ses yeux étincelaient, elle paraissait si sérieuse, si concentrée que Will aurait pu tomber amoureux d'elle de nouveau, si chaque fibre de son être n'était pas déjà gorgée d'amour.

Lyra inspira profondément et commença à manipuler les roulettes. Mais très vite, elle s'arrêta et fit tourner l'instrument entre ses mains.

— Ce n'est pas le bon côté, dit-elle, avant de recommencer.

Will voyait très nettement son visage bien-aimé. Et parce qu'il le connaissait très bien, parce qu'il avait si souvent étudié son expression, de bonheur ou de désespoir, d'espoir ou de tristesse, il comprit que quelque chose n'allait pas, car il n'y avait aucune trace de cette profonde concentration dans laquelle elle plongeait habituellement, si rapidement. À la place, une sorte de stupéfaction angoissée se répandait peu à peu sur ses traits : elle se mordillait la lèvre, ses paupières battaient de plus en plus vite et ses yeux glissaient lentement d'un symbole à l'autre, presque au hasard, au lieu de bondir avec agilité et sûreté.

— Je ne comprends pas, dit-elle en secouant la tête. Je ne sais pas ce qui se passe... Je connais bien cet instrument pourtant, mais je ne vois pas ce qu'il veut dire...

Elle inspira de nouveau, en frissonnant, et retourna encore une fois l'aléthiomètre, qui paraissait étrange et grotesque entre ses mains. Pantalaimon, transformé en souris, grimpa sur ses genoux et posa ses petites pattes noires sur le cadran pour examiner les symboles, les uns après les autres. Lyra actionna une roulette, puis une autre, elle fit tourner l'ensemble et leva les yeux vers Will, paniquée.

— Oh, Will ! Will ! Je n'y arrive plus ! J'ai perdu mon don !

— Calme-toi, dit-il. Il est toujours là, en toi. Reste calme et laisse-le remonter à la surface. Ne le brusque pas. Descends lentement en toi pour aller à sa rencontre...

Elle avala sa salive, frotta ses yeux avec son poignet d'un geste rageur et inspira plusieurs fois, profondément, mais Will voyait bien qu'elle était trop tendue, alors il posa ses mains sur ses épaules tremblantes et il la serra fort contre lui. Lyra se recula et essaya encore une fois d'interroger l'aléthiomètre. De nouveau elle contempla les symboles, de nouveau elle fit tourner les roulettes, mais ces échelles invisibles qu'elle utilisait habituellement avec aisance et assurance pour passer d'une signification à l'autre avaient disparu. Elle ne savait plus ce que signifiaient tous les symboles.

Abandonnant l'instrument, elle s'accrocha à Will et dit, d'une voix désespérée :

— C'est inutile... je le sens bien... mon don a disparu pour toujours... il est apparu quand j'en avais besoin, pour m'aider dans tout ce que je devais entreprendre, pour sauver Roger, et puis pour nous deux... et maintenant, c'est terminé, tout est terminé, il m'a abandonnée... Il s'est enfui, Will ! Je l'ai perdu ! Il ne reviendra jamais !

Elle sanglotait avec l'abandon du désespoir. Will ne pouvait que la serrer contre lui. Il ne savait pas comment la réconforter, car il était évident qu'elle avait raison.

Soudain, les deux dæmons se dressèrent sur leurs pattes et levèrent la tête. Will et Lyra avaient senti leur réaction, et ils suivirent leurs regards tournés vers le ciel. Une lumière venait vers eux : une lumière avec des ailes.

— C'est l'ange qu'on a vu, dit Pantalaimon.

Il avait deviné juste. Sous les yeux de la fillette, du garçon et des deux dæmons, Xaphania déploya ses ailes et glissa en douceur jusque sur le sable. Malgré tout le temps qu'il avait passé en compagnie de Balthamos, Will n'était nullement préparé à l'étrangeté de cette apparition.

Lyra et lui se tenaient fermement par la main, tandis que l'ange avançait vers eux, éclairé par une lumière provenant d'un autre monde. Elle ne portait aucun vêtement, mais cela ne signifiait rien : quel genre de vêtements pouvait porter un ange de toute façon ? se dit Lyra. Impossible, en outre, de dire si elle était vieille ou jeune, mais elle avait une expression austère et compatissante, et les enfants eurent le sentiment qu'elle voyait au plus profond de leur cœur.

— Will, dit-elle, je suis venue réclamer ton aide.

— Mon aide ? Comment puis-je vous aider ?

— Je veux que tu m'expliques comment refermer les fenêtres faites par le couteau.

Will déglutit.

— Je vous montrerai, dit-il. Mais en échange, pouvez-vous nous aider ?

— Pas de la manière dont tu l'espères. Je sais de quoi vous venez de parler. Votre chagrin a laissé des traces dans l'air. Ce n'est pas une consolation mais, croyez-moi, tous les êtres qui connaissent votre dilemme aimeraient que la situation soit différente. Malheureusement, il est des destins auxquels même les plus puissants doivent se soumettre. Je ne peux rien faire pour vous aider à modifier le cours des choses.

— Pourquoi est-ce... ? (Lyra s'aperçut que sa voix était faible et tremblante.) Pourquoi ne puis-je plus déchiffrer l'aléthiomètre ? Pourquoi ne puis-je même plus faire ça ? C'était la seule chose que je savais faire réellement, et ce don a disparu... Il s'est volatilisé comme s'il n'avait jamais existé...

— C'était la grâce qui te permettait de le déchiffrer, expliqua Xaphania. Tu peux retrouver ce don en travaillant.

— Combien de temps ça prendra ?

— Toute une vie.

— Tant que ça...

— Mais ta maîtrise de l'instrument sera encore meilleure, après une vie de réflexion et d'efforts, car elle émanera d'une compréhension consciente. La grâce obtenue de cette façon est plus profonde, plus solide, que celle qui vient naturellement, et une fois acquise, tu ne risques plus de la voir s'envoler.

— Une vie tout entière, vous voulez dire ? murmura Lyra. Une longue vie ? Pas juste... quelques années ?

— Absolument, dit l'ange.

— Toutes les fenêtres doivent être refermées ? demanda Will. Toutes sans exception ?

— Comprenez bien une chose, dit Xaphania. La Poussière n'est pas une matière immuable. Il n'en existe pas une quantité bien définie. Ce sont les êtres dotés d'une conscience qui la fabriquent, ils la renouvellent en permanence, par leurs pensées, leurs sentiments, leurs réflexions.. en accédant à la sagesse et en la transmettant. Et si vous aidez toutes les autres personnes de vos mondes respectifs à faire de même, en leur enseignant à apprendre et à se comprendre, à comprendre les autres et la manière dont fonctionnent les choses, en leur montrant comment être bons et non cruels, patients, joyeux et non maussades, et surtout, comment garder un esprit ouvert, libre et curieux... Alors elles produiront suffisamment de Poussière pour remplacer celle qui s'est échappée par une fenêtre. On pourra donc en laisser une ouverte.

Will tremblait d'excitation, et tout son esprit était tendu vers un seul objectif : une nouvelle fenêtre dans le ciel, entre son monde et celui de Lyra. Ce serait leur secret, et ils pourraient la traverser chaque fois qu'ils le désireraient, et vivre dans chacun des deux mondes pendant un certain temps, sans être obligés d'en choisir un de manière définitive, et leurs dæmons resteraient en parfaite santé. Ils pourraient grandir ensemble et peut-être, bien plus tard, auraient-ils des enfants qui seraient les citoyens secrets de deux mondes ; ils apporteraient tout le savoir d'un monde dans l'autre, ils pourraient accomplir de bonnes actions...

Mais Lyra secouait la tête.

— Non, dit-elle en réprimant un gémissement, c'est impossible, Will...

Soudain, il comprit pourquoi elle disait cela et, du même ton angoissé, il dit :

— À cause des morts...

— Cette fenêtre doit rester ouverte pour eux ! Il le faut !

— Oui, car sinon...

— Nous devons produire suffisamment de Poussière pour eux, Will, et laisser la fenêtre ouverte...

Elle tremblait. Et alors que Will la tenait serrée contre lui, elle se sentait affreusement jeune.

— Si nous y parvenons, dit-il d'une voix tremblante, si nous menons nos existences comme il convient, en pensant à eux, nous aurons alors quelque chose à raconter aux harpies. Il faut dire ça aux gens, Lyra.

— Oui, tu as raison. Les histoires vraies que les harpies veulent entendre en échange. Car si après avoir vécu une longue vie, les gens n'ont rien à raconter une fois qu'elle est terminée, ils ne pourront jamais quitter le monde des morts. Il faut leur dire ça, Will.

— Mais seuls...

— Oui, seuls, dit Lyra.

Ce mot déclencha en Will une immense vague de rage et de désespoir venue du plus profond de lui-même, comme si son esprit était un océan ébranlé tout à coup par quelque profonde secousse. Toute sa vie il avait été seul, et aujourd'hui, il devait retrouver sa solitude, car ce bonheur infini qui lui avait été offert devait lui être repris presque immédiatement. Il sentit la vague enfler et s'élever jusqu'à obscurcir le ciel, il sentit la crête trembler et commencer à s'affaisser, et la gigantesque masse s'abattit avec tout le poids de l'océan derrière elle sur le rivage de l'inébranlable réalité. Il se surprit à haleter, trembler et pleurer, habité par une fureur et une douleur qu'il n'avait jamais connues ; et Lyra était tout aussi impuissante dans ses bras. Mais tandis que la vague mourait et que l'eau se retirait, les sinistres rochers étaient toujours là : inutile de discuter avec le destin ; ni son désespoir ni celui de Lyra n'avaient réussi à les faire bouger d'un centimètre.

Combien de temps dura sa fureur ? Il n'aurait su le dire. Elle fut obligée de refluer au bout d'un moment et, après cette secousse sismique, l'océan retrouva un peu de son calme. L'eau était encore agitée et peut-être ne serait-elle plus jamais paisible, mais la violence s'était éteinte.

Se tournant vers l'ange, ils constatèrent qu'elle avait compris, et elle semblait partager leur détresse. Mais elle était capable de voir plus loin qu'eux, et il y avait également sur son visage l'expression d'un espoir serein.

Will déglutit avec peine et dit :

— Très bien. Je vous montrerai comment refermer une fenêtre. Mais pour cela, je vais devoir en ouvrir une, et donc donner naissance à un nouveau Spectre. J'ignorais qu'ils apparaissaient ainsi ou, sinon, j'aurais été plus prudent.

— Nous nous chargerons des Spectres, dit Xaphania.

Will sortit le couteau et fit face à la mer. À

son grand étonnement, ses mains ne tremblaient pas. Il découpa une fenêtre qui s'ouvrit sur son propre monde, et ils se retrouvèrent en train d'observer une immense usine de produits chimiques où un réseau complexe de tuyauteries reliait des bâtiments et des réservoirs, éclairés par des projecteurs installés à chaque coin et d'où s'élevaient des rubans de vapeur.

— C'est bizarre de penser que les anges ne savent pas faire ça, commenta Will.

— Ce couteau est une invention humaine.

— Vous allez refermer toutes les fenêtres, sauf une, dit Will. Toutes sauf celle du monde des morts.

— Vous avez ma parole. Mais il y a une condition, et vous la connaissez.

— Oui, on la connaît. Combien y a-t-il de fenêtres à fermer ?

— Des milliers. À commencer, bien évidemment, par le terrible abîme créé par la bombe, et la grande ouverture pratiquée par Lord Asriel dans son propre monde. L'un et l'autre doivent être refermés, et ils le seront. Mais il existe de nombreuses ouvertures plus petites, certaines situées dans les profondeurs de la terre, d'autres dans les airs, apparues de différentes manières.

— Baruch et Balthamos m'ont confié qu'ils utilisaient des ouvertures comme celles-ci pour voyager entre les mondes. Les anges ne pourront donc plus le faire ? Serez-vous confinés dans un monde unique, comme nous ?

— Non. Nous avons d'autres façons de voyager.

— Ces autres façons, on peut les apprendre ? demanda Lyra.

— Oui. Vous pourriez apprendre, comme l'a fait le père de Will. Il suffit d'utiliser cette capacité que vous nommez l'imagination. Mais ça ne veut pas dire inventer des choses. C'est une forme de vision.

— On ne voyage pas vraiment, alors, dit Lyra. On fait juste semblant...

— Non, dit Xaphania, ça n'a rien à voir. Faire semblant, c'est facile. Cette méthode est plus difficile, mais beaucoup plus authentique.

— Est-ce comme avec l'aléthiomètre ? demanda Will. Il faut une vie entière pour apprendre ?

— Il faut un long entraînement, en effet. Il faut travailler. Tu croyais qu'il suffisait de claquer des doigts pour posséder ce savoir, comme un don ? Ce qui mérite d'être possédé mérite qu'on travaille pour l'obtenir. Mais tu as un ami qui a déjà fait les premiers pas, et qui pourrait t'aider.

Will ne voyait pas du tout de qui il s'agissait mais, à cet instant, il n'était pas d'humeur à poser la question.

— Je vois, dit-il dans un soupir. Vous reverra-t-on ? Aura-t-on de nouveau l'occasion de parler à un ange dans nos mondes respectifs ?

— Je ne sais pas, dit Xaphania. Mais ne passez pas votre temps à attendre.

— Et je devrai briser le couteau, dit Will.

— Oui.

Ils regardaient par la fenêtre découpée tout près d'eux. Dans l'usine, les lumières brillaient, le travail se poursuivait, des machines tournaient, des produits chimiques se mélangeaient, des gens produisaient des marchandises pour gagner leur vie. Tel était le monde auquel appartenait Will.

— Je vais vous montrer comment faire, dit-il.

Il apprit à l'ange à palper le vide pour trouver les bords de la fenêtre, comme le lui avait enseigné Giacomo Paradisi : quand on les sentait au bout de ses doigts, il fallait les réunir en les pinçant. Peu à peu la fenêtre se referma et l'usine disparut.

— Et les ouvertures qui n'ont pas été faites par le poignard subtil ? demanda Will. Est-il vraiment nécessaire de toutes les fermer ? Car visiblement, la Poussière ne s'enfuit que par celles découpées par le couteau. Les autres existent depuis des milliers d'années, et la Poussière est toujours là.

L'ange répondit :

— Nous les refermerons toutes car, si tu pensais qu'il restait des fenêtres ouvertes quelque part, tu passerais ta vie à les chercher, et tu gâcherais le temps dont tu disposes. Tu as d'autres choses à faire, plus importantes et plus précieuses, dans ton monde. Tu n'auras plus jamais l'occasion de le quitter.

— Quelles sont ces choses que je dois faire ?

demanda Will, mais il ne laissa pas à l'ange le temps de répondre. Non, réflexion faite, ne me dites rien. Je déciderai moi-même ce que je dois faire. Si vous me dites que mon devoir est de me battre, de guérir les gens, d'explorer mon monde, ou je ne sais quoi encore, je ne cesserai d'y penser et, si je finis par le faire, j'éprouverai du ressentiment, car j'aurai l'impression qu'on ne m'a pas laissé le choix. À l'inverse, si je ne le fais pas, je me sentirai coupable. Quoi que je fasse, c'est moi qui choisirai, et personne d'autre.

— Dans ce cas, tu as déjà fait les premiers pas vers la sagesse, dit Xaphania.

— J'aperçois une lumière au large, dit Lyra.

— C'est le bateau de vos amis qui viennent pour vous ramener chez vous. Ils seront ici demain.

Le mot demain fit à Lyra l'effet d'un coup de poing. Jamais elle n'aurait pensé qu'elle serait si triste de revoir Farder Coram, John Faa et Serafina Pekkala.

— Je dois vous quitter maintenant, déclara l'ange. J'ai appris ce que je voulais savoir.

Elle les serra l'un et l'autre dans ses bras légers et frais et déposa un baiser sur leur front. Puis elle se pencha pour embrasser les dæmons, qui se transformèrent en oiseaux et l'accompagnèrent tandis qu'elle déployait ses ailes et s'envolait. En quelques secondes, elle disparut.

Lyra laissa échapper un petit hoquet.

— Qu'y a-t-il ? demanda Will.

— Je ne lui ai pas demandé des nouvelles de mon père et de ma mère... et je ne peux plus interroger l'aléthiomètre... Je me demande si je saurai un jour ce qu'ils sont devenus.

Elle s'assit dans le sable, et Will s'installa à côté d'elle.

— Oh, Will, que peut-on faire ? Que peut-on faire ? J'ai envie de vivre avec toi pour toujours. J'ai envie de t'embrasser, de me coucher et de me réveiller près de toi chaque jour, jusqu'à ma mort, dans très très longtemps. Je ne veux pas un souvenir, juste un souvenir...

— Non, dit-il, un souvenir ça ne suffit pas, tu as raison. Ce sont tes vrais cheveux que je veux, ta bouche, tes bras, tes yeux et tes mains. J'ignorais que je pourrais aimer quelqu'un à ce point. Oh, Lyra, je voudrais que cette nuit ne finisse jamais ! Si seulement on pouvait rester comme ça, ici, si le monde pouvait s'arrêter de tourner, et si tous les gens s'endormaient...

— Tout le monde sauf nous ! On vivrait ici pour toujours, et on ne ferait que s'aimer...

— Je t'aimerai toujours, quoi qu'il arrive. Jusqu'à ma mort, et après ma mort, et quand je sortirai du pays des morts, j'errerai sans fin, mes atomes dériveront, jusqu'à ce que je te retrouve...

— Je te guetterai, Will, à chaque instant, à chaque seconde. Et quand nous nous retrouverons, nous nous serrerons si fort que rien ni personne ne pourra plus nous séparer. Tous nos atomes se mélangeront... Nous vivrons dans les oiseaux, les fleurs, les libellules, dans les sapins et les nuages, et dans ces minuscules particules de lumière qu'on voit flotter dans les rayons du soleil... Et quand ils utiliseront nos atomes pour fabriquer de nouvelles vies, ils ne pourront pas en prendre qu'un seul, ils seront obligés d'en prendre deux, un de toi et un de moi, tellement nous serons soudés...

Ils étaient allongés côte à côte, main dans la main, et ils contemplaient le ciel.

— Tu te souviens, demanda-t-elle dans un murmure, quand tu es entré dans ce café à Cittàgazze et que tu n'avais jamais vu de dæmon ?

— Oui, je ne comprenais pas ce que c'était. Mais quand je t'ai vue, tu m'as plu d'emblée, car tu étais courageuse.

— Non, c'est toi qui m'as plu en premier.

— Ça m'étonnerait ! Tu t'es battue avec moi !

— Évidemment, tu m'as attaquée !

— Pas du tout ! Tu as foncé sur moi.

— D'accord, mais je me suis vite arrêtée.

— D'accord, mais... dit-il en l'imitant.

Il la sentit trembler contre lui, il vit sa poitrine se soulever et retomber rapidement, et il l'entendit sangloter en silence. Il caressa ses cheveux tièdes, ses épaules si douces, et il couvrit son visage de petits baisers, jusqu'à ce qu'elle laisse échapper un long soupir tremblant et retrouve son calme.

Les dæmons étaient redescendus sur la plage ; ils se métamorphosèrent encore une fois et avancèrent vers eux dans le sable fin. Lyra se redressa pour les accueillir, tandis que Will s'émerveillait de pouvoir identifier immédiatement les deux dæmons, quelle que soit leur apparence. Pantalaimon était maintenant un animal dont il ignorait le nom : une sorte de grand et puissant furet au pelage roux, svelte, qui ondulait avec grâce. Kirjava, quant à lui, était redevenu un chat, mais un chat d'une taille inhabituelle, avec un poil épais et lustré, parcouru de milliers de reflets et de nuances, entre le noir d'encre, le gris foncé et le bleu d'un lac profond sous un ciel éclairé par la lune. Pour comprendre le sens du mot subtilité, il suffisait de regarder sa fourrure.

— Une martre, dit-il, en trouvant enfin le nom de l'animal qu'était devenu Pantalaimon.

— Pan, dit Lyra, alors que son daemon bondissait sur ses genoux, tu vas bientôt arrêter de changer, n'est-ce pas ?

— Oui.

— C'est drôle, dit-elle. Tu te souviens quand on était plus jeunes et que je ne voulais pas qu'un jour tu arrêtes de changer... Je crois que ça ne me gênerait plus maintenant. Du moment que tu restes comme ça.

Will posa sa main sur celle de Lyra. Un nouvel état d'esprit s'était emparé de lui : il se sentait déterminé et serein. Sachant exactement ce qu'il faisait et ce que cela signifiait, il détacha sa main du poignet de Lyra et caressa le pelage roux de son dæmon.

Lyra émit un hoquet. Mais sa surprise s'accompagna d'un plaisir si proche de la joie qui l'avait envahie quand elle avait glissé le fruit entre les lèvres de Will qu'elle ne put protester, car elle avait le souffle coupé. Le cœur battant la chamade, elle répondit de la même manière : elle posa la main sur le poil soyeux et chaud du dæmon de Will et, en enfonçant ses doigts dans la fourrure, elle sentit que Will éprouvait exactement la même chose qu'elle.

Elle savait également que leurs deux dæmons ne changeraient plus désormais, maintenant que la main d'une personne amoureuse s'était posée sur eux. Ils avaient trouvé leur apparence pour la vie et ils n'en voudraient pas d'autre.

En se demandant si d'autres amoureux avant eux avaient fait cette magnifique découverte, ils se rallongèrent côte à côte, tandis que la terre tournait lentement et que la lune et les étoiles étincelaient au-dessus d'eux.

38
Le Jardin Botanique

Les gitans arrivèrent le lendemain, dans l'après-midi. Il n'y avait pas de port pour accueillir leur bateau, évidemment, aussi durent-ils jeter l'ancre au large. Après quoi, John Faa, Farder Coram et le capitaine débarquèrent à bord d'une chaloupe, guidés par Serafina Pekkala.

Mary avait raconté aux mulefas tout ce qu'elle savait et, lorsque les gitans posèrent le pied sur la grande plage de sable, une foule intriguée s'était rassemblée pour les voir arriver. De chaque côté, la curiosité était à son comble, comme on l'imagine, mais, au cours de sa longue existence, John Faa avait appris la politesse et la patience, et il mettait un point d'honneur à manifester devant ce peuple fort étrange toute la distinction et l'amabilité du seigneur des gitans.

Aussi resta-t-il un long moment debout en pleine chaleur pendant que le vieux zalif, Sattamax, récitait un discours de bienvenue, que Mary traduisit de son mieux, et auquel John Faa répondit en transmettant aux mulefas les salutations du peuple des canaux et de sa terre natale.

Lorsqu'ils se mirent en route à travers les marécages pour se rendre au village, les mulefas constatèrent que Farder Coram avait le plus grand mal à se déplacer, et ils proposèrent de le porter. Il accepta volontiers, et c'est ainsi qu'ils firent leur entrée dans le village, où Will et Lyra vinrent les accueillir.

Lyra n'avait pas revu ces êtres chers depuis une éternité. La dernière fois qu'ils s'étaient parlés, c'était dans les neiges de l'Arctique, alors qu'ils partaient sauver les enfants capturés par les Enfourneurs. Presque intimidée, elle leur tendit sa main, hésitante, mais John Faa la serra fort dans ses bras et l'embrassa sur les deux joues ; Farder Coram fit de même, l'observant attentivement, avant de la plaquer contre sa poitrine.

— Comme elle a grandi, John, dit-il. Tu te souviens de la petite gamine qu'on avait emmenée dans les terres du Nord ? Regarde-la maintenant ! Lyra, ma petite chérie, même si j'avais le parler d'un ange, je ne pourrais pas te dire comme je suis heureux de te revoir !

Mais elle avait l'air si triste, se disait-il, si fragile et fatiguée. Et Farder Coram comme John Faa avaient remarqué qu'elle se tenait en permanence tout près de Will. De son côté, le garçon aux sourcils noirs et droits semblait avoir conscience de sa présence à chaque seconde, comme s'il veillait à ce qu'elle ne s'éloigne pas.

Les vieux gitans l'accueillirent avec respect, car Serafina Pekkala leur avait raconté une partie de ses exploits. Quant à lui, il admirait le pouvoir impressionnant qui émanait de Lord Faa, un pouvoir tempéré par la courtoisie, et il se disait que ce serait un bel exemple à imiter quand lui-même atteindrait cet âge : John Faa était un abri et un refuge solides.

— Docteur Malone, dit celui-ci, nous avons besoin d'eau potable et de tous les vivres que vos amis accepteront de nous vendre. En outre, nos hommes sont à bord depuis de longues semaines maintenant, et nous avons dû batailler en chemin ; aussi, ce serait pour eux une bénédiction de pouvoir débarquer, afin de respirer l'air de cette terre et décrire ensuite à leurs familles, quand ils rentreront, ce monde dans lequel ils ont voyagé.

— Lord Faa, dit Mary, les mulefas m'ont chargée de vous dire qu'ils vous fourniraient tout ce dont vous aurez besoin, et ils seraient honorés que vous vous joigniez à eux ce soir pour partager leur repas.

— Nous acceptons avec le plus grand plaisir, dit-il.

C'est ainsi que, le soir venu, les habitants de trois mondes s'assirent tous ensemble pour partager du pain, de la viande, des fruits et du vin. Les gitans offrirent à leurs hôtes des cadeaux provenant des quatre coins de leur monde : des cruches remplies de genièvre, des défenses de morse sculptées, des tapis de soie du Turkestan, des coupes en argent venant des mines de Suède et des plats émaillés de Corée.

Les mulefas reçurent ces cadeaux avec ravissement et, en échange, ils offrirent aux gitans des objets de leur propre artisanat : des récipients rares et précieux en bois ancien, leurs plus belles cordes, des bols laqués et des filets de pêche à la fois si légers et si résistants que même le peuple des canaux n'en avait jamais vu de semblables.

Après avoir partagé ce festin, le capitaine du bateau remercia ses hôtes et prit congé pour aller superviser le chargement des vivres et de l'eau à bord du bateau, car ils avaient l'intention de lever l'ancre dès l'aube. Pendant ce temps, le vieux zalif dit à ses invités :

— *Un grand changement est survenu. La responsabilité qu'on nous a confiée en est la preuve et le symbole. Nous aimerions vous montrer ce qui se passe.*

Et donc, John Faa, Farder Coram, Mary et Serafina accompagnèrent les mulefas à l'endroit où s'ouvrait le monde des morts, et d'où continuaient à émerger les fantômes, en une lente procession ininterrompue. Les mulefas avaient décidé de planter un bosquet tout autour, car c'était un lieu saint, disaient-ils, et ils l'entretiendraient éternellement, car c'était une source de joie.

— Voilà un sacré mystère, dit Farder Coram, et je suis heureux d'avoir vécu assez longtemps pour voir ça. Car on a beau dire, on a tous peur de pénétrer dans les ténèbres de la mort. Mais s'il existe une sortie pour cette partie de nous-mêmes qui doit pénétrer dans cet endroit, voilà qui rend mon cœur léger !

— Tu as raison, Coram, dit John Faa. J'ai vu un grand nombre de personnes mourir. Moi-même, j'ai envoyé un certain nombre d'individus vers les ténèbres, mais toujours dans la fureur d'une bataille. Savoir qu'après un séjour chez les morts, on débouche dans cet endroit enchanté, pour devenir libres comme des oiseaux, voilà la plus belle chose qu'on puisse souhaiter.

— Il faut en parler à Lyra, dit Farder Coram, pour savoir ce qui s'est passé, et ce que cela signifie.

Mary eut énormément de mal à faire ses adieux à Atal et aux autres mulefas. Avant qu'elle monte à bord du bateau, ils lui firent un cadeau : un flacon en laque contenant un peu d'huile d'arbres à cosses et, plus précieux encore, un petit sachet de graines.

— *Peut-être qu'elles ne pousseront pas dans ton monde, dit Atal. Dans ce cas, il te restera l'huile. Ne nous oublie pas, Mary.*

— *Jamais, répondit celle-ci. Jamais. Même si je vis aussi longtemps que les sorcières et si j'oublie tout le reste, je ne vous oublierai jamais. Je n'oublierai pas la gentillesse de ton peuple, Atal.*

Débuta alors le voyage du retour. Le vent était

léger, la mer calme ; ils aperçurent à plusieurs reprises le scintillement de grandes ailes blanches semblables à des voiles, mais les oiseaux, méfiants, gardèrent leurs distances. Will et Lyra passèrent chaque heure côte à côte et, pour eux, le voyage de deux semaines ne dura que le temps d'un battement de cils.

Lorsque toutes les fenêtres seraient refermées, avait expliqué Xaphania à Serafina Pekkala, les anciennes relations entre les mondes seraient rétablies, et les Oxford de Lyra et de Will se retrouveraient superposés, comme avant, telles des images transparentes sur deux pellicules qui se rapprocheraient de plus en plus, jusqu'à se fondre l'une dans l'autre, mais sans jamais véritablement se toucher.

Mais pour l'instant, les deux mondes étaient encore fort éloignés, séparés par la même distance que Lyra avait dû parcourir entre son Oxford et Cittàgazze. L'Oxford de Will était juste là, par contre, à portée de couteau. Le soir tombait quand ils arrivèrent et, lorsque l'ancre s'enfonça dans l'eau, les derniers rayons de soleil tapissaient d'une lumière chaude les collines verdoyantes, les terrasses de terre cuite, le front de mer élégant et délabré, et le petit café de Will et Lyra. Une longue et minutieuse observation des lieux à l'aide de la longue-vue du capitaine n'avait fait apparaître aucun signe de vie ; malgré tout, John Faa prévoyait de débarquer avec une demi-douzaine d'hommes armés, au cas où. Ils sauraient se montrer discrets, et ils seraient là en cas de besoin.

Ils partagèrent un dernier repas, en regardant tomber la nuit. Will fit ses adieux au capitaine et à ses officiers, puis à John Faa et à Farder Coram. Durant tout le voyage, il semblait avoir à peine remarqué leur présence, comme s'il ne les voyait même pas. Les gitans, eux, le voyaient. Et ce qu'ils avaient sous les yeux, c'était un garçon encore jeune, mais très fort et profondément meurtri.

Enfin, après avoir débarqué, Will, Lyra, leurs dæmons, Mary et Serafina Pekkala s'aventurèrent à travers les rues désertes : les seuls bruits de pas et les seules ombres étaient les leurs. Will et Lyra marchaient devant, main dans la main, vers l'endroit où ils devraient bientôt se séparer, et les femmes demeuraient en retrait, en bavardant comme deux sœurs.

— Lyra veut faire un petit tour dans mon Oxford, dit Mary. Elle a une idée en tête. Elle repartira juste après.

— Et toi, que vas-tu faire, Mary ?

— Moi ? Je vais rester avec Will. Ce soir, nous irons chez moi et, demain, nous partirons à la recherche de sa mère, nous verrons si nous pouvons la soigner. Il y a tellement de lois et de réglementations dans mon monde, Serafina. Tu dois te soumettre aux autorités et répondre à des milliers de questions. J'aiderai Will à régler tous les problèmes juridiques concernant les services sociaux, le logement et ainsi de suite, pour qu'il puisse s'occuper uniquement de sa mère. C'est un garçon solide et débrouillard, mais je l'aiderai quand même. En outre, j'ai besoin de lui. Je n'ai plus de travail et mon compte en banque est presque vide. Et je ne serais pas étonnée que la police me recherche... Mais, surtout, il est la seule personne de mon monde avec qui je pourrai parler de toute cette histoire.

Le petit groupe continuait de marcher dans les rues silencieuses, passant devant une tour carrée, dont la porte s'ouvrait sur les ténèbres, devant un petit café dont les tables étaient disposées sur le trottoir, pour finalement déboucher sur un large boulevard, au milieu duquel étaient alignés des palmiers.

— C'est ici que j'ai traversé, dit Mary.

La première fenêtre que Will avait découverte, au bord de cette paisible route de la banlieue d'Oxford s'ouvrait à cet endroit et, du côté Oxford, elle était gardée par la police, du moins lorsque Mary avait réussi à s'y faufiler, en utilisant la ruse. Elle vit Will tendre les bras vers cette ouverture, puis agiter les mains avec dextérité dans le vide, et elle disparut.

— Ils vont être surpris la prochaine fois qu'ils voudront examiner cette fenêtre, commenta Mary.

Lyra avait l'intention de pénétrer dans l'Oxford de Mary afin de montrer quelque chose à Will, avant de retourner auprès de Serafina et, de toute évidence, ils devaient choisir avec soin l'endroit où ils allaient ouvrir une fenêtre. Les deux femmes les suivaient de près, à travers les rues vides de Cittàgazze. Sur leur droite, un vaste et élégant parc montait vers une grande demeure dotée d'un portique de style classique, brillant comme un glaçage au sucre dans l'éclat de la lune.

— Quand tu m'as parlé de l'apparence de mon dæmon, dit Mary à Serafina, tu as dit que tu pourrais m'apprendre à le voir, si nous avions le temps... Dommage qu'il nous manque.

— Nous avons eu du temps, répondit la sorcière, et nous avons parlé, non ? Je t'ai enseigné des savoirs de sorcière qui seraient interdits dans mon monde, en vertu des anciennes traditions. Mais tu vas retourner dans le tien, et les traditions ont changé. Moi aussi j'ai appris beaucoup de choses grâce à toi. Mais dis-moi : quand tu dialoguais avec les Ombres sur ton ordinateur, tu étais obligée de te plonger dans un certain état d'esprit, n'est-ce pas ?

— Oui... comme Lyra avec l'aléthiomètre. Tu veux dire que, si j'essayais de...

— Pas uniquement. Tu dois voir les choses normalement en même temps. Essaie.

Dans le monde de Mary, il existait des images qui, à première vue, ressemblaient à des taches de couleur disposées au hasard mais, quand vous y regardiez de plus près, d'une certaine manière, l'image semblait se détacher de la feuille et vous voyiez apparaître en trois dimensions un arbre, un visage, ou quelque chose d'autre qui n'était pas là une seconde plus tôt.

Ce que Serafina enseignait à Mary ressemblait à cela. Elle devait continuer à regarder les choses de manière normale, tout en se mettant dans cet état de transe, ce rêve éveillé, qui lui permettait de voir les Ombres. La difficulté consistait à maintenir simultanément les deux formes de vision, de la même manière que vous deviez regarder dans deux directions à la fois pour voir surgir les images en relief parmi les taches de couleur.

Et, comme avec ces images, elle le vit sou dain...

Elle laissa échapper un cri et dut se retenir au bras de Serafina car là, devant elle, sur le grillage qui entourait le parc, était perché un oiseau, d'un noir brillant avec des pattes rouges et un bec jaune incurvé : un crave alpin, exactement comme l'avait décrit la sorcière. Il était à moins d'un mètre d'elle, et il l'observait, la tête penchée sur le côté, en donnant l'impression... de sourire !

La surprise de Mary fut telle qu'elle laissa filer sa concentration et l'oiseau disparut.

— Tu as réussi une fois, la prochaine, ce sera plus facile, dit Serafina. Quand tu seras dans ton monde, tu apprendras à voir les dæmons des autres personnes, de la même manière. Mais elles ne verront pas le tien, ni celui de Will, sauf si tu leur apprends ce que je viens de t'enseigner.

— Oh, c'est extraordinaire !

Mary songea alors : « Lyra parle à son dæmon, non ? »Pouvait-elle, elle aussi, entendre cet oiseau aussi bien qu'elle le voyait ? Elle se remit à avancer, bouillonnante d'impatience et d'excitation.

Devant elles, Will venait de découper une fenêtre et, avec Lyra, ils attendaient les deux femmes pour pouvoir la refermer.

— Vous savez où on est ? demanda Will.

Mary regarda autour d'elle. Ils étaient dans une rue calme, dans son monde, une rue bordée d'arbres et de grandes maisons victoriennes entourées de jardins remplis d'arbustes.

— Quelque part dans le nord d'Oxford, dit-elle. Pas très loin de chez moi, d'ailleurs. Mais je ne sais pas quelle est cette rue.

— Je veux aller au Jardin Botanique, déclara Lyra.

— D'accord. Ce doit être à un quart d'heure de marche. Par ici...

Mary essaya de nouveau la technique de la double vision. Cette fois, cela lui parut plus simple, en effet. Le crave était là, dans son monde, perché sur une branche basse qui penchait vers le trottoir. Poussée par la curiosité, elle tendit la main... et l'oiseau vint s'y poser, sans aucune hésitation. Elle sentit son poids léger, la pression des petites griffes autour de son doigt et, délicatement, elle le déposa sur son épaule. L'oiseau s'y installa comme s'il avait été là depuis toujours. « Et pour cause », songea-t-elle en repartant.

Il n'y avait pas beaucoup de circulation dans la Grand-Rue et, quand ils laissèrent derrière eux Magdalen College pour se diriger vers les grilles du Jardin Botanique, ils se retrouvèrent totalement seuls. Il y avait un grand porche sculpté qui abritait des bancs en pierre, et pendant que Mary et Serafina s'y asseyaient, Will et Lyra escaladèrent la grille pour pénétrer dans le jardin. Leurs dæmons se glissèrent entre les barreaux, et filèrent droit devant.

— C'est par ici, dit Lyra en tirant Will par la main.

Elle le fit passer devant un bassin avec une fontaine, sous un arbre immense, puis bifurqua sur la gauche, entre des parterres de fleurs, vers un énorme pin à plusieurs troncs. À cet endroit se dressait un mur de pierre massif dans lequel se découpait une porte et, vers le fond du jardin, les arbres étaient plus jeunes, les plantations moins ordonnées. Lyra entraîna Will presque jusqu'au bout, traversa un petit pont et se dirigea vers un banc en bois à moitié dissimulé sous un arbre aux branches basses.

— Oui ! s'exclama-t-elle. J'espérais de tout mon cœur qu'il serait toujours là. C'est bien le même... Dans mon Oxford, j'avais l'habitude de venir ici et je m'asseyais sur ce banc exactement le même, quand j'avais envie d'être seule, avec Pan. Et je me suis dit que si tu... rien qu'une fois par an peut-être, si on pouvait venir ici en même temps, juste une heure, on pourrait faire comme si on était encore ensemble car, en fait, on serait tout proches l'un de l'autre, si toi tu étais assis ici et si moi j'étais assise ici aussi, dans mon monde...

— C'est promis, dit Will. Aussi longtemps que je vivrai, je reviendrai ici. Où que je sois dans le monde, je reviendrai ici...

— Le jour du solstice d'été, dit Lyra. À midi. Aussi longtemps que je vivrai. Toute ma vie...

Will s'aperçut alors qu'il ne voyait plus rien ; il laissa couler ses larmes brûlantes et serra Lyra contre lui.

— Et si... plus tard..., murmura-t-elle d'une voix tremblante... si on rencontre quelqu'un qui nous plaît, et si on se marie avec cette personne, il faudra être bon avec elle, ne pas faire des comparaisons tout le temps, en regrettant de ne pas être mariés l'un avec l'autre... Mais quoi qu'il arrive, on continuera à venir ici une fois par an, juste une heure, juste pour être ensemble...

Ils s'étreignirent. Les minutes passèrent ; tout près d'eux, sur le fleuve, un oiseau aquatique battit des ailes et poussa un cri, une voiture franchit Magdalen Bridge.

Enfin, ils se séparèrent.

— Bon, fit Lyra à voix basse.

À cet instant, tout en elle n'était que douceur

et, rétrospectivement, ce souvenir devint un des préférés de Will : sa grâce pleine de nervosité était adoucie par l'obscurité, ses yeux, ses mains et ses lèvres, surtout, étaient infiniment doux. Will l'embrassa encore une fois, et encore une fois, et chaque baiser les rapprochait inexorablement du tout dernier.

Alourdis et engourdis par le poids de l'amour, ils retournèrent vers l'entrée du jardin. Mary et Serafina attendaient.

— Lyra... dit Will.

— Will... dit Lyra.

Il ouvrit une fenêtre donnant sur Cittàgazze. Ils étaient au fond du parc, près de la grande demeure blanche, pas très loin de la lisière du bois. Will franchit l'ouverture pour la dernière fois, et il contempla la ville silencieuse : les toits de tuile qui luisaient au clair de lune, la tour des Anges qui se dressait au-dessus d'eux, le bateau éclairé qui attendait, là-bas au large sur la mer d'huile.

Il se tourna vers la sorcière et dit, en s'efforçant de maîtriser sa voix :

— Merci, Serafina Pekkala, de nous avoir sauvés au belvédère, et merci pour tout le reste. Je vous en prie, soyez bonne avec Lyra durant toute sa vie. Je l'aime plus qu'on n'a jamais aimé quelqu'un.

En guise de réponse, la reine des sorcières l'embrassa sur les deux joues. Pendant ce temps, Lyra avait parlé à voix basse avec Mary, et elles s'étreignirent avant de se quitter pour toujours. Puis Mary d'abord, et Will ensuite, franchirent la dernière fenêtre, pour retourner dans leur monde, à l'ombre des arbres du Jardin Botanique.

« C'est dès maintenant qu'il faut commencer à être joyeux », se répétait Will avec le maximum de conviction, mais c'était comme essayer de maîtriser un loup enragé qui brûlait d'envie de vous lacérer le visage à coups de griffe et de vous arracher la gorge de ses crocs. Il y parvint malgré tout, en songeant que nul ne voyait l'effort que cela lui réclamait.

Et il savait que c'était la même chose pour Lyra : son sourire forcé et crispé en était la preuve.

Mais, au moins, elle souriait.

Ils échangèrent un ultime baiser, si précipité et maladroit que leurs joues se cognèrent, et une larme provenant de l'œil de Lyra se colla sur le visage de Will. Leurs deux dæmons s'embrassèrent pour se dire adieu, puis Pantalaimon franchit la fenêtre en bondissant pour se réfugier dans les bras de Lyra, et Will commença à refermer l'ouverture... Voilà, c'était fini, le passage était bouché, Lyra avait disparu.

— Et maintenant... dit-il en essayant de prendre un ton détaché, mais obligé de tourner le dos à Mary pour qu'elle ne le voie pas pleurer... il faut que je brise le poignard subtil.

Il inspecta le vide comme il en avait pris l'habitude, jusqu'à ce qu'il trouve une fissure, et il essaya de se remémorer ce qui s'était produit la première fois. Il s'apprêtait à découper une ouverture dans la caverne, lorsque Mme Coulter lui avait, de manière inattendue, rappelé sa mère, et le couteau s'était brisé car, se disait Will, il avait fini par rencontrer une chose qu'il ne pouvait pas couper et, cette chose, c'était l'amour qu'il vouait à sa mère.

Alors, il essaya de nouveau d'évoquer le visage de sa mère, tel qu'il l'avait vu pour la dernière fois, apeuré et absent, dans le petit vestibule de Mme Cooper.

Mais ça ne marcha pas. Le couteau s'enfonça sans peine dans le vide et pénétra dans un monde où s'abattait une pluie torrentielle : la violence des grosses gouttes qui martelaient le sol les fit sursauter, Mary et lui. Il s'empressa de refermer la fenêtre et demeura planté là un instant, dérouté.

Son dæmon savait ce qu'il devait faire, et il dit simplement :

— Lyra.

Évidemment. Will hocha la tête et, tenant le couteau dans la main droite, il appuya avec sa main gauche sur sa joue, à l'endroit où était restée accrochée la larme de Lyra.

Cette fois, avec un craquement sinistre, le poignard subtil se brisa et la lame tomba en mille morceaux, qui scintillèrent sur les pierres encore mouillées par la pluie battante de l'autre univers.

Will s'agenouilla pour les ramasser soigneusement. Avec ses yeux de chat, Kirjava l'aida à ne pas en oublier.

Mary mettait son sac sur ses épaules.

— Euh... écoute, Will. On n'a pas beaucoup parlé, toi et moi... Nous sommes encore des étrangers, d'une certaine façon. Mais Serafina Pekkala et moi, nous nous sommes fait une promesse, et je viens d'en faire une à Lyra. D'ailleurs, même sans cette promesse, je t'aurais fait la même proposition : celle de devenir ton amie pour la vie, si tu le veux bien. Nous sommes seuls tous les deux, et je me dis qu'on aurait bien besoin de... Bref, nous n'avons personne à qui parler de tout cela, à part nous... Et nous devons nous habituer tous les deux à vivre avec nos dæmons... Et, enfin, nous avons tous les deux des ennuis. Si cela ne suffit pas à nous rapprocher, je ne vois pas ce qu'on peut espérer de plus.

— Vous avez des ennuis ? demanda Will en la regardant.

Mary le dévisagea elle aussi. Son visage était chaleureux et pétillant d'intelligence.

— Disons que j'ai démoli un peu de matériel au laboratoire avant de partir, et j'ai fabriqué une fausse carte d'identité et... Ce sont des choses qui peuvent s'arranger. Quant à tes problèmes... on peut les régler aussi. On retrouvera ta mère et on la soignera. Et, si tu as besoin d'un endroit pour dormir, si ça ne t'ennuie pas d'habiter avec moi, je peux t'héberger, et ainsi tu ne seras pas obligé d'aller dans... un foyer ou je ne sais quoi. Il suffit d'inventer une histoire crédible. C'est possible, non ?

Mary était une amie. Il avait une amie. C'était bien vrai. Il ne l'aurait jamais cru.

— D'accord ! s'exclama-t-il.

— Alors, allons-y. J'habite à moins d'un kilomètre d'ici, et sais-tu ce dont j'ai le plus envie au monde à cet instant ? D'une bonne tasse de thé. Viens, on va mettre la bouilloire sur le feu.

Trois semaines après avoir vu la main de Will refermer pour toujours la fenêtre de son monde, Lyra se retrouva assise de nouveau à la grande table de Jordan College, là où, pour la première fois, elle était tombée sous la coupe de Mme Coulter

Il y avait moins de monde autour de la table aujourd'hui : uniquement Lyra, le Maître de Jordan College et dame Hannah Relf, Directrice de Sainte-Sophie, un des collèges de filles. Dame Hannah était présente également à ce premier dîner, et si Lyra s'étonnait de la trouver ici ce soir, elle se comporta poliment avec elle et surprit sa mémoire en flagrant délit de mensonge, car cette dame Hannah était beaucoup plus intelligente, plus intéressante, et bien plus gentille que cette femme sinistre et mal fagotée dont elle avait gardé le souvenir.

Beaucoup de choses s'étaient produites durant l'absence de Lyra : à Jordan College, en Angleterre, dans le monde entier. Le pouvoir de l'Église semblait s'être accru de manière considérable, et de nombreuses lois brutales avaient été adoptées, mais ce pouvoir s'était évanoui aussi vite qu'il avait grandi : des révoltes au sein du Magisterium avaient renversé les fanatiques et installé au pouvoir des factions plus libérales. Le Conseil d'Oblation avait été dissous, la Cour de Discipline Consistoriale, privée de chef, nageait en pleine confusion.

Quant aux collèges d'Oxford, après un intermède aussi bref que turbulent, ils retrouvaient le calme des études et des rituels. Certaines choses avaient disparu : la précieuse collection d'argenterie du Maître avait été pillée, et quelques domestiques du collège s'étaient volatilisés. Mais Cousins, le majordome du Maître, était toujours en poste, et Lyra s'était préparée à affronter son hostilité, car ils avaient toujours été ennemis, si loin qu'elle s'en souvînt. Aussi fut-elle décontenancée quand il l'accueillit chaleureusement et serra sa main entre les siennes. Était-ce de l'affection qu'elle percevait dans sa voix ? Lui aussi avait changé, se dit-elle.

Au cours du dîner, le Maître et dame Hannah évoquèrent tout ce qui était arrivé en l'absence de Lyra, et elle les écouta avec un mélange d'effroi, de tristesse et d'émerveillement. Quand ils se retirèrent dans le salon du Maître pour prendre le café, celui-ci dit :

— Eh bien, Lyra, nous ne t'avons guère entendue ce soir. Pourtant, je sais que tu as vu un grand nombre de choses. Es-tu capable de nous raconter ton expérience ?

— Oui, répondit-elle. Mais pas tout d'un seul coup. Il y a certaines choses que je ne comprends pas, et d'autres qui me font encore frissonner et pleurer, mais je vous raconterai, c'est promis, autant que je peux. Toutefois, vous devez me promettre une chose.

Le Maître se tourna vers la dame aux cheveux gris, dont le dæmon-ouistiti était assis sur ses genoux, et ils échangèrent un regard amusé.

— Quoi donc ? demanda dame Hannah.

— Vous devez promettre de me croire, dit Lyra avec le plus grand sérieux. Je sais que je n'ai pas toujours dit la vérité, et j'ai pu survivre dans certaines circonstances en racontant des mensonges et en inventant des histoires. Je sais que j'ai souvent menti, et je sais que vous le savez, mais mon histoire vraie est trop importante pour que vous ne la croyiez qu'à moitié. Alors, je promets de dire la vérité, si vous promettez d'y croire.

— Je le promets, dit dame Hannah.

— Et moi aussi, ajouta le Maître.

— Mais vous savez ce que j'aimerais ? dit Lyra. Plus que tout ou presque... j'ai bien dit presque. J'aimerais avoir conservé le don de déchiffrer l'aléthiomètre. C'est tellement étrange ce qui s'est passé, Maître. Il est apparu un beau jour, et il a disparu aussi soudainement ! C'était devenu un jeu d'enfant ; je me déplaçais de symbole en symbole, je sautais d'une signification à une autre et j'établissais toutes les connexions. C'était comme... (Elle sourit.) C'était comme si j'étais un singe qui grimpe dans les arbres. Et puis, tout à coup... terminé. Plus rien n'avait de sens, je ne me souvenais que des interprétations les plus évidentes, comme l'ancre qui représente l'espoir ou le crâne qui signifie la mort. Mais les milliers d'autres significations... disparues !

— Elles n'ont pas disparu, Lyra, dit dame Hannah. Les livres sont toujours dans la bibliothèque de Bodley. Et les Érudits sont toujours de ce monde pour les étudier.

La directrice de Sainte-Sophie était assise en face du Maître, dans un des deux gros fauteuils en cuir placés devant la cheminée, Lyra était installée sur le canapé entre eux. La lampe disposée près du fauteuil du Maître était l'unique source de lumière, mais elle éclairait parfaitement les expressions des deux adultes. Et c'était le visage de dame Hannah que Lyra se surprit à étudier. « Un visage chaleureux, se disait-elle, perspicace et intelligent, mais aussi impossible à déchiffrer que l'aléthiomètre désormais. »

Le Maître reprit la parole :

— Nous devons penser à ton avenir, Lyra.

Ces mots la firent frissonner. Elle se redressa sur le canapé.

— Pendant tout ce périple, je n'y ai jamais pensé. Je pensais uniquement au moment que j'étais en train de vivre, à l'instant présent. Plusieurs fois, j'ai même cru que je n'aurais pas d'avenir. Et maintenant... Soudain, je découvre que j'ai toute une vie à vivre... sans avoir la moindre idée de ce que je vais en faire. C'est comme posséder l'aléthiomètre sans savoir l'utiliser. Je devrai travailler, sans doute, mais pour faire quoi ? Mes parents étaient certainement riches, mais je parie qu'ils ont dilapidé tout leur argent d'une manière ou d'une autre, alors même si je pouvais hériter, il ne doit pas rester grand-chose. Je ne sais pas quoi dire, Maître. Je suis revenue ici à Jordan, car c'était ma maison autrefois, et je n'avais pas d'autre endroit où aller. Je pense que le roi Iorek Byrnison me laisserait vivre à Svalbard, et sans doute que Serafina Pekkala m'accueillerait dans son clan de sorcières, mais je ne suis pas un ours, ni une sorcière et, même si je les aime énormément, je ne serai jamais à ma place là-bas. Peut-être que les gitans voudraient bien de moi... Mais franchement, je ne sais plus quoi faire. Je suis perdue.

Les deux adultes la regardaient : ses yeux brillaient encore plus que d'habitude, elle gardait le menton levé, avec une expression de défi qu'elle avait empruntée à Will sans le savoir. Elle paraissait aussi déterminée que désorientée, se disait dame Hannah, et elle l'admirait pour cette raison. Le Maître, lui, voyait autre chose : il voyait que cette enfant avait perdu sa grâce inconsciente, et qu'elle était mal à l'aise dans son corps qui grandissait. Mais il aimait profondément Lyra et il éprouvait un mélange de fierté, d'admiration et de timidité en songeant à la belle femme qu'elle serait bientôt.

— Lyra, déclara-t-il, tu ne seras jamais perdue tant que ce collège restera debout. Ce sera ta maison aussi longtemps que tu le désireras. Quant à l'argent, ton père avait fait une donation afin de subvenir à tes besoins, et il m'avait désigné comme son exécuteur testamentaire, tu n'as donc pas de souci à te faire.

En vérité, Lord Asriel n'avait jamais fait aucun don, mais Jordan College était riche et le Maître possédait une petite fortune personnelle, malgré les révoltes récentes.

— En parlant de ton avenir, reprit-il, je pensais à ton éducation. Tu es encore très jeune et, jusqu'à présent, ton éducation a surtout été assurée par... disons-le franchement, par ceux de nos professeurs que tu intimidais le moins. (Il souriait en disant cela.) Elle s'est faite au petit bonheur la chance. Il se peut qu'un beau jour tes talents t'entraînent dans une direction qu'on ne peut prévoir. Mais si tu nourrissais le désir de faire de l'aléthiomètre le sujet d'étude de toute ta vie, et si tu décidais d'apprendre consciencieusement ce que, jadis, tu savais faire de manière intuitive...

— Oui, oui, déclara Lyra avec détermination.

— ... dans ce cas, tu ne pourrais pas faire de meilleur choix que de te remettre entre les mains de ma chère amie dame Hannah. Son enseignement dans ce domaine n'a pas d'égal.

— Permets-moi, Lyra, de te faire une proposition, enchaîna la lady. Tu n'es pas obligée de répondre tout de suite. Prends le temps d'y réfléchir. Mon collège n'est pas aussi vieux qu'Oxford, et tu es encore trop jeune pour devenir diplômée de toute façon. Mais, il y a quelques années, nous avons fait l'acquisition d'une grande maison dans le nord d'Oxford, et nous avons décidé d'y installer un internat. J'aimerais que tu viennes faire la connaissance de notre Directrice pour voir si tu as envie de devenir une de nos élèves. Car, bientôt, tu auras besoin de l'amitié d'autres filles de ton âge. Quand on est jeune, il y a certaines choses qu'on apprend uniquement entre soi. Or, je doute que Jordan College puisse te fournir toutes les réponses. La Directrice est une jeune femme brillante, énergique, imaginative et gentille. Nous avons de la chance de l'avoir. Tu pourras la rencontrer et, si cette idée te plaît, tu pourras faire de Sainte-Sophie ton école, comme Jordan est ta maison. Et si tu as envie de commencer à étudier l'aléthiomètre de manière rigoureuse, nous pourrions nous voir pour quelques leçons particulières. Mais tu as le temps, Lyra. Ne réponds pas immédiatement. Réfléchis.

— Merci, dit Lyra. Merci, dame Hannah, j'y réfléchirai.

Le Maître avait confié à Lyra sa clé personnelle de la porte annexe du collège, pour qu'elle puisse aller et venir à sa guise. Plus tard ce même soir, au moment où le gardien verrouillait la porte de la loge, Pantalaimon et Lyra sortirent en douce du collège et traversèrent les rues sombres, tandis que les cloches d'Oxford sonnaient minuit.

Dès qu'ils furent dans le Jardin Botanique, Pantalaimon fila dans l'herbe en chassant une souris, en direction du mur, puis il abandonna sa proie pour sauter dans l'immense pin qui se dressait à proximité. Quel bonheur de le voir ainsi grimper de branche en branche, se disait Lyra, si loin d'elle. Mais ils devaient prendre garde à ne pas le faire devant témoins. Ce pouvoir réservé aux sorcières, si durement acquis, devait demeurer un secret. Autrefois, elle aurait pris plaisir à fanfaronner devant tous ses camarades, rien que pour voir leurs yeux écarquillés de peur, mais Will lui avait enseigné la valeur du silence et de la discrétion.

Assise sur le banc, elle attendit que Pan revienne vers elle. Il adorait lui sauter dessus par surprise, mais elle réussissait généralement à le repérer avant qu'il arrive, comme maintenant où elle voyait sa silhouette filer le long de la grille. Elle tourna la tête de l'autre côté, en faisant semblant de ne pas l'avoir vu, et elle le saisit brusquement, au moment où il sautait sur le banc.

— J'ai failli te surprendre, dit-il.

— Tu as encore des progrès à faire. Je t'ai entendu venir depuis la grille.

Pantalaimon s'assit sur le dossier du banc, ses pattes avant posées sur l'épaule de Lyra.

— Que va-t-on répondre à dame Hannah ? demanda-t-il.

— On va accepter. D'ailleurs, il s'agit simplement de rencontrer la Directrice pour l'instant. Pas d'aller à l'école.

— Mais on va quand même y aller, non ?

— Oui, probablement.

— Ça pourrait être bien.

Lyra songea aux autres élèves de cet internat. Peut-être seraient-elles plus intelligentes qu'elle, ou plus sophistiquées, et sans doute qu'elles en savaient beaucoup plus qu'elle sur toutes les questions qui intéressaient les filles de leur âge. De son côté, elle ne pourrait pas leur raconter un centième des choses qu'elle savait. Alors, elles penseraient forcément qu'elle était simple d'esprit et ignorante.

— Tu crois que dame Hannah sait vraiment déchiffrer l'aléthiomètre ? demanda Pantalaimon.

— Avec l'aide des livres, certainement. Je me demande combien il y en a, d'ailleurs. Je suis sûre qu'on pourrait tous les apprendre par cœur et s'en passer ensuite. Tu imagines, être obligé de transporter une grosse pile de livres partout où tu vas... Hé, Pan ?

— Quoi ?

— Tu me raconteras un jour ce que vous avez fait, le dæmon de Will et toi, quand vous avez disparu tous les deux ?

— Oui, un jour, dit-il. Et Kirjava le dira à Will, lui aussi. Un de ces jours. Quand le moment sera venu. Mais d'ici là, nous ne dirons rien, ni l'un ni l'autre.

— Très bien, dit Lyra, sans insister.

Elle avait tout raconté à Pantalaimon, mais il était normal qu'il garde quelques secrets, étant donné la façon dont elle l'avait abandonné.

De plus, il était réconfortant de penser que Will et elle avaient un autre point commun. Elle se demandait si viendrait un jour où, pendant une heure seulement de sa vie, elle ne penserait plus à lui, où elle ne lui parlerait pas dans sa tête, où elle ne revivrait pas chaque instant qu'ils avaient passé ensemble, où elle ne se languirait pas de sa voix, de ses mains et de son amour. Jamais elle n'avait imaginé ce qu'on pouvait ressentir quand on aimait quelqu'un à ce point et, de toutes les choses qui l'avaient stupéfiée, durant son aventure, celle-ci arrivait en tête, assurément. Elle avait l'impression que la tendresse laissée dans son cœur par cet amour était comme une meurtrissure qui ne guérirait jamais, mais qu'elle chérirait pour toujours.

Pan descendit du dossier du banc pour venir se lover sur ses genoux. Ils étaient à l'abri dans le noir, tous les deux, son dæmon et elle, avec leurs secrets. Quelque part dans cette ville endormie se trouvaient des livres qui lui expliqueraient comment déchiffrer à nouveau l'aléthiomètre, il y avait une femme chaleureuse et instruite qui serait son professeur, et les filles de l'école qui savaient tellement plus de choses qu'elle.

Lyra songea : « Elles ne le savent pas encore, mais elles vont devenir mes amies. »

Pan murmura :

— Cette chose qu'a dite Will...

— Quand ?

— Sur la plage, juste avant que tu essaies d'interroger l'aléthiomètre. Il a dit qu'il n'existait pas d'ailleurs. C'était ce que vous avait dit son père. Mais il existait quelque chose d'autre.

— Je m'en souviens. Il voulait dire par là que le Royaume était mort, qu'il n'existait plus. Et qu'on ne devait pas vivre comme si le Royaume des Cieux était plus important que notre vie dans ce monde, car l'endroit où nous vivons est toujours l'endroit le plus important.

— Il disait aussi que nous devions bâtir quelque chose...

— C'est pourquoi nous avions besoin d'une vie entière, Pan. Car sinon, nous serions allés vivre avec Will et Kirjava, pas vrai ?

— Évidemment ! Et ils seraient venus avec nous. Mais...

— Mais alors, nous n'aurions pas pu bâtir cette chose. C'est impossible pour ceux qui pensent d'abord à eux. Nous devons être un tas de choses à la fois : joyeux, gentils, curieux, courageux et patients... Et nous devons étudier et réfléchir, travailler dur, tous, dans nos mondes différents, et ensuite seulement nous construirons.

Les mains de Lyra caressaient le poil doux de Pantalaimon. Quelque part dans le jardin, un rossignol chantait, un petit vent frôlait ses cheveux et faisait trembler les feuilles dans les arbres. Toutes les cloches de la ville sonnèrent, un coup chacune, aigu pour celle-ci, plus grave pour celle-là, certaines proches, d'autres plus lointaines, celle-ci était fendue et grincheuse, celle-là profonde et sonore, mais toutes ces voix différentes étaient d'accord sur l'heure, même si certaines arrivaient un peu moins vite au rendez-vous. Dans cet autre Oxford où Will et elle s'étaient embrassés pour se dire adieu, les cloches sonneraient également, et un rossignol chanterait, un petit vent agiterait les feuilles du Jardin Botanique.

— Et après ? demanda son dæmon d'une voix endormie. Qu'est-ce qu'on construira ?

— La République des Cieux, répondit Lyra.

Remerciements

À la croisée des mondes n'aurait jamais vu le jour sans l'aide et les encouragements de mes amis et de ma famille, des livres et de quelques inconnus.

Je dois adresser aux personnes suivantes des remerciements particuliers : Liz Cross, pour son travail d'éditrice, méticuleux et toujours joyeux, à tous les stades de ce travail, et pour une idée brillante concernant les images dans *La Tour des Anges* ; Anne Wallace-Hadrill, pour m'avoir laissé inspecter sa péniche ; Richard Osgood, de l'Institut archéologique de l'université d'Oxford, qui m'a expliqué comment on organisait les expéditions archéologiques ; Michael Malleson, de la Trent Studio Forge, dans le Dorset, qui m'a montré comment on forgeait le fer ; et, enfin, Mike Froggatt et Tanqui Weaver, pour m'avoir fourni les feuilles de papier dont j'avais besoin (avec deux trous) quand mon stock était épuisé. Je dois également remercier la cafétéria du musée d'Art moderne d'Oxford. Chaque fois que j'étais bloqué par un problème de narration, une tasse de leur café et une heure de travail dans cette pièce chaleureuse aplanissaient toutes les difficultés, sans aucun effort apparent. Ça marchait à tous les coups.

J'ai volé des idées dans tous les livres que j'ai lus.

Quand j'effectue des recherches pour un roman, mon principe est le suivant : « Lire comme un papillon, écrire comme une abeille » et, si cette histoire renferme un peu de miel, c'est uniquement grâce au nectar que j'ai trouvé dans l'œuvre de bien meilleurs écrivains. Mais trois dettes doivent être revendiquées, plus que toutes les autres. La première est l'essai de Heinrich von Kleist *Sur le théâtre de marionnettes*, que j'ai lu pour la première fois dans la traduction d'Idris Parry dans le *Times Literary Supplement* en 1978. La deuxième est le poème de John Milton, *Le Paradis perdu*. Ma troisième dette est envers les œuvres de William Blake.

Et pour finir, mes plus grandes dettes. Envers David Fickling, pour sa foi et ses encouragements inépuisables, son talent sûr et vivant pour faire fonctionner une histoire. Je lui dois une grande partie du succès qu'a pu rencontrer ce travail. Envers le Roi Caradoc à qui je dois plus d'une demi-vie d'amitié et de soutien infaillibles ; envers Enid Jones, le professeur qui m'a fait découvrir, il y a bien longtemps, *Le Paradis perdu*, et à qui je dois ce que l'éducation peut offrir de mieux, l'idée que la responsabilité et la délectation peuvent coexister ; et, enfin, envers mon épouse Jude et mes fils Jamie et Tom, à qui je dois tout le reste.

Philip Pullman

DU MÊME AUTEUR

Aux Éditions Gallimard Jeunesse

LES ROYAUMES DU NORD (Folio Science-Fiction n° 130)

LA TOUR DES ANGES (Folio Science-Fiction n° 139)

LE MIROIR D'AMBRE (Folio Science-Fiction n° 146)

J'ÉTAIS UN RAT

LA MAGIE DE LILA

L'ABOMINABLE COMTE KARLSTEIN
ET LE PACTE DU DIABLE

JACK L'ÉVENTREUR

Aux Éditions Flammarion

LA MÉCANIQUE DU DIABLE

Composition IGS.
Impression Société Nouvelle Firmin-Didot
à Mesnil-sur-l'Estrée, le 5 août 2003.
Dépôt légal : août 2003.
Numéro d'imprimeur : 64938

ISBN 2-07-030137-0/Imprimé en France.

123816